Bulgarische Märchen

Herausgegeben
von Elena Ognjanowa

Insel Verlag

Angaben über Erzähler, Sammler, Quellen und Varianten
von Elena Ognjanowa
Vergleichende Kommentare von Heinz Mode

Aus dem Bulgarischen übertragen von Elena Kramer
(S. 305–387), Monika Krause (S. 15–90, 201–305),
Dorothea Loepke (S. 5–14), Rolf Pankrath (S. 387–442)
und Gabriele Walter (S. 90–201).

Erste Auflage dieser Ausgabe 1992

Insel Verlag Frankfurt am Main und Leipzig
Druck: Offizin Andersen Nexö Leipzig GmbH
Printed in Germany

I.

Wie die Welt erschaffen wurde

Als sich einmal Gott und der Teufel unterhielten, kamen sie darauf, wie die Erde erschaffen werden könnte. Der Teufel glaubte nicht an die Kraft Gottes, aber Gott hieß ihn, dorthin zu gehen, wo die Meere aneinander schlagen, und Schaum zu holen. Der Teufel brachte den Schaum und gab ihn Gott. Gott nahm den Schaum, tauchte ihn ins Wasser und formte daraus einen Laib, und als er ihn warf, wurde er zu Erde, zuerst groß wie ein rundes Kuchenblech und dann wie eine Tenne, in deren Mitte Gott eine Nuß pflanzte und an ihre Zweige eine goldene Schaukel band. Dann begann er sich zu schaukeln. Nachdem Gott so einige Zeit geschaukelt hatte, schlief er plötzlich ein. Der Teufel schlich sich heimlich an ihn heran, band die Schaukel mitsamt Gott ab und gedachte ihn ins Wasser zu werfen und zu ertränken: deshalb machte er sich auf den Weg zum Ende der Erde – zum Wasser. Doch sosehr er nach rechts und nach links schaute, es war kein Ende zu sehen. Die Erde war inzwischen so gewachsen, daß sie kein Ende hatte. Nach einiger Zeit erwachte Gott und fragte den Teufel noch halb im Schlaf: »Was tust du, Anastas?« »Ich wollte dich ertränken und suchte das Ende der Erde«, gab der Teufel zu.

»Du kannst lange suchen, aber du wirst es nicht finden«, antwortete Gott.

Nach der Nuß schuf Gott das Geranium und das Basilikum, und danach die übrigen Gräser und Blumen. Dann schuf er den Menschen und die anderen Tiere. Als Gott den Menschen aus Erde geformt hatte, ließ er ihn trocknen. Der Teufel aber schlich sich heimlich heran, ohne von Gott gesehen zu werden, und durchbohrte den Menschen mit einer Nadel an vierzig und einer Stelle. Nach einiger

Zeit kam Gott wieder, um dem Menschen eine Seele einzuhauchen, aber die Seele entwich. Gott erriet, was die Ursache dafür sein könnte, nahm Gräser und stopfte die vierzig Löcher zu, eins aber ließ er offen. Nachdem der Mensch seine Seele bekommen hatte, richtete er sich auf und fragte: »Gott, warum hast du nicht auch dieses Loch gestopft?« »Dieses Loch ist der Tod«, antwortete ihm Gott. Aus diesem Loch entweicht die Seele, deshalb sind die Menschen sterblich. Und die Gräser, mit denen die anderen Löcher verstopft wurden, wurden zu Heilkräutern. Um Gott in nichts nachzustehen, formte der Teufel aus Erde einen Wolf, doch sosehr er sich auch bemühte, konnte er ihm keine Seele geben. Gerade zu dieser Zeit besuchte Gott den Teufel. Der Teufel wollte zeigen, daß auch er etwas erschaffen könne und sagte deshalb zu dem Wolf: »Steh auf, pack Gott am Bein!« Aber der Wolf rührte sich nicht. Gott sah ihn an und sprach: »Steh auf, pack den Feind am Bein!« Der Wolf sprang auf und biß ein Stück vom Bein des Teufels ab, daher hinkt dieser.

Nach geraumer Zeit wurde der Wolf hungrig und fragte Gott: »Wie soll ich mich ernähren, Gott?«

Der Herr antwortete ihm, daß die Schäfer der Reihe nach ihn füttern würden. Und in der Tat ernährte sich der Wolf lange Zeit auf diese Weise. Als einmal Gott den Schäfer geschickt hatte, ihm Wasser zu holen, blieb er selbst bei den Schafen und hütete sie. Und wie er so neben den Schafen saß, sah er den Wolf kommen. »Schäfer, welches Schaf wirst du mir zum Fressen geben?« fragte der Wolf.

Gott zeigte ihm ein schwaches mageres Schaf, dem Wolf aber gefiel es nicht, denn er wollte ein Lamm – dasjenige, das als erstes aus der Herde lief. Gott ging darauf ein und ließ die Schafe laufen, doch plötzlich lief das magere Tier voran. Der Wolf stürzte sich in die Herde, um sich zu holen, was er wollte. Da zog Gott seine Handschuhe aus und warf sie nach ihm, und sie verwandelten sich in Hunde und jagten den Wolf, und Gott zog seine Hirtenflöte hervor und schlug ihn damit auf das Kreuz. Daher ist der Wolf an dieser Stelle schwach, aber stark sind seine Brust und sein

Genick. Von diesem Zeitpunkt an begannen für den Wolf schwere Zeiten: wenn er Fleisch findet, frißt er bis vierzig Oka auf einmal, und wenn er nichts findet, vermag er vierzig Tage zu hungern, indem er sich mit einem trockenen Blatt zufriedengibt oder mit einem Stück faulen Holzes.

2.

Die Erschaffung des Teufels

Väterchen Gott ging über die Berge und Wiesen spazieren und erfreute sich der Welt, die er selbst geschaffen hatte. Er freute sich zwar, aber er war darüber betrübt, daß er keinen Freund hatte, mit dem er ein Wort wechseln konnte, um so die Zeit heiterer zu verbringen. Als er einmal so wanderte, erblickte er seinen eigenen Schatten und rief ihm zu: »Steh auf, Freund!«

Und der Schatten richtete sich vor ihm auf wie ein Mensch. Aber es war kein Mensch, sondern ein Teufel. Seit dieser Zeit wurden beide Freunde. Gott fand großes Gefallen an dieser Freundschaft und beschloß daher, den Teufel zu belohnen und ihm das zu schenken, was er sich selber wünschte. Der Wunsch des Teufels war, die Welt in zwei Hälften zu teilen.

»Die Erde«, sagte er, »soll mir gehören, und der Himmel möge dein sein. Und auch die Menschen werden wir uns teilen: du nimmst die Lebenden, und mir gibst du die Toten.«

»Es soll so werden, wie du es gewünscht hast«, antwortete Gott. »Gut, aber ich möchte, daß die Sache sicher ist«, sagte der Teufel. – »Ich bitte dich deshalb, mir ein Schriftstück zu geben. Und jeder wird wissen, was seins ist.« Väterchen Gott schrieb die Abmachung auf ein Stück Papier nieder und gab es dem Teufel.

Einige Zeit danach vertrieb Väterchen Gott die ersten von ihm geschaffenen Menschen, Adam und Eva, aus dem Paradies. Als sie auf die Erde kamen, hatten sie nichts zu essen. Gott gab ihnen Land, das sie nach ihrem Gutdünken bearbeiten konnten, um so durch Arbeit ihre Nahrung zu verdienen. Einmal stieg der Teufel auf einen hohen Stein, um die Erde, die ihm gehörte, zu überschauen. Aber er wunderte sich, als er Adam und Eva erblickte, die auf einem Acker pflügten. Zornig stieg er zu ihnen herab und schrie, so laut er nur konnte: »Wie könnt ihr diese Erde pflügen, ohne den Eigentümer gefragt zu haben?«

»Aber wir pflügen hier, weil er es so wollte«, antworteten sie.

»Der Eigentümer bin ich, und ihr habt mich nicht gefragt! Hört mit dem Pflügen auf. Von heute an darf niemand von euch diese Erde anrühren.«

Die Nachricht darüber stimmte Gott traurig, und er bereute es, dem Teufel so leichtfertig die Erde zugesprochen zu haben.

Als sich später die Menschen vermehrt hatten, quälte der Teufel neben den Sündern auch die Guten und Gerechten. Das versetzte Gott in Zorn, und deshalb beschloß er, dem Teufel die Macht zu nehmen. Er rief den Engel – damals gab es nur einen Engel –, und erzählte ihm, was er vorhatte. Dann fragte Gott ihn, ob er dem Teufel das Schriftstück wegnehmen könnte. Der Engel dachte ein wenig nach und sagte, daß er diesen Auftrag ausführen könne. – Väterchen Gott verwandelte ihn sofort in einen gewöhnlichen Menschen und schickte ihn zu dem Teufel. Der Engel stellte sich als Diener vor und fragte, ob er nicht einige Jahre bei ihm arbeiten könnte, und hatte heimlich im Sinn, das Schriftstück zu stehlen. Der Teufel stellte den Engel als seinen Diener ein und gewann ihn gleich sehr lieb. Aber so vertraut und offenherzig er auch zu ihm war, das Schriftstück hielt er immer versteckt. Als beide einmal am Ufer eines Sees entlang spazierengingen, fragte der Engel: »Kannst du, mein Herr, eine Handvoll Sand vom Boden des Sees holen? Es scheint mir, daß du dieses nicht schaffen kannst, obwohl du stärker und listiger bist als ich. Ich aber kann es.«

»Na, das wollen wir mal sehen!« sagte der Teufel.

Der Engel zog sich aus und sprang schnell ins Wasser und kam kurz darauf wieder heraus mit dem Sand in der

Hand. Da wollte der Teufel nicht schlechter sein, kleidete sich auch aus und tauchte ins Wasser, doch es fiel ihm ein, daß das Schriftstück in der Brusttasche geblieben war und in die Hände des anderen geraten könnte. Daher kehrte er auf halbem Wege um und sah nach. Da er aber nichts bemerkte, tauchte er wieder unter. Und wieder überkam ihn die Angst um sein Schriftstück, und wieder sah er nach dem Diener, der ruhig da saß. Das wiederholte sich dreimal. Als sich der Teufel schließlich davon überzeugt hatte, daß sein Gefährte gar nichts vorhatte, tauchte er endlich auf den Grund des Sees. Für den Teufel war es leicht, runterzukommen, doch aufzutauchen fiel ihm schwer, denn er war ja ein Teufel, und der Teufel ist schwer. Wie könnte er sich mit dem Engel an Gewandtheit und Leichtigkeit messen! Und während er im Wasser war, zog der Engel das Schriftstück aus der Tasche und flog zum Himmel. Gerade in dem Moment erschien der Teufel an der Wasseroberfläche, und als er erkannte, wie die Dinge standen, verfolgte er den Engel. Er holte ihn ein, als dieser den Himmel betrat, packte ihn mit den Krallen an den Füßen, riß sogar ein Stück Fleisch von den Fußsohlen, aber er konnte ihn nicht zurückholen – der Engel war bereits in Gottes Händen. Verzweifelt und erbost kehrte der Teufel auf die Erde zurück, er besaß aber keine Macht mehr und wurde seit dieser Zeit ein Feind Gottes.

Als der Engel im Himmel vor Gott trat und ihm das Schriftstück übergab, hinkte er auf dem linken Fuß. Gott fragte ihn, was er mit dem Fuß habe und weshalb er hinke? Der Engel klagte darüber, daß der Teufel ihm die Füße verunstaltet habe.

»Mach dir nichts daraus, es wird schon gut gehen«, sagte Väterchen Gott. »Ich werde es so anstellen, daß die Fußsohlen aller Menschen wie deine werden, dann brauchst du dich dessen nicht zu schämen, wenn du unter ihnen bist.«

Von der Zeit an sind unsere Sohlen nach innen gewölbt.

3.
Die Erschaffung und die Rettung der Welt

Zuerst gab es weder Erde noch Menschen. Überall war Wasser. Es gab nur Gott und den Teufel, und sie lebten zusammen. Einmal sprach Gott zu dem Teufel: »Laß uns Erde und Menschen erschaffen!«

»Das wollen wir tun«, antwortete der Teufel, »aber woher nehmen wir Erde?«

»Unter dem Wasser ist Erde«, sagte Gott. »Tauche hinab und hole etwas herauf!«

»Gut!« antwortete der Teufel.

»Bevor du hinuntertauchst«, sagte Gott zu dem Teufel, »sprich: ›Mit Gottes und mit meiner Kraft!‹ Dann wirst du den Grund erreichen und wirst Erde finden.«

Der Teufel tauchte hinab, sagte aber nicht ›mit Gottes und mit meiner Kraft‹, sondern ›mit meiner und mit Gottes Kraft‹. Daher erreichte er nicht den Grund. Am zweiten Tag tat er das Gleiche und erreichte wiederum nicht den Grund. Erst am dritten Tag sagte er: ›Mit Gottes und mit meiner Kraft‹, und da erreichte er festen Boden und sammelte ein wenig Erde mit seinen Krallen. Diese Erde legte Väterchen Gott auf das Wasser, und es entstand etwas Erdboden. Als der Teufel das sah, dachte er sich folgende List aus. Er schlug vor, sich hinzulegen und zu schlafen. Dann wollte er warten, bis der Alte eingeschlafen war, und ihn ins Wasser stoßen, um sich so als alleiniger Schöpfer der Erde rühmen zu können. Soweit so gut, aber Väterchen Gott erkannte diese Gedanken des Teufels, legte sich trotzdem hin und stellte sich schlafend. Da stand der Teufel auf, hob Gott hoch und trug ihn auf seinen Händen zum Ufer, um ihn ins Wasser zu werfen. Je weiter er ging, desto größer wurde die Erde. So konnte der Teufel nicht ans Ende der Erde kommen und versuchte es deshalb in einer anderen Richtung, fand aber auch da nicht das Ende. Danach ging er in eine dritte Richtung, und auch diesmal kam er nicht ans Wasser. Danach legte er Gott auf die Erde und schlief selbst ein. Nachdem er ein wenig geschlafen hatte, fiel ihm ein, daß noch die vierte Seite übriggeblieben war. Er sprang auf, hob Gott hoch und trug ihn von neuem zum Wasser, konnte es aber wieder nicht erreichen. Dann weckte er Gott und sagte: »Steh auf, Gott, und segne die Erde. Sieh, wie sie gewachsen ist, während wir geschlafen haben.«

Väterchen Gott lächelte und sagte: »Als du mich in alle vier Richtungen getragen hast, weil du mich ins Wasser werfen wolltest, hast du mit mir ein Kreuz geschlagen, und so habe ich die Erde gesegnet.«

Der Teufel geriet in Wut, ließ Gott allein und rannte davon.

So blieb Gott allein auf der endlosen Erde, die so groß war, daß der Himmel sie nicht bedecken und die Sonne sie nicht erhellen konnte. Da schuf Gott die Engel und schickte einen Krieger-Engel, den Teufel zu holen. Gott wollte fragen, was er tun sollte, damit die Erde aufhöre zu wachsen. Aber zu der Zeit schuf der Teufel die Ziege und legte ihr Zaumzeug aus Erde an – seit dieser Zeit haben die Ziegen einen Bart – und begab sich danach zu Gott, um mit seiner Schöpfung zu prahlen.

Als die Engel sahen, daß der Teufel auf dem Ziegenbock ritt, lachten sie über ihn, worauf er sich ärgerte und umkehrte. Gott schuf sogleich die Biene und beauftragte sie: »Fliege schnell, setze dich auf des Teufels Schulter und höre, was er redet, und komm zurück, um es mir zu sagen.« Die Biene flog schnell, holte den Teufel ein und setzte sich auf seine Schulter. Er sprach zu sich selbst: »Gott ist aber dumm! Er weiß nicht, daß er nur einen Stab zu nehmen braucht, nach allen vier Seiten ein Kreuz schlagen und sprechen muß: ›Halt ein, Erde!‹, anstatt sich den Kopf zu zerbrechen!«

Nachdem die Biene dies hörte, flog sie summend davon. Der Teufel wandte sich um und erblickte sie: er ärgerte sich sehr und rief ihr laut hinterher: »Verflucht soll sein, wer dich geschickt hat!« Die Biene flog zu Gott und berichtete ihm, was der Teufel zu sich selbst gesprochen hatte. Sie klagte aber auch darüber, daß er sie verflucht hatte.

Gott segnete die Biene mit der Gabe, das Süßeste, den Honig herzustellen und zusammenzutragen. Danach nahm er einen großen Stab, schlug ein Kreuz über der Erde in allen vier Himmelsrichtungen, und die Erde hörte auf zu wachsen.

Danach formte Gott einen Menschen aus Ton, der sich auf der Erde vermehrte, so daß es viele Menschen wurden. Und als diese anfingen zu sterben, rief er den Teufel zu sich und schlug ihm vor, zusammen zu leben. Der Teufel ging darauf ein, stellte jedoch eine Bedingung: die lebenden Menschen sollten Gott gehören und die toten ihm. Gott war einverstanden, damit aber die Menschen nicht so schnell sterben, richtete er es ein, daß sie zweihundert bis dreihundert Jahre lebten. Es verging viel Zeit, und eines Tages merkte Gott, daß die Zahl der Toten größer wurde als die der Lebenden, und daß der Teufel mehr Menschen hatte als er. Deshalb versuchte er die Vereinbarung zu lösen, aber er wußte nicht, wie er das anstellen sollte. Er beriet sich mit den Engeln und mit einigen ihm nahestehenden Menschen – aber niemand konnte ihm raten, wie er das Vereinbarte rückgängig machen könnte. Sie gaben sich große Mühe, zerbrachen sich den Kopf, aber niemandem fiel etwas ein. Einmal wandte sich einer der Menschen Gottes – es waren ihrer drei: Moisej, Awraam und Jusup, mit der Frage an den Teufel: »Kann Gott die Vereinbarung, die du mit ihm getroffen hast, daß die Lebenden ihm und die Toten dir gehören sollen, rückgängig machen, wenn er es will?« »Gott selbst kann es nicht«, antwortete der nichts ahnende Teufel, »aber sein Sohn kann es. Aber er müßte es so anstellen, daß dieser Sohn aus seinem Geiste geboren wird und nicht wie die anderen Menschen auf die Welt kommt.« Der Mensch berichtete das Gehörte Gott und dieser begann nachzudenken. Wie kann vor aller Welt ein Sohn nur aus meinem Geiste auf der Erde geboren werden? Er dachte lange darüber nach, aber es fiel ihm nichts ein. Daher fragte er selbst einmal den Teufel: »Wie kann ich es anstellen, daß mir ein Sohn allein aus meinem Geiste geboren wird?«

»Nichts leichter als das!« antwortete der Teufel. »Nimm ein Sträußchen von der Blume Basilikum, stecke es in deine Brust und schlafe damit eine Nacht und denke ununterbrochen an deinen Wunsch, daß ein Sohn aus dem Geist Gottes geboren werden soll. Sobald du aufstehst, schicke es der gottesfürchtigen und keuschen Maria, der Schwester Jurdans, damit sie daran rieche.« Gott tat, was ihm der Teufel geraten hatte und schickte das Basilikumsträußchen mit dem Engel Gawril an Maria, und dieser sprach zu ihr: »Ich bringe dir als Geschenk ein schönes Blumensträußchen. Rieche daran, und du wirst sehen, wie schön es duftet.«

Maria nahm das Sträußchen entgegen, roch daran, und nach einigen Tagen verspürte sie, daß sie Mutter werden würde.

Eines Tages machte sie sich mit ihrem Bruder Jurdan auf den Weg zur Kirche, und als sich beide der Opferstätte näherten, fiel Jurdan ein, daß die Leute über ihn lachen würden, da er mit seiner Schwester ging, die eine Jungfrau war, jedoch an Körpergewicht zugenommen hatte und ein Kind erwartete. Und er sagte zu ihr: »Warte hier auf mich, Schwester, ich laufe zurück nach Hause, komme aber schnell wieder.«

Er kehrte heim, sattelte ein Pferd, nahm seinen Säbel, ritt zu seiner Schwester und bohrte ihr den Säbel in die Brust. Maria faßte den Säbel mit der Hand, zog ihn aus ihrer Brust und sprach: »Warte Brüderchen, daß ich deinen Säbel abwische, damit die Leute dich nicht beschuldigen, mich durchbohrt zu haben.« Mit dem Saum ihres Rockes wischte sie das Blut von dem Säbel. Jurdan floh, und aus der Wunde, die sich in Marias Brust öffnete, kam Jesus Christus zur Welt. Als Gott hörte, daß aus Gottes Geist ein Sohn geboren wurde, gab er den Auftrag, diesen nach dreiunddreißig Jahren zu taufen. Und Jurdan, Marias Bruder, floh, nachdem er seine Schwester durchbohrt hatte, in ferne Länder und zog in der Welt umher, aber nach einiger Zeit bekam er Heimweh, und als er von den Leuten hörte, welch ein Gotteswunder sich an seiner

Schwester vollzogen hatte, kehrte er zurück und bat sie um Vergebung. Maria sagte zu ihm: »Da du also bekennst, daß du gesündigt hast, schneide deine Hand ab, die mich durchbohrt hat, und dann werde ich dir verzeihen.« Jurdan schnitt sich die Hand ab und wurde ein Heiliger.

Jesus Christus trat an die Stelle Gottes und sprach zum Teufel: »Ich werde dir die toten Menschen fortnehmen, damit sie alle mir gehören.«

»Wie kannst du sie wegnehmen, wenn ich eine Abmachung mit deinem Vater habe, daß die lebenden Menschen ihm und die toten mir gehören sollen?« fragte der Teufel.

»Du hast die Abmachung mit meinem Vater getroffen, aber nicht mit mir«, antwortete Christus.

Dem Teufel blieb nichts anderes übrig – hatte er doch das Geheimnis preisgegeben und sich selbst betrogen. Und so zerfiel die Freundschaft zwischen Gott und dem Teufel. Diese dauerte achthundert Jahre, von der Erschaffung der Welt bis zur Geburt Jesu. Als Christus dem Teufel die toten Menschen wegnahm, überredete dieser die Juden, dem Sohn Gottes nicht zu glauben. Sie gehorchten dem Teufel und begannen Christus zu verfolgen, um ihn zu töten. Als sie ihn nicht finden konnten, weil sie ihn nicht kannten, bestachen sie einen seiner Jünger, den Judas, damit er ihn verrate. Judas sagte zu ihnen: »Kommt an den und den Ort mit mir. Dort wird auch Christus sein. Wenn ich beginne, ihn und die Apostel, die ihn begleiten, mit Wein zu bewirten, werde ich hüsteln und mich zu euch wenden. Ihr werdet dann wissen, wer Christus ist, und ihr werdet ihn ergreifen.«

Judas verriet Christus für dreißig Silberlinge, aber er wußte, daß Christus auferstehen würde. Daher hat er sich an einem Baum erhängt, damit, wenn Christus kommt, um die Toten aus der Hölle zu befreien, er auch befreit werde. Es dauerte aber zu lange, bis Judas einen guten Baum fand, um sich zu erhängen. Während er umherlief, auferstand Christus und befreite die Verstorbenen, nicht aber Judas. So blieb der Verräter allein in der Hölle und mußte dort leiden.

4.
Gottes Abmachung mit dem Teufel

Es gab weder Himmel noch Wasser, noch sonst etwas, als Gott die Erde erschuf. Neun Engel trugen ihn daher auf ihren Flügeln, und drei weitere, die ihn begleiteten, hatten alle seine Weisungen zu befolgen. So schickte er mal den einen hierhin, mal den anderen dorthin. Diese drei Engel besorgten alles, was Gott ihnen auftrug.

Gott sagte: »Leben möge auf der Erde entstehen«, und es geschah. »Der Himmel möge die Erde umhüllen«, und auch dies trat ein. Dann schuf er auch das Wasser. Danach schickte Gott vier Engel in vier verschiedene Richtungen aus, damit sie Erde holten, aus der Gott dann Lehm rührte und daraus den Menschen erschuf. Anschließend schickte er sie in alle vier Richtungen der Welt – die einen nach Osten, die anderen nach Westen, die dritten nach Süden und die übrigen nach Norden. So füllten sie alle vier Enden der Erde mit Menschen.

Nun aber trug es sich zu, daß einer der Engel zu Gott ging und voller Selbstlob sprach: »Ach, sollen doch die anderen deine Gebote erfüllen, mir fällt es einfach zu leicht. Wann und wohin ich auch immer will, jeden Ort könnte ich in nur einer Stunde erreichen und zugleich von dort wieder zurückkehren, während die anderen in dieser kurzen Zeit noch auf dem Hinweg wären.«

»Nun, wenn du glaubst, so schnell zu sein, dann kannst du dich von nun ab immer als letzter auf den Weg machen«, sprach Gott.

Darüber war der Engel zufrieden und wollte gleich wieder fortgehen. Da merkte er jedoch, daß er keinen Fuß vor den anderen setzen konnte, ja, daß er wie angenagelt am Boden festhängen blieb.

»Wo ist denn deine Kraft geblieben«, fragte ihn Gott, »und wer hat sie dir eigentlich gegeben?« Der Herr verdammte diesen Engel und machte ihn zum Teufel. Dieser trieb sich nun schuldbewußt in der Nähe Gottes herum und beobachtete, wie Gott die Welt erschuf. Wie er sich dies alles ansah, erschien es ihm sehr leicht, und so sagte er zu Gott: »He, Herrgott, laß mich auch irgendetwas erschaffen!«

»Versuch es von mir aus, wenn du es nur schaffst«, antwortete Gott.

Also machte sich der Teufel daran, auch einen Menschen zu erschaffen. Doch als er diesem dann Leben, ja eine Seele geben wollte, vermochte er es nicht. Der Teufel versuchte dies und das, hauchte mal von hier, mal von dort, lief mehrmals um sein Geschöpf herum, bespuckte es sogar, hob es dann in die Höhe und warf es wuchtig auf den Boden zurück, so daß schließlich, nach all der Schinderei, aus des Teufels Menschen ein Wolf geworden war.

»Ach, Herrgott, gib dem Wolf eine Seele«, bat der Teufel.

»Versetz ihm einen kräftigen Fußtritt, dann wird er sie schon bekommen, es ist doch ein Wolf«, entgegnete ihm der Herrgott.

Sogleich sprang der Teufel auf und gab dem Wolf, so kräftig wie er nur konnte, einen Fußtritt gegen das Maul. Augenblicklich wurde der Wolf lebendig und biß dem Teufel voller Wut ins Bein. Der Biß war so schlimm, daß der Teufel fortan auf einem Bein lahmte. So hatte der Wolf seinen eigenen Schöpfer zum Krüppel gemacht.

Nachher wollten der Herrgott und der Teufel sich die Welt teilen.

»Was gibst du mir?« fragte der Teufel.

»Du wirst die Toten bekommen, ich all die Lebenden«, sprach der Schöpfer der Welt, nahm eine Steinplatte zur Hand und schrieb darauf: sobald ein Mensch stirbt, sei es ein Sünder oder nicht, soll er in die Hölle des Teufels kommen.

Dem Teufel war es sehr recht, und so begann er seither jeden, der ihm in die Finger kam, ob recht oder schlecht, jung oder alt, fehlerhaft oder fehlerlos, in sein Reich zu holen. Schon bald war die Hölle bis an den Rand gefüllt.

Gott erkannte seinen Fehler und sprach: »So darf es

nicht bleiben!« Da erschuf er Christus, seinen Sohn, der dem Teufel jene Steinplatte wieder entwendete und sie anschließend im Wasser untergehen ließ, indem er sich kurz auf sie stellte und sich bekreuzigte. Somit machte Christus jenem Unheil, von Gott und dem Teufel verschuldet, ein Ende. Seither kommen nur noch die Sünder in die Hölle, alle Tugendsamen aber ins Paradies – dies wird so bleiben bis zum Jüngsten Gericht, wenn alle gleich geworden sind und im Paradies leben werden.

5.
Die Erschaffung der Erde, der Berge und der Täler

In alter früher Zeit war die Erde noch von einem wunderbaren und endlosen Meer bedeckt. Da zogen einmal der Herrgott und der Teufel, miteinander plaudernd, am Himmel umher. Etwas müde geworden, wollten beide ein wenig ausruhen, fanden aber weit und breit nichts, worauf sie sich hätten setzen können. Schließlich sagte der Teufel: »Lieber Herrgott, warte du hier, während ich auf den Meeresboden hinabsteige und etwas Festes heraufhole, worauf wir uns beide setzen können.«

Gesagt, getan. Aber ehe der Teufel vom Meeresgrund einen Klumpen Erde heraufgebracht hatte, war dieser im Wasser wieder zerronnen, und nur das Wenige, das sich unter seinen Fingernägeln festgesetzt hatte, blieb übrig. Doch selbst daraus vermochte Gott eine Kugel zu formen, und siehe da, jene Erdkrümel vermehrten sich auf wunderliche Weise. Bald war es so viel, daß Gott für sich und für den Teufel ein Plätzchen schaffen konnte, worauf sich beide sodann setzten und ausruhten.

Der Teufel aber versuchte, Gott in den Abgrund zu stürzen, damit dieser im Meer ertrinke und er fortan allein über die Welt herrschen könne. Es gelang ihm aber nicht, und so machte er sich daran, die Erde unter Gott hervorzukratzen. Schließlich war es so viel, daß ein hoher Berg über den Himmel hinausragte.

Als Gott das Werk des Teufels bemerkte, rief er alle Tiere zu sich, und sie überlegten gemeinsam, was getan werden müsse, damit der Himmel jenen Berg wieder bedecke. So war es dann der Igel, der dem Herrgott den Rat gab, diesen aufgeschütteten Berg wieder zu verteilen, die Erde mal anzuheben, mal festzutreten, so daß viele kleinere Berge mit Tälern darin entstünden und somit das Himmelsgewölbe wieder alles umspannen könne.

Ja, und so entstanden eben die Erde, die Berge und die Täler.

6.
Die Erschaffung der Sonne und der Sterne

Einst, da es die Welt noch nicht gab, war Christus geboren. Wohin der Herrgott auch immer ging, der kleine Christus wich nie von seiner Seite. Gott betrübte es sehr, daß dieses Kind, zumal es noch sehr klein war, wohl nichts anderes wünschte, als eben mit ihm umherzulaufen.

»Höre, mein Sohn«, sprach eines Tages Gott zum kleinen Christus, »du mußt nicht immer mit mir umherziehen. Setze dich auf die Erde und spiele etwas!«

Kaum hatte der Junge diese Worte vernommen, sprang er von den Knien Gottes herunter, setzte sich auf den Erdboden und begann zu spielen. Sein erstes Spiel war es, mit einer Hacke etwas Erde aufzulockern, sie mit ein wenig Wasser zu mischen, so daß er schließlich weichen Lehm gerührt hatte. Daraus formte Christus viele Bälle, darunter einen riesengroßen, den er zum Trocknen auf Dachziegel legte.

Gott war indessen umhergewandelt, mal zu diesem, mal zu jenem Ort und schaute nun auch zu dem Jungen hin, um zu sehen, womit dieser sich beschäftigte. Als er aber sah, wie schmutzig sich der kleine Christus gemacht hatte – seine Hände und seine Kleidung waren voller Lehm –, wollte er gleich wieder wegschauen, doch da erblickte er jenen riesigen Ball und fragte nun Christus: »Mein Sohn, warum hast du dich so schmutzig gemacht?

Wozu brauchst du so viel Lehm, und was hast du daraus geformt?«

»Ich habe mir Bälle gemacht, mein Vater, und will eben damit spielen«, antwortete ihm Christus.

»Gut, nur warum brauchst du gleich so viele? Mit allen kannst du doch gar nicht spielen, was fängst du also mit ihnen an?«

»Ich werfe sie zum Himmel hinauf und habe so meinen Spaß daran.«

»So spiele nur, wie du es beschlossen hast. Doch wüßte ich gern, ob und wie hoch du diesen großen Ball dort werfen kannst. Zeigst du es mir?«

Der Junge sprang freudig auf und holte jenen Ball heran. Mit ganzer Kraft warf er ihn in die Höhe und, da es ein von Gott gesegneter Ball war, flog dieser höher und höher den Himmel empor und verwandelte sich just in dem Augenblick, als er den höchsten Punkt erreichte, in die Sonne. Die Sonne erstrahlte fröhlich und glücklich, so fröhlich wie sie zur Morgenstunde mit ihrem Glanz das menschliche Auge blendet. Auch Christus legte schützend seine Hände vor die Augen. Da sprach Gott zu ihm: »Hast du gesehen, mein Sohn, wie aus dem großen Ball eine Sonne wurde? Wirf nun auch deine kleineren Bälle den Himmel hinauf, damit auch sie erstrahlen können!«

»Sehr gerne, mein Vater, will ich sie alle in den Himmel werfen, nur sollten diese nicht so grell leuchten wie der Sonnenball, damit ich sie mit meinen Augen betrachten kann.«

»Gut, mein Sohn, so wirf sie nun, und ich werde sehen, wie ich es anstelle, daß es so wird, wie du willst.«

Christus holte alle Bälle, die kleineren und die etwas größeren, und warf sie in alle Richtungen – die einen nach links, die anderen nach rechts, manche etwas höher, manche etwas tiefer. Alle verstreuten sich im weiten Himmel, und auch das kleinste Bällchen gelangte an einen von Gott gewiesenen Platz. Danach bestimmte der Herrgott, welche Bälle fortan Monde, große Sterne und kleine Sternchen sein sollten.

Stolz sah Christus, wie schön seine Bälle den Himmel schmückten, doch da merkte er plötzlich, daß ihm kein einziger zum Spielen übriggeblieben war. Darum warf er einige Hände voll Erde zu den Sternen, in der Hoffnung, diesen oder jenen Ball wieder herunterzuholen. Nun gut, doch Gott segnete auch diese Erde, und sie verwandelte sich in ganze Scharen winziger Sternenlichter. Aus dieser Erde bildete sich die Milchstraße.

So also wurden Sonne, Mond und Sterne erschaffen.

7.
Die Erschaffung der Menschen

Als Gott Himmel und Erde geschaffen hatte, mit allem, was darauf und darin ist, mit allem, was unser Auge sieht und nicht sieht, mit allem Lebendigen und Leblosen, besah er sein Werk und fand es gut und schön. Eines nach dem anderen hatte er vollendet – einen Tag hatte er für das eine gebraucht, den nächsten für etwas anderes und so weiter. Und einen Tag hatte Gott schließlich für die Erschaffung der Menschen vorgesehen, denen er Leben schenken wollte, seinem Namen zum Ruhm.

So stand Gott eines frühen Morgens auf und machte sich an die Arbeit. Er nahm sich eine Hacke, lockerte die Erde auf und rührte Lehm an, aus dem er Menschen zu formen begann wie ein Töpfer seine Krüge. Als erstes schuf er die Beine, dann den Rumpf, danach fügte er die Hände, den Kopf, das Haar, die Augen, die Ohren, den Mund und all die übrigen Teile hinzu, gleich einem Uhrmacher, der mit geduldiger Sorgfalt ein Uhrwerk zusammensetzt. Er tat alles mit großer Liebe und gab sich Mühe, nichts zu vergessen oder falsch dranzusetzen, damit ihn die Menschen später nicht verfluchten.

Zur Mittagsstunde waren einige Menschen fertiggestellt, da bekam Gott Hunger, setzte sich zu Tisch, und während er kleine Weißbrotstücke in die Milch brach, betrachtete er die fertigen Menschen, die er in Reih und Glied, wie ein Trupp Soldaten, aufgestellt hatte. Zufrieden mit sich und seinen Schöpfungen, ja glücklich darüber, wie schön, klug und vernünftig diese dreinschauten, sagte Gott bei sich: ›Ach, wie prächtig sind mir doch die Menschen gelungen, sie gleichen meinem Bilde! Nur, forme ich am Nachmittag ebensoviele wie bisher, ach, dann fehlen mir am Ende gar zehn. Darum will ich mir eine Form anfertigen, mit der komme ich schneller voran und erschaffe bis zum Abend, soviel ich brauche.‹ Rasch verzehrte der liebe Gott sein Mittagsmahl, stand auf, wusch seine Hände und machte sich daran, eine solche Form herzustellen.

Bald rührte er soviel Lehm an, wie er brauchte, und setzte seine Arbeit fort. Der Herrgott war in Eile, denn er machte sich Sorgen, am Ende doch nicht die Zahl zu erreichen, die er wollte. Und so schuf er in schneller, rastloser Folge einen nach dem anderen – kaum hatte er seine Form gefüllt, preßte er den Lehm darin fest, entnahm den neuen Menschen, und gleich füllte er die Form von neuem. Er gönnte sich weder Ruhe noch einen prüfenden Blick auf seine Schöpfungen, so daß schließlich Wesen entstanden waren mit krummen Beinen, mit zu langen oder zu kurzen Armen, mit schlanken oder dicken Hälsen; manche waren blind, andere taub; ja selbst Schurken und Verräter waren unter ihnen – kurz: Menschenwesen mit kleineren oder größeren Fehlern und Schwächen. Gott aber fehlte die Zeit, diese zu beheben, und die Menschen einander anzugleichen, denn der Abend war nicht mehr weit, bis dahin mußte sein Werk vollendet sein.

Möglich, daß jetzt jemand fragt, weshalb der Herrgott nicht gleich zwei Tage für die Erschaffung der Menschen vorgesehen hatte, damit sie alle so schön und gut gelängen wie die ersten am Vormittag, anstatt eine Form zu benutzen, wodurch sie nur häßlich, ja mißraten und böse wurden. Doch darauf vermag niemand eine Antwort zu geben. Es war halt Gottes Einfall, und er hielt daran fest, gleich einem Zaren, der niemals einen Befehl zurücknimmt, selbst wenn er zu seinem Nachteil gereicht. Und da ein Zar sein Wort nicht bricht, warum sollten wir dann dem Herrgott vorhalten, daß er statt zwei nur einen Tag für die Erschaffung der Menschen vorgesehen hatte. Gottes Wille ist unumkehrbar, ein Zurück gab es nicht, wohl aber änderte Gott nunmehr sein Handeln!

So schuf er nun Menschen, die so groß und kräftig gebaut waren, daß sie Riesen glichen. Emsig machten sich diese an die Feldarbeit, doch kaum hatten sie begonnen, stolperten sie über Büsche und stürzten zu Boden. Dabei brachen ihre Köpfe entzwei, und bald war es um die Riesen geschehen. Gott sah es, grämte sich über diese Schöpfungen und ließ sie untergehen.

Danach erschuf der Herrgott ein anderes Menschengeschlecht: Zwerge mit ellenlangen Bärten. Diese Geschöpfe bestellten ihre Felder, indem sie auf Holundersträucher kletterten, um von dort ihren Ochsen die Spur zu weisen. Dabei aber fielen die Ameisen und Bienen über sie her und plagten jene Menschlein, meist mehrere auf einmal, zu Tode. Sodann wurden sie von den Ameisen und Bienen eingesammelt, die mit deren Köpfen ihre Haufen und Stöcke bauten. Gott beließ es dabei, denn abermals ärgerte er sich über diese Menschenart, und darum starb sie aus.

So wurde nun das dritte, das mittlere Menschengeschlecht von Gott erschaffen. Er hatte erkannt, daß seine Schöpfungen wendiger, geschickter, ja zäher sein mußten, um überleben zu können. Darum stellte er seine frisch geformten Menschen von nun ab erst in den Schatten, damit der Lehm langsam trocknete, und waren sie dann etwas gehärtet, trug er sie ins Sonnenlicht und beließ sie dort, bis sie völlig hart geworden waren. Gott widmete sich seinem Werk so sehr, daß er keine Zeit hatte, einmal aufzuschauen, und so bemerkte er zu spät, daß der Teufel vorbeigekommen war. Als der Teufel Gottes Schöpfungen sah, wollte er sie verderben und bohrte deshalb mit einem Stock viele Löcher in die Menschenkörper. Erschrocken sah Gott nun, wie der Teufel seine schönen menschlichen Körper verunstaltet hatte. Da überlegte er, was er tun könne, um zumindest die äußere Gestalt seiner Schöpfungen zu bewahren. Mit Gras verstopfte er sodann wieder alle

Löcher, glättete diese anschließend mit Lehm und machte so seine Menschen wieder heil. Mit den Gräsern aber, mit denen Gott einst die Löcher im Körper ausgefüllt hatte, kann der Mensch so manche Krankheiten heilen, indem er ebendiese Kräuter nimmt, mit denen sein Körper geflickt worden war.

Seitdem gibt es die Heilkräuter und die Heilgräser.

Noch etwas berichtigte Gott im Nachhinein, hatte er doch anfangs die Menschen so erschaffen, daß ein jeder, wenn es ihm nötig war, seine Schädeldecke abnehmen konnte. Saß einmal Ungeziefer darauf, nahm er seine Kopfhälfte ab, befreite sich selber von den Läusen und war somit unabhängig von der Hilfe anderer.

Nun gut, doch einmal geschah es, daß eine junge Frau gerade damit beschäftigt war, als ihr Liebster kam. Überrascht und freudig darüber hatte sie ihre Schädeldecke auf dem Boden abgelegt und sogleich vergessen. Auch der junge Mann bemerkte es in seiner Freude nicht. Just in diesem Augenblick aber lief ein Schwein vorbei, schnappte sich die abgelegte Schädeldecke der jungen Frau und fraß sie auf. Den Herrgott durchfuhr der Schrecken, das Hirn dieser jungen Frau könnte herausfallen, und deshalb sagte er sich: ›Künftig muß ich beide Kopfhälften fest miteinander verbinden, damit dem Menschen – sobald er sich selbst vergißt – nicht das Hirn verlorengeht und er ohne Verstand bleibt.‹

Seither ist der Kopf ein Ganzes und läßt sich nicht mehr teilen. So wurde also der heutige Mensch erschaffen und vervollkommnet.

8.
Die Erschaffung der Frau

Der Herrgott schuf zunächst Adam. Er formte ihn aus Lehm und hauchte ihm danach durch den Mund Leben ein. Kaum war das geschehen, richtete Adam sich auf und sah sich seinem Schöpfer gegenüber. Mit weit ausgebreiteten Armen wies Gott auf das Paradies und sprach: ›Alles, was du um dich herum sehen kannst, soweit dein Auge reicht, gehört dir allein! Schweife darin umher, iß, schlafe und lebe ganz nach deinem Sinn. Es gibt niemanden, der dich dabei stören wird.‹

Also begann Adam im Paradies umherzuziehen und für sich allein zu leben. Wie lange er allein blieb, weiß man nicht, aber eines ist gewiß: Gott bemerkte Adams Einsamkeit, der bald an diesem, bald an jenem Baum verharrte, bald Blumen betrachtete, bald den Vögeln und ihren Liedern lauschte, doch niemanden hatte, mit dem er auch nur ein einziges Wörtchen hätte wechseln können. Dem Schöpfer wurde es schwer ums Herz, und so sagte er zu einem seiner Engel: »Sobald Adam fest eingeschlafen ist, wirst du ihm eine Rippe entnehmen und mir diese bringen. Ich will eine Frau daraus machen, damit er eine Gefährtin bekommt. Du siehst es ja, ohne sie geht es eben nicht – er hat keinen, mit dem er sprechen kann, und davon könnte er gar stumm werden. Warum sollte ich einen Menschen erschaffen haben, wenn er weder sprechen, noch sich an der Schönheit erfreuen kann, die ihn umgibt! Darum will ich ihm eine Frau erschaffen!«

Auf Gottes Geheiß machte sich nun der Engel auf den Weg. Er fand Adam eingeschlafen vor, nahm ihm vorsichtig eine Rippe heraus und wollte gerade wieder umkehren, da aber tauchte zu seinem Unglück der Teufel auf. Dieser fragte auch gleich: »He, was hast du da in deinen Händen?«

Der Engel erklärte ihm, daß es eine Rippe von Adam sei und der Herrgott daraus eine Frau als Gefährtin für den Mann erschaffen wolle. Kaum hatte er dies gesagt, sprang der Teufel auf, ergriff die Rippe und eilte davon. Der Engel stürzte ihm hinterher, aber der Teufel war schneller und wäre beinahe ganz und gar entwischt, hätte ihn der Engel nicht noch am Schwanz gepackt. Mit einem gewaltigen Sprung riß sich der Teufel wieder los, nur sein Schwanz blieb in den Händen des Engels zurück. Da stand er nun, der Ärmste, und fürchtete Gottes Zorn. Doch was sollte er tun? So kehrte der Engel mit dem Teufelsschwanz zurück und wollte gerade Gott seine Unschuld erklären: »Ach, lieber Herrgott, als ich ...«

Gott war eingeschlummert – er war eben ein alter Mann, der sich ein wenig Ruhe gönnte –, als er aber die Stimme seines Engels vernahm, erhob er sich etwas, winkte schlaftrunken ab und sprach: »Es soll werden, was ich bestimmt habe!« Und er drehte sich gleich auf die andere Seite und begann zu schnarchen.

So wurde die Frau aus des Teufels Schwanz erschaffen. Von daher kennt sie alle Teufeleien. Zwar sagt man, der Mann wäre der Kopf der Familie, dann aber ist die Frau deren Hals, denn wohin sie sich dreht, von dorther geht die Sonne auf!

Nun gut! Ob die Frau so oder anders erschaffen wurde, weiß ich nicht, eines aber weiß ich genau: andere Menschen erzählen, daß die Frauen auf eine andere Art und Weise erschaffen wurden, nämlich so:

Einst, da die Sintflut alles im Wasser untergehen ließ, schien nur Väterchen Noah überlebt zu haben. Der entdeckte nach wenigen Tagen seine Tochter – auch sie hatte überlebt und mit ihr drei Männer. Daß die Männer am Leben geblieben waren, verwunderte Noah nicht weiter, denn ihre Naturen sind stark und zäh. Groß aber war seine Verwunderung, daß auch diese schwache weibliche Seele sich zu retten vermochte. Er bestaunte ihre Furchtlosigkeit. Hätte ihr denn nicht allein schon der Schrecken, als sie die Welt in den Fluten untergehen sah, tödlich in die Glieder fahren müssen? Aber nein, sie widerstand, überwand die Ängste, biß mutig die Zähne zusammen und sagte sich: ›Nun, da ich noch lebe und gesund bin, kann die Welt von neuem geboren werden.‹

Somit hatte die Frau ihr Schicksal selber bestimmt.

Väterchen Noah war glücklich, seine Tochter bei sich zu wissen und überlegte nun, wie er sie weiter am Leben erhalten und ernähren könne. Ein Boot zum Fischen wäre nötig, dachte er und rief sogleich einen der Männer zu sich, damit dieser ein solches Boot baue.

»Gut, du sollst das Boot bekommen«, entgegnete ihm der Mann, »doch wirst du mir dafür deine Tochter zur Frau geben.«

Der Alte versprach es, ahnte aber nicht, daß dieser Mann zu seiner Hilfe auch noch die beiden anderen Männer mitbringen würde. Und so kam es, wie es kommen mußte – am Ende wollte jeder für seine Arbeit eine Frau haben. Nur woher sollte Väterchen Noah sie nehmen? Lange grübelte er darüber nach. Schließlich erinnerte er sich daran, daß es ja noch eine Katze und eine Eselsstute gab, die ebenfalls die Sintflut überstanden hatten, und so dachte er bei sich: ›Ach, was hat mich die Sintflut nicht schon für Mühen gekostet, die Welt ist versunken, alles ist im Wasser geblieben, mit Ausnahme unserer fünf Seelen – vier Männer und eine Frau – dazu noch die zwei Tiere. Warum nehmen diese nicht unsere Gestalt an? Später könnten dann wieder Eselinnen und Katzen auf die Welt kommen. Nun aber, ach, möge der Herr uns gnädig sein, sollten sie besser zu Frauen werden.‹

Gott mußte in der Nähe gewesen sein – wohl zweifelt niemand daran, daß auch er die Sintflut überlebt haben muß –, denn unversehens waren aus der Eselsstute und der Katze zwei Frauen geworden. Ihrem Aussehen nach waren sie gleich, sowohl ihre Figur als auch ihr Gang, ja selbst ihr Blick und ihre Rede. Niemand hätte feststellen können, welche der beiden diesen oder jenen Ursprungs sei – es waren halt Frauen!

Von alten Menschen aber habe ich erfahren, daß man sehr wohl die eine Frau von der anderen unterscheiden könne. Einige Frauen sprechen sehr laut, machen viel Lärm um nichts, sind stur und dickköpfig, eben jene, die von der Eselsstute herstammten. Die anderen dagegen versuchen zu gefallen, sind anschmiegsam, unterwürfig, schnurren geduldig, solange man ihnen nicht auf die Füße tritt. Passiert es dann aber doch einmal, fauchen sie zurück, kratzen mit den Nägeln und beißen mit den Zähnen. Ja, und diese seien die Nachfahren der Katze. Alle jene Frauen, die von der Tochter Noahs geboren wurden, sind schön, fleißig, rücksichtsvoll und heiter – es ist eben ihre Menschlichkeit, die sie klug und verständig werden ließ.

9.
Wie Adam den Tieren ihre Namen gab

Nachdem Gott die Welt erschaffen hatte, erschuf er den Menschen und mit ihm auch alle Tiere, die heute noch auf der Erde leben. Eines Tages rief Gott seine Geschöpfe zusammen und bat Adam, den ersten Menschen, den Tieren Namen zu geben.

»Sieh nur, Adam, ich habe alle Tiere um dich herum versammelt. Deine Aufgabe ist es nun, jedem einen Namen zu geben und dir ein Tier auszuwählen, das dir fortan ein treuer Gefährte sein soll. Wähle achtsam und mit Bedacht! Denn jenes Tier, das du dir aussuchst, wird dich begleiten, solange die Welt existiert – eben als dein Gefährte, der dies auch immer bleiben soll, sei er nun gut oder böse, ehrlich oder unehrlich, denn schließlich hast du ihn dir selber ausgewählt.«

Da setzte sich Adam auf einen hohen Stuhl und begann, alle Tiere ringsum zu betrachten und Namen für sie zu ersinnen. Mit den allerkleinsten begann er, wohl weil sie ihm am besten gefielen, und so taufte er die Ameise ›Ameise‹, weil sie so klein war,[1] den Regenwurm eben ›Regenwurm‹, weil er einem Darm glich.[2] Nachdem er auch für die Katze, den Esel und die Taube diese zu ihnen passenden Namen gefunden hatte, wußte er nicht weiter und rief daher all den anderen Tieren zu: »He, unterhaltet euch, damit ich eure Stimmen kennenlerne!«

Also begann jedes Tier auf seine Art zu sprechen. Adam lauschte aufmerksam und bestimmte von nun an nach den einzelnen Lauten die Namen. Ein lustiges ›Kukuk-kukuk‹

1. Ameise: bulg. mravka; klein – malka.
2. Wurm: bulg. červej; Darm – červo.

klang ihm ins Ohr, worauf er für das Tier den Namen Kuckuck erfand. Ein anderer Vogel rief ein deutliches ›Krä-krä‹, darum sollte er Krähe heißen. Nach seinem ›Uhu-uhu‹ wurde der Uhu benannt und nach dem ›Put-put, put-put‹ der Puter. Auf diese Weise hatte Adam bald für alle Tiere einen Namen. Aber so genau er jedes dabei auch beobachtet hatte, einen Gefährten konnte er nicht finden, keines der Tiere wollte ihm recht genügen.

Da kam der liebe Herrgott einher, setzte sich neben Adam nieder und fragte: »Nun, Adam, bist du mit der Arbeit fertig geworden, die ich dir übertragen habe?«

»Na ja, so ganz noch nicht. Zwar habe ich für alle Tiere einen Namen finden können, den Gefährten aber nicht. Es wundert mich selber, daß nicht ein einziges Tierchen mir so recht gefallen, ja, mein Herz erwärmen kann.«

»Gönne dir nur ein wenig Ruhe und Schlaf. Sei gewiß, sobald du ausgeschlafen bist, wirst du einen Gefährten oder eine Gefährtin für dich finden.«

Adam gehorchte, legte sich nieder und schlief sogleich fest ein. Währenddessen erschuf der liebe Herrgott aus einer Rippe Adams Eva. Kaum war Adam wieder erwacht, setzte er sich auf, schaute sich um und sah, nur wenige Schritte von sich entfernt, den gesuchten Gefährten, eine Frau. Da rief er nach ihr ›ewe-ewe‹ – was soviel heißt wie: komm her, komm her –, und sein Herz entflammte immer mehr, so sehr, daß er gar zu stottern begann und nun ein ›E-ve, eva, e-va‹ herüberklang. So fand Adam auch für die erste Frau einen Namen, nachdem er allen Tieren und Vögeln einen Namen gegeben hatte.

Einige Tage waren seitdem verstrichen, als der liebe Herrgott dann Adam darum bat, herauszufinden, wozu jedes Tier in der Lage sei. Also rief Adam die Anführer sämtlicher Tiere zu sich und sprach zu ihnen: »Hört zu, was ich euch zu sagen habe: Bringt euren Artgenossen etwas bei, denn alle müssen etwas können, sei es, daß ihr mit dem Schnabel ein Liedchen trällert oder mit der Zunge pfeifen lernt oder auch stolz mit den Flügeln schwingt oder gar mit den Füßen und Tatzen etwas zuwege bringt. Kurz gesagt, jedes Tier soll etwas erlernen, was immer es auch sei, denn letztlich ist alles mit Fleiß und Mühe verbunden. Vierzig Tage will ich euch dafür geben. Kommt danach mit euren Schwestern und Brüdern hierher zurück und zeigt mir dann, was ihr könnt.«

Schließlich wandte sich Adam an alle Tiere und rief ihnen zu: »Gehorcht euren Anführern und erlernt, was diese euch lehren. Sollte mir einer von euch nach vierzig Tagen gar nichts vorzeigen können, wird ihn der Hohn und Spott aller treffen, so daß er vor lauter Scham verstummt.«

Nach diesen Worten zogen die Tiere fort. Die Anführer mühten sich emsig, ihren Artverwandten irgendein besonderes Geschick beizubringen. Am neununddreißigsten Tage dann begannen sich die Tiere wieder zu versammeln. Nach und nach machten sich alle – ob Rudel, Herde oder Schwarm – auf den Weg, hin zu jenem Sammelplatz, wo sie Adam ihr Können vorführen wollten. Soweit, so gut, wenn nicht das Oberhaupt der Störche es ganz einfach vergessen hätte, seine Artgenossen etwas zu lehren. Erst am letzten Tage, in der letzten Stunde, als schon die anderen Tiere zum Aufbruch gerufen hatten, besann sich der Storch erschrocken der Worte Adams. Beklommen sagte er nun zu sich: ›O weh, was mache ich nur! Während der ganzen Zeit habe ich nur Frösche und Schlangen im Kopf gehabt und darüber völlig vergessen, meinen Störchen etwas beizubringen. Wie stehe ich nun vor Adam und all den Tieren da, nur ihrem Spott und Hohn ausgesetzt!‹

Ihn schauderte bei dieser Vorstellung, und so flog er nachdenklich zu seinem Nest zurück. Dort stand er nun auf einem Bein und grübelte und grübelte darüber nach, was er tun könne und wie er es anstellen solle, in letzter Minute seinen Tieren doch noch irgend etwas beizubringen, um sich und seinesgleichen die Schande und Schmach zu ersparen. Da hörte er plötzlich das Klopfen eines Spechtes. ›Tak-tak-tak-tak‹, klang es von einem Baumstamm herüber und kaum unterbrochen, schon hob es von neuem an ›tak-tak-tak-tak‹. Genau diese Töne versuchte nun auch der Storch mit seinem langen Schnabel nachzuahmen und merkte schließlich, daß es gar nicht so schwer war. Nur fehlte ihm die Zeit, richtig hinzuhören und es zu üben, und so war in der Eile aus jenem ›Tak-tak-tak-tak‹ bei ihm ein ›Klapp-klapp-klapp‹ geworden. Das Storchenoberhaupt klapperte noch einige Male, flog sodann los, versammelte alle Störche um sich herum und lehrte sie das Klappern, eben so, wie er es konnte: ›Klapp-klapp-klapp‹!

Am folgenden Morgen trafen auch die Störche auf dem Sammelplatz ein, um Adam und den Tieren ihr Kunststück vorzuführen. Alle Tiere hatten sich schon der Reihe nach aufgestellt. Gerade als Adam beginnen wollte, brüllte der Löwe gleich als erster auf und so kräftig dazu, daß er alle in Angst und Schrecken versetzte. Für dieses Gebrüll bekam der Löwe von Adam den Segen und wurde obendrein zum Zaren aller Tiere bestimmt. Da wurde aber der Esel so von Neid erfüllt, daß er nun auch herausschrie, was seine Stimme hergab. Doch diesmal erschrak keines der Tiere. Seither aber hört man den Esel eben so laut schreien, ob nötig oder nicht, denn er glaubt sich noch immer im Wettstreit mit dem Löwen und hofft darauf, dessen Gebrüll eines Tages doch noch übertönen zu können und dann selber zum Zaren der Tiere gekürt zu werden.

Nach dem Esel zeigten schließlich alle anderen Tiere ihr Können. Einige zwitscherten, andere pfiffen, miauten, bellten oder gurrten, und Adam schenkte ihnen seinen Segen dafür, so auch den Störchen für ihr Klappern. Jene aber, die gar nichts gelernt hatten, wurden verstoßen. Noch heute ist es so, wie es jener erste Mensch bei der Erschaffung der Welt verhieß: die einen singen und unterhalten sich durch ihre Lieder miteinander, sie haben eine eigene Sprache gefunden; jene Verstoßenen aber wohnen meist unter der Erde, ihre Stimmen hört man nicht, doch fügen sie dem Menschen vor Scham und Groll so manchen Schaden zu, so daß man sie bis heute verwünscht, verflucht und vernichtet, sobald sie sich nur blicken lassen.

10.
Adam, Eva und die Schlange

Zu jener Zeit, da Gott die Erde und die Menschen erschuf, gab es noch keine Nacht – hell war es den ganzen Tag hindurch. Zudem sahen die ersten Menschen anders aus als die heutigen, denn diese waren von Kopf bis Fuß behaart, umhüllt von einem weichen Fell. Am Anfang hatte es nur Adam und Eva gegeben, und Gott richtete ihnen einen Garten her mit einem Häuschen darin. In diesem Garten standen viele schöne Obstbäume, darunter war auch ein Apfelbaum, und Gott hieß sie, davon keine Früchte zu essen. Eines Tages kam eine Schlange in den Garten und kletterte auf den Apfelbaum. Als sie Adam und Eva sah, rief sie ihnen verführerisch zu: »Kommt her, nehmt euch einen Apfel, sie sind alle sehr süß!«

»Gott hat uns verboten, von diesen Früchten zu essen«, antwortete Eva.

»Nun, er hat seine Gründe dafür«, erwiderte die Schlange, »denn sobald ihr nur davon kostet, werdet ihr wie er.«

Als Eva dies hörte, verlockte es sie sehr, und darum biß sie von dem Apfel ab und gab ihn dann auch Adam. Kaum hatten beide davon gegessen, fiel sogleich das Fell von ihren Körpern ab, und sie waren nackt. Erschrocken rannten sie schnell in ihr Häuschen zurück und schlossen sich darin ein. Nach einiger Zeit kam Gott zu ihnen und sah, daß ihr Haus verschlossen war. Er rief und bat, ihm zu öffnen, worauf aber beide nur antworteten, daß sie sich schämten, weil sie nackt seien.

»Ihr müßt von dem Apfelbaum gegessen haben, und darum schämt ihr euch«, sagte Gott.

»Eine Schlange ist gekommen und hat uns angelogen«, erklärte Eva.

»Ja, ja, die Schlange hat Eva verführt und Eva schließlich mich«, setzte Adam hinzu.

Sodann verdammte Gott die Schlange dazu, fortan nur noch kriechend über den Erdboden zu gleiten und den

Menschen in die Füße zu beißen. Die Schlange fragte Gott: »Wohin genau soll ich beißen, Herrgott?« Im selben Augenblick aber besann sich Gott darauf, daß es der Schlange ja nicht schwerfallen würde, den Menschen in die Füße zu beißen, und darum sagte er nun: »Zwischen die Augen sollst du sie beißen.«

Zu Adam und Eva gewandt aber sprach er: »Du, Adam, sollst einen Tag arbeiten und ein Jahr dich davon ernähren. Und du, Eva, sollst einen Tag arbeiten und ein Jahr es unter deinem Herzen tragen!«

Nach diesen Worten machte Gott einen Pflug und gab ihn dann Adam, damit dieser nunmehr allein für sein Essen sorgen könne. Von da ab begannen die Menschen den Boden zu pflügen, und als sie schließlich immer mehr geworden waren, fand man kaum noch ein ungepflügtes Fleckchen auf Erden – eine Nacht gab es nicht, und darum arbeiteten und aßen die Menschen unentwegt. Die Erde aber fürchtete, den Menschen bald nicht mehr gewachsen zu sein und rief darum nach Gott und klagte und jammerte vor ihm, daß sie seine Geschöpfe eines Tages nicht werde ernähren können. Da antwortete Gott, daß die Menschen fürwahr von ihr lebten, doch auch sie, die Erde, lebe von den Menschen. Wenn es ihr aber wirklich so schwerfalle, sich und die Menschen zu erhalten, dann solle es fortan neben dem Tag auch eine Nacht geben. Die Nacht und die Körper der Menschen sollten fortan der Erde gehören, der Tag und die menschlichen Seelen dagegen dem Herrgott.

II.

Der Mann, der Ochse, der Hund und der Affe

Als die Welt von Gott erschaffen war, ging der Mann zu ihm und sagte: »Du, Herrgott, hast mich als Mann in die Welt gesetzt! Sag mir nun, wie lange und wie ich leben soll, wovon ich mich ernähren und welcher Arbeit ich nachgehen soll!«

Da sprach Gott zu dem Mann: »Dreißig Jahre wirst du

leben, von allem essen können, soweit es deiner Gesundheit nicht schadet, und deine Arbeit ist es, alle Dinge auf der Welt nach deinem Willen zu fügen.«

»Ach, lieber Herrgott, ich danke für das gute Leben, das du mir geschenkt hast, nur rar sind meine Jahre!«

»Geh und setz dich in die Ecke dort«, sprach Gott zu dem Mann, »und warte ab, mal sehen, was sich machen läßt.«

Es dauerte nicht lange, da kam der Ochse zu Gott und fragte: »Du, lieber Herrgott, hast mich als Ochse erschaffen, und ich laufe frei umher. Bitte sage mir, wie lange und wie ich leben soll, was ich arbeiten und wovon ich mich ernähren kann.«

»Siehst du diesen Mann dort sitzen? Er wird dein Hausherr sein, und du wirst ihm zu Diensten stehen, seinen Akker pflügen und seine Wagen ziehen. Von Gras und Stroh sollst du dich ernähren, und dreißig Jahre wirst du leben.«

»Oje, lieber Herrgott, welch ein schlechtes Leben!« klagte der Ochse und bat Gott: »Bitte, erspare mir einige meiner Jahre.«

Der Mann hatte die Worte des Ochsen gehört, gab Gott mit seiner Hand ein Zeichen und sagte, ohne lange zu überlegen: »Nimm von ihm einige Jahre und gib sie mir!«

Da lachte der Herrgott und sprach: »Da ihr mir beide dankbar dafür wäret, soll es so sein!« Und so gab er dem Mann noch zwanzig Jahre vom Leben des Ochsen dazu.

Danach kam der Hund und fragte: »Du, lieber Herrgott, hast mich als Hund erschaffen, sage mir bitte, wie lange ich leben werde, was ich zu tun habe und womit ich mich am Leben halte?«

Gott wies auf den Mann und sprach zu dem Hund: »Siehst du diesen Mann dort drüben? Er wird dein Hausherr sein, und dir kommt es zu, ihn zu beschützen, sein Haus, seine Schafe und all sein Vieh zu hüten. Essen wirst du die Reste und Knochen, die von seinen Mahlzeiten abfallen werden, und dreißig Jahre währt dein Leben!«

»Oje, lieber Herrgott, welch ein schlechtes Leben!« rief der Hund erschrocken aus. »Bitte erlasse mir einige dieser Jahre!«

Erneut winkte der Mann schnell zu Gott herüber und sagte: »Nimm sie von ihm und gib sie mir!«

»Da ihr mir beide dafür dankbar wäret, soll es so sein!« willigte Gott auch diesmal ein und schenkte dem Mann noch zwanzig Jahre des Hundes dazu, so daß er nunmehr siebzig Lebensjahre besaß.

Schließlich war auch noch der Affe zu Gott gekommen und fragte: »Du, lieber Herrgott, hast mich als Affen auf die Erde gesetzt, und so möchte ich nun von dir erfahren, wie lange und wovon ich leben werde, auch womit ich mich nützlich machen kann.«

»Siehst du diesen Mann dort in der Ecke sitzen? Er wird dein Hausherr sein und dich mit Haselnüssen und anderen Früchten ernähren. Du aber sollst ihn und seine Kinder mit deinem Spiel erheitern und dies dreißig Jahre lang.«

»Oje, lieber Herrgott, welch ein schlechtes Leben! Bitte erlasse mir so manche Jahre«, flehte ihn auch der Affe an.

Der Mann wünschte sich auch diesen Anteil, und so gab ihm Gott nochmals zwanzig Jahre, die des Affen dazu, wodurch es nun halt neunzig geworden waren.

Ja, und seither weiß man, lebt der Mann bis dreißig ein menschliches, eben freies Leben. Von dreißig bis fünfzig führt er das Leben eines Ochsen – trägt schwer an seiner Bürde, arbeitet, quält sich, ernährt Frau und Kinder und versäumt keine Gelegenheit, zu Geld zu kommen. Wird er dann fünfzig, verharrt der Mann auf seinem Platz – das, was er bis dahin gespart hat, versucht er zu behüten wie ein Wachhund seine Schafe. Er gleicht bis siebzig einem Hund, denn wie dieser ist auch er schnell erregbar, schlägt Lärm um nichts, bellt und sorgt für Aufregung in seinem Haus.

Vom siebzigsten Jahre schließlich lebt er das Leben eines Affen – ein jeder treibt sein Spiel mit ihm, spottet und belächelt ihn, während er selber sich in ein kleines Kind oder gar in einen Affen zu verwandeln scheint.

12.

Adam und Eva auf der Erde

Als Adam und Eva aus dem Paradies vertrieben wurden, schickte Gott ihnen den Fluch nach: »Du, Adam, verlasse das Paradies, da du meinem Gebot, von dem Apfelbaum vor deinem Haus nicht zu essen, nicht gefolgt bist. So ziehe nun fort und pflüge von nun an den Ackerboden. Dein Leben lang sollst du dich von ihm ernähren und deine Nachkommen ebenso!«

Adam senkte betrübt den Kopf, nahm Eva an die Hand und zog schweren Herzens fort. Es fiel ihm schwer, doch blieb ihm nichts anderes übrig, denn ein Engel folgte ihnen und trieb sie mit einer Peitsche voran. Diese Peitsche war aus zwei giftigen Schlangen gemacht, die mit ausgestreckten Zungen zischten und Mann und Frau in Schrekken versetzten. Sie weinten und versuchten immer wieder, ins Paradies zurückzuschlüpfen, doch vergeblich, denn der Engel stand jedesmal mit seiner bedrohlichen Peitsche am Tor und ließ niemanden hindurch.

»Ach Frau«, sagte Adam, »warum hast du mich nur verführt, so daß ich vor Gott nicht bestehen konnte? Nun müssen wir allein mit all unseren Sorgen umherziehen, haben kein Essen und nichts zum Leben.«

»Pflüge und grabe den Ackerboden um, Mann, damit wir etwas zu essen haben«, antwortete Eva, »jetzt müssen wir auslöffeln, was wir uns selbst eingebrockt haben.«

Adam blieb nichts anderes übrig, und so machte er sich an die Arbeit und begann, mit einer Hacke den Boden umzugraben. Schon nach dem ersten Schlag brach ihm der Schweiß aus dem Gesicht, und er stöhnte: »Ach, Frau, verdammt sollst du sein, daß du mich verleitet und meine Seele verführt hast und ich nun in meinem eigenen Schweiß baden muß!«

Erschöpft setzte er sich für ein paar Augenblicke nieder, begann aber bald von neuem zu hacken. Aber nur schleppend kam er mit seiner Arbeit voran, darum ließ er die Hacke bald wieder fallen und nahm statt dessen einen

Pflug zur Hand. Auch zwei Ochsen spannte er noch davor und zog auf diese Weise eine Furche nach der anderen. Adam merkte gleich, daß die Erde so viel schneller und leichter umgepflügt werden konnte. Da rief er seine Frau zu sich und sagte: »Wie die Ochsen hier werde ich mich mühen und für unser Essen sorgen. Du aber wirst vorn die Ochsen führen, während ich hinten den Pflug halte, denn so kommen wir noch besser voran.«

Kaum hatte Adam diese Worte ausgesprochen, sprang der Teufel vor ihm auf, faßte die Ochsen bei den Hörnern und rief zornig: »Wer hat dir erlaubt, diesen Boden umzupflügen?«

»Wieso, gehört dir dieses Fleckchen Erde?« fragte Adam überrascht zurück. »Weshalb läßt du mich nicht in Ruhe arbeiten?«

»Der Boden gehört mir, wem denn sonst! Verschwinde nun von hier!« rief ihm der Teufel entgegen.

Ob er wollte oder nicht, Adam mußte sich auf den Weg zu einem weiter entfernt gelegenen Feld machen. Dort angekommen, begann er gleich wieder mit der Arbeit, doch der Teufel war erneut zur Stelle, versperrte den Ochsen den Weg und vertrieb Adam abermals. Nicht anders erging es ihm beim dritten Mal. Schließlich fragte er den Teufel: »Warum läßt du mich nicht in Frieden ein Stück Land bearbeiten, damit ich auch leben kann?«

»Ich lasse dich nicht in Frieden, denn ich allein herrsche über die Erde«, entgegnete ihm der Teufel.

»Wenn es sich so verhält«, sagte Adam, »dann verrate mir auch, wovon ich und meine Frau leben sollen!«

»Tja, was euer Dasein hier auf Erden betrifft, so könnten wir vielleicht einig werden«, erwiderte ihm der Teufel und fuhrt fort, »ich gäbe dir dieses Stückchen Land und mein Wort darauf, falls du einverstanden bist, deine Kinder mit mir zu teilen. Solange sie leben, sollen sie dir gehören, sterben sie, so müßtest du sie mir überlassen!«

Lange dachte Adam über diesen Vorschlag nach. Ratlos ging er zu Eva, um mit ihr gemeinsam zu überlegen, doch am Ende blieb ihnen nichts weiter übrig, als sich dem Willen des Teufels zu beugen. Sogleich ritzte der Teufel Adams Haupt leicht auf und schrieb mit dessen Blut die Abmachung auf eine Steinplatte. Kaum war dies geschehen, verschwand er mit der Platte und schob sie unter den Kessel in der Hölle. Dort lag sie eine lange, lange Zeit, so daß alle Menschen nach ihrem Tode in den Höllenkessel kamen und darin unter endloser Pein litten.

Zu guter Letzt bekam Gott mit den Menschen Mitleid und schuf Christus. Als dieser erwachsen war, entwendete er dem Teufel jene Platte aus der Hölle und rettete somit all die ehrlichen und unschuldigen Seelen. In des Teufels Kessel aber kamen nun nur noch die Sünder, die Schuldigen und die Ungerechten.

Dem Teufel war auch damit Genüge getan, und Adam konnte fortan ungestört seinen Ackerboden bestellen und sich von ihm ernähren, was er ja mußte, nachdem Gott ihn wegen seines Ungehorsams aus dem Paradies verstoßen hatte.

13.
Jeder Mensch ist seines Glückes Schmied

Einst, da Gott die ersten Menschen aus dem Paradies vertrieb und diese fortan aus eigenen Kräften ihr Schicksal bestimmen mußten, schickte er ihnen in seinem Zorn den Fluch nach, viele Kinder zu bekommen. Dabei bedachte aber Gott nicht, daß diese Kinder auch ernährt und gekleidet sein wollen, um irgendwie leben zu können.

Viel Zeit mußte vergehen, ehe Gottes Zorn nachließ und er schließlich zu sich selbst sagte: ›Ich will zu Adam gehen und sehen, ob und wie er mitsamt seiner Kinderschar in der Welt zurechtkommt.‹

»Ach, lieber Herrgott, ich streife häufig an Adams Haus vorbei«, sagte einer seiner Engel zu ihm. »Adam – möge er wohlauf bleiben – hat so viele Kinder in die Welt gesetzt, daß sie ihm noch die Haare vom Kopfe essen werden. Er kann sie weder ernähren, noch kleiden.«

»Nun, da du weißt, wo Adam wohnt, geh und sage ihm,

daß ich ihn besuchen werde, weil ich sehen will, wie er lebt, was er arbeitet und was er sonst noch macht.«

Sogleich begab sich der Engel zu Adam und Eva und sagte ihnen, daß Gott in ihr Haus kommen wolle, um zu sehen, was aus ihnen geworden sei.

»Ach, Mann, was machen wir nur jetzt?« fragte Eva erschrocken.

»Du wirst morgen in aller Frühe aufstehen«, antwortete Adam, »die Kinder waschen und zurechtmachen, denn so, wie sie jetzt sind, können sie jeden Gast aus dem Haus vertreiben.«

Am nächsten Tag stand Eva schon kurz nach Mitternacht auf, weckte die Kinder und begann, sie zu waschen, zu kämmen und anzukleiden.

Ein Kind nach dem anderen kam an die Reihe. Dabei merkte die Frau nicht, daß es schon Mittag geworden war und besann sich dessen erst, als Gott bereits den Hof betrat. Sie schämte sich vor Gott, und darum sagte sie schnell zu ihren Kindern: »Hört Kinder! All die schon Gewaschenen und Gekleideten werden den alten Mann jetzt begrüßen und ihm die Hand küssen, ihr anderen aber, lauft zu den Wiesen hinauf und spielt miteinander. Euch kann ich erst morgen zurechtmachen.«

Die ungewaschenen Kinder schienen nur darauf gewartet zu haben und liefen Hals über Kopf auseinander. Die Geputzten aber traten aus dem Haus, küßten nacheinander Gottes Hand. Gott gab jedem Kind seinen Segen: »Euch, Kinder, soll ein frohes und gesundes Leben beschieden sein, und all eure Wünsche mögen in Erfüllung gehen! Du sollst ein Zar werden«, sprach Gott zum ersten Jungen, »du wirst ein Wesir, du ein Patriarch, du ein Herrscher, du ein Pope, du ein Richter, du ein Ratgeber des Zaren und des Wesirs und wirst ihnen mit deinem Verstand helfen. Und du, liebes Mädchen, sollst eine Zarin werden, du wirst einen Wesir heiraten, du einen Popen, du einen Richter und du einen König.«

So sprach Gott zu den Kindern und segnete sie alle, damit jedes von ihnen ein schönes Leben haben werde. Als die Frau die Verheißungen Gottes für diese Kinder hörte, regte sich ihr Mutterherz, sie überwand sich und sagte: »Lieber Herrgott, wir haben noch mehr Kinder, Jungen und Mädchen, warte bitte ein wenig, damit du auch ihnen deinen Segen gibst und sie ihr Glück finden können.«

»Aber warum sind sie nicht hier?« fragte Gott.

»Ach, ich habe es nicht vermocht, alle unsere Kinder zu waschen und für einen Gast würdig zurechtzumachen. So habe ich sie fortgeschickt, damit sie derweil auf den Wiesen spielen.«

»Nun, die Schuld der Kinder ist es nicht«, sprach Gott, »so laß sie nur herkommen.«

Sogleich rief die Frau nach ihnen, doch, wie Kinder eben sind, waren sie so sehr mit ihrem Spiel beschäftigt, daß es einige Zeit dauerte, bis sie alle kamen. Sie haben also Gott warten lassen. Er hatte sich inzwischen hingesetzt und sprach mit Adam und Eva, gleichzeitig beobachtete er genau, wann diese Kinder kamen. Als sie sich nach Herzenslust ausgetobt hatten, kam schließlich eines nach dem anderen in den Hof gerannt. Es waren arme kleine Wesen, die in ihrem Leben noch nicht viel gesehen und gelernt hatten. Sie verbeugten sich vor Gott, küßten, nachdem sie den Schmutz von den Händen an ihren Sachen abgewischt hatten, dessen Hand und bekamen ebenfalls Gottes Segen. »Du, mein Sohn, sollst der Diener des Zaren werden, du aber wirst ihm die Kleider reichen, du als Schneider dem Zaren seine Kleider nähen, du sein Schuster sein, du sein Koch, du brennst ihm den Schnaps, du wirst seine Weingärten pflegen und ihm den Wein keltern, du wirst seine Schafherden hüten, du seine Rinder, du sollst ihm die Fische fangen und du sein Schweinehirt sein, du baust ihm die Wege für sein Heer, und du sollst sein Soldat werden. Du, mein Mädchen, nähst der Zarin die Kleider, du wäschst dem Wesir die Füße, du sorgst für Sauberkeit im Hause des Popen, du wirst dies, du das ...« Und so sollte ein jedes im Schweiße seines Angesichts sein Brot erwerben und sein Leben lang arbeiten.

Mit traurigem Herzen hatte sich die Mutter die Worte Gottes für diese Kinder angehört und sagte nun: »Herrgott, wo ist deine Gerechtigkeit geblieben? Warum hast du den sauberen und geputzten Kindern ein so prunkvolles Leben zugesprochen, eines gar schöner als das andere, während du den noch ungeputzten eine so schwere Last aufbürdest?«

»Das ist allein meine Sache!« erwiderte Gott verärgert und sagte: »Schließlich können nicht alle Müßiggänger und Hochgestellte sein, es muß auch solche geben, die sie ernähren. Den Leidenskelch bedachte ich also wohl, doch brauchen sich die Kinder dem nicht ein Leben lang beugen. Jene, die sich im Schweiße ihres Angesichts zu erhalten haben, gab ich noch mit auf den Weg, listig und klug zu werden. Und so kann also dennoch ein jedes, so gut es eben vermag, dem Schicksal die Stirn bieten und das werden, was es aus eigener Kraft zuwege bringt.«

Nachdem Gott dies gesagt hatte, stand er auf und ging fort. Die Eltern dachten noch lange über diese Worte nach, konnten aber nichts dagegen tun, und so lebten sie weiter wie bisher.

Es kam die Zeit, da sich Gottes Verheißungen erfüllten. Jedes Kind wurde, wozu es einst bestimmt worden war, und daher gibt es sowohl Zaren als auch Wesire, Könige, Herrscher, Popen, Richter – eben eine obere Welt. Aber auch Ackerbauern, Rinder-, Schweine- und Schafhirten, Schneider, Fleischer, Schuster und Lastenträger sind seither auf der Welt – all die einfachen Leute, die man heute noch überall sehen kann. Doch eines zeigt sich auch: jene Kinder, die ein reiches und bequemes Leben führen, sind – wie schon ihre Väter – oft bösen Sinnes; die armen Kinder dagegen mühen sich, lernen immer mehr dazu, so daß man heute im Kreis der Gelehrten Arme wie Reiche finden kann, und nur der Verstand hat sie dazu gebracht.

Von daher sagt man: ›Gottes Segen ist keine Fessel. Wohl segnet er alle, aber wie der einzelne es sich zunutze macht, das hängt von jedem selber ab – der eine hat Erfolg, der andere erleidet einen Fehlschlag, ein dritter kommt ins Gefängnis, ein vierter trennt sich von seiner Frau. Jeder handelt so, wie es ihn sein Verstand lehrt. Denn der Verstand ist das Glück des Menschen von seiner Geburt an. Alle Kinder sind gleich, wenn sie das Licht der Welt erblicken, und so, wie sie wachsen, wächst auch ihr Verstand und bringt ihnen Glück.‹

14.
Warum man den Teufel nicht mehr sieht

Zu jener Zeit, als Gott die Erde, die Menschen und die Tiere erschuf, war der Teufel noch sein Gefolgsmann. Hilfreich stand er ihm zur Seite, bei welcher Arbeit auch immer. Alles besprach Gott zuvor mit ihm, so daß der Teufel bald alle seine Geheimnisse kannte. Soweit, so gut, hätte der Teufel nicht eines Tages klüger sein wollen als Gott selber. Als es nun einmal zum Streit kam, sagte Gott: »Geh fort von hier, ohne mich kannst du sowieso nichts.«

»Wieso kann ich nichts?« fragte verwundert der Teufel. »Hast du dich nicht in allem mit mir vorher beraten? Ohne mich hättest du nichts vollenden können!«

»Nun, ich wollte deinen Rat, solange wir allein waren. Jetzt aber gibt es auf der Erde ein Menschenvolk. Brauche ich Rat, mische ich mich unter die Leute und komme auch ohne dich zurecht.«

»Was willst du von dem Volk lernen«, entgegnete der Teufel, »das du doch selber erschaffen hast? Du bist es doch gewesen, der den Menschen Verstand und Seele gegeben hat, ohne dich wären sie heute nichts. Es ist beschämend für einen Schöpfer wie dich, von Geringeren lernen zu wollen, gerade so, als wollte sich der liebe Adam von seinen Enkeln beraten lassen.«

»Glaube mir, Teufel, die Enkel sind oft findiger als die Großväter«, sagte Gott, »denn was die Enkel heute fertigbringen, davon hat ihr Großvater nicht einmal geträumt, und selbst ich bin nie darauf gekommen.«

So gerieten die einstigen Gefährten in heftigen Streit, der in eine Schlägerei überzugehen drohte. Da merkte Gott, daß es nicht leicht sein werde, den Teufel loszuwerden, und er ersann daher eine List: »Höre, mein Freund, wenn du erfahren möchtest, was die Menschen heute alles können, so geh auf die Erde hinunter, schweife umher, sprich mit ihnen, und sobald du erkannt hast, wie es um die Welt bestellt ist, kehre zurück, und dann wollen wir weiterreden. Wir sind alte Freunde und sollten uns nicht streiten!«

Der Teufel stieg also auf die Erde hinab und zog durch eine weite, karge Landschaft. So weit man das Feld überblicken konnte, war es überall flach wie ein Kuchenblech, kein Vogel flog umher, kein Hund war zu hören und nicht ein einziger Mensch ringsum war zu sehen. Der Teufel lief und lief, immer geraden Weges. Erst als er ein wenig ausruhen wollte, bog er vom Wege ab und sah, nicht weit von sich entfernt, einen Birnbaum stehen. Dies schien ihm das rechte Plätzchen für ein Dämmerstündchen zu sein. Er ging hin und fand zu seiner Überraschung einen Mann darunter liegen. Leise schlich sich der Teufel heran, kauerte nieder und begann den Mann zu betrachten. Er dachte nach, wie der Herrgott so viel Verstand in einen so ganz und gar gewöhnlichen Mann stecken konnte. Während der Teufel ihn von Kopf bis Fuß ins Auge faßte, mußte er niesen, woraufhin der Mann erwachte.

»Hast du ausgeschlafen, Bruder?« fragte ihn der Teufel.

»Ich denk schon, mein Freund«, antwortete der Mann und sagte dann weiter: »Ach, der Schatten ist immer dichter und kühler geworden, mich friert, und mein Rücken ist schon ganz steif.« Der Mann stand auf und sprang von einem Bein auf das andere und hauchte dabei ständig in seine Hände.

»Warum bläst du in deine Hände?« fragte der Teufel.

»Nun, weil sie im Schatten kalt geworden sind und ich sie mit meinem Atem etwas erwärmen will«.

»Würde dich der Herrgott jetzt fragen: wohin des Wegs, wie wäre deine Antwort?« wollte der Teufel dann wissen.

»Ich bin unterwegs zu einem Dorf, um dort eine Jungfrau näher kennenzulernen. Denn ich habe beschlossen zu heiraten, und so ziehe ich umher und suche nach dem rechten Mädchen für mein Herz und meine Seele.«

»Nimmst du mich als Freund mit, damit ich sie auch sehen kann?«

»O ja, sehr gern sogar nehme ich dich mit«, sagte erfreut der Mann, »denn ohnehin war mir nicht wohl dabei, meine Braut allein aussuchen zu müssen. Doch jetzt, zu zweit, wird es mir bestimmt leichter fallen!«

Gemeinsam zogen sie los. Lange waren sie unterwegs, bis sie schließlich mit der Abenddämmerung das Dorf erreichten. Inzwischen war ein eisiger Wind aufgezogen, so daß beide frierend ins Haus der Braut eintraten. Der Vater des Mädchens ließ sie gleich am Feuer Platz nehmen, damit sie sich aufwärmen konnten.

Und wie sie so einige Zeit dort saßen, wurde es dem Mann zu warm. Seine Hände schwitzten, und so blies er nun in sie hinein, um sie mit seinem Atem etwas abzukühlen. Denn aufstehen wollte er nicht, hätten ihn doch dann die Angehörigen der Braut von Kopf bis Fuß gemustert, was ihn verlegen gemacht hätte.

Der Teufel sah, wie der Mann in seine Hände blies und fragte: »Mein Bruder, weshalb hauchst du in deine Hände?«

»Sie sind so warm, und ich will sie mit meinem Atem etwas abkühlen«, antwortete der Mann.

Darüber wunderte sich der Teufel sehr, hatte doch der Mann unter jenem Birnbaum in die Hände geblasen, um sie zu wärmen, diesmal aber, um sie abzukühlen! Dem Teufel wurde es gar unheimlich, und er sagte: »He, du Menschenkind, wie kannst du mit deinem Atem das eine Mal Wärme und das andere Mal Kälte machen?«

»Ha, das ist sehr einfach«, erklärte lachend der Mann. »Komm mit in mein Dorf, dann wirst du sehen, daß dies schon die Kinder verstehen. Frieren sie, so hauchen sie in ihre Hände, um sie aufzuwärmen, ist ihnen aber heiß, tun sie das gleiche, um sie abzukühlen.«

»Was denn, sogar die Kinder haben schon einen solchen Atem?« fragte erschrocken der Teufel zurück.

»Aber gewiß, schließlich werden auch aus den kleinsten Kindern einmal starke Männer!«

Während sich der Teufel noch am Feuer wärmte, sann er darüber nach, über welche schrecklichen Mächte und Kräfte der Mensch verfüge, wenn er aus ein und demselben Mund Hitze wie Kälte zu machen vermag. Da packte den Teufel die Angst, und so ruhig er eben noch zu sitzen schien, so plötzlich und unbemerkt verschwand er auch.

Von da an ist der Teufel von niemandem und nirgendwo mehr gesehen worden. Doch geht der Glaube um, daß er sich in ein Tier verwandelt habe, vielleicht in einen Wolf oder in einen Hasen oder in einen Bären oder in einen Fuchs, denn sobald diese auch nur einen Menschen erblikken, flüchten sie und verbergen sie sich. Auch wenn der Mensch unbewaffnet unterwegs ist, braucht er nur laut aufzuschreien, und schon nehmen sämtliche Tiere Reißaus.

15.
Wie der Winter entstand

Es gab einst keinen Winter, sondern es war immer Sommer. Von den Tieren, die zur Welt kamen, starb keines, sei es nun klein oder groß, und sie vermehrten sich so sehr, daß sie die ganze Erde übervölkerten. Auch wurden sie im Laufe der Zeit groß und stark, und so wollte schließlich ein eitler Frosch eine junge Frau zur Braut haben. Sie war sehr schön und von vielen Jünglingen umworben, doch der mächtige Frosch ließ ihr keine andere Wahl. Da ging der Vater zum lieben Gott, der gerade auf der Erde wandelte, und klagte über jenen Frosch und dessen Absicht, seine Tochter zur Heirat zu zwingen. Der liebe Gott sagte darauf zu ihm: »Geh nur wieder nach Hause und sage dem Frosch, er möge all seine Artgenossen und Verwandten auf der Erde zusammenrufen und sie als Brautwerber mitbringen, wenn er um die Hand deiner Tochter anhält.«

Sogleich lief der Mann zum Frosch und sprach: »Rufe alle dir gleichen und verwandten Tiere der Erde herbei und führe sie zu mir, wenn du um meine Tochter wirbst.«

Der Frosch sprang eilig auf, und es gelang ihm, in nur kurzer Zeit unzählige Frösche, Schlangen, Eidechsen und was sonst noch alles kreucht und fleucht auf Erden zu versammeln. Bald waren es so viele, daß das ganze Feld dunkel wurde. Alle machten sich auf den Weg zu jenem schönen Mädchen. Im selben Augenblick aber sprach Gott zu dem Vater: »Öffne das Tor dort!« Und der Mann tat, wie ihm geheißen.

Es war das Tor, hinter dem zu jener Zeit die Winde und die Fröste verschlossen waren. Und kaum war es geöffnet, schon begannen starke Stürme aufzuziehen, Schnee fiel vom Himmel, und bald fegte ein dichtes Schneetreiben über die Ebene hinweg. All die Tiere, die mit dem Frosch als Brautwerber gekommen waren, flüchteten, ein jedes, wohin es nur konnte: einige schlichen in den Wald, andere krochen ins Wasser, der Rest aber, der nicht schnell genug flüchten konnte, erfror in der eisigen Kälte. Am Ende waren nur wenige übriggeblieben. Jene, die in den Wald geflüchtet waren, leben auch heute noch dort, die anderen hingegen verbringen ihr Leben seitdem im Wasser.

Seit jener Zeit also gibt es auch den Winter. Nach Gottes Willen sollte nunmehr eine Jahreshälfte Sommer sein, damit alles fruchtbar werde und sich vermehre, dann aber sollte der Winter herrschen, den nicht alle Tiere überleben. Daher können es auch nie mehr so viele werden wie zu jener frühen Zeit.

Und all dies bewirkte, man stelle es sich vor, ein eitler Frosch, der sich vor Übermut vergaß und ein junges Mädchen zur Braut haben wollte.

16.

Warum die Sonne nicht heiratete

Einst wollte die Sonne heiraten und lud alle Tiere zur Hochzeit ein. Alle wurden eingeladen, nur den Igel konnte die Sonne nirgends finden. Dieser hatte jedoch inzwischen von der Absicht der Sonne erfahren und war so verärgert, daß er sich in seiner Höhle versteckte, fest entschlossen, an der Hochzeitsfeier nicht teilzunehmen. Die Sonne kam in sein Haus, und da sie es verlassen vorfand, hinterließ sie bei den Nachbarn die Nachricht, er solle unbedingt zur Hochzeit kommen!

Der Igel versuchte, sosehr er nur konnte, sich davor zu drücken, am Ende jedoch war ihm keine andere Wahl geblieben, als mit all den anderen Tieren mitzuziehen, denn schließlich kann man sich nicht ewig vor der Sonne, der Zarin des Lebens, verbergen.

Während des langen Weges zur Hochzeitsfeier sprach der Igel kein einziges Wort. Schweigend folgte er seinen Freunden, die immer heiterer wurden und durcheinander redeten, so wie Hochzeitsgäste eben sind! Als endlich die Tiere die Paläste der Sonne erreicht hatten, setzten sie sich sogleich an die reich gedeckte Hochzeitstafel und begannen zu schmausen und zu trinken. Das Fest nahm seinen Lauf. Bald wurde es so laut, daß man sein eigenes Wort nicht verstehen konnte. Da aber brüllte der Löwe, der König aller Tiere, so dröhnend auf, daß die ganze Tafelrunde schier erbebte und alle sofort verstummten und auf ihren Plätzen zusammensanken. Nur der Igel ließ sich nicht stören und nagte weiter an einem Stein, den er sich mitgebracht hatte.

Kurz darauf drang durch die Saaltür sengende Hitze, und die Sonne trat ein. Sie begrüßte ihre Gäste der Reihe nach und ermunterte sie, von allen Speisen und Getränken zu kosten. Als die Sonne zum Igel kam und sah, daß dieser an einem spitzen Stein nagte, wunderte sie sich sehr, sagte aber nichts. Der Igel nagte unbekümmert weiter, ohne einmal seinen Kopf zu heben. Lange konnte die Sonne dem nicht zusehen und fragte schließlich: »Warum nagst du an diesem Stein, Igel? Sollte dir mein Festmahl nicht schmecken, dann sag es mir, ich will dir sofort etwas anderes zubereiten lassen, was immer du auch wünschst. Ich bitte dich nur, laß ab von diesem Stein!«

»Liebe Sonne, deine Speisen sind sicher alle sehr schmackhaft, doch will ich lieber an diesem Stein hier nagen, um mich langsam daran zu gewöhnen. Bisher bist du allein, und es ist schon so heiß, daß man es gerade noch aushalten kann. Aber wenn du erst geheiratet und weitere Sonnen zur Welt gebracht hast, was wird dann wohl auf der Erde übrigbleiben? Wovon werden wir uns dann noch ernähren können? Alles wird in Flammen aufgehen und verbrennen bis auf die Steine. Darum will ich es rechtzeitig lernen, Steine zu essen.«

Nachdenklich verließ die Sonne ihre Gäste und schloß sich in einem ihrer Zimmer ein. Die Tiere warteten und warteten, doch die Sonne ließ sich nicht mehr blicken. Was mag nur geschehen sein, fragten sich die Hochzeitsgäste. Niemand hatte das Gespräch zwischen der Sonne und dem Igel gehört, und so verstand man auch nicht, weshalb die Sonne mit einem so besorgten Gesicht hinausgegangen war. Ein kleiner Mäuserich sprang auf und sah durch ein Loch in der Wand, daß die Sonne mit hängendem Kopf grübelnd dasaß. Erschrocken kehrte der Mäuserich an die Hochzeitstafel zurück. Kurz darauf kam die Sonne wieder und bat die Tiere, nach Hause zu gehen, denn heiraten könne sie nicht, weder jetzt noch später. »Der Igel hat recht, wenn er sagt, daß es nur eine Sonne geben dürfe, um das Leben auf der Erde zu bewahren.«

Betroffen hörten die Tiere diese Worte und sahen, mit welcher Mühe die Sonne ihren Kummer hinunterschluckte. Da wurden die Tiere zornig auf den Igel und wollten sich auf ihn stürzen und ihn töten. Doch dieser hatte es wohl geahnt und sich versteckt, noch bevor sie nach ihm zu suchen anfingen. Nirgends war er zu finden und erst, als sich die Tiere weit genug entfernt hatten, kroch er aus seinem Versteck heraus. Ängstlich hielt er nach allen Seiten Ausschau, und just in diesem Augenblick warf ihm die Sonne ein Stachelkleid herunter, denn bis dahin war seine Haut noch glatt und glänzend. An Ort und Stelle wuchs es ihm fest an. Seither besitzt der Igel spitze Stacheln als Schutz vor den Tieren, die noch heute nach ihm suchen. Der Igel aber muß sich nicht länger fürchten, denn ist Gefahr in seiner Nähe, rollt er sich schnell zusammen, da soll jemand versuchen, ihn anzugreifen.

Dem Igel ist es also zu verdanken, daß wir nur eine Sonne haben.

17.
Durch Blicke allein entsteht nichts

Als der Herrgott die Menschen erschaffen hatte, rief er alle Heiligen zusammen, um mit ihnen zu entscheiden, auf welche Weise die Menschen sich vermehren sollten. Da bestimmten die Heiligen, daß Mann und Frau sich tief in die Augen schauen müßten, und durch ihre Blicke entstünde schließlich das Kind. Kaum war es so beschlossen, setzten sich die Heiligen zum Essen nieder, während der heilige Iwan ihnen den Tisch richtete. Er war der Koch unter ihnen und sorgte für das leibliche Wohl. Nachdem die Heiligen von der Mahlzeit gekostet hatten, sagten alle im Chor: »He, Iwan, dein Essen ist ohne Salz, salze es!«

Da nahm dieser eine Handvoll Salz und fuhr damit über die Schüssel, ohne aber auch nur ein Körnchen fallen zu lassen. Abermals kosteten die Heiligen und sagten darauf: »Iwan, von Salz ist noch immer nichts zu spüren!«

Ein zweites Mal tat der heilige Iwan so, als salze er nach und sprach dann verschmitzt: »Probiert mal, ob es jetzt wohl reicht?«

Wieder nahmen sie eine Kostprobe und sagten: »Iwan, es ist immer noch kein Salz daran!«

Nun erst salzte der heilige Iwan wirklich das Essen, und nachdem alle erneut davon probiert hatten, waren sie zufrieden. Da fragte er sie: »Weshalb reichte es eigentlich nicht schon beim ersten oder zweiten Male? Ich habe doch eine Handvoll Salz über der Schüssel hin und her bewegt, trotzdem blieb das Essen ungesalzen?«

»Nun, ganz einfach, zwar bist du mit deiner Hand darüber hinweggefahren, doch hast du kein einziges Körnchen Salz in die Schüssel fallen lassen!« antworteten die Heiligen wie aus einem Munde.

»Tja, wie sollten dann allein durch Blicke die Kinder entstehen können?« fragte sie der heilige Iwan zurück.

Verblüfft sahen sich da die Heiligen an und sprachen schließlich: »Lieber Iwan, für diese weisen Worte soll dein Mund vergoldet sein!«

Daraufhin beschlossen die Heiligen, daß die Menschen heiraten und so ihre Nachkommen bekommen.

Dem gescheiten Iwan aber vergoldeten sie zum Dank tatsächlich den Mund, und fortan nannte man diesen Heiligen ›Iwan den Goldmündigen‹.

18.
Der Arme bei Gott

Es war einmal ein Mann, welcher immerfort arbeitete und sich Tag für Tag abplagte, und dennoch hatte er immer wenig zu essen. Je mehr er sich abmühte, desto mehr verlor er, von einem Überschuß konnte gar nicht die Rede sein. Da sagte sich eines Tages dieser Mann: ›Ich will dorthin gehen, wo das Glück vergeben wird, und sehen, ob ich ewig so leben muß wie bisher oder ob ich es vielleicht doch noch einmal zu etwas bringen werde!‹

Also machte er sich auf den Weg. Er lief und lief sehr lange, bis er auf einen Schafhirten mit seiner Herde traf. So groß dessen Herde auch war, keines der Schafe aber schien gesund zu sein.

»Gott möge dir beistehen, guter Hirte!« grüßte ihn der Mann, worauf der Hirte antwortete: »Gott vergelt's! Wohin des Wegs, mein Freund?«

»Ach, die Sache ist die – seitdem ich arbeiten kann, quäle und plage ich mich ohne Rast und Ruh, und trotzdem kann ich nicht einmal das Geld für mein tägliches Brot zusammenbringen. Daher ziehe ich zu dem Ort, wo das Glück vergeben wird. Solange mich meine Beine noch tragen, will ich laufen, um den Ort zu erreichen.«

»Hör zu, mein Freund, solltest du – möge Gott dir dabei helfen – wirklich dort ankommen, so bitte ich dich, auch nach meinem Glück zu fragen. Du siehst es ja, ich besitze zwar viele Schafe, doch sind sie alle krank.«

Der Mann versprach es und zog weiter. Und wieder war er schon ein gutes Stück gelaufen, als er an eine Brücke kam, die über einen kleinen Fluß führte. Dort erblickte er einen Birnbaum.

Man muß wissen, zu jener Zeit, da dieser arme Mann lebte, konnten noch alle Dinge auf der Erde sprechen – all die Tiere, die Bäume, ja selbst die Steine. Und als nun der Mann ein wenig ausruhen wollte und sich dazu unter den Birnbaum legte, fragte ihn der Baum: »Mein Bruder, wohin führt dein Weg, der dich so erschöpft hat?«

Der Mann erzählte nun auch dem Baum von seinem Leid: »Tag und Nacht mühe ich mich ab für ein Nichts. Deswegen will ich dort, wo das Glück verteilt wird, fragen, ob es mir jemals besser gehen wird.«

Da bat ihn der Baum: »Frage bitte auch nach meinem Glück, denn obwohl ich jedes Frühjahr aufs neue blühe und grüne, bringe ich doch keine einzige Frucht hervor. Warum ist das so?«

Der Mann versprach dem Birnbaum, er würde auch für ihn nachfragen und zog weiter. Nach geraumer Zeit kreuzte der heilige Iwan, verkleidet als alter Mann, seinen Weg und fragte: »Wohin willst du, mein Freund, so wahr dir Gott helfe?«

»Ach, ich bin ein armer Mann, besitze nichts und will nun in meiner Not dorthin, wo das Glück vergeben wird.«

»Wenn es so ist, mein Freund, nimm diesen Weg dort drüben. Du wirst zu einem Weinberg gelangen und einem alten weißbärtigen Mann begegnen. Man erkennt ihn auch daran, daß er mit zwei Hacken gleichzeitig arbeitet – in jeder Hand eine. Da findest du auch eine Hütte, aus der holst du dir eine Hacke und gehst dann zu dem Alten hin und hilfst ihm. Doch hüte dich davor, auch nur ein Wörtchen zu ihm zu sagen. Hacke, soviel du kannst, aber schweige dabei. Eines kannst du gewiß sein, hungrig wird er dich nicht lassen.«

So folgte nun der Mann dem gewiesenen Weg und kam schließlich zu jenem Berg, den der heilige Iwan ihm beschrieben hatte. Er sah dort tatsächlich jenen weißbärtigen Alten mit seinen zwei Hacken. Als er sich umsah, erblickte er auch die Hütte. Der Mann holte sich von dort eine Hacke und begann nun neben dem Alten die Erde zu bearbeiten. Der Alte hackte so schnell, daß ihm der Schweiß wie Wasser von der Stirn herunterlief. Der Mann folgte ihm, so gut er konnte, und sagte kein Wort. Beide schwiegen: weder der eine noch der andere sprach ein Wort. Als es dunkel wurde, ging der Alte in die Hütte und setzte sich im Dunkeln nieder – es gab weder eine Kerze noch einen Kienspan. Der andere folgte und setzte sich daneben. Der Alte aß trockenes Brot mit Salz und gab auch dem Mann davon. Dieser nahm das Brot, ohne ein Wort zu sagen, und aß davon. Soviel er aber von dem Brot auch verzehrte, es wurde nicht weniger. Es war, als wäre es unberührt geblieben. Als sich dann der Alte zum Schlafen auf die nackte Erde gelegt hatte – ohne eine Decke, nur die zwei Hackenstiele als Kissen – rief eine Stimme über den Weinberg herüber: »He, Alter, heute starben dreihundert Seelen und dreihunderteine wurden geboren. Sag, welches Glück sollen sie in ihrem Leben finden?«

»Das gleiche, das auch ich heute fand, sollen sie ein Leben lang haben!« sprach der Alte und schlief nach diesen Worten ein.

Am nächsten Morgen stand der Alte noch in der Dämmerung auf, nahm wieder seine zwei Hacken und ging auf den Weinberg hinaus. So schweigend wie der Mann ihm gefolgt war, so schweigend arbeiteten sie den ganzen Tag hindurch. Selbst, als sie die Hacken einmal ruhen ließen, um sich ein wenig zu stärken, teilten sie stumm das Brot. Abends kehrte der Alte wieder in die Hütte zurück, mit ihm auch der Mann, nur war die Hütte nicht mehr so ärmlich wie am Abend zuvor. Ja, sie war besser hergerichtet, und es stand warmes Essen bereit, so daß beide sich gleich niedersetzten und aßen. Danach ging der Alte schlafen, doch legte er sich an diesem Abend nicht auf dem Boden, sondern auf einer Pritsche zur Ruhe. Kaum war das geschehen, erscholl wieder jene Stimme und rief: »He, Alter, heute starben dreihundert Seelen und dreihunderteine wurden geboren. Sag, welches Glück sollen sie in ihrem Leben finden?«

Der Alte sprach: »Das gleiche, das auch ich heute fand, sollen sie ein Leben lang haben!« Und schon schlief er fest ein.

Der dritte Tag verlief wie die vorherigen – beide hackten auf dem Weinberg und schwiegen die ganze Zeit. Am Abend war die kleine Hütte verschwunden, und an ihrer Stelle stand nun ein schönes Haus, das auch gut eingerichtet war: richtige Betten standen bereit und ein Tisch, gedeckt mit allerlei Speisen und Getränken. Der Alte und der Mann setzten sich und aßen zu Abend. Auch diesmal wurde es nicht weniger auf dem Tisch, soviel sie von allem auch aßen. Danach legte sich der Alte in ein bequemes Bett, und schon rief wieder eine Stimme von weither: »He, Alter, heute starben dreihundert Seelen und dreihunderteine wurden geboren. Sag, welches Glück sollen sie in ihrem Leben finden?«

»Das gleiche, das auch ich heute fand, sollen sie ein Leben lang haben!« antwortete der Alte und schlief dann fest ein.

So verstrich eine ganze Woche. Täglich zog der Alte auf den Weinberg und arbeitete dort mit beiden Hacken gleichzeitig, dem anderen immer ein Stückchen voran. Auch jener hackte fleißig und schwieg dabei. Mit jedem Abend wurde das Haus schöner und schöner, immer mehr Speisen und Getränke standen bereit, und auch das Nachtlager wurde von Mal zu Mal weicher und bequemer. Allabendlich, sobald der Alte sich zur Ruhe legte, hörte man es über den Weinberg rufen: »He, Alter, heute starben dreihundert Seelen und dreihunderteine wurden geboren. Sag, welches Glück sollen sie finden?« Und stets antwortete dieser mit dem kurzen Satz: »Das gleiche, das auch ich heute fand, sollen sie ein Leben lang haben!«

Und als es am siebenten Tag dunkel wurde, war das Haus nicht wiederzuerkennen. Der alte Mann schritt nun durch mehrere Höfe und stieg auf große und schöne Balkone, welche prachtvoll hergerichtet und geschmückt waren. Vielerlei Speisen und Weine in goldenen und silbernen Gefäßen standen auf einer großen Tafel bereit. Beide Männer setzten sich nieder und aßen und tranken davon, und der Tisch blieb genauso voll, wie er war. Dann ging der Alte schlafen in ein Bett mit Federmatratzen und deckte sich mit einer aus glänzender Seide und Gold gearbeiteten Decke zu.

»He, Alter«, hörte man es wieder vom Weinberg her rufen, »heute starben dreihundert Seelen und dreihunderteine wurden geboren. Sag, welches Glück sollen sie finden?«

»Das gleiche, das auch ich heute fand, sollen sie ein Leben lang haben!« sprach der Alte und schlief schon ein.

Am nächsten Morgen, es war ein Feiertag, zog der Alte feine Kleider an und machte sich auf den Weg in die Kirche. Der Mann wollte ihm folgen, so wie er es immer getan hatte, da aber wandte sich der Alte zu ihm um und fragte: »Warum läufst du mir immer hinterher und überhaupt, warum bist du eigentlich zu mir gekommen?«

Nun erzählte der Mann von all seiner Not: »Was immer ich tue, soviel ich auch arbeite, es kommt nichts dabei heraus. Selbst das Wenige zum Essen kann ich nicht aufbringen, darum bin ich von weit hergekommen, um dich, da du das Glück der Menschen bestimmst, zu fragen, ob es mir jemals besser gehen wird oder ob ich ewig der ärmste Bettler bleiben muß?«

»Weißt du noch, was ich an jenem ersten Abend, als du zu mir gekommen warst, gegessen und worauf ich geschlafen habe?« fragte der Alte und fuhr fort: »Ja, und an einem solchen Abend wurdest auch du und damit dein Glück geboren. Sosehr du dich auch abmühst, ändern kannst du daran nichts. Doch wird sich mit der Hochzeit dein Glück noch wenden. In einem kleinen Dorf lebt deine Braut, die einst an einem dritten Abend geboren wurde. Geh hin zu ihr und lebe fortan an ihrer Seite, doch merke dir eines: so weit du im Leben mit ihr auch vorankommen wirst, sage niemals ›Es gehört mir!‹«

Nachdem der Mann den Namen des Dorfes und des Mädchens erfahren hatte, erzählte er dem Alten: »Auf meinem Weg hierher habe ich einen Hirten mit seiner großen Schafherde getroffen. Keines der Tiere aber war gesund. Geschwächt, ja krank sahen sie alle aus. Das eine war krumm, das andere ohne Fell, manche wirr im Kopf, einige räudig – ach, man mag nicht darüber reden. Darum bat mich der Hirte, dich zu fragen, weswegen seine Tiere so krank seien.«

»Sage dem Hirten, seine Tiere sind so schwach, weil er für das Opfermahl immer nur das kleinste schlachtet. Wenn er aber das größte und schönste Lamm opfert, dann wird seine Herde gedeihen.«

Danach sprach der Mann von der Bitte des Birnbaums: »Als ich an eine Brücke kam, die über einen kleinen Fluß führt, sah ich einen Birnbaum stehen, unter dem ich mich ein wenig ausruhte. Da klagte auch dieser sein Leid. Jedes Frühjahr blühe und grüne er prächtig, aber trotzdem könne er keine einzige Frucht bringen.«

»Kommst du auf deinem Rückweg wieder an diese Brücke«, sagte der Alte zu dem Mann, »so überquere sie mit geschlossenen Augen und rufe dem Birnbaum dabei zu: ›Stoß heraus, was unter dir vergraben ist!‹ Du mußt aber weiterziehen, ohne dich nach dem Baum umzusehen, denn nur dann kann er Früchte tragen.«

Der Mann hatte nun alle seine Fragen gestellt und machte sich auf den Rückweg. Jener Alte aber, der zurückgeblieben war, war kein anderer als Gott selber. Er bestimmte von seinem Weinberg aus das Glück und das Schicksal der Menschen. Und dies tat er Abend für Abend.

Sobald jene Stimme, die Stimme des Engels, nach ihm rief, bestimmte Gott das Schicksal aller an diesem Tage Geborenen, je nach dem Abendbrot, das er selber am Abend vorfand.

Als der Mann auf dem Rückweg wieder an den Fluß kam, dort wo der Birnbaum stand, lief er, genau wie es der Alte gesagt hatte, mit geschlossenen Augen über die Brücke und rief dem Baum dabei zu: »He, Birnbaum, stoß heraus, was unter dir vergraben ist, dann kannst du fortan Früchte tragen!«

Und so geschah es, daß der Baum einen Kessel voller Geld aus seinen Wurzeln stieß. Das also war es, weshalb der Alte dem Mann gesagt hatte, daß er mit geschlossenen Augen vorüberziehen müsse, denn dem am ärmlichsten Geborenen sollte im Leben nichts geschenkt werden.

Von dort aus ging der Mann zu dem Schafhirten und sagte zu ihm: »Guter Hirte, elend ist deine Herde, weil du für das Opfermahl immer nur das magerste und kleinste Schäfchen schlachtest. Für einen Feiertag aber muß das beste und schönste Lamm geopfert werden, damit alle Schafe gut gedeihen.« Der Hirte folgte diesem Rat und besaß von da ab eine große und gesunde Herde.

Endlich kam der Mann auch in das Dorf, in dem seine Braut wohnte, die an einem dritten Abend geboren worden war. Sie heirateten bald, und schon nach kurzer Zeit waren beide durch ihrer Hände Arbeit vorangekommen. Sie hatten nicht nur ihr Auskommen, sondern besaßen überdies so viel, daß man sie gar zu den Begüterten des Dorfes zählte. Die Frau war eben vom Glück begnadet, und so lebte auch der Mann an ihrer Seite ein gutes Leben. Doch fragte ihn mal jemand, wessen Pferd er da führe, antwortete er stets: »Meiner Frau gehört es!« Wonach man sich auch bei ihm erkundigte, seine Antwort war immer die gleiche – dem Gebot des Alten genau folgend.

Eines Tages war der Mann auf dem Markt in der Stadt. Auf dem Rückweg kam er mit einigen Freunden an einem großen und herrlichen Getreidefeld vorbei. Was für ein Weizen war das! – die Halme schaukelten gleichmäßig im

Winde und rauschten wie Meereswogen. Da fragten seine Freunde voller Bewunderung: »Wem mag dieses prächtige Feld wohl gehören?« Darauf antwortete der Mann: »Mir gehört es!«, und kaum hatte er dies ausgesprochen, schlugen hohe Feuerflammen auf und erfaßten das ganze Feld. Der Mann rannte mitten in die Flammen hinein und rief: »Lieber Herrgott, alles, was bisher verbrannte, gehörte mir, und was noch nicht verbrannte, gehört allein meiner Frau!« Und so schnell die Flammen gekommen waren, so schnell verschwanden sie auch wieder. Seit diesem Tage jedoch sagte der Mann niemals mehr: »Es gehört mir!« sondern: »Meiner Frau gehört es, allein meiner Frau!«

So kann es also einem Mann ergehen, den Gott mit Glück nicht gesegnet hat. Allein vermag er eben nicht voranzukommen, trotz aller Müh und allem Weh.

19.
Auch Gott sündigt wie die Menschen

Es lebten einmal eine Frau und ein Mann. Es waren sehr sanftmütige Menschen, aber sie hatten keine Kinder. Zwar gebar die Frau Jahr für Jahr eins, doch starb jedes, noch bevor es getauft wurde. Zehn Jahre waren so verstrichen und zehn Kinder bereits gestorben, worüber sich die Frau vor Kummer und Leid die Augen ausweinte. So liefen Vater und Mutter verzweifelt zu diesem und jenem, suchten Rat bei alten Leuten und fragten, was sie tun könnten, damit ihr nächstes Kind am Leben bliebe. Da sagte ein altes Mütterchen zu der Frau: »Nehmt einen anderen Taufpaten. Der, den ihr bisher hattet, ist ein großer Sünder. Darum hat ihn der Herrgott verflucht, kein rechter Pate sein zu können. Daher also mußten all eure Kinder sterben. Dein Mann sollte sich auf den Weg machen und jeden, dem er begegnet, fragen, ob er Pate werden möchte. Nur soll er ihn vorher genau ausfragen und darauf achten, daß er einen Gerechten nimmt.«

Die Frau dachte darüber nach und sagte dann zu ihrem

Mann: »Hör zu, lieber Mann, die Frau von da drüben hat genauso wie wir lange leiden müssen. Erst seitdem sie sich einen anderen Taufpaten gesucht hat, sind die Söhne groß und stark wie Kiefern. Bitte ziehe auch du nun los und suche uns einen anderen Paten. Aber prüfe ihn genau und finde heraus, ob er gerecht ist oder nicht. Wir wollen ihm unser Kind weihen, wenn es durch sein Glück überleben kann.«

Der Mann folgte dem Wunsch seiner Frau und machte sich auf den Weg. Nach einiger Zeit begegnete er einem Alten, den er freundlich mit einem ›Gott befohlen‹ grüßte und weiter zu ihm sagte: »Sollte dich der Herrgott jetzt fragen, wohin des Wegs, wie wäre dann deine Antwort?«

»Der Herrgott möchte, daß ich mich umsehe in der Welt, um zu erfahren, wie sie ist, was es so gibt, woran es fehlt, kurz gesagt, um für ein besseres Leben zu lernen.«

»Ach, und wenn du von einem besseren Leben weißt, was tust du dann?«

»Gott weiß, was dann kommt. Ich werde mich zur Ruhe setzen, wie es sich für einen alten Mann gehört. Aber du, sage mir, wohin willst du in dieser Stunde?« fragte er.

»Es ist ein Jammer, schon seit zehn Jahren bringt meine liebe Frau jedes Jahr ein Kind zur Welt, doch keinem war es beschieden, lange zu leben. Und so bin ich nun losgezogen, um einen anderen Taufpaten zu suchen.«

»Nun, du hast ihn gefunden. Ich bin ein alter Mann und habe bisher weder getauft nocht getraut. Also, wenn du willst, nimm mich als Taufpaten.«

»Warum nicht«, sagte der Mann, »nur brauche ich einen redlichen, damit sein Glück auch das Glück meines Kindes wird. Mir und meiner Frau blieb es bisher vergönnt, doch möge wenigstens jetzt der Pate damit gesegnet sein.«

»Einen gerechteren Paten als mich wirst du wohl kaum finden können«, sagte der Alte.

»Woher willst du wissen, daß gerade du der Gerechteste bist? Ein jeder irrt einmal, mal fastet man nicht, mal streitet man sich mit den Leuten und sagt in seinem Ärger ein unbedachtes Wort, das den anderen kränkt.«

»Wohl können die Menschen irren, ich aber nicht. Ich bin der Herrgott selber, und gerechter als ich kann niemand sein. Ist es denn nicht so, daß alle vor mir ihre Buße ablegen?«

»Was denn, du, du bist der Herrgott?« rief erschrocken der Mann. »Nur gut, daß du es mir noch rechtzeitig gesagt hast. Beinahe hätte ich dich als Taufpaten genommen, du bist doch der größte Sünder auf dieser Welt!«

»Wie kann ich ein Sünder sein, da ich der Herrgott selber bin?« wunderte sich der Alte. »Vor wem sollte ich sündigen, wer sollte darüber richten können? Ich habe alles erschaffen, und ich vermag auch alles. Mit nur einem Wort könnte ich die ganze Welt auslöschen.«

»Auch das kannst du nicht allein schaffen«, sagte darauf der Mann. »Weswegen hast du so viele Helfer um dich herum versammelt: Heilige, Kirchenväter, ja Krankheiten gar wie die Pest, die Pocken, die Masern, dazu Drachen und Ungeheuer, Teufel, Nachtgespenster und Vampire – alle sollen dir helfen, doch die Menschen kannst du nicht unterkriegen. Es sind so viele, daß man sie gar nicht zählen kann. Auch wenn du sie einst erschaffen hast, so täuscht das dich jetzt, wenn du glaubst, ein Wort von dir genüge, um geschehen zu lassen, was du möchtest.«

»Menschensohn, Menschensohn, du versündigst dich mit jedem Wort, du solltest nicht einmal so denken. Gäbe es mich nicht, gäbe es weder einen Menschen noch eine Katze, weder Gras noch Getreide, alles wäre nur trockene Erde und blauer Himmel!«

»Nun, wenn du alles kannst und fehlerlos bist«, sagte der Mann, der nicht nachgeben wollte, »warum ist es dann so, daß die einen reich sind und alles besitzen, wonach ihre Seele verlangt, während andere arm sind wie ich und Hunger leiden und nicht wissen, wie sie zurechtkommen sollen in dieser Welt, und noch dazu Kinder bekommen, die bald sterben, statt ihnen eine Freude zu sein. Von den Armen werden überdies Abgaben gefordert, wofür sie selbst ihr letztes Hemd verkaufen müssen, am Ende aber können sie doch nicht zahlen. Damit aber nicht genug! Sieh unsere

Nachbarn, die einen haben sieben Söhne, die alle in den Krieg gezogen und gesund wiedergekommen sind. Die andere Nachbarin ist Witwe, sie besaß nur einen Sohn, der aber kehrte aus dem Krieg nimmermehr zurück. Nun ist diese arme Frau in ihrer Not ganz allein, hat niemanden, der für ihr Brot sorgt oder ihr ein gutes Wort sagt. Hältst du das etwa für gerecht! Wenn du wirklich alles könntest, dann wäre es für dich ein leichtes, ihre Seele zu holen, damit sie sich nicht länger auf dieser Welt quälen muß.«

»Das ist nun einmal so. Das Glück der Menschen ist verschieden. Es entspricht dem Tage, an dem sie geboren sind, und ein jeder Tag bringt ein anderes hervor«, entgegnete Gott.

»Nun gut, ich will es dir glauben, daß nicht alle Menschen an einem Tage geboren wurden und daher jeder ein anderes Glück findet. Nur warum hast du es dann aber so gemacht, daß die Finger an jeder Hand und die Zehen an jedem Fuß ungleich sind? Schließlich werden diese doch mit jedem Menschen mitgeboren, an einem Tag, ja in derselben Stunde?«

»Ach, als ich gerade die Finger und die Zehen erschuf, kam der Teufel mir in die Quere und darum sind sie verschieden geworden.«

»Siehst du«, sagte der Mann, »genauso hat dich der Teufel auch zu anderen Fehlern und Ungerechtigkeiten verleitet, so daß du zum größten Sünder geworden bist. Daher möchte ich dich nicht mehr sehen, weder in dieser Welt noch in der anderen dort oben. Laß mich weiterziehen, ich werde einen guten Menschen als Taufpaten noch finden, und hoffentlich bringt er uns endlich das Glück, Kinder aufziehen zu können.«

Nach diesen Worten ging der Mann dann fort und schlug einen anderen Weg ein, voller Bitterkeit darüber, welch ein ungerechter Schöpfer doch der Herrgott sei. Den einen schenkt er ein gutes Leben, reich und zufrieden, den anderen aber ein mühseliges. Zu jener Zeit lebten die Menschen fünfhundert Jahre lang und hatten viel Leid zu ertragen, denn ihr Leben glich dem des Viehs. Und als er so lief, in seine Gedanken versunken, stellte sich ihm jemand in den Weg – auch ein Alter mit weißem Bart, doch schien dieser jünger als der Herrgott zu sein.

»Sei gegrüßt, du Menschensohn!« sagte dieser. »Sollte dich der Herrgott jetzt fragen, wohin des Wegs, wie wäre deine Antwort?«

»Ich suche einen Taufpaten für mein Kind. Zehn Kinder haben wir schon bekommen, doch keines hat lange gelebt. Daher will ich einen anderen, einen würdigeren Taufpaten finden, damit sein Glück auch das Glück meines gerade neugeborenen Kindes wird.«

»Dann laß mich dein Taufpate sein. Ich bin der heilige Petrus und bewahre den Schlüssel zum Paradies«, stellte sich jener Alte ihm vor.

»Ha, dann bist du ja ein Verbündeter Gottes!« sagte darauf der Mann. »Auch du sündigst wie er, euretwegen gibt es dieses Leid auf der Erde und im Himmel.«

»Warum durch uns? Wir sind gerecht, schließlich haben wir die Welt erschaffen mit allem darin!«

»Wenn es so ist, wie du sagst, warum läßt du dann nicht alle Menschen ins Paradies hinein, sondern schickst einige in die Hölle? Woher willst du immer so genau wissen, wer gut und wer böse ist?«

»Ich habe ein Buch, und darin schreibe ich auf, was jeder so treibt auf der Erde«, sagte der heilige Petrus, »und sobald jemand am Himmelstor anklopft, schaue ich in mein Heft und weiß, wer wofür bestimmt ist.«

»Tja, wenn du so gerecht dabei bist, dann sage mir bitte, wo es mehr Menschen gibt, in der Hölle oder im Paradies?«

»Nun, bislang sind mehr in die Hölle gegangen. Zuwenig ehrt man den Herrgott auf Erden, ebenso seine Feiertage, so daß es eben noch mehr Sünder als gute Menschen gibt.«

»Siehst du, genau darum seid ihr beide auch die größten Sünder«, entgegnete der Mann und fuhr fort, »sobald sich jemand vor euch versündigt, schickt ihr ihn gleich in die Hölle. Aber ihr habt doch die Menschen erschaffen, auch in ihrer Verschiedenartigkeit. Die einen leben gut, die anderen schlecht, und gerade diese haben mehr Sünden, weil sie sich nicht freikaufen können. Und ihr beide erklärt sie dann zu Sündern, anstatt mal nachsichtig zu sein. Nein, nein auf solche Taufpaten will ich verzichten. Ich suche einen, der gerecht ist zu allen, egal ob Mutter oder Vater, Schwester oder Verwandter, was für den einen gilt, soll auch für den anderen gelten, sei es nun ein Bekannter oder ein ihm Unbekannter. Ebendarum will ich einen Paten, dessen Tun von seinem Herzen bestimmt wird, der weder auf den Herrgott noch auf den heiligen Petrus oder sonst einen Heiligen hört.«

»Einen solchen Paten wirst du nirgends finden können«, sagte darauf Petrus. »Wenn du sogar Gott für einen Sünder hältst, obwohl es doch keinen Gerechteren gibt als ihn auf der Welt.«

Der Mann hielt ein, sann einige Zeit, nachdem Petrus gegangen war, über das Erlebte nach und kehrte schließlich nach Hause zurück. Dort sagte er zu seiner Frau: »Ich habe sowohl den Herrgott als auch den heiligen Petrus getroffen. Beide wollten Taufpaten unseres Kindes werden, ich aber war dagegen. Wozu könnten sie uns schon verhelfen, sind es doch beide noch größere Sünder als ich selber.«

»O je, Mann«, seufzte die Frau, »wie kann Gott ein Sünder sein? Er hat uns doch schließlich erschaffen, und nach seinem Willen geschieht alles auf dieser Welt.«

»Wenn alles nach seinem Willen geht, warum sind dann unsere Kinder gestorben? Sieht er denn nicht, daß du dich jedes Jahr aufs neue quälst, und daß ich es nicht mehr ertragen kann, Gräber für meine Kinder auszuheben! Wie gern würde ich ein Kind auf meinen Arm nehmen, wie sehr würde ich mich über sein Lachen und Lallen freuen. Meinst du, daß Petrus die Seelen unserer Kinder in das Paradies gelassen hat, er hat sie doch gleich weggeschickt, weil sie ungetauft sind.«

»Es ist eine Sünde, wie du darüber sprichst, Mann! Wir sind in Gottes Hand, er allein bestimmt über uns!«

»Gut, soll er tun, was er für richtig hält, ich aber will ihn als Taufpaten nicht!«

Erneut suchte die Frau Rat, aus Angst, ihr Neugeborenes wieder zu verlieren, das nun schon den dritten Tag ungetauft auf der Welt war. Da sagte ein anderes altes Mütterchen: »Wenn ihr auf diese Art noch länger nach einem Taufpaten sucht, werdet ihr so schnell keinen finden. Darum rat ich dir, wickle dein Kind in eine Decke und bringe es zwei alten Frauen, damit diese es dann irgendwo am Rande des Dorfes niederlegen. Sie selber aber sollen sich verbergen. Und derjenige, der als erster vorüberkommt und das Kind bemerkt, soll euer Taufpate werden, denn ihm wird es beschieden sein, das Kind zu finden.«

Die Frau war sogleich einverstanden. Als sie nach Hause zurückkehrte, wickelte sie das Kind in eine Decke und rief zwei Nachbarinnen zu sich. Diese zogen nun mit dem Kind los und legten es außerhalb des Dorfes, neben einem Steinhaufen, nieder. Sie selber aber versteckten sich ganz in der Nähe hinter einem Heuschober. Schon nach kurzer Zeit kam ein Alter des Wegs. Er sah auch gleich das Kind, beugte sich nieder und nahm es auf seinen Arm. Kaum hatte er dies getan, eilten beide Frauen herbei und sagten: »Ah, lieber Taufpate, wir gratulieren dir zur Patenschaft!«

»Was redet ihr da, was für eine Patenschaft?« fragte verwundert der Alte.

»Dir wurde soeben das Glück zuteil, Pate zu werden. Du hast als erster das Kind gefunden, und nun sollst du es auch taufen.«

»Wessen Kind ist es?«

»Es ist das Kind zweier armer Menschen, denen schon zehn Kinder gestorben sind. Dies hier ist ihr elftes. Sie wollen einen anderen Taufpaten haben, damit sein Glück dem Kind das Leben bewahrt.«

»Nun gut, wenn es so ist, will ich es gern tun und das Kind auf den Namen Stojko taufen. Doch sagt mir bitte, was ich zu tun habe«, bat der Alte, »denn ich bin der heilige Erzengel und kenne nicht so genau eure Sitten auf der Erde.«

»Ja, die Bräuche haben wir uns selber gegeben«, entgegnete eine der Frauen. »Wir machen es so, wie es uns gefällt, weil es auf der Welt ohnehin kein Recht und keine Ordnung gibt.«

»Wir werden dich jetzt zum Haus der Eltern dieses Kindes führen«, sprach nun die andere Frau, »und du wirst es ihnen zurückgeben und dann taufen.«

Als sie ans Haus kamen, eilte ihnen die Mutter entgegen, küßte die Hand des Erzengels und begrüßte ihn mit den Worten: »Sei willkommen bei uns, lieber Pate! Möge mit dir das Glück in unser Haus einkehren!«

»Gesund und froh sollst du sein, gute Frau, und mit dir auch dein Mann. Eurem Kind wünsche ich, daß es stets vom Glück begleitet ist, solange es lebt!«

»Und du Pate, sag, wer bist du?« fragte der Mann.

»Ich bin der heilige Erzengel.«

»Ah, der heilige Erzengel, der Todesengel also!« rief der Bauersmann freudig aus. »Ja, du bist mir der Rechte, denn du holst allen die Seele, dem Zaren genauso wie einem Armen. Dein Leben möge tausend Jahre währen, lieber Pate!«

Da taufte der heilige Erzengel das Kind auf den Namen Stojko. Es wuchs gesund und kräftig heran, und so viele Kinder die Mutter von diesem Zeitpunkt an gebar, sie blieben alle am Leben.

Die Jahre verstrichen, und aus dem Knaben war ein Jüngling geworden, der kurz vor seiner Hochzeit stand. Der Vater wollte eine solche Hochzeitsfeier ausrichten, von der klein und groß noch lange erzählen sollte. Doch als sie gerade die Hochzeit vorbereiteten, kam eines Abends der heilige Erzengel zu ihm und sprach: »Mach dich fertig, ich bin gekommen, um deine Seele zu holen!«

»Sei willkommen lieber Pate«, begrüßte ihn der Mann. »Aber kannst du nicht noch eine Woche damit warten, bis ich meinen Sohn verheiratet habe und eine Schwiegertochter im Hause weiß? Dann zu sterben, ach, ich wäre nicht traurig darüber.«

»Gut, eine Woche kann ich dir noch geben, derweil will ich andere Seelen holen«, antwortete der heilige Erzengel, »doch sieh zu, daß du dich mit der Hochzeit nicht verspätest, denn länger kann ich dann nicht warten. Du weißt doch, alles hat seine Zeit!«

Der Erzengel ging fort, und der Mann gab sich Mühe, so

schnell wie möglich alles für die Hochzeitsfeier seines Sohnes herzurichten. Nach einer Woche war es dann soweit. Aus dem Nachbardorf wurde die Braut, eine Schönheit, die ihresgleichen nicht hatte, herbeigeführt. Es kamen viele Verwandte, und auch viele Gäste aus dem Dorf waren eingeladen. Ein lustiges Treiben hob an, daß es bis in den Himmel zu hören war. Nach der Trauung des Hochzeitspaares legte die Braut ihren Schleier ab und beschenkte die Gäste. Dann sprangen alle auf, den Hochzeitsreigen zu tanzen. Die Braut führte den Reigen an, der Schwiegervater sprang neben ihr wie ein junger Bursche und freute sich sehr, daß sein Stojko eine so schöne Braut hatte. Wie er so tanzte, erschien ihm der heilige Erzengel vor Augen, der ihm zuflüsterte: »He, bist du soweit? Ich bin in Eile, denn der Weg bis zum Himmel ist noch lang.«

»Jetzt kann ich sterben, ohne zu trauern. Mein Sohn hat geheiratet und sein Leben in die eigenen Hände genommen, und auch meine Frau wird an seiner Seite gut leben, so daß ich beruhigt gehen kann.«

Nach diesen Worten – niemand hatte sie gehört, so wie niemand den Erzengel gesehen hatte – fiel der Schwiegervater um und starb mitten im Tanzen. Die Leute schrien und weinten, da aber hörte man jemanden sagen: »Nun, der Mann ist tot, doch in seinem letzten Augenblick war er glücklich und zufrieden mit allem, was er in seinem Leben erreichte. Er schied mit frohem Herzen von seinem Haus, und er wird es leicht haben in jener Welt.«

So holte sich der heilige Erzengel die Seele des Mannes, dessen Sohn sein Patenkind war.

20.
Der Bauersmann und der Erzengel Michail

Es war einmal ein armer Bauersmann. Er hatte sich mit einer Jungfrau verlobt und wollte heiraten, doch fehlte ihnen ein Trauzeuge. Darum machte sich der Bauersmann auf den Weg, fest entschlossen, nur einen ehrlichen Mann dafür auszuwählen. Da kam ihm Christus entgegen und grüßte ihn mit einem ›Gott möge dir beistehen!‹

»Gott sei uns gnädig«, erwiderte der Bauersmann dessen Gruß.

»Wohin gehst du?« fragte Christus.

»Ich suche für meine Hochzeit eine redliche Seele als Trauzeugen.«

»Na, willst du mich nicht nehmen?«

»Wer bist du, und was machst du?« fragte da der Bauer.

»Ich bin Christus.«

»Christus, nein, dich will ich nicht. Als Sohn Gottes bist du selber ein Gott geworden und ebenso ungerecht wie er. Den einen gibst du Reichtum, den anderen nur Hunger. Wie kann man Gutes wollen, wenn man so viel Unrecht zuläßt? Und ebendarum will ich dich nicht zum Trauzeugen haben«, sprach der Bauer und ging seines Weges.

Es dauerte nicht lange, da traf er auf den heiligen Petrus. Auch dieser grüßte und fragte ihn, wohin er wolle. Da erzählte der Bauersmann, daß er nach einem Trauzeugen suche, woraufhin sich Petrus gleichfalls als Trauzeuge anbot. Kaum, daß der Bauersmann wußte, auf wen er da getroffen war, antwortete er: »Nein, dich will ich nicht, heiliger Petrus. Schließlich bist du es doch, der den Schlüssel zum Paradies bewahrt. Die einen läßt du hinein, die anderen aber nicht. Hältst du das etwa für gerecht?«

Schließlich begegnete er dem Erzengel Michail, der ihn begrüßte: »Gott möge dir beistehen, Brudcrherz!«

»Dir ebenso«, antwortete der Bauersmann und sagte: »Ich suche einen Trauzeugen für meine Hochzeit, will aber nur einen gerechten Mann dafür nehmen.«

»Nimm mich.«

»Wer bist du?« fragte der Bauer und musterte den Erzengel von Kopf bis Fuß.

»Kennst du mich nicht? Ich bin der Erzengel Michail.«

»Ah, also derjenige, der die Seelen der Menschen holt. Ja, du sollst mir der Rechte sein, dich will ich nehmen, denn du gehst zu jedem Menschen und nimmst ihm die Seele.«

So wurde also der Erzengel Michail der Trauzeuge des armen Bauersmannes. Nach der Trauung sagte der Erzengel zu dem Bräutigam: »Du hast mich erwählt und mich damit geehrt. Darum will ich dir zum Dank dieses Fläschchen mit Wasser schenken. Es wird dir zu Reichtum verhelfen, so daß du fortan nicht mehr arm sein wirst.«

»Wie sollte ich durch ein Wasserfläschchen reich werden können?« fragte verwundert der Bauersmann.

»Mit diesem Wässerchen kannst du heilen. Sobald du einen Kranken mit einigen Tröpfchen bespritzt, wird dieser genesen und dich dafür belohnen. So wirst du ein berühmter Heilkünstler werden und ein Vermögen erwerben.«

Der Bauer aber konnte es einfach nicht glauben, daß ein paar Wassertröpfchen ausreichen sollten, um Kranke wieder gesund zu machen, und so fragte er abermals den Erzengel: »Wie soll das Wasser alle Krankheiten heilen?«

»Ach, das ist ganz einfach. Hast du erst einen Kranken damit bespritzt, dann werde ich dessen Seele halt noch nicht holen. Er wird weiterleben und genesen.«

Nach diesen Worten verabschiedete sich der Erzengel und zog fort. Der Bauersmann heilte alle möglichen Krankheiten, wie es ihm der Erzengel gesagt hatte. Schnell sprach sich seine Heilkunst im Lande herum, und schnell war aus jenem armen Bauern auch ein vermögender Mann geworden.

Nach einiger Zeit fiel es dem Mann ein, seinen einstigen Trauzeugen zu Gast zu laden. Der Erzengel kam und lud später den Mann zu einem Gegenbesuch ein. Der Bauersmann freute sich darüber und besuchte den Erzengel. Der Gastgeber führte ihn zunächst durch einen Palast, der dem des Zaren ähnlich schien, danach durch einen noch schöneren – alle Wände waren dort aus Gold und Edelsteinen. Schließlich gelangten sie in einen großen Raum, der voll leuchtender Kerzen war. Es waren sehr große Kerzen, und so wie sie nebeneinander standen, glichen sie einem Wald. Manche, wohl gerade angezündet, waren so hoch wie Pappeln, andere dagegen schon zur

Hälfte abgebrannt, und wieder andere glimmten nur noch vor sich hin. Der Mann war sehr erstaunt über das, was er sah, und fragte daher den Erzengel Michail: »Was haben diese vielen Kerzen zu bedeuten? Warum sind einige noch ganz neu, während andere halb und dritte ganz abgebrannt sind?« Da antwortete der Erzengel: »Die hohen Kerzen sind die der Kinder, der Neugeborenen. Die halb abgebrannten aber gehören denen, die die Hälfte ihres Lebens erreicht haben. Und die fast niedergebrannten schließlich sind von jenen Menschen, deren Leben bald zu Ende ist. Sobald eine erlischt, hole ich mir die Seele desjenigen, dem die Kerze gehörte.«

»Sag bitte, welche der Kerzen ist meine«, erkundigte sich ängstlich der Mann.

Da wies der Erzengel auf einen kleinen Kerzenstummel, der kurz vor dem letzten Aufflackern stand. Darüber erschrocken, wollte er nun auch die Kerze seines eigenen Kindes sehen, das erst kürzlich geboren war. Diese aber war hoch wie eine Pappel, von ihr war kaum etwas abgebrannt. ›Welch ein großer Unterschied zu meiner‹, dachte sich der Bauersmann und fragte nun: »Kannst du, lieber Erzengel, nicht auf irgendeine Weise meine Kerze gegen die meines Kindes austauschen? Du gibst mir halt seine und ihm dafür meine.«

»Warum hast du nur einst einen gerechten Mann als Trauzeugen haben wollen, wenn du selber so ungerecht bist?« fragte verärgert der Erzengel Michail und sagte dann weiter: »Du willst die Kerze deines eigenen Kindes, das gerade erst geboren wurde und willst ihm dafür deine geben? Soll denn das Neugeborene schon sterben, nur damit du, der du so lange gelebt hast, noch weiterleben kannst?«

Erbost jagte der Erzengel Michail den Bauersmann aus seinem Reich hinaus und holte nach nur wenigen Tagen dessen Seele zu sich zurück.

21.

Der heilige Petrus und der arme Mann

Es war einmal ein armer Mann, der hatte kaum Kleider am Leibe und war zudem immer hungrig und durstig. Eines Abends, es war kalt und die Erde war matschig, ging er nach getaner Arbeit nach Hause. Er zitterte so, daß er einem vertrockneten Herbstblatt glich. Zum Glück traf er auf den heiligen Petrus.

»Guten Abend, heiliger Petrus!« grüßte der arme Mann und fragte:

»Was machst du, wie geht es dir? Bist du gesund und froher Dinge?«

»Ja, Gott vergelt's, Christenmensch, es geht mir gut, denn ich lobpreise Gottes Taten! Aber wie geht es euch?«

»Nun, Gott sei gedankt, meine Gesundheit ist gut, nur meine verfluchte Armut macht mir zu schaffen. Du siehst es ja selber, wie ich aussehe: meine Kleider sind zerrissen, und ich laufe barfuß im Schlamm, bis zu den Knien stecke ich im Dreck. Durchnäßt werde ich ins Bett gehen, und am Morgen werde ich genauso naß sein.«

»Es gibt doch den Herrgott, Christenmensch, ihn gibt es auch für euch, die Armen«, sagte darauf der heilige Petrus.

»Nun, wenn es ihn auch für uns gibt, wie du sagst, so bitte ich dich sehr, zu ihm zu gehen und ihn um eine Wohltat für uns anzuflehen. Für unsereins reichte es schon, schönes Wetter zu haben, so wie es im Sommer immer ist. Dann könnten wir, die Armen, auf den Feldern arbeiten und wenigstens für das Brot unserer Kinder sorgen. Reichtum brauchen wir nicht, doch es wäre schön, wenn es draußen warm wäre. Kannst du den lieben Gott nicht darum bitten?« Tränenübergossen sagte dies der Mann und küßte dem heiligen Petrus die Hände.

Tiefbetrübt über die Not und das Unglück der armen Menschen, machte sich Petrus sofort auf den Weg und stieg auf einen hohen Berg. Als er den Gipfel erreicht hatte, fiel er auf die Knie und betete zu Gott, den Armen zuliebe schönes Wetter werden zu lassen; ewig sollte Sommer sein, nimmermehr Winter. Er betete drei Tage und drei Nächte lang, bis ihn endlich der Herrgott erhörte und zu ihm sagte: »Petrus, Petrus, warum bedrängst du mich des Wetters wegen so sehr? Ich kann es so anstellen, daß es immer Sommer ist. Dir käme es jedoch nicht zugute. Darum bedenke es wohl; nicht, daß du mich später wieder bittest, es zurückzunehmen, damit es so wie jetzt werde. Ich rate dir, wäge mit Bedacht ab, anderenfalls könntest du den Armen statt des Guten am Ende nur Unheil bereiten.«

»Recht sprichst du, Herrgott, es ist, wie du sagst«, entgegnete ihm der heilige Petrus, »dennoch bitte ich dich, ihnen diesen Wunsch zu erfüllen. Ich habe es dem armen Mann versprochen, dich darum anzuflehen, daher laß es nun auch so werden. Ansonsten könnte man noch glauben, daß du mich nicht erhört hast oder mein Wort vor dir nichts zählt.«

»Nun gut, wenn es so ist, lieber Petrus, will ich auf dich hören und deinem Wunsch folgen. Aber denke daran, sollte etwas Schlechtes daraus werden, träfe dich die größte Pein. So zieh nur wieder fort, Gesundheit sei mit dir. Ich gebe meinen Segen, auf daß es nur noch Sommer sei, warm und schön.«

Im gleichen Moment schlug das Wetter um: so kalt es eben noch war, so warm wurde es plötzlich und dies von Tag zu Tag immer mehr, bis schließlich überall heißes Sommerwetter herrschte. Voller Freude liefen die Armen aus ihren Häusern und beteten barhäuptig zum Herrgott für ein langes und gesundes Leben des heiligen Petrus, denn nur durch sein Bitten war der ewige Sommer gekommen. Stolz hörte Petrus die Gebete der Armen und ihre Dankesworte, die sie seinetwegen an den Herrgott richteten. So herrschte nun über viele Jahre ein heißer Sommer. Die armen Leute lebten besser als je zuvor, und darum sagten sie sich: ›Wie das Wetter, so die Ernte! Wäre es nur immer so gewesen, schon seit der Zeit, da die Welt erschaffen wurde, dann hätte es weder Not noch Elend für uns gegeben.‹ Doch so groß auch die Freude bei den Armen darüber war, um wieviel größer war sie erst bei den Reichen.

Die Früchte auf den Feldern, Wiesen und Weinbergen wurden größer und größer und machten ihre Besitzer noch reicher als vordem.

Aber nicht nur die Menschen erfreuten sich des schönen Wetters, sondern auch die Tiere. Diese vermehrten sich über alle Maßen, und kein Tier ging mehr ein – so die Schlangen, die Eidechsen, die Frösche, die Wölfe, die Bären, die Füchse und all die anderen Tiere und Insekten. Wie Spreu im Winde schwirrten die Wespen, Fliegen und Mücken umher, so daß ein jeder einen Pferdeschwanz bei sich haben mußte, um diese lästigen Schwärme von sich fernzuhalten. In der Nacht aber waren es dann die Wanzen, die einem keine Ruhe ließen, und so wurden sie zu einer immer größeren Plage für Mensch und Haustier. Damit aber nicht genug. Scharen von Fröschen übersäten den Erdboden, daß man kaum ein freies Plätzchen darauf finden konnte. Gerade diese pflanzten sich, wegen der vielen Steine, die es in jener Zeit überall gab, am besten fort, und wurden zudem auch noch so groß wie Gänse. Der Zar aller Frösche aber hatte gar die Größe eines Hauses und Augen wie Backschüsseln. Es packte einen die nackte Angst, sobald man ihm nur begegnete. Verzweifelt versuchten die Menschen, so manche Frösche zu erschlagen, um wenigstens ihre Höfe von ihnen freizuhalten. Doch es war eine vergebliche Mühe, denn ehe sie einen Frosch getötet hatten, quakte dieser all seine Artgenossen herbei, die im Nu ein so ohrenbetäubendes Gequake anstimmten, daß man es bis in den Himmel hören konnte. Ja, diese Frösche waren zu einem Unheil geworden, dessen Ende nicht abzusehen war.

Schließlich strömten die Menschen klagend und jammernd zusammen und beschlossen, erneut zum heiligen Petrus zu ziehen, damit dieser Gott darum bitte, den Fröschen, die ihnen das Leben schwer machten, den Garaus zu machen. Viele Male gingen sie dann zu ihm, doch Petrus fürchtete sich, vor Gottes Angesicht zu treten, da ihm sehr wohl noch die einstigen Warnungen in den Ohren klangen. Aber da geschah es, daß das Unheil auch ihn traf.

Eines frühen Morgens schaufelte die Tochter des heiligen Petrus gerade Frösche vom Hof herunter, als der Zarenfrosch vorüberzog. Er sah sie bei dieser Arbeit und fragte: »Wie kannst du mit einer Schaufel meinen Fröschen zu Leibe gehen?«

»Was kann ich sonst machen, oder willst du vielleicht, daß ich ihnen den Hof gar noch herrichte? Siehst du nicht, was für einen Dreck sie machen?«

»Dir werde ich es noch zeigen, wie man mir zu antworten hat!« entgegnete zornig der Zarenfrosch und verschwand.

Noch am selben Abend schickte er seine Brautwerber ins Haus des heiligen Petrus, die um die Hand der Tochter anhielten. Petrus und seiner Frau sträubten sich vor Angst die Haare, als sie von den Fröschen dieses Ansinnen vernahmen.

»Aber, Brüder, denkt noch einmal darüber nach und ratet dann eurem Zaren, sich eine andere Braut zu suchen«, entgegnete der heilige Petrus. »Unsere Tochter ist unser einziges Kind, darum sollte er sich ein anderes Mädchen nehmen, aus einem Haus, in dem es mehrere gibt. Zieht nur wieder fort und nehmt meine Grüße an euren Zaren mit auf den Weg. Möge er es nur verstehen und uns nicht böse sein.«

»Auch ich bitte euch sehr darum, eurem Zaren unsere Tochter auszureden«, fügte schnell die Frau von Petrus hinzu. »Erschreckt nicht unser Kind – es ist sehr verwöhnt, nur Zucker hat es zu essen bekommen. Nehmt statt dessen dieses Geschenk von uns und überbringt es eurem Herrscher, vergeßt auch nicht, ihn herzlich von uns zu grüßen. So zieht nun gesund wieder fort.«

Also machten sich die Brautwerber auf den Rückweg und überbrachten dem Zaren das Geschenk samt der Worte, die ihnen aufgetragen wurden.

»Ha, wie können sie meinen, mich mit einem Geschenk umzustimmen«, rief zornig der Zarenfrosch aus. »Entweder bekomme ich die Tochter des heiligen Petrus zur Frau, oder ich will tot umfallen!«

Sogleich wurde mit den Hochzeitsvorbereitungen begonnen. Alle seine Diener schickte der Zarenfrosch los, damit sie die Gäste holten. Schlangen, Eidechsen, Frösche in Hülle und Fülle versammelten sich kurz darauf vor dem Herrscher der Frösche und begannen mit dem Spiel und Gesang. Ein so lärmendes Getose hob an, als gingen der Donner und der Blitz im Hause spazieren. Der Zarenfrosch ließ dem heiligen Petrus ausrichten, daß er bald komme, um seine Tochter abzuholen, und daß man die Braut – wie der Brauch es will – zurechtmache.

Als Petrus diese Botschaft gehört hatte, brach er in Weinen aus und raufte sich verzweifelt den Bart. Seine Frau riß sich die Haare vom Kopfe. Von großem Kummer gequält, entschloß sich der heilige Petrus doch, zum Herrgott zu gehen und ihn um Hilfe zu bitten. Erneut stieg er auf jenen Berggipfel hinauf, kniete dort nieder und rief, so laut er konnte, nach Gott: »Weh mir, lieber Herrgott, erlöse mich von diesem Frosch, der meine Tochter zur Frau haben will!«

»Was habe ich dir gesagt, Petrus? Siehst du, wie arg es für dich geworden ist? Ich hatte dich vor diesem ewigen Sommer gewarnt.«

»Ja, es war falsch von mir, lieber Herrgott, vergib es mir!« flehte Petrus. »Sünde habe ich auf mich geladen, doch erbarme dich meiner. Von nun an will ich immer auf dich hören!«

»Gut, Petrus, so geh nur wieder gesund deines Weges. Sorge dich nicht länger, ich will deine Tochter erlösen«, versprach der Herrgott.

Petrus kehrte beruhigt zurück, doch als er in die Nähe seines Hauses kam, sah er ein Gewimmel von Fröschen, Schlangen und Eidechsen, die das Haus umlagerten. Der Zarenfrosch hatte schon seine Tochter an sich gerissen und setzte sie gerade in einen Wagen, vor dem zwei Ochsen mit Zügeln aus Schlangen gespannt waren. Es war noch warm, doch im Nu zog ein starker Nordwind auf, und klirrende Fröste drangen neun Handbreit tief in den Erdboden ein. Ein Schneesturm brauste über alle Tiere hinweg und ließ sie erstarren, so daß alle erfroren. Auch der Zarenfrosch starb vor Kälte. Weit und breit war kein Lebewesen mehr zu sehen. Nur die Tochter des heiligen Petrus überlebte das Unwetter und kehrte gesund nach Hause zurück.

Der Herrgott ging auf die Erde und sah, wie sich die Armen in ihren Hütten von der schweren Feldarbeit ausruhten. Darüber lächelte er zufrieden und sagte sich: ›Die Welt braucht den Winter wie den Sommer, den Herbst wie den Frühling, damit die Menschen arbeiten und auch ausruhen können. Nur so kann ich die Welt vor den Tieren schützen. Denn all das, was im Sommer geboren wird, wird im späten Herbst sterben oder im Winter erfrieren, und nur diejenigen Tiere, die Kälte, Schnee und Hunger ertragen können, werden überleben. Der Mensch aber soll damit leben, und seine Arbeit und sein Verstand mögen ihm die Kräfte geben, sich gegen die übrigen Tiere zu wehren.‹

Deshalb haben wir einen Frühling, einen Sommer, einen Herbst und einen Winter. Schlangen und Eidechsen gibt es auch, doch nicht so viel. Die Frösche fürchten sich aber seither vor den Menschen und verbergen sich darum in Tümpeln oder unter Steinen.

22.
Der heilige Ilija und die Menschen

Vor langer, langer Zeit zogen die Heiligen auf der Erde umher, und das Volk konnte sich von ihnen all das erbitten, was nötig war. Und so wünschten sich die Menschen, damit ihre Felder fruchtbar gediehen, mal Regen, mal Trockenheit, mal Sonnenschein, mal laue Winde. Am häufigsten baten sie den heiligen Ilija um seine Dienste, denn er besaß nicht nur die dröhnendste Stimme, sondern herrschte zudem über Regen, Blitz und Donner. Seine Stärke, so glaubte man, müßte selbst den Herrgott erschrecken. So kam es, daß erst dieser, dann jener, den heiligen Ilija zu Gast in sein Haus lud und ihn dabei mit allem beschenkte, wozu man in der Lage war.

Stolz über die aufrichtige Verehrung, die er von den Menschen erfuhr, ging der heilige Ilija eines Tages zu Gott und sagte zu ihm: »Lieber Herrgott, ich bitte dich herzlich, den Menschen alles zu geben, was sie sich wünschen, wann und wo es immer sei. Es soll stets werden, wie sie es wollen!«

»Und was wollen die Menschen, heiliger Ilija?« fragte der Herrgott. »Sie wünschen sich halt das, was sie gerade brauchen. Brauchen sie Regen, soll es regnen. Brauchen sie Wind, soll er wehen. Brauchen sie Hitze und Trockenheit, soll es auch dies geben. Ihr Wille möge stets in Erfüllung gehen.«

Der Herrgott dachte darüber ein wenig nach, lachte dann auf und sprach: Gut, heiliger Ilija, es soll sein, wie du sagst! Warum auch nicht! So geh nun zu den Menschen und sage ihnen, daß ein jeder das bekommt, was er sich wünscht, damit er zufrieden ist. Ich bin bisher zu schlecht zu den Menschen gewesen und habe sie in ihrer alltäglichen Mühsal allein gelassen.

Frohen Mutes stieg der heilige Ilija auf die Erde hinab. Aber er tat dies nicht so, wie er es gewöhnlich tat und wie es ihm Gott gebot, nein, er ließ grelle Blitze und dröhnende Donnerschläge vom Himmel herunter, die Furcht und Schrecken einflößten. Darauf goß es wie aus Eimern, so daß der heilige Ilija pudelnaß wurde. Dies geschah am Peter-und-Pauls-Tag. »Ach, ließe sich doch die Sonne wieder blicken«, hörte man einen Mann sagen, »dann könnte Väterchen Ilija wieder trocknen und das Gras, so durchtränkt, wie es jetzt ist, hoch aufsprießen.«

Kaum hatte dieser Mann die Worte zu Ende gesprochen, als die dunklen Wolken verschwanden und am Himmel die Sonne erstrahlte. Alles Leben lachte froh auf. Die Menschen setzten sich um den heiligen Ilija herum in das warme Sonnenlicht und sagten: »Ewige Gesundheit sei dir beschieden, Väterchen Ilija! Deine Blitze und Donnerschläge müssen wohl den Herrgott sehr erschreckt haben, daß er nach diesem Regenguß sogleich die Sonne hervorkommen ließ.«

»Drei Tage und drei Nächte lang habe ich den Herrgott darum bitten müssen, euch nunmehr alles zu geben, wonach ihr verlangt. Er wollte zunächst gar nichts davon wissen, doch muß ich ihm dann leid getan haben, denn alt wie ich bin, war ich bald erschöpft von meinen vielen Verbeugungen vor ihm, so daß er am Ende meine Bitten erfüllt. Und so bestimmte der Herrgott schließlich, alles auf Erden werden zu lassen, wie es die Menschen eben wollen.«

»Hab Dank, Väterchen Ilija! Ewiges Leben sei dir beschert!« sagte eine Frau. »Seht ihr denn nicht, wie hungrig er ist? Er hat einen langen Weg hinter sich.«

Die Frauen zerbrachen sich den Kopf, womit sie ihren Gast in dieser noch frühen Sommerzeit bewirten sollten. Da pflückte eine Frau von den Bäumen ringsum ein paar reife Äpfel, Pflaumen und Birnen und reichte sie dem heiligen Ilija. Er segnete dieses Obst und sprach: »Von nun an werdet ihr am Peter-und-Pauls-Tag das erste Obst ernten – all die Früchte, die früh reifen.«

Seither gibt es die Sommeräpfel und die frühen Birnen, Pflaumen und Kirschen.

Schließlich zog der heilige Ilija weiter, er hatte viel zu tun, mußte sich umschauen in der Welt, die damals weniger geordnet war als heutzutage, so daß die Heiligen noch dies und jenes zurechtzubiegen hatten. Die Menschen aber begannen nunmehr ihr Leben ganz und gar nach ihrem Begehr einzurichten. Und wirklich, der Wunsch eines jeden erfüllte sich prompt, und so kam es, daß die Wiesen und die Weingärten, das Getreide und der Mais prächtiger denn je gediehen. Alles, was man säte, brachte eine üppige Ernte. Eine solche Fülle wuchs heran, daß sie schließlich von den Menschen weder eingebracht noch verzehrt werden konnte. Sie bauten ihre Häuser mit Ziegelsteinen, die aus Mehl und Wein gemacht waren, und badeten in Milch und waren deshalb sehr schön. Wein und Schnaps schluckten sie wie Wasser und vollbrachten noch manch Wunderliches mehr.

Eines Tages beschlossen die Menschen, ein Fest zu veranstalten, auf dem man sich treffen und darüber plaudern konnte, was ein jeder so treibt. Von den Frauen wurden viele Brote gebacken, verschiedene Banizi zubereitet, und schon zapften die Männer die Weinfässer an und holten Schnaps herbei. Alle sollten reichlich zulangen können, an nichts durfte es fehlen. Soweit, so gut. Doch als sich endlich alle zum Festmahl niedersetzten und dann den ersten Brotbissen genommen hatten, merkten sie, wie bitter er war. Um diesen Geschmack herunterzuspülen, griffen sie zum Wein. Aber auch der war bitter und sauer, so daß man ihn nicht trinken konnte. Was war nur geschehen? Speisen und Getränke sahen sehr verlockend aus, doch man konnte weder das eine noch das andere genießen.

»Wir wollen den heiligen Ilija suchen und ihn fragen, warum alles so bitter geworden ist«, sagten die Männer.

»Vielleicht haben wir den Alten verärgert«, meinten die Frauen, »oder uns vor Gott versündigt? Wir müssen beide um Vergebung bitten!«

Einige Männer standen auf und machten sich auf den Weg. Zwar hatten die Frauen gesagt, was zu tun sei, alles weitere aber war Männersache, in die sich die Frauen nicht einmischten. Über viele Hügel und durch weite Ebenen mußten die Männer laufen, bis sie schließlich ein Dorf erreichten. In jener fernen Zeit gab es nämlich so wenige Menschen, daß man sie fast an den Fingern hätte abzählen können, und diese wenigen lebten zudem noch weit voneinander entfernt. In diesem Dorf also fanden die Männer endlich den heiligen Ilija, der auf einem Felsstein, im Schatten eines Birnenbaumes, lag. Sie gingen zu ihm, ohne zu merken, daß er eingeschlummert war. Der heilige Ilija wurde wach und begann zu husten. Aus seinem Mund drang ein mächtiger Feuerblitz und schlug geradewegs in den Birnbaum ein. Darum sagt man noch heute: wenn es donnert und blitzt, setze dich niemals unter einen Birnbaum.

Nachdem nun der entsetzliche Husten des heiligen Ilija verhallt war, stand er auf, reckte seine Glieder, schaute sich um und bemerkte die Männer, die regungslos auf dem Erdboden lagen. Er rief nach ihnen und fragte sie dann, weswegen sie gekommen seien. Da erzählten sie ihm, daß das Brot und der Wein bitter geworden seien, so bitter, daß man es nicht einmal in den Mund nehmen könne.

»Das Getreide und die Weinreben haben wohl zuviel Wasser bekommen«, sagte der heilige Ilija.

»Vielleicht ist es davon«, antworteten die Männer. »Darum sind wir auch zu dir gekommen. Gib uns bitte genügend Verstand, es herauszufinden, anderenfalls müssen wir vor Hunger sterben. Und sollten wir jetzt sterben, dann holt uns gewiß der Teufel, und für den Herrgott blieben keine Menschen mehr auf der Welt übrig.«

»Kommt mit mir, wir wollen gemeinsam zum Herrgott gehen und ihm erzählen, was geschehen ist. Möge er nur barmherzig eure Sünden vergeben. Fortan aber werdet ihr euch nur seinem Willen beugen müssen und so leben, wie er es für richtig hält.«

Als sie dann beim Herrgott ankamen, klagten die Männer ihr Leid und baten um Vergebung. Erschrocken darüber, daß seine Menschen vielleicht alle dem Teufel anheimfallen könnten, sprach Gott: »So zieht nur wieder nach Hause, und Gesundheit möge euch stets begleiten. Arbeitet wie bisher, und ich will mich um die Fruchtbarkeit auf den Feldern kümmern. Allerdings müßt ihr euch von nun ab mit dem bescheiden, was ich euch zugedenke!« Und seither ist es eben so, daß ein Jahr mal fruchtbar ist, ein anderes verregnet und wieder ein anderes dürre.

23.
Jeder lebt sein Leben

Es war einmal eine Witwe, die hatte zwei Kinder – Zwillingsbrüder. Sie waren ganz klein und mußten noch gestillt werden. Die Frau lebte allein, plagte sich vom Morgen bis zum Abend, um ihr kärgliches Leben so recht und schlecht zu fristen. Doch eines Tages wurde sie krank und legte sich zu Bett. Sie spürte, daß ihr Leben zu Ende ging und daß der Tod nahte.

Da sprach Gott zu seinem Engel, der die Seelen der Menschen holt: »In dem und dem Dorf lebt eine Witwe mit Zwillingskindern. Geh zu ihr und hole mir ihre Seele!«

Auf Gottes Geheiß begab sich der Engel sogleich auf den Weg zur Witwe. Als er bei ihr angekommen war, fand er sie krank auf ihrem Lager liegen. Sie konnte sich gar nicht rühren und betrachtete nur zärtlich die zwei Kinder in ihren Armen. Das eine trank an der einen, das andere an der anderen Brust. So traf sie der Engel an, einsam und allein mit ihren Zwillingen. Weit und breit war keine Menschenseele zu sehen, die ihr helfen könnte. Die Kinder waren so schön, daß sie in Gestalt und Aussehen selbst kleinen Engelein glichen. Als der Engel die Seele der Frau nehmen wollte, fiel sein Blick auf die Kinder. Mitleid überkam ihn, und er vermochte nicht, das zu tun, weswegen er gekommen war. Schließlich sagte er sich: ›Wie sollte ich ihr die Seele nehmen! Was wird dann aus diesen Kindern? Wer nimmt sie? Ich will erst Gott bitten, sie weiter leben zu lassen, wenigstens so lange, bis ihre Kinder herangewachsen sind.‹

Gott fragte den Engel, warum er die Seele der Witwe nicht mitgebracht habe. Da sprach dieser: »Barmherziger Gott, ich war bei der armen Frau, um ihre Seele zu holen, doch als ich die Kinder an ihrer Brust liegen sah, tat es mir leid um sie. Daher komme ich, dich zu bitten, dieser Frau noch etwas Leben zu gewähren, bis ihre Kinder aufgewachsen sind, und sie dann erst sterben zu lassen.«

Doch Gott antwortete ihm: »Geh und hole mir sofort ihre Seele herbei!«

Der Engel kehrte zu der Witwe zurück, die noch immer so lag, während die Kinder neben ihr schliefen – das eine an der einen Seite, das andere an der anderen. Dem Engel, obwohl es der Todesengel war, wurde erneut schwer um's Herz, und er konnte ihr auch diesmal die Seele nicht nehmen. So trat er ein zweites Mal vor Gott mit der Bitte, sie um ihrer Kinder willen noch am Leben zu lassen.

Da schickte Gott den Engel zum Meer hinunter, um von dort einen weißen Stein zu holen. Als der Engel wieder zurückgekommen war, nahm Gott den Stein, schlug ihn entzwei, und aus jeder Hälfte kam ein Wurm herausgekrochen. Gott fragte den Engel: »Wer ernährt wohl diese Würmer im Stein?«

»Gott sorgt für sie!« antwortete der Engel.

»Nun, da Gott das Leben dieser Würmer erhält, wird er dann nicht auch für die Zwillingskinder der Witwe sorgen?«

Zum dritten Mal schickte Gott den Engel zu der Frau. Nun aber nahm er ihre Seele mit, und die Zwillinge blieben ohne Mutter zurück.

Viel Zeit war seitdem vergangen. In einfacher Kleidung und von Engeln begleitet, zog einmal Väterchen Gott durch die Welt. Bald waren sie hier, bald dort, schließlich kamen sie auch auf ein Fest. Viel Volk hatte sich zusammengefunden, zwei Zwillingsbrüder jedoch ragten aus der bunten Schar hervor. Sie waren schöner und kräftiger und auch kühner als alle übrigen jungen Burschen. Heiter schweiften sie durch die Menge, tanzten und wetteiferten miteinander, maßen ihre Kräfte, während alle anderen zuschauten und sich ihrer erfreuten. Immer wieder hörte man die Leute sagen: »Glücklich ist die Mutter, die sie geboren und großgezogen hat!«

Da fragte Gott den Todesengel: »Kennst du die Jünglinge, die aus der großen Menge herausragen?«

»Nein, Gott, ich kenne sie nicht!« antwortete der Todesengel.

»Diese Jünglinge sind die Zwillingskinder jener Witwe, zu der ich dich dreimal habe schicken müssen, damit du mir ihre Seele holst«, erklärte ihm Gott und lächelte.

24.
Was immer du tust, fällt auf dich selbst zurück

Es war einmal eine Zeit, da wandelte Gott auf Erden wie ein Mensch. Niemand verbeugte sich vor ihm, mancher erkannte ihn nicht einmal. So zog Gott über die Erde und wollte sehen, wie jeder so lebte, woran es dem Volke fehlte und wie die Ernte war. Da er allein nicht alles überblicken konnte, nahm er die Heiligen mit sich, die auch nach dem Rechten sahen, mit den Menschen sprachen und Gott anschließend genau berichteten, damit er das Fehlerhafte beseitige.

Wie nun Gott mit seinem Gefolge die Welt durchquerte, wurde er von den Reichen oft eingeladen. Sie zeigten ihm stolz ihre Häuser und rühmten sich ihres Besitzes und ihrer großen Familien. Doch da lebte auch ein ganz armer Mann, der nichts weiter in seinem Haus besaß, als ein wenig Mehl und eine Henne, die gerade brütete; und so eine Glucke kann nicht vom Nest genommen und geschlachtet werden. Nun gut, doch auch dieser bettelarme Mann wollte Gott in sein Haus einladen und bewirten, in der Hoffnung, Hilfe oder gar etwas Wohlstand von ihm zu erbitten, um nicht länger diese Armut ertragen zu müssen, weswegen niemand die Schwelle seines Hauses betreten mochte. Alles ging an ihm vorüber, das Gute wie das Böse. Da er sich nun einmal entschlossen hatte, sagte er zu seiner Frau: »Hör Frau, ich will Gott zu uns einladen, was hältst du davon?«

»Was soll ich davon schon halten, Mann!« sagte die Frau verwundert. »Siehst du denn nicht, daß wir selbst nichts zu essen haben, wie sollten wir da noch Gäste bewirten?«

»Ich werde nur Gott zu uns ins Haus bitten«, entgegnete der Mann. »Backe du aus dem Mehl eine kleine Baniza und koche etwas Mehlsuppe dazu. Es ist doch Gott, der wissen müßte, was er uns hat zukommen lassen, soll er nun auch sehen, was wir essen und wie wir leben.«

»Herrje, wann hat man jemals gehört oder gesehen, daß Gäste zur Mehlsuppe eingeladen werden?« wandte die Frau ein. »Selbst die armen Schlucker schlachten jedesmal ein Hühnchen, wenn sie Besuch haben, braten ein paar Eier dazu und backen eine Baniza, um nicht gegen die gute Sitte zu verstoßen. Aber wir? Nicht einmal einen Stuhl können wir unserem Gast anbieten.«

Sie stritten lange, einer widersprach dem anderen, so wie es zwischen Mann und Frau üblich ist, sobald der eine etwas möchte und der andere nicht, bis schließlich der Mann die Oberhand gewann und entschied: »Du bäckst eine Baniza, zwar ohne Butter, aber sieh zu, daß sie gut wird. Pflücke ein wenig Sauerampfer und koche eine Suppe, derweil ich die Glucke schlachte für den Braten. Wir werden Gott schon bewirten, letztlich ist es nur Einer, alt ist er auch, soviel kann er gar nicht essen!«

Die Frau gehorchte, krempelte die Ärmel hoch, siebte das Mehl, buk die Baniza, pflückte Sauerampfer und setzte gerade die Suppe auf's Feuer, als der Mann losging, die Glucke zu schlachten. Doch in diesem Augenblick betrat Gott den Hof, aber nicht allein, wie es der Mann erwartete, sondern in Gesellschaft seiner Heiligen.

»O je! was fangen wir nur mit so viel Volk an!« rief die Frau und schlug die Hände über dem Kopf zusammen. »Woher das Essen für dreizehn nehmen, dazu noch alles Männer?«

Gott sah sich um im Haus. Es war so ärmlich, daß man eine Dornenrute hätte umherschleifen können, ohne daß etwas an ihr hängengeblieben wäre. Gott merkte wohl, wie erschrocken und verwirrt die Frau und der Mann waren und segnete das Essen, woraufhin es so viel wurde, daß sich alle fünfzehn nicht nur ausreichend stärkten, sondern es ihnen auch so gut schmeckte, daß sie die Hausfrau für die köstlich zubereitete Baniza und die Mehlsuppe lobten.

Während des Essens unterhielten sie sich über dies und jenes. Gott fragte seine Gastgeber, wie sie zurechtkommen, ob sie Kinder haben, warum sie keine haben und ob sie vielleicht welche bekommen wollen, oder gar Vieh und Besitz wünschen? Da sagte der Mann: »Ach, Väterchen Gott, ich und meine Frau, wir sind so arm, wir leben von der Hand in den Mund, es reicht gerade, um nicht Hungers zu sterben. So leben wir nun einmal auf dieser Welt, aber sieh, wenn du etwas Gutes für uns tun möchtest, so versprich uns wenigstens ein Plätzchen im Jenseits, wenn nicht meiner Frau, so zumindest mir, denn wenn ich dann hinaufkomme in jene Welt und weiß, daß mich eine Strohmatte im Paradies erwartet, werde ich aufleben und nachholen können, was ich auf dieser Welt versäumt habe.«

»Platz für eine Strohmatte im Jenseits sollst du haben«, sagte Gott, »sogar an der schönsten Stelle im Paradies.«

Der heilige Petrus, der neben ihm saß, beugte sich zu dem armen Mann hinüber und flüsterte ihm leise zu: »Bitte Väterchen Gott um einen Apfelbaum für deinen Garten, und zwar einen solchen Baum, an dem jeder, der einen Apfel pflücken möchte, so lange fest klebenbleibt, bis Gott selbst kommt und ihn erlöst.«

Der arme Mann, der nicht nur arm, sondern auch noch etwas einfältig war – denn wäre er es nicht, so hätte er einen Wunsch für sein Diesseits geäußert, anstatt nur an das Jenseits zu denken – hörte auf den heiligen Petrus und bat um einen solchen Baum. Gott konnte diese Bitte nicht ausschlagen, schenkte ihm den Apfelbaum, ein Kartenspiel noch dazu und gab ihm seinen Segen: »Wer von diesem Apfelbaum etwas abpflücken will, soll daran so lange festkleben, bis du ihn mit den Worten ›Laß ab!‹ befreist. Wer mit diesen Karten spielt, wird auch die besten Spieler schlagen und von niemandem und nirgends besiegt werden können.«

Dann standen die Gäste auf und setzten ihren Weg durch die weite Welt fort, um nach Recht und Unrecht zu sehen. Der arme Mann aber und seine Frau legten sich zur Ruhe und besprachen nochmals alles, worüber sie mit Gott gesprochen hatten. Da sagte die Frau: »Ach Mann, hätten wir Gott, da er nun schon einmal bei uns war, nicht besser um großen Reichtum bitten sollen, damit auch wir mal wie die Herren leben und das leichte Leben der Reichen versuchen?«

»Ich habe lange überlegt«, antwortete der Mann, »ob ich Gott lieber um Reichtum bitte, doch sagte ich mir dann, daß dafür Verstand vonnöten ist. Besitz allein reicht doch nicht aus, man muß ihn mit Geschick bewirtschaften und zusammenhalten – ja und das traute ich mir nicht zu.«

»Aber du glaubst doch wohl nicht, daß die Reichen klüger sind als wir? Die wissen gar nichts, das Geld macht alles. Hast du Geld, so achtet dich ein jeder!«

»Herrje! Frauenverstand ist zu nichts zu gebrauchen!« sagte der Mann. »Ich bat Gott nur um das, womit ich selber fertig werde. Du glaubst wohl, daß die Frauen viel verstehen, was? Ich kenne die Frauen der Reichen, die können nur das Geld ihrer Männer verschwenden für Nützes und Unnützes, nur damit es heißt, sie hätten reiche Männer.«

Sie zankten und stritten miteinander bis zum ersten Hahnenschrei, erst dann schliefen sie ein. Doch sobald der Mann am Morgen erwachte, nahm er die Karten und zog los, nach Glücksspielern zu suchen. Jetzt, da er Gottes Segen besaß, hoffte er durch das Glücksspiel zu großem Reichtum zu gelangen. Als er die Spieler fand und sich zu ihnen setzte, fingen sie wie im Scherz an, denn sie kannten ihn eben als etwas einfältig und der Karten unkundig. Aber der arme Mann besiegte mit seinen gesegneten Karten tatsächlich die anderen und gewann all ihr Geld. Seitdem lebte er besser, kam zu Kräften und stand den anderen nicht nach.

Viel Zeit war danach vergangen, vielleicht zwanzig, dreißig Jahre, als eines Tages der Engel kam und ihm sagte, daß die Zeit gekommen sei, sich auf das Sterben vorzubereiten.

»Aber nicht doch, Mann Gottes!« sagte ihm der Arme. »Gerade jetzt, da es mir besser geht und ich endlich zufrieden lebe, möchtest du, daß ich sterbe. Warte noch ein bißchen, wenigstens zehn Jahre.«

»Hierbei gibt es keinen Handel!« widersprach schroff der Engel. »Mach dich fertig, deine Seele kommt mit mir!«

»Nun, da mein Betteln nichts hilft«, sagte der Mann, »erlaube zumindest einen letzten Abschied von Frau und Vieh, das ich mit soviel Schweiß erwarb und weswegen ich vor lauter Arbeit kein einziges Mal geruhsam essen oder gar wie ein Mensch ausschlafen konnte. Jetzt erst, da ich mich von all dem verabschiede und mit dir ins Paradies gehe, werde ich ausreichend essen und schlafen können, für diese Welt gleich mit.«

Der Engel, hatte er doch einst den armen Mann mit Gott gemeinsam besucht, sah in ihm gleichsam einen Bekannten; sollte er also Abschied nehmen von Frau und Vieh, so lange konnte er schon warten. Der Engel setzte sich inzwischen nieder und betrachtete den Apfelbaum, dessen Äste, von Früchten schwer, herunterhingen. Er stand auf, einen Apfel zu pflücken und wie er nach dem Apfel griff, blieb er so fest daran kleben, daß er nicht wieder loskommen konnte, er mochte anfangen, was er wollte. Der Engel begann zu rufen: »He Freund, meine Hand klebt fest am Apfelbaum, komm her und hilf mir!«

»Warum sollte ich das tun«, sagte der Mann, »da du doch gekommen bist, meine Seele zu holen? Versprichst du mir jedoch weitere zehn Jährchen, helfe ich dir. Ansonsten aber kannst du sitzenbleiben und vor Hunger und Durst zugrunde gehen, es täte mir nicht im geringsten leid. Mag Gott nur selber kommen und dich befreien, dann bitte ich ihn um ein längeres Dasein auf der Erde und werde es auch erhalten.«

Der Engel dachte darüber nach und sagte: »Ich schenke dir nicht nur zehn, sondern noch dreißig Jahre. Laß mich nun bitte frei, damit ich das erledige, was mir Gott noch aufgetragen hat. Ich habe noch so viel zu tun, daß ich meine Zeit nicht vergeuden kann.«

Nun, da dem Mann noch dreißig Jahre im Diesseits versprochen waren, befreite er den Engel aus seiner Lage, verabschiedete ihn und gab viele Grüße an Gott mit auf den Weg.

Doch auch diese dreißig Jahre vergingen einmal. Da kam eines Morgens in aller Frühe der Engel wieder zu dem Mann und sprach: »Los jetzt, mein Freund, alles Feilschen und Hökern ist zwecklos. Reichlich traf mich Gottes Unwille vor dreißig Jahren, aber mit dem Schwindel ist jetzt Schluß!«

Der Mann spürte, daß diesmal vom Engel nichts zu erbitten war, erhob sich sogleich, steckte seine Spielkarten in den Gürtel und folgte dem Engel, ohne Frau und Vieh ein letztes Lebewohl zu sagen. Und wie er so lief, fiel er um, und seine Seele flog himmelwärts. Im Himmel angekommen, gingen sie an der Hölle, dem Ort der ewigen Pein, vorbei, die voller Teufel war, welche nur darauf lauerten, jeden, der vorbeikam, in ihr Reich herüberzuziehen. Als der Mann das Ende der Hölle fast erreicht hatte, sprangen die Teufel hervor und packten ihn. Nun zogen sie von der einen Seite, der Engel von der anderen, es ging hin und her. Aber die Teufel waren in der Überzahl, und so gelang es ihnen, den Mann bis an den Rand der Hölle zu ziehen. Da sagte er zu den Teufeln: »Ihr gebt euch alle Mühe, mich in euer Reich herüberzuholen, aber zeigt doch mal, ob ihr gut im Kartenspiel seid und laßt uns im Spiel die Kräfte messen. Gewinne ich, so ziehe ich weiter ins Paradies, verliere ich aber, bleibe ich bei euch, so lange ihr wollt.«

Die Teufel gingen darauf ein, und einer von ihnen fing an, mit dem Mann zu spielen. Sie spielten sehr lange, doch schließlich wurde der Teufel besiegt, der sich damit auf Gnade und Ungnade dem Mann ergab. Als die anderen Teufel sahen, wie ihr bester Spieler verlor, ärgerten sie sich sehr und drängten einen weiteren Kameraden zum Spiel. Aber auch dieser unterlag. Der nächste folgte, danach ein vierter, bis letztlich alle gespielt und verloren hatten, wodurch sämtliche zwölf Teufel Sklaven des Mannes wurden. So setzte er nun mit ihnen gemeinsam seinen Weg fort und erreichte das Tor zum Paradies.

Der Mann klopfte an und rief: »Heiliger Petrus, ich bin endlich angekommen, schließ auf das Paradies!«

»Ich habe noch nicht in den Büchern nachgesehen«, sagte ihm dieser, »vielleicht bist du gar nicht für das Paradies bestimmt.«

»Ha, wie sollte ich nicht für das Paradies bestimmt sein?« wunderte sich der Mann. »Gott selber war es doch, der mir bei seinem Besuch eine Strohmatte mitten im Paradies versprach, sogar an der schönsten Stelle.«

»Bist du es wirklich, du alter Sünder!« rief der heilige Petrus aus und öffnete das Tor. »Aber warum kommst du nicht allein? Die Strohmatte reicht gerade für dich.«

»Nun gut, die Strohmatte ist für mich«, sagte der Mann, »aber mit mir bringe ich noch diese zwölf Teufel, damit ich mit ihnen Karten spielen kann. Ich wüßte sonst nicht, was ich hier im Paradies tun könnte? Man erzählt, daß es bei euch nichts zu tun gibt. Aber versteh doch, ich bin ein Mann, der gewöhnt ist zu arbeiten und für seinen Lebensunterhalt zu sorgen.«

»Mit diesen Zwölfen kann ich dich nicht einlassen!« sagte noch einmal der heilige Petrus. »Du allein wirst jetzt hereinkommen und dich auf deine Strohmatte legen, doch die da mögen dahin zurückkehren, wo du sie hergeholt hast!«

»Halt ein, heiliger Petrus, der du die Schlüssel aufbewahrst«, sagte der Mann. »Hast du denn vergessen, daß ich damals nur Gott in mein Haus geladen hatte, er aber mit allen zwölf Heiligen kam? Ich war damals arm, doch ich habe keinen von euch weggeschickt und euch alle reichlich bewirtet. Und wie werde ich hier empfangen? Ihr besitzt sowohl das Paradies als auch Gottes Dienste und könnt keine zwölf Teufel aufnehmen? Ist es möglich, daß ihr hier oben gar ärger dran seid, als die da unten auf der Erde?«

Der heilige Petrus wußte sich nicht zu helfen, und so ließ er sie alle ins Paradies eintreten.

Was immer du tust, fällt auf dich zurück, auch wenn es erst im Jenseits ist!

25.
Der redliche Mann und der Spiegel der Armen

Es lebte einmal ein überaus redlicher Mann auf Erden. Nichts Unrechtes oder Krummes konnte er dulden. Als schließlich auch für ihn die Zeit gekommen war und er starb, flog seine Seele gleich zum lieben Herrgott auf. Gott gestattete ihm, im ganzen Paradies umherzuspazieren, wohin er auch wolle. Das tat der Mann denn auch. Doch es dauerte nicht lange, da wurde es ihm, trotz aller Schönheit, die ihn umgab, langweilig. Sein Leben lang hatte er arbeiten müssen, und er war es daher nicht gewohnt, sich dem

Müßiggang hinzugeben. Da ging er zum lieben Gott und sagte, daß es ihm leid sei, so untätig, ohne jede Arbeit herumzusitzen. Er wolle etwas tun und sich mühen für sein täglich Brot.

Der Herrgott überlegte eine Weile, was für eine Arbeit er dem Mann bloß geben könne. Und weil dieser eine so ehrliche Seele war, vertraute ihm Gott sehr und machte ihn zum Schlüsselwächter. Er bekam alle Schlüssel von dem Palast des Gottes mit Ausnahme eines einzigen, den der Herrgott selber verwahrte und immer bei sich trug.

›Zu welchem Zimmer wird wohl der Schlüssel gehören, den er mir nicht gegeben hat‹, fragte sich fortwährend der Mann. So verging schließlich ein Tag nach dem anderen, und wie der Zufall so spielt, sah der Mann einmal, wie Gott in einem der Zimmer verschwand, in dem er dann lange verweilte. Als Gott wieder herauskam, rief er den Mann zu sich und sagte: »Ich werde jetzt auf die Erde hinabsteigen, du wirst derweil mein Haus hüten. Gehe aber nicht rein in das Zimmer!«

Kaum, daß der Mann allein war, ging er neugierig an die Tür, deren Schlüssel er als einzigen nicht besaß. ›Was ist wohl in diesem Zimmer, daß er es verschlossen hält? Was verbirgt er nur vor mir?‹ fragte sich der Mann. Er lief durch sämtliche Zimmer und hielt schließlich wieder vor jener geheimnisvollen Tür. Es ließ ihm einfach keine Ruhe, ja es drängte ihn danach, wenigstens einmal durch das Schlüsselloch zu spähen, um vielleicht erkennen zu können, was der Herrgott so sehr behütet. Da stieß er gegen die Tür, und sie öffnete sich einen Spalt. Gott hatte wohl vergessen, sie abzuschließen, und so ging der Mann nun vorsichtig hinein, schaute sich um und war verblüfft – das Zimmer war völlig leer. Nur ein Stuhl stand darin und daneben noch eine kleine Fußbank, aber das war auch schon alles.

›Was gibt es denn hier so Geheimnisvolles, daß er es verborgen hält!‹ überlegte der Mann. ›Ich hatte, ach, was weiß ich, sonst etwas erwartet, doch was finde ich – nichts weiter als einen ganz gewöhnlichen Stuhl! Solche Stühle stehen zu Hauf in allen Zimmern herum.‹

Und während er sich so seine Gedanken machte, setzte er sich unbewußt auf jenen Stuhl nieder. Da fiel sein Blick auf die Wand, und überrascht bemerkte er dort einen großen Spiegel. Darauf waren alle reichen Leute auf der Erde zu sehen: die einen zählten gerade ihr Geld, die anderen aßen oder tranken in ihren prunkvollen Häusern, die dritten spazierten umher, begleitet und beschützt von ihren Dienern.

Als er sich umdrehte, entdeckte der Mann an der gegenüberliegenden Wand einen anderen Spiegel. In ihm war die Armut zu sehen. So viele notleidende Leute es auch überall auf der Welt gab, jeden einzelnen von ihnen konnte man in diesem Spiegel sehen: manche pflügten mit nur einem Ochsen ihren Acker, andere schleppten Stroh auf ihren Schultern, dritte waren in Lumpenfetzen gekleidet, daß nicht einmal ein Hund etwas zum Fassen gehabt hätte, vierte flickten ihre Schuhe, fünfte entlausten sich. Eine Frau war zu sehen, die gerade fremde Wäsche im Fluß wusch und dabei heimlich ein Hemd hinter einem Weidenbaum versteckte. Der Diebstahl empörte den redlichen Mann so sehr, daß er wütend die Fußbank gegen den Spiegel warf, der in tausend Stücke zerfiel. Man konnte nicht mehr sehen, was mit den Armen auf Erden geschah, denn alles hatte sich im Nichts aufgelöst. Erschrocken faßte sich der Mann an den Kopf und sagte sich: ›O weh, was wird nur der Herrgott dazu sagen?‹

Nach einigen Stunden kam der Herrgott zurück. Sogleich ging er in das Zimmer und sah, was geschehen war. Er rief seinen Wächter und beschimpfte ihn: »Was hast du nur angerichtet! Der Spiegel ist zerbrochen! Wie soll ich nunmehr all den Armen helfen können auf der Welt? Von nun ab müssen sie sehen, wie sie zurechtkommen, müssen sich die Köpfe zerbrechen, jeder so gut, wie er es eben kann!«

Von diesem Tage an ist den armen Leuten Gottes Obhut versagt, und sie sind allein mit ihrem Hunger, ihrer Armseligkeit, ihren Krankheiten und all ihrem Unglück.

26.

Der Arme, der sich einen Esel wünschte

Es war einmal ein armer Mann. Tag für Tag ging er in den Wald, um Holz zu schlagen. Hatte er dann genügend, lud er es auf seinen Rücken, zog in die Stadt, um es dort zu verkaufen. Davon ernährte er seine Kinder.

Eines Tages, als er wieder mit seiner Last unterwegs war, traf er den heiligen Ilija. An einer Quelle machten beide Rast, tranken von dem klaren und kalten Quellwasser und plauderten miteinander. Dann packte der Mann sein Reisigbündel auf den Rücken und wollte aufstehen. Doch er kam trotz aller Mühe nicht hoch. Der heilige Ilija half ihm, dafür bedankte sich der Mann und fragte ihn sodann, ob dieser für ihn nicht einen kleinen Esel beim Herrgott erbitten könne, denn allzusehr müsse er sich quälen und dies für nicht mehr als das tägliche Brot. Der heilige Ilija hatte Mitleid mit dem armseligen Mann und versprach, den Herrgott darum zu bitten. Das tat er denn auch, worauf der Herrgott zu ihm sprach: »Nun, ich will deinem armen Freund einen Esel geben, nur müßte er mich vorher darum bitten, seinem Nachbarn zwei Esel zu schenken.«

Am nächsten Tag wartete der heilige Ilija an der Quelle auf den Mann, um ihm die Antwort Gottes mitzuteilen. Als der Mann kam und erfuhr, daß er um zwei Esel für seinen Nachbarn bitten müsse, rief er aus: »Was denn, zwei Esel soll ich für den Nachbarn erbitten, damit ich am Ende nur einen erhalte? Wie komme ich dazu? Der hat, wenn auch nicht viel, aber etwas mehr als ich, und jetzt sollte er gar noch zwei Esel dazubekommen? Nein, nein, lieber Heiliger, daraus wird nichts! Tag und Nacht wünsche ich dem Nachbarn, daß sein Vieh zugrunde gehen möge, und nun sollte er durch mich noch reicher werden? Also dann will ich lieber auf meinen Esel verzichten, damit der auch keine kriegt. Von morgens bis abends, ja nachts wünsche ich mir, daß auch er einmal in meine Lage gerät. Für den will ich nichts und wieder nichts erbitten!«

»O je, o je, du Alter«, stöhnte der heilige Ilija auf und

sagte: »Mit deinem Verstand im Kopfe wirst du ein Leben lang das Holz auf deinem Rücken schleppen. Ein solcher Eigensinn wird dir niemals Ruhe gönnen, und ruhelos wirst du auch dahinscheiden – eben so, wie du gerade vor mir stehst, mit Holz beladen und einem Herzen voller Neid, gleich der Seele eines Hundes, der gierig nach dem Knochen eines anderen schielt.«

27.
Der Jäger und die Tiere

Ein junger Jäger ging auf die Jagd. Aus einem Gebüsch kam ein Fuchs gesprungen. Der Jäger legte die Büchse an und wollte ihn töten.

»Halt ein«, sprach der Fuchs, »töte mich nicht! Ich will dir dienen, solange ich lebe.« Und er blieb still und ergeben stehen.

Der Jäger packte ihn und nahm ihn mit nach Hause.

Am nächsten Tag ging er wieder auf die Jagd und begegnete einem Wolf. Er legte die Büchse an und wollte auf ihn schießen, doch der Wolf rief: »Auuu, töte mich nicht! Ich will dir treu dienen, solange ich lebe.«

Da ließ der Jäger die Büchse sinken, und der Wolf kam wie ein zahmer Hund zu ihm. Der Jäger legte ihn an die Leine und führte ihn nach Hause.

Am dritten Tag kletterte der Jäger auf einen hohen Felsen, um Gemsen zu jagen. Ein großer Adler zog über ihm seine Kreise. Der Jäger legte an, um auf ihn zu schießen.

»Ga-Ka, halt ein, töte mich nicht! Ga-Ka, ich will dein treuester Diener werden.«

Der Adler ließ sich aus der Höhe herab und setzte sich wie ein kleiner Vogel auf die Schulter des Jägers. Der hatte zuvor einige kleine Tiere erlegt, er holte sie aus dem Sack und fütterte den Adler, dann nahm er ihn mit nach Hause.

Am vierten Tag ging der Jäger in den Wald. Als er sich seinen Weg durch das wildeste Dickicht bahnte, brummte vor ihm ein Bär. Er hob die Büchse und zielte.

»Oaa, oaa, töte mich nicht! Ich will dir dienen und dir Gutes tun!«

Als der Jäger dies hörte, ließ er die Büchse sinken, und der Bär kam zu ihm und rieb sich an seinen Beinen. Der Jäger brach auf, und der Bär trottete hinter ihm her, und so gingen sie beide zusammen nach Hause.

Am fünften Tag streifte der Jäger durch eine Wüstenei und sah einen riesengroßen Löwen in der Sonne liegen. Er legte sogleich an, aber im selben Augenblick bemerkte ihn der Löwe und brüllte mit fürchterlicher Stimme: »Halt ein, töte mich nicht, ich will dein ergebener Sklave sein. Ich bin stark und kann dir sehr nützlich sein.«

Der Jäger ließ die Büchse sinken, und der Löwe kam zu ihm und sprach: »Steig auf meinen Rücken!«

Da hängte der Jäger seine Büchse um und stieg auf den Löwen wie auf ein Pferd, und so begaben sie sich nach Hause. Die Tiere lebten brüderlich zusammen. Sie fegten das Haus, holten Wasser, sammelten Brennholz und bereiteten das Essen. Der Jäger beschaffte Nahrung aus dem Wald. Manchmal begleiteten sie ihn auch, um ihm zu helfen.

Eines Tages ging der Jäger allein auf die Jagd, und die Tiere blieben zu Hause. Der Fuchs kochte, der Wolf und der Bär schnitten das Fleisch, der Löwe holte Wasser und Holz, und der Adler hüpfte umher und schlug mit den Flügeln und half bei dem einen und anderen. Da sprang der Fuchs, mit dem Kochlöffel in der Hand, auf einen Stuhl, rief die Schar zusammen und sagte: »Liebe Brüder, unser Herr ist sehr gut zu uns. Das wißt ihr alle. Er hätte uns damals töten können, und dann würde jetzt irgendein Tschorbadshja unseren Pelz tragen oder ihn als Teppich benutzen. Doch er hat es nicht getan. Er erhörte unser Bitten, erbarmte sich unser, schenkte uns das Leben und nahm uns in sein Haus auf. Wir sitzen in der warmen Stube, während er bei Wind und Wetter für uns im Wald Futter sucht. Weder hat er jemals von uns schwere Arbeit verlangt, noch hat er ein böses Wort zu uns gesagt oder uns anders gekränkt. Wir müssen ihm seine Güte vergelten.«

»Bravo, Gevatter! Hab Dank für deine schönen Worte! Wir sind der gleichen Meinung!« riefen die Tiere einstimmig.

»Auch ich bin euch dankbar, daß ihr einverstanden seid«, sprach der Fuchs. »Nun aber sagt: Wie können wir ihm eine Freude bereiten? Es muß etwas sein, woran er sich immer erinnert.«

Als der Fuchs zu Ende gesprochen hatte, hockte er sich auf den Stuhl und wartete, während seine Freunde in tiefes Nachdenken versanken. Nach einem Weilchen hob der Adler den Kopf: »Ga-ka, Ga-ka, wir kaufen ihm ein schönes Gewehr, das bis in die Wolken schießt. Er wird zufrieden sein, und uns wird er besser füttern.«

»Ha, ha, du Schlaukopf!« spottete der Bär. »Er ernährt uns auch ohne dein Gewehr gut, und seine Büchse ist sehr, sehr gut, so gut, daß sie auch dich aus den Wolken heruntergeholt hätte und du auf dem Boden zerschellt wärst.«

Der Fuchs nickte und stimmte dem Bären zu. Die Tiere ließen die Köpfe wieder sinken und grübelten. Nach einer Weile meldete sich der Wolf: »Ich möchte dazu folgendes sagen – wenn ihr auf mich hören wolltet – da könnten wir aus dem Wald Vieh zusammentreiben – Gemsen, Schafe, wilde Rinder und Wildschweine – und ihn so reich machen. Wir könnten uns davon ernähren, und er brauchte sich nicht mehr jeden Tag abzurackern und durch den Wald zu streifen, um für uns Futter zu beschaffen.«

»Schlecht kennst du unseren Herrn«, sprach der Adler. »Er streift gern durch den Wald. Er fühlt sich wohl, wenn er die Büchse umhängt und sich auf den Weg durch das dichte Unterholz und über das grüne Feld macht.«

Der Fuchs pflichtete dem Adler bei. Alle grübelten, wie sie ihrem gütigen Herrn eine Freude bereiten könnten.

Nach einem Weilchen brummte der Bär: »Hört zu, Freunde! Es gibt nichts Besseres, als daß ein Mann Vermögen besitzt und im Alter gesichert ist. Wir können den ganzen Wald mit dem umliegenden Feld erobern und niemandem erlauben, ihn zu betreten oder zu überfliegen. Und er soll unserem Herrn und uns gemeinsam gehören.«

»Dieses Land ist sowieso unbewohnt, und unser Herr durchstreift es mutterseelenallein, als ob es sein Eigentum wäre«, sprach der Wolf.

»So hört, was ich euch zu sagen habe!« brüllte der Löwe. »Das Haus unseres Herrn ist sehr klein. Betritt ein Mann ein kleines Haus, so fühlt er sich klein und nichtig, kommt er aber in ein großes Haus, scheint es ihm, er wäre groß und mächtig: Wir sollten ihm ein Schloß bauen, so daß er sich wie ein Zar fühlt.«

»Unser Herr hat ein gutes Herz, und darum ist er groß, größer können wir ihn nicht machen«, meldete sich der Adler.

»Überlegt doch mal richtig, Freunde!« tadelte sie der Fuchs, »hört lieber, was ich euch sage. Der Herr ist einsam, und wir müssen ihn verheiraten. Das wird das beste für ihn sein, und dafür wird er uns am meisten danken.«

»Bravo, Gevatter! Bravo! Bravo! Gevatterchen, du und deine Weisheit seien gesegnet!« stimmten die Tiere einmütig zu.

»Nun denkt darüber nach, wer die Braut sein soll«, sprach der Fuchs. »Aber es muß die schönste Braut auf der ganzen Welt sein, das ist klar!«

»Überlaßt das nur mir!« rief der Adler freudig. »Als ich gestern umherflog, sah ich ein Mädchen, wie es kein zweites auf der Welt gibt. Es ist mir ein leichtes, sie zu rauben. Aber ich möchte euch noch etwas sagen: Ich bin traurig, daß ihr meinen Vorschlag nicht angenommen habt. Ihr mögt ruhig über mich spotten und mich davon abbringen wollen, und doch werde ich für unseren Herrn ein Gewehr auftreiben, wie es in der ganzen Welt kein zweites gibt. Das soll mein Hochzeitsgeschenk sein.«

»Und nun laßt mich mein Herz ausschütten«, sagte der Wolf. »Mir mißfällt es, daß ihr nicht einverstanden wart, für den Herrn Vieh zusammenzutreiben. Also werde ich mich darum kümmern, daß zur Hochzeit mehr Vieh da ist – denkt was ihr wollt. Das wird mein Hochzeitsgeschenk für den Herrn sein.«

»Auch ich bleibe bei meinem Wort und werde für mehr

Land sorgen, damit unser Herr etwas besitzt, womit er sich bei seiner jungen Gemahlin rühmen und wo er mit ihr spazierengehen kann«, brummte der Bär.

»Ich bin mit euch allen einverstanden, aber am besten finde ich meinen Vorschlag«, brüllte der Löwe. »Ein verheirateter Mann ohne ein großes Haus ist keinen Heller wert. Er wird viele Kinder haben, sie werden heranwachsen, er wird sie vermählen, Schwiegertöchter, Schwiegersöhne und Enkelchen haben, und für alle muß sich ein Eckchen finden. Wenn dann das Haus zu klein ist, wirft man ihn hinaus, und er wird frieren wie ein junger Hund. Nun, lassen wir das für später, aber wo soll er seine Braut denn jetzt hinführen? Etwa in diese Hütte? Je schöner die Frau ist, desto größer und prächtiger muß das Haus sein. Das solltet ihr bedenken! Aber was versuche ich lange, euch zu überzeugen! Diese wichtige Sache will ich in die Hand nehmen!«

So kamen die Tiere überein. Sie hatten nicht die Geduld, die Rückkehr ihres Herrn abzuwarten und liefen noch am selben Abend auseinander, um die Arbeit zu tun, die sie sich vorgenommen hatten.

Gegen Abend kehrte der Jäger heim und suchte die Tiere, konnte sie aber nicht finden. Er schaute nach dem Feuer – das Essen war angebrannt. Da dachte er, die Tiere wären unzufrieden mit ihm gewesen, hätten rebelliert und wären davongelaufen. Es wurde ihm leid um sie, und er nahm seine Büchse und ging in den Wald.

Am nächsten Morgen kam der Löwe mit vielen anderen Löwen. Sie machten sich an die Arbeit und erbauten bis zum Mittag ein großes Schloß. Am Nachmittag errichteten sie ringsum Schafpferche, Ställe, Speicher, Scheunen und andere Wirtschaftsgebäude.

Der Wolf rief seine Wolfsgefährten, sie umringten den Wald, und alles, was es an Schafen, Gemsen, Wildschweinen, Wildrindern und Rehen gab, brachten sie zusammen und trieben es in die Ställe des herrschaftlichen Gutes.

Der Bär holte seine Freunde, und sie erschreckten und

verjagten alle Menschen aus dem Wald und aus den Feldern ringsherum.

Der Adler verschwand für geraume Zeit und kam dann mit einem schönen und glänzenden Gewehr zurück. Mit einem seiner Adlergefährten flog er noch einmal los, und bald darauf brachten sie das allerschönste Mädchen.

Der Fuchs lief unentwegt umher, durchstreifte Gut und Schloß und gab Anweisungen, was zu tun sei.

Der Tag ging zur Neige. Die Sonne sank, aber der Herr kam nicht zurück. Die Tiere begannen sich zu sorgen.

»Es wird ihm doch nichts zugestoßen sein?« wunderte sich der Fuchs. »Er ist immer bei Sonnenuntergang heimgekommen, nur heute nicht. Du, Adler, flieg und schau nach, ob er irgendwo zu sehen ist.«

Der Adler flog los und verschwand in der Ferne. Bald darauf kam er zurück und berichtete, daß ihr Herr sich an den äußersten Rand des höchsten Felsens gesetzt habe und tief in Gedanken versunken sei.

»Dummkopf, warum hast du ihn nicht gerufen? Ihm ist schwer ums Herz geworden, weil er immer allein, ohne Frau und Kinder, lebt. Wenn er sich von dem Felsen stürzt, ergeht es dir schlecht!« drohte der Fuchs zornig.

Die Tiere eilten, so schnell sie nur konnten, zu dem Felsen und erreichten ihn in dem Augenblick, als sich der Jäger gerade aufgerichtet hatte, um sich in den Abgrund zu stürzen. Der Adler packte ihn am Kragen und hielt ihn zurück. Da kamen auch die anderen Tiere und fragten ihn: »Herr, warum wolltest du dich in den Abgrund stürzen?«

»Wie sollte ich mich nicht hinabstürzen? ... Ich suchte euch, aber ihr wart verschwunden. Ich dachte, ihr habt mich verlassen. Es wurde mir schwer ums Herz. Ich bin allein und besitze nichts weiter, da verzweifelte ich und ... es blieb mir nichts anderes übrig.«

»Wir waren nicht da, weil wir unterdessen etwas für dich bereitet haben, von dem du nichts weißt«, prahlten die Tiere.

»Was denn?«

»Nein, jetzt sagen wir es dir nicht. Du wirst es selbst sehen, wenn wir nach Hause kommen.«

Da stieg der Jäger auf den Löwenrücken, und sie machten sich auf den Heimweg. Als sie eintrafen, geriet der Herr ins Staunen! Er konnte den Ort, wo er so viele Jahre gelebt hatte, kaum wiedererkennen. Vor dem Schloß erwartete sie die Jungfrau. Die Tiere sagten dem Jäger, daß sie ihm dieses Mädchen als Frau zugedacht hatten. Der Jäger war überglücklich und fragte das Mädchen, ob es wirklich seine Frau werden und in dieser Wildnis leben wolle. Sie willigte ein. Schon am nächsten Tag feierten sie Hochzeit. Fortan wohnten der Jäger und seine Frau wie Zar und Zarin in dem Schloß.

Das Mädchen aber war die Tochter des Zaren, der in jenem Reich herrschte. Als die Jungfrau verschwunden war, ließ er sie überall suchen. Er setzte für denjenigen, der sie finden würde, eine hohe Belohnung aus. Ein altes Mütterchen versprach ihm, die Zarentochter ausfindig zu machen. Der Zar gab ihr ein Pferdegespann und Geld, und sie fuhr kreuz und quer durch das ganze Reich. So kam sie zum Schloß des Jägers. Sie schaute sich um und erblickte die Zarentochter mit den Tieren in einem der Gemächer. Der Jäger war auf der Jagd. Die Alte hielt sich verborgen und brüllte wie ein Stier: »Muh, muh ...«

Der Löwe lief hinaus, um den Stier zu suchen. Der Bär folgte ihm und wollte ihm zuvorkommen.

Inzwischen wechselte die Alte rasch ihr Versteck und fiepte wie ein Küken: »Piep, piep, piep, piep.«

Der Fuchs sprang auf, um das Küken zu suchen. Der Adler eilte ihm nach und versuchte ihm zuvorzukommen.

Die Alte versteckte sich an einem dritten Ort und blökte wie ein Lamm: »Bäh, bäh ...«

Der Wolf sprang aus dem Fenster und lief in den Wald, um das Lamm zu suchen.

Die Alte rannte ins Schloß, packte die Zarentochter, setzte sie in den Wagen und machte sich davon.

Als die Tiere zurückkamen, war die Herrin fort. Der

Fuchs sprang auf einen Stuhl und rief die Freunde zusammen. »Nun sagt: Was sollen wir tun? Schnell, bevor der Herr heimkommt!«

»Denkt ihr nur darüber nach, ich aber werde mich inzwischen auf die Suche nach ihr begeben«, sprach der Adler. Bald darauf kam er wieder und berichtete, daß eine alte Frau die Herrin in einen Wagen gesperrt habe und sie nach Hause fahre.

»Suche dir auf der Stelle einen Gehilfen und hole sie zurück!« befahl der Fuchs.

Bevor jedoch der Adler einen Gehilfen gefunden hatte und mit ihm aufbrechen konnte, hatte die Alte das Mädchen zum Zaren gebracht und ihm erzählt, wo sie es gefunden hatte. Der Zar schloß seine Tochter in einem Zimmer ein. Der Adler kam zurück und berichtete den Tieren, daß es unmöglich sei, die Herrin zu entführen, weil sie in einem Zimmer eingesperrt sei.

Der Fuchs dachte nach und sprach: »Ruf sofort all deine Adlerfreunde zusammen und sage ihnen, sie sollen in den Lüften über dem Zarenschloß miteinander kämpfen, du selbst aber halte dich mit einem treuen Gesellen versteckt. Die Herrin wird aus dem Fenster schauen, um nach dem Kampf der Adler zu sehen, und ihr beide werdet sie rauben und hierher bringen.«

Der Adler folgte dem Befehl des Fuchses. Er rief seine Gefährten, und sie begannen, über dem Zarenschloß zu raufen. Die Herrin öffnete das Fenster und lehnte sich hinaus, um zu sehen, was die Adler trieben. Da stürzten die zwei Freunde aus ihrem Versteck, packten sie und brachten sie ins Schloß des Jägers.

Weil der Zar nun wußte, wo sich seine Tochter befand, schickte er ein großes Heer aus, um den Entführer zu bestrafen und das Mädchen zurückzuholen.

In der Zwischenzeit ging der Fuchs, der nach der Aufregung starkes Kopfweh bekommen hatte, spazieren, damit ihm der Schmerz vergehe. Da begegnete er einem alten Mann, der Holz hackte und es auf seinen Esel lud.

»He du! Warum stiehlst du Holz aus dem Wald meines

Herrn! Ich werde den Gevatter Wolf rufen, daß er dich in Stücke reißt!« drohte der Fuchs.

»Nicht doch, mein Goldstück! Eine Ladung Holz ist doch nicht Gott weiß was. Dein Herr wird deswegen nicht arm, ich aber will dir etwas Wichtiges sagen!«

»Was hast du mir zu sagen?«

»Dort unten naht ein großes Heer. Man erzählt, es sei auf dem Weg zu deinem Herrn.«

Der Fuchs eilte nach Hause und teilte die Nachricht den anderen Tieren mit. »Schnell«, sprach er, »macht euch bereit, denn es ist ein Heer im Anzug, und es wird uns alle mitsamt unserem Herrn umbringen. Du, Adler, rufe die Adler; du, Löwe – die Löwen; du, Bär – die Bären und du, Wolf – die Wölfe! Wir müssen dieses Heer angreifen! Ich übernehme das Kommando! Im Laufschritt, marsch!«

Die Tiere folgten rasch dem Befehl. Sie sammelten sich, und der Fuchs führte sie an. Er wartete, bis sich das feindliche Heer zum Essen setzte, dann befahl er den Adlern, die Gewehre der Soldaten zu rauben und sie zum Schloß zu tragen, und die anderen Tiere ließ er zum Angriff übergehen. Eine furchtbare Schlacht begann, und der Feind wurde bis auf den letzten Mann geschlagen.

Der Zar sah, daß sein Schwiegersohn sehr mächtig war, und daß ein Krieg mit ihm schwierig sein würde. Da ließ er ihm mitteilen, daß er seinen Besuch erwarte, um sich zu verständigen, und daß er ihm das Reich abtrete. In jenem Zarenreich gab es nämlich ein Gesetz, wonach der auf dem Thron sitzen sollte, der am stärksten war und sein Volk vor Feinden schützen konnte. Als der Schwiegersohn die königliche Einladung erhielt, wunderte er sich überaus, doch dann rief er alle Tiere zusammen, nahm auch seine Frau mit, und so gingen sie zum Feldlager des Zaren. Als sie sich begrüßt und ein wenig unterhalten hatten, sah der Zar, daß sein Schwiegersohn wirklich stark war, und trat ihm sogleich den Zarenthron ab. So wurde der Jäger Zar.

Doch er vergaß nicht seine Freunde, die Tiere. Immer beriet er sich mit ihnen, besonders mit dem Fuchs, bevor er einen Beschluß faßte. Sein Zarenreich blühte auf und wurde immer mächtiger, und bald war es das mächtigste Reich auf Erden.

28.
Tschekardak Pascha

Der Fuchs nahm zwei Fellsäcke, füllte sie prall und ging zur Mühle. Als er dort ankam, sagte er zum Müller: »Müller, ich bringe dir zwei Säcke voll Weizen zum Mahlen. Gestern hatte ich noch Mehl für Brot, aber nun habe ich keines mehr.«

»Gut«, antwortete der Müller. »Hol sie dir morgen ab.«

Der Fuchs ließ die Säcke stehen und ging spazieren. Der Müller, ein schon älterer Mann, setzte sich, um zu verschnaufen, und schlummerte ein. Sobald der Fuchs sah, daß der Müller schlief, eilte er herbei und zerschnitt die Fellsäcke, so daß der Weizen herausrieselte. Am nächsten Tag kam er wieder und rief schon von weitem: »Müller, hast du meinen Weizen gemahlen? Die ganze Nacht dachte ich nur daran, ob du ihn nicht mit fremdem Weizen vertauschst oder mir Roggenmehl anstelle des Weizens hineintust.«

Der Müller wollte die Fellsäcke holen, um den Weizen zu mahlen, und sah, daß sie zwar zugebunden waren, aber kein Weizen darin war. ›Was nun?‹ Er schlug die Hände über dem Kopf zusammen. ›Wer mochte hier gewesen sein und den Weizen des Fuchses gestohlen haben? Der Ärmste, ausgerechnet ihm mußte das passieren. Er hatte doch gesagt, es wäre sein letzter Weizen. Ach, so ein Pech! Was soll ich nur tun?‹ dachte der Müller und überlegte hin und her. Dann sagte er: »Hör zu, ein Dieb war hier und hat deinen Weizen gestohlen. Was soll ich tun, und wie kann ich diesen Schurken erwischen?«

»Nun«, sprach der Fuchs, »mach dir deswegen keine Gedanken, sondern nimm einfach aus jedem Sack zwei, drei Handvoll und fülle meine beiden Säcke. Niemand wird diesen kleinen Verlust bemerken. Sei so gut, mach nicht viel Lärm darum, damit alles ruhig und friedlich abläuft, und du wirst sehen, welch großen Dienst ich dir für deine Güte erweisen will. Du wirst mir dein Lebtag dankbar sein.«

»Was für einen Dienst willst du mir erweisen?« fragte der Müller.

»Du wirst schon sehen, was ich zu tun vermag«, rühmte sich der Fuchs. »Du sollst die Zarentochter zur Frau bekommen.«

»Was!« staunte der Müller mit offenem Mund. »Wie willst du mich mit der Zarentochter vermählen? Ich bin ein einfacher Müller, der schon das reife Alter erreicht hat.«

»Wie, das ist meine Sache. Laß mich nur machen. Fülle du mir nur die Säcke mit Mehl, dann wirst du schon sehen, wozu ich fähig bin.«

»Gut«, sprach der Müller und füllte die Säcke, »ich werde also Maulaffen feilhalten und mich über deine Kunststückchen amüsieren, die ja doch zu nichts führen.«

Der Fuchs nahm die Säcke auf und trug sie nach Hause. Er knetete einen Brotteig zurecht, buk ihn, aß sich satt und ging wieder zum Müller, um ihm einen warmen Laib zu bringen. Als sie beim Essen saßen, sprach er: »Los jetzt, laß deine Mühle und komm mit mir. Wir wollen uns aufmachen, um dich mit der Zarentochter zu verheiraten.«

»Aber ich bin doch ein Müller, wie soll die Zarentochter einwilligen, mich zu heiraten? Wenn sie nun sieht, wie häßlich und arm ich bin – ich habe weder Kleider, noch Haus oder Acker, nichts, gar nichts besitze ich!«

»Das soll nicht deine Sorge sein! Überlaß die Hochzeit mir und misch dich besser gar nicht ein. Ich will jetzt als Brautwerber zum Zaren gehen, und du wirst bei einer Brücke, die ich dir zeige, auf mich warten.

Der Müller lachte, ließ sich aber vom Gevatter Fuchs überreden und folgte ihm. Sie liefen und liefen und kamen zu der Brücke, wo der Fuchs sagte: »Bleib du hier sitzen und warte auf mich, ich will für dich um die Hand der Zarentochter anhalten. Wenn jemand kommt und dich fragt, wer du bist, so sag ihm: Tschekardak Pascha.«

Dann ging er zum Zaren.

Als er bei ihm eintrat, verneigte er sich und sprach: »Zar, ich komme als Brautwerber, denn Tschekardak Pascha bittet um die Hand deiner Tochter. Er ist sehr reich und gütig.«

»Meine Tochter ist heiratsfähig, und ich will sie ihm geben«, antwortete der Zar.

»Jedoch muß ich dich um einen Gefallen bitten, Zar. Gib mir Kleider, daß ich sie Tschekardak Pascha bringe. Als wir unterwegs den großen Fluß überquerten, fiel er von der Brücke. Seine Kleider wurden naß und schmutzig. Und nun will er nicht kommen, da er sich schämt, sich in schmutzigen Kleidern zu zeigen.«

»Wenn es so steht, will ich dir seidene Kleider mitgeben«, sprach der Zar. »Wir aber wollen ihn mit einer Kutsche abholen, und dann fahren wir zu ihm, um die Hochzeit zu feiern.«

Der Fuchs packte die Kleider und eilte voraus, um sie dem Müller zu bringen. Unterwegs schärfte er allen Schäfern, Rinder-, Pferde- und Ziegenhirten ein, sie sollten sagen, daß sie dem Tschekardak Pascha dienten. Alle gehorchten ihm, und als der Zar vorüberfuhr und fragte: »Wem gehören diese Schafe, Rinder, Pferde und Ziegen?« antworteten sie: »Dem Tschekardak Pascha.«

Der Fuchs gab dem Müller die seidenen Kleider, der zog sie an, betrachtete sich im Wasser, und als er mit sich zufrieden war, gingen beide der Hochzeitsgesellschaft entgegen. Da ihm seine neuen Kleider sehr gefielen, machte der Müller mehrmals halt und besah sich von allen Seiten. Er war glücklich, so schöne Sachen zu tragen. Der Fuchs stolzierte vornweg, und es kam ihm nicht in den Sinn, sich umzudrehen und zu sehen, was der Müller machte. Da näherte sich die Hochzeitsgesellschaft. An der Spitze fuhren der Zar und die Zarin mit ihrer Tochter in der Kutsche. Von weitem sahen sie, wie der Bräutigam haltmachte und sich seine Kleider besah. Als sie ankamen, fragten sie leise den Fuchs: »Warum mustert denn Tschekardak Pascha seine Kleider so?«

»Er besieht sie, um zu prüfen, ob sie schön sind, denn solche Kleider hat er nie getragen, sondern er trug stets goldene und silbern bestickte. Diese hier erscheinen ihm recht bescheiden.«

Der Zar schickte sofort einen Diener aus, um goldene, mit Silberfäden gesäumte und mit Edelsteinen besetzte Kleider zu holen. Man brachte die neuen Kleider und legte sie dem Schwiegersohn des Zaren an. Der Fuchs aber, der beim Ankleiden half, flüsterte ihm zu: »Wage nicht, noch einmal deine Kleider so anzusehen, sonst merken sie, wer du bist, und du zerstörst alles, was ich für dich tue.«

Der Müller gehorchte fortan.

Sie stiegen in die Kutsche und wollten sich zum Haus des Tschekardak Pascha begeben. Der Fuchs jedoch eilte wieder voraus und lief in das Schloß eines Ungeheuers. Er versetzte dieses in Angst, als er ihm sagte, daß das Kriegsvolk des Zaren nahe, um ihn zu töten, weil es viel Unheil im Zarenreich angerichtet habe: es habe immer soviel Wasser getrunken, daß Hungerjahre und Dürrezeiten die Folge seien, und wenn es das Wasser in den Flüssen und Quellen wiedergebe, komme es immer zu furchtbaren Überschwemmungen, so daß alles in den Fluten versinken und das Volk wiederum Hunger leiden müsse. Das Ungeheuer, das seine Missetaten wohl kannte, bekam Angst und fragte rasch den Fuchs: »Ich bitte dich, Gevatter, verrate mir ein sicheres Versteck, wo mich des Zaren Kriegsvolk nicht findet!«

»Ja, wo?« überlegte der Fuchs einen Augenblick. Da fiel ihm etwas ein, und mit wedelndem Schwanz rief er fröhlich: »Im Backofen! Niemand wird auf die Idee kommen, dich dort zu suchen. Krieche hinein, ich werde Stroh dazustopfen, und jene, wenn sie sehen, daß der Backofen voller Stroh ist, werden glauben, daß dein Schloß schon längst verödet ist, und sich davonmachen.«

Das Ungeheuer gehorchte und kroch rasch in den Ofen. Sogleich füllte der Fuchs den Ofen mit Stroh und zündete es an. Das Stroh entflammte augenblicklich, und ehe sich's das Ungeheuer versah, war es verbrannt. Dann ging der Fuchs den Hochzeitsgästen entgegen und führte sie ins Schloß.

Als der Zar, die Zarin und ihre Tochter die Schönheit und den Prunk des Schlosses sahen, verstummten sie vor Erstaunen. Es war weit prachtvoller als das Zarenschloß, und sie beeilten sich, Hochzeit zu feiern.

Danach fragte der Fuchs den Müller: »Ich habe dir dazu verholfen, Zarenschwiegersohn zu werden. Was wirst du Gutes für mich tun?«

»Wenn du stirbst, will ich dich mit Trauermusik und Popen zu Grabe tragen lassen«, gab jener zur Antwort.

Der Fuchs merkte sich das Versprechen des Müllers und lebte fortan sorglos bei ihm und seiner Gemahlin. Jedoch kam ihm immer häufiger der Gedanke in den Sinn, den Müller auf die Probe zu stellen, ob er sein Versprechen auch halten würde. Denn er wollte, daß alle Tiere in Wald und Feld – Wölfe, Bären, Hasen, Igel – sehen, welch großer Hochachtung man ihn würdigt und wie die Menschen ihn als ihresgleichen behandeln. Um zu prüfen, wie groß die menschliche Dankbarkeit ist, stellte er sich eines Tages tot. Der Zarenschwiegersohn stieß ihn an, sah, daß er tot war, und rief seine Diener, damit sie ihn auf den Müll warfen. Später sollten sie dort eine Grube graben und ihn einscharren.

Die Diener kamen und hoben den Fuchs an einem Haken empor. Aber der sprang sogleich herunter, stellte sich auf die Hinterbeine, packte mit den Vorderpfoten den Müller, den er zum Schwiegersohn des Zaren gemacht hatte, an den Schultern und schrie: »Was taugt dein Wort schon, Mensch! So hältst du also dein Versprechen? Warte nur, du sollst sehen, wie ich dir diese Bosheit heimzahle, die du mir antun wolltest. Auch ich will dir einen Streich spielen. Ei, jetzt werde ich der Zarentochter erzählen, daß du ein einfacher und armer Müller bist. Sie wird dich sofort verlassen, und ihr Vater wird dich an den Galgen hängen für die dicke Lüge, mit der du sie betrogen hast.«

»O weh, Gevatter Fuchs, ich habe Unrecht getan, gesündigt«, weinte der Müller, der nun herrschaftlich lebte und nicht wieder Müller werden wollte. »O weh, vergib mir, und ich will dich königlich von Popen und Bischöfen zu Grabe tragen lassen.«

Der Fuchs bekam Mitleid mit dem armen Müller und verzieh ihm. Sie lebten noch lange zusammen. Und als der Fuchs starb, richtete ihm der Müller wirklich ein feierliches Begräbnis aus – mit Trauermusik und mit Popen und Bischöfen. Und nicht genug, er lud zum Begräbnis den Zaren und die Zarin mit ihrem gesamten Hofstaat ein.

29.
Der Fuchs und Turan

Ein Pope hatte Wein angebaut. Als die Reben zu tragen begannen, leckte sich ein Fuchs die Finger nach den Trauben, und man sah ihn, wann immer man wollte, stets um den Weinberg des Popen herumstreifen. Der arme Pope wußte nicht, was er tun sollte, um seinen Wein zu schützen. Einige Male stellte er eine Falle auf, aber der Fuchs lief nicht hinein. Als der Pope sah, daß er dem Fuchs nicht beikommen konnte, entschloß er sich, einen Feldhüter zu nehmen und stellte einen namens Turan ein.

Turan zog auf den Weinberg, baute sich eine Hütte und wartete, daß der Fuchs käme, dann wollte er ihn töten. Der Fuchs kam, aber Turans vermaledeite verrostete Flinte ging nicht los, und er lief weg. Am nächsten Tag wollte Turan still und heimlich eine Falle dort aufstellen, woher der Fuchs gekommen war. Doch der saß drüben auf dem anderen Hügel, schaute ihm zu und rief: »Ha, verfluchter Turan, bin ich denn blind, um das nicht sehen zu können!«

Turan sagte kein Wort. In der Nacht hörte man jemanden rufen: »O weh, meine Pfote, o weh, meine Pfote!«

Turan eilte zur Falle, und was sah er: der Fuchs war in die Falle geraten.

»Eh, Gevatterchen, hast du denn heute nicht gesagt, daß du nicht blind bist. Und nun läßt du dich doch fangen.

Nun her mit deinem Fell, ich will mir einen Pelzmantel daraus machen.« Und er zog sein Messer und wollte ihn töten.

Der Fuchs begann ihn anzuflehen und versprach ihm vielerlei: er wollte ihn reich machen und noch mehr tun, ja ihm sogar die Zarentochter als Frau verschaffen. Turan glaubte es und ließ ihn frei.

Da sprach der Fuchs: »Los, Turan, verkauf deinen Rock, damit du ein paar Beschlik bekommst.«

Turan hörte auf ihn: er verkaufte seinen Rock und bekam einige Beschlik dafür. Der Fuchs machte sich auf, ging zu dem Zarenschloß und rief: »Hej, großmächtiger Zar! Wo bist du?«

Der Zar hieß seinen Leuten nachzusehen, wer da rufe. Die Diener kamen heraus, und als sie den Fuchs sahen, fragten sie ihn, was er wolle.

»Ich brauche eine Kornwaage«, sagte der Fuchs, »mein Bruder Turan hat ein wenig Geld und möchte es wiegen.«

Der Zar wunderte sich, woher in seinem Reich ein so reicher Mann kam und befahl, dem Fuchs die Waage zu geben. Der Fuchs nahm sie und trug sie fort, aber bald darauf brachte er sie wieder zurück. Er hatte zuvor an ihren Boden einige Beschlik geklebt. Als er durch das Tor schritt, riefen die Diener: »Gevatterchen, Gevatterchen, du hast ein paar Beschliks am Boden vergessen!«

»Ach«, sprach der Fuchs, »die paar Münzen. Zu Hause und unterwegs habe ich noch mehr davon abgestrichen! ... Ihr wißt doch, wer keinen Mangel leidet, ist reich genug!«

Nach einigen Tagen sagte der Fuchs wieder zu Turan: »Turan, verkauf die Jacke, damit wir ein paar Silberstücke bekommen.«

Turan tat, was der Fuchs sagte, und der lief wieder zum Zarenschloß und verlangte die Kornwaage.

»Wozu brauchst du die Kornwaage?« fragten ihn die Zarendiener.

»Mein Bruder Turan hat ein bißchen Geld gespart und möchte es wiegen.«

Der Fuchs trug die Waage fort und brachte sie bald darauf wieder zurück, wobei er den Boden mit etwas Teer bestrichen und mehrere Silbermünzen daran geklebt hatte.

»Gevatterchen, Gevatterchen«, riefen die Diener wieder, »du hast Geld am Boden vergessen.«

»Ach«, sprach der Fuchs, »wir haben nach Kilos gewogen, daß ein paar Körner drangeblieben sind, ist doch nicht so schlimm.«

Wieder einige Zeit später sagte der Fuchs erneut zu Turan: »Los, jetzt verkauf deine Pumphosen und besorg ein paar Florin. Nun will ich mich aufmachen und die Zarentochter für dich freien.«

Turan gehorchte. Er verkaufte seine Pumphosen und kehrte mit ein paar Florin zurück. Wie zuvor ging der Fuchs zum Zarenschloß, um die Kornwaage zu verlangen, und als man ihn fragte, wozu er sie brauche, sagte er: »Mein Bruder Turan muß ein paar Florin wiegen.«

Sie gaben ihm die Kornwaage, und genau wie die anderen Male klebte er ein paar Florin an ihren Boden und brachte sie zurück. Der Zar wunderte sich, woher der Fuchs und sein Bruder soviel Geld hatten.

Einige Wochen vergingen, und wieder erschien der Gevatter Fuchs vor dem Zarenschloß und rief froh und heiter: »Großmächtiger Zar, großmächtiger Zar!«

»Was gibt's, Gevatterchen?« fragten die Diener.

»Ich möchte zum Zaren vorgelassen werden«, sprach er, »ich muß etwas Wichtiges mit ihm besprechen.«

Die Diener ließen ihn ein, und als er vor den Zaren trat, verneigte er sich tief und sagte: »Großmächtiger Zar! Mein Bruder Turan möchte heiraten, und wenn du willst, können wir uns verschwägern.«

»Ist doch keine Frage«, antwortete der Zar, »warum sollte ich nicht wollen? Auch ich wäre gern mit einem so reichen Mann verwandt. Wann soll die Hochzeit sein?«

»Wir sind jederzeit bereit«, sagte der Fuchs. »Je schneller, desto besser. Wie wär's noch diesen Sonntag? Aber wir bringen viele Hochzeitsgäste mit, seid darauf vorbereitet!«

»Das ist ganz nach meinem Sinn!« sprach der Zar.

Es wurde Sonntag, und der Fuchs schnappte sich Turan,

um ihn zur Braut zu bringen. Der arme Fuchs zerbrach sich den Kopf und überlegte, wie er Turan dem Zaren vorführen sollte. Sowohl seine Hosen als auch sein Hemd bestanden aus Flicken. Doch schlau, wie der Fuchs war, ersann er eine List, wie alles zu bewerkstelligen wäre. Als sie sich dem Zarenschloß näherten, packte er Turan und stieß ihn in eine Pfütze, dann zog er ihn wieder heraus, bewarf ihn mit Dreck und beschmierte ihn mit Blut. Sich selbst band er einen Ast mit Laubwerk an den Schwanz und wirbelte damit auf dem Weg den Staub auf. Als der Zar die Staubwolke sah, sagte er zu den Höflingen erstaunt: »So viele Brautwerber kommen zu uns! Beeilt euch, alles vorzubereiten, damit wir sie empfangen, wie es sich gehört.«

Als der Fuchs und Turan beim Zaren eintraten und er ihren Aufzug erblickte, fragte er: »Gevatterchen, wo ist der Schwiegersohn, den du mir so gepriesen hast?«

»Ach, großmächtiger Zar! Du weißt nicht, was uns unterwegs zugestoßen ist: Räuber haben uns überfallen, sie haben einige von den Verwandten totgeschlagen und die anderen davongejagt, und der Schwiegersohn ist gerade noch mit dem Leben davongekommen, aber nach seiner Kleidung und den anderen Sachen frage lieber nicht.«

»Oh«, sprach der Zar, »so steht es also! Näht dem Schwiegersohn rasch neue Kleider!«

Man schneiderte Kleider für Turan, und er zog sie an. Aber der arme Mann hatte noch niemals in seinem Leben solche Kleider gesehen und betrachtete sich von allen Seiten im Spiegel. Da fragte der Zar den Fuchs, warum sich Turan so ansehe: ob ihm vielleicht etwas an den Kleidern nicht gefalle?

»Na, das sieht man doch, daß sie ihm nicht gefallen«, sprach der Fuchs, »solche Kleider hat Turan nicht einmal wochentags getragen.«

»Näht ihm rasch schönere Kleider!« rief der Zar.

Man schneiderte neue Kleider für Turan, er zog sie an und besah sich nun erst recht im Spiegel. Da fragte der Zar den Fuchs erneut, ob Turan auch diese Kleider nicht gefielen.

»Natürlich nicht!« erwiderte der Fuchs. »An Feiertagen trägt Turan keine solchen Kleider.«

»Näht ihm rasch Kleider, die noch schöner sind!« befahl der Zar.

Man schneiderte sie, und Turan zog sie an und begann sich noch mehr im Spiegel zu beschauen. Er drehte und wendete sich hin und her und war von ihrer Schönheit wie geblendet. Da näherte sich ihm leise der Fuchs und flüsterte ihm ins Ohr: »Nun hast du dich aber genug bewundert! Merkst du nicht, daß mir die Lügen ausgegangen sind?«

Bald wurde Turan mit der Zarentochter vermählt. Als die Trauung vorüber war, sagte der Fuchs zum Zaren, er möge ein Heer ausrücken lassen, um Turan und die Braut zu beschützen, damit ihnen unterwegs nicht wieder etwas zustoße, und Turan flüsterte er ins Ohr: »Wo du Rauch und Qualm siehst, dort führe die Hochzeiter hin!«

Sie brachen auf. »Wohin nun mit der Braut und den vielen Gästen?« fragte sich Turan. »Was soll ich nur tun?« Der Fuchs aber eilte voraus und ging in ein Waldfeenserail. Schon an der Pforte begann er zu rufen: »Schwesterchen, hört ihr denn nicht, seht ihr denn nicht, was da für ein Heer, für ein Ungetüm naht? Schnell, versteckt euch, sonst wird es euch schlecht ergehen!«

Die Waldfeen erschraken und berieten untereinander, wo sie sich verstecken sollten. Die einen meinten, im Heu; die anderen – im Stroh.

»Gerade dort werden sie euch finden, wenn sie kommen und Heu und Stroh für die Pferde haben wollen.«

»Wo sollen wir uns dann verstecken? Sag, Gevatter, wo können wir uns verstecken, daß sie uns nicht finden?« fragten die aufgeschreckten Waldfeen.

»Im Backofen! Im Backofen!« rief der Gevatter Fuchs. »Ich will ihn gut verriegeln, so daß sie euch gar nicht bemerken werden.«

Die Feen krochen in den Backofen, der Fuchs zündete ein Feuer darin an und verschloß ihn. Eine große Rauchwolke zog auf, und die Waldfeen verbrannten allesamt im

Ofen. Turan sah von weitem den Rauch, entsann sich der Worte des Fuchses und lief darauf zu. Als sich die Hochzeiter dem Serail näherten, ging ihnen der Fuchs entgegen und lud sie ein, wie es Brauch ist. Am Abend bewirtete er sie mit solchen Speisen, Weinen und Obstschnäpsen, die sie nicht einmal im Traum gesehen hatten. Am Morgen, bevor sie sich auf den Heimweg begaben, steckte der Fuchs jedem Gast ein paar Handvoll Florin in den Brotbeutel, damit sie nur Gutes zu erzählen wüßten, wenn sie gegangen wären.

Der Fuchs, der Turan zu einem reichen Mann mit Haus gemacht und ihm die Zarentochter zur Frau verschafft hatte, verlangte dafür nichts anderes, als daß man ihm täglich eine große Gans geben und ihn nach seinem Tode mit Popen und Bischöfen zu Grabe tragen sollte. Er spazierte von nun an im Hofe herum, lag faul in der Ecke und wärmte sich bei Kälte am Feuer. Eines Tages wollte er Turan auf die Probe stellen und sehen, wie er ihm seine Wohltaten danken würde, und er stellte sich tot. Da kam Turans Frau ins Zimmer, und als sie den Fuchs lang ausgestreckt und regungslos liegen sah, stieß sie ihn mit dem Fuß an, rief ihren Mann und sagte ihm: »Los, Mann, wie lange sollen wir dieses Stinktier noch ertragen! Worauf wartest du, wirf ihn zum Fenster hinaus!«

Turan beugte sich dem Willen der Frau und warf ihn aus dem Fenster. Der Fuchs fiel hinab, sprang erbost auf, lief wieder nach oben ins Zimmer und begann zu schreien und Turan zu beschimpfen: »Du räudiger Turan, du Schurke, so dankst du mir, was ich für dich getan habe? Du hast wohl schon vergessen, daß du nur Lumpen auf dem Leib hattest, und jetzt spielst du dich in deinem Palast auf, den ich dir gegeben habe. Du verfluchter Hund ...!«

Turan schämte sich und wußte nicht, was er tun sollte. Endlich bat er den Fuchs um Verzeihung. Er bat so aufrichtig, daß er dem Fuchs leid tat und er ihm verzieh. Von nun an bekam der Fuchs jeden Tag zwei Gänse anstatt einer. Und als er starb, richtete ihm Turan wirklich ein märchenhaftes Begräbnis mit Popen und Bischöfen aus.

30.
Der Fuchs und der Schäfer

Es war einmal ein Schäfer, der von Kind an im Wald lebte und Schafe hütete. Einmal hielten die Schafe unter einem Baum Mittagsruhe, der Schäfer setzte sich hin, um etwas zu essen, und kaum hatte er mit der Mahlzeit begonnen, kam ein klapperdürrer Fuchs daher, der nur noch Haut und Knochen war, setzte sich neben den Schäfer und bat ihn, ihn aufzunehmen und für ihn zu sorgen, damit er nicht Hungers sterben müsse. Er möge sich erbarmen und ihm einen Bissen Brot abgeben. Dem Schäfer tat der Fuchs, der so abgemagert und entkräftet war, leid, und er gab ihm etwas Brot und Milch. Der Fuchs fraß sich satt und legte sich hin, um auszuruhen. Um ihn herum lagen die Hunde, die ihn gar nicht beachteten, so dürr war er. Von dieser Zeit an kam der Fuchs jeden Tag, um zusammen mit dem Schäfer zu essen, und sie wurden so gute Freunde, daß sie nicht mehr getrennt leben konnten. Ihre Freundschaft dauerte volle zehn Jahre.

Als sie sich einmal in der Sonne wärmten, sprach der Fuchs zum Schäfer: »Bruderherz, ich lebe nun schon so lange Zeit bei dir wie ein Bruder. Ich wäre vor Hunger gestorben, wenn du mich nicht zu dir genommen hättest, und ich habe nur dank deiner Liebe und Güte überlebt. Jetzt möchte ich dir zum Dank eine große Wohltat erweisen.«

»Was für eine große Wohltat kannst du mir schon erweisen?« fragte der Schäfer. »Ich bin ein Schäfer und werde ein Schäfer bleiben, solange ich lebe!«

»Nicht doch«, sagte der Fuchs. »Du bist zwar ein Schäfer, aber ich werde es einrichten, daß du die Zarentochter zur Frau nimmst und der Schwiegersohn des Zaren wirst!«

Die beiden stritten, ob daraus etwas werden könnte oder nicht, aber der Fuchs blieb hartnäckig bei seiner Meinung: der Schäfer würde Schwiegersohn des Zaren, wenn er dem Fuchs gehorche und all das täte, was jener sage. Schließlich willigte der Schäfer ein.

Der Fuchs lief zum Zarenschloß und sagte, man möge

dem Zaren ausrichten, er sei von einem anderen Zaren in einer wichtigen Angelegenheit gesandt. Die Diener überbrachten dies dem Zaren, und der befahl, den Fuchs vorzulassen. Der Fuchs trat vor den Zaren, gab ihm einen Ring mit einem kostbaren Stein, den er seinem Wahlbruder, einem Drachen, gestohlen hatte und der so schön war, wie es keinen zweiten auf der Welt gab und sagte: »Glückseliger Zar, dieser Ring ist das Geschenk eines Zarensohns, der deine Tochter zur Frau begehrt, weil sie ihm sehr gefällt.«

Der Zar sprach: »Wie soll ich ihm meine Tochter geben, wenn ich nicht mal weiß, wer er ist und was er ist? Mag er herkommen, damit wir uns kennenlernen und damit ihn auch meine Tochter sieht und wir ein wenig miteinander plaudern können, und wenn es Gottes Wille ist, sollen sie heiraten.«

Da sagte der Fuchs: »Glückseliger Zar, er ist sehr hochmütig und eingebildet, darum will er nicht kommen, aber er hat mir aufgetragen, dir zu sagen, daß er dein Reich erobern und sich die Jungfrau rauben wird, falls du sie ihm nicht gibst!«

Der Zar wurde nachdenklich und wußte nicht recht, was er tun sollte, denn er hatte Angst vor einem Krieg, und schließlich sprach er zum Fuchs: »Geh und sag dem Zarensohn, daß er die Hochzeit vorbereiten kann, ich will ihm meine Tochter geben, denn an dem Ring sehe ich, daß er ein sehr mächtiger Zar ist.«

Der Fuchs lief zum Schäfer zurück, berichtete, was vorgefallen war, und sagte ihm, was er zu tun habe, er selbst aber machte sich auf und lud jeden, dem er unterwegs begegnete, als Gast zur Zarenhochzeit. Als viele Hochzeitsgäste versammelt waren, brachen sie auf, um die Braut zu holen. Kaum waren sie auf dem Weg, suchten die Gäste den Zarensohn in ihren Reihen, aber er war nirgendwo zu sehen, und so fragten sie den Fuchs, der ihnen sagte, daß der Zarensohn noch komme, und daß er sie später einholen werde, weil er noch etwas für die Hochzeit besorgen müsse. Der Fuchs eilte voraus, und als er sich dem Zarenschloß näherte, wälzte er sich im Sand, beschmierte sich mit Straßendreck und lief weinend zum Zaren: »Glückseliger Zar, Räuber haben uns überfallen. Sie haben alles, was wir an Hochzeitsgeschenken bei uns trugen, geraubt und dem Bräutigam die Kleider weggenommen, denn die waren aus purem Gold und Edelsteinen; sie ließen ihn nackt zurück, und nun schämt er sich, so zu erscheinen.«

Als der Zar dies vernahm, befahl er sogleich, daß man seinem Schwiegersohn Zarenkleider zum Anziehen bringe. Der Fuchs, der Schlaukopf, lief zu den Hochzeitsgästen zurück und sagte ihnen, sie sollten alle rufen: ›Räuber haben uns ausgeplündert! Räuber haben uns ausgeplündert!‹ Der Zar habe es so befohlen. Dem Schwiegersohn wurden goldene Kleider angelegt, und dann ging man ins Schloß und nahm an der Hochzeitstafel Platz. Der Zar setzte sich an die Tafel, neben ihn setzte sich der Bräutigam, und ihnen gegenüber saß der Fuchs als Vater des Bräutigams. Sie ließen sich Gottes Gaben schmecken, der Schwiegersohn aber blieb stumm und brachte kein Wort über die Lippen, er besah und bestaunte nur seine kostbaren Zarenkleider. Der Zar merkte, wie sich der Schwiegersohn betrachtete, und sprach zum Fuchs: »Warum, Gevatter, beschaut der Schwiegersohn seine Kleider so und sagt nichts?«

»Der Schrecken, den ihm die Räuber eingejagt haben, steckt ihm noch in den Gliedern«, erwiderte der Fuchs, »denn als sie uns überfielen und ausplünderten, ist er gerade noch mit dem Leben davongekommen, sie haben sich alle auf ihn gestürzt, und nun braucht es seine Zeit, bis er wieder zu sich findet. Na, und die Kleider betrachtet er, weil sie sehr schlicht sind. Du hättest die seinen sehen sollen – sie waren aus purem Gold und mit Edelsteinen besetzt – sogar du wärest von ihrer Schönheit geblendet worden!«

Als der Fuchs so sprach, glaubte ihm der Zar, und jener stieß heimlich den Schäfer an und flüsterte ihm zu, er solle seine Kleider nicht länger so anschauen.

Nachdem das Festmahl beendet war, wurde das Brautpaar zur Trauung geführt. Sie brachen auf, und als sie sich ein Stück vom Schloß entfernt hatten, drehte sich der Fuchs um und sah, daß ihnen vier Höflinge folgten. Der Zar hatte sie ausgesandt, damit sie seine Tochter in ihr neues Heim begleiteten und erkundeten, wo sich dieses Zarenreich befand, was es für ein Land war und wie seine Tochter dort leben würde. Irgend etwas hatte den Zaren beunruhigt, und es ließ ihn dem Schwiegersohn mißtrauen. Der Fuchs überlegte, was er nun tun könnte, wohin er den langen Hochzeitszug bringen und wie er die Höflinge hinters Licht führen könnte. Da kam es ihm in den Sinn, seinen reichen Gevatter, den Drachen, hereinzulegen. Er eilte voraus und bat alle Schäfer und Hirten, die ihre Herden weideten, jedem, der sie danach fragte, zu antworten, alles gehöre seinem Herren. Dann lief er zum Drachenschloß und rief schon von weitem unter Tränen: »Ach, Bruder Drachen, was machen wir bloß? Schnell, versteck dich, Brüderchen, sonst wird dich ein Unheil ereilen!«

Da öffneten sich die Buchsbaumtore des Schlosses, der Drachen trat heraus, erkannte seinen Freund, den Fuchs, und fragte ihn: »Was ist geschehen, Brüderchen, warum weinst du?«

Der Fuchs drehte sich um, zeigte auf das Feld und sagte: »Sieh doch, Bruder, dort kommt ein Heer! Ich weiß nicht, was du ihrem Zaren getan hast, jedenfalls schickt er sein Heer, damit es dich tötet.«

»Gar nichts habe ich getan, Bruder, was soll ich ihm getan haben!«

»Aber sie kommen zu dir und wollen dich umbringen! Ich habe gehört, wie sie darüber gesprochen haben. Und ich bin unbemerkt zu dir geeilt, um es dir zu verkünden.«

»Wenn sie die Absicht haben, mich zu töten, wird sie nichts davon abbringen«, sprach der Drache. »Sag, was kann ich nur tun?«

»Was du tun sollst?« erwiderte der Fuchs. »Du mußt dich verstecken, und wenn sie kommen, will ich ihnen sagen, daß du nicht hier bist, dann werden sie wieder abziehen.«

»Aber wo kann ich mich verstecken, Brüderchen?«

»Na, steig doch in den Brunnen und kauere dich auf den Boden, und obenauf werde ich Stroh füllen, damit sie dich nicht bemerken.«

Der Drache sprang schnell in den tiefen Brunnen, der Fuchs häufte Stroh auf ihn, und da kamen auch schon die Hochzeiter. Wie es sich für den Vater des Bräutigams ziemt, empfing sie der Fuchs auf dem Hof und sprach zu ihnen: »In diesem Schloß ist es von alters her Brauch, daß jeder, der es betreten will, zuerst zwei Steine von diesem Haufen in den Brunnen werfen muß, damit Glück und Freude im Hause herrschen.«

Da ergriff jeder Hochzeitsgast zwei große Steine und warf sie in den Brunnen, und der Drache wurde erschlagen und verschüttet. Dann betraten alle das Schloß, und was sahen ihre Augen! Es glänzte wie die Sonne, denn alles war aus Marmor, Gold, Silber und Edelsteinen angefertigt, und es gab einen Garten, der einem Paradies glich. Die Hochzeitsgäste wurden von Staunen ergriffen, aber am meisten wunderten sich die Höflinge, die die Zarentochter begleitet hatten. Währenddessen befreite der Fuchs vierzig wunderschöne Mädchen und vierzig Jünglinge, die von dem Drachen gefangengehalten wurden, und hieß sie die Festtafel decken. Drei Tage und drei Nächte lang wurde Hochzeit gefeiert, man speiste und trank nach Herzenslust. Schließlich öffnete der Fuchs die Schatzkammer des Drachen, beschenkte die Höflinge des Zaren mit Edelsteinen und Gold und schickte sie in ihr Reich zurück. Dann verabschiedete er auch alle anderen Hochzeitsgäste mit Geschenken, und zu guter Letzt gab er den versklavten Jungfrauen und Burschen die Freiheit wieder und schickte sie alle nach Hause.

Einmal unterhielt sich der Fuchs allein mit dem Zaren, der einst Schäfer gewesen war, und er bat ihn, er möge ihn nach seinem Tod in dem Zimmer begraben, wo er und die Zarin schliefen, und nicht draußen auf dem Friedhof wie alle anderen.

»So soll es geschehen«, gab der Zar zur Antwort.

Nach einiger Zeit spielte der Fuchs den Kranken: Er stöhnte, ächzte, warf sich zu Boden, und schließlich tat er, als wäre er gestorben. Der Zar wußte nicht recht, was er mit ihm anfangen sollte, endlich packte er ihn beim Schwanz und warf ihn vom Balkon hinunter. Der Fuchs fiel zu Boden und hatte sich die Knochen gebrochen, erst nach zwei Stunden kam er wieder zu sich und schleppte sich langsam und leise zu dem Zarenpaar. Als der Zar und die Zarin ihn sahen, wurden sie von tiefem Schrecken ergriffen, verneigten sich vor ihm bis zur Erde und flehten um Vergebung für das, was sie ihm angetan hatten. Der Fuchs verzieh ihnen, und sie lebten miteinander friedlich wie zuvor. Doch einige Tage später starb der Fuchs wirklich, vor seinem Tode aber konnte er noch dem Zaren und der Zarin sagen: »Ich habe gesehen, wie einem auf dieser verlogenen Welt Wohltaten gedankt werden, begrabt mich deshalb auf dem Friedhof, wie alle Toten.«

Dann starb er.

31.
Der Fuchs als Richter

Ein armer Mann wollte in einem Fluß Fische fangen. Den ganzen Tag lang mühte er sich, er fing aber nichts. Da kam ein Wanderer des Weges und sagte zu ihm: »Helf Gott, Bruderherz!«

»Gott soll dir helfen!« erwiderte der Arme.

»Hast du etwas gefangen?«

»Den ganzen Tag lang plage ich mich nun schon, aber gefangen habe ich nichts.«

»Komm«, sprach der Wanderer, »versuch es noch einmal auf mein Glück, wir werden sehen, was ins Netz geht. Ich will dir ein paar Goldstücke dafür geben.«

Der Fischer willigte ein und warf das Netz aus. Als er es herauszog, schien es sehr schwer: Er warf es auf den Sand und ärgerte sich, als er sah, daß sich cin Tontopf darin verfangen hatte, denn er dachte, der Topf sei voller Gold. Er verfluchte sein Pech, gab den Topf dem Wanderer und erhielt von ihm das versprochene Geld.

Der Wanderer nahm den Tontopf und setzte sich in eine Senke, wo er den Topf unbeobachtet öffnen konnte. Er nahm vorsichtig den Deckel ab, und kaum hatte er den Topf geöffnet, da ringelte sich plötzlich eine Giftnatter um seinen Hals und sagte: »Ich werde dich auffressen!«

»Was habe ich dir getan, daß du mich töten willst?« fragte er.

»Ich werde dich auffressen«, erwiderte die Schlange, »weil der, der mich in den Tontopf steckte, ein Mensch war, dein Bruder. Als er mich einsperrte und in den Fluß warf, schwor ich mir, daß ich den ersten Menschen, den ich sehen würde, wenn ich wieder herauskäme, auffressen würde.«

»Nein, du begehst Unrecht, wenn du mich tötest«, verteidigte sich der Mann, »denn ich habe dir Gutes getan, indem ich dich befreit habe. Wenn du aber ungerecht sein willst, friß mich auf.«

»Ich bin im Recht«, sagte die Schlange, »denn derjenige, der mich in den Topf sperrte, war ein Mensch, und ich habe geschworen, mich zu rächen. Aber damit du siehst, daß ich im Recht bin, laß uns die ersten drei, denen wir unterwegs begegnen, nach ihrem Urteil fragen.«

Dem Mann blieb keine Wahl, er nahm den Tontopf, und sie brachen auf. Zuerst begegneten sie einem erschöpften Pferd und baten es, sie anzuhören. Die Schlange begann, lang und breit zu erzählen: »Einmal fand mich ein Mensch, und nachdem er mich genug gequält hatte, steckte er mich in diesen Tontopf und warf mich in den Fluß. Lange Zeit mußte ich darin ausharren und wäre fast vor Hunger gestorben. Ich flehte zu Gott, es möge mich jemand befreien, und schwor mir, den ersten besten Menschen, den ich sehe, aufzufressen. Dieser Mann holte mich heute beim Fischen heraus, er dachte, im Tontopf sei Geld und öffnete ihn, und ich ringelte mich, meinem Schwur zufolge, sogleich um seinen Hals. Sag nun, habe ich das Recht, ihn aufzufressen oder nicht?«

»Friß ihn auf!« sprach das Pferd, »denn den Menschen kann man nicht glauben. Hör zu, Menschlein, ich wurde in einem Dorf geboren«, begann das Pferd zu erzählen, »mein erster Herr war ein armer Mann, deshalb verkaufte er mich, als ich größer wurde, einem Reichen. Solange ich jung war, versorgte mich der Reiche sehr gut. Zwei Knechte dienten mir, ich war stets gekämmt, sauber und hatte genug zu essen und zu trinken und war vollauf zufrieden. Wenn mein Herr ausreiten wollte, zäumte man mich mit einem bestickten Sattel und mit silbernen Zügeln auf, und er streichelte mich immer. Als ich älter wurde, kaufte er sich ein neues Pferd, ein jüngeres und schöneres, und mich nahm er als Aushilfe. Aber trotz alledem lebte ich gut. Nach ein paar Jahren verkaufte er mich einem Köhler. Das war ein armer Mann, der sich mit mir das Brot erwarb und mich übermäßig belud. Einmal war es furchtbar schlammig, und ich hatte zuwenig zu fressen bekommen und war überlastet und erschöpft, und so stürzte ich mit der ganzen Last und konnte mich kaum hochquälen. Der Köhler war erzürnt darüber und verkaufte mich an die Zigeuner. Den Sommer über hatte ich noch etwas zu fressen, ich graste, aber jetzt, wie du siehst, ist Winter, und sie haben kein Futter und haben mich deswegen davongejagt, und nun muß ich dafür, daß ich in der Jugend soviel geschuftet habe, verhungern. Darum meine ich, daß man sich auf den Menschen nicht verlassen kann.«

Als die Schlange und der Mann das Pferd gehört hatten, zogen sie weiter, um jemand anders zu fragen. Da trafen sie einen Hund. Die Schlange sprach ihn an und erzählte ihm all das, was sie auch dem Pferd erzählt hatte. Als sie zu Ende gesprochen hatte, sagte der Hund erbost: »Friß ihn auf! Dem Menschen kann man nicht glauben.«

»Warum?« fragte der Mann überrascht.

»Sieh nur«, antwortete der Hund, »als ich ein kleines dünnes Hündchen war, nahm mich eine Dame zu sich und wusch mich zwei- bis dreimal am Tag mit Seife. Ich fraß immer mit den Herrschaften an der Tafel, und man nahm mich stets auf den Schoß. Als ich etwas älter wurde, schickten sie mich auf den Hof hinunter. Dort lebte ich lange Zeit und beschützte das Haus vor Bösewichten. Aber als ich alt wurde, warfen sie mich hinaus auf die Straße. Einmal bat ich, wieder eingelassen zu werden, und was mußte ich da erleben? Sie verriegelten die Tür, kamen mit Knüppeln und Steinen aus dem Haus gestürmt und schlugen so erbarmungslos auf mich ein, bis ich ohnmächtig wurde, und dann warfen sie mich auf den Misthaufen. Als ich wieder zu mir kam, war ich sehr hungrig und schleppte mich zum Metzger. Ich beugte mich herunter, um von dem Blut, das auf die Straße geflossen war, zu lecken. Da kam der Metzger heraus und stieß mir einfach das Messer in die Rippen, und nun, da ich nicht weiß, wohin, habe ich beschlossen, mich zu ertränken. Da der Mensch das Gute nicht zu schätzen weiß, kann man sich auf ihn auch nicht verlassen.«

Die Schlange zog den Mann weiter, um noch jemanden zu finden, der über sie richtet, um dann den Mann aufzufressen. Doch dieser hatte Glück, es kam gerade der Gevatter Fuchs des Weges. Die Schlange bat ihn erfreut, für einen Augenblick anzuhalten, während der Mann ihm seine zehn Finger zeigte. Der Fuchs begriff, daß er ihm zehn Hühner versprach, tat so, als ob er nicht höre, und lief vorbei. Die Schlange bat ihn lauter, er möge warten, um über eine Sache zwischen ihr und dem Mann zu urteilen. Der Fuchs blieb ein Stück weiter stehen und sagte: »Was für ein Urteil erwartest du, wenn du dich um seinen Hals windest und ihn erwürgen willst. Laß ihn los, falls du willst, daß ich über euch urteile.« Die Schlange kroch sofort runter, ließ sich neben dem Mann nieder und begann, ihr Leid zu klagen. Der Fuchs unterbrach sie und sagte zu ihr: »Hör zu, wenn du willst, daß ich euch anhöre, lüge mir nichts vor. Wie kann denn eine so große Schlange in diesen Tontopf hineinpassen?« Da mischte sich der Mann ein und sagte: »Wirklich, das stimmt, ich habe sie herausgeholt.«

Der Fuchs blickte den Mann an und sagte:

»Jetzt willst mich auch du törichter Mensch noch belügen? Solange ich nicht etwas mit meinen eigenen Augen sehe, auch wenn es mein Vater sagt, glaube ich es nicht.«

Die Schlange war darüber erbost und kroch in den Topf hinein, guckte aber mit dem Kopf heraus.

»Siehst du«, rief der Fuchs, »du paßt eben doch nicht in den Topf hinein!«

Und die Schlange kroch ganz hinein, und da nickte der Fuchs dem Mann zu, und jener legte flink den Deckel auf den Topf.

»Nun wirf sie in den Fluß«, sprach der Fuchs, »damit du dich nicht noch einmal mit einer Schlange herumärgern mußt. Wenn du die Hühner bringst, bin ich hier in der Nähe zu finden.«

Hocherfreut segnete der Mann den Fuchs mit den Worten:

»Gott gebe, daß nirgendwo ohne dich Gericht gehalten wird.« Und seitdem tragen die Richter und die Bischöfe Fuchspelze.

Als der Mann abends nach Hause kam, packte er zwölf Hühner ein. Seine Frau fragte ihn: »Wozu steckst du die Hühner in den Sack?«

Da erzählte er ihr, was ihm am Tage zugestoßen war. Sie meinte: »Ist das ein Schwachkopf! Dem Fuchs will er Hühner bringen!«

Da der Mann von den Erlebnissen des Tages müde war, legte er sich hin und schlief sofort ein, seine Frau jedoch sprang aus dem Bett, holte die Hühner aus dem Sack und steckte den Hund hinein. Am nächsten Morgen nahm der noch schläfrige Mann den Sack auf den Rücken, ohne nachzusehen, was darin war, und trug ihn zu dem vereinbarten Ort. Er pfiff, und der Fuchs kam herbeigeeilt. Als der Mann den Sack aufband, sprang der Hund auf den Fuchs und riß ihn in Stücke. Bevor er seinen letzten Hauch von sich gab, konnte er noch sagen: »Dem Menschen kann man wirklich nicht glauben!«

32.
Der Kranke trägt den Gesunden

Eines Tages ging der Wolf auf Jagd in einem Tal. Er suchte eine Weile herum und fiel schließlich zwei Ochsen an, die zusammen grasten.

»Na, ihr Ochsen, euch zwei werde ich jetzt auffressen!« sagte der Wolf.

»Ja, so wird es wohl sein«, sprachen die Ochsen, »doch höre dir noch unsere Bitte an. Friß zuerst den einen von uns, denn beide werden wir dir zuviel sein. Friß nur den einen, und laß den anderen für morgen. Wir sagen dir das, weil wir es gut mit dir meinen. Wir Ochsen sind geboren, damit uns die Menschen auffressen, aber nun, da du uns gefunden hast, kannst du uns auch fressen. Vielleicht merkt dann unser Herr, daß es ihm nicht mal in den Sinn gekommen ist, nach uns zu sehen und sich um uns zu kümmern. Nun wähle dir einen von uns beiden aus! Das kannst du so machen: Du bleibst hier auf der Wiese stehen, und wir werden etwa hundert Schritt weitergehen – der eine nach links, der andere nach rechts. Dann werden wir, so schnell wir es können, zu dir hinrennen: Wer schneller ist, soll für morgen bleiben, und wer den Lauf verliert, den kannst du gleich fressen. Wie findest du das, Gevatterchen? Bist du einverstanden? Es wird doch besser sein, wenn du dich nicht mit dem Fressen überfordern brauchst. Bleib jetzt hier stehen, und wir werden zu dir laufen.«

»Gut«, sagte der Wolf, »soll es nur so sein, wie ihr es wollt.«

Der Wolf setzte sich auf der vereinbarten Stelle hin und fletschte schon mit den Zähnen nach dem Ochsenfleisch. Die Ochsen liefen ein Stückchen weg, der eine nach rechts, der andere nach links. Dann rannten sie aufeinander zu, und als sie beim Wolf angelangt waren, stießen sie ihm mit voller Kraft die Hörner in den Leib und ließen ihn dort halbtot liegen.

»Oh, ich ärmster«, rief der Wolf, »welch Unglück hat mich getroffen!« und fiel halbtot um.

Die Ochsen rannten sogleich davon und liefen ins Dorf zu ihrem Herrn. Der Wolf lag eine ganze Weile dort, und als die Schmerzen nachließen, schaute er sich um und sprach zu sich: ›Ach, du Dummkopf, warum mußtest du denn auch einen Ochsen für morgen lassen! Wenn du heute was hast, friß dich satt, denk nicht an morgen, ein Wolf braucht kein Dörrfleisch.‹

Der Wolf ging weiter auf Beutesuche, und zu seinem Glück sah er ein Maultier vor sich grasen. Er sagte zu ihm: »Maultier, jetzt werde ich dich fressen!«

»Gut, friß mich, Wolf«, sprach das Maultier, »nur wirst du es nicht dürfen, denn ich besitze einen Zarenerlaß, wonach mich niemand verzehren oder beladen darf. Wie kannst du mich dann auffressen?«

»Eh, wenn du einen Erlaß hast, zeig ihn her, daß ich ihn lese. Dann werde ich sehen, ob ich dich fressen darf«, sagte der Wolf.

»Gut, Gevatterchen, geh nach hinten, wo mein Schwanz ist und lies ihn, und du wirst sehen, daß ich dich nicht belüge. Wenn das, was ich dir sage, nicht wahr ist, dann gehört mein Leben dir«, sprach das Maultier.

Der dumme Wolf ließ sich irreführen und ging hinter das Maultier. Das Maultier stieß ihn mit seinen beiden hinteren Hufen in die Brust, und der Wolf flog ein paar Schritte zurück und fiel halbtot hin. Das Maultier machte kehrt und rannte in Richtung Dorf davon. Nach ein paar Stunden ließen die Schmerzen des Wolfs nach, er stand auf und begann sich selbst zu bemitleiden: »Ach was bin ich doch für ein Hohlkopf, warum mußte ich denn unbedingt den Erlaß lesen? Hast du etwas in der Hand, friß es auf, hast du nichts, kannst du auch nicht fressen. Eh, möge es mir diesmal eine Lehre sein.«

Dann ging er in die Nähe des Dorfes auf Beutesuche, denn der Hunger quälte ihn. Zu seinem Glück graste gerade ein Esel auf der Wiese.

»Ah, Eselchen, jetzt will ich dich fressen, denn ich habe großen Hunger.«

»Friß mich, Wolf«, sprach der Esel, »aber bei uns ist es

Sitte, daß man, bevor man einen Esel frißt, dreimal über ihn springt, und so wird dem, der ihn gefressen hat, vergeben.«

»Nun gut, Esel, wenn du willst, kann ich nicht nur dreimal, sondern auch sechsmal über dich springen, aber dann fresse ich dich gleich auf, denn ich bin sehr hungrig.«

Der Wolf begann über den Esel zu springen, und wie er so herumsprang, bemerkten ihn die Dorfhunde und fielen über ihn her, und der Wolf rannte davon.

Kaum war er diesem Unheil entkommen, sprang er auf ein Schwein und sagte zu ihm: »Nun, Schwein, jetzt will ich dich fressen!«

»Friß mich, Wolf, aber laß mich dir noch etwas zu deinem Vergnügen auf dem Dudelsack vorspielen, damit mir nicht so schwer ist, wenn du mich frißt.«

»Na los, spiel mir etwas vor!« sagte der Wolf zum Schwein, »aber schnell, ich bin hungrig, seit drei Tagen habe ich nichts gefressen.«

Das Schwein richtete sich auf und quietschte aus vollem Halse, als schlachte man es. Es quietschte und machte einen himmlischen Lärm, daß der Schweinehirt es hörte und mit den Hunden dem Schwein zu Hilfe eilte. Als die Hunde den Wolf erblickten, fielen sie über ihn her und wollten ihm die Kehle durchbeißen. Der Wolf ergriff die Flucht und konnte sich gerade noch retten. Er rannte davon, und ein Stückchen weiter begegnete er doch zu seinem Glück dem Fuchs.

»Ach, Gevatter Fuchs, ich suche dich schon eine Ewigkeit, um dich zu fressen, nun habe ich dich endlich gefunden und will dich schnell verschlingen, denn seit Tagen habe ich nichts mehr zu kauen bekommen.«

»Oh, Gevatter Wolf«, sagte der Fuchs, »und ich suche dich schon drei Tage lang und laufe mir die Fersen wund. Überall war ich schon auf der Suche nach dir, und jetzt, wo ich dich gefunden habe, willst du mich fressen. Wenn du wüßtest, Gevatter Wolf, was für ein Glück dir zuteil geworden ist, dann würdest du mich aus Dankbarkeit beschenken.«

»Dann sag es, ich will es hören!« sprach der Wolf.

»Nun, Gevatterchen, ich habe dich gesucht, weil ich dich als Trauzeugen auf eine Hochzeit einladen will. Ich trug auch einen Apfel bei mir, der dir als Trauzeuge zusteht, aber der bekam vom Runterfallen einen Fleck und zermatschte, und so warf ich ihn weg. Ich dachte, mit einem fauligen Apfel kann man keinen Trauzeugen einladen. Es trifft sich gut, daß ich dir begegnet bin, so daß ich die Einladung mündlich überbringen kann. Sei als Trauzeuge auf der Hochzeit herzlich willkommen, du sollst Bräutigam und Braut trauen. Und sollte es Gottes Wille sein, wirst du dieses Jahr trauen und nächstes Jahr taufen. Laß uns nun auf die Hochzeit gehen. Ich werde dich an den Ehrenplatz der Festtafel setzen.«

»Gevatter Fuchs, wehe du belügst mich etwa, so wie die beiden Ochsen, die mir ihre Hörner in den Leib gestoßen haben, denn sonst zum Teufel mit dir, hörst du!« fletschte der Wolf die Zähne.

»Oh, Gevatterchen, wie kannst du so etwas sagen? Ich dich belügen? Ich, der drei Tage lang mühsam nach dir gesucht hat, weil ich gehofft habe, neben dir vorn an der Hochzeitstafel sitzen zu dürfen. Der Hauswirt, der dich als Trauzeuge auf die Hochzeit einladen läßt, hat mir gesagt: ›Los, Reinecke, lade Gevatter Wolf als Trauzeuge ein, und sag ihm, daß ich die beiden Ochsen, die ihn in den Leib gestoßen haben, geschlachtet und gebraten habe und den Braten auf den Tisch stellen werde. Den Ehrenplatz wird er bekommen! Und wenn ihr in das Dorf reinkommt, wird euch das ganze Dorf mit Bäumen und Stecken in der Hand euch zu Ehren empfangen.‹ Ein guter Hauswirt, zum Abschied schnitt er noch eine Niere von den gebratenen Ochsen ab und gab sie mir. Als ich sie gegessen hatte, Gevatterchen, schien sie mir so knusprig und süß wie Zucker. Höre auf mich, und sag nicht nein, komm mit mir ...«

Und da der Wolf dümmer als der Fuchs war, ließ er sich irreführen und ging mit dem Fuchs auf die Hochzeit. Als der Fuchs und der Wolf ins Dorf kamen, wurden sie von den Bauern gesehen. Da schnappte ein jeder, was ihm gerade in die Hände kam: die einen Knüppel, die anderen Steine. Sie traten ihnen entgegen und schlugen und stachen, wie sie konnten. Sie verprügelten den Wolf, daß kein Knochen von ihm heil blieb. Eher tot als lebendig, konnte der Wolf noch mal entkommen. Der Gevatter Fuchs aber, der ein Stück hinter dem Wolf lief, flüchtete rechtzeitig und versteckte sich in einer Mühle. Der Müller hatte sich gerade eine Schüssel Brei gekocht und sie zum Abkühlen stehengelassen. Der Fuchs fraß den ganzen Brei auf, besudelte sich den Kopf damit und rannte in den Wald. Als er den Wolf sah, der nach ihm Ausschau hielt, begann er laut zu klagen und zu stöhnen: »O weh, ich werde sterben, ich ärmster, welch Unheil ist mir zugestoßen! Ach, o weh ...«

Der Wolf hörte ihn jammern und kam zu ihm: »Warum weinst du so, Gevatter?« fragte er. »Sag, wo tut es dir weh? Ich heule nicht, und dabei hat man mir die Rippen gebrochen. Und du weinst, obwohl sie dir gar nichts getan haben.«

»Was heißt, mir nichts getan! Gevatterchen, sieh nur, meinen Kopf haben sie mir zermalmt, siehst du nicht, wie das Gehirn herausquillt. Weh mir, Gevatterchen, nimm mich auf deine Schultern und trage mich nach Hause, sonst werde ich hier sterben.«

Der Wolf nahm den Fuchs auf seine Schultern, und als er ihn ein Stück getragen hatte, begann der Fuchs vor sich hin zu reden: »Der Kranke trägt den Gesunden. Der Kranke trägt den Gesunden.«

Da fragte ihn der Wolf: »Gevatter Fuchs, was redest du da vor dich hin?«

»Ich rede irre, Wolf, ich rede irre vor Schmerzen«, antwortete der Fuchs.

Und als ihn der Wolf zu seinem Bau gebracht hatte, sprang er von seiner Schulter und begann ihn zu verhöhnen. Der Wolf begriff, daß der Fuchs Spott mit ihm trieb, deshalb langte er mit der Pfote in den Bau und erwischte den Fuchs am Hinterbein. Da rief der Fuchs: »Wolf, laß die Wurzel los und faß das Bein!«

Als der Wolf die Worte des Fuchses hörte, ließ er dessen

Bein los und ergriff die Wurzel, die im Bau wuchs. Der Fuchs kroch tief in den Bau hinein und machte sich noch mehr über den Wolf lustig, indem er ihm die Zunge herausstreckte. Der Wolf stand vor dem Bau und starrte hinein – er wollte hineinkriechen, um den Fuchs zu reißen, doch das Loch war zu klein, so daß er nicht hindurchpaßte.

»Ach, ich ärmster, was bin ich doch für ein Trottel«, meinte der Wolf. »Ochsen hatte ich zu fressen gefunden und ließ mir einreden, einen für heute und den anderen für morgen zu lassen. Sie legten mich hinein und hätten mich fast getötet. Ach, warum mußtest du auch einen aufheben! Hast du was, friß es, hast du nichts – kannst du auch nichts fressen. Ein Maultier hatte ich gefunden und wollte seinen Erlaß lesen, und um ein Haar hätte es mir mit seinen Hufen die Zähne ausgeschlagen. Wozu den Erlaß lesen? Hast du was, friß es, hast du nichts – kannst du auch nichts fressen. Ein Schwein fand ich und mußte mir etwas auf dem Dudelsack vorspielen lassen! Wozu denn? Hast du was – friß es! Und Trauzeuge brauchte ich auch nicht unbedingt zu werden, nur, damit sie mir die Knochen mit Knüppeln und Steinen brechen. Etwas zu fressen, das brauchte ich. Und nun werde ich vor Hunger sterben ...«

So sprach der Wolf, ließ den Kopf hängen und starb.

33.
Der Fischer, der Wolf und der Fuchs

Einmal fuhr ein alter Mann mit einem Ochsenkarren fischen. Nachdem er viele Fische gefangen hatte, lud er sie auf den Karren und machte sich frohen Mutes auf den Heimweg. Der Fuchs hatte ihn erspäht und schielte auf den guten Fang, und so listig, wie er war, wollte er dem Alten die Fische stehlen. Er eilte ihm voraus, rannte gleich quer durchs Feld und wartete auf den Alten an einer Kurve, nachdem er sich hingelegt hatte und sich tot stellte. Als der Alte mit dem Karren an jene Stelle kam, sah er einen toten Fuchs liegen. Er stieg vom Wagen, stieß den

Fuchs einmal an, dann noch einmal, doch jener bewegte sich nicht. Dann nahm ihn der Alte und warf ihn auf die Fische und meinte: »Heute habe ich aber Glück! Sowohl Fisch für die Kinder als auch einen Pelz für die Alte bring ich heim!«

Dann trieb der Alte voller Freude den Ochsen voran und dachte gar nicht daran, sich umzudrehen und nach dem Fuchs zu schauen. Sobald der Fuchs sich auf den Fischen befand, öffnete er langsam die Augen und machte sich daran, die Fische herunterzuwerfen. Als er alle Fische runtergeworfen hatte, so daß der Wagen leer war, sprang er ab und begann sie von der Erde einzusammeln. Sowie er alle beisammen hatte, trug er sie nach Hause und hängte sie am Feuer auf, um sie für den Winter zu trocknen.

Währenddessen kam der Alte zu Hause an und rief schon an der Tür der Großmutter zu: »Großmutter, wirf schnell deinen alten Pelz fort, denn ich habe einen neuen Fuchspelz für dich!«

Die Frau sprang auf, schnappte den alten Pelz und warf ihn ins Feuer, daß er verbrannte. Als sie hinauslief, um den neuen Pelz zu bewundern, war weder der Pelz noch der Fisch da. So blieb der Ärmsten nicht mal der alte Pelz. Der Großvater war erzürnt, doch was konnte er tun! Er begriff, daß ihn der Fuchs überlistet hatte.

Am nächsten Tag kam der Wolf beim Fuchs zu Besuch, und sie setzten sich ans Feuer. Der Fuchs sprach: »Gevatter Wolf, schau lieber nicht zu dem Ofenrohr, weil da viele Dornen sind, und du kannst dir die Augen ausstechen.«

Der Wolf blickte hinauf, und was sah er! Am Ofenrohr hingen viele Fische. Er fragte den Fuchs, wo er den Fang gemacht habe, und jener behauptete, er habe sie selbst bei der alten Mühle geangelt. Der Wolf bat ihn, ihm den Ort zu zeigen, damit auch er sich für den Winter Vorräte anlege. Der Fuchs führte ihn bereitwillig zum Bach an der Mühle und band ihm einen Tontopf an den Schwanz, und der Wolf hängte den Schwanz durch ein Eisloch ins Wasser, denn es war in der Winterzeit. Der Fuchs hockte sich hin und wartete, wartete, bis der Wolfsschwanz mit dem

Tontopf einfror, und dann lief er zur Mühle und rief: »Müller, Müller! Ein Wolf sitzt unter deinem Rad!«

Der Müller kam heraus, erblickte den Wolf, holte eine Rute und schlug auf ihn ein, und beinahe hätte sich der Wolf den Schwanz abgerissen, weil er mit ganzer Kraft daran zerrte, um sich vom Eis zu befreien. Währenddessen lief der Fuchs in die Mühle, wälzte sich im Mehl und floh. Dann lief er zum Wolf, tat aber so, als sähe er ihn nicht und fing an zu stöhnen, als hätte auch ihn der Müller mit der Rute verprügelt. Er stöhnte und stöhnte, und als ihn der Wolf bemerkte, schleppten sie sich langsam zum Wald.

Der Wolf hatte zwar starke Schmerzen, war aber dennoch so hungrig, daß er nichts vor sich sah, und als dies der Fuchs merkte, sagte er: »Ach, Gevatterchen, was bin ich nur für ein Hohlkopf, ich habe ganz vergessen, dir zu sagen, daß ich dich auf eine Hochzeit einladen sollte. Und ich hohler Dummkopf habe nicht daran gedacht, es dir gleich zu sagen; ach, wir hätten uns das alles hier ersparen können. Wenn du nur wüßtest, was man alles zu essen gekocht hat; du wirst dir die Finger lecken!«

»Laß uns dann hingehen, Gevatterchen«, sprach der hungrige Wolf, »gehen wir, sonst komme ich um vor Hunger.«

Sie machten sich auf, zur Hochzeit zu gehen. Der Fuchs sagte: »Warte hier, Wolf, ich gehe voraus und sage Bescheid, damit man uns auch empfängt.«

Er eilte voraus und rief: »Uah-ah-ah, der Wolf kommt auf eure Hochzeit! Uah-ah-ah, der Wolf kommt auf eure Hochzeit!«

Da sprangen alle Hochzeitsgäste auf und nahmen, was ihnen gerade in die Hände kam – Hacken, Schaufeln und Knüppel –, und jagten hinter dem Wolf her und versetzten ihm eine ordentliche Tracht Prügel. Als der Fuchs sah, wie alle hinter dem Wolf her stürzten, lief er in das Haus, wo nur die Braut zurückgeblieben war, und als sie ihn erblickte, zischte sie:

»Fort mit dir, du rotes Katzenvieh, ich werde dir die Ofenzange auf den Kopf hauen!«

Aber der Fuchs sagte: »Schreie nicht. Wenn du nur einmal schreist, werde ich erzählen, daß du gefurzt hast.«

Die Braut war beschämt und schwieg. Der Fuchs fraß sich satt, und als er eine Schüssel Joghurt erblickte, beschmierte er sich den Kopf damit und lief hinaus. Er lief und lief, bis er den Wolf eingeholt hatte und zu stöhnen begann: »O weh, o weh, mein Kopf ist verwundet!«

»Warum stöhnst du so, Gevatter Fuchs?« fragte der Wolf.

»Ach, o weh, ach, sie haben mich verprügelt, und, ach, totgeschlagen. Sieh doch nur, Gevatterchen, mein ganzes Hirn quillt heraus.«

»Oh, tatsächlich, dein Gehirn fließt heraus«, der Wolf sah sich den Kopf an und bot seinen Rücken an, um den armen Fuchs nach Hause zu tragen.

»Ach, Gevatterchen, ich werde dir deine Güte niemals vergessen«, winselte der Fuchs. »Nur so können wir entkommen, denn ich kann kaum laufen, und sie werden uns einholen und mich ganz totschlagen.«

Der arme Wolf schleppte sich mit dem listigen Gevatter Reinecke ab, und der begann vor sich hin zu murmeln: »Wer am meisten jammert, dem geht es oftmals am besten!«

Sowie das der Wolf hörte, begriff er sofort, was los war, und warf den Fuchs von sich herunter. Nun gut, doch der Fuchs ist wendiger als der Wolf und verschwand schnell im Dickicht. Es gelang ihm, sich in seinem Bau zu verstecken. Als der Wolf dies sah, lief er zu dem Bau und griff mit seiner Pfote hinein, um den Fuchs zu fassen. Nun gut, aber anstelle des Fuchses erwischte er eine ausgetrocknete Wurzel, packte sie mit seinen Zähnen, und als er mit ganzer Kraft daran zog, riß die Wurzel aus, und der Wolf fiel kopfüber nach hinten, plumpste in einen tiefen Abgrund und war tot. Der Gevatter Fuchs aber fraß den ganzen Winter über getrockneten Fisch, und das Großmütterchen ließ den Fischer nicht mehr in Ruhe, weil er sie belogen hatte und sie ihren alten Pelz verbrannt hatte, ohne einen neuen zu bekommen.

34.
Der Bär und der Kuhhirt

Ein Kuhhirt erkrankte an der Feenkrankheit und konnte durch nichts geheilt werden. Er suchte diese und jene Wahrsagerin auf, und schließlich sagte ihm eine, daß er genesen könnte, wenn er sich einen Ledergürtel aus Bärenhaut umschnallt, wobei das Leder frisch von einem Bärenweibchen, das erstmalig geworfen hat, abgezogen werden muß und nicht von einem Bärenmännchen oder von einem alten Bären sein darf.

»O je, was für ein Heilmittel! Da bin ich verloren! Einen Bärengürtel, und noch dazu von einem Weibchen, das erstmalig geworfen hat! Da kann ich mir ja gleich meinen Grabstein bestellen!«

So murmelte der Kuhhirt vor sich hin, als er von der Wahrsagerin heimkehrte. Es war wirklich sehr schwer, ein solches Heilmittel zu besorgen. Eine Bärin, die erstmalig geworfen hat, zu töten, ist keine leichte Sache. Sogar die ältesten und tapfersten Jäger konnten sich nicht daran erinnern, jemals in ihrem Leben eine solche Bärin umgebracht zu haben; und wenn ein solches Wunder vollbracht wurde, mußte es immer mit einem Menschenleben bezahlt werden, denn solch eine Bärin ist nicht nur gefährlich und boshaft, sondern auch sehr kräftig. Da sie zum ersten Mal Mutter ist und überall Feinde für ihre Jungen wähnt, wird sie neunmal so stark wie die anderen Bären. Und daß der Gürtel auch noch aus einem Leder sein sollte, welches frisch abgezogen ist, erschwerte die Sache ganz und gar, und der Mann verlor die Hoffnung, je wieder genesen zu können. Der Kuhhirt sah seinen Tod nahen und erzählte deshalb jedem, dem er begegnete, von seinem Schicksal, um vielleicht hier und dort etwas zu erfahren: »Weißt du, es ist nicht gut um mich bestellt, und ich muß herumhorchen, ob vielleicht doch nicht ein Mutiger eine Bärin, die zum ersten Mal geworfen hat, umgebracht hat.«

Doch niemand konnte ihm von einer solchen Neuigkeit berichten. Und so kehrte er ins Gebirge zu seinem Pferch, zu seinen Rindern, zurück. Eines Tages, als er auf seinem Lager lag, stand auf einmal ein Bär an der Tür und sprach: »Ich habe gehört, du seiest krank, und niemand könne dir helfen. Aber man sagt auch, daß du geheilt werden kannst, wenn du dir einen Ledergürtel von einem Bärenweibchen, das erstmalig geworfen hat, anlegst. Sei unbesorgt, ich werde dir einen solchen Gürtel geben, aber du mußt dafür mir erlauben, hier in der nächsten Höhle zu wohnen, und du mußt außerdem deinen Hunden sagen, nicht zu bellen, wenn ich dich besuche. Fürchte dich nicht vor mir, ich meine es gut mit dir.«

Der erschrockene Kuhhirt hörte sich dies an und zitterte vor Angst. Aber all diese wohlwollenden Worte brachten den Mann wieder zu sich und gaben ihm Kraft. Anfangs traute er dem Bären nicht im geringsten, er glaubte nicht an das Gute in ihm, aber die Zutraulichkeit und Barmherzigkeit des Bären und vor allem der Gedanke, von der Feenkrankheit geheilt zu werden, waren stärker als die Angst.

›Was kann schon geschehen!‹ dachte sich der Hirt. ›Was kann er mir schon Böses antun! Falls etwas passiert, da kann ich mich ja mit einem glühenden Stab vom Feuer wehren!‹

So ging er auf alle Forderungen des Bären ein, und am Tag darauf brachte ihm der Bär den Ledergürtel, dem man ansah, daß er von frischer Bärenhaut war.

»Ich habe meine junge Braut, die mir soeben gerade den ersten Sohn gebar, geopfert, nur, um dir Gutes zu tun und damit du gesund wirst«, sprach der Bär und reichte dem Mann den Ledergürtel. »Siehst du nun, wie ich dich liebe!«

Und in der Tat wurde der Mann, nachdem er den Gürtel eine Weile getragen hatte, allmählich gesund. Der Bär wurde ein Nachbar des Kuhhirten – er ließ sich in der nächsten Höhle nieder, und bald darauf wurden sie gute Freunde. Der Bär kam jeden Tag in den Pferch, streichelte sogar hier und da die Kälber und die Kühe, und die Hunde schauten ihm ruhig zu, denn auch sie wußten von der großen Freundschaft ihres Herrchens mit dem Bären.

Nur einige alte Ochsen hielten sich etwas abseits und wollten nicht von der Bärentatze betätschelt und behätschelt werden. Nach einiger Zeit jedoch bemerkte der Hirt, daß die Kälber nach und nach verschwanden, und als keins mehr da war, wurden auch die Kühe weniger. Der Hirte wunderte sich und zerbrach sich den Kopf, doch er konnte nicht herausbekommen, wer ihm auf solche Art und Weise den Schaden zufügte. Der Bär kam ihn wie immer besuchen, und stets flossen ihm süße Worte von den Lippen. Schließlich war auch die letzte Kuh verschwunden, und da verriet dem Hirten einer von den Ochsen, daß die Kälber und Kühe von niemandem anderen als von dem Bären, seinem Freund und Wohltäter, verschleppt und gefressen werden. Der Ochse sagte auch, daß sich der Bär zu sehr an das Fleisch gewöhnt habe und die ganze Herde zugrunde richten würde.

Erst jetzt verstand der Hirt, was vor sich ging. Er überzeugte sich vollends, als er die Knochen in der Höhle liegen sah. Nun war ihm klar, warum ihm der Bär den Ledergürtel gegeben hatte, aber es war schon zu spät: Seine Herde war aufgefressen, und auch ihn selbst erwartete das Unheil, da mit einem Bären, der auf Fleisch gierig ist, nicht zu spaßen ist.

Der Mann riß seinen Pferch ab, trieb die übriggebliebenen Ochsen an und versuchte den Ort, an dem schon sein Großvater und Vater einst riesige Viehherden weideten, so schnell wie möglich zu verlassen. Auch die Hunde bekamen mit, was geschehen war, und bereuten, daß sie den Bären in den Stall gelassen hatten, wo er die Rinder streichelte, aber es half nichts mehr.

Der Bär, der dem Hirten heimlich Schaden zugefügt hatte, sagte nun offen heraus: »Wie denn? Ich habe meine teure junge Braut, die gerade das erste Mal geworfen hat, dir zuliebe getötet, und darf mich nicht von deiner Herde ernähren! Das kann nicht sein! Du verdankst mir dein Leben und bist mir das Fleisch schuldig!«

Ob er es wollte oder nicht, der Hirt war gezwungen, sich im Flachland niederzulassen, wo ihm der Bär nichts zuleide tun konnte. Und solange er lebte, erzählte er allen Leuten sein Schicksal, und bevor er starb, vermachte er seinen Kindern und Enkeln folgendes:

»Söhnchen, laßt euch nie von einem Bären helfen. Die Güte des Bären wird euch teuer zu stehen kommen!«

Und seit der Zeit sagt man: ›Hüte dich vor einem Bärendienst.‹

35.
Der Mann und der Bär

Ein Mann ging in den Wald, um zu pflügen, und da kam ein Bär des Weges.

»Ei, Männlein, laß uns zusammen pflügen«, sagte er.

»Gut«, sprach der Mann, »aber ich muß erst einen Ochsen zum Weiden ausspannen, damit ich dich einspannen kann!«

Der Bär war einverstanden und ließ sich einspannen. Sie pflügten das ganze Feld, und schließlich sagte der Bär: »Männlein, laß uns nun den Weizen säen!«

Sie säten den Weizen aus, und der Mann ging heim. Der Bär blieb zurück und bewachte den Acker, bis der Weizen heranwuchs, und reif wurde und es Zeit ward, ihn zu mähen. Als der Mann kam, um ihn zu mähen, sprach der Bär: »Nun, wie wollen wir den Weizen aufteilen? Ich möchte das Untere haben, und du bekommst das Obere.«

»Gut«, willigte der Mann ein, »es soll nach deinem Willen geschehen, damit wir unsere Freundschaft nicht zerstören.«

Der Mann nahm die Sense und mähte den Weizen ab – für sich die Ähren und für den Bären das Stroh. Sie mähten und droschen, dann lud der Mann den Weizen auf und ging heim, der Bär aber wälzte sich im Stroh und knirschte mit den Zähnen. »Nächstes Jahr soll mir das Obere und dir das Untere gehören«, drohte er.

Im nächsten Frühjahr kam der Mann erneut pflügen und wollte Kartoffeln pflanzen. Der Bär ließ sich einspannen, um mit dem Ochsen zusammen zu pflügen, dann pflanzten sie die Kartoffeln an und gingen ihrer Wege. Es wurde Zeit, das Feld umzugraben, und sie gruben zusammen um, und so verging der Sommer. Im Herbst, als die Kartoffeln gerodet werden mußten, stellte sich der Bär auf die Hinterbeine und brummte: »Männlein, damit wir uns gleich verstehen: Dir gehört das Untere und mir das Obere.«

»In Ordnung«, antwortete der Mann und schmunzelte.

Sie gruben die Kartoffeln aus, der Mann lud sie auf den Karren, und der Bär hockte verärgert über den abgetrockneten Stielen und Blättern und rief: »Männlein, nun betrügst du mich schon das zweite Jahr und erntest die Früchte unserer Arbeit. Wenn du so undankbar bist, werde ich dich fressen.«

Der Mann erschrak und versteckte sich hinter dem Karren. Aber da kam gerade der Fuchs vorbei, hörte, was der Bär sagte, und flüsterte dem Mann zu: »Männlein, hab keine Angst, ich werde dich retten.«

Der Fuchs eilte auf die Anhöhe gegenüber, kauerte sich hinter einen Baum und rief laut: »He Männlein, sind bei dir nicht Bären oder Wölfe in der Nähe?«

Der Bär hörte das, erkannte aber nicht des Fuchses Stimme, dachte, es seien Jäger, und sagte deshalb schnell zu dem Mann:

»Sag: Nein, hier sind keine!«

»Nein, hier sind keine!« rief der Mann.

»Und das, was dort so schwarz aussieht, das ist wohl ein Baumstumpf«, rief der Fuchs.

»Sag: Ein Baumstumpf ist's, ein Baumstumpf ist's!« befahl der Bär.

»Ein Baumstumpf ist's, ein Baumstumpf ist's!« rief der Mann.

»Wenn du einen Sack hast, nimm ihn, steck den Baumstumpf hinein und verfeure ihn daheim!« rief der Fuchs.

»Steck mich in den Sack, Männlein«, sprach der Bär und kroch schnell in den Sack.

»Männlein, nimm einen Strick und schnür den Sack zu!« ordnete der Fuchs wieder an.

Der Mann verschnürte den Sack, und plötzlich fiel ihm ein, daß auf dem Karren eine Axt lag. Er holte mit der Axt aus, und – paff, pfaff, bumm, bumm – erschlug er den Bären.

Da kam der Fuchs herbei und sprach: »Männlein, ich habe dich vor dem Bären gerettet, womit willst du mich belohnen?«

»Ich will dir zwei Hühnchen besorgen«, antwortete der Mann.

Dann ging er und fing zwei wilde Hunde, steckte sie in den Sack und legte ihn ins Gebüsch. Der Fuchs band hastig den Sack auf, und ehe er sich's versah, hatten ihn die Hunde in Stücke gerissen. So dankte ihm der Mann seine Güte.

36.
Der schlaue Ziegenbock

Eine Hausfrau wollte einen Truthahn fangen, um ihn zu schlachten. Der Truthahn erschrak, flog auf und kam in einem Wald wieder herunter. Dort schaute er sich um und strich dann durch den Wald, um vielleicht auf einen Weggefährten zu treffen. Wie er so lief und über sein Leben nachsann, kam auf einmal Gevatter Fuchs des Weges. Als er den Truthahn erblickte, hüpfte ihm das Herz vor Freude – von einem solchen Fang hatte er nicht einmal zu träumen gewagt. Der Fuchs schaute ihn an, schlich sich langsam heran und wog ab, wie er ihn am besten mit einem Male überwältigen könnte. Da sagte der Truthahn: »Versuch nicht, mich zu fangen, lauf lieber fort, um dein Leben zu retten, denn das Zarenland steht in Flammen, und wir werden alle verbrennen.«

Sowie der Fuchs das vernahm, erschrak er und folgte gehorsam dem Truthahn, und als sie eine Weile durch den Wald gelaufen waren, begegneten sie einer einsamen Katze und sagten zu ihr: »Komm schnell mit, denn hinter uns steht das Zarenreich in Flammen, und wir werden alle verbrennen.«

Da erschrak auch die Katze und nahm mit ihnen zusammen Reißaus. Sie liefen, so schnell sie konnten, und begegneten dem Wolf. Auch ihm sagten sie: »Komm mit Freund, wir müssen fliehen, denn das Zarenland steht in Flammen, und wir werden alle verbrennen.«

Auch der Wolf erschrak und stürzte ihnen hinterher, damit er für alle Fälle nicht allein bliebe. Sie rannten und rannten und sahen einen Ziegenbock, der mit stolz erhobenem Haupt sich Äste aussuchte, um saftige Blätter zu fressen. Als er die Schar erblickte, hielt er ein und schaute sie verwundert an: »Wie habt ihr euch denn zusammengefunden, die ihr einander alle spinnefeind seid? Welch Unheil mag euch wohl jagen?« fragte er und versuchte sich davonzumachen, denn er sah die Freßgier in den Augen des Wolfes.

»Wundere dich nicht, Ziegenbock, komm lieber mit uns«, rief der Fuchs, »das ganze Reich steht in Flammen, auch wir werden allesamt mit Haut und Haaren verbrennen.«

Kaum hatte der Ziegenbock vernommen, was geschehen war, machte er sich mit den anderen auf den Weg, und sie eilten weiter durch den dichten Wald. Als sie an eine kleine sonnige Waldwiese gelangten, sahen sie einen Bären in der Sonne liegen und sagten zu ihm: »Komm mit, Bär, wir müssen fliehen, denn das ganze Zarenreich steht in Flammen, und wir werden auch allesamt verbrennen!«

Der Bär schreckte hoch und lief mit ihnen. Wie sie so den ganzen Tag gelaufen waren, bekamen der Fuchs, der Wolf und der Bär Hunger und wußten nicht, wo sie etwas zu fressen finden konnten, alle Tiere waren geflohen, und es gab nichts mehr, womit sie ihren Hunger hätten stillen können. Die Augen des Wolfes blitzten, und er fiel über den Ziegenbock her, von der anderen Seite sprang der Bär hinzu, und so hetzten sie dem flinken Tier hinterher, während der Fuchs die Jagd auf den Truthahn aufgenommen hatte. Der Truthahn rief ihm zu:

»Warte, Gevatter Fuchs, du wirst mich so und so fressen, halt doch ein und gedulde dich noch das Weilchen, bis das Zarenland abgebrannt ist, dann friß mich. Wenn du mich jetzt gleich frißt, werde ich nicht sehen können, wie das Feuer an uns vorbeizieht und ob wir von ihm unversehrt bleiben.«

Und auch der Ziegenbock erkannte, daß ihn der Wolf und der Bär auf jeden Fall fangen und fressen würden, und meinte zum Truthahn: »Bruder, lüg ihnen etwas vor, in der Zeit kann ich fliehen und mich irgendwo verstecken, du hast es doch leichter – du kannst auf einen Baum flattern, so daß sie nur noch deine prächtige Haltung bewundern können.«

Diese Lobesworte flößten dem Truthahn Mut ein, und so sagte er zum Wolf und zum Bären, die gerade an ihm vorbeijagten: »Wartet, bleibt doch stehen! Ich möchte euch von etwas berichten, was ich gesehen habe.«

Da blieben sie stehen, und der Ziegenbock entkam und versteckte sich bei einem Popen. Der Pope freute sich über den Bock und schickte noch am gleichen Tag seinen Gesellen mit ihm auf die Weide. Der Ziegenbock graste den ganzen Tag lang, doch nicht genug, kaum kehrten sie am Abend auf den Popenhof zurück, meckerte er ununterbrochen herum. Der Pope kam zu ihm, streichelte ihn und fragte sanft: »Was hast du, lieber Ziegenbock?«

»Was ich habe!« meckerte der Ziegenbock. »Du hast deinen Gesellen losgeschickt, mich auf rotem Geröll zu weiden, und ich mußte rote Erde fressen und gebe nun trockene Kornelkirschen von mir.«

Am Morgen schickte der Pope seine Tochter mit dem Ziegenbock auf die Weide. Sie weidete ihn den ganzen Tag, und als sie ihn abends auf den Hof brachte, meckerte er wieder. Der Pope fragte ihn: »Was hast du, lieber Ziegenbock?«

»Was ich habe! Du hast deine Tochter losgeschickt, mich auf rotem Geröll zu weiden, ich mußte rote Erde fressen, und nun lasse ich rotes Wasser«, meckerte dieser.

»Dann werde ich mein Weib mit dir auf die Weide schicken«, meinte der Pope, »sie ist eine alte Frau und wird nicht in der Welt herumspazieren, sondern dich anständig weiden.«

Am nächsten Morgen kam die Popenfrau, nahm den Ziegenbock an die Leine und führte ihn zum Wald, der sich in der Nähe befand. Die Alte weidete ihn auf schönstem Gras, ließ ihn Blätter von den süßesten Sträuchern fressen, tränkte ihn abends an einem Gebirgsbach mit frischem Wasser und führte ihn zufrieden nach Hause zurück. Nun schön, doch der Ziegenbock fing von weitem zu meckern an. Da kam der Pope aus dem Haus, ging zu ihm, streichelte ihn und fragte ihn sanft: »Was hast du, lieber Ziegenbock? Hat man dich auch heute hungern lassen?«

»Wie sollte ich satt sein?« meckerte der Ziegenbock. »Deine Frau führte mich in den Wald, schlug einen Pflock in die Erde und band die Leine daran fest, ich Ärmster hatte nichts zu grasen und mußte warten, bis ein Buchenblatt herabfiel, auf dem ich herumkauen konnte, um meinen Hunger zu stillen, die alte Popin aber hatte einen Schäfer getroffen und schwatzte mit ihm den ganzen Tag über.«

Der Pope wunderte sich, was das wohl bedeuten mochte. Kann der Ziegenbock nicht weiden, oder wissen die Töchter und die Alte nicht, wohin sie ihn zum Füttern führen sollen? ›Warte, morgen werde ich dich hinausbringen und dich weiden, wie es sich gehört‹, nahm sich der Pope im stillen vor und band den Ziegenbock an den Pferch. Und früh am Morgen führte er ihn auf die Weide.

Er weidete ihn den ganzen Tag über, führte ihn stets dorthin, wo es schönes Gras und süße, frische Blätter gab, doch der Ziegenbock meckerte wieder so laut, daß es durch den ganzen Wald schallte. Der Pope streichelte ihn und fragte: »Was hast du, lieber Ziegenbock?«

»Was ich habe! Sieh nur, wo du mich weidest!« meckerte der Ziegenbock.

»Sag, wo soll ich dich denn noch hinbringen, damit ich dich satt kriege«, fragte der alte Pope verwundert. »Ich habe dir geglaubt, als du mir gesagt hast, daß dich meine Tochter, mein Geselle und mein Weib schlecht weiden. Wem soll ich denn nun glauben, dir oder mir? Du frißt das süßeste Gras und die schönsten Blätter und meckerst, obwohl du ununterbrochen gefuttert hast, seit wir hier sind. Ist denn das möglich? Für wen hältst du mich? Wohl für einen Popen mit langem Bart und von kurzem Verstand, den man an der Nase herumführen kann. Nein, Ziegenbock, du hast nichts mehr zu sagen, da muß ich eben anders handeln. Wenn du Gutes nicht zu schätzen weißt, bekommst du Böses zu spüren.«

Und als sie abends heimkehrten, sagte der Pope zu seiner Frau: »Gib mir ein Messer, wir wollen ihn schlachten, denn ihm kann man's nicht recht machen!«

Die Popenfrau suchte und suchte nach einem Messer, konnte aber keins finden und reichte dem Popen schließlich die Pflugschar. Der Pope nahm die Pflugschar und wollte den Ziegenbock schlachten, schnitt an ihm herum, doch es gelang ihm nicht, ihn abzustechen, dann zog und zog er mit der Alten zusammen am Fell, doch sie konnten den Ziegenbock nicht häuten, und schließlich, als sie sehr müde und hungrig waren, machten sie Feuer im Ofen, um ihn so, wie er war – halb geschlachtet und halb gehäutet – zu braten. Nun gut, doch während sie im Ofen Feuer machten, riß der Ziegenbock aus. Er rannte davon und suchte einen Ort, wo er sich verstecken konnte, und stürzte rasch in die Höhle des Wolfs. Als der Pope merkte, daß der Ziegenbock geflohen war, rannte er ihm hinterher und konnte gerade noch sehen, wie er in der Wolfshöhle verschwand. Er bückte sich und wollte hineinkriechen, um den Ziegenbock herauszuzerren, doch der Ziegenbock stieß mit den Hörnern und begann zu treten und zu beißen. Er rief:

»Geschlachtet, geschlachtet, halb geschlachtet;
Gehäutet, gehäutet, halb gehäutet;
Gebraten, gebraten, halb gebraten;
Gegessen, gegessen, halb gegessen;
die Hörner spitz wie ein Pfeil,
die Zähne scharf wie ein Beil;
Wo er sticht – tropft Blut,
Wo er beißt – reißt Fleisch!«

»Warte nur, ich will den Wolf holen«, rief der Pope, »und ihn in die Höhle schicken, daß er dich frißt!«

Er ging zum Wolf, erzählte ihm, was geschehen war, und der Wolf versuchte in die Höhle hineinzugehen, der Ziegenbock aber stieß ihn mit den Hörnern zurück und rief wieder:

»Geschlachtet, geschlachtet, halb geschlachtet;
Gehäutet, gehäutet, halb gehäutet ...«

Der Wolf wußte sich keinen Rat und ging, um den Bären zu rufen, vielleicht vermochte der, den Ziegenbock herauszuholen – war er doch älter, klüger und wußte vielleicht einen Rat. Der Bär wollte den Ziegenbock fassen, doch der stieß ihn mit seinen Hörnern und rief:

»Geschlachtet, geschlachtet, halb geschlachtet;
Gehäutet, gehäutet, halb gehäutet ...«

Auch der Bär konnte ihn nicht herausziehen. Da sagte der Pope: »Wartet, ich werde den Fuchs holen, er ist klein und wendig, und der Ziegenbock wird ihn nicht stoßen können, da wird er hindurchschlüpfen, den Bock erschrecken und ihn hinausjagen.«

Er holte den Fuchs, und als dieser in die Höhle hineinwollte, begann der Ziegenbock wieder seinen Spruch zu rufen:

»Geschlachtet, halb geschlachtet;
gehäutet, halb gehäutet ...«

Er richtete die Hörner gegen den Fuchs und stieß ihn hinaus.

Nun überlegten alle, wie der Ziegenbock aus der Wolfshöhle hinausgejagt werden könnte. Sie grübelten und grübelten, und schließlich ging der Pope fort, um eine Hornisse zu holen. Er ließ sie in den Bau hineinfliegen, sie setzte sich auf des Ziegenbocks Schwanz und stach ihn. Der Ziegenbock hielt den Schmerz nicht mehr aus, vermochte indes auch nicht, die verfluchte Hornisse fortzujagen, und sprang endlich aus der Höhle heraus. Darauf hatte der Pope nur gewartet, fing ihn am Eingangsloch ab und wollte ihn nach Hause bringen. Doch da sagten der Fuchs, der Wolf und der Bär zum Popen: »Väterchen Pope, gib ihn uns, denn er hat uns sehr unschön belogen und seinen Spott mit uns getrieben. Nun wollen wir uns rächen und ihn fressen.«

Der Pope willigte ein, doch der Ziegenbock schrie: »Nein, Väterchen, laß sie mich nicht hier fressen, sondern steck mich in eine Grube, und sie sollen in die Grube springen und mich dort fressen. Wenn sie mich hier fressen, werden all meine Fellhaare in der Gegend herumliegen, und viele Zicklein, alle meine Söhne und Töchter, werden daraus entstehen.«

Schon seit eh und je ist es Brauch, den letzten Wunsch eines Verurteilten zu erfüllen. Der alte Pope ging auf die Worte des Ziegenbocks ein, brachte ihn in eine tiefe Grube und ließ ihn dort sitzen. Der Wolf, der Bär und der Fuchs sprangen alle zusammen in die Grube und leckten sich das Maul nach dem Ziegenbock. Doch ein Ziegenbock ist ein guter Springer und Kletterer, und so sprang er schnell aus der Grube heraus. Der Pope drehte sich nicht mal um, um zuzusehen, was geschehen würde. Er war müde und wollte schnell nach Hause, und so blieben der Wolf, der Bär und der Fuchs in der Grube zurück. Nachdem sie einige Tage in der Grube gehockt hatten, waren sie so ausgehungert, daß sie kaum noch sehen konnten, und da tat der Fuchs so, als ob er sein Gedärme aus dem Bauch herausholte und sie fraß. Er schmatzte, kaute und schluckte, und der Bär konnte sich nicht beherrschen und fragte ihn: »Was frißt du da, Fuchs?«

»Meine Gedärme«, antwortete der Fuchs, »ich hole sie unter der Achsel heraus.«

»Los, mach mir auch ein Loch unter die Achsel«, bat der Bär, »damit auch ich mir meine Gedärme herausholen und sie fressen kann und nicht mehr hungern muß.«

Da durchstach der Fuchs den Bären, der starb, und dann fraß er ihn mit dem Wolf zusammen auf. Sie hatten ihn gerade aufgefressen, da sah der Fuchs jenen Truthahn, der ihm vorgelogen hatte, daß das Reich in Flammen stehe, an der Grube vorbeilaufen, und rief ihm zu: »Truthähnchen, komm in die Grube und mach mit deinem Flügel Stufen für mich, daß ich heraussteigen kann und hier nicht verhungern muß. Als wir uns einst im Wald begegneten, habe ich dich doch auch nicht gefressen!«

Da pickte der Truthahn mit seinem Schnabel kleine Löcher in die Grubenwand, so daß der Fuchs herausklettern konnte. Der Fuchs sprang heraus und war gerettet. Der Wolf, der viel schwerer als der Fuchs war, konnte an diesen Löchern nicht hochklettern und blieb allein in der Grube zurück und starb nach einigen Tagen vor Hunger. So rächte sich der kluge Ziegenbock an seinen Feinden, die sein Fleisch liebten!

37.
Die Tiere als Landwirte

Einst waren der Hund, das Schwein, der Fuchs, der Wolf und die Katze befreundet. Sie nahmen ein Feld und bestellten es alle zusammen. Das Schwein sprach: »Ich will das Feld pflügen.«

»Ich will es mit meinem Schwanz eggen«, fügte der Fuchs hinzu.

»Ich will es mähen«, sagte der Wolf.

»Und wir werden den Weizen einbringen«, sprachen der Bär und die Katze.

Gesagt – getan: das Schwein pflügte das Feld mit seinem Rüssel um, der Fuchs eggte es mit dem Schwanz, der Wolf mähte den Weizen ab, und der Bär und die Katze brachten die Garben zum Dreschen in die Scheune. Sie schichteten sie in mehreren Reihen übereinander, für jeden ein Teil. Aber da kam das Schwein und wühlte mit seinem Rüssel darin herum und brachte alles wieder durcheinander. Da beriefen sie ein Gericht ein. Der Fuchs sollte der Richter, der Wolf der Aufrufer, die Katze der Vollzieher und der Bär der Gerichtsdiener sein. Als sie diese Einteilung vorgenommen hatten, sagten sie: »So, nun laßt uns über das Schwein richten.«

»Ich bin hier der Älteste und größer als der Fuchs und habe mehr zu sagen«, rief der Bär, »ich möchte der Richter sein, der Fuchs möge der Gerichtsdiener werden.«

Die Tiere stimmten zu, der Bär setzte seine Rede fort:

»Da ich nun Richter bin, will ich auf diesen Baum klettern und von oben beurteilen, wie hoch die Strafe für das Schwein sein soll.«

»Ich will das Schwein rufen, damit es hört, welche Strafe es bekommen wird«, sprach der Wolf.

Er ging das Schwein rufen und brachte es zu seinen Freunden. Dann sagte er zum Fuchs: »So nun, da du der Gerichtsdiener bist, führe das Schwein in die Mitte der Tenne, und dann laßt uns sehen, was der Gerichtsvollzieher von unten und was der Richter von oben sagen wird. Na, wollen wir mal sehen, was es für eine Strafe bekommt.«

Der Fuchs schob sogleich das Schwein nach vorn, so daß es geradewegs auf die Katze zulief. Da rief der Bär streng: »Das Schwein wird dazu verurteilt, den ganzen Weizen, weil es ihn durcheinander gewühlt hat, allein zu dreschen, und dann werden wir den Weizen gleichmäßig unter uns aufteilen.«

Als das Schwein das Urteil vernommen hatte, fing es an, auf den Garben herumzutrampeln, um sie schnell zu dreschen, bevor die Katze schätzte, zu welchem Preis der Weizen verkauft werden sollte. Doch da geriet die Katze in Zorn, sprang auf den Rücken des Schweins und krallte sich in dessen Nacken fest. Das Schwein quiekte, so laut es nur konnte. Der Bär, der oben auf dem Baum saß, erschrak über das laute Quieken, fiel hinunter und war tot. Da berieten der Fuchs, der Wolf, das Schwein und die Katze, wie sie den Bären begraben sollen. Das Schwein schlug vor: »Ich will das Grab ausheben. Das ist genau die richtige Arbeit für mich.«

»Ich will ein paar Kerzen besorgen«, schluchzte der Fuchs.

»Ich will die Totenmesse lesen«, sagte der Wolf mit Tränen in den Augen.

»Nun, dann will ich unseren verstorbenen Bruder begraben«, seufzte die Katze und wischte sich mit den Pfoten die Augen.

Wie besprochen, taten sie auch. Das Schwein schaufelte

mit seinem Rüssel das Grab, der Fuchs ging Kerzen holen, und der Wolf schlug vor: »Katze, laß uns jetzt Meister Petz zum Grab tragen. Ich werde ihm die Totenmesse lesen und ihn ins Grab legen.«

»Ich als Gerichtsvollzieher werde einschätzen, was die Arbeit eines jeden wert ist«, sagte die Katze, »und du Wolf, steig ins Grab hinein und beginne dort, dem Toten die Messe zu lesen. Du mußt erst mal im Grab die Totenmesse lesen, und dann werden wir den toten Meister Petz hinablassen.«

Der Wolf sprang ins Grab und begann klagend zu heulen. Da sagte die Katze geschwind zum Schwein: »Deine Arbeit, Grunzvieh, taugt nicht viel. Spring ins Grab und grabe noch ein wenig weiter, so lange der Wolf die Totenmesse liest. Und der Fuchs wird, wie es sich für einen Diener ziemt, euch den Toten zureichen, und ihr sollt ihn abnehmen und vorsichtig ins Grab legen.«

Das Schwein gehorchte, sprang ins Grab und grub weiter. Das Grab wurde so tief, daß der Wolf nicht wieder hinauskonnte. Doch dieser merkte gar nichts und las unbekümmert die Totenmesse weiter. Der Fuchs brachte die Kerzen, und die Katze sagte zu ihm: »Los Reinecke, wirf Meister Petz zu den anderen ins Grab, wir machen uns dann auf und davon, mögen sie doch allesamt sterben, und wir zwei können uns den Weizen teilen.«

Der Fuchs wedelte vor Wut, weil ihm diese List nicht in den Sinn gekommen war, mit dem Schwanz und stieß den toten Bären mit aller Kraft ins Grab, und der zermalmte den Wolf und das Schwein, und sie starben in der Grube. Da meinte die Katze zum Fuchs: »Du, Reinecke, drisch mit deinem Schwanz den Weizen, und ich werde mit meinen Krallen das Stroh auflesen.«

Der Fuchs begann mit dem Dreschen, war jedoch zu langsam, und so hatte er noch nicht alle Garben gedroschen, als ein Regenguß niederprasselte und sie so durchnäßte, daß keine Ähre trocken blieb. Die Katze versuchte vergebens, den Weizen von dem Stroh zu trennen. Er war so naß und schwer, daß es ihr nicht gelang. Da sah sie den

Fuchs an und sagte hochnäsig: »Ich als Gerichtsvollzieher schätze ein, daß die Garben nur deshalb naß geworden sind, weil du zu langsam gearbeitet hast. Darum gehören jetzt alle nassen Garben mir, falls du aber noch etwas Trokkenes findest, soll das meinetwegen dein Teil sein!«

»Was für ein Teil, wenn nichts trocken geblieben ist!« seufzte der Fuchs und sagte: »Gott befohlen, Herr Gerichtsvollzieher, ich gehe meiner Wege. So war es schon seit eh und je: Für den Diener kann es etwas geben oder auch nicht, für den Richter aber gibt's immer was.«

So sprach der Fuchs und ging davon. Seitdem hat man die Tiere niemals mehr zusammen arbeiten sehen.

38.
Der schreckliche Zar, der Kater

Meister Petz, das Schwein und der Hase waren Freunde. Sie machten sich immer über die Füchsin lustig und ärgerten sie. Sobald sie ihr begegneten, riefen sie: »Rotschwanz!«

Die Füchsin gab oftmals erbost zurück: »Macht euch lieber nicht so über mich lustig, wenn ich mich erst mit dem Kater-Zaren vermähle, dann sollt ihr mal sehen, wie ich's euch heimzahle und mich an euch räche!«

Die Freunde nahmen die Drohungen der Füchsin nicht ernst und trieben weiter ihren Spott mit ihr. Schließlich entschloß sich die Gevatterin aus lauter Verdruß, den Kater zu heiraten, der ihr schon lange hinterherlief und ihr schöne Augen machte. Gleich nach der Hochzeit besuchte die Füchsin zusammen mit ihrem Mann die Freunde, die sie verspottet hatten. Als sie sich dem Haus von Meister Petz näherten, sah die Füchsin, daß sich auch das Schwein und der Hase dort zum Plaudern eingefunden hatten. Da stolzierte sie, darüber beglückt, die drei Freunde zusammen anzutreffen, mit erhobenem Haupt neben dem Kater her, der sich noch mehr als sie aufplusterte und zu miauen begann: »Miauu! Miauu! Miauu!«

Als die anderen das Miauen hörten, bekamen sie einen Schrecken, stürzten vor Angst davon und versteckten sich, wie es gerade kam: Der Bär kletterte auf einen Baum, der Hase verkroch sich im Gebüsch, und das Schwein wühlte sich ins Laub. Die Füchsin und der Kater traten in des Bären Haus, sahen die reich gedeckte Tafel, setzten sich und speisten. Dann leckte sich der Kater-Zar den Schnurrbart und ging hinaus, um sich draußen ein wenig die Beine zu vertreten. Zuerst schlurfte er durchs Laub und berührte das Schwein am Ohr. Das arme Schwein quiekte vor Angst los: »Quiek, quiek, quiek!« und starb. Darauf ging der Kater-Zar zum Baum, kratzte an der Rinde und sang vor sich hin: »Miauu, miauu!« Als der Bär den Kater hörte, plumpste er vor Angst, daß der zu ihm heraufklettern könnte, vom Baum herunter, brach sich das Kreuz und blieb für sein ganzes Leben lahm. Meister Lampe, der sich im Gebüsch verkrochen hatte und bei jedem Schritt des Katers zusammenzuckte, stahl sich, als er sah, daß der Bär vom Baum gefallen war und sich das Kreuz gebrochen hatte, blitzschnell aus seinem Versteck und stürzte Hals über Kopf in den Wald. Und die Gevatterin, die Füchsin, stand an der Haustür des Bären, sah wie ihr Mann mir nichts dir nichts ihre Feinde vernichtete, und war das glücklichste Wesen auf der weiten Welt.

39.
Der alte Wolf

Ein sehr alter Wolf, der nicht mehr schnell laufen und sich deshalb kein Futter suchen konnte, hatte sich in den Bau gelegt und heulte laut.

»Alter, warum weinst du so bitterlich?« fragte ihn ein junger Wolf.

»Ach, Söhnchen, wie sollte ich nicht weinen, ich bin schon so alt, daß ich nicht mehr rennen kann wie die anderen, um mir etwas zum Fressen zu fangen, und nun muß ich vor Hunger sterben! Ich habe Söhne großgezogen, aber wozu! Niemand sieht jetzt mehr nach mir, und keiner denkt daran, mir etwas zu fressen zu bringen.«

Dem jungen Wolf tat der Alte leid, und so sagte er: »Komm, Alter, steh auf und geh langsam hinter mir her, vielleicht mache ich einen Fang, um dich zu füttern.«

Der Alte lief hinter ihm her, und als sie so liefen, sagte er zu dem Jungen: »Halt, Söhnchen, ich möchte dich etwas fragen. Was bist du für einer? Einer von den Karamanowschen oder einer von den Dardachanowschen?«

»Von den Dardachanowschen bin ich, Väterchen«, antwortete der junge Wolf.

Der Alte seufzte und sagte sich: ›Ist das ein Pech! Die Dardachanowschen sind Taugenichtse, und alles, was sie anpacken, geht schief! Wenn er einer von den Karamanowschen wäre, hätte ich die Hoffnung, daß er mich versorgt. Aber was kann ich schon tun? Ich halte es vor Hunger nicht mehr aus. Ich werde mit ihm gehen, und welch Unheil mir auch zustößt, ich muß es eben erdulden.‹

Nach einer Weile kamen die beiden Wölfe an einer Schafherde vorbei. Der junge Dardachanowsche fiel, ohne sich umzusehen, ob in der Nähe Schäferhunde waren, unbedacht über die Herde her und raubte ein Zicklein. Das Lamm blökte laut, und der Schäfer rief: »Faßt, Hunde, schnell!« Die Hunde hetzten hinter dem Dardachanowschen her, und als sie ihn erreicht hatten, zerrten und rissen sie ihn am Hinterteil. Der Dardachanowsche ließ das Zicklein fallen und stürzte Hals über Kopf davon. Wenn er doch wenigstens in die andere Richtung gerannt wäre, doch nein ... schnurstracks zum alten Wolf! Da ließen die Hunde von dem Dardachanowschen ab und fielen über den alten Wolf her und zerfetzten ihm das Fell. Nun heulte der Alte, da er gerade noch mit dem Leben davongekommen war, noch lauter und verfluchte das ganze Geschlecht der Dardachanowschen.

Kurz darauf kam ein anderer Wolf des Weges, und kaum hatte er von dem Unheil, welches dem alten Wolf zugestoßen war, erfahren, sprach er: »Halt noch ein bißchen aus, Alter, ich werde mich bemühen und versuchen, dir etwas zu fressen zu besorgen.«

»Du bist doch nicht etwa auch einer von den Dardachanowschen?« fragte der alte Wolf.

»Nein, Alter, ich bin von den Karamanowschen«, erwiderte der junge Wolf.

»Wenn dem so ist, laß uns gehen, Söhnchen, zu den Karamanowschen habe ich Vertrauen und setze meine Hoffnung auf sie.«

Der Karamanowsche machte sich auf Futtersuche für den Alten. Er schlich durch den Wald, und wie er so durch das Gestrauch spähte, sah er einen Händler mit seinem Esel, den er mit Tontöpfen beladen hatte und diese in den Dörfern gegen Weizen tauschen wollte; hinter dem Esel folgte ein kleiner Esel. Der Karamanowsche ging hin, legte sich vor das Eselchen, und schaute es freundlich an. Das Eselchen beschnupperte ihn, und der Wolf blieb so lange vor ihm liegen, bis es ihm gelang, es vom Händler wegzulocken. Und als der Händler in einer Kurve nicht mehr zu sehen war, sprang der Wolf auf das Eselchen, und ehe dieses noch einen Laut von sich geben konnte, biß er ihm die Kehle durch und ließ es auf dem Weg liegen. Er selbst versteckte sich im Gebüsch.

Als der Händler merkte, daß das Eselchen verschwunden war, band er den Esel an einem Strauch fest und lief zurück, um das Junge zu suchen. Unterdes gelangte der Karamanowsche auf einem Umweg zu dem Lastesel und biß auch ihm die Kehle durch. Der Mann hatte das tote Eselchen gefunden, und als er zurückkehrte, sah er, daß auch der andere Esel tot war und die Tontöpfe in Scherben herumlagen. Er nahm nur den Sattel von seinem Esel und ging schluchzend davon.

Der Karamanowsche lief zu dem alten Wolf, führte ihn zu seinen Opfern und sagte: »Da, Väterchen, hast du sowohl altes als auch junges Fleisch! Von jedem, soviel du begehrst. Bittesehr! Wohl bekomm's! Hier sind auch noch Tontöpfe, wenn du willst, kannst du dir das Fleisch kochen!«

Der alte Wolf fraß sich satt, und dann zog er los und pries die Karamanowschen weit und breit – wer eine Frau, einen Knecht oder Gehilfen sucht, der möge ihn aus ihrem Geschlecht nehmen.

40.
Der Wolf und der Schäfer

Ein Wolf war gealtert und sah nicht mehr wie ein Wolf aus: er hatte sich verändert und ähnelte nun sehr einem Hund, und man konnte schwerlich unterscheiden, ob es etwa ein Wolf oder ein Wolfshund war. So verändert, ging der Wolf zu einem Schafspferch und näherte sich dem Schäfer. Der Schäfer maß ihn mit den Augen und fragte, woher er sei und was er wolle.

»Einst war ich ein Wolf«, antwortete der Wolf zahm und verneigte sich vor dem Schäfer bis tief auf den Boden, »ich war ein blutrünstiger Wolf, Todfeind aller Schafe, und brachte den Schäfern viel Unheil. Aber daran trug nicht ich, sondern mein Wolfscharakter die Schuld. Nun im Alter möchte ich für meine einstigen Sünden Buße tun und nur Gutes vollbringen, um die schlechten Dinge der Vergangenheit wiedergutzumachen; wie du siehst, habe ich mein Wolfsfell für immer abgeworfen und mir ein Hundefell zugelegt. Anstatt dein Feind und ein Blutsauger der Schafe zu sein, will ich zum Diener und Beschützer deiner Herde werden. Das schwöre ich bei all den unschuldigen Lämmchen! Ich habe mit der Vergangenheit gebrochen und bitte dich, das Vergangene ebenfalls zu vergessen und mich zu dir zu nehmen!« So sprach und gelobte der Wolf.

Der Schäfer hörte des Wolfes Wort und Gelöbnis und wurde nachdenklich. Anfangs glaubte er dem Wolf kein Wort, doch als er sah, wie zahm und still der geworden war, vertraute er ihm, verzieh ihm die alten Sünden, nahm ihn mit zu seinen Hunden in den Pferch und gab ihm eine schöne Hundehütte.

Der Wolf lebte mit den anderen Hunden kameradschaftlich zusammen, schimpfte auf die Wölfe und wies deren Taten von sich, hütete sehr wachsam die Schafe und war darauf bedacht, sich noch zuverlässiger als die Hunde selbst zu geben. Als der Schäfer sah, wie fleißig und zuverlässig der Wolf arbeitete, vergaß er tatsächlich nach und nach das Vergangene, ja er gewann ihn sogar noch mehr als die anderen Hunde lieb.

Einmal trug es sich zu, daß der Schäfer mit den Mutterschafen auf die Weide ging und die Lämmer und die unfruchtbaren Schafe in den Pferchen blieben, weil der Lammhirte am Abend mit seinem Freund zum Stubenabend ins Dorf gegangen und von dort noch nicht zurückgekehrt war. Nur der Wolf war in dem Pferch geblieben, um auf die Jungschafe und Lämmer aufzupassen, bis der Schäfer heimkehrte.

Der Wolf lag am Rand des Pferchs und wachte, und die Lämmer hüpften wie Kinder herum, spielten und balgten sich und stolperten gar über den Wolf. Sie hatten überhaupt keine Angst, weil dieser Wächter ihnen schon vertraut war. Da begann der Wolf zu blinzeln, und man kann schwer sagen, ob er ein wenig schlummern oder bloß nicht sehen wollte, was die Lämmer taten. Er schloß die Augen, und plötzlich schreckte er auf, als hätte ihn etwas ins Herz gestochen. Die Lämmer spielten noch munterer, manch eins tapste sogar auf den Wolf. Welch unruhige Geister! Der Wolf begann wieder zu dösen, und nun schoß ihm ein böser Gedanke durch den Sinn. Er fuhr zusammen und bemühte sich, diesen Gedanken zu verscheuchen, allein sein Wille, sei es, weil er schon alt war, oder aus anderen Gründen, war schwach. Der süße Geschmack von Schaffleisch lag ihm auf der Zunge, und die Lämmer, diese unruhigen Geister, sprangen unaufhörlich um ihn herum.

›Er wird es nicht merken‹, dachte sich der Wolf und vergaß alle Schwüre, packte zwei von den herumtollenden Lämmern, preßte sie an seine Brust – und auf in den Wald mit ihnen, um sie ein wenig spazieren zu tragen, denn auch sie sollten die Welt kennenlernen … Als der Schäfer heimkam, sah er, daß der Wolf nicht bei dem Pferch lag und beschloß, die Lämmer zu zählen. Es fehlten zwei Lämmer. ›Gut, daß ich noch so glimpflich davongekommen bin, er hätte die ganze Herde zugrunde richten können‹, dachte er und sagte sich: ›Der Wolf ändert wohl sein Haar, aber er bleibt, was er war.‹

41.
Der Wolf und die Richter

Einst klagte das Volk, daß die Wölfe zu viele Schafe vertilgen. Da versammelten sich die Dorfältesten, um die Beschwerde zu erörtern. Sie riefen auch den obersten Wolf hinzu und begannen, Rat zu halten.

Die einen meinten, daß man den Wölfen nichts zukommen lassen sollte, die anderen sagten, daß es ganz ohne etwas nicht gehe. Man stritt hin und her und beschloß schließlich, dem Wolf anderthalb Kilo Fleisch pro Tag zu gewähren. Der Beschluß fand volle Zustimmung, auch der oberste Wolf war einverstanden, und alle unterschrieben.

Als sie dies getan hatten, sagten sie zu dem Wolf, er könne gehen. Da er aber nun den ganzen Tag lang im Dorfrat gesessen hatte, war er hungrig geworden. Auf einmal erblickte er unterwegs eine Kuh mit ihrem Kalb. Er stürzte sich auf sie und fraß gleich alle beide – die Kuh und das Kalb. Der Zufall wollte es, daß ihn der Kuhbesitzer gesehen hatte, der dann sofort zu den Dorfältesten lief, um sich zu beschweren. Die Dorfvorsteher sprachen noch immer über den Beschluß und befahlen nun erbost, daß der oberste Wolf sofort zu ihnen zurückkommen sollte. Kaum trat der Wolf ein, fragte ihn der Dorfälteste: »Warum hast du dem Mann die Kuh und das Kalb aufgefressen. Wozu fassen wir einen Beschluß, du unterschreibst ihn auch, im nächsten Augenblick jedoch verletzt du ihn?«

Der Wolf antwortet: »Dorfälteste und Dorfvorsteher! Ich war schon ein Stück vom Dorf entfernt und hatte keine Zeit umzukehren, um jemanden zu suchen, der mir das Fleisch abwiegt, und so habe ich über den Daumen gepeilt:

Die Kuh wiegt ein Kilogramm und das Kalb ein halbes, gerad soviel, wie mir zusteht, also habe ich sie gefressen. Hunger leidet keinen Aufschub.«

42.
Der Wolf und die Zigeuner

Einst versammelten sich die Zigeuner und gingen zum Kadi, um sich über einen Wolf, der ihren Esel aufgefressen hatte, zu beschweren. Der Kadi untersuchte die Klage der Zigeuner, erließ eine Verfügung und bestimmte den Tag, an dem die Verhandlung stattfinden sollte.

Schon vor der Gerichtsverhandlung verschickte das Gericht an beide Parteien – die Zigeuner und den Wolf – Vorladungen. Der Richter und die Schöffen führten die Verhandlung, wobei der Wolf für schuldig befunden wurde. Der Kadi fällte das Urteil und gab folgendes Urteil bekannt:

»Der Wolf soll sich von nun an nicht mehr allein von Fleisch ernähren, sondern auch von Gras. Er darf nur dreihundert Gramm Fleisch am Tag fressen. Außerdem muß der Wolf, wenn er auf einem Feld einen herrenlosen Esel sieht, dreimal: ›Hallo, wem gehört der Esel?‹ rufen, und wenn sich jemand meldet, ist er nicht berechtigt, den Esel zu fressen, antwortet aber niemand, darf er ihn fressen, denn ein herrenloser Esel ist kein Haustier.«

Der Wolf vernahm das Urteil und rief fortan, wenn er einen Esel auf dem Feld erblickte, vorschriftsmäßig dreimal die Worte: »Hallo, wem gehört dieser Esel?« – brachte diese Worte jedoch so leise heraus, daß sie einen Schritt entfernt schon nicht mehr zu hören waren. Selbst wenn der Eselbesitzer in der Nähe war, konnte er die Worte: ›Wem gehört dieser Esel?‹ nicht vernehmen. Und so fraß der Wolf die Esel weiter wie zuvor.

Die Zigeuner schickten erneut eine Beschwerde an den Kadi, in der sie anführten, daß der Wolf sich nicht an das Gerichtsurteil halte und genauso wie früher sein Unwesen treibe und rücksichtslos die Esel fresse. Der Richter lud den Wolf wieder vors Gericht, verlas ihm die Anklageschrift und fragte ihn, ob er sich in dieser Sache schuldig bekenne. Doch der Wolf gab zur Antwort: »Ich bin unschuldig, verehrtes Gericht!«

»Und was hast du zu deiner Rechtfertigung vorzubringen?« fragte der Kadi.

Da schlug sich der Wolf an die Brust, erhob die rechte Vorderpfote zum Schwur und sprach: »Ich, Herr Richter, habe eure Weisung nicht verletzt, ich rufe stets dreimal, wenn ich einen Esel auf dem Feld erblicke, und wenn sich kein Besitzer meldet, dann fresse ich den herrenlosen Esel!«

»Und warum hast du an einem Tag eine Eselin und ein Eselfohlen auf einmal gefressen? Wie du weißt, hat man dir gesagt, daß du täglich nur dreihundert Gramm Fleisch fressen darfst!«

»Aha, das wollt ihr mir also anhängen?« fragte der Wolf lachend. »Als ich sie auf meiner Waage wog, waren es dreihundert Gramm: die Eselin zweihundert Gramm und das Fohlen hundert Gramm; und zweihundert Gramm plus hundert Gramm sind gleich dreihundert Gramm«, antwortete der Wolf und stolzierte erhobenen Hauptes aus dem Gerichtssaal.

43.
Das hinkende Hähnchen

Es war einmal ein Hähnchen, das hinkte; das kam eines Tages, hink, hink, zum Dorfkrämerladen und scharrte dort im Dreck herum. Es scharrte und scharrte, bis es ein glänzendes Goldstück fand. Da kamen gerade die Zarendiener vorbei, um die Pferde des Zaren zur Tränke zu führen, und als sie das Goldstück erblickten, schnappten sie es und verscheuchten das Hähnchen. Das Hähnchen hinkte bis hin vor die Zarenpforte und rief: »Zar, öffne die Tür, gib mir das Goldstück! Zar, öffne die Tür, gib mir das Goldstück!«

Der Zar befahl: »Steckt das Hähnchen zu unseren Hähnen, daß sie es aufpicken, denn ich habe schon Kopfweh von seinem Geschrei!«

Die Zarendiener fingen das Hähnchen ein und warfen es zu den Hähnen. Doch das Hähnchen sprach: »Rachen, tu dich auuf und verschlucke diese Hähne!«

Da öffnete sich der Rachen und verschluckte alle Hähne. Das Hähnchen lief wieder vor die Zarenpforte: »Zar, öffne die Tür, gib mir das Goldstück!«

Der Zar grollte und zürnte und schrie wütend seine Diener an: »Schafft mir diesen verflixten Hinkfuß von Hähnchen fort! Ich versteh gar nicht, was es eigentlich von mir will. Steckt es zu den Füchsen, daß sie es fressen.«

Sie warfen es zu den Füchsen. Aber das Hähnchen sprach mutig: »Rachen, tu dich auuf, laß die Hähne, die du verschlungen hast, herausfallen, daß die Füchse zu fressen haben.«

Die Hähne purzelten heraus, und die Füchse fielen über sie her, um sie zu fressen, das hinkende Hähnchen aber machte sich davon und lief wieder vor die Zarenpforte und rief: »Zar, öffne die Tür, gib mir das Goldstück!«

»Verflucht, dieser Nichtsnutz, schon wieder ist er da!« stöhnte der Zar. »Fangt ihn ein und werft ihn zu den Pferden, daß sie es zertreten, damit ich es nicht mehr sehen muß.«

Die Zarendiener fingen das hinkende Hähnchen und warfen es zu den Pferden.

»Rachen, tu dich weit au-uuf, verschlucke die Pferde!« sprach das Hähnchen.

Dann lief es wieder zurück und rief: »Zar, öffne die Tür, gib mir das Goldstück!«

»Na und nun, was machen wir nur mit diesem Hähnchen?« fragte der Zar, raufte sich die Haare. »Werft es den Wölfen zum Fraß vor.«

Man fing das hinkende Hähnchen ein und warf es den Wölfen vor. Da sprach es: »Rachen, tu dich weit au-uuf, laß die Pferde heraus, daß die Wölfe sie auffressen!«

Die Pferde stürzten heraus, und die Wölfe fielen über sie

her und fraßen sie, das Hähnchen aber hinkte zur Zarenpforte und rief: »Zar, öffne die Tür, gib mir das Goldstück!«

»Na so etwas, ich kann das verfluchte Hähnchen nicht loswerden! Es macht mir das Leben zur Hölle«, seufzte der Zar, »werft es in den Fluß, daß es ertrinkt!«

Man fing das Hähnchen und warf es in den Fluß. Da krähte es los: »Rachen, tu dich weit au-uuf, trink das Wasser aus!«

Da öffnete sich der Rachen und saugte das Wasser auf. Das Hähnchen hinkte wieder vor's Schloß: »Zar, öffne die Tür, gib mir das Goldstück!«

»Schon wieder ist das verfluchte Ding da! Hört, was ihr jetzt mit dem verflixten Hähnchen macht!« sagte der Zar, ließ sich in seinen Stuhl sinken und ordnete an: »Ihr heizt jetzt kräftig den Ofen ein und werft es hinein, damit es verbrennt!«

Die Zarendiener machten Feuer im Ofen, fingen das Hähnchen und warfen es hinein.

Dem Hähnchen machte die Hitze nichts aus, es sprach: »Rachen, tu dich weit au-uuf. Laß das Wasser wieder heraus und lösche das Feuer!«

Der Rachen spieh das Wasser aus und löschte das Feuer. Das Hähnchen lief wieder, hink, hink vor die Zarenpforte: »Zar, öffne die Tür, gib mir das Goldstück!«

»Wie ich sehe, läßt mich dieses Hähnchen nicht in Frieden, na, nun gebt ihm schon das Goldstück, damit es sich zum Teufel schert!« sprach der Zar.

Die Zarendiener nahmen ein Goldstück und gaben es dem Hähnchen. Aber das sprach: »Nein, dieses nicht! Ich möchte mein Goldstück, welches ich im Dreck fand. Meines möchte ich und kein fremdes!« Und wieder hinkte es zur Zarenpforte.

»Zar, öffne die Tür, gib mir das Goldstück!«

»Laßt es zu meinen Goldstücken, soll es seines suchen und verschwinden!« rief der Zar zornig.

Die Zarendiener ließen das Hähnchen in einen Raum, der voller Goldstücke war. Das Hähnchen begann in den

Goldstücken herumzuscharren, und wie es so scharrte, scharrte, sagte es auf einmal: »Rachen, tu dich weit auf, verschlucke das ganze Gold!« Dann ging das Hähnchen nach Hause und sagte zu seiner Mutter: »Mutter, steck mich in einen Sack, bind ihn zu und häng ihn an einen Nagel auf der Terrasse, dann nimm den Wäscheklopfer und schlage, schlage, so kräftig du kannst, darauf. Wenn ich schreie, stör dich nicht daran, sondern schlage immerzu weiter! Du sollst sehen, womit ich den Sack fülle.«

Die Mutter tat, wie ihr das Hähnchen geheißen, steckte es in einen Sack, schnürte ihn zu und hängte ihn auf die Terrasse. Dann nahm sie den Wäscheklopfer und begann kräftig zu schlagen. Nach einer Weile tat ihr das Hähnchen leid, und sie nahm den Sack herunter, band ihn auf, und was sahen ihre Augen! Er war voller Goldstücke.

Ein Hähnchen, welches nebenan wohnte, hatte durch ein Loch in der Wand der Hütte die Goldstücke erspäht, stürzte sogleich zu seiner Mutter und sagte ihr, sie solle es in einen Sack stecken, ihn zubinden und mit dem Wäscheklopfer darauf schlagen, ohne sich aus seinem Weinen etwas zu machen. Die Mutter schlug so kräftig, wie sie nur konnte, zu, ohne auf die Schreie ihres Kindes zu hören. Als sie den Sack aufband, war er voller Hühnerkacke, kein einziges Goldstück lag darin!

44.
Das Hähnchen und das Huhn

Ein Hähnchen und ein junges Huhn zogen ins Gebirge, um Haselnüsse zu sammeln. Das Hähnchen kletterte auf einen Haselstrauch und begann die Haselnüsse abzupflükken. Dem einen lief das Wasser im Mund zusammen, es reckte und streckte sich, um an sie heranzuschleichen, doch vergebens – sie hingen zu hoch, und das Huhn konnte sich nichts holen.

»He! Hähnchen, mir wirfst du wohl keine Haselnuß zum Fressen herunter?«

»Da, Weibchen, hast du eine Haselnuß, laß mal sehen, wie du sie frißt«, sprach das Hähnchen und schleuderte eine Haselnuß nach unten, die dem Huhn unglücklicherweise genau in ein Auge flog und es ausschlug. Das Huhn schrie auf und fing an zu jammern, und das Hähnchen kam vom Baum heruntergesprungen, um zu sehen, was es angerichtet hatte. Das Huhn schimpfte und schalt auf das Hähnchen und verklagte es vor Gericht: »Ach, Herr Richter, bitte bestrafe das Hähnchen, es hat mir das eine Auge mit einer Haselnuß ausgeschlagen!«

»Hähnchen, warum hast du dem Huhn das Auge ausgeschlagen?« fragte der Richter.

»Weil mir der Haselstrauch das Federkleid zerrupft hat«, gab das Hähnchen zur Antwort.

Sie riefen den Haselstrauch und der Richter sprach zu ihm: »Hasel, warum hast du dem Hahn das Federkleid zerrupft?«

»Die Ziege hatte meine Blätter abgefressen, und ich war sehr ärgerlich.«

Man brachte die Ziege aufs Gericht, und der Richter fragte sie: »Zicklein, warum hast du die Blätter vom Haselstrauch abgefressen?«

»Der Ziegenhirte weidet mich nicht gut, und ich war hungrig«, antwortete die Ziege.

So riefen sie den Ziegenhirten aufs Gericht.

»Ziegenhirte, warum weidest du die Ziege nicht ordentlich?« fragte der Richter.

»Na, und warum gibt mir die Herrin nicht genug zu essen?« erwiderte der Ziegenhirte.

Sie holten die Herrin.

»Und du, Herrin, warum hast du dem Ziegenhirt nicht gut zu essen gegeben?«

»Wie sollte ich ihm was Gutes bereiten, wenn mir die Hündin den Sauerteig weggefressen hat?« rief die Herrin verzweifelt und begann auf die Hündin zu schimpfen, die nach ihr den Gerichtssaal betrat. »Da ist diese Hundebrut, kein Essen ist vor ihr sicher. So eine verfluchte Hündin gibt's kein zweites Mal!«

»Und du, Hündin, warum fügst du der Herrin solch Schaden zu?« fragte sie der Richter sanft. »Du bist doch des Menschen Gefährte und dazu da, ihn zu beschützen. So wie sich das hier anhört, müssen wir uns aber alle vor dir schützen.«

»Ich fresse nur deshalb alles weg, weil ich hungrig bin!« meinte die Hündin. »Wenn meine Herrin mich so füttern würde, wie sie selbst ißt, dann würde ich satt werden und aus Dankbarkeit über Haus und Vieh wachen, und dann würden auch die Kinder mit mir spielen. Aber ich bin hungrig und kann mich kaum aufrecht halten, denn auf nüchternen Magen tanzt man keinen Reigen«, antwortete die Hündin, und der Richter brach die Verhandlung ab.

Alle gingen zufrieden davon, nur das blinde Huhn wäre beinahe unterwegs gestolpert, weil es nicht sah, wohin es trat.

45.
Der Wolf, der Igel und das Reh

Es waren einmal ein Igel und ein Reh. Sie waren Nachbarn. Beide konnten sich gut leiden, gingen zusammen spazieren, suchten zusammen Futter und besuchten einander. Einmal an einem schönen Sommertag, als sie sich in der Sonne wärmten, wollte jeder prahlen, wie flink und wendig er sei. Das Reh sprach: »Wenn ich von hier oben loslaufe, werde ich, ehe du es dich versiehst, durch das Tal und auf den Gipfel da drüben wieder hochgelaufen sein.«

Der Igel sagte: »Bis du das Tal erreicht hast, habe ich mich zusammengerollt und bin losgekullert, und ehe du da bist, werde ich dich schon dort erwarten, denn ich bin wendiger als du.«

Das Reh beharrte auf seiner Meinung, und beide schlossen eine Wette ab. Das Reh flitzte den Hang hinunter, stolperte, stürzte ins Tal und war tot. Der Igel rollte sich zusammen und kullerte zum toten Reh hin. Es ward ihm leid um die Freundin, doch jede Hilfe kam zu spät. Da wollte er von ihrem süßen Fleisch etwas fressen, seine Zähne aber waren nicht scharf genug, und es gelang ihm nicht, auch nur einen einzigen Bissen herauszuzerren. Er ließ das Reh liegen, um ein Messer zu suchen, da lief ihm doch Meister Lampe über den Weg. »Wohin so eilig, Igel?«

»Ich habe ein totes Reh gefunden und will ein Messer holen, um mir etwas Fleisch abzuschneiden.«

»Wozu brauchst du da ein Messer!« wunderte sich der Hase.

»Laß uns zusammen hingehen, meine Zähne sind spitz wie Nadeln. Ich will das Reh zerreißen.«

Der Igel willigte ein, und sie liefen zurück. Kaum hatten sie ein paar Schritte getan, da stand Gevatter Wolf vor ihnen.

»Wohin so eilig, Freunde?« fragte er.

»Oh, Gevatter Wolf, wenn du wüßtest, was geschehen ist. Ein Reh ist ins Tal gestürzt und liegt nun tot da. Und ich dachte etwas Rehfleisch zu fressen. Doch dann hatte ich kein Messer bei mir und wollte eins suchen gehen«, sprach der Igel.

»Wozu ein Messer?« wunderte sich der Wolf. »Sieh nur, was für scharfe Zähne ich habe, und hart wie ein Feuerstein sind sie. Warte, gleich werde ich das Reh zerreißen. Komm, zeig mir, wo es liegt.«

Sie kehrten um und gelangten schließlich wieder zu dem toten Reh. Der Wolf zerriß im Handumdrehen das Reh und wollte das Fleisch durch vier teilen: »Eins für Großvater, eins für Vater, eins für Mutter, und eins für mich.«

»Und was bleibt für mich?« fragte der Igel.

»Für dich – das, was übrig ist«, lachte der Wolf.

Der Igel war sehr erbost und rief: »Nein, Wolf, du bist im Unrecht! Komm, laß uns die Sache auf dem Gericht klären. Soll das Urteil des Richters gelten.«

Der Wolf willigte ein, und sie machten sich auf den Weg. Der Igel jedoch wußte einen Garten, in dem der Besitzer einen Eisenkäfig aufgestellt hatte. Der Igel ging voran, dann folgte Meister Lampe und danach Gevatter Wolf. Als sie am Käfig angelangt waren, blieb der Igel stehen, nahm den Hasen beiseite und meinte zum Wolf:

»Wolf, komm, klopf kräftig an die Tür, denn der Richter hat die Angewohnheit, fest zu schlafen. Nur wenn er deine Stimme hört, wird er aufwachen.«

Der Wolf fühlte sich geschmeichelt und ging nach vorn, schlug kräftig an den Käfig und hopp, fiel er hinein. Der Igel und Meister Lampe gingen zur Seite und prusteten los. Doch da kam auch schon der Gartenbesitzer, und als er den Wolf im Käfig gefangen sah, holte er das Gewehr heraus und bumm, schoß er dem Wolf eine Kugel in den Schädel, und der fiel tot um. Der Mann war sich nicht ganz sicher, ob der Wolf auch wirklich tot war, nahm das Beil und schlug ihm einige Male auf den Kopf. Der Igel zählte die Schläge und sagte: »Da! Eins für deinen Großvater, eins für deinen Vater, eins für deine Mutter und eins für dich. Alles übrige für mich.«

Dann ging der Igel zum toten Reh zurück und ließ es sich schmecken.

46.
Der schlaue Fuchs und der dumme Wolf

Wolf und Fuchs verbrüderten sich und gingen nun gemeinsam auf die Jagd. Einmal pirschten sie sich an einen Garten heran, der voll mancherlei Obst, vor allem Weintrauben, hing. Sie wollten ausmachen, wer als erster den Garten betritt, und der Wolf sagte: »Ich will ja hineingehen, doch ich befürchte, daß dort ein Käfig aufgestellt sein könnte.«

Der Fuchs aber meinte: »Ach, hab keine Angst, mein teures Bruderherz! Du bist zwar sündig, aber weißt du denn nicht, daß für deine Sünden deine Kinder büßen müssen? Selbst wenn du dich im Käfig verfängst, wird man dich wieder herauslassen, denn du bist von deinen Sünden befreit.«

Als der Wolf des Fuchses Worte vernahm, faßte er Mut und kroch durch das Loch, das dort im Zaun war, und wurde in dem dort aufgestellten und versteckten Käfig gefangen. Wie er nun so ein Weilchen im Käfig hockte, lachte ihn der Fuchs aus und trieb seinen Spott mit ihm. Der Wolf fing vor Ärger zu heulen an und bat den Fuchs, daß er ihm aus dem Käfig heraushelfe. Doch dieser erwiderte: »Wie soll ich dir denn helfen, wenn ich nicht in den Garten hinein kann?«

»Na, und warum hast du mir vorgelogen, daß ich wieder herausgelassen werde, weil ich von meinen Sünden befreit bin?«

»Wolf, bist du ein Dummköpfchen! So einen Kauz gibt's nur einmal auf der Welt. Kapierst du denn nicht, wer, wenn für deine Sünden deine Kinder büßen, für die Sünden deines Vaters büßen muß? Doch nicht etwa ich«, sagte der Fuchs und wedelte vergnügt mit seinem Schwanz.

So ist es nun mal: Wer in die Falle gerät, der muß auch büßen.

47.
Der Alte und der Bär

Ein alter Mann wollte Birnen stehlen. Er kletterte des Nachts im Dunkeln, als der Mond schien, auf einen Birnbaum, und gerade als er mit dem Pflücken beginnen wollte, kam auf einmal Meister Petz daher, um ebenfalls Birnen zu schmausen. Er kletterte auf den Baum, riß eine Birne ab, und als er sie ins Mondlicht hielt, um sie genauer zu betrachten, sprach er zu sich selbst: ›Ist sie nun gut oder madig? Ist sie nun gut oder madig?‹

Der Alte, der sich in den Zweigen verkrochen hatte, dachte, der Bär hätte ihn gesehen und wolle ihm die Birne anbieten und sagte: »Nein, nein, ich möchte nicht!«

Der Bär besah sich die Birne noch ein Weilchen, dann verschlang er sie. Danach riß er eine andere ab, betrachtete auch sie genau und sprach wieder zu sich: ›Ist sie nun gut oder madig? Ist sie nun gut oder madig?‹

Auch dieses Mal glaubte der Alte, der Bär biete ihm die Birne an, und antwortete: »Nein, nein, ich möchte nicht!«

Meister Petz fraß auch diese Birne auf, kletterte dann

etwas höher, sah sich um, riß noch eine Birne ab, schob die Zweige auseinander, damit das Mondlicht besser drauf falle, und sagte laut: »Und du, bist du gut oder madig?«

Da wähnte der Alte, der Bär wolle ihm diesmal die Birne gewaltsam aufdrängen, und rief vor Schreck, so laut er nur konnte: »Ich will nicht, ich will keine Biiirrnen!«

Der plötzliche Schrei des Menschen erschreckte Meister Petz, er fuhr zusammen und plumps – fiel er vom Baum und war tot. Da pflückte sich der Alte in aller Seelenruhe sein Säckel Birnen, und auf dem Heimweg schritt er stolz einher, weil er sich ein großer Held dünkte.

48.
Der Mann und die Schlange

Ein Weinbauer besaß einen schönen Weinberg. In der Nähe des Weinbergs lag ein Steinhaufen, in dem sich eine große Schlange verkrochen hatte. Eines Tages entdeckte sie der Weinbauer und beschloß, ihr Gutes zu tun. Am nächsten Tag füllte er eine Schale mit frischer Milch und trug sie zu seinem Weinberg. Er stellte sie neben den Steinhaufen und entfernte sich ein Stück, um zu sehen, was geschehen würde. Die Schlange kam aus dem Steinhaufen gekrochen, trank die Milch und ließ in der Schale ein Goldstück zurück. Der Weinbauer nahm die Schale mit dem Goldstück und ging heim. Fortan brachte er der Schlange jeden Morgen frische Milch und erhielt einige Jahre täglich ein Goldstück.

Eines Tages rief der Weinbauer seinen Sohn, den Erben des Weinberges, zu sich und erzählte ihm von der Schlange und daß er ihr frische Milch gibt. Auch der Sohn brachte ihr eine Zeitlang frische Milch und erhielt jedesmal ein Goldstück dafür. Doch eines schönen Tages sagte er sich: ›Unter diesem Steinhaufen müssen doch viele Goldstücke liegen. Statt immer Milch herzubringen und die Schlange zu füttern, töte ich am besten die Schlange, grabe den

Haufen um und nehme mir die Goldstücke.‹ Dies im Sinn, nahm er am anderen Tag die Milch und einen Stock, um die Schlange zu töten. Als dann die Schlange von der Milch trank, schlug er kräftig zu, ohne daß es ihm gelang, sie zu töten. Nur von ihrem Schwanz schlug er etwa eine Handbreit ab. Die Schlange schnellte hoch und versetzte dem Winzersohn einen giftigen Biß. Die Stelle, wo die Schlange zugebissen hatte, schwoll an, und mit letzter Kraft konnte sich der Jüngling gerade noch nach Hause schleppen und seinem Vater erzählen, was geschehen war. Einige Tage später starb der Sohn, und man trug ihn zu Grabe.

Erst nach langer Zeit ging der Weinbauer wieder einmal in den Weinberg, setzte sich neben den Steinhaufen, wartete, bis die Schlange hervorgekrochen kam und sagte zu ihr: »Laß uns wieder Frieden schließen und Freunde sein wie früher.«

»Mein Freund, unsere einstige Freundschaft wird es nicht wieder geben«, sprach die Schlange, »so lange du das Grab deines Sohnes anschauen mußt und ich einen abgehackten Schwanz habe, können wir nicht von neuem Freunde werden. Denn was immer der Mensch auch tut, stets sollte er die Folgen bedenken!«

49.
Die Maus und der Maulwurf

Eine Maus wollte ihren Sohn vermählen, und die Schwiegertochter sollte höher stehen als er, aber dennoch zu ihm passen. Die Maus horchte und fragte überall herum: »Wer mag wohl höher stehen als ich?«

Man sagte ihr, die Sonne. Die Maus ging zur Sonne und sprach zu ihr: »Sonne, weißt du, warum ich zu dir komme? Man hat mir gesagt, du stehst am höchsten, und ich möchte deine Tochter zur Schwiegertochter haben. – Ich suche eine, die höher als ich steht und dennoch zu mir paßt.«

»Ich stehe nicht am höchsten«, sprach die Sonne. »Es gibt Höheres als mich.«

»Na, und was soll höher stehen als du?« fragte die Maus verwundert.

»Na wer schon! Die Wolke steht über mir. Wenn ich strahle und der Erde Wärme schenke und die Wolke aufzieht und mich verdeckt, kann ich nichts mehr wärmen. Darum geh zu ihr.«

Die Maus ging zur Wolke und rief ihr schon von weitem zu: »Wolke, ich komme in einer wichtigen Angelegenheit zu dir. Ich möchte meinen Sohn mit deiner Tochter verheiraten. Dies würde das für meinen Sohn Entsprechende sein. Man hat mir gesagt, du seiest mächtiger als die Sonne und kannst sie verdecken. Stimmt das?«

»Nein, ich bin nicht mächtiger«, sprach die Wolke. »Es gibt Mächtigeres und Gewaltigeres als mich. Das ist der Wind, der mich auseinanderweht, und dann kann ich nicht über einen mittleren Berg hinweg.«

Die Maus ging zum Wind, aber der schickte sie zum Tal.

Die Maus lief hinab zum Gebirgstal und sagte: »Tal, ich komme, um deine Tochter als Braut für meinen Sohn zu nehmen. Man hat mir gesagt, du seiest das Mächtigste auf der ganzen Welt.«

»Ich?« fragte das Tal ganz erstaunt. »Nein, es gibt Mächtigeres als mich.«

»Was ist das?« fragte die Maus.

»Was das ist? Der Fluß, den ich, wenn er über die Ufer tritt, nicht aufhalten kann.«

Die Maus lief zum Fluß, fragte ihn, ob er am mächtigsten sei und ob er seine Tochter ihrem Sohn zur Frau geben wolle, wo sie doch zueinander passen würden. Aber der Fluß antwortete: »Nein, ich stehe nicht höher als das Ufer, das mich daran hindert überzutreten und das Land zu überfluten. Geh zu ihm, es steht über mir.«

Die Maus kletterte am Ufer hoch und sprach: »Ich habe gehört, du bist das Mächtigste auf der ganzen Welt, und komme zu dir, um deine Tochter als Schwiegertochter zu nehmen.«

»Na, ich stehe aber nicht über dem Maulwurf, der mich durchwühlt, abträgt und ganz kaputt macht. Er ist mächtiger, geh zu ihm.«

Die Maus sah unterhalb vom Ufer einen Maulwurfsbau, kroch hinein und rief schon am Eingang: »Maulwurf, du stehst wohl am höchsten auf der ganzen Welt?«

»Nein, ich nicht«, antwortete der Maulwurf. »Am höchsten stehen die Sonne, die Wolke, der Wind, das Tal, der Fluß und das Ufer. Sie alle sind mir hinderlich.«

»Ich war bereits bei ihnen«, erwiderte die Maus, »ich habe sie gefragt, aber alle haben sie mir von dir erzählt, und nun bin ich zu dir gekommen, um deine Tochter als Schwiegertochter zu werben, weil sie uns ähnlich ist und dennoch höher als wir steht.«

»Gut, ich bin einverstanden«, freute sich der Maulwurf, und sie legten den Hochzeitstermin fest.

Die Maulwurfstochter heiratete den Mäusesohn, und auf der Hochzeitsfeier betrachtete die Maus den Pelz ihrer Schwiegertochter und stellte fest, daß er dem Pelz ihres Sohnes sehr ähnelte und meinte: »Der Pelz der Schwiegertochter paßt gut zu dem meines Sohnes und dem von uns Mäusen. Sie steht über uns, und darum ist sie für uns als Schwiegertochter gut. Warum bin ich eigentlich so weit gelaufen, um Höheres zu suchen, wo wir doch Nachbarn sind und uns so ähnlich sehen?«

Nachdem sie das gesagt hatte, tanzte sie froh und glücklich im Hochzeitsreigen.

50.
Der Hirsch und das Rehlein

Ein Rudel Rehe zog ins Gebirge hinauf, um zu grasen. Wie immer, so auch diesmal, lief an der Spitze der Herde ein alter Hirsch, der sich in dieser Gegend gut auskannte und über alle Wege und Pfade Bescheid wußte, auf denen die Jäger Fangeisen und Schlingen zu legen oder Gruben zu graben pflegen, um Rehe zu fangen. Das ganze Rudel lief hinter dem Hirsch her, der in der Tat alle gefährlichen Wege mied, jedoch noch nicht wußte, daß sich auf einem der Wege eine neue Fallgrube und eine neue Schlinge befanden, die die Jäger gerade einen Tag zuvor angelegt hatten. Und ausgerechnet dort entlang führte er das Rudel – geradewegs auf die Fallgrube und die Schlinge zu, und das gesamte Rudel war auf dem besten Wege, in der Grube gefangen zu werden.

Ein Rehlein, das ganz am Ende lief, erkannte den Pfad, den das Rudel eingeschlagen hatte, als denselben, auf dem es noch gestern nichtsahnend allein entlangspaziert und in die frisch gegrabene Grube gefallen war und sich wie durch ein Wunder retten konnte, wieder. Es sauste zum Hirsch nach vorn und sprach:

»Halt, Großväterchen, halt! Nimm nicht diesen Weg, denn weiter vorn ist eine Grube, und wenn wir noch ein Stück weitergehen, werden wir in die neue Schlinge laufen. Gestern habe ich sie entdeckt und bin sogar in die Grube gefallen und nur wie durch ein Wunder wieder entkommen.«

Der Hirsch blieb einen Augenblick stehen, und auch das Rudel hinter ihm machte halt. Er wußte nicht so recht, was er sagen sollte, denn es war ihm nicht recht, sich kluge Ratschläge von einem Grünschnabel anhören zu müssen. Sei es nun aus Sturheit, oder wer weiß, warum, jedenfalls war er nicht gewillt, auf das Reh zu hören.

»Scher dich fort, du naseweises Rehlein! Du wirst deinem Großvater doch keine Vorschriften machen wollen! Schon unzählige Male bin ich hier entlanggegangen und weiß, wo sich Fallen und Gruben befinden«, sagte der Hirsch und ging weiter.

Einige Rehe folgten ihm, die anderen jedoch blieben stehen, um zu sehen, was geschehen werde. Die Rehe hatten sich noch keine zehn Schritte entfernt, da hörte man großen Krach und lautes Brüllen: Der Hirsch war zusammen mit einigen Rehen, die ihm gefolgt waren, in die Grube gestürzt. Aus einem Hinterhalt kam der Jäger hervorgesprungen und schoß auf die anderen. Das Rehlein und die Rehe, die zurückgeblieben waren, kamen mit heiler Haut davon, hörten aber noch, wie die anderen jammerten und stöhnten, und wie der alte Hirsch rief: »Kinder! Ihr solltet in Zukunft nicht nur auf den hören, der lange gelebt hat, sondern genauso auf den, der viel durchgemacht hat! Hätte ich auf das Rehlein gehört, wäre ich am Leben geblieben.«

Dann war nichts mehr zu hören. Das waren die letzten Worte des alten Hirsches, und noch heute sagt man im Volk: »Nicht das Alter, sondern die Erfahrung möge man zu schätzen wissen.«

51.
Die beiden Esel

Ein Mann besaß zwei Esel, mit denen er seine Arbeit verrichtete. Als ihm eines Tages im Winter das Futter ausging, verkaufte er sie. Den einen verkaufte er einem reichen Manne und den anderen einem Steinmetz. Der Reiche kaufte den Esel, damit ein siebenjähriges Kind darauf reiten konnte, der Steinmetz brauchte ihn zum Steinetragen. Nach einiger Zeit begegneten sich die Esel auf ihrem Weg, und als sie einander wiedererkannten, begrüßten sie sich freudig und küßten sich brüderlich.

»Wie geht es dir, mein Bruder?« fragte der eine. »Kommst du zurecht? Wie lebst du, seit dich unser Herr verkauft hat?«

»Nun, es kann mir nicht besser gehen, Brüderchen«, sprach der von dem Reichen gekaufte Esel. »Zwei Stunden am Tage trage ich Last. Einen siebenjährigen Jungen muß ich zur Schule und danach wieder nach Hause bringen. Ich bekomme bestes Heu zu fressen, meine Krippe ist immer voll; man gibt mir Gerste, mein Stall wird stets ausgekehrt und ist so sauber, daß, wenn du dort Honig verschütten und ihn wieder einfüllen würdest, kein Staubkörnchen an ihm klebte. Ich sage dir, Brüderchen, das ist ein Wonneleben. Und du, wie geht es dir? Wie ist dein neuer Herr?«

»Ach geliebtes Bruderherz«, seufzte der andere Esel.

»Wenn du nur wüßtest! Schau dir lieber erst die Wunden auf meinem Rücken an, und dann stell Fragen! Mein verfluchtes Schicksal hat mich an einen Steinmetzen geraten lassen, einen unbarmherzigen und groben Menschen. Wenn er mich mit Steinen belädt, kennt er keine Gnade – manchmal lädt er mir hundert Oka auf den Rücken. Gott möge ihn strafen. Er wird mich zu Tode schinden. Vom Futter gar nicht zu sprechen. Denn außer Disteln habe ich nichts zu fressen bekommen. Gott sei Dank ist er wenigstens so gnädig und nimmt mir am Abend den Sattel ab, damit ich mich im Staub wälzen kann – auf dem Ascheplatz, denn dadurch decke ich die Wunden in meinem durchlöcherten Fell zu, das sonst längst in Fetzen abgefallen wäre. So lebe ich also, Brüderchen«, sprach der Esel, der Steine tragen mußte.

»Ach mein Gott, warum bin ich nicht zu deinem Herrn gekommen! Hätte ich auch schwere Lasten zu tragen, könnte ich mich doch wenigstens in Asche wälzen und an Disteln und Stoppeln satt essen, wäre ich dann wohl der glücklichste Esel der Welt«, meinte der Esel, der in dem reichen Haus und in großer Sauberkeit lebte.

52.
Der Traum des Spatzen

Ein kleiner Spatz schlummerte süß in seinem Nest unterm Dach, ohne daran zu denken, wie er sich im Winter versorgen würde. Wie er so schlief, hatte er einen wunderbaren Traum: Um ihn herum viele Vögelchen mit glitzerndem und schönem Gefieder – ihre Kehlchen leuchteten wie Atlasseide, ihre Schnäbel glänzten golden, ihre Federn schimmerten bald in grünen, bald in roten Tönen, und ihre Augen strahlten schön wie Tautropfen in der Morgenstunde. Als der Spatz sie sah, seufzte er und sprach: »Ich armer Vogel! Wie ärmlich ist doch mein Gefieder!«

Kaum hatte er das gesagt, wuchsen ihm auch schon bunte Federn. Vor Freude begann der Spatz von Zweig zu

Zweig zu hüpfen und konnte sich nicht genug freuen. Nicht lange hatte er sich an seinem schönen Gefieder ergötzt, da zog auch schon eine schreckliche Gefahr für ihn herauf: Eine Schlange, die, zum Knäuel gerollt, dalag und zischte, schnellte vor ihm hoch und hätte ihn beinahe gebissen und verschlungen. Der Spatz entkam, und schon drohte ein anderes Unheil: Ein Jäger, der den schönen Vogel erblickt hatte, stürzte herbei und wollte ihn fangen. Der Spatz rief: »Umsonst hab ich mich gefreut, ach wäre ich doch nur wieder in meinem Nest unterm Dach!«

Da erwachte er, schaute sich um und hüpfte flugs hinab ins Tal. Er hüpfte und flatterte von Zweig zu Zweig, planschte im Wasser und zwitscherte glücklich: »Tschilp-tschilp, tschilp-tschilp!«

53.
Die arbeitsame Amsel

Einst rief man die Amsel, um den Wein zu verschneiden, doch sie sprach: »Ich kann jetzt nicht, ich baue gerade mein Nest!«

Es kam die Zeit zu graben, und man rief sie wieder, doch sie sprach: »Gerade jetzt kann ich nicht, weil ich Eier lege!«

Nicht lange danach wurde sie gerufen, den Wein zu bestäuben, doch sie antwortete: »Ich würde gern kommen, doch jetzt brüte ich!«

Es kam die Zeit, den Wein zu binden, und man sagte zu ihr: »Komm, Amsel, laß uns den Wein binden.«

»Wie soll ich kommen, wo ich gerade meine Jungen füttere!«

»Komm, Amsel, wir wollen jäten!« rief man nach einiger Zeit.

»Wartet, meine Jungen sind noch zu klein, und ich fürchte, daß sie, wenn ich sie allein lasse, sterben werden.«

Als der Wein reif war, hielt man Weinlese! »Komm, Amsel, wir wollen den Wein lesen!« sagte man spöttisch.

»Ich komme sofort, aber wartet, ich rufe nur noch die Kinder«, meinte sie und zwitscherte nach allen Seiten, um ihre Jungen anzulocken.

54.
Der flinke Igel

Am Georgstag, an dem Tag also, an dem die Lämmer geschlachtet werden, schickte man den Igel los, um Krauseminze und Petersilie für den Braten zu pflücken. Der Igel beeilte sich sehr, doch kam er erst am Dimitertag wieder zurück, und als er das Haus betrat, stolperte er über die Türschwelle, purzelte hin und schlug sich die Nase auf. Die anderen lachten ihn aus, doch der Igel gab zurück: »Lacht nur, lacht nur, ich weiß schon, daß mich mein Gehetze eines Tages noch den Kopf kosten wird.«

Der Igel glaubte also, daß er gestolpert und hingefallen sei, weil er so schnell gelaufen war.

Die Faulen sind auch wie die Igel: Den ganzen Tag halten sie Maulaffen feil und drehen Däumchen, doch wehe man verlangt von ihnen auch nur für einen Groschen Arbeit, dann schreien sie es in die ganze Welt, daß sie sich vor Arbeit nicht zu retten wüßten.

55.
Der Spatz und die Lerche

Einmal lief an einem Spatzen ein Tier, irgendein großes Vieh, vorbei. Der Spatz erschrak und flüchtete sich zu der Lerche, um bei ihr Trost zu suchen, und begann zu klagen: »Nachbarin, vor Angst zittere ich am ganzen Körper. Denn an meinem Haus ist irgend etwas Großes vorbeigesummt.«

»Was war das denn?« fragte die Lerche.

»Ich habe nicht gesehen, was, aber es war groß.«

»Wie groß – so groß?« Die Lerche breitete ihre Flügel

vor dem Spatzen aus, um zu zeigen, wie groß das, was vorbeigeflogen war, gewesen sein mochte. Doch der Spatz meinte: »Ach nein, so nicht! Groß, groß war es!«

Die Lerche spreizte ihre Flügel in die Höhe und fragte wieder: »War es so groß?«

»Ach, sehr groß, seehr, seehr groß!«

»Meine Güte, wie groß war es denn noch!« fragte die Lerche erstaunt.

»Es war doch nicht etwa so?« fragte sie und hüpfte ein wenig hoch.

Aber der Spatz hatte genug von der dummen Lerche, die zwar eine schöne Stimme hat, aber eben nur singen und sonst nichts kann, und sagte zu ihr: »Du kommst dir wohl sehr groß vor, daß du meinst, die großen Tiere nachahmen zu können.«

56.
Der Frosch und der Ochse

Ein Frosch sah auf einem Feld einen Ochsen und wollte so groß sein wie der. Er begann sich aufzuplustern und aufzublähen und sagte zu seinen Freunden: »Schaut her, Freunde, bin ich nicht so groß wie er?«

»Nein, nein Freundchen, du bist noch weit entfernt davon, ungefähr so groß wie sein Huf bist du.«

»Wartet, ich will mich weiter aufplustern. Und jetzt? Bin ich gewachsen?«

»Du bist immer noch derselbe, kein bißchen hast du dich verändert.«

»Na und jetzt?« fragte er und plusterte sich noch mehr auf.

»Du bist der gleiche, der du vorher warst – so groß wie einer der Hufe.«

Doch der dumme Frosch plusterte sich immer weiter auf, und schließlich platzte er.

57.
Der Ertrinkende und die Schlange

Einmal fiel ein Mann in den Fluß, und da er nicht schwimmen konnte, fing er an unterzugehen. Da bemerkte er eine Schlange, die in seiner Nähe schwamm. ›Ich weiß, daß die Schlange beißt und der Mensch an ihrem Gift stirbt‹, dachte sich der Ertrinkende. ›Aber wenn ich mich an ihr festhalte, wird sie mich entweder ans Ufer bringen oder mich beißen, und dann werde ich wenigstens schneller sterben und muß mich nicht so lange im Wasser herumquälen.‹

So überlegte er, und so tat er auch: Er streckte sich aus und packte die Schlange in der Mitte. Als die Schlange merkte, daß jemand sie festhielt, wendete sie wie gewohnt den Kopf nach hinten und biß den unglücklichen Mann in die Stirn. Der starb augenblicks und versank in der Tiefe. Er ging unter, doch mit ihm auch die Schlange, weil der Mann sie fest umklammert hielt und nicht losließ.

58.
Die beiden Fischchen

Zwei Fischchen schwammen fröhlich im Fluß und schwatzten von der goldenen Jugendzeit. Da begegneten sie einem alten Fisch, der sie davor warnte, ins Flache zu schwimmen, denn am Ufer fische ein Fischer mit dem Netz.

Die Fischchen hielten einen Augenblick inne, doch nach einigem Nachdenken ermunterten sie sich schließlich einander, weiter in Richtung Ufer zu schwimmen, und auf einmal sahen sie sich, von vielen anderen Fischen umgeben, im Netz gefangen und auf das Ufer geworfen. Dann schüttete man sie in einen Sack und brachte sie in die Fischerhütte, und dort legte man sie auf einen Rost, unter dem Feuer brannte. Als ihnen heiß wurde, machten sich die Fischchen einander Vorhaltungen: »Du bist schuld, du hast mich zum Ufer gelockt. Ich sehe, daß du dich mit dem

Fischer verschworen hast, denn unter dir sind die Kohlen ausgeglüht«, sagte das eine, das sich für unglückseliger hielt.

»Schweig, du Betrüger! Du hast den Verrat begangen, denn wie ich sehe, ist die Glut unter dir völlig erloschen. Du spielst mir nur etwas vor, und dabei rührt man dich nicht mal mit der Ofenzange an und setzt dich dann wieder in den Fluß zurück«, erwiderte das erste.

So beschuldigten sich die beiden Fischchen einander des Betrugs und Verrats, bis sie gar geröstet waren und sie der Fischer auf den Markt brachte, um sie noch warm zu verkaufen.

59.
Die Mäuse und die Katze

Einmal versammelten sich die Mäuse zu einem Schwätzchen, wobei sie auch bereden wollten, was man gegen die Katze unternehmen könnte, damit sie die Mäuse nicht mehr fräße. Als sie nun Pläne schmiedeten, wie sie es am besten anpacken könnten, kam ein Mäuserich herbeigeeilt und sagte, daß die Katze ganz in der Nähe liege, aber eingeschlafen sei. Da beschlossen sie, hinzugehen und der Katze eine Glocke an den Hals zu binden, damit sie am Bimmeln der Glocke immer hörten, wo die Katze gerade war, und rechtzeitig davonlaufen und sich verstecken konnten.

Sie nahmen einen Strick und eine Glocke und gingen zur Katze. Nun gut, aber keine von den Mäusen wagte sich an die Katze heran, um ihr die Glocke umzubinden, und so blieb es auch weiterhin wie eh und je: Wen die Katze auch fand, den fraß sie.

60.
Der gierige Hund

Einmal mopste ein Hund in einer Metzgerei einen Knochen, nahm ihn zwischen die Zähne und lief davon. Nun gut, aber sein Weg führte geradewegs über den Fluß, und es gab keine Brücke da, man hatte nur zwei Balken quer hinüber gelegt.

Als er über die Balken lief, spiegelte er sich im Wasser und sah dort einen anderen Hund, nur daß der einen größeren Knochen als er hatte. Er lechzte nach dem anderen Knochen und vergaß seinen eigenen, ließ ihn fallen und sprang hinab, um den fremden zu rauben. Als er im Wasser paddelte, war nichts zu finden. Er wurde nur klitschnaß und wäre beinahe ertrunken. Er schwamm schnell zurück, um seinen Knochen zu suchen, konnte ihn aber nicht finden. Der war ins Wasser gefallen und fortgeschwemmt worden.

61.
Die Krähe und der Krebs

Eine Krähe flog über einen See und sah unten einen Krebs kriechen. Sie ließ sich hinab, packte ihn, setzte sich auf einen Weidenbaum und schickte sich an, ihn zu fressen. Der Krebs sah, daß es nicht gut um ihn bestellt war, und sprach: »Ach, Krähe! Ich habe deinen Vater und deine Mutter gekannt. Was waren das doch für ruhmvolle Vögel!«

»Krah, krah«, antwortete sie, ohne den Schnabel zu öffnen.

»Ach Krähe, auch deine Brüder und deine Schwestern waren gute Vögel.«

»Krah, krah«, sagte die Krähe erneut.

»Aber so gut sie auch waren, waren sie nicht so wie du, Krähe!«

»Ah!« krächzte die Krähe aus voller Kehle und ließ den Krebs ins Wasser plumpsen.

62.
Der schlaue Hahn

Ein Gockelhahn sprang auf einen Zaun und begann aus voller Kehle zu krähen. Da kam aus dem nahegelegenen Wald der Gevatter Fuchs.

»Guten Tag!« rief er. »Ich hörte, wie du krähst, wunderbar singst du, du hast eine unübertreffliche Stimme! Aber ich bezweifle, daß du so singen kannst wie einst dein Vater.«

»Wie sang denn mein Vater?« fragte der Hahn auf dem Bretterzaun.

»Er stand auf einem Bein auf dem Zaun, kniff ein Auge zu und krähte so. Eine unübertreffliche Stimme hatte er. Traumhaft ...!«

»Das kann ich auch!« sagte der Hahn, kniff ein Auge zu, zog ein Bein an und schrie los, daß man sein Krähen weithin vernahm.

»Und ob du, wenn du auf einem Bein stehst, beide Augen schließen und so singen kannst? Dann will ich dir zugestehen, daß du ein besserer Sänger bist als dein Vater«, sagte der Fuchs. »Aber ja!« rief der Hahn und schloß auch noch das andere Auge, und da sprang der Fuchs hoch und packte ihn. Er trug ihn in den Wald hinein, drückte ihn mit den Vorderpfoten auf den Boden und wollte ihn fressen.

»Ach, Reinecke, Reinecke!« seufzte der Hahn. »Deine Mutter hat das einst anders gemacht!«

»Na, und wie hat sie es gemacht?« fragte der Fuchs verwundert. »Sie – ich kannte sie gut – hatte, wenn sie einen Hahn gefangen hatte, die Angewohnheit, ein Gebet aufzusagen, bevor sie ihn in Stücke riß. Eine fromme Füchsin war das, und bevor sie ihren Hunger stillte, bat sie, daß man ihrer hungrigen Seele die Sünden vergeben möge.«

»Ich bin wie meine Mutter!« erwiderte der Fuchs und beschloß, ebenfalls ein Gebet herzusagen. Er erhob seine Vorderpfoten zum Himmel, schloß die Augen und flüsterte ein Gebet. Genau darauf hatte der Hahn gewartet. Kaum hatte ihn der Fuchs losgelassen, flatterte er rasch weg und setzte sich auf einen Baum, der dort stand.

»Daß mich bloß der Blitz trifft«, schämte sich der Fuchs, »ein dummer Gockelhahn hat mich überlistet. Gibt's denn so was?« Umsonst hatte sich der Fuchs die Pfoten nach dem Hahn geleckt, nun ging er hungrig und niedergeschlagen in den Wald.

Der Gockelhahn aber breitete, als er sein flatterndes Herzchen beruhigt hatte, die Flügel aus, reckte den Hals und krähte aus voller Kehle, daß es im ganzen Tal widerhallte. Er war der allerglücklichste Hahn, nicht, weil er den Fuchs überlistet, sondern weil er sein Leben durch eigene Klugheit gerettet hatte.

63.
Der Bär, der Ameisen fraß

Ein Bär war darauf versessen, Ameisen zu fressen und ließ keine Ameise, die sich hellichten Tags auf Nahrungssuche machte, am Leben. Die Ameisen hatten eine Heidenangst und gingen zu Rate, wie sie sich vor dem bösen Bären schützen könnten. Die eine meinte dies, die andere das, und schließlich kamen alle auf folgenden Gedanken: eine große und tiefe Fallgrube zu graben und fingerdick Erde daraufzustreuen, damit man das Loch darunter nicht sehen konnte. Oben sollten einige Ameisen den Bären anlokken.

Also bauten sie die Falle. Der Bär, der hinter jeder Ameise her war, stürzte, kaum daß er die drei Tierchen gesehen hatte, auf sie los, um sie zu fressen. Er wollte gerade eine von ihnen schnappen, da krachte er auch schon in die Grube hinein. Er plagte und mühte sich, aus der Grube wieder herauszukommen, doch vergebens – sie war zu tief. Die Ameisen fielen von allen Seiten über ihn her und bissen ihn zu Tode. Dann ließen sie sich das Bärenfleisch schmecken.

64.
Der Wolf und die Elster

Eines Tages sah der Wolf die Elster und sagte zu ihr: »Los, wir ziehen fort von hier! In diesem Wald kann man nicht mehr leben!«

Die Elster fragte: »Na, was gefällt dir denn an diesem Wald nicht? Schau nur, wie schön und üppig er ist! Für uns alle, für euch auf der Erde und für uns Vögel in der Luft, gibt's genug zu fressen.«

»Na ja, gegen den Wald möchte ich auch gar nichts sagen«, meinte der Wolf. »Der Wald ist sehr schön, aber sieh doch nur, wie alle gegen mich stänkern! Ist irgendwo Unheil angerichtet worden, immer bin ich daran schuld. Und die Hunde und Menschen erst, sie lassen mich gleich gar nicht in Frieden.«

»Und wohin willst du gehen?« fragte die Elster.

»Ich will in einen anderen Wald ziehen«, antwortete der Wolf, »wo man nichts von mir weiß, wo mich niemand kennt und die Menschen gut und die Hunde zahm sind.«

»Na, und wenn du woanders hingehst, Gevatter Wolf, willst du dann deine Zähne und deine Gewohnheiten hier lassen?«

»Aber Elster! Bist du denn wirklich so dumm! Als ob es das schon jemals gegeben hätte, daß jemand seine Gewohnheiten und seine Zähne zurückläßt!« knurrte der Wolf.

Darauf meinte die Elster: »Wenn das so ist, dann sei gewiß, daß du, wo du auch hingehst, kein Glück finden wirst! Deine Gewohnheiten sind schlecht und deine Zähne scharf, und darum beschweren sich alle über dich!«

65.
Der Kameltreiber und seine Kamele

Ein Kameltreiber lag im Sterben und befahl, man möge ihn zu seinen Kamelen bringen, damit er sie ein letztes Mal sehen und von ihnen Abschied nehmen könne.

Als er bei den Kamelen war, unterhielt er sich ein wenig mit ihnen und sagte schließlich: »Meine geliebten treuen Kamele, ich habe mit euch hart gearbeitet und viel durch euch verdient. Ihr mußtet riesige Lasten für mich schleppen, und ich sterbe in großer Dankbarkeit für eure Dienste. Ich bitte euch, seid auch ihr gütig und dankbar und vergebt mir, wenn ich euch manchmal weh getan habe.«

Die Kamele antworteten alle im Chor: »Herr, wir sind dir für alles dankbar und vergeben dir die schweren Lasten und die derben Schläge, nur eines verzeihen und vergessen wir dir nie – daß du uns stets den Esel zum Leittier gegeben hast!«

So ist es, wenn ein Herr einen Unwürdigen ernennt, der über die anderen zu bestimmen hat!

66.
Das goldene Vögelchen

Ein Zar hatte drei Söhne. Er besaß auch einen goldenen Apfelbaum, der tagsüber blühte, abends Früchte ansetzte und in der Nacht reifte. Doch da kam immer irgendwas, das alle Früchte vom Baum fraß, und am Morgen, wenn der Zar erwachte, hing kein einziger Apfel mehr am Baum. Und so konnte er nicht mal sehen, wie die Äpfel waren. Der Zar wunderte sich sehr, was das für ein sonderbares Wesen war, das ihm die Äpfel stahl, und wußte vor Kummer nicht ein noch aus. Als die Söhne ihren Vater so gramvoll sahen, wollten sie ihm helfen. Der Älteste sagte einmal zu seinem Vater: »Väterchen, ich will diese Nacht beim Apfelbaum wachen, um zu sehen, wer die Äpfel frißt.«

»Gut!« sagte der Zar, »geh und sieh, wer dieser Bösewicht ist!«

Der Zarensohn ging und baute sich neben dem Apfelbaum ein Versteck, und sobald es dunkelte, nahm er ein Gewehr, kletterte in das Versteck und setzte sich hin und hielt Wache. Nach einer Weile wurde er müde, und er legte das Gewehr beiseite, um sich nur kurz hinzulegen, und wachte erst am Morgen wieder auf. Sowie er erwachte, schaute er nach den Äpfeln – sie waren alle verschwunden. Als er heimkehrte, fragte ihn der Zar: »Nun, was ist? Hast du gesehen, wer uns die Äpfel stiehlt?«

»Ich bin eingeschlafen und konnte es nicht sehen«, gestand der älteste Sohn.

Am Abend ging der zweitälteste Sohn zu seinem Vater und sagte zu ihm, daß er in der Nacht bei dem Apfelbaum Wache stehen wolle, um zu sehen, wer ihnen die Früchte stehle. Der Zar sprach: »Geh, Söhnchen, geh und schau, was das für ein sonderbares Wesen ist!«

Der zweite Sohn ging zu dem Apfelbaum, doch auch er schlief wie sein großer Bruder ein und konnte nichts sehen.

Am anderen Abend kam der jüngste Zarensohn zu seinem Vater und bat, ihm zu erlauben, des nachts am Apfelbaum zu wachen, daß vielleicht wenigstens er sähe, wer die Äpfel frißt. Doch der Zar sagte zu ihm: »Deine älteren Brüder haben gewacht und nichts gesehen, und du, der jüngste und verwöhnteste, willst es schaffen!«

»Vater, laß es mich trotzdem versuchen, damit mich meine Brüder nicht auslachen, daß ich so verwöhnt bin.«

»Wenn du willst, so geh!« sprach sein Vater.

Da nahm der jüngste Sohn ein Gewehr und machte sich auf den Weg, kletterte in das Versteck, das der älteste Bruder gebaut hatte, und dann schnitt er sich in den kleinen Finger, verband ihn mit Salz, damit es ihn schmerze und er nicht einschlafen könne. Und so saß er da, bis etwas, das wie die Sonne strahlte, genau um Mitternacht auftauchte. Es setzte sich auf den Apfelbaum und begann die Äpfel zu fressen. Dies war das goldene Vögelchen, dessen Federn wie die Sonne strahlten und das jede Nacht erschien und die Äpfel auffraß. Der Junge griff nach dem Gewehr und feuerte auf das Vögelchen. Es flog fort, und nur eine Feder fiel herunter. Die Kugel hatte das Gefieder getroffen und eine Feder ausgerissen. Der Junge hob die Feder auf und brachte sie dem Zaren. Als er sie in das Zimmer reintrug, wurde es sehr hell. Der Junge erzählte seinem Vater, daß diese Feder von dem Vögelchen sei, welches ihnen die Äpfel stehle. Der Zar betrachtete die Feder und sagte sich: ›Die Feder ist so schön, und das Vögelchen ist sicher noch hundertmal schöner.‹ Er rief seine drei Söhne und sprach zu ihnen: »Geht und sucht das Vögelchen, das uns die Äpfel stiehlt und bringt es zu mir. Dem der es findet und zu mir bringt, will ich die Hälfte meines Zarenreiches geben, und wenn ich sterbe, wird er das Ganze erben. Kommt nicht zurück, ohne es gefunden zu haben, sonst bringe ich euch alle um!«

Die Zarensöhne rüsteten sich für den Weg, küßten ihrem Vater die Hand, nahmen von allen Verwandten und Freunden Abschied und machten sich auf die Suche nach dem Vögelchen, ohne zu wissen, wo es sein könnte.

Die beiden älteren Brüder schalten den jüngeren, er sei schuld daran, daß ihr Vater sie auf die Suche nach dem Vögelchen geschickt habe. Sie schimpften und schalten auf ihn ein, und vor lauter Zorn verprügelten sie ihn tüchtig und ließen ihn allein zurück. Der Junge blieb stehen und weinte und weinte, dann lief er aber seinen Brüdern hinterher, immer ein Stück von ihnen entfernt, so daß sie ihn nicht bemerken konnten. Wenn sie gingen, ging er auch, wenn sie zur Rast anhielten, so machte auch er halt und ruhte sich aus. Wie die zwei Brüder vorneweg so liefen, begegneten sie einem Mann, der zu ihnen sagte: »Grüß Gott, Jungs! Wohin des Weges?«

»Was geht dich das an!« knurrten sie und gingen vorbei.

Gleich darauf traf der Alte auch den jüngsten Bruder und sagte zu ihm: »Grüß Gott, Junge, wohin des Weges?«

»Gott soll dich segnen, Großvater!« antwortete der Junge. »Komm, setze dich hier hin und ruhe dich ein wenig aus, und ich will dir erzählen, wohin ich gehe.«

Der Alte setzte sich in den Schatten, der Junge holte Brot aus seinem Beutel, bot ihm zu essen an, und während sie aßen, erzählte er ihm alles: vom goldenen Apfelbaum, der innerhalb eines Tages blühte, Früchte ansetzte und reifte, und von dem goldenen Vögelchen, das in der Nacht die Äpfel auffraß, und daß er das goldene Vögelchen sucht, aber eben nicht weiß, wo es steckt.

Der Alte sagte zu ihm: »Lauf nicht weiter deinen Brüdern hinterher, sie sind schlechte Menschen. Gleich hier vorn teilt sich der Weg. Gehen sie den oberen, so nimm du den unteren; nehmen sie den unteren, so geh du auf dem oberen Weg entlang. Aber ich muß jetzt noch etwas erledigen, und dann komme ich aber zurück und hole dich ein, um dich dorthin zu führen, wo sich das goldene Vögelchen befindet.«

Der Junge machte sich wieder auf den Weg und beobachtete, welche Richtung seine Brüder einschlagen würden. Sie gingen den oberen Weg, und er nahm den unteren, und so trennten sie sich. Nach einer Weile holte ihn der Alte ein und wollte sich ein wenig schlafen legen, weil er sehr müde sei. Sie suchten sich einen schattigen Ort und legten sich hin. Sobald sich der Junge hingelegt hatte, schlief er ein. Da nahm ihn der Alte in die Arme und trug ihn ein ganzes Stück weiter, legte ihn wieder hin und sagte: »Komm, mein Sohn, steh auf, wir müssen weiter, denn wir haben recht lange geschlafen.«

Der Junge stand auf, und ohne zu merken, daß sie sich nicht dort befanden, wo sie eingeschlafen waren, ging er gemeinsam mit dem Alten weiter. Sie liefen und liefen, und als es dunkelte, legten sie sich schlafen. Sowie der Junge eingeschlafen war, nahm ihn der Alte wieder in die Arme und trug ihn ein großes Stück voran, legte ihn hin, und als der Morgen graute, weckte er ihn, und sie machten sich wieder auf den Weg. So liefen sie einige Tage, bis sie die Stadt erreichten, wo sich das goldene Vögelchen befand. Nachdem sie angekommen waren, stiegen sie auf einen hohen Hügel, von dem aus sie die ganze Stadt überblicken konnten, und der Alte sagte zum Jungen:

»Siehst du dort die hohen Häuser? Das ist der Zarenpalast, dort ist das goldene Vögelchen. Du wirst zunächst an ein großes Tor kommen, das offen ist und an dem zwei Wachen stehen, geh einfach hindurch, sie werden dich nicht bemerken. Dann mußt du durch siebenundsiebzig kleine Türen, an denen je eine Wache steht, und nachdem du alle passiert hast, wirst du zum goldenen Vögelchen gelangen. Es sitzt in einem Käfig, der noch viel schöner als es selbst ist. Nimm nur das Vögelchen, den Käfig laß stehen, denn nimmst du auch ihn, wird man dich fassen. Na, nun geh und vergiß nicht, was ich dir gesagt habe.«

Der Junge machte sich auf den Weg, kam zu dem großen Tor, an dem zwei Wächter standen und trat ein, ohne gesehen zu werden, passierte dann die siebenundsiebzig kleineren Türen, und auch dort sahen ihn die Wächter nicht. Schließlich gelangte er zum goldenen Vögelchen. Es saß in einem Käfig, der noch viel schöner als es selbst war. Der Junge faßte das Vögelchen und lief davon, doch dann sagte er sich: ›Der Käfig ist noch viel schöner als das Vögelchen, warum sollte ich ihn stehenlassen! Ich werde ihn nehmen, mag kommen, was will.‹ Er lief zurück und nahm den Käfig, doch als er über die Schwelle der ersten Tür schritt, faßte ihn der Wächter und brachte ihn zum Zaren. Der Zar war sehr erbost, als er ihn sah, und sprach: »Wer bist du, daß du mir das goldene Vögelchen stehlen willst?«

Der Junge antwortete, daß er ein Zarensohn sei, und erzählte ihm lang und breit, warum er gekommen sei und das goldene Vögelchen stehlen wolle. Als der Zar das hörte, sagte er: »Ich will dir verzeihen und dir sogar meine Tochter zur Frau geben, wenn sie dir gefällt, du mußt mir aber von einem Zaren das fliegende Pferd holen; bringst du es mir nicht, werde ich dich töten lassen.«

Der Junge versprach, das fliegende Pferd zu holen, und der Zar ließ ihn gehen. Er lief sogleich zu dem Alten zurück, und sowie der Alte sah, daß jener das goldene Vögelchen nicht bei sich trug, fragte er: »Wo hast du das Vögelchen?«

Der Junge fing an zu weinen und erzählte ihm, was vorgefallen war: daß er erst nur das Vögelchen nahm, ihm aber der Käfig besser gefallen hatte und er zurückging, um ihn zu holen, und daß ihn dabei die Wache faßte und ihn dem Zaren übergab und der Zar ihm versprach, den Diebstahl zu verzeihen, ja ihm sogar das Vögelchen zu schenken und seine Tochter zur Frau zu geben, wenn er von einem Zaren das fliegende Pferd besorge, sollte er es aber nicht bringen, so würde man ihn töten. Der Alte hieß ihn schweigen, er würde ihm sagen, wo sich dieses fliegende Pferd befinde, und sie brachen auf.

Wie sie so liefen und liefen, wurde es dunkel, und sie legten sich schlafen. Sobald der Junge eingeschlafen war, trug ihn der Alte ein großes Stück weiter, und als der Morgen anbrach, weckte er ihn, und sie setzten ihren Weg fort. Sie liefen und liefen, es wurde heiß, und da sagte der Alte: »Laß uns ein wenig ausruhen, denn wir sind so müde!« Und sie suchten sich ein schattiges Plätzchen.

Der Junge war sehr erschöpft, legte sich hin und schlief sogleich ein. Da trug ihn der Alte bis vor die Stadt, wo sich das fliegende Pferd befand, weckte ihn, und sie liefen wieder weiter. Als sie in die Stadt kamen, stiegen sie auf eine Anhöhe, von wo aus man die ganze Stadt überblicken konnte, und der Alte sagte: »Dort, wo man die großen Häuser sieht, das sind die Zarenschlösser. Dort ist das fliegende Pferd. Wenn du hinkommst, wirst du an ein großes Tor gelangen, das von sechs Wachtposten beschützt wird, und dann sind es noch neunundneunzig kleinere Türen bis ins Schloßinnere, und an jeder Tür stehen je zwei Wachen. Du wirst durch alle Türen gehen, doch niemand wird dich bemerken, und dann wirst du zum Pferd gelangen. Es steht in einem Stall und hat am Kopf einen Zaum, dessen Ende ein Mann festhält, der in der Krippe liegt. Das Pferd hat einen wunderschönen Sattel auf dem Rücken, sein eigenes Zaumzeug aber hängt an einem Nagel und ist noch schöner. Wenn du eintrittst, wirst du zunächst den Sattel, dann den Zaum von seinem Kopf abnehmen, damit dich der Mann in der Krippe nicht bemerkt, steige dann auf und komm zu mir, ich will auf dich warten. Und laß dich nicht verleiten, den Sattel oder den Zaum mitzunehmen, sonst werden sie dich doch fangen.«

Der Junge ging hin, trat durch das große Tor hinein, passierte ungesehen die neunundneunzig Türen und gelangte zum Pferd. Zunächst ging er daran, den Sattel abzunehmen, der so schön wie die Sonne war und den er am liebsten mitgenommen hätte, doch er dachte daran, daß man ihn dann fassen würde, und nahm auch den Zaum ab, schwang sich aufs Pferd und sprengte zum Alten. Sowie ihn der alte Mann erblickte, freute er sich, setzte sich hinter dem Jungen aufs Pferd, und sie ritten zurück. Als sie sich der Stadt, in der sich das goldene Vögelchen befand, näherten, meinte der Junge: »Es fällt mir sehr schwer, mich von diesem Pferd zu trennen, ich möchte es dem Zaren gar nicht geben.«

»Wenn das so ist«, sprach der Alte, »werde ich dir ein anderes Pferd schaffen, welches du zum Zaren bringst, und dieses möge dir gehören.«

Der Alte pfiff, und da erschien genau so ein Pferd wie das fliegende, und dann sagte er zu dem Jungen: »Nimm das Pferd und bring es dem Zaren, und dieses laß für dich.«

Der Junge stieg auf das Pferd und brachte es zum Zaren. Das Pferd war so stark, daß es die Pflastersteine aufgrub, als es durch die Straßen ritt und die Fensterläden herunterriß, wenn es schnaubte. Als der Zar das Pferd erblickte, war er hocherfreut und verzieh dem Jungen den Diebstahl, gab ihm das goldene Vögelchen und den Käfig und auch seine Tochter zur Frau, die sehr schön war und dem Jungen auf den ersten Blick gefiel. Der Zar schenkte seiner Tochter viele Kleider und Kostbarkeiten, gab ihr auch einen Ring, der wie die Sonne glitzerte und dazu noch Kleider, die in eine Haselnußschale hineinpassen konnten. Den Ring und die Haselnußschale nahm der Junge an sich, die anderen Sachen luden sie auf einen Pferdewagen, und sie beide stiegen auf einen anderen Wagen und fuhren zu dem Alten und ließen ihn zu sich einsteigen. Das Pferd banden sie hinten an dem Wagen fest und fuhren los. Unterwegs stieg der Alte ab, wies ihnen den Weg und verschwand. Sie fuhren weiter und kamen an einem Wirtshaus an. Der Junge hielt den Wagen an und stieg ab, um etwas für unterwegs zu kaufen. Als er eintrat, sah er, daß die Wirte seine Brüder waren. Sie hatten sich, nachdem sie den oberen Weg eingeschlagen hatten, gesagt: ›Wie sollen wir das Vögelchen finden, wir haben es weder gehört noch gesehen. Das Beste ist, wir eröffnen einen Gasthof und arbeiten dort, bis unser Vater stirbt, und dann wollen wir zurückkehren.‹ Gesagt, getan. Als Zarensöhne hatten sie ja viel Geld. Und so bauten sie einen Gasthof und hatten gute Einnahmen.

Sie erkannten ihren Bruder nicht. Dieser begann sie auszufragen, woher sie seien, ob sie Vater und Mutter, Brüder und Schwestern haben und seit wann sie sich hier niedergelassen haben. Anfangs wollten sie ihn belügen, doch als sie merkten, daß er ihnen nicht glaubte, sagten sie die Wahrheit: daß sie Zarensöhne seien, daß sie einen goldenen Apfelbaum haben, und daß ein goldenes Vögelchen gekommen sei, das die Äpfel weggefressen habe, daß ihnen ihr Vater befohlen habe, es zu suchen, daß ihr jüngster Bruder verschwunden sei und sie nicht wissen, wo er sich aufhalte und wo sie ihn suchen sollten, weshalb sie dann diesen Gasthof eröffnet haben und daß sie hier bleiben wollen, solange ihr Vater noch lebe, und erst nach seinem Tod nach Hause zurückkehren wollen. Da fragte sie der Junge: »Na, und angenommen, ihr begegnet eurem kleinen Bruder, würdet ihr ihn erkennen?«

»Wir werden ihn wiedererkennen«, riefen beide. »Er trägt ein Muttermal auf der Brust und an der rechten Hand.«

Der Junge knöpfte sich das Hemd auf, zeigte ihnen das Muttermal und fragte: »Ist es so eins?«

»Genau so eins«, antworteten sie und schauten sich an.

»Ich bin euer jüngster Bruder, ich habe das goldene Vögelchen gefunden und will jetzt zum Vater zurückkehren. Schließt euren Gasthof und kommt mit mir.«

Die Brüder schlossen den Gasthof, stiegen auf den Wagen, auf dem das Gepäck lag, und fuhren los, und ihr Bruder mit seiner Frau fuhr hinter ihnen. Unterwegs unterhielten sich die älteren Brüder:

»Wenn wir jetzt nach Hause kommen, wird er unserem Vater erzählen, wie er das goldene Vögelchen gefunden hat. Er wird erzählen, daß wir gar nicht gesucht haben, sondern uns einen Gasthof gebaut haben, und unser Vater wird uns umbringen. Es wird das Beste sein, wir töten unseren Bruder und bringen das goldene Vögelchen nach Hause, und wenn Vater nach ihm fragt, sagen wir, daß er sich von uns getrennt habe und wir nicht wissen, wo er sei.«

Sowie sie sich geeinigt hatten, machten sie halt, zerrten ihren Bruder von dem Wagen und brachten ihn in den Wald, um ihn umzubringen. Der Älteste wollte ihn töten, doch der andere sagte: »Wenn wir ihn töten, machen wir uns sündig, es ist besser, wir fesseln ihn an einen Baum und lassen ihn hier stehen, bis er verhungert.«

Sie stellten ihn an einen Baum und fesselten ihn von den Füßen bis zum Hals mit einem Strick an den Stamm, so daß nur sein Kopf herausschaute, alles andere war mit Strick umwickelt. Nachdem sie dies erledigt hatten, gingen sie zu dem Fuhrwerk, ließen die Zarentochter schwören, niemandem etwas von dem, was sie gesehen hatte, zu berichten, stiegen wieder auf und fuhren ab. Als der Zar sah, daß sie das Vögelchen brachten, freute er sich sehr. Er fragte sie nach dem jüngeren Bruder, und sie sagten ihm, er hätte sich von ihnen getrennt, und sie wüßten nicht, wo er sei. Man beschloß, den großen Bruder mit der Zarentochter zu verheiraten und begann die Hochzeit vorzubereiten.

Der Junge mußte an dem Baum zwei Tage und zwei Nächte lang ausharren, und niemand kam des Weges, der ihn hätte losbinden können. Am dritten Tag kam ein Ziegenhirt mit seinen Ziegen daher. Der junge Mann rief ihn, jener bekam aber Angst, weil er dachte, daß der andere von Heiducken festgebunden sein könnte, und wollte fliehen. Der Junge flehte ihn an und erzählte ihm, daß ihn seine Brüder gefesselt haben, und bat, er möge ihn befreien. Da kehrte der Ziegenhirt um und löste die Stricke. Als er ihn losgebunden hatte, fiel der Junge um, denn er war vor Hunger ohnmächtig geworden. Der Hirt gab ihm etwas Wasser, und da kam er wieder zu sich. Er bat um etwas Brot, und der Hirt gab ihm zu essen, und er kam wieder zu Kräften und stand auf. Dann gab er dem Hirten seine

Kleider und nahm dessen Sachen, die aus Ziegenfell waren. Nachdem er sie angezogen hatte, sah er wie ein Bettler aus. Er überließ dem Mann das ganze Geld, das er bei sich trug, dankte ihm für die Güte und zog weiter. Er behielt jedoch seinen Ring und die Haselnußschale mit den Kleidern. Unterwegs ernährte er sich durch Betteln, und schließlich gelangte er in seines Vaters Stadt. Als er in der Stadt ankam, ging er, ohne erkannt zu werden, in das Gasthaus, wo man die Zarenhochzeit bereitete, und bat darum, das Holz hacken zu dürfen, um sich so das Brot zu verdienen. Man nahm ihn auf. Die Hochzeit sollte in zwei Tagen stattfinden. Gegenüber der Küche befanden sich die Zarenschlösser, und die Fenster von dem Zimmer, in dem die Zarentochter saß, lagen auf dieser Seite. Als er sie im Zimmer sitzen sah, holte er den Ring heraus und hielt ihn vor die Fenster. Das ganze Zimmer erhellte sich wie die Sonne. Das Mädchen erschrak, doch dann entsann sie sich, daß das der Ring war, den ihnen ihr Vater geschenkt hatte, und der bei ihrem Verlobten zurückgeblieben war, und sie sagte sich: ›Er lebt und ist hier, nur gibt er sich nicht zu erkennen!‹

Als der für die Hochzeit vorgesehene Tag nahte, kamen die Zarenleute zu der Braut und sagten ihr, sie möge sich zurechtmachen, aber sie sprach: »Ich will mich nur dann vermählen, wenn man mir solche Kleider schneidert, die in eine Haselnußschale hineinpassen; gelingt euch das nicht, wird es keine Hochzeit geben.«

Als der Zar diese Bedingung vernahm, schickte er in seinem ganzen Reich Leute aus, die überall verkünden sollten: »Wer solche Kleider nähen kann, die in eine Haselnußschale hineinpassen, der möge sie dem Zaren bringen. Er wird alles bekommen, was er dafür verlangt!«

Als die Schneider dies hörten, wunderten sie sich sehr: »Was mögen das wohl für Kleider sein, und wer will sie nähen können?« Der Bettler aus der Küche des Zaren ging zu einem Schneider und sagte zu ihm: »Ich kann solche Kleider nähen!«

Der Schneider maß ihn von Kopf bis Fuß, und dann

schimpfte er: »Scher dich fort von hier! Unter uns Schneidermeistern findet sich niemand, der diese Kleider näht, und da willst ausgerechnet du sie nähen können!«

»Ich werde sie nähen«, sprach er. »Noch heute abend will ich mit der Arbeit beginnen, und morgen früh kannst du sie abholen.«

»Und wieviel verlangst du dafür?« fragte der Schneider spöttisch.

»Wieviel ich dafür verlange? Ein Schinik Haselnüsse, ein gebratenes Huhn und einen Laib Weißbrot. Gib mir das alles heute abend, und morgen früh sind die Kleider fertig. Ich kann sie auch in deiner Werkstatt schneidern.«

Der Schneider überschlug, daß das Brot, das Brathuhn und die Haselnüsse höchstens dreißig bis vierzig Groschen kosten würden. Sollte es diesem Bettler gelingen, die Kleider zu schneidern, würde er vom Zaren viel mehr bekommen, sollte es ihm nicht gelingen, dann wäre es auch nicht schlimm – er hätte dann einem Armen zu essen gegeben. Er ging und kaufte einen Laib Weißbrot, ein Brathuhn und einen Schinik Haselnüsse, gab das dem Bettler und ließ ihn in einer Kammer schneidern.

Der Zarensohn aß sich an dem Huhn und dem Brot satt, und dann machte er sich über die Haselnüsse her und knackte sie und aß bis zum Morgen. Als die Morgendämmerung anbrach, kam der Schneider zu ihm und fragte: »Hast du die Kleider fertig?«

Da zog der Junge die Haselnuß aus seiner Tasche, machte sie auf, nahm die Kleider heraus und sagte: »Hier sind sie!«

Dann legte er sie wieder zusammen, steckte sie in die Haselnuß und gab sie dem Schneider, daß er sie zum Zaren bringe. Als der Schneider die Kleider hatte, eilte er beglückt zum Zarenschloß und zeigte sie dem Zaren. Jener freute sich sehr, daß es in seinem Reich einen so guten Meister gab und befahl, ihm soviel Geld, wie er verlange, zu geben, die Kleider aber brachte er sofort zur Zarentochter. Sowie sie diese sah, erkannte sie, daß es ihre eigenen waren, und sagte zu sich: ›Er ist wirklich da.‹ Am anderen

Tag sagte man ihr, sie möge sich für die Hochzeit zurechtmachen. Sie antwortete: »Laßt alle Leute aus der Stadt an mir vorbeigehen und je ein Wort zu mir sagen, dann will ich mich vermählen.«

So wollte sie ihren Verlobten finden: wenn nicht am Aussehen, doch wenigstens an der Stimme würde sie ihn erkennen. Man teilte dem Zaren den Wunsch der Braut mit. Der Zar ordnete seinem Ausrufer an, in der ganzen Stadt zu verkünden: ›Morgen in der Frühe trete jeder Mann aus seinem Hause, gehe an der Zarenschwiegertochter vorbei und sage ein Wort zu ihr. Wer nicht gehorcht, wird bestraft.‹

Am nächsten Morgen liefen alle Leute an der Zarentochter vorbei. Sie liefen und liefen an ihr vorüber, bis schließlich alle vorbeigelaufen waren. Aber der Zarensohn war nicht dabei. Da fragte die Zarentochter: »Ist noch jemand in der Stadt geblieben?« Man antwortete ihr: »Da ist nur noch ein Bettler, der jedoch sehr zerlumpt aussieht, darum haben wir ihn nicht hierhergeführt.«

Die Zarentochter verlangte, daß man auch ihn hole, und als er kam, erkannte sie ihn schon von weitem, ging auf ihn zu und warf sich ihm weinend um den Hals. Der Zar und alle, die dort waren, wunderten sich, was das zu bedeuten hatte. Da führte sie den Bettler zum Zaren und sagte zu ihm: »Das ist dein jüngster Sohn, glückseliger Zar. Er hat das goldene Vögelchen gefunden, er brachte meinem Vater das fliegende Pferd, und deshalb gab mich mein Vater, der Zar des Nachbarreiches, diesem mutigen Mann zur Frau. Auf dem Rückweg zu dir begegneten wir deinen großen Söhnen, sie hatten einen Gasthof eröffnet und trieben dort Handel. Wir ließen sie in einen Pferdewagen einsteigen, damit wir alle gemeinsam heimkehrten, doch sie zerrten meinen Verlobten vom Wagen, brachten ihn in den Wald, fesselten ihn an einen Baum, um ihn dort verhungern zu lassen. Und ich sollte geloben, niemandem ein Wort davon zu sagen. Und nun, da ich ihn gesund und munter wiedergefunden habe, will ich ihn heiraten.«

Als der Zar dies vernahm, war er sehr verärgert und befahl, seine großen Söhne zu töten, da sie Feiglinge und Lügner waren. Dann segnete er seinen jüngsten Sohn, verheiratete ihn mit der Zarentochter, überließ ihnen die Hälfte seines Zarenreiches, und als er starb, erbte der Sohn auch die andere Hälfte. Er wurde ein sehr guter Zar, und noch heute erzählt man von ihm und von der Zarin.

67.
Das fliegende Pferd

Einst baute sich ein Zar ein sehr prachtvolles Schloß. Es war märchenhaft schön. So ein Schloß gab es in keinem anderen Reich. Nach nicht langer Zeit kam ein zwanzigjähriger Jüngling herbei, der jeden Tag um das Schloß herumstrich und es sich ansah. So ging es eine ganze Woche. Schließlich hielt es der Zar nicht aus und ließ den Jungen zu sich rufen, um ihn auszufragen und zu erfahren, weshalb er sein Schloß nicht aus den Augen läßt und es so anschaut. Als der Junge beim Zaren erschien, fragte er ihn: »Warum betrachtest du dir schon eine Woche lang mein Schloß so genau? Du wirst mich doch nicht ausräubern wollen?«

»Nein, glückseliger Zar«, antwortete der Jüngling, »ich betrachte es, denn ich will für unseren Zaren ein Schloß wie dieses hier bauen, und das in einer bestimmten Zeit und mit einer vorgeschriebenen Menge Ziegel, Steine, Holz, Dachziegel, Kalk, Sand und anderem, was man für den Bau benötigt.«

»Traust du dir, genau so eins zu bauen«, fragte der Zar.

»Ja, das tue ich!«

»Wenn dem so ist, dann will ich dir alles, was du für den Bau brauchst, zur Verfügung stellen, und du mußt es mit genau soviel Baustoff bauen, wie du anfangs verlangst, denn sollte danach Holz, ein Nagel, ein Ziegel oder etwas anderes übrigbleiben oder fehlen, wird es dich den Kopf kosten! Nimmst du an?«

»Angenommen!« lautete die Antwort.

Da stellte der Zar, um zu prüfen, wie klug der Jüngling war, Baumeister, Arbeiter und Steine, Ziegel, Holz, Kalk, Nägel und Sand zur Verfügung, und der Jüngling begann mit dem Vermessen, sauste hin und her und ersann Pläne für das Zarenschloß. Der Bau begann. Der Jüngling arbeitete tagtäglich, aber der Zar argwöhnte, daß er ihn auf die eine oder andere Weise hintergehen könnte, und stellte Leute, die ihn belauerten und überwachten, um zu sehen, was er tun würde, falls etwas fehlte – ob er heimlich etwas dazukaufen und umgekehrt, falls ihm etwas übrig bliebe, es verstecken würde, um sich dann zu rühmen, daß er ein unübertroffener, durch seine genauen Berechnungen berühmter Baumeister sei.

So baute er unter ständiger Bewachung das Schloß. Man ließ nicht zu, daß er jemanden traf oder sprach. Schließlich beendete der Jüngling den Schloßbau genau in der festgelegten Zeit und mit dem festgelegten Baustoff – nichts blieb übrig und nichts fehlte – alles war genau nach Absprache. Da führte man den Jüngling zum Zaren und erzählte ihm, daß die Arbeit in der vorgesehenen Frist und mit dem vorgegebenen Material erledigt sei und der Zar fragte ihn: »Söhnchen, womit soll ich dich belohnen?«

»Nichts möchte ich, Zar, ich brauche keine Belohnung, ich bitte dich nur darum, mir eine Urkunde mit königlichem Siegel und Signum auszustellen, daß es in deinem ganzen Zarenreich keinen größeren Baumeister als mich gibt, damit man mich anhört und als solchen anerkennt, wo ich auch hingehe.«

»Das will ich dir geben«, sprach der Zar und befahl seinen Schreibern, ihm die Urkunde auszustellen und unter sie das königliche Siegel mit Unterschrift zu setzen.

Die Schreiber taten, was ihnen der König geheißen, schrieben den Brief, setzten das königliche Siegel und die Unterschrift des Zaren darunter und reichten es dem Jüngling.

Als der Jüngling das Schreiben erhalten hatte, verabschiedete er sich vom Zaren und den Höflingen und ging in eine ferne Stadt. Dort verdingte er sich bei einem Tischlermeister und arbeitete in dessen Werkstatt und mischte sich nicht in seine Arbeit ein. Doch eines Tages sah er, wie der Meister ein Stück Holz verarbeiten wollte und es von der falschen Seite zu hobeln begann, er konnte sich nicht enthalten zu sagen, wie das Holz gehobelt werden muß. Der Meister fühlte sich durch diese Bemerkung gekränkt und sagte erzürnt: »Bist du etwa ein besserer Meister als ich, daß du mich belehren willst, was ich wie zu tun habe?«

»Ich bin Meister«, antwortete der Jüngling, »dafür besitze ich eine königliche Urkunde. Und du, was hast du schon?«

Beide gerieten heftig ins Zanken, und ihr Streit kam dem Richter zu Ohren. Er rief sie zu sich, um über sie zu richten und den Streit zu schlichten. Beide behaupteten, große Meister zu sein und dem anderen nicht nachzustehen. Der Jüngling zog seine Urkunde heraus, in der geschrieben stand, daß er ein unübertroffener Meister sei, doch der Richter erkannte sie ihm nicht an und entschied, daß der Alte der größere Meister sei. Da ärgerte sich der Jüngling, nahm die Urkunde und ging zum Zaren und warf sie ihm ins Gesicht, denn diese Urkunde sei wertlos, die Leute würden ihn nicht als den berühmtesten Meister in seinem Zarenreich anerkennen. Dann verlangte er vom Zaren, ihm eine bessere Urkunde auszustellen, doch der Zar fragte: »Wer ist jener, der dich nicht als Meister anerkennt? Er möge hierher kommen, ich möchte ihn sehen!«

Und er beauftragte seine Leute, den alten Tischler zu holen. Als der erschien, sagte der Zar zu ihm: »Dieser Junge ist ein größerer Meister als du, weil er mir, siehst du da, dieses Schloß in einer vorgegebenen Frist mit genau vorgeschriebenem Material erbaut hat. Was kannst du tun, damit ich dich als einen größeren Meister als er anerkenne?«

»Was ich tun kann? Ich kann dir etwas viel Schöneres in nur vierzig Tagen bauen«, sagte der Meister.

»Gut«, sagte der Zar, »ich gebe dir vierzig Tage Zeit, und genau am vierzigsten bring es her, damit ich es mir ansehen kann.«

Da wendete er sich dem Jungen zu und fragte ihn: »Und du, was wirst du in vierzig Tagen bauen und mir dann vorführen, damit ich urteilen kann, wer von euch der bessere Meister ist?«

»Zar, gib mir vierzig Goldstücke, jeden Tag eins für Essen und Trinken, denn am letzten Tag, dem vierzigsten, werde ich in nur einer Stunde etwas bauen, und ihr werdet sehen, wer der größere Meister von uns beiden ist.«

Der Zar willigte ein, gab den Meistern, was sie verlangten, und sie gingen an die Arbeit. Doch nur der alte Meister arbeitete, während sich der Jüngling nur dem Essen und Trinken hingab. Der alte Tischler schloß sich ein und arbeitete heimlich an einer Truhe, die Musik spielen sollte und die er dem Zaren schenken wollte. Da kam der besagte Tag, und beide Meister erschienen beim Zaren und den Höflingen. Der alte Meister stellte eine Truhe vor den Zaren, drehte an der Kurbel, die an einer Seite befestigt war, und es erklangen alle möglichen schönen Melodien und Lieder. Alles lauschte entzückt, und der alte Meister sagte selbstzufrieden: »Nun sag, glückseliger Zar, kann er, dieser Bengel, so etwas Schönes machen?«

Und alle meinten, daß er ein größerer Meister als der junge Mann sei. Da sprach der Jüngling: »Das ist sehr schön, ein wunderbares Meisterwerk. Aber ich will euch jetzt gleich etwas bauen und es euch zeigen.« Und er verließ das Zimmer.

Kurz darauf kam der junge Meister mit einem Sack auf dem Rücken zurück und sagte zum Zaren und dessen Leuten: »Nun schließt eure Augen und wartet ein wenig, bis ich euch auffordere sie zu öffnen, um zu sehen, was ich geschaffen habe.«

Alle hielten sich mit den Händen die Augen zu, und der junge Meister holte aus dem Sack Teile von einem Holzpferd heraus, baute sie in wenigen Minuten zusammen und forderte sie auf, ihre Augen wieder zu öffnen. Alle öffneten die Augen und erblickten ein Holzpferd, das durch die Türen dem Zarenschloß zu entfliegen bereit war. Der Jüngling stieg darauf, setzte die sich im Pferd befindlichen Räder in Bewegung, und das Pferd schwebte davon. Es flog ein Stück fort, er drehte die Räder anders herum, und da kehrte es an die gleiche Stelle wieder zurück. Dann stieg er von seinem Pferd und fragte:

»Zar, sag nun, wer ist der bessere Meister von uns?«

Da meldeten sich die Höflinge zu Wort: die einen meinten, der alte Meister sei der bessere, die anderen – der junge. Der Zar wertete die Arbeit des Jungen, der das Holzpferd, das fliegen konnte, gebaut hatte, höher, während der alte Meister eine Truhe gebaut hatte, die nur an einer Stelle steht und nur spielen kann. Dann bat der Jüngling, es mögen alle die Augen schließen, baute das Pferd auseinander, steckte die Teile in den Sack und ließ sie die Augen wieder öffnen, und alle sahen, daß das zerlegte Pferd in einen Sack hineinpaßte. Da verlangte er eine neue Urkunde mit königlichem Siegel und Unterschrift, in der geschrieben steht, daß es im ganzen Zarenreich keinen größeren Meister als ihn gäbe. Der Zar gab ihm eine solche Urkunde, dem alten Meister sagte er aber, er solle gehen und seiner Arbeit nachgehen und nicht mehr mit größeren Meistern streiten und somit dem Zaren Unannehmlichkeiten bereiten, denn falls es nochmals zu solch einem Zank komme, solle es ihm den Kopf kosten. Bevor der Jüngling ging, gab er den Sack mit dem Holzpferd einem von den Dienstmädchen und sagte, sie solle das Pferd verbrennen, damit es ein solches Pferd auf der Welt nicht gebe und damit kein anderer seine Kunst erlernen könne. Die Magd nahm den Sack und wollte das Meisterwerk gerade ins Feuer werfen, da kam der Zarensohn, der durchs Fenster gesehen hatte, wie sich dieses Wunder zusammensetzen und auseinandernehmen ließ, rief sie zu sich, und befahl ihr, ihm den Sack zu geben. Das Mädchen überließ ihm das Holzpferd und ging ihrer Wege.

Der Zarensohn nahm die Teile aus dem Sack, setzte sie zusammen, steckte sich Geld ein, stieg auf den Pferderükken, setzte die Räder in Bewegung und schwebte mit dem Pferd davon. Er flog eine ganze Weile und erreichte eine große Stadt in einem anderen Zarenreich. Am Rande einer

Stadt hielt er an einem großen Baum an, baute sein Pferd auseinander und legte es in das Geäst des Baumes. Dann ging er in die Stadt, um sich einen Ort zum Übernachten zu suchen. Er trat in ein Kaffeehaus ein, grüßte die Leute, verweilte etwas, doch niemand zollte ihm Beachtung, keiner wechselte ein Wort mit ihm, und niemand fragte, woher er sei und ob er wüßte, wo er schlafen könne. Es fand sich nur ein Bursche, ein Trinker, der ihn in sein Haus mitnahm, das am Rande der Stadt lag und eine zerfallene Hütte war. Der Bursche war sehr arm und hatte nur seine Mutter. Der Zarensohn betrat die Hütte, schaute sich um und erschrak vor der Armut, doch da er nicht wußte, wo er hingehen sollte, legte er sich hin und schlief dort. Am Morgen gab er dem Jungen Geld und befahl ihm: »Nimm das Geld, geh und rufe Baumeister her, daß sie dir ein Schloß wie das des Zaren bauen.«

Der Bursche nahm das Geld, ging auf die Suche nach Baumeistern und vereinbarte mit ihnen, daß sie ein schönes Haus bauen, welches so schön wie das Zarenschloß und in kürzester Zeit fertiggestellt sein sollte. Die Meister begannen mit dem Bau und errichteten in der Tat in kürzester Zeit ein Schloß, das dem des Zaren gleichkam. Da zog der Zarensohn in das Haus ein und lebte mit dem Burschen und seiner Mutter zusammen, die für sie sorgte und den Haushalt führte. Der Zarensohn und der Bursche fuhren jeden Tag in die Stadt und kannten bald jede Straße und jedes Haus. Der Zarensohn sah öfter am Fenster des Zarenschlosses die Zarentochter, die ihm gefiel und für die sein Herz entbrannte. Auch die Zarentochter bemerkte ihn und verliebte sich, und sie verabredeten, sich des Nachts heimlich zu treffen, damit sie nicht gesehen werden. Der Zarensohn kam mit seinem Holzpferd in ihr Zimmer geflogen, und am frühen Morgen, ehe die Sonne aufging, kehrte er wieder an den Stadtrand zurück, baute das Holzpferd auseinander, versteckte es in dem Baum und ging wieder zum Burschen ins Haus, als ob nichts geschehen wäre. So ging das einige Zeit, bis der Zar Verdacht schöpfte. ›Warum schläft meine Tochter den ganzen Tag lang, warum brennen nachts in ihrem Zimmer Kerzen? Was hat das wohl zu bedeuten!‹ fragte er sich und stellte Wachen auf, die aufpassen sollten, wer in dem Zimmer seiner Tochter aus- und eingeht. Aber auch das half nicht, denn der Zarensohn kam und ging mit dem fliegenden Pferd, ohne Spuren zu hinterlassen: Er flog durchs Fenster hinein und wieder hinaus und schwebte hoch am Himmel, ohne Lärm zu machen. Da rief der Zar ein paar alte Großmütterchen, die sehr weise waren und über alles Bescheid wußten. Er fragte sie, ob sie etwas über seine Tochter wüßten, die die ganze Nacht wach sei und am Tage schlafe. Keine der Alten konnte helfen. Nur eine gab folgenden Rat: Man solle der Zarentochter ein anderes Zimmer geben und ihres mit Teer ausstreichen, damit sich derjenige, der sich heimlich einschleicht, vollschmiere oder dort kleben bleibe, und dann könne man ihn greifen und bestrafen. Aber die Fenster müßten geöffnet werden, so wie es immer die Zarentochter tat. Der Zar befahl, den Rat der Großmutter zu befolgen. Man steckte die Zarentochter in ein anderes Zimmer im Schloß, strich ihres mit Teer aus und ließ die Fenster offenstehen. Der Zarensohn, der von alldem nichts ahnte, baute spät abends das Pferd zusammen, flog zum Zarenschloß und schwebte durch das offene Fenster in das Gemach der Zarentochter und beschmierte sich dabei die Kleider. Sowie er sah, daß die Zarentochter nicht im Zimmer war, flog er wieder mit seinem Pferd zu jenem Baum zurück, baute es auseinander, versteckte es im Geäst und ging nach Hause. Dort warf er seine mit Teer beschmierten Sachen ab und zog saubere an, dann legte er sich hin und fiel in einen tiefen Schlaf.

Am anderen Tag befahl der Zar, daß alle Leute sich in der Stadt aufzuhalten haben, weil eine wichtige Überprüfung gemacht werden soll. Er schickte seine Vertrauensleute aus, nach Kleidern zu suchen, die mit Teer beschmiert waren, und ihren Besitzer festzunehmen. Er sollte schwer bestraft werden. Die Zarengesandten suchten mehrere Tage lang und konnten niemanden finden. Doch irgend jemand flüsterte ihnen ein, auch das Haus des Burschen, der durch Trunksucht und Armut berühmt sei, zu überprüfen.

»Was wollen wir in der ärmlichen Hütte eines verkommenen Trinkers?«

»Was für eine ärmliche Hütte?« antworteten einige. »Jetzt steht dort ein ganzes Schloß, wie das vom Zaren, geht nur hin und seht nach!«

Die Diener gingen hin, durchsuchten alle Räume und trafen auf eine Großmutter, die am Feuer saß. Als sie diese nach ihrem Sohn fragten, sagte sie, daß er auf dem Markt arbeite. Sie suchten weiter und fanden die beschmutzten Sachen des Zarensohns hinter der Tür und fragten die Großmutter: »Wem gehören diese Kleider?«

Sie antwortete, daß sie ihrem Sohn gehören, den sie gestern abend im Dunkeln Olivenöl kaufen geschickt habe, er sei über einen Bottich mit Teer im Krämerladen gestolpert und habe sich beschmutzt. Da schlugen sie die Alte, und schließlich gestand sie, daß die Sachen einem Zarensohn gehörten, der ihnen Geld gab, damit sie sich dieses Haus bauen konnten, aber wo er sie beschmiert habe, wüßte sie nicht. Da fragte man sie, wo er sei.

»Er ist hier, ist aber in die Stadt gegangen und noch nicht zurückgekehrt«, antwortete sie.

Den Dienern gelang es, den Zarensohn zu greifen, und sie führten ihn zum Zaren, verhörten ihn, und als sie feststellten, daß er jede Nacht bei der Zarentochter gewesen war, verurteilten sie ihn zum Tode. Viele Menschen versammelten sich, um die Hinrichtung dieses Verbrechers zu sehen. Man führte ihn in die Nähe jenes Baumes, wo das fliegende Holzpferd versteckt war, dort wollten sie ihn erhängen. Als sie dort ankamen, bat der Zarensohn, ihm etwas Zeit zu gewähren. Der Zar gewährte ihm einige Minuten. Er ging zu dem Baum, holte das Holzpferd herunter, baute es geschwind zusammen, stieg auf, setzte die Räder in Bewegung und entkam.

»Lebe wohl, Zar!« rief er und schwebte weit hoch. Alle sahen staunend das Wunder und gingen davon.

Der Zar wollte danach einen Spaziergang machen, um

seinen Ärger zu vergessen. Deshalb rief er seine Frau und seine Tochter, stieg mit ihnen in eine Kutsche und fuhr zum königlichen Garten. Als sie dort spazierengingen, flog auf einmal der Zarensohn mit seinem Pferd über den Garten und ergriff die Zarentochter, schwang sie auf den Rükken seines Pferdes, drückte sie fest an sich und flog wieder hinauf, wobei er dem bestürzten Zaren zurief: »Das wollte ich, Zar, und das nahm ich mir!«

Die Zarentochter hielt etwas zu essen in den Händen und gab es ihm, damit er wieder zu Kräften komme. So flogen sie lange Zeit und überquerten die Grenzen des Zarenreiches und kamen in ein anderes Land. Gegen Abend, als es dunkelte, landeten sie und legten sich unter einem dikken Baum schlafen. Sie waren sehr hungrig. Die Zarentochter hatte für den Spaziergang mit Mutter und Vater Essen eingepackt und zeigte, was im Korb war. Es war Fleisch, das gebraten werden mußte, aber sie hatten kein Feuer. Als sie so saßen und überlegten, wie sie ihren Hunger stillen konnten, sahen sie irgendwo in der Ferne ein Feuer lodern, und der Zarensohn beschloß, hinzugehen und etwas Feuer zu holen, damit sie das Fleisch braten konnten. Die Zarentochter sagte zu ihm: »Gut, aber wie wirst du wieder zurückfinden? Sieh, wie dunkel es ist. Du kannst dich verirren, du solltest lieber nicht gehen.«

»Nein, hab keine Angst«, antwortete er, »ich werde dich finden und bald wieder bei dir sein.«

Als Erkennungszeichen gab sie ihm ein paar Locken von ihrem Haar, die er auf die Baumspitzen legen sollte, damit er sie wieder finde, wenn er mit der leuchtenden Fackel zurückkehrt. Der Zarensohn schwebte mit seinem Pferd los und ging zum Feuer. Aber das war das Feuer einer Räuberschar. Die Räuber hatten ein Lamm gebraten und sich satt gegessen und schlummerten nun neben dem warmen Feuer. Der Zarensohn raubte den Rest von dem Braten, und mit einer Fackel in der Hand kehrte er um, um die Zarentochter im Wald zu suchen. Im Flug löste sich ein Stückchen Kohle von der Fackel und fiel auf die Räder des Holzpferdes, und ohne daß es der Reiter bemerkte, verbrannte das Triebwerk, und das Pferd stürzte ab. Der Zarensohn stand auf und ging zu Fuß durch den Wald weiter, konnte jedoch das Mädchen nicht finden. Ermüdet und verzweifelt legte er sich unter einen Baum und wollte den Morgen abwarten, um sich dann von neuem auf die Suche zu begeben. So verbrachten sie diese Nacht voneinander getrennt.

Am Morgen machte sich die Zarentochter allein auf den Weg. Nachdem sie eine Weile gelaufen war, kamen ihr zwei Räuber entgegen, die sie ergriffen und ihren Spott mit ihr teiben wollten. Doch sie verabreichte ihnen ein betäubendes Kraut, das sie im Wald gepflückt hatte, schläferte sie ein und entfloh aus ihren Klauen. Am anderen Tag, als sie ein Stück weitergelaufen war, traf sie einen reisenden Kaufmann, dem sie sehr gefiel, und er schlug ihr vor, mit ihm zu kommen. Sie fuhren, und als es dunkelte, hielten sie an, um im Wald zu schlafen. Der Mann band sie mit einem Strick fest an sich, damit sie ihm nicht fortlaufe. Die Zarentochter stellte sich rasch schlafend, und gegen Mitternacht stand sie leise auf, löste den Strick von sich, schnürte ihn um einen Baum und lief davon. Der Kaufmann zog an dem Strick, der um den Baum gebunden war, und dachte, daß das Mädchen schlafe. Währenddessen hatte sie schon fast den Wald durchquert und begegnete auf ihren Wegen einem Schäfer, den sie bat: »Schäfer, bitte gib mir deine Schäfersachen, und ich will dir dafür meine goldenen Kleider geben. Auf mein Wohl sollst du sie tragen!«

Der Schäfer willigte ein, und sie tauschten ihre Kleider, und dann ging jeder seiner Wege. Als der Schäfer nach Hause zu seiner Mutter kam und ihr von der Zarentochter erzählte, die er unterwegs getroffen und die ihm ihre goldenen Kleider für seine Schäfersachen gegeben hatte, rief die Mutter: »Söhnchen, das war dein Glücksstern, warum hast du sie nicht hergeführt? Lauf rasch zurück, suche sie und bringe sie her, damit du sie heiraten kannst!«

Und der Schäfer brach auf, seinem Glück nachzulaufen.

In der Zeit hatte die Zarentochter schon den Wald hinter sich gelassen und einen Weg gefunden, der sie in eine große Zarenstadt führte, wo alle Menschen des Zarenreiches versammelt waren, um sich einen Zaren zu wählen, weil der alte gestorben war. Nach ihrem Gesetz verlief die Wahl auf folgende Weise: Sie ließen ein Vögelchen losfliegen, und auf dessen Schultern es sich setzte, der sollte Zar werden. Als man nun das Vögelchen frei ließ, flog es eine Weile umher, kreiste einige Male über der Volksmenge und setzte sich schließlich auf die Zarentochter in dem Schäfergewand nieder. Einige hießen die Wahl nicht gut, andere riefen laut: Das Vögelchen nochmals loslassen, um es noch einmal zu versuchen. Sie ließen es los, und es flog eine Weile umher, kreiste über allen und setzte sich wieder auf die Schulter des Schäfers. Die Leute riefen, man solle zum dritten Mal wählen. Sie ließen zum dritten Mal das Vögelchen los, und es setzte sich wiederum auf die Schulter des Schäfers. Erst jetzt erkannte die Menge die Wahl als gesetzlich an und ernannte den Schäfer zum Zaren, der sich sogleich ein prächtiges Schloß und dazu ein Gasthaus mit einem Brunnen genau gegenüber des Schlosses bauen ließ und dort wohnte. Dann gab er seinen ersten Befehl heraus: Jeder Fremde, der in diese Stadt kam, sollte sich im Gasthaus satt essen und trinken und erst dann weiterziehen. Wanderer, die woanders übernachten wollten, sollten von den königlichen Dienern festgenommen und mit Gewalt in das Gasthaus gebracht werden. Zuerst kamen die zwei Räuber. Man schickte sie in das königliche Wirtshaus, um sich satt zu essen und zu trinken, und dann ihrer Wege zu gehen. Sie kamen ins Gasthaus, aßen sich satt und verlangten Wasser zum Trinken. Man sagte ihnen, in den Hof zu gehen und Wasser aus dem Brunnen zu trinken, auf dem das Bildnis der Zarentochter gemalt war. Sie tranken Wasser, und als sie das Bild erblickten, sagten sie sich: ›Das ist dasselbe Mädchen, welches wir suchen!‹ und spuckten auf ihr Bild, da sie sie nicht finden konnten.

Doch die Zarentochter hatte sie vom Fenster aus gesehen, erkannte sie und schickte ihre Wachen aus, um sie gefangenzunehmen und in den Kerker zu werfen. Die Wachen erfüllten sofort ihren Wunsch. Kurz danach kam der Schäfer, und man führte auch ihn in das königliche Wirtshaus. Er ging hinein, aß sich satt und bekam Durst. Man zeigte ihm den Brunnen auf dem Hof, und er ging hin, trank Wasser, sah das Bildnis und schlug sich vor den Kopf, wie er sich eine solche Schönheit entgehen lassen konnte, die sein Glück hätte bedeuten können. Die Zarentochter sah und erkannte ihn und schickte zwei Wachen, ihn zu ihr zu bringen. Die Wachen nahmen den Schäfer gefangen und sagten ihm, daß ihn der Zar rufe. Als er eintrat, überzeugte sich die Zarin, daß dies in der Tat derselbe Schäfer war, mit dem sie ihre Kleider getauscht hatte, und ordnete an, gut für ihn zu sorgen und ihm zu essen zu geben, bis sie eine neue Anweisung herausgibt. Nach ihm kam auch der Kaufmann, der in dem königlichen Wirtshaus umsonst zu essen und zu trinken bekam. Als er sich satt gegessen hatte, zeigte man ihm den Brunnen im Hof, und auch er wollte seinen Durst stillen. Er trank, sah das Bild von dem Mädchen, das ihm im Wald weggelaufen war, und starrte wie gebannt darauf. Da sah sie ihn vom Fenster aus, erkannte ihn und befahl, ihn in den Kerker zu werfen.

Lange Zeit war vergangen, und die Zarentochter hatte immerzu gewartet und gewartet, daß irgendwoher der Zarensohn komme, und als das Ende der Frist, in der sie sich als Zar verheiraten mußte, nahte, hätte sie bald den Schäfer geheiratet. Doch auf einmal, kaum noch erwartet, tauchte vor dem Schloß der Zarensohn auf: er trug von dem Weg durch den Wald zerrissene Lumpen und war vor Hunger abgemagert. Er fragte, wo er etwas essen könne, und man zeigte ihm das königliche Wirtshaus, das von dem neuen Zaren nur für die Fremden gebaut wurde, damit sie kostenlos essen und trinken konnten. Auch er ging in das Gasthaus, aß sich gut satt und trank, soviel er wollte, und verlangte schließlich noch nach frischem Wasser. Die Diener zeigten ihm den Brunnen im Hof. Der Zarensohn ging auf den Hof, trank Wasser, sah hoch und erblickte das Bildnis der Zarentochter. Da lächelte er, strich sich den

Bart, zwirbelte an seinem Schnurrbart und freute sich, weil er sah, daß das geliebte Mädchen in der Nähe war. In der Zeit erblickte ihn die Zarin von den königlichen Fenstern aus, schaute genauer hin und erkannte ihn. Sofort schickte sie zwei Wachen, um den zerlumpten Armen, der vor dem Bildnis am Brunnen stand und sich den Bart zwirbelte, zu rufen und ihn zu ihr zu bringen. Die Wachen erfüllten sogleich den königlichen Befehl, ergriffen den zerlumpten Zarensohn und führten ihn zu ihr in das Zarenschloß. Sie fragte ihn: »Bist du nicht der Zarensohn, der immer mit dem fliegenden Holzpferd flog?«

»Der bin ich«, erwiderte er.

»Wenn dem so ist, erkennst du mich?«

»Wie sollte ich dich nicht erkennen!« rief er erfreut aus und streckte ihr die Hände entgegen, um sie zu umarmen.

»Wir beide mußten viel durchmachen, weil du nicht auf mich hörtest und mich in jener dunklen Nacht allein im Wald zurückgelassen hast«, sagte das Mädchen. »Ich bin froh, daß wir uns gesund wiedersehen. Laß uns heiraten und glücklich sein.«

»Laß uns heiraten!« rief der Zarensohn freudig.

Und so heiratete die Zarentochter den Zarensohn, den sie von ganzem Herzen liebte. Sie feierten eine große Hochzeit, auf der sich das ganze Volk im Zarenreich vergnügen durfte, und beide regierten gemeinsam das Zarenreich. Und sie wurden als gute Herrscher berühmt, und alle liebten sie.

68.

Der Mann, der den Sonnensohn vertrat

Es lebte einmal ein armer Junge. Er hatte noch nicht einmal laufen gelernt, als ihm die schwarze Pest die Eltern nahm. So sorgten die Nachbarn für ihn, bis er achtzehn Jahre alt wurde. Dann ließ man ihn in die Welt hinausziehen, um sich sein Brot selber zu verdienen und sein Glück zu suchen.

Der Jüngling wanderte umher, war mal hier, mal dort und wurde alsbald Rinderhirte in einem Dorf. Da die Bauern nicht reich waren und kein Geld besaßen, einigten sie sich darauf, dem Hirten jedes Jahr eine Kuh und ein Kälbchen zu geben. Auch für sein Essen wollten sie sorgen – ein Haus nach dem anderen sollte ihn tagtäglich bewirten. Der Jüngling war damit einverstanden, denn wie es im Volke heißt: »Wer umsonst arbeitet, der wird auch nicht vergessen!«

Er pflegte die Rinder gut und suchte schöne Weiden für sie aus, so daß die Bauern mit ihm sehr zufrieden waren. Daher erlaubten sie ihm, für sich Milch zu melken, aber nur so viel, daß er sich jeden Tag einen Brei bereiten konnte. Am Ende des Jahres bekam er wie versprochen von den Bauern eine Kuh und ein Kälbchen dazu – es war die schönste und fetteste Kuh und das größte und munterste Kälbchen. Groß war seine Freude darüber, denn nach einem weiteren Jahr würde aus dem Kalb ein Ochse werden, ja, und die Kuh würde ein weiteres Kälbchen gebären. ›Dann werde ich mir einen Pflug kaufen und selbst ein Bauer werden, ich werde in das Elternhaus zurückkehren, ein gutes Mädchen heiraten und mit ihr glücklich und fromm leben.‹ Dies dachte der Jüngling und lebte mit froher Zuversicht, doch das Schicksal ließ alles anders kommen. Ein Wolf fiel am hellichten Tage über seine Kuh und sein Kälbchen her und biß sie zu Tode. Der Hirte verzweifelte, ließ das Vieh der Bauern zurück und floh, um in einem anderen Ort Arbeit zu finden.

Sehr weit mußte er laufen, über einen hohen Berg steigen, bis er endlich ein kleines Dorf erreichte. Er fragte diesen und jenen nach Arbeit und verdingte sich zu guter Letzt als Knecht bei einem Bauern. Dieser besaß zwar nur einen Acker, dafür aber einen sehr großen. Ihre Abmachung lautete: im ersten und zweiten Jahr müsse der Jüngling nur für seine Kost den Acker bestellen und das Vieh versorgen, doch im dritten Jahr könne er dafür nur zu seinem eigenen Nutzen die Ernte einholen und all die Schafe und Kühe melken.

Der Jüngling scheute aufs neue weder Schweiß noch Mühe und packte mit beiden Händen kräftig zu. Er pflügte und säte, jätete, mähte und drosch. Die ersten beiden Jahre fielen sehr fruchtbar aus. Solche reiche Ernten hatten die Bauern, so weit sie sich zurückerinnerten, noch nie erlebt. Endlich brach das dritte Jahr an, das Jahr, in dem der Knecht nun Acker und Vieh für sich selber nutzen konnte. Da sagte der Bauer zu ihm: »Guter Junge, du hattest das Glück auf meinen Acker gepflanzt, und dafür danke ich dir sehr. So arbeite jetzt für dein eigenes Glück, und es wird sich zeigen, wieviel es dir bringen wird.«

Und wieder mühte und plagte sich der Jüngling vom frühen Morgen bis zum späten Abend. Er pflügte und säte, jätete und mähte den Ackerboden. Die Saat schoß prächtig auf und versetzte alle ringsum in Erstaunen. Die Weizenähren neigten sich von Tag zu Tag immer schwerer dem Boden zu. Stolz und freudig rieb sich der Jüngling die Hände, atmete auf und sagte zu sich: ›Ach, endlich hat meine Armut ein Ende, und auch ich kann es zu etwas bringen!‹ Es war ihm eine Herzensfreude, nun all sein bisheriges Mühen reich belohnt zu sehen. Doch wie alte Leute manchmal sagen: ›Ist ein Armer schon mal zu einem Freudentänzchen aufgelegt, dann platzt vorher meist die Pauke!‹ Genau dies trat ein, das Glück ließ den Jüngling wieder im Stich. Kurz bevor die Ernte eingeholt werden mußte, fiel ein gewaltiger Hagelschlag nieder. Alle Weizenähren lagen nun am Boden, völlig leer, denn der Hagel hatte die Körner tief in die Erde geschlagen, daß nicht ein einziges mehr zu finden war. Wie konnte es geschehen, daß nur der Acker des armen Jünglings davon getroffen war, während all die anderen gänzlich unberührt schienen?

Abermals gab der Jüngling auf. Er hatte sein Glück auch hier nicht finden können, und so zog er von neuem fort. Da kam er in eine große Stadt und trat dort in die Dienste eines Goldschmiedes. Emsig arbeitete er, so, als täte er es für sich selber. Dabei blieb er ehrlich wie immer und warf nicht einen einzigen Blick nach dem vielen Golde.

Alsbald merkte der Goldschmied, wie geschickt und redlich sein neuer Gehilfe war. Daher nahm er diesen in seinen Laden, um ihn in das Goldschmiedehandwerk einzuweisen. Der Jüngling begriff schnell, die Arbeit ging ihm kunstfertig von der Hand, was immer man ihm auch auftrug. Er erwies sich als ein Mensch mit goldenen Händen, und sein Meister wurde nicht müde, ihn zu loben.

Nun hatte der Goldschmied auch eine Tochter – sie hatte gerade das Heiratsalter erreicht. Sie war sehr schön, daß man weithin von ihr sprach. Ängstlich behüteten die Eltern ihr einziges Kind, nirgendwohin durfte es allein gehen, aus Furcht, man könne es rauben. Da sie nun diesen gutmütigen und geschickten Jüngling sahen, sagten sich die Eltern: ›Unser Gehilfe ist ein guter junger Mann. Wir wollen ihm unsere Tochter geben samt all unserem Besitz, so kann er auch das Handwerk weiterführen und für uns im Alter sorgen.‹

Gesagt, getan! Sie vermählten ihre Tochter mit dem jungen Goldschmied, richteten ein großes Hochzeitsfest aus und lebten fortan in Frieden und Eintracht miteinander. Der Schwiegersohn arbeitete noch fleißiger und gewandter als vordem und sorgte für ein stets wachsendes Wohl im Hause.

Nicht lange darauf kam ein Feiertag. In der ganzen Stadt sprach man von einem unbekannten, einzigartigen Meister, der eine goldene Schaukel an seidenen Bändern am Rande der Stadt aufgestellt hatte. Alle Leute zogen neugierig dorthin, um diese Schaukel zu sehen und auf ihr hin und her zu schwingen. Schließlich kam die Reihe auch an die schöne, junge Frau des Goldschmieds. Sie setzte sich hinein, holte Schwung und schwebte sodann höher und höher dem Himmel entgegen, so daß sie bald niemand mehr sehen konnte. Alle Leute ringsum schrien auf und riefen: »Was für eine Schaukel nur, welches Wunder entführte diese junge Frau?«

Bestürzt hatte ihr Mann alldem zugesehen. Er raufte sich weinend die Haare und schien dem Tode nah. Bis nach Mitternacht klagte er verzweifelt, doch die Tränen und Flüche halfen ihm nicht weiter, und so raffte er sich auf, um wieder in die weite Welt hinauszuziehen. Alles ließ er zurück und ging los in der Hoffnung, die geliebte Braut auf der Wanderschaft zu vergessen.

Über steile und hohe Berge, durch zahllose Wälder, über reißende Flüsse und heimtückische Sümpfe wanderte er dahin. Wo die Nacht ihn gerade traf, dort schlief er – oft nur auf Disteln gebettet, mit einem Stein als Kopfkissen. Sein Leid war groß. Er lebte einzig von Wurzeln und Laub und wurde davon immer magerer. Das Haar war ihm schließlich bis auf die Schultern und sein Bart bis an den Gürtel gewachsen. Der einst kräftige Jüngling glich immer mehr einem alten, abgebrochenen, mit Moos bewachsenen Ast. Sahen ihn einmal Menschen von weitem dahinziehen, sagten sie: »Seht, ein Wilder streift umher!« Doch jener zu Unrecht Geschmähte trug schwer an seinem Leid und an was für einem! Ein Stein kann zerspringen, das menschliche Herz aber nicht. Es trägt blutübergossen seinen Kummer und lebt trotzdem.

So vergingen viele Tage und viele Nächte. Nach langem Umherirren gelangte er zu guter Letzt an einen öden und wüsten Ort, wohin sich bis dahin weder ein Vogel noch ein Mensch verirrt hatte. Kein Weg und kein Pfad führte dorthin. Über steile Felsgrate kletterte der Mann nun einen hohen Berg hinauf. Die Steine stürzten unter seinen Füßen hinunter, doch er stieg, stieg immer höher und schaute ständig zum Gipfel auf, der bis an den Himmel reichte. Oben endlich angelangt, sah er sich erschöpft um – die ganze Erde lag vor ihm ausgebreitet: die Berge und Täler, die Wälder und Ebenen, die Felder und Wiesen, die Städte und Dörfer, Flüsse und Meere. Da entdeckte er nicht weit von sich, unterhalb des Berggipfels, eine Grotte. Davor war ein schöner Garten mit allerlei lieblichen Blumen.

›Nanu, wohnen hier oben auch Menschen? Ob ich mir wohl dort einen Bissen Brot erbitten kann, allzulange habe ich schon kein richtiges Essen mehr gesehen.‹

Und er lief auf jene Grotte zu und überlegte dabei, wer und was das wohl für ein Mensch sein könnte, der so abgeschnitten von der Welt lebte. Doch er hielt bald inne, denn er wagte nicht hineinzutreten und setzte sich vor dem Grotteneingang auf einem Stein nieder. Derweil er dort ausruhte und weiter grübelte, kam eine alte Frau aus der Grotte. Kaum hatte sie die traurige Gestalt auf dem Stein gesehen, verschwand sie wieder. Doch es dauerte nicht lange, da kam sie von neuem heraus und ihr folgte, was glaubt ihr wohl? Es war jene schöne, junge Frau, die einst mit der goldenen Schaukel entschwunden war. Während die Alte an der Grotte zurückblieb, lief die junge Frau zu dem Fremdling. Dieser aber war völlig in Gedanken versunken, und als er seine eigene Frau vor sich stehen sah, sank er – ob nun vor Freude oder vor Überraschung – kraftlos zu Boden. Erschrocken rief die junge Frau zu der Alten, sie möge für den Erschöpften Wasser holen, damit dieser wieder zu Kräften komme. Doch der Mann kam, noch ehe das Wasser gebracht worden war, zu sich und rief leise nach seiner Frau mit jenem liebevollen Namen, mit dem nur er sie gerufen hatte. Jetzt erst, als sie diesen Namen und auch die vertraute Stimme hörte, erkannte auch sie ihren Mann wieder und fiel ihm glücklich in die Arme. Beide weinten Freudentränen. Schnell aber besann sich die Frau, denn jene Alte sollte nicht merken, daß sie den Mann kannte. Als diese schließlich mit dem Wasser erschien, sagte die junge Frau: »Dieser Mann kommt aus meiner Welt. Nichts Böses hat ihn hierher geführt. Er ist den weiten Weg nur gelaufen, um zu sehen, was wohl auf diesem Gipfel sei. Wir wollen ihm etwas zu essen und zu trinken geben und ihn auch eine Nacht bei uns ausruhen lassen, damit er morgen mit neuen Kräften wieder dorthin zurückkehren kann, wo er hergekommen ist.«

»Gut, soll er unser Gast sein, Schwiegertöchterchen«, sagte die alte Frau. »Doch was wird mein Sohn dazu sagen, wenn er abends heimkehrt? Ich fürchte, er wird zornig sein und sowohl den Mann als auch uns beide umbringen.«

»Dann verstecken wir ihn an einem sicheren Ort in der Grotte«, antwortete die junge Frau, »oder sollten wir ihn etwa verhungern und in der kalten Nacht erfrieren lassen?«

Die Alte war einverstanden. Sie liebte ihre Schwiegertochter sehr und konnte ihr darum nie einen Wunsch abschlagen. So führten nun beide den Mann in die Grotte. Sie war voller kostbarer Steine, und überall strahlte und funkelte es. Die Frauen gaben dem Mann reichlich zu essen und zu trinken und verbargen ihn anschließend in einem geheimen Winkel der Grotte.

Nur wenig später kehrte der Hausherr zurück. Auf seinem Kopf trug er einen Kranz aus purem Gold, mit kostbaren Steinen besetzt, aus denen glühende Funken sprühten. Er hängte den Kranz über einen großen silbernen Nagel und verhüllte den blendenden Schein mit einem sehr großen Tuch. Just von diesem Augenblick an herrschte draußen tiefe Finsternis. Der Herr der Grotte war nämlich kein anderer als der Sonnensohn. Er war erschöpft von seinem Lauf um die Erde. Immer, wenn er hungrig war, war seine Laune unberechenbar. Der Sonnensohn setzte sich sogleich an den gedeckten Tisch. Doch noch bevor er den ersten Bissen nahm, rief er: »In meiner Grotte ist ein Mensch, ich rieche ihn!«

Erschrocken schauten sich die Frauen an und erwiderten schließlich: »Wie sollte denn ein Mensch zu uns in den Himmel gestiegen sein?«

»Belügt mich nicht, ich spüre sehr deutlich die Nähe eines Menschen!«

»Ach, du irrst! Deine Frau wird es sein, ist doch auch sie ein Mensch«, entgegnete ihm seine Mutter. Zwar ahnte der Sonnensohn, daß man ihn angelogen hatte, doch hungrig wie er war, wollte er zuerst essen. Als er seinen Hunger gestillt und dazu drei Fässer Wein ausgetrunken hatte, wurde er heiter und sagte: »Ich will ihn sehen, den Menschen, den ihr vor mir versteckt habt! Ich gebe euch mein Wort, daß ich ihm nichts Böses antun werde.«

Die junge Frau ging los und holte ihren Mann herbei. Der Sonnensohn fragte ihn, wie er zu ihnen gefunden habe und ob er überhaupt wisse, wo er sei. Der Mann antwortete ihm, daß er allein durch die weite Welt gezogen sei, daß er Berge und Wälder durchquert habe und sich schließlich verirrt habe. Daher wisse er weder, an welchem Ort er hier sei, noch wo sich dieser hohe Berg befinde.

»Bis zum ersten Himmel bist du gestiegen, jenem Himmel, in dem ich, der Mond und die Sterne regieren«, erklärte ihm der Sonnensohn. Er wies auf seinen Kranz an der Wand und sprach weiter: »Jeden Morgen erscheine ich am Himmel und gehe um die Erde herum, ich spende Licht und erwärme mit diesem Kranz die Saat in der Erde. Das tägliche Laufen kostet viel Kraft, und nur allzugern würde ich mich einmal ausruhen wollen und zu Hause bleiben. Willst du mich nicht für einige Tage vertreten? Ich gebe dir diesen Kranz, und so ziehst du morgen meinen Weg entlang. Den Weg will ich dir genau beschreiben und dich auch bis zu jenem Ort begleiten, wo ich losgehe. Danach mußt du nur diesem Weg folgen, der dich abends schließlich wieder hierher zurückführt. Wie du siehst, ist es nicht allzu schwer.«

Der Mann ging darauf ein. Gegen Morgen weckte ihn der Sonnensohn. Er nahm ihn an die Hand und führte ihn zu einem steilen Felsen, in dem viele Stufen eingeschlagen waren. Der Sonnensohn sagte: »Von hier aus steigst du in den ersten Himmel. Oben wirst du dann den Kranz aufsetzen, seine Strahlen werden die Erde erhellen. Zur Mittagsstunde erreichst du das Himmelsdach. Dort findest du einen gedeckten Tisch mit allerlei Speisen und Getränken vor. Du wirst essen, ein bißchen trinken und dann weitergehen. Gegen Abend kommst du wieder zu einem Tisch, auf dem nur einige Speisen bereitstehen. Es wird dir reichen, nochmals Kräfte zu sammeln für den Rest des Weges, der dich schließlich zu einem Felsen führt – der ist diesem hier sehr ähnlich – und über dessen Stufen du wieder hinabsteigen mußt. Dort wirst du einen herrlichen Garten mit seltenen Blumen und Bäumen sehen. Laß dich aber von jener blühenden und duftenden Pracht nicht verleiten, du mußt weiter hinabsteigen, denn selbst bei einem kurzen Verweilen würde der glühende Kranz alles sofort verbrennen. Neben dem Garten gibt es einen Pfad, der dich in mein Haus führen wird. Ziehe nun los, möge das Wohl mit dir sein!«

Der Mann stieg die steilen Stufen hinauf und kam in den ersten Himmel. Da sah er auch schon den Weg, der sich wie ein langgezogener Glasfaden vor ihm auftat. Als er zur Erde herunterschaute, wurde es ihm schwindlig: klein wie ein Hühnerei erschien sie ihm, da und dort vom Wasser der Meere überzogen, Flüsse, die sich blaugrün und hell wie eine Natter durch ein Gebüsch schlängelten. Der Mann fürchtete, daß das Glas brechen könnte, sobald er auch nur einen Fuß darauf setzte, und daß er hinabstürzen könnte. Dann würde von ihm nur Asche übrigbleiben. Vorsichtig machte er den ersten Schritt und atmete auf, als er merkte, wie hart und fest der Weg war. Also begann er nun mit dem Sonnenkranz auf dem Kopf am Himmel entlangzuziehen. Zur Mittagsstunde erreichte er das Himmelsdach. Hungrig und durstig geworden, setzte er sich auch gleich an jenen reichgedeckten Tisch, aß und trank von allem, bis er sich genügend gestärkt hatte. Danach machte er sich von neuem auf und sah, wie sich der Weg allmählich neigte. Nach einigen Stunden kam der Mann zu dem zweiten Tisch. Da nur wenig Speisen darauf standen, nahm er im Stehen einige Happen zu sich und setzte seinen Weg gleich fort. Gegen Abend kam er dann an den Felsen, über dessen Stufen er wieder hinabsteigen mußte. Da sah er auch schon den prächtigen Sonnengarten, in dem die herrlichsten Blumen und Bäume wuchsen. Während der Mann die Stufen hinunterstieg, war er von dem Anblick so verzaubert, daß er vor Entzücken ein wenig verharrte. Augenblicklich verbrannte alles Grün ringsum und wurde zu Asche. Da packte den Mann das Entsetzen, doch er mußte, ihm blieb nichts anderes übrig, zur Grotte zurückkehren. An ihrem Eingang wartete der Sonnensohn, der, ausgeruht und darum heiter, schon von weitem fragte: »Nun, wie war der Tag für dich, guter Mann?«

»Ich kann nicht klagen, es war in der Tat keine schwere Arbeit, nur viel Lauferei!«

»Ich danke dir sehr dafür, daß du mich heute vertreten hast«, sprach der Sonnensohn. »Nun aber mußt du zu Abend essen und dich ordentlich stärken, damit du wieder zu Kräften kommst, denn der Weg bis zur Erde hinunter ist lang und schwierig.«

Gemeinsam setzten sich der Mann und der Sonnensohn an den Tisch. Während sie aßen, unterhielten sie sich über mancherlei Dinge auf der Welt. Schließlich bat der Sonnensohn den Mann: »Bleib doch noch einen Tag bei uns, erhole dich etwas, und am Abend, wenn ich zurückkehre, will ich dir deine Arbeit gut lohnen.«

Am nächsten frühen Morgen zog der Sonnensohn wie immer los. Der Mann aber ruhte sich aus. Als spätabends der Sonnensohn die Stufen jenes Felsen hinabstieg und in seinen Garten schaute, was mußte er da sehen: nur schwarze Asche, die daran erinnerte, daß hier einmal etwas war. Vor Zorn verschlug es ihm die Sprache, regungslos stand er da und stieß nun in seinem Ärger einen riesigen Feuerstrahl hervor. Sodann machte sich eine solche Hitze breit, daß die Menschen und Tiere auf der Erde fast daran erstickt wären, hätte der Sonnensohn nicht doch noch an sich gehalten. Er fürchtete, alles Leben auf Erden auszulöschen, und daher schleppte er sich mit großer Mühe den Felsen hinunter und nach Hause. Dort erwartete ihn der Mann, ausgeruht, heiter und freudig, als hätte er sich am Vortage keines Fehlers schuldig gemacht.

»He, Mann«, rief der Sonnensohn schon von weither, »welch ein Unheil hast du gestern angerichtet, meinen schönen Garten in bloße Asche verwandelt!«

Der Mann erschrak, faßte jedoch all seinen Mut und sagte: »Komm, setze dich erst einmal, damit ich dir von meinem Leben erzählen kann. Hinterher magst du selber entscheiden, ob ich schuldig bin oder nicht.«

Mißmutig setzte sich der Sonnensohn zum Abendessen nieder, und der Mann begann ihm sein leidvolles Leben zu schildern. Er erzählte vom frühen Tod der Eltern, von seinem Schicksal als Hirte und Bauersknecht und sagte dann unter Tränen: »Schließlich hatte ich doch noch eine schöne Arbeit, gute Menschen und ein anmutiges Mädchen gefunden. Wir haben geheiratet und lebten glücklich miteinander. Da aber kamst du und hast mir meine Frau genommen!«

Dem Sonnensohn war es schwer ums Herz geworden. Warum hatte er es nicht bedacht, daß man diesem guten Mann das Leben zerstört, wenn man ihm seine Frau wegnimmt? So stand er nun auf, holte eine Handvoll kostbare Steine herbei, reichte sie dem Mann und gab ihm auch seine Frau an die Hand, wobei er traurig sagte: »Guter Mann, ich habe dir großen Kummer zugefügt! So zieht nun schnell beide fort, ehe ich es mir anders überlege und deine schöne Frau doch lieber bei mir behalte!«

Der Mann nahm die Edelsteine und stieg eilig mit seiner Frau auf die Erde herab. Lange waren sie unterwegs, ließen Berge und Wälder, Wiesen und Felder hinter sich, bis sie endlich zu Hause ankamen. Von neuem arbeiteten und schufen sie fleißig. Bald ging es in ihrem Hause wieder voran. Der Goldschmied wurde weit und breit bekannt als ein unübertroffener Meister seines Faches. Sie bekamen Kinder und waren schließlich die glücklichsten Menschen auf Erden.

69.
Der arme Junge und die Zarentochter

Es war einmal ein armer Junge, der in einem Nachbardorf sich als Knecht verdingte. An dem Tage, da sein Dienst abgelaufen war, bekam er von seinem Herrn ein Kälbchen geschenkt. Freudig nahm es der Junge mit auf den Heimweg. Auf einer Anhöhe, nur noch wenige hundert Schritte von seinem Dorf entfernt, hielt er plötzlich ein und rief, so laut er konnte: »He, Mutter, komm her und nimm das Kälbchen, das ich als Lohn für meine Arbeit bekommen habe!« Der Junge glaubte, die Stimme seiner Mutter gehört zu haben, ließ das Kälbchen auf der Anhöhe zurück und kehrte wieder um, da er unterwegs beschlossen hatte, für weitere drei Jahre bei seinem Herrn als Knecht zu arbeiten.

Nachdem auch diese Frist verstrichen war, kam er nach

Hause und fragte noch auf der Türschwelle seine Mutter, was aus dem Kälbchen geworden sei. Sie aber entgegnete nur verwundert: »Mein Sohn, während all der Jahre habe ich nichts von dir gehört, noch habe ich irgendein Kälbchen heimgeführt!«

Der Junge war sehr verwundert und lief gleich los, nach dem Kälbchen zu suchen. Und siehe da, auf jener Anhöhe, wo er es einst zurückgelassen hatte, sah er nun eine Kuh und einen jungen Ochsen friedlich weiden. Als er näher kam, fragte ihn die Kuh: »Sag, erkennst du mich nicht? Ich bin jenes Kälbchen und habe indessen diesen Ochsen hier geboren, sogar noch einen zweiten dazu, den aber hat sich einfach der Türke aus dem anderen Dorf genommen. Hole ihn dir zurück und führe uns dann endlich heim!«

Der Junge lief also zu dem Türken, nahm sich seinen Ochsen und machte sich anschließend mit seinen drei Tieren auf den Weg nach Hause. Da sagte die Kuh zu dem Jungen: »Höre, sobald wir angekommen sind, wirst du ein Fleckchen Wiese umzäunen, auf dem ich, kaum daß ich es betreten habe, sterben werde. Danach mußt du mir die Haut abziehen und mit ihr deinen Hof umspannen. Auf diese Weise werden dir die Ochsen am Leben bleiben.«

Genau so, wie es die Kuh gesagt hatte, machte es der Junge. Er stellte einen Zaun auf und trieb die Tiere hinein. Als dies geschehen war, legte sich die Kuh auf die Erde, streckte ihre Beine von sich und starb. Der Junge fertigte aus ihrer Haut einen langen, ledernen Gurt und umspannte damit seinen Hof.

Eines Tages, viel Zeit war inzwischen verstrichen, da sagten die Ochsen zu ihrem jungen Herrn: »Spann uns vor deinen Wagen, damit wir dich zum Markt in die Stadt fahren und du dort erfahren kannst, was es Neues gibt in der Welt.«

Im Nu waren die Ochsen eingespannt, und der Jüngling fuhr los. Als er den Stadtrand erreichte, ließ er den Wagen zurück und ging zu Fuß weiter. Da hörte man aus einer kleinen Straße einen Ausrufer lautstark rufen: »Wem es gelingt, die große Wiese des Zaren an einem einzigen Tage umzupflügen, die Saat auszusäen, das Getreide zu mähen und es bis zum Abend auch noch zu dreschen, der soll die Tochter des Zaren zur Frau bekommen und so viel Goldstücke dazu, wie sein Wagen fassen kann!«

Sogleich lief der Junge zu seinen Ochsen zurück und erzählte ihnen, was er gehört hatte. Da sagten sie zu ihm: »So geh zu jenem Ausrufer und sage ihm, du wärst dazu bereit. Sollten wir es nicht schaffen, dann könne der Zar unsere Köpfe haben!«

Um keine Zeit zu verlieren, fuhren sie sogleich zum Palast. Beim Zaren vorgelassen, erklärte der Junge, daß er bis zum Abend mit seinen Ochsen die große Wiese pflügen, Getreide säen, mähen, dreschen und obendrein auch noch die Ernte einholen werde. Ungläubig musterte der Zar den kühnen Jüngling und gab ihm schließlich einen Diener mit, der ihn zu jener Wiese führen sollte. Dort angekommen, kehrte der Diener wieder um, und der Junge begann sofort mit dem Pflügen. Mehrere Stunden arbeitete er ohne Rast. Während er dann seinen Ochsen ein wenig Ruhe gönnte, flüsterten sie ihm leise zu: »Die Tochter des Zaren wird gleich kommen und dir das Mittagessen bringen. Derweil du ißt und trinkst, darfst du nicht aufschauen. Solltest du aber doch einmal einen Blick auf die Zarentochter werfen, hüte dich davor zu lachen, es bekäme dir gar schlecht!«

Der Junge griff wieder zum Pflug, trieb die beiden Ochsen an und pflügte von neuem den Boden um. Merkwürdiges geschah: alles bisher Gepflügte war sogleich gesät, schon schoß die Saat auf, reifte, mähte und drosch sich von allein. Als dann die erste Tageshälfte vorüber war, brachte die Zarentochter das Essen. Der Junge setzte sich nieder, aß und trank, ohne auch nur ein einziges Mal aufzublikken. Erst nachdem er aufgegessen hatte, guckte er zu dem Mädchen hin, und ein zaghaftes Lächeln huschte dabei über sein Gesicht. Und so kam es, daß der Junge, kaum daß die Zarentochter fortgegangen war, auf der Stelle einschlief. Fast zwei Stunden hatte er schon geschlafen, da fragte der rechte Ochse den linken: »Mein Bruder, sag, was kannst du vollbringen?« – »Nun, wenn ich mit meinem linken Ohr wackele, dann ginge sofort die Sonne unter«, antwortete dieser und fragte nun auch: »Und wozu bist du imstande, mein Bruder?«

»Ich? Ich bräuchte nur mit meinem rechten Ohr zu zukken, dann kehrt im Nu die Sonne dorthin zurück, wo sie einige Stunden vorher stand.« Und als der Ochse dies sagte, zuckte er tatsächlich mit seinem rechten Ohr, und siehe da, die Sonne stand wieder so hoch am Himmel wie vor der Mittagszeit. Dann gab er dem Jungen einen leichten Stoß mit seinen Hörnern, so daß er aufwachte und erneut zu pflügen begann.

Kurz vor Sonnenuntergang war alle Arbeit geschafft: das Getreide war in Säcke gefüllt, der Wagen damit beladen, und der Junge zog mit seinem Ochsenwagen zum Palast des Zaren, um dessen Tochter zur Frau zu bekommen. Mit dem letzten Sonnenstrahl erreichte er den Palast. Überrascht und voller Staunen sah der Zar, daß der Jüngling Wort gehalten hatte. Und nun mußte er, wohl oder übel, seine Tochter herbeiholen, sie dem Jüngling geben und überdies noch so viele Goldstücke dazu, wie der Ochsenwagen fassen konnte. Der Zar verabschiedete sich von seiner Tochter, und der Jüngling machte sich auf den Heimweg. Grimmig hatte die Zarin dem zugesehen, voller Groll darüber, ihr Kind einem dahergelaufenen Bauern überlassen zu müssen. Verhindern konnte sie es nicht, denn der Zar hatte kein einziges Wörtchen der Widerrede dulden wollen. Und so folgte sie nun dem Jüngling und der Zarentochter ein Stück des Weges, der an einem riesigen Moor entlangführte, und verwünschte sie mit dem bösen Fluch: »Möget ihr in diesem Moor steckenbleiben und darin jämmerlich zugrunde gehen!«

Da fragte der Jüngling schnell seine Ochsen: »Sagt, Freunde, werdet ihr das Moor durchqueren können?«

»Sei unbesorgt«, antworteten sie ihm ruhig, »soll die Zarin fluchen, soviel sie will, dich muß es nicht ängstigen!«

Die Ochsen liefen durch das Moor hindurch, als hätten sie festen Boden unter sich, während die Zarin, auf der anderen Seite zurückgeblieben, ihnen nun abermals einen Fluch nachschrie: »Die Wölfe sollen euch fressen, o möge es doch in Erfüllung gehen!«

Unruhig wandten sich die Ochsen diesmal an ihren Herrn und sagten: »Das ist ein übler Fluch! Daher mußt du uns beide, sobald wir zu Hause angekommen sind, sofort in den Stall sperren, denn sonst werden uns die Wölfe wirklich fressen!«

Zu Hause dann angekommen, führte der Jüngling seine beiden Ochsen schnell in den Stall. Fortan wurden sie nur noch dort gefüttert und getränkt. Als schließlich drei Jahre vergangen waren, sagten die Ochsen zum Jüngling: »Führe uns jetzt zum Fluß hinunter, damit wir nochmals reichlich von dem frischen Wasser trinken können. Doch wisse, die Wölfe werden dort über uns herfallen und uns fressen. Von uns werden nur noch die Hörner übrigbleiben, die aber mußt du nehmen und in deinem Hof eingraben. Nach einiger Zeit werden daraus Bäume wachsen, so hoch wie Pappeln – ›Rangel‹ ist deren Name. Unbesorgt könntest du irgendeinem Mann all deinen Besitz versprechen, wenn dieser herausbekäme, daß jene Bäume aus Ochsenhörnern gewachsen sind und ›Rangel‹ heißen.«

Der Jüngling ließ seine beiden Ochsen aus dem Stall und trieb sie zum Fluß. Es dauerte nicht lange, da fielen die Wölfe über sie her und fraßen alles, was gefressen werden konnte, bis von den Ochsen nur noch die Hörner übriggeblieben waren. Da nahm sie der Jüngling, pflanzte sie inmitten seines Hofes, und schon nach kurzer Zeit waren zwei hohe und kräftige Bäume daraus gewachsen. Staunend fragten sich die Leute, was das wohl für eine Baumart sei. An einem Feiertag hörten sie schließlich den Jüngling sagen: »Demjenigen von euch, der herausfindet, wie diese Bäume heißen und woraus sie gewachsen sind, dem will ich mein ganzes Hab und Gut samt meiner Frau geben. Ich selber aber werde dann mit nur einer Axt davonziehen.«

Im Dorf gab es einen armseligen Trinker, der nicht das Geringste besaß. Was er verdiente, vertrank er sogleich. Und ebendiesem Mann flüsterte die Zarentochter das Geheimnis zu: »Merke dir, jene Bäume sind aus Ochsenhörnern gewachsen und heißen ›Rangel‹.« Die Zarentochter, die ihren Mann nicht liebte, weil er nur ein einfacher Pflüger war, hatte Gefallen an dem Trunkenbold gefunden, denn dieser sang ihr oft schöne Lieder vor und erheiterte sie damit. Nun, da dieser Habenichts das Geheimnis kannte, ging er zum Jüngling und sagte: »Ich weiß, daß deine Bäume aus Ochsenhörnern gewachsen sind und man sie ›Rangel‹ nennt!«

Als der Jüngling diese Worte hörte, gab er alles her, was er besaß, und zog allein mit einer Axt in der Hand fort. Nach einer Weile setzte er sich an einem stillen Plätzchen nieder und ruhte ein wenig aus. Tief in Gedanken versunken, begann er mit sich selbst zu sprechen: ›Was soll ich nur tun? Vielleicht wird mir der Sonnensohn raten können, wie ich meinen Besitz und meine Frau zurückbekomme. Ich werde am besten gleich zu ihm gehen.‹

Er stand auf und machte sich auf den Weg zum Sonnensohn. Sehr lange und sehr weit war er schon gelaufen, als er schließlich zu einem hohen Berg gelangte. Dort sah er zwei miteinander kämpfende Schafsböcke, die auch ihn sogleich bemerkten und fragten: »Wohin des Wegs, Jüngling?«

»Ich bin unterwegs zum Sonnensohn und will ihn fragen, ob ich jemals in meinem Leben das Verlorengegangene wiederbekommen werde«, antwortete er.

»Gevatter, sei so gut und frage den Sonnensohn auch unsretwegen«, baten die Schafsböcke, »denn ganze drei Jahre kämpfen wir schon gegeneinander, und noch immer vermochte keiner zu siegen. Warum ist das so?«

»Gut, ich will es gern tun«, versprach der Jüngling und zog weiter. Als er wieder ein reichliches Stück Weges gegangen war, kam er an einen Fluß, der ebenfalls fragte: »Wohin ziehst du, Freund?« Daraufhin erklärte der Jüngling, daß er zum Sonnensohn wolle, um zu fragen, ob er wieder reich werden, ja sein Haus und seine Frau zurückerhalten könne.

»So erkundige dich bitte auch«, flehte der Fluß, »weshalb niemand von meinem Wasser trinken mag, obwohl es doch so gut und klar ist.« – »Ich will es für dich tun«, versprach der Jüngling und machte sich wieder auf.

Bald darauf kamen ihm zwei Jungfrauen entgegen. Sie grüßten freundlich und fragten dann ebenfalls nach seinem Ziel. Als sie hörten, daß er zum Sonnensohn gehe, baten ihn die beiden: »Ach, guter Jüngling, könntest du den Sonnensohn nicht auch fragen, warum uns niemand heiraten will, so daß wir noch immer Jungfrauen sind, trotz unserer Schönheit und unseres Fleißes?«

Der Jüngling versprach es, danach zu fragen, und ging weiter. Wieder war er ein reichliches Stück gelaufen, als er zu einem Apfelbaum kam, der am Wegesrand stand.

»Wohin gehst du, junger Mann?« fragte der Baum.

»Ich will zum Sonnensohn und fragen, was aus mir werden wird und ob ich jemals meinen verlorenen Besitz zurückerhalten kann.«

»Ach bitte, junger Mann«, sprach nun der Apfelbaum, »könntest du dich nicht auch für mich erkundigen – süß und saftig sind meine Früchte, aber niemand mag sie essen. Warum nur?«

»Ja, ich will es gerne tun«, antwortete der Jüngling und zog dann weiter. Wieviel Tage und wieviel Nächte er unterwegs war, weiß man nicht, einmal jedoch hat jeder noch so weite Weg ein Ende. Schließlich erreichte er das Haus des Sonnensohnes. Und da gerade dessen Mutter aus dem Haus kam, fragte er sie gleich: »Ist dein Sohn zu Hause, gutes Mütterchen?«

»Nein. Sei bloß froh darum, denn entdeckte er dich hier, dann wäre es auf der Stelle um dich geschehen! Komm, ich will dich schnell hinter der Tür verstecken, denn sobald er heimkehrt, muß er erst seinen Hunger stillen. Danach ist er gütig, und du kannst hervorkommen.«

Gerade noch hatte sich der junge Mann hinter der Tür verbergen können, als auch schon der Sonnensohn vor dem Haus stand und gleich böse fragte: »Mutter, wer ist im Hause?«

»Niemand«, antwortete sie.

»Laß ihn nur herauskommen, ich werde ihm nichts tun.«

Als der Jüngling darauf vor die Tür trat, fragte der Sonnensohn, weswegen er gekommen sei. Also erzählte dieser von seinem Leben – wie er als Knecht gearbeitet und sich abgemüht hatte, schließlich vermögend geworden war und doch an einem einzigen Tage alles wieder verloren hatte. Er vergaß auch nicht die Fragen all derer zu stellen, die er auf seinem Wege getroffen hatte.

Da sprach der Sonnensohn zu dem Jüngling: »Ich will mit den Schafsböcken beginnen. Wenn du auf deinem Rückweg wieder in ihre Nähe kommst, ziehe weiter, steige über noch drei Berge hinweg und rufe ihnen erst dann zu: ›He, ihr Schafsböcke, solange ihr nicht einen Menschen bezwungen habt, wird keiner von euch den anderen besiegen!‹ Du mußt es ihnen aus dieser Ferne zurufen, ansonsten erginge es dir schlecht. Gelangst du an den Fluß, laufe an ihm vorbei, laß abermals drei Berge hinter dir und rufe dann zu ihm herüber: ›He Fluß, solange du keinen Menschen zu dir geholt hast, wird niemand von deinem Wasser trinken!‹ Jenen Jungfrauen sage aber, sie sollen am frühen Morgen ihren Müll nicht gegen die Sonne werfen, dann werden sie auch bald heiraten. Kommst du zum Apfelbaum, dann mußt du unter seinen Wurzeln so lange graben, bis du einen Sack voller Goldstücke gefunden hast. Nimm ihn dir, pflücke einen Apfel und iß ihn gleich auf. Fortan wird sich ein jeder von diesem Baum einen Apfel nehmen. Nun zu dir: Gehe am kommenden Sonntag in die Kirche deines Dorfes und verkünde dort nach dem Gottesdienst allen Bauern, daß du demjenigen einen Sack voller Goldstücke geben wirst, der die Himmelsrichtung errät, aus der an diesem Tage die Sonne aufginge. Eilig wird jener Mann, der von dir einst allen Besitz und auch die Frau bekommen hat, sagen: ›Eben dort, wo sie täglich erscheint, wird sie auch heute aufgehen! Wie sollte sich auch daran etwas ändern?‹ Schließe mit ihm die Wette ab, daß, sollte er sich irren, er dir alles zurückgeben müsse, was er einmal von dir erhalten hat. Ich aber werde an diesem Morgen dort am Himmel aufsteigen, wo ich seit eh und je nur untergehe. So ziehe nun gesund in dein Dorf zurück und mache alles so, wie ich es dir gesagt habe.«

Der Jüngling nahm Abschied vom Sonnensohn und küßte die Hand der Mutter, die ihm etwas Wegzehrung zusteckte. Auf seinem Rückweg gelangte er zuallererst zum Apfelbaum. Eilig grub er unter dessen Wurzeln einen schweren Sack hervor, der voller Goldstücke war. Sodann pflückte er einen Apfel, aß ihn auf und zog weiter. Da begegnete er den beiden Jungfrauen und sagte ihnen: »Werft frühmorgens den Müll nicht gegen die Sonne, dann könnt auch ihr bald Hochzeit halten.«

Der Jüngling stieg nun über drei Berge hinweg, wandte sich dann um und rief, so laut er konnte, zum Fluß herunter: »He, Fluß, solange du keinen Menschen zu dir geholt hast, wird niemand von deinem Wasser trinken!« Kaum hatte der Fluß diese Worte vernommen, schon begann er sich aufzuwallen und über die Ufer zu treten, seine Strömung wurde stärker und immer reißender, so sehr, daß der Fluß beinahe den Jüngling erfaßt hätte, wäre dieser nicht noch rechtzeitig davongerannt. Als er wieder drei Berge hinter sich gelassen hatte, wandte er sich abermals um und rief den streitenden Schafsböcken zu: »He, ihr Schafsböcke, solange ihr keinen Menschen bezwungen habt, wird keiner von euch den anderen besiegen!« Im selben Moment ließen sie voneinander ab und jagten dem Jüngling hinterher. Doch vergeblich, denn dieser war schon längst auf und davon.

Schließlich und endlich erreichte er sein Heimatdorf. Der Sonntag kam, und wie es ihm der Sonnensohn gesagt hatte, ging er in aller Frühe in die Kirche. Alle Bauern des Dorfes hatten sich dort eingefunden und guckten ihn voller Mitleid an, sah er doch allzu ärmlich und abgerissen aus. Nachdem der Gottesdienst vorüber war und alle auf den Kirchplatz heraustraten, sagte der Jüngling zu ihnen: »Demjenigen will ich einen Sack voller Goldstücke geben, der die Himmelsrichtung errät, aus der an diesem Tage die Sonne aufgeht.« Bei diesen Worten wies er auf den schweren Sack neben sich.

Eilig sagte jener Trinker: »Na hör mal, eben dort, wo sie täglich erscheint, wird sie auch heute aufgehen!«

Der Jüngling hatte nur darauf gewartet und sagte sofort: »Willst du, daß wir eine Wette darauf schließen?« – »Warum nicht«, entgegnete der Trinker, »sollte ich sie verlieren, so will ich dir alles zurückgeben, was ich einst von dir erhalten habe. Gewinne ich, so mußt du mir auch noch diesen Goldsack geben!« Mit einem Daumendruck wurde die Wette besiegelt. Kurz darauf ging die Sonne auf, doch nicht im Osten, sondern im Westen!

So holte sich also der junge Mann seinen Besitz und auch seine Frau zurück, während jener Trinker fortan wieder arm wie eine Maus dahinlebte. Die Zarentochter wurde ihrem Vater zurückgebracht, und der Jüngling erzählte ihm alles, was geschehen war. Da gab ihm der Zar seine jüngere Tochter, ein sehr gutes Mädchen, zur Frau und richtete ein großes Hochzeitsfest aus. Glücklich kehrte das Brautpaar ins Dorf zurück. Damit hatte alles sein gutes Ende gefunden.

70.
Die dankbare Kuh

Ein Junge bekam von seiner Patin zur Taufe ein Kälbchen geschenkt. Als er nach einigen Jahren alt genug war, kam er in die Schule. Dort sah der Junge, der noch nie Geld in seinen Händen gehalten hatte, wie die anderen Kinder sich täglich etwas zu essen kauften. Und so sprach er schließlich zu seiner Mutter: »Mutter, haben wir denn nicht wenigstens eine Münze, damit ich mir auch mal etwas kaufen kann?«

»Woher soll ich sie nehmen, mein Sohn, arm und unglückselig, wie wir sind«, entgegnete traurig die Mutter. »Sieh doch, deine Patin hatte dir zur Taufe ein Kälbchen geschenkt. Heute ist es eine Kuh von sieben Jahren, doch hat sie immer noch nicht gekalbt. Wer kann etwas dafür, daß wir so arm sind?«

»Mutter, backe mir ein kleines Weißbrot, ich will die

Kuh ins Gebirge treiben, sollen die Wölfe und Bären sie fressen. Wozu wollen wir sie länger füttern, wenn sie doch kein Kälbchen wirft!«

Die Mutter bereitete ein Weißbrot, und der Junge machte sich auf den Weg. Er trieb die Kuh zu den Bergen hinauf, ließ sie dann irgendwo auf einer Gebirgswiese zurück und kehrte wieder heim.

Viel Zeit ging ins Land, der Junge wuchs heran und beendete schließlich die Schule. Eines Tages sagte er seiner Mutter: »Mutter, gib mir etwas Brot mit auf den Weg, denn ich will dorthin gehen, wo ich einst die Kuh zurückgelassen habe und sehen, ob vielleicht noch ein Knochen von ihr zu finden ist.«

Mit ein wenig Wegzehrung im Beutel machte sich der Junge auf. Er lief geradenwegs zu jener Wiese und fand zu seinem großen Erstaunen die Kuh lebend und gesund vor. Kaum daß sie ihn sah, lief sie zu ihm und sprach: »Herr, kehre um und baue einen großen Stall mit einem Ausguck obendrauf. Danach komme hierher zurück und führe mich in diesen Stall. Du mußt mich schlachten und dort vergraben. Steige dann auf den Ausguck und schaue auf den Weg, den wir jetzt entlang gehen werden.«

Der Jüngling merkte sich die Worte der Kuh und kehrte nach Hause zurück. Er baute einen großen Stall, errichtete darauf einen Ausguck, holte die Kuh, schlachtete und vergrub sie sogleich. Danach stieg er auf den Ausguck und schaute zu jenem Weg hinüber. Und was sah er da kommen? Zwei kräftige Ochsen führten eine riesige Rinderherde heran. Als sie das Hoftor erreichten, machten die Ochsen halt und riefen: »Herr, was stehst du da oben herum? Komm herunter, nimm all die Viecher und verkaufe sie auf dem Markt. Von dem Geld lasse dir einen eisernen Wagen und ein eisernes Joch machen. Gehe dann zum Zaren und sage ihm, du wirst sein Brachland pflügen. Du weißt, viele Männer versuchten sich schon daran, doch letztlich hatten alle ihre Köpfe verloren. Du aber brauchst dich nicht zu fürchten, denn wir werden es für dich schaffen!«

Der Jüngling machte sich daran, all das zu tun, was ihm die Ochsen aufgetragen hatten. Als der eiserne Wagen bereitstand, spannte er seine beiden Ochsen davor und fuhr zum Zarenpalast. Dort schlug er einige Male gegen das Tor und rief die Diener des Zaren heraus. Diese fragten ihn: »He, was willst du? Warum schlägst du so laut gegen das Zarentor?«

»Bittet den Zaren heraus, damit er mich zu jenem Brachland bringt, für dessen Umpflügen er als Preis seinen ganzen Reichtum versprochen hat.«

»Das ist nichts für dich, Jüngling«, entgegneten die Zarendiener. »Laß die Hände davon, wenn du nicht willst, daß auch dein Kopf hier in diesen Keller fällt.« – »Ihr werdet sehen, ich bringe es fertig!« rief entschlossen der Jüngling.

Es dauerte nicht lange, da kam der Zar heraus und führte den Jüngling zu jenem Brachland. Es war noch früh am Morgen, die Sonne ging gerade auf, als der Jüngling mit seinen Ochsen die erste Furche zu ziehen begann. Er pflügte und pflügte, gönnte sich weder Rast noch Ruh, bis schließlich, kurz vor Sonnenuntergang, nur noch drei, vier Furchen übriggeblieben waren. Der Zar sah es und fürchtete nun, daß der Jüngling es wirklich schaffen könnte. Drum lief er eilig zu einer alten Zauberin, die ihm immer schon zu Diensten stand. Sie war es nämlich, die all die anderen Pflüger verzauberte, so daß man ihnen dann die Köpfe abschnitt. Sie machte sich auf den Weg. Am Brachland angekommen, sagte sie zu dem Jüngling: »Söhnchen, halt ein, setz dich doch ein Weilchen nieder und ruhe aus. Wir wollen etwas plaudern, du hast genug Zeit, deine drei Furchen schaffst du leicht!«

Der Jüngling hielt die Ochsen an, und die Alte erzählte ihm von diesem und jenem. Jedes Wort schien ihn zu betäuben, und so wie er vor ihr stand, war er plötzlich fest eingeschlafen. Da stülpte ihm die Alte schnell einen Totenschädel über den Kopf und schlich davon.

Als die Ochsen sahen, daß ihr Herr eingeschlafen war, fragte der eine: »Sag, Bruder, was könntest du jetzt tun?«

»Ich könnte mit einem Horn die Sonne dorthin zurückziehen, wo sie zur Mittagszeit stand«, antwortete der andere und fragte nun auch: »Und du, mein Bruder, wozu wärst du imstande?«

»Ich könnte der Erde einen so kräftigen Stoß geben, daß der Totenschädel herunterfällt und unser Herr wieder aufwacht.«

Sogleich schob der eine Ochse mit seinem Horn die Sonne zurück, während der andere der Erde einen so gewaltigen Stoß gab, daß sie davon erzitterte und der Totenschädel wirklich vom Kopf des Jünglings herunterfiel. Aus tiefem Schlaf erwacht, rieb er sich die Augen, besann sich kurz und begann gleich von neuem zu pflügen. Im Nu hatte er auch die letzten Furchen gezogen. Der Tag war zwar noch lang, trotzdem drängten die Ochsen: »Nun, Herr, was wartest du? Spann uns vor deinen eisernen Wagen, nimm die Zügel in die Hand und laß uns zum Zarenpalast fahren, um alles, was dort ist, aufzuladen. Du mußt so lange den Wagen beladen, bis wir dir mit den Ohren ein Zeichen geben.«

Als der Jüngling im Zarenpalast angekommen war, belud er seinen eisernen Wagen mit vielen Schätzen. Er packte und packte, bis schließlich nur noch der Müll übrigblieb. Da zuckten die Ochsen mit ihren Ohren, und der Jüngling machte sich auf den Heimweg. Er fuhr den ganzen Reichtum des Zaren in sein Dorf und wurde der Reichste im Lande. Nicht lange danach wurde er selber Zar.

71.
Das Geschenk der Schlange

Ein Schäfer hütete am Waldesrand seine Schafe und bemerkte auf einmal, daß der Wald in Flammen stand. Der Schäfer lief dorthin und hörte, wie eine Schlange wehmütig nach ihm rief: »Guter Hirte, komm her und zieh mich aus dem Feuer, ich will dich dafür reichlich belohnen!«

»Ich habe Angst, daß du mich beißt«, antwortete der Schäfer. »So reiche mir deinen Stock herüber«, flehte die Schlange, »ich werde mich daran festklammern, und du brauchst dich dann nicht weiter zu fürchten.«

Rasch schob der Schäfer seinen Stock zur Schlange, die sich im Nu um diesen herumwand und so dem Feuer entkam. Kaum war sie gerettet, kroch sie in ihr Schlangenloch und kehrte mit einem kostbaren Stein zurück: »Guter Schäfer, nimm bitte diesen Stein als Dank«, sprach die Schlange. »Es ist ein wundersamer Stein, der dir alles erfüllen kann, worum du ihn auch immer bittest.«

Kurz darauf heiratete der Schäfer und wünschte sich von seinem kostbaren Stein einen Palast an der Meeresküste. Sofort wurde ein prächtiger Palast nicht weit vom Meer errichtet, in den er mit seiner Frau einzog.

Einige Jahre danach verliebte sich die Frau in einen anderen Mann. Heimlich nahm sie den Wunderstein und bat, zusammen mit ihrem Geliebten an das jenseitige Ufer der Donau gebracht zu werden. Der Stein erfüllte ihr den Wunsch. Als der Schäfer aufwachte, sah er sich zu seiner Überraschung mitten auf einem Feld liegen. Weder vom Palast noch von seiner Frau war eine Spur zu sehen, ja alles Vorherige erschien ihm plötzlich nur noch wie ein schöner Traum. So baute sich der Schäfer eine kleine Hütte, nahm ein Hündchen und ein Kätzchen bei sich auf, damit er mit jemandem reden könne. Er erzählte eines Abends den beiden seine Geschichte. Das Kätzchen sagte darauf: »Guter Herr, ich könnte dir deinen Stein zurückholen, wenn ich nur über das Wasser käme.«

Der Hund sagte: »Guter Herr, ich käme zwar durch das Wasser, den Stein jedoch kann ich nicht holen.«

»Nun, wenn du schwimmen kannst«, fiel die Katze ein, »dann ist es doch gar nicht schwer für uns. Ich werde auf deinen Rücken steigen, und du bringst mich über die Donau, dann hole ich den Stein, und wir kehren genauso zurück.« Gesagt, getan. Die Katze sprang auf den Rücken des Hundes, und dieser schwamm über den Fluß. Bald fanden sie das Haus, in dem nunmehr die frühere Frau des Schäfers wohnte. Heimlich beobachtete das Kätzchen die Frau und merkte, wo diese den Schlangenstein verbarg – unter ihrer Zunge, damit ihn keiner auch nur anfassen konnte. Wie sollte nun aber das Kätzchen an den Stein herankommen? So grübelte es eine Weile darüber nach, bis ihm etwas einfiel. Es tauchte ein Stück seines Schwanzes in Teer, Essig und Salz und wartete dann, bis die Frau sich zu einem Mittagsschläfchen niederlegte. Nachdem die Frau das Haus aufgeräumt, das Mittagessen gekocht und etwas gegessen hatte, legte sie sich zur Ruh. Das Kätzchen schlich sich an sie heran, schob ein Stück seines Schwanzes in ihren geöffneten Mund, und im selben Augenblick begann die Frau zu spucken und zu husten. Dabei fiel ihr der wundersame Stein aus dem Mund. Schnell schnappte sich das Kätzchen den Stein und flüchtete auf dem Rücken des Hundes. Als sie die Mitte des Flusses erreicht hatten, sagte der Hund: »Kätzchen, zeig mir bitte mal das Steinchen!«

»Das geht hier nicht auf dem Wasser. Wenn du es fallen läßt, was dann? Gedulde dich, bis wir wieder am Ufer sind!«

»Entweder gibst du mir jetzt den Stein«, sprach darauf ärgerlich der Hund, »oder ich werfe dich ins Wasser!«

Dem Kätzchen wurde bange, und so gab es den Stein her. Neugierig sah ihn sich der Hund an, und als er ihn wieder zurückgeben wollte, fiel der Stein ins Wasser. Traurig kehrten die beiden heim und sagten zum Schäfer: »Guter Herr, wir hatten das Steinchen schon sicher, doch leider ist es uns dann ins Wasser gefallen.«

»Ach, ärgert euch nicht länger. Es ist schon gut, denn schließlich hat sie nun das Steinchen auch nicht mehr«, antwortete der Schäfer. Das tröstete auch die Tiere, und so lebten alle drei weiter wie zuvor.

Eines Tages kam ein Fischer auf seinem Heimweg an der Hütte vorbei. Der Schäfer fragte, ob er einen Fisch kaufen könne und wählte sich einen aus. Als der Schäfer dann in seiner Hütte den Fisch ausnahm, fand er zu seiner großen Freude jenen Stein darin. Sogleich wünschte er sich seinen

Palast wieder herbei, und schon stand dieser an der alten Stelle am Meer.

Der Schäfer heiratete abermals und führte ein glückliches Leben. Der Hund und das Kätzchen blieben bei ihm, waren sehr stolz darauf, daß sie ihrem Herrn geholfen hatten, den alten Reichtum zurückzuerlangen.

72.
Der wundersame Vogel

Es war einmal ein Jäger. Eines frühen Morgens, noch vor Sonnenaufgang, zog er durch den Wald und sah Licht. Er ging darauf zu und sah, daß ein großer Baum in Flammen stand. Aus dem Knistern und Knacken des brennenden Holzes drang das Rufen einer Schlange: »Hilf mir, guter Mann, rette mich aus den Flammen, dann will ich dir auch etwas verraten!«

Der Jägersmann nahm einen langen Stock und hielt ihn der Schlange hin, die sich gleich um diesen herumschlängelte und so dem Feuer entkam. Kaum war sie wieder auf dem Erdboden, sprach sie: »Hab Dank, guter Mann! Nun will ich dir etwas zeigen. Siehst du diesen Baum dort? Darin hat ein wundersamer Vogel sein Nest. Steig hinauf und hole dir dessen Eier.«

Der Jäger tat, wie ihm geheißen, nahm sich die Eier und ging, ohne weiter darüber nachzudenken, in die Stadt, um sie dort zu verkaufen. Ein alter Händler, der die Eier sah, gab sehr viel Geld dafür und fragte, ob er nicht noch mehr beschaffen könne. Der Jäger versprach es und ging wieder zu jenem Baum. Er nahm die restlichen Eier und verkaufte sie allesamt an den alten Händler. Eines Tages sagte der Händler, daß er sehr viel Geld für den Vogel, der diese Eier legt, geben würde. Der Jäger ging in den Wald, tötete den Vogel, und brachte ihn in die Stadt. Der Händler zahlte ihm hundert Goldstücke dafür.

Zu Hause gab er den Vogel seiner Köchin und wies sie an, eine Suppe daraus zu kochen, doch dürfe sie den Kindern nichts geben, solange er nicht selber davon gegessen habe. Der Händler hatte drei Söhne. Sie baten und bettelten so sehr um ein kleines Häppchen, daß die Köchin ihnen schließlich doch etwas von den Innereien gab. Der eine bekam den Magen, der zweite die Leber und der dritte das Herz. Und ebendieser, der das Herz gegessen hatte, sprach nun zu seinen Brüdern: »Wir müssen auf der Stelle fortlaufen, denn sobald der Vater zurückkommt, wird er uns totschlagen!«

Jener Vogel war ein Wundervogel, und in seinen Eiern stand geschrieben: derjenige, der den Magen ißt, wird sehr viel Geld finden, wer aber die Leber ißt, wird Zar werden, und derjenige, der das Herz ißt, kann voraussagen, was geschehen wird. Deswegen wollte der alte Händler Magen, Herz und Leber allein essen, denn er hatte durch die Vogeleier von jener Zauberkraft erfahren.

Die drei Jungen sprangen auf und rannten eilig davon. Die Nacht verbrachten sie an einem versteckten Ort. Als sie am nächsten Morgen erwachten, fand jener, der den Magen gegessen hatte, einen Beutel voller Goldstücke unter seinem Kopf. Ihre Freude war groß, brauchten sie doch nun den Hunger nicht zu fürchten. Sie setzten ihren Weg fort. Nachdem sie sehr lange zusammen gelaufen waren, kamen sie überein, sich zu trennen. Der Junge, der den Magen aufgegessen hatte, schlug eine andere Richtung ein. Sein Weg führte ihn in eine große Stadt, in der er blieb. Und da er an jedem Morgen Gold unter seinem Kopf fand, konnte er sich bald ein schönes Haus kaufen. In dieser Stadt lebte eine wunderschöne Prinzessin, die von jedem, der sie anschauen wollte, ein Goldstück verlangte. Dem Jungen war dies zu Ohren gekommen, und so sagte er sich: ›Ich habe so viel Geld, warum soll ich es nicht für die Zarentochter hergeben.‹ Es verging nun kaum ein Tag, an dem er nicht zu ihr ging, so daß sie schließlich Freunde wurden. Oft fragte ihn die Zarentochter neugierig, woher er das ganze Geld habe. Sie wollte unbedingt sein Geheimnis erfahren und schenkte ihm einmal so viel Wein ein, daß er betrunken wurde. Er erzählte ihr seine Geschichte. Sie überlegte nun, wie sie in den Besitz des Magens kommen könne. Eines Tages mischte sie heimlich etwas Seife in das Getränk des Jungen, so daß dieser sich übergeben mußte. Dabei kam auch jener wundersame Vogelmagen zum Vorschein. Es ekelte sie an, den Magen herunterzuschlucken, und so steckte sie ihn mit einer Nadel an den Zimmerbalken. Den Jungen aber ließ sie aus dem Palast jagen. Als er seinen Rausch ausgeschlafen hatte, wurde es ihm klar, was geschehen war, und er nahm sich vor, sich an der Zarentochter zu rächen.

Wenige Tage später ging der Junge im Wald spazieren und stieß auf zwei Weingärten. In dem einen wuchsen weiße Trauben und in dem anderen schwarze. Freudig sprach der Junge zu sich: ›Ach, welch ein Glück, nun kann ich mich an Weintrauben satt essen!‹ Er ging zuerst in den Garten, wo die Reben mit dem weißen Wein standen und aß so viel, bis er nicht mehr konnte. Schon wollte er wieder heimkehren, als ihm durch den Kopf ging: ›Warum habe ich nicht auch von den schwarzen Trauben gegessen? Ich will sie wenigstens kosten und sehen, welche süßer sind.‹ Er steckte sich eine in den Mund und verwandelte sich im selben Moment – in einen Esel. Verzweifelt rannte er zu den weißen Trauben, die ihm nicht geschadet hatten, zurück und sofort nahm er wieder seine Menschengestalt an. ›Das kann ich brauchen!‹ dachte er sich. ›Jetzt will ich die Zarentochter lehren, was Recht und was Unrecht ist!‹ Schnell pflückte er von beiden Traubensorten je einen Korb voll, lief dann geradewegs zum Zarenpalast und pries dort lautstark seine Ware: »Süße Trauben!«

Die Zarentochter schaute aus ihrem Fenster und fragte: »Sag, was verkaufst du da?«

»Weintrauben, Weintrauben!«

»Was willst du dafür haben?«

»Komm erst einmal herunter und koste sie, schöne Zarentochter. Wir werden uns schon einig!« antwortete er.

Von zwölf Dienerinnen begleitet, kam nun die Zarentochter, und der Junge gab allen von den weißen Trauben zu kosten.

»Sie sind wirklich zuckersüß, gib uns fünf Kilo davon!«

»Gut, das will ich gern tun, aber kostet doch zuvor noch von meinen schwarzen Trauben. Sie sind nämlich noch süßer!«

Lächelnd gab er jeder von ihnen eine schwarze Traube zum Kosten, und alle verwandelten sich in Eselinnen. Der Junge holte Halfter vom Markt und legte diese allen an. So auch der Zarentochter, die ziemlich groß war und ihren Kopf sehr hoch hielt, daß es ihm Mühe bereitete, ihr den Halfter anzulegen. Kaum war das geschehen, schlich er in den Palast und holte sich den wundersamen Vogelmagen zurück. Sodann führte der Junge alle Esel zu seinem Haus und warf jedem ein Bündel Stroh vor. Am nächsten Tag kaufte er dreizehn Wagen, belud sie allesamt mit Sand, Steinen und Schotter, spannte dann vor jeden einen Esel und trieb diese unermüdlich zur Arbeit an. Tagein, tagaus mußten sie sich nun plagen. Abends aber, sobald die Esel wieder heimgekehrt waren, gab ihnen der Junge weiße Trauben, und so verwandelten sich die Esel flugs in Mädchen zurück. Lustige Feste feierte er mit ihnen, am Morgen jedoch ließ er wieder Esel aus ihnen werden. Auf dieses allnächtliche Treiben wurden schließlich die Stadtwächter aufmerksam. Sie wollten sehen, was es damit auf sich hatte. Als sie heftig an das Tor pochten, steckte der Junge schnell der Zarentochter und den anderen zwölf Mädchen schwarze Trauben in den Mund. Sie verwandelten sich in Eselinnen, die, über die Krippe gebeugt, Heu fraßen.

Es verging viel Zeit. Irgendwann sprach es sich herum, daß im Nachbarland ein riesiges Bauwerk errichtet werden solle. Auch dem Jüngling kam es zu Ohren, und er beschloß, mit seinen Eseln in jenes Reich zu ziehen. Als er dort ankam, traf er auf seine Brüder. Diese hatten ihn bereits erwartet, denn jener, der einst das Herz des wundersamen Vogels gegessen hatte, vermochte es ja vorauszusehen. Die Freude über ihr Wiedersehen war groß, und so gaben sie sich ihr Wort, nunmehr für immer zusammenzubleiben.

Nicht lange darauf wurde überall bekanntgegeben, daß ein Zar vom Volk gewählt werden solle. Dazu mußten sich alle Jungen und Männer zwischen zehn und vierzig Jahren auf einer Wiese einfinden. Dort sollte ein goldener Apfel in die Luft geworfen werden. Derjenige nun, dem der Apfel auf den Kopf fiele, der sollte der Zar werden. Es wurde dreimal geworfen, und jedesmal fiel der Apfel auf den Kopf des Bruders, der einst die Leber des Zaubervogels gegessen hatte. So wurde er nun Zar des ganzen Reiches. So erfüllte sich genau das, was ihm bestimmt war. Sein wahrsagender Bruder blieb bei ihm als erster Ratgeber, um über alle Geschehnisse auf der Welt vorher zu berichten. Der dritte Bruder verwandelte seine Esel mit Hilfe der weißen Trauben in Mädchen zurück. Jeder der drei Brüder suchte sich ein Mädchen aus und heiratete es. Alle lebten glücklich bis ans Ende ihrer Tage.

73.
Der Junge und das Bärenjunge

Es war einmal ein armer Waisenjunge, der bei einer garstigen Stiefmutter lebte. Jeden Tag, noch im Morgengrauen, weckte sie den Jungen mit Fußtritten, gab ihm ein trockenes Stück Brot zu essen und schickte ihn in den Wald nach Pilzen. Fluchend schrie sie immer hinterher: »Beeile dich ja, und hoffentlich kehrst du nimmermehr zurück!«

Den ganzen, langen Tag lief der Junge im Wald umher und suchte Pilze. Einmal aber geschah es, daß er trotz aller Mühe nicht einen einzigen finden konnte und mit einem leeren Korb schließlich wieder heimkehrte. Kaum aber hatte die Stiefmutter in den Korb gesehen, begann sie ihn mit einem Stock zu schlagen und dabei wütend zu rufen: »Wie konntest du es wagen, ohne Pilze zurückzukommen! Geh wieder los, ohne Pilze brauchst du nicht nach Hause zu kommen!«

Der Junge lief also abermals in den Wald. Dort suchte er weiter, aber vergebens. So sagte er sich: ›Hier gibt es keine Pilze mehr. Ich werde tiefer in den Wald gehen, und vielleicht kann ich dort welche finden.‹

Aber auch im dichtesten Wald hatte der Junge kein Glück. Als es dann immer dunkler wurde, wollte er wieder umkehren und merkte dabei, daß er die Richtung verloren hatte. Ringsum konnte er weder einen Weg noch einen Pfad entdecken. Er irrte mal hierhin, mal dorthin und weinte bitterlich. Inmitten des Dickichts stieß er plötzlich auf eine große Höhle. Ohne lange zu überlegen, kroch der Junge hinein. Erschöpft, wie er war, schlief er auch sogleich ein. Diese Höhle aber gehörte einer Bärin, die kurz darauf mit ihrem Bärenkind zurückkehrte. Überrascht fand sie den eingeschlafenen Jungen in ihrem Bau und wollte sich schon auf ihn stürzen und ihn fressen, hätte sie nicht das Bärenjunge davon abgehalten: »Bitte, Mutter, friß ihn nicht!«

»Und ob ich ihn fresse«, brummte entschlossen die Bärin, »denn was will der hier in unserer Höhle!«

»Laß ihn am Leben«, bettelte das Kleine, »damit ich einen Freund habe, mit dem ich spielen kann, wenn du morgen Birnen sammeln gehst.«

Die Bärin gab nach und rührte den Jungen nicht an. Am nächsten Morgen verließ sie in aller Frühe die Höhle, während der Junge und der kleine Bär noch schliefen. Das Bärenjunge wachte zuerst auf und weckte mit einem leichten Stoß auch den Jungen. Dieser erschrak sehr, als er einen Bären neben sich sah. Schon wollte er aufspringen und davonrennen.

»Du brauchst dich nicht zu fürchten, Junge«, sagte der kleine Bär, »renne nicht fort, du verirrst dich nur wieder. Laß uns lieber miteinander spielen!«

»Ach, ich kann nicht spielen, denn ich habe Angst vor meiner Stiefmutter«, sagte traurig der Junge. »Sie ist so schlecht zu mir. Wenn sie merken sollte, daß ich gespielt habe, statt Pilze zu sammeln, so würde sie mich auf der Stelle verprügeln. Gestern hat sie mich davongejagt und mir gesagt, daß ich ohne Pilze gar nicht nach Hause zu kommen brauche. Sag, weißt du nicht, wo ich welche finden kann?«

Das Bärenjunge führte den Jungen zu einer Stelle im

Wald, wo es Pilze gab. Im Nu hatte der Junge seinen Korb bis zum Rand mit Pilzen gefüllt, doch traurig war er immer noch und sagte: »Was soll ich nun tun? Ich weiß nicht den Weg zurück.«

»Nimm dieses Knäuel hier. Es ist Wolle vom Fell meiner Mutter, sie hat sie selber gesponnen«, erklärte das Bärenkind. »Du mußt es einfach rollen lassen und ihm dann folgen.«

Dankbar nahm der Junge das Wollknäuel, warf es auf den Boden und lief dem Faden hinterher. Nach einer Weile kam er an einem prächtigen Birnbaum vorbei. Hungrig, wie er war, kletterte er gleich auf diesen Baum und begann von den Früchten zu essen. Kaum aber hatte er zwei, drei Birnen gegessen, begann er plötzlich zu wachsen und wurde ein Jüngling. Nachdem er seinen Hunger gestillt hatte, sprang er vom Birnbaum herunter und wollte seinen Weg fortsetzen. Im selben Augenblick stürzte jedoch ein Falke auf ihn nieder, hackte nach ihm und verwandelte sich sodann in einen Räuber. Zornig fragte er den Jüngling: »Wie konntest du es wagen, vom Birnbaum des Zaren zu essen?« – »Woher sollte ich wissen, daß er dem Zaren gehört?«

»Du wirst es büßen«, rief der Räuber und schlug den Jüngling ins Gesicht, so kräftig, daß dieser taumelte.

»Ach, so ist es!« fuhr wütend der Jüngling auf. »Na warte, dir will ich zeigen, daß ich es genauso gut kann!« Er versetzte dem Räuber so einen Schlag, daß dieser gegen den Birnbaum flog und daran klebenblieb. Jammernd bat der Räuber um Hilfe.

»Sag, was gibst du mir dafür?« fragte der Jüngling.

»Verlange, was du willst, nur meinen Säbel nicht, denn es ist ein Wundersäbel, der sowohl Bäume als auch Steine entzweischlagen kann«, erklärte der Räuber.

Freudig lachte der Jüngling auf und sprach: »Genau das Richtige für mich, einen solchen Säbel kann ich gut gebrauchen!« – »Sieh nur hier«, sagte der Räuber und zog einen Klumpen Gold aus seiner Tasche, »nimm diesen Schatz, doch laß mir bitte meinen Säbel!«

Davon aber wollte der Jüngling nichts wissen. »Nur deinen Säbel will ich«, bekräftigte er von neuem, »entweder gibst du ihn mir, oder ich ziehe weiter, dann aber wirst du für immer und ewig am Birnbaum festkleben!«

»Gut, gut, du sollst ihn haben, nur erlöse mich bitte schnell, denn meine Haut wächst langsam an der Baumrinde an.«

Mit einem Säbelhieb trennte der Jüngling den Räuber vom Baumstamm. Kaum hatte dieser den Boden berührt, verwandelte er sich wieder in einen Falken und flog auf und davon, den Wolken entgegen.

Der Jüngling indes nahm das Wollknäuel, ließ es weiterrollen und folgte dem Faden. Nach einiger Zeit war er durstig geworden. Da hörte er ganz in der Nähe eine Quelle rauschen. Er ging hin und begann zu trinken. Nur wenige Schlucke hatte er genommen, da bemerkte er überrascht, daß ihm das Haar bis an den Gürtel reichte. Mit den Haaren aber waren auch seine Kräfte gewachsen. Mühelos konnte er nun einen Baum mitsamt der Wurzel aus dem Boden reißen. Soweit, so gut, doch gerade als der Jüngling weiterlaufen wollte, fiel plötzlich ein Schwarm schwarzer Adler über ihn her. Kaum hatten sie nach ihm gehackt, schon verwandelten sich alle Adler in mächtige Riesen. Sie zogen ihre Säbel und wollten ihn fesseln.

»Laßt mich los, was habe ich euch getan?« fragte dieser erschrocken.

»Ha, da fragt er noch!« riefen höhnisch die Riesen aus. »Wie konntest du es wagen, vom Quellwasser des Zaren zu trinken?«

»Woher sollte ich wissen, daß diese Quelle dem Zaren gehört«, entgegnete der Jüngling und sagte weiter: »Hätte ich es gewußt, so hätte ich das Wasser gar nicht angerührt.«

»Gewußt oder nicht gewußt, das ist einerlei, ungeschoren kommst du doch nicht davon. Wir bringen dich als Gefangenen jetzt zum Zaren.«

Der Jüngling merkte, daß er sich im guten mit den Riesen nicht einigen könne. Er schürzte seine Ärmel und schlug erst den einen, dann den anderen Riesen zu Boden. »Hopp, hopp, erhebt euch wieder und laßt uns weiterkämpfen«, rief ihnen der Jüngling zu. Die aber schienen mit der Erde verwachsen zu sein, denn sosehr sie sich auch mühten, konnten sie nicht mehr aufstehen.

»Jüngling, bitte laß uns laufen, wir wollen es dir auch mit Gutem vergelten!« flehten die Riesen.

»Was könntet ihr denn für mich tun?« fragte der Jüngling verwundert.

»Verlange von uns, was du willst, nur das Hemd unseres Anführers nicht«, baten die Riesen, »denn es ist ein Zauberhemd. Wer es trägt, den kann man nicht bezwingen.«

»Ein solches Hemd ist genau das Richtige für mich. So gebt es her!« sprach der Jüngling.

Die Riesen indes boten ihm die kostbarsten Edelsteine an, doch davon wollte der Jüngling nichts haben, und darum sagte er: »Wollt ihr mir nun das Hemd eures Anführers geben, dann her damit, wenn nicht, so ziehe ich eben weiter, ihr aber werdet bis zum Ende eurer Tage hier liegenbleiben!«

Wohl oder übel mußten sie ihm das Hemd geben. Der Jüngling erlöste sodann die Riesen, indem er einem nach dem anderen einen kräftigen Fußtritt gab. Kaum standen sie wieder auf den Beinen, schon verwandelten sie sich in schwarze Falken zurück und flogen eilig himmelwärts davon.

Der Jüngling nahm wieder sein Wollknäuel zur Hand, rollte es aus und setzte seinen Weg fort. Bald hatte er den Wald durchquert und kam an einer großen Wiese heraus. Ein Baum stand mitten darauf, und der Jüngling beschloß, darunter ein wenig auszuruhen. Er legte sich dort nieder und schlief sofort fest ein. Schon flog eine Schar unzähliger Raben heran. Sie setzten sich neben den Schlafenden, hackten nach ihm und verwandelten sich im Nu in Menschen. Behutsam, ohne den Jüngling aufzuwecken, legten sie ihm Fesseln an. Dann versuchten sie ihn zu heben, um ihn auf ein Pferd zu legen, doch es mißlang ihnen, da er zu schwer war. Plötzlich mußte der Jüngling niesen und wachte auf. Wie überrascht war er da, als er sich gefesselt sah. Mit einem kräftigen Ruck aber sprengte er die Stricke wie Bindfäden von sich ab und war wieder frei. Die Männer erschraken und liefen davon. Da blies ihnen der Jüngling so stark hinterher, daß sich alle vom Boden abhoben und nun in der Luft schwebten, als hätte sie jemand dort an einem Nagel angehängt.

»Laß uns frei, Jüngling, du sollst deinen Nutzen davon haben«, flehten die Männer.

»Sagt, warum hattet ihr mich gefesselt?« fragte er.

»Wir wollten dich zum Zaren bringen, damit du dessen Schwiegersohn wirst«, erklärten die Männer. »Mit jenem Pferd dort, das schneller als der Sturmwind ist, solltest du zu ihm gebracht werden.«

»So will ich nun allein zum Zaren reiten und ihn fragen, ob ihr die Wahrheit gesprochen habt.«

Der Jüngling stieg auf das Pferd, ließ die Zügel locker und schon preschte er in Windeseile davon. Beim Zaren angekommen, sprach er: »Guten Tag, mein Zar, stimmt es, daß du mich holen lassen wolltest?«

»Sag, bist du jener, der sowohl den Räuber als auch die Riesen besiegt hat?« fragte der Zar zurück.

»Ja, derselbe bin ich«, antwortete der Jüngling.

»Und was hast du mit den Männern gemacht, die ich nach dir ausgesandt hatte?«

»Die habe ich zurückgelassen, schwebend zwischen Himmel und Erde«, antwortete lachend der Jüngling.

Der Zar war sehr erstaunt und fragte nun: »Sag, willst du mein Schwiegersohn werden?«

»Ja, ich will es, mein Zar«, antwortete der Jüngling.

»Gut, dann soll es so sein, doch müßtest du mir vorher noch einen Wunsch erfüllen. Bringe mir das Herz des dreiköpfigen Drachen, der auf dem dritten Berg haust.«

Der Jüngling versprach es, stieg sogleich auf sein schnelles Pferd und flog wie der Wind jenem Berg entgegen. Als der Tag sich neigte, kam er am Palast des Drachen an. Dort traf er auf ein altes Mütterchen, das ihm riet, schnell davonzueilen, weil der Drache gleich heimkehren werde.

»Ich bin gekommen, sein Herz zu holen«, erwiderte der Jüngling und fragte: »Sag, weißt du vielleicht, woraus der

Drache seine Kraft schöpft?« – »Aus seinem Kreuz, mein Sohn ...«, hatte sie ihm gerade noch sagen können, als der Palast erbebte. Der Drache, der zurückgekommen war, kam herein, sah den Jüngling und stürzte sich mit donnerndem Gebrüll auf ihn. Ein ungestümer Kampf begann, erbittert maßen sie ihre Kräfte, doch letztlich vermochte keiner den anderen zu bezwingen. Da ersann der Drache eine List und rief dem Jüngling zu: »Schau doch mal zum Himmel, ob der Abendstern schon untergegangen ist!«

Der Jüngling ließ ab und sah arglos zum Himmel hinauf. Darauf hatte der Drache nur gewartet. Er stürzte sich nun auf den Jüngling und zwang ihn zu Boden. Blitzschnell aber war dieser wieder aufgesprungen, packte den Drachen mit den Armen und warf ihn mit so einem kräftigen Stoß nieder, daß der Drache bis zu seinem Kreuz in der Erde steckte. Er schlug ihm alle drei Köpfe ab, schnitt dann das Herz heraus und brachte es dem Zaren.

Der Zar erbleichte, als er das Drachenherz sah und schickte ihn nun zum sechsten Berg, das Herz des sechsköpfigen Drachen zu holen.

Der Jüngling machte sich gleich auf den Weg. Auf dem sechsten Berg stand ein silberner Palast. Er ging hinein und erfuhr auch dort von einem alten Mütterchen, daß jener Drache seine Kraft in dem Nacken habe. Schon kehrte der Drache zurück und warf sich sogleich wutschnaubend über den Jüngling. So zäh wie der eine kämpfte der andere, daß gar der Erdboden unter ihren Kräften zu zittern begann. Nach einer Weile fragte der Drache den Jüngling: »Sag, ob die kleinen Morgensterne schon aufgegangen sind?«

Und während der Jüngling zum Himmel aufschaute, griff der Drache ihn mit scharfen Krallen und warf ihn nieder. Im Nu aber war der Jüngling wieder auf den Beinen, packte den Drachen und warf ihn mit solcher Kraft zu Boden, daß er bis zum Nacken in der Erde steckenblieb. Dann schnitt er ihm die sechs Köpfe ab, schnitt das Herz des Drachens heraus und ritt zum Zaren zurück.

Kaum aber hatte der Zar das zweite Herz gesehen,

schickte er den Jüngling zum neunten Berg, wo ein neunköpfiger Drache sein Unwesen trieb. Dort angekommen, fand der Jüngling einen Palast aus purem Gold vor. Darin war wieder ein altes Mütterchen, das ihm zuflüsterte, daß dieser Drache seine Kraft in den neun Köpfen habe. Dies hatte sie ihm gerade noch sagen können, als auch schon der ganze Palast in die Lüfte zu springen schien – der Drache war heimgekehrt. Er sah den Jüngling und stürzte ihm entgegen. Sie schlugen mit ihren Säbeln aufeinander ein, bis schließlich der Drache rief: »Jüngling, schau doch mal nach, ob schon der große Morgenstern am Himmel steht!«

Als der Jüngling aufschaute, verpaßte ihm der Drache einen gewaltigen Hieb. Er wollte ihn in zwei Hälften teilen, und dies wäre wohl auch geglückt, hätte der Jüngling nicht das Hemd jenes Riesen getragen – daran aber brach die Pranke des Drachen entzwei. Nun schwang der Jüngling seinen Säbel und schlug einen nach dem anderen alle neun Köpfe des Drachen ab. Mit dem Herz in der Hand machte er sich auf den Rückweg. Als der Zar dann auch das dritte Drachenherz sah, erschrak er über alle Maßen. Doch stellte er sich freundlich und sagte: »Jüngling, ich bewundere dich, du bist ein wahrer Held! Gönne dir drei Tage Ruhe und bereite dich auf deine Hochzeit vor!«

Als der Jüngling gegangen war, schloß sich der Zar in seinem Zimmer ein, legte die drei Drachenherzen in eine Schüssel und goß ein Glas Wein darüber. Wundersames geschah, langsam zog Leben in die Herzen ein, und der Zar fragte sie: »Sagt mir, wie ich den Jüngling töten kann!«

»Nimm ihm das Augenlicht!« sprach das Herz des dreiköpfigen Drachen.

»Wirf ihn in den finstersten Kerker!« sprach das nächste.

»Seine Kräfte stecken in den Haaren, schneide sie ihm ab!« riet ihm das Herz des neunköpfigen Drachen.

Der Zar rief den Jüngling zu sich und sagte: »Höre, meine Männer schweben noch immer in der Luft herum, erlöse sie jetzt, und wenn du dann zurückkommst, wirst du deine Hochzeitskleider erhalten.«

Der Jüngling ritt zu jenem Ort, pustete die Schwebenden nur an, und schon fielen sie auf die Erde herab. Als das getan war, kehrte er zum Zaren zurück und bekam, wie versprochen, die Hochzeitsgewänder. Doch kaum hatte er sich umgezogen, wollte der Zar, daß er sich die Haare schneiden ließ. Doch dies wollte der Jüngling nicht. Dem Zaren gelang es jedoch, den Jüngling mit Wein betrunken zu machen, und er ließ ihm dann die Haare abschneiden. Mit den Haaren aber hatte man dem Jüngling seine Stärke genommen. Der Zar befahl seinem Kerkermeister, den Jüngling zu ergreifen, ihm die Augen auszustechen und ihn dann in das tiefste und dunkelste Verließ zu werfen.

Die Zarentochter vermählte man mit einem sehr reichen Zaren. Und während oben im Palast alle vergnügt die Hochzeit feierten, litt der Jüngling unten im finstersten Loch.

Drei Jahre waren seitdem vergangen. Den Jüngling hatte man längst vergessen. Inzwischen aber war sein Haar wieder gewachsen und damit auch seine Kräfte. Es kam der Tag heran, an dem er es dem Zaren heimzahlen wollte. Er brach die beiden Säulen, auf die sich der ganze Palast stützte, heraus, so daß alles in sich zusammenfiel. Der Zar, dessen Tochter wie auch der Schwiegersohn wurden vom krachenden Geröll erschlagen. Nur der Jüngling blieb unverletzt, weil er noch immer das Hemd des Riesen trug. Aber was sollte er jetzt tun, wie weit kann ein hilfloser Blinder allein schon kommen? Er versuchte zu laufen, doch er stolperte sehr oft. Da erinnerte er sich des Wollknäuels, das ihm einst das Bärenjunge gegeben hatte. Er holte es heraus, ließ es rollen und folgte dem Faden. So gelangte er schließlich in den Wald zurück, zog weiter und immer tiefer hinein, bis er bald vor der Bärenhöhle stand. Böse brummend sprang eine große Bärin heraus. Sie sah das Wollknäuel und erkannte es wieder. Diese Bärin war niemand anders als das einstige Bärenjunge. So fragte sie den Jüngling, was ihm widerfahren sei.

Er erzählte von all der Mühsal und davon, wie er blind geworden war. Die Bärin saugte ein wenig Fett aus ihren

Tatzen, rieb es dem Jüngling auf die Augen, und sogleich konnte er wieder sehen. »Wie kann ich dir nur dafür danken?« fragte glücklich der Jüngling. »Ich werde dich heiraten und nie mehr von deiner Seite weichen!« fügte er sodann hinzu.

»Aber, mein Freund, wie könntest du mich heiraten wollen? Schon bald wäre dir mein Bärengeruch über.«

»Das macht mir nichts aus! Was du auch immer bist, nur dich will ich zur Frau!« sprach entschlossen der Jüngling.

Kaum aber hatte er zu Ende gesprochen, da neigten sich die Bäume, als fahre ein Sturmwind über sie hinweg. Die Bärenhöhle verschwand, und an ihrer Stelle stand ein schönes Häuschen, vor dem ein noch schöneres Mädchen saß.

»Junge Frau, wer bist du?« fragte verwundert der Jüngling.

»Ich bin die Bärin. Du hast mich aus einem Zauberbann erlöst, weil du mich als Bärin zur Frau haben wolltest«, sprach sie freudig zu ihm. Noch am selben Tage heirateten der Jüngling und die schöne Frau und lebten fortan glücklich und heiter in ihrem Haus, das mitten im Wald stand.

74.
Gutes zahlt sich aus

Es lebte einmal ein Mann, der sehr arm war. Er hatte nur einen Sohn. Als dieser fünfzehn Jahre alt war, bat er seinen Vater, ihm ein Pferd zu kaufen, damit er durch die Dörfer ziehen und mit Töpfen, Äpfeln und anderen Dingen Handel treiben könne. Da kaufte ihm der Vater für hundert Groschen ein Pferd. Stolz belud es der Junge mit allerlei Waren und machte sich auf den Weg. Eines Tages kam er in ein Dorf, wo Jahrmarkt abgehalten wurde, und er beschloß, dort über Nacht zu bleiben. Zu später Stunde hörte er einen Ausrufer trommeln und verkünden, daß am nächsten Tag alter Mist aus hundert Jahren verkauft werde, der zu einem riesigen Haufen angewachsen sei.

Tags darauf, in aller Frühe, zog der Junge auf den Markt und verkaufte alles, was er besaß, sein Pferd gleich dazu. Sodann lief er zu jenem Haufen, feilschte wie ein Händler um den Preis und kaufte ihn schließlich. Er kaufte sich auch noch einen Wagen und begann den Mist fortzufahren. Über die magersten Felder verteilte er ihn, um damit jene Böden, die den ärmsten Leuten gehörten, fruchtbarer zu machen. Als der Junge dann am zwanzigsten Tage den letzten Mist zusammenfegte, stieß er auf einen Kessel. Dieser war voller Goldstücke und wog zwanzig Kilo. Da strömten die Leute herbei und wollten dem Jungen die Goldstücke entreißen. Doch er wehrte sich mit den Worten: »Ich habe den Mist gekauft, und so gehört er mir ganz allein!«

Zu guter Letzt kam der Bürgermeister, der Richter des Dorfes, und entschied, daß dieses Gold dem Jungen gehöre. Er kaufte sich dann ein gutes Pferd, lud die Goldstücke auf und machte sich auf den Heimweg. Als der Vater ihn wiedersah, schloß er ihn überglücklich in die Arme, ganz außer sich vor Freude und Stolz über den Sohn. Nachdem der Junge sich zwei, drei Tage ausgeruht hatte, bat er seinen Vater, einen guten treuen Freund für ihn zu suchen. Das wollte dieser gerne tun, und darum machte er sich frohen Herzens gleich auf den Weg. Der Vater lief und lief fast ein Jahr lang, nur einen solchen Menschen, wie er ihn suchte, konnte er nicht finden. Schließlich kehrte er betrübt wieder um. Da traf er, nicht mehr fern von seinem Dorf, auf einen Jungen, der seinem eigenen ähnelte wie ein Ei dem anderen. Ja, er war nicht nur genauso schön, sondern hatte zudem auch noch die gleiche Stimme und die gleichen Augen. Ohne lange zu überlegen, fragte der Vater, ob er vielleicht der Freund seines Sohnes werden wolle. Der Jüngling war dazu bereit, und so legten nun beide gemeinsam den Rest des Weges zurück. Als sie wenig später das Haus betraten und der Sohn diesen Jungen an der Seite des Vaters sah, merkte er sofort, wie sehr sie einander glichen. Freudig fragte er ihn nach seinem Namen.

»Du heißt Iwantscho, das weiß ich. Mein Name ist etwas

schwieriger – Deli Balta ruft man mich«, antwortete der Junge.

Vom ersten Augenblick an hatten beide aneinander Gefallen gefunden. Iwantscho bat seinen Vater, für Deli Balta ein gutes Pferd zu kaufen und auch alles andere für eine lange Reise vorzubereiten. Schöne Kleider wurden genäht, und beide kamen überein, in ein fernes Land zu ziehen und dort Handel zu treiben. Kurz vor der Abreise gaben sich Iwantscho und sein Freund Deli Balta das Versprechen, einander niemals anzulügen und sich während des Weges nicht zu trennen. Sie nahmen Abschied vom Vater, der ihnen seinen Segen gab und dazu noch einen Zettel, den sie lesen sollten, sobald sie an eine Weggabelung kämen, damit sie den richtigen Weg wählten. Danach sattelten beide die Pferde und ritten davon. Es dauerte gar nicht lange, und sie kamen an eine Wegkreuzung.

»Ich will nachsehen, was uns mein Vater geraten hat«, sagte Iwantscho, holte den Zettel heraus und las: »Der westliche Weg führt zu den Räubern, der südliche zu einer großen Hungersnot, der östliche ist der rechte Weg.«

Und während Iwantscho diese Zeilen vorlas, gab Deli Balta seinem Pferd einen Stoß und schlug den Weg, der zu den Räubern führte, ein.

»He, warte, mein Bruder, dies ist der falsche Weg, die Räuber werden uns erschlagen«, schrie Iwantscho ihm nach. Doch vergebens. Deli Balta hörte es nicht mehr, und darum ritt nun sein Freund ihm hinterher. Einen ganzen Tag waren sie schon unterwegs, als sie schließlich in ein verlassenes Dörfchen gelangten. Dort stiegen sie ab, banden ihre Pferde an einen Pflock und gingen in einen kleinen Laden. Aber auch darin trafen sie keinen Menschen – öde und leer war es hier wie ringsum. Verwundert setzten sich die beiden nieder, aßen und tranken einen Schluck Wein. Da sagte dann Deli Balta zu seinem Freund, er könne ruhig ein wenig schlafen, während er in dieser Zeit sich umschauen wolle, um herauszufinden, warum es in diesem Dorf keine einzige Menschenseele gebe. Iwantscho legte sich auf den Boden und schlief gleich ein. Deli Balta indes begann umherzuziehen. Plötzlich glaubte er Stimmen unter der Erde zu hören. Er schlich leise näher. Unversehens stieß Deli Balta auf eine Erdhöhle, kauerte sich davor nieder und wartete mit einer Axt in der Hand, die er immer bei sich trug. Und tatsächlich, nach kurzer Zeit kroch ein Räuber heraus. Schnell holte Deli Balta aus, traf dessen Kopf und sagte dabei: »Ein richtiger Schlag erspart den zweiten!« Der Kopf rollte zu Boden, wenig später ein zweiter, und am Ende hatte er dreißig Räuber erschlagen. Schließlich kam ihr Anführer wütend aus der Erdhöhle heraus und sagte: »Ich will jetzt sehen, wo sich alle herumtreiben und nicht zurückkommen!«

Kaum zeigte sich der Kopf des Räubers, schon schlug Deli Balta – bing – mit seiner Axt zu und sprach: »Ein richtiger Schlag erspart den zweiten, du aber sollst ihn bekommen!«

Sodann stieg Deli Balta in die Erdhöhle hinab und fand dort Haufen über Haufen von Gold und Silber. Eilig kroch er wieder nach oben, versteckte mit etwas Strauchwerk den Eingang und kehrte zu Iwantscho zurück.

»Nun, mein Bruder, bist du ausgeruht?« fragte Deli Balta seinen Freund und fügte hinzu: »Ich dagegen bin gelaufen und gelaufen, konnte aber gar nichts finden. So laß uns nun weiterziehen!«

Wieder machten sich beide auf den Weg, ritten ohne Rast und kamen am späten Abend in eine Stadt. Dort fanden sie eine Herberge und blieben über Nacht. Am nächsten Morgen zogen sie kreuz und quer durch den Ort. Sie wollten etwas kaufen, taten es am Ende aber doch nicht, da sie sich mit den Händlern nicht einig werden konnten. Dies war den Wächtern des Zaren aufgefallen, und darum schlichen sie ihnen unentwegt hinterher. Schließlich meldeten diese dem Zaren, daß zwei Händler in die Stadt gekommen seien, die von früh bis spät nur feilschten, letztlich aber doch nichts kaufen wollten. Der Zar befahl, diese Fremden zu ihm in den Palast zu bringen. Schnell führte man sie herbei. Ehrerbietig grüßten die beiden Freunde den Zaren und wurden freundlich aufgenommen. Es fiel ihm auf, daß sich beide sehr ähnlich waren. »Woher seid ihr«, fragte der Zar, »was hat euch in mein Land geführt?«

»Wir stammen aus einem fernen Reich und sind gekommen, um so manche Ware zu kaufen«, antworteten sie.

»Ihr habt gut daran getan«, entgegnete der Zar, »in mein Land gekommen zu sein! Seid mir willkommen!«

Nachdem sie ein Weilchen miteinander geplaudert hatten, verabschiedeten sich beide Freunde vom Zaren, der sie auch für den nächsten Abend als Gäste zu sich einlud. ›Was für prächtige Jünglinge!‹ ging es dem Zaren durch den Kopf. Sogleich lief er zur Zarin und erzählte ihr von den Jünglingen. Seine Schilderungen machten sie so neugierig, daß sie es kaum erwarten konnte, sie kennenzulernen. Am nächsten Abend fanden sich die beiden Freunde wieder im Palast ein. Ungeduldig warteten schon die Zarin und deren Tochter. Diese hatte schon vierzigmal geheiratet, weil bisher keiner ihrer Männer die erste Hochzeitsnacht überlebte. Als die Zarentochter nun die beiden schönen Jünglinge sah, wollte sie gleich wieder einen von ihnen zum Manne haben. Das flüsterte sie ihrem Vater zu, dem dies auch schon in den Sinn gekommen war, und so sagte er es freiheraus seinen Gästen. Iwantscho sollte der Bräutigam sein, und dieser hatte nichts dagegen. Nach vierzehn Tagen dann fand das Hochzeitsfest statt – es war das einundvierzigste für die Zarentochter. Aus dem ganzen Reich waren Gäste gekommen. Als mit der Dunkelheit schließlich für die Jungvermählten auch die Zeit gekommen war, sich in ihr Zimmer zurückzuziehen, sagte Deli Balta zu Iwantscho: »Wir haben einander geschworen, uns nie zu trennen!« Und so folgte nun Deli Balta der Braut und dem Bräutigam ins Schlafgemach. Als diese sich zur Ruhe legten, drückte er sich in eine Ecke nahe dem Bett, stopfte sich eine Pfeife und schaute von Zeit zu Zeit zu seinem Freund hinüber. Der schlief tief und ruhig, die Zarentochter dagegen warf sich hin und her, ächzte und stöhnte. Schaum kam plötzlich aus ihrem Mund, und kurz darauf zeigte sich eine große Schlange. Schon neigte sie sich über Iwantscho und wollte gerade in dessen Stirn beißen, als

Deli Balta nach seiner Axt griff und der Schlange den Kopf abschlug. Er nahm den Schlangenkopf, wickelte ihn ein und steckte ihn in seine Hosentasche. Der Schlangenrumpf aber war in den Mund der Zarentochter zurückgeschlüpft, und so schlief sie von da ab ruhig und fest, so daß auch Deli Balta sich niederlegte. Als am nächsten Morgen das junge Paar erwachte, begannen alle Glocken im Zarenreich zu läuten. Das ganze Volk freute sich, daß nun endlich ein Schwiegersohn des Zaren die Hochzeitsnacht überlebt hatte. Ein fröhliches Fest begann und währte zwei Monate lang. Die Menschen sangen und tanzten unentwegt, so daß am Ende ein jeder erschöpft vom Feiern war. Da sagte Iwantscho zum Zaren, daß sie in ihr Land zurückkehren wollen. Deli Balta bereitete alles für die Abreise vor und bat den Zaren um vierzig Maultiere mit vierzig Tragsätteln und um achtzig Säcke.

Die Stunde des Abschieds kam, und die beiden Freunde machten sich gemeinsam mit der Zarentochter auf den Weg. So gelangten sie schließlich wieder in jenes verlassene Dorf, in dem einst die Räuber hausten. Deli Balta führte seinen Freund zu der Erdhöhle. Sodann stiegen beide hinab, stopften alles Gold und Silber in die Säcke, und nachdem sie die Maultiere damit beladen hatten, setzten sie ihren Weg nach Hause fort. Im Dorf wurden sie freudig begrüßt, und ein jeder staunte über den großen Reichtum, zu dem sie gekommen waren.

Die beiden Freunde kamen überein, alles brüderlich aufzuteilen.

Nachdem jeder von ihnen die Hälfte von dem Gold, dem Silber und den Maultieren erhalten hatte, sagte Deli Balta: »So, nun müssen wir nur noch deine Braut teilen, denn schließlich ist auch sie brüderlich erworben!«

»Wie soll das gehen, mein Freund?« fragte Iwantscho verwundert. »Ganz einfach, wir schneiden sie in zwei Hälften!« entgegnete Deli Balta.

Sie holten die Braut, hielten sie mit dem Kopf nach unten über einen Trog und – Iwantscho traute seinen Augen nicht – es fiel ein Schlangenrumpf aus ihr heraus. Nun zeigte Deli Balta seinem Freund auch den Schlangenkopf und sprach: »Während deiner Hochzeitsnacht hätte dich diese Schlange beinahe gebissen, und du wärst gestorben, wie auch schon die Männer vor dir starben! Ich habe es aber verhindern können. So will ich dir nun auch sagen, daß ich damals nur gekommen bin, um auch dir zu helfen, so wie du einst jenen armen Bauern geholfen hast, als du den Mist auf ihren Feldern verteilt und damit ihre Böden fruchtbar gemacht hast. Nunmehr werden wir uns trennen, und mitnehmen möchte ich gar nichts – weder Goldstükke, noch Maultiere, noch deine Braut. Lebe nun wohl, mein Freund!« Mit dem letzten Wort war er entschwunden.

Dieser Deli Balta war kein anderer als Gottes Sohn.

75.
Die Zarentochter mit den eisernen Kleidern

Es war einmal eine arme alte Großmutter. Eines Tages kam zu ihr der Sohn eines Zaren, der wie ein einfacher Mensch gekleidet war. Freundlich nahm sie ihn bei sich auf, sorgte für sein Essen und Trinken, wusch und flickte seine Sachen. Zum Dank dafür teilte der Jüngling mit der Großmutter seinen Lohn, den er durch den Verkauf von Strohmatten bekam, die er ebenso geschickt wie schön zu fertigen verstand. Nach einiger Zeit sagte er zur Großmutter: »Geh bitte zur Zarentochter und wirb für mich um deren Hand. Sag ihr, was immer sie sich wünschen mag, will ich ihr sofort erfüllen.«

So ging also die Großmutter zur Zarentochter und erklärte ihr, weswegen sie gekommen war.

»Versteht dieser Jüngling ein Handwerk?« fragte diese darauf.

»Und ob!« entgegnete die Großmutter.

»Welches ist es denn? Sprich!«

»Er fertigt wunderschöne Strohmatten und verkauft sie dann.«

»Nun, wenn es so ist, Mütterchen«, sprach die Zarentochter, »geh und überbringe ihm, daß ich gläserne Paläste wünsche, deren Türen sich von selber öffnen und schließen können. Schafft er dies, will ich ihn heiraten.«

Die Großmutter kehrte nach Hause zurück und überbrachte dem Jüngling, was die Zarentochter verlangt hatte.

»Gut, so will ich ihr gern den Wunsch erfüllen, Mütterchen«, sprach der Jüngling und ging aus dem Haus. Im Nu hatte er die gläsernen Paläste geschaffen, in denen sich alle Türen von selber öffneten und wieder schlossen. Zudem ließ er allerlei liebliche Vöglein darin singen.

Als die Zarentochter die Paläste sah, war sie außer sich vor Freude. Sie bestaunte deren Schönheit und lauschte entzückt dem Vogelgesang. Kurz drauf machte sich die Großmutter ein zweites Mal zu ihr auf den Weg und warb um die Hand der Zarentochter. Dieses Mal aber entgegnete ihr die Zarentochter: »Sage deinem Sohn, Mütterchen, er soll mir erst noch einen Garten herrichten, in dem die Sonne scheint, der Regen fällt, die Vöglein singen und die Bäume immerfort blühen und Früchte tragen. Schafft er dies, dann will ich ihn zum Manne nehmen.« Nach Hause zurückgekehrt, gab die Großmutter dem Jüngling Wort für Wort wieder.

»Sie soll ihn bekommen!« sagte dieser und schuf in einer Stunde eben einen solchen Garten, wie ihn sich die Zarentochter gewünscht hatte. Ihre Freude darüber war übergroß, und sie konnte nicht genug Worte des Lobes und der Bewunderung finden, als sie ihren Freunden diesen Garten zeigte. Nun schickte der Jüngling abermals die Großmutter los, damit sie um die Zarentochter werbe. Bei ihr angekommen aber, sagte diese: »Mütterchen, falls er mir in einer Nacht über alle Flüsse, Seen und Meere des Zarenreiches nun auch noch Brücken bauen könne, ohne Holz, Eisen oder Steine zu verwenden, ja dann will ich ihn wirklich zum Mann haben.«

Und wieder kehrte die Großmutter heim und übermittelte auch diesen Wunsch. Der Jüngling ließ noch in derselben Stunde über alle Flüsse, Seen und Meere Brücken entstehen. Sogleich erfuhr es die Zarentochter und beschloß, ihrem Vater von jenem Freier zu erzählen, der sie heiraten wolle und dafür all die Wunder vollbracht hatte. Der Zar sagte zu ihr: »Mein Kind, da es auch dein Wunsch ist, heirate ihn!« Die Zarentochter ließ dem Jüngling ausrichten, daß sie ihn heiraten wolle. Er legte festliche Kleider an und machte sich gemeinsam mit der Großmutter auf den Weg. Als sie im Palast ankamen, waren alle Hochzeitsvorbereitungen schon getroffen. Das junge Paar ließ sich trauen, und danach hob eine große Feier an. Nach dem Fest führte der Bräutigam seine Braut in das kleine Häuschen der Großmutter, wo sie fortan miteinander leben wollten.

Einige Zeit war seitdem verstrichen, da lud der Zar den Schwiegersohn zu sich ein. Begleitet von seiner jungen Frau, machte sich dieser auf den Weg, doch hatte er sich vorher einen großen Pferdekopf übergestülpt. Den nahm er erst im Zarenpalast wieder herunter und stellte ihn in einer Ecke ab. Während das junge Paar dann mit dem Zaren und der Zarin über dieses und jenes plauderte, bemerkten die Diener den merkwürdigen Pferdekopf und warfen ihn, ohne lange zu überlegen, ins Feuer. Der Kopf loderte auf und verbrannte. Danach zog durch den ganzen Palast ein absonderlicher Geruch, der schließlich auch in das Zimmer drang, in dem Zar und Zarin mit ihren Gästen saßen.

»Was ist das für ein Geruch?« fragte erschrocken der Schwiegersohn und sagte dann leise zu seiner Frau: »Man hat wohl den Pferdekopf verbrannt, und dies wird uns großen Kummer bereiten.« So war dann auch bald für das junge Paar die Zeit gekommen, sich zu verabschieden und nach Hause zurückzukehren. Bevor es sich jedoch auf den Heimweg machte, fragte der Schwiegersohn nach dem Pferdekopf. Die Schwestern seiner Frau baten um Vergebung, denn sie hätten nicht gewußt, wem der Pferdekopf gehöre. Der Zarensohn sagte dazu kein Wort. Ins Häuschen der Großmutter zurückgekehrt, erklärte er dann: »Dir, liebe Frau, wurde das größere Leid zugefügt, als man jenen Pferdekopf verbrannte. Vielleicht werden wir uns nie wiedersehen, es sei denn, du erträgst alle Mühsal auf der

Suche nach mir. Zunächst aber wirst du neun Jahre bei deinem Vater bleiben müssen. Erst danach kannst du folgendes zu ihm sagen: ›Vater, lasse mir bitte eiserne Kleider, eiserne Opanken und einen Eisenstock fertigen. Diese Kleider werde ich anziehen, diese Opanken mir an die Füße schnallen, und auf den Stock werde ich mich stützen, weil ich losziehen will, um nach meinem Mann zu suchen.‹ Erfüllt dir dein Vater diese Bitte, machst du dich alsdann auf den Weg. Suche und frage nach dem ›Alten‹, denn das wird mein Name sein. Nur du, liebe Frau, kannst mich erlösen und es erreichen, daß wir eines Tages wieder zusammen leben.« Nach diesen Worten ging er aus dem Haus, und man hörte und sah nichts mehr von ihm.

Die Zarentochter zog in den Palast ihres Vaters und lebte dort neun Jahre lang. Nachdem diese Zeit verstrichen war, bat sie ihren Vater um eiserne Kleider, Opanken wie auch um den eisernen Stock. Der Zar erfüllte ihr den Wunsch. Kaum hatte sie die Kleider und Schuhe, legte sie diese an, nahm den Stock in die Hand und zog fort in Richtung des Sonnenaufgangs, wo sie den ›Alten‹ bald zu finden hoffte.

Sie lief und lief den ganzen Tag hindurch, bis sie am Abend völlig müde und erschöpft zu einem Häuschen gelangte. Eine alte Frau saß davor und spann Wolle mit einem Spinnrocken, dessen Spinnrad so groß wie ein Mahlstein war.

»Guten Abend, liebe Frau!« grüßte freundlich die Zarentochter.

»Gutes hat Gott auch dir beschieden, mein Kind, denn hättest du mir nicht ›Guten Abend‹ gewünscht, ja so hätt ich dich gleich verschluckt!« entgegnete ihr die Frau.

»Ach, gute Frau, kannst du mir nicht sagen, wo der ›Alte‹ wohnt? Ich bin auf der Suche nach ihm«, bat die Zarentochter.

»Nein, ich weiß es nicht, doch mein Sohn wird es sicher wissen. Sobald er heimkehrt, will ich ihn danach fragen. Dich aber muß ich schnell vor ihm verbergen, anderenfalls frißt er dich auf der Stelle mit Haut und Haaren!«

Die Frau gab der Zarentochter eine Ohrfeige und hatte sie damit in einen Besen verwandelt, den sie sogleich hinter der Tür versteckte. Kaum war es geschehen, trat auch schon ihr Sohn ins Haus. Überrascht hielt er plötzlich ein und sagte zu seiner Mutter: »Du, ich rieche einen Menschen hier, ich irre mich nicht, ein Mensch ist in unserem Haus!«

»Aber es gibt hier keinen!« antwortete die Mutter schnell und fügte hinzu: »Den ganzen langen Tag warst du inmitten der Menschen, von daher glaubst du, sie noch immer zu riechen.«

Sie stellte ihm das Abendessen auf den Tisch und fragte: »Söhnchen, heute war hier eine Frau und hat mich nach dem ›Alten‹ gefragt. Weißt du, wo er wohnt?«

»Ja, ich kenne den Ort, er ist noch zwei Tage weit von hier. Folgt sie dem Weg weiter, wird sie ihn schon finden.«

Die Zarentochter hatte alles mit angehört, worüber Mutter und Sohn sprachen. Als am nächsten Morgen der Sohn wieder zur Jagd hinausgezogen war, schlug dessen Mutter kurz gegen den Besen und erlöste damit wieder die Zarentochter. Die Frau begleitete sie noch ein Stückchen, zeigte ihr den Weg und kehrte um. Bei Einbruch der Dunkelheit gelangte sie wieder zu einem Häuschen. Auch davor saß eine Frau und spann an einem Spinnrocken, dessen Rad aber war so groß wie das einer Mühle. »Guten Abend!« grüßte freundlich die Zarentochter, erklärte, wen sie suche und bat die Frau um ihre Hilfe. Auch diese verwandelte sie durch eine Ohrfeige, diesmal in eine Nadel. Als ihr Sohn schließlich heimkehrte, fragte das Mütterchen nach jenem ›Alten‹. Er antwortete, daß man noch einen Tag laufen müsse und dann käme man zu einem weiteren Häuschen, in dem zu erfahren sei, wie man zu dem ›Alten‹ gelangen könnte.

So machte sich frühmorgens die Zarentochter wieder auf den Weg und erreichte am Abend jenes Häuschen, vor dem abermals eine Frau saß. Nachdem diese alles mitangehört hatte, verwandelte sie ihren Gast in eine Spindel voller Wolle. Bald darauf kehrte der Sohn hungrig und verärgert heim und fragte, kaum daß er im Hause war: »Mutter, wieso riecht es hier nach einem Menschen?«

»Mein Söhnchen, hier ist niemand! Du hast nur noch immer ihren Geruch in der Nase, denn schließlich warst du den ganzen Tag unter Menschen.«

Der Sohn schwieg dazu und setzte sich zum Abendessen an den Tisch. Zwar wußte er genau, daß ihm die Mutter etwas verheimlichte, doch aus Liebe zu ihr gab er Ruh.

»Söhnchen, heute ist eine Frau an unserem Haus vorbeigekommen und hat mich nach einem ›Alten‹ gefragt. Weißt du, wo er zu finden ist«, fragte sie ihn.

»Der ›Alte‹ wohnt nicht weit von uns«, antwortete der Sohn. »Ein wenig muß man noch laufen, bis man zu den Palästen gelangt, in denen er mit seiner Mutter lebt. Doch ist es schwierig hereinzukommen, denn viele Wachen sind ringsherum aufgestellt, denen kein Fremder entgeht. Dennoch gibt es eine Möglichkeit, in den Palast zu kommen. Jeden Tag schickt der ›Alte‹ seine neun Dienerinnen und ebenso viele Sklavinnen aus, damit sie ihm reines Wasser aus einer Quelle holen. Gelänge es nun, an dieser Quelle die Dienerinnen zu überlisten, indem man aus einem ihrer Wasserkessel trinkt, dann wäre es vielleicht zu schaffen.«

Die Zarentochter hatte sich alles genau gemerkt und zog am nächsten Morgen weiter. Sie mußte noch einen ganzen Tag laufen und erreichte erst am Abend die Quelle. Dort setzte sie sich nieder und ruhte ein wenig aus. Es dauerte nicht lange, da kamen die Dienerinnen mit ihren leeren Kannen. Während sie diese mit dem klaren Wasser füllten, begann die Zarentochter sich mit ihnen zu unterhalten. Sie fragte nach diesem und jenem, erkundigte sich, wessen Paläste es sind und wie der Herr heißt. Dabei griff sie rasch nach einem der Kannen, trank von dem Wasser und warf ebensoschnell ihren Ring hinein. Kaum aber sahen die Dienerinnen den angetrunkenen Kessel, riefen und schrien sie erschrocken auf. Dies hörte ihr Herr, der sogleich herbeieilte und schon von weitem fragte, was geschehen sei. Sie erzählten es ihm und zeigten auf die Kanne. Er nahm sie und fand darin den Ring, den er sogleich wiedererkannte. Freudig lief er los und hielt nach der Zarentochter Ausschau. Er sah dann seine Frau, und schon fiel sie ihm erschöpft, aber glücklich in die Arme.

Soweit, so gut. Der ›Alte‹ nahm die Zarentochter mit in den Palast und ließ sie als Dienerin arbeiten. Seine Mutter aber ahnte bald, wer diese Dienerin in Wirklichkeit war, haßte sie darum und trachtete ihr nach dem Leben. Doch der ›Alte‹ wachte darüber und beteuerte seiner Mutter wieder und wieder, daß jene, wie alle anderen Mädchen, nur eine Dienerin sei.

So verstrich einige Zeit. Die arglistige Mutter hatte inzwischen ihren Sohn mit einer anderen schönen Frau verlobt und bereitete schon alles für die Hochzeit vor. Da flüsterte der ›Alte‹ seiner Dienerin, ebender Zarentochter, leise zu: »Höre, sobald man während der Trauung damit beginnt, den Schleier der Braut zu küssen, mußt du diesen heimlich anzünden. Geht er dann in Flammen auf, werden wir beide unbemerkt entfliehen.«

Und so geschah es denn. Als die Dienerin der jungen Braut den Schleier küßte, hielt sie schnell eine brennende Kerze daran und im Nu brannte er lichterloh. Hals über Kopf stürzten die Zarentochter und der ›Alte‹ davon. Dies hatte die Mutter bemerkt und rief nun, noch während sie den Schleier löschte, ihrer ältesten Tochter zu: »Folge den beiden, und wenn du sie hast, zerreiße sie auf der Stelle in Stücke!«

Sogleich jagte die älteste Schwester ihrem Bruder und dessen Frau hinterher. Fast hätte sie die beiden erreicht, da aber verwandelte der ›Alte‹ die Zarentochter in einen See und sich selber in eine Ente. Verwundert stand seine Schwester dann am See, kehrte aber schließlich wieder um und erzählte der Mutter, was sie gesehen hatte. Wütend schrie die Mutter auf: »Der See war sie, die Ente er! Hättest du den See bloß leergetrunken, dann gäbe es die beiden nicht mehr.« Und so rief sie nun zu ihrer jüngsten Tochter: »Renne jetzt du ihnen nach und bringe das zu Ende, wozu deine Schwester nicht taugte. Zerreiße sie in Stücke, wo immer du sie zu fassen bekommst!«

Nun sprang die jüngste Schwester auf und lief los. Sie rannte, so schnell sie konnte, und war schließlich nicht mehr weit von den beiden, als ihr Bruder die Zarentochter kurzerhand in einen Garten voller Wasser- und Honigmelonen verwandelte und sich selber in den Feldwächter. Schon kam die Schwester heran, schaute verwirrt nach allen Seiten, sah den Garten mit dem Wächter darin, nur von den beiden Flüchtenden entdeckte sie keine Spur. So kehrte sie bald auch unverrichteterdinge wieder um. Zu Hause erzählte sie der Mutter, was sie gesehen hatte. Da raufte sich diese die Haare und schrie: »Warum hast du nicht eine Melone gegessen! Der Garten war doch sie, der Feldwächter er. Na wartet, jetzt werde ich die Sache selber in die Hand nehmen und es den beiden zeigen!«

Verärgert, ja zornig setzte ihnen die Mutter nach. Schon sah der ›Alte‹ seine Mutter immer näher kommen. Schnell verwandelte er die Zarentochter in einen dichten Dornenbusch mit einem besonders dicken Dorn mittendrin. Er selber wurde zu einer großen Schlange und wand sich blitzschnell so dicht um den Dornenbusch herum, daß selbst eine Nadel nicht hindurchgepaßt hätte. Nur der Schlangenkopf ragte drohend darüber. Als die Mutter den dichtumschlungenen Dornenbusch sah, merkte sie, daß selbst sie dagegen nichts auszurichten vermochte. Die Hände ringend, stöhnte sie auf und sprach: »Ach, ›Alter‹, ach, Söhnchen, warum hast du uns dies nur angetan!« Sodann kehrte die Mutter heim zu ihren Töchtern. Die Zarentochter und ihr Mann aber setzten ihren Weg fort und waren nunmehr von allem Kummer erlöst. Fortan lebten sie gemeinsam in jenen Palästen, die sich die Zarentochter einst gewünscht hatte. Auch ich bin dort gewesen: habe gegessen, getrunken, gelacht und bin von ihnen zurückgekehrt, um euch dieses Märchen zu erzählen.

76.
Die Söhne mit den goldenen Haaren

Es war einmal ein Zar, der auf einer Reise durch sein Land auch in ein Dorf kam, in dem drei Schwestern wohnten.

»Mein Zar, nimm mich zur Frau«, sprach da die älteste Schwester zum Zaren, »und ich backe dir ein Brot, mit dem du dein ganzes Haus satt machen kannst!«

»Das habe ich schon!« antwortete der Zar.

»Mein Zar, nimm mich zur Frau«, sprach nun die zweite, »denn ich kann mit meiner Spindel dein großes Heer einkleiden!«

»Das habe ich schon!« entgegnete er auch dieses Mal.

»Nimm mich, mein Zar, ich will dir zwei Söhne mit goldenen Haaren gebären«, sagte zaghaft die dritte und jüngste Schwester.

Dies gefiel dem Zaren, und so nahm er die jüngste Schwester zur Frau. Kaum hatten sie Hochzeit gefeiert, da brach ein Krieg aus, und der Zar rüstete sich zum Aufbruch. Bei seinem Abschied befahl er den Dienern, ihm schnellstens Nachricht zu geben, sobald die Kinder auf die Welt gekommen sind.

Neun Monate gingen ins Land. Die Zarin brachte zwei Jungen zur Welt, die tatsächlich goldene Haare hatten. Als der Zar von der Geburt seiner Söhne erfuhr, eilte er auf der Stelle nach Hause. Zu seiner Ankunft hatten sich alle vor dem Palast versammelt, um ihm zur Vaterschaft zu gratulieren. Nur die Zarin war mit einer Dienerin bei den Kindern zurückgeblieben. Da sagte die Dienerin: »Meine Zarin, warum willst du nicht auch hinausgehen und den Zaren begrüßen? Warum sollen es die anderen vor dir tun?«

Die Zarin hörte auf diesen Rat, ließ sich ihre schönsten Gewänder bringen und ging nun ebenfalls hinaus, um den Zaren zu empfangen. Kaum aber hatte sie das Zimmer verlassen, da nahm die Dienerin die beiden Kinder aus der Wiege und legte zwei kleine, in Decken gehüllte Hunde hinein. Als der Zar dann eintraf, lief er gleich freudig und erwartungsvoll zur Wiege. Aber was mußte er sehen? Statt der zwei Kinder lagen darin zwei kleine schwarze Hunde! Erzürnt befahl er, man solle der Zarin sofort den Kopf scheren, dann Teer darauf streichen und sie danach aus dem Palast jagen – fortan dürfe sie nur noch seine Gänse hüten. Und seit diesem Augenblick nannten alle im Palast sie nur noch die ›Gänsemagd‹.

Bald darauf heiratete der Zar jene falsche Dienerin. Die frühere Zarin hingegen hütete tagsüber die Gänse und schlief auch nachts mit ihnen im Stall.

An jenem Tage, an dem das Unglück seinen Anfang nahm, hatte die Dienerin die beiden Kinder in den Keller geworfen. Sie kümmerte sich nicht weiter um sie, ließ die Kleinen einfach sterben und vergrub sie dann heimlich unter einem Müllhaufen. Nach einiger Zeit waren aus dem Müll zwei prächtige Apfelbäume gewachsen, die goldene Äpfel trugen. Immer wenn frühmorgens die Gänsemagd mit ihren Gänsen vorüberzog, beugten sich die beiden Apfelbäume zu ihr herunter und streichelten ihr Gesicht. Ging jedoch der Zar daran vorbei, schlugen sie ihm in die Augen, und kam gar die neue Zarin des Wegs, schnellten die Äste vor ihr in die Höhe. Dies bemerkte sie natürlich, und es ließ ihr keine Ruhe, so daß sie zum Zaren ging und sagte: »Diese Apfelbäume sind verteufelt. Laß sie fällen und ein Bett daraus machen!«

Der Zar befahl, die beiden wundersamen Bäume abzuschlagen. Aus deren Holz wurde schließlich ein großes Bett gefertigt und sogleich im Schlafgemach des Zaren und der Zarin aufgestellt. Als sie dann zur Nacht darauf schliefen, begann das Bett plötzlich zu sprechen. »Wie sehr quält dich die Last?« hörte man es fragen. »Vaters Gewicht drückt mich nicht«, antwortete das Holz des anderen Bäumchens, worauf das erste aber stöhnte: »Ach, mich quält die Last der Dienerin, die uns getötet hat!« Auch in den folgenden Nächten unterhielten sich beide miteinander. So kam es, daß eines Nachts der Zar ihre Stimmen hörte. Am nächsten Morgen fragte er seine Frau: »Sag, hast du heute nacht Stimmen unter unserem Bett gehört?«

Sie aber hatte es schon viel eher bemerkt und überlegte seitdem, wie sie es dem Zaren bloß klarmachen könne, daß dieses Bett verschwinden muß. Nun bot sich ihr die Gelegenheit, und sie antwortete: »Jede Nacht habe ich irgendwelche Stimmen gehört. Hatte ich dir nicht schon damals gesagt, daß in jenen zwei Apfelbäumchen ein böser Zauber steckt? Du mußt noch heute anordnen, das Bett zu verbrennen!«

Der Zar ließ die Diener kommen und trug ihnen auf, sogleich das Bett ins Feuer zu werfen. So wurde es in einem Ofen verbrannt, und als nur noch etwas glühende Asche davon übriggeblieben war, trug man diese hinaus und verstreute sie auf einem kahlen Feld. Da kam ein Windstoß und wirbelte zwei Funken auf. Er trug sie mit sich und ließ sie dann in den Zarenbrunnen fallen. Von Stund an hatte dieser kein Wasser mehr, sondern war trocken und voller Steine. Nun gab es aber in der ganzen Stadt keinen anderen Brunnen, und alle Menschen konnten nur von dort ihr Wasser holen. Wie sollten sie nunmehr ihr Haus, ihre Felder und ihre Tiere versorgen? Auch der Zar wußte keinen Rat. Und so versammelte er schließlich alle Bischöfe und alle Popen und forderte sie auf zu beten. Und da es nichts half, wurden auch alle Gelehrten gerufen. Doch sosehr diese auch nach dem Grund des Übels suchten, letztlich vermochte keiner etwas auszurichten. Als die Gänsemagd aber davon erfuhr, sagte sie zu den Zarendienern: »Glaubt mir, nur ich kann dem Brunnen wieder Wasser geben!«

Das meldeten die Diener der Zarin, die darauf höhnisch sprach: »All die Gelehrten haben es nicht gekonnt, und diese schmutzige Gänsemagd behauptet nun, es zu können?« Darüber vergingen einige Tage. Da geschah es, daß der Zar auf dem Hof entlang spazierenging, als gerade die Gänsemagd ihr Federvieh aus dem Stall trieb. Er hatte sie bemerkt, wandte sich aber schnell ab, um nicht den Zorn der Zarin zu erfahren. Das kümmerte jedoch die Gänsemagd wenig, und so sprach sie zum Zaren: »Nur ich kann dem Brunnen wieder Wasser geben!«

Nachdem der Zar in den Palast zurückgekehrt war, rief er

die Zarin zu sich und sagte: »Weißt du, was mir eben die Gänsemagd erzählt hat? Nur sie könne den Brunnen heilen und wieder mit Wasser füllen.« Als die bösartige Zarin dies vernahm, begann sie zu schimpfen und zu toben. Wie könne der Zar nur dieser Frau noch glauben, die ihn doch schon einmal belogen und statt Kindern nur zwei Hunde geboren hätte. Er aber hörte nicht darauf und entgegnete: »Wichtig ist jetzt allein, daß noch heute Wasser in den Brunnen fließt. Doch wehe ihr, wenn es nicht stimmt, so werde ich befehlen, daß man sie auf der Stelle tötet.«

Damit war die Zarin einverstanden. Die Diener wurden losgeschickt, um sogleich die Gänsemagd von der Wiese zurückzuholen. Als diese dann vor dem Zaren stand, verlangte sie, die ganze Stadt solle zum Brunnen gerufen werden, damit alle dem versprochenen Wunder beiwohnten. Der Zar ließ alle kommen. Die Gänsemagd wollte, daß der Zar und die Zarin sich neben den Brunnen stellen. Dann begann sie laut zu erzählen: »Wir waren drei Schwestern und lebten in einem kleinen Dorf. Eines Tages kam der Zar zu uns, und meine älteste Schwester sagte zu ihm: ›Zar, nimm mich zur Frau, und ich backe dir ein Brot, mit dem du dein ganzes Heer satt machen kannst!‹ Der Zar aber antwortete stolz: ›Das habe ich schon!‹ Meine zweite Schwester sagte: ›Zar, nimm mich zur Frau, denn ich kann mit meiner Spindel dein großes Heer einkleiden!‹ Seine Antwort lautete abermals: ›Das habe ich schon!‹ Ich aber hatte dem Zaren gesagt: ›Nimm mich zur Frau, und ich will dir zwei Söhne mit goldenen Haaren zur Welt bringen!‹ Das gefiel dem Zaren, und so nahm er schließlich mich zur Frau. Doch, wie ihr wißt, kam Krieg über das Land, und der Zar zog ins Feld. Nach neun Monaten dann gebar ich zwei Söhne mit goldenen Haaren und gab dem Zaren Nachricht davon. Alle hatten sich zu seiner Begrüßung vor dem Palast versammelt, ich aber war bei meinen Kindern geblieben. Zu guter Letzt überredete mich die Dienerin, auch zu den anderen hinunter zu gehen, damit ich als erste den Zaren begrüße und unsere Kinder vor ihm lobpreise. Ja und während ich dann auf den Zaren wartete, nahm niemand anders als diese Dienerin meine beiden Söhne aus der Wiege und legte statt dessen zwei schwarze Hunde hinein. Dies ist die reine Wahrheit, rein wie eine Perle! Als der Zar statt der Kinder dann die beiden Hunde sah, fuhr er entsetzt zurück und jagte mich davon. Jene Dienerin aber, die die Kinder getötet hatte, nahm er wenig später zu seiner Frau.«

Noch ehe die Gänsemagd sagen konnte: »Es ist die reine Wahrheit, rein wie eine Perle! Kommt nun heraus aus dem Brunnen, meine zwei Lieben mit den goldenen Haaren«, da sprangen auch schon die zwei Brüder aus dem Brunnen und fielen ihrer Mutter um den Hals. Im selben Augenblick begann das Wasser im Brunnen wieder zu steigen.

Alle Menschen ringsum hatten betroffen der Gänsemagd zugehört und riefen jetzt wie aus einem Munde: »Die Dienerin muß dafür büßen! Die Dienerin soll dafür büßen!«

Da sagte der Zar zu seinem falschen Weib: »Du kannst wählen zwischen zwei Pferden und zwei Messern!«

»Gib mir die Pferde!« antwortete jene Dienerin rasch, in der Hoffnung, damit fliehen zu können.

Doch kam es anders als sie dachte, denn der Zar befahl, das eine Bein an das eine Pferd und das andere an das zweite Pferd festzubinden und dann die Pferde auseinander zu treiben. So geschah es denn auch. Die Gänsemagd aber bat er um Vergebung und lebte fortan mit ihr und seinen beiden Söhnen glücklich und zufrieden.

77.
Drei Schwestern

Es waren einmal drei Schwestern. Als sie eines Abends bei ihrer Handarbeit saßen, sagte die älteste von ihnen: »Ach, wüßte doch der Zar von mir und nähme mich zur Frau, ich würde mit einem einzigen Kilo Wolle sein ganzes Heer kleiden!«

Darauf sagte die mittlere Schwester: »Ich hingegen würde dann mit einem Kilo Mehl sein großes Heer satt machen!«

Schließlich sprach die dritte und jüngste von ihnen: »Nähme mich der Zar zur Frau, ich würde ihm einen Jungen zur Welt bringen mit einer Sonne auf der Stirn und Sternen an seinem Rockschoß und dazu ein Mädchen mit einem Mond auf der Brust und ebenfalls Sternen an ihrem Rockschoß!«

Was und wie es geschehen war, weiß ich nicht, doch hatte der Zar von dem Gespräch der Schwestern erfahren. Er schickte Soldaten los, damit sie die Mädchen zu ihm führten. Kaum waren sie im Palast angekommen, brachte der Zar der ältesten Schwester ein Kilo Wolle, der mittleren ein Kilo Mehl und bat sie, ihr Können zu zeigen. Beide mühten sich ab, taten ihr Bestes und hatten am Ende doch nichts zustande gebracht. Die älteste Schwester konnte nicht einmal ein Paar Socken für den Zaren fertigstricken, ja und die mittlere hatte letztlich nicht ein einziges Weizenbrot gebacken. So nahm nun der Zar die jüngste Schwester bei sich auf, und nach einem Jahr gebar sie ihm zwei Kinder. Beide trugen Sterne an ihren Rockschößen, und der Junge hatte eine Sonne auf der Stirn und das Mädchen einen Mond auf der Brust. Voller Neid sahen es die beiden älteren Schwestern, die bei der Geburt da waren. Darum nahmen sie rasch die Kinder, versteckten sie in einer Truhe und wickelten dafür einen Hund und eine Katze in die Windeln ein. Wie bestürzt war doch der Zar, als er statt der Kinder die Tiere sah. Wutentbrannt befahl er sogleich, die jüngste Schwester bis zur Hälfte im Müll einzugraben, ja und alle Bewohner der Stadt, große wie kleine, sollten an ihr vorübergehen und sie bespucken. Die älteren Schwestern indes nahm der Zar in seine Dienste auf, und so blieben sie im Palast. Nachdem einige Zeit vergangen war, holten beide die Truhe hervor und warfen sie heimlich mitsamt den Kindern in den Fluß. Und so trieb sie auf dem Wasser dahin, bis ein Schäfer sie schließlich entdeckte. Außer den vielen Schafen, die er hatte, wünschte er keinen anderen Reichtum, und so rief er der Truhe zu: »Hast du einen Schatz in dir, will ich dich nicht! Birgst du aber Menschen, so komm her zu mir!«

Die Truhe kreiste im Wasser umher und wurde immer näher ans Ufer geschwemmt. Der Schäfer zog sie an Land, öffnete den Deckel, konnte aber nicht hineinschauen, denn ein strahlender Glanz blendete ihn. Da nahm er seine Mütze in die Hand, warf sie von sich fort und rief dabei: »Sind es Menschen, werden sie nach der Mütze laufen, und sollten sie gutherzig und ehrlich sein, will ich ihnen helfen, so gut ich kann.«

Schon sprangen die zwei Kinder aus der Truhe heraus und rannten der Mütze nach. Der Schäfer schaute erheitert zu, führte dann die beiden zu sich nach Haus und sorgte fortan für ihr Wohl. Die Kinder wuchsen heran. Während das Mädchen immer im Hause blieb, ging der Junge dann und wann hinaus in den Wald. Immer, wenn dies geschah, erstrahlte alles um ihn herum. Als einmal der Zar zur Jagd ausgeritten war, traf er den schönen Knaben. Er küßte dessen Stirn und schenkte ihm eine Perle. Tage, Monate, Jahre vergingen. Das Mädchen und der Junge wuchsen heran.

Eines Tages machte sich der Jüngling auf den Weg in die Zarenstadt. Zuvor hatte ihm der Schäfer den Rat gegeben, nicht auf jene Frau zu speien, die bis zur Hälfte in einen Müllhaufen gegraben sei. Er pflückte unterwegs ein Sträußchen Basilikum, und als er dann zu jenem Ort kam, säuberte er die Frau damit. Das tat er von da ab jeden Tag. Der Schäfer war nun schon sehr alt geworden. Da rief er einmal den Jüngling zu sich und sagte: »Mein Sohn, ich werde bald sterben und kann dir keinerlei Reichtum hinterlassen, doch will ich dir etwas sagen. Wenn ich gestorben bin und ihr mich dann begraben habt, wirst du am dritten Tage an mein Grab kommen und dreimal daran klopfen. Ein Pferd wird herausspringen. Nimm es und sorge für sein Futter.« Dann holte der Schäfer ein Buch aus seiner Brusttasche und sagte dazu: »Dieses Buch, mein Sohn, sollst du immer in deinem Gürtel tragen, und sobald du in größte Not gerätst, lese darin!«

Bald darauf starb der Schäfer. Am dritten Tage ging der Jüngling zu dessen Grab und klopfte dreimal daran. Da sprang ein schönes und kräftiges Pferd heraus. Der Jüngling führte es zu sich nach Hause und versorgte es liebevoll.

Nun aber war es den beiden älteren Schwestern zu Ohren gekommen, daß jene Kinder, die sie einst in einer Truhe davontreiben ließen, am Leben geblieben waren. So riefen sie eine alte Frau zu sich und gaben ihr eine Schürze voll Gold mit den Worten: »Wir haben eine Bitte an dich, Mütterchen. Stelle es an, wie du willst, doch diese Schäferkinder dürfen nicht länger leben!« Die Alte machte sich auf und fand bald das Haus des Schäfers. Sie ging hinein, grüßte das Mädchen freundlich und sah sich im Zimmer um. Schmeichelnd sagte die Alte schließlich: »Ach, wie schön du bist, meine Tochter, und nicht minder schön ist dein Haus. Doch eines fehlt dir noch – ein Feenbesen! Hättest du einen solchen, ja dann gäbe es nichts Schöneres auf der Welt als dich, deinen Bruder und euer Haus!«

»So sag mir, gute Frau, wo gibt es einen solchen Besen, und wie kann man ihn bekommen?« fragte darauf das Mädchen.

»Ich will es dir sagen, Töchterchen. Ja, ja, du sollst es erfahren«, sprach eifrig die Alte. »Höre, sobald heute abend dein Bruder heimkehrt, stellst du dich traurig und verstimmt, so daß er dich fragen wird, was dir fehlt. Antworte dann, daß du traurig bist, weil du keinen Feenbesen hast. Sei gewiß, er wird dir einen holen wollen.«

Das Mädchen machte es, wie es ihm die Alte geraten hatte. Als ihr Bruder nach Hause kam, empfing sie ihn traurig und schweigsam, so daß er gleich fragte: »Was gibt es, Schwesterchen, was macht dich so traurig?«

Mit Tränen in den Augen schaute sie ihn an und schluchzte: »Ach, mein Bruder, wir beide sind doch sehr glücklich, haben ein schönes Haus und auch von allem anderen reichlich, doch eines fehlt uns trotzdem: hätten wir nun auch noch einen Feenbesen, dann gäbe es nichts Schöneres auf der Welt als uns und unser Haus!«

Von diesem Tage an begann der Jüngling sein Pferd häufiger und kräftiger zu füttern. So kam es, daß ihn eines Tages das Pferd fragte: »Mein lieber Herr, warum gibst du mir so viel zu fressen und prüfst fortwährend meine Hufe?«

»Ich werde es dir erst sagen, sobald wir uns auf den Weg gemacht haben«, antwortete der Jüngling.

Nach einigen Tagen dann schwang sich der Jüngling auf sein Pferd und ritt, nachdem er sich bekreuzigt hatte, davon. Unterwegs erzählte er seinem Pferd, daß sie losgezogen seien, um einen Feenbesen zu suchen.

»Ach, guter Herr, das wird nicht leicht sein«, entgegnete darauf das Pferd. »Doch, so wahr uns Gott helfe, wird es vielleicht gelingen. Eines mußt du noch wissen: sowie du diesen Besen hast, klammere dich fest an mich, denn in Windeseile muß ich auffliegen, um so schnell wie möglich davonzukommen.«

Das Pferd führte ihn sodann zu dem Ort, wo die Feen wohnten. Die aber saßen gerade alle auf ihren Besen und kämmten ihr Haar. Wie sollte man ihnen dabei einen entreißen können? Nur gut, daß der Jüngling ein so schnelles Pferd besaß. Denn mit nur einem Satz war es in ihren Kreis gesprungen, und noch ehe die Feen es durchschauten, hatte sich der Jüngling einen Besen gegriffen und war im Nu mit seinem Pferd auf- und davongeflogen.

Glücklich und gesund kehrten sie nach Hause zurück.

Als die beiden älteren Schwestern aber nun hörten, daß der Jüngling wohlbehalten mit dem Feenbesen heimgekehrt war, riefen sie abermals die Alte zu sich. Wieder gaben sie ihr eine Schürze voller Goldstücke und drängten sie noch einmal, den Geschwistern das Leben zu nehmen.

Zum zweiten Mal machte sich die Alte auf und ging zu dem Mädchen. »Na, siehst du, Töchterchen, um wieviel schöner euer Haus geworden ist, seitdem ihr nun einen Feenbesen habt?« fragte gleich die Alte, kaum daß sie im Hause war. »Doch eines fehlt noch immer – ein Feenapfel! Hättet ihr einen solchen, ja dann gäbe es nichts Schöneres auf der Welt als dich, deinen Bruder und euer Haus!«

»Wo gibt es einen solchen Apfel, und wie könnte man ihn bekommen?« fragte das Mädchen neugierig. »Halt dort, wo es die Besen gab, sind auch diese Äpfel zu finden«, antwortete die Alte. »Mach es so wie beim ersten Mal. Stell dich traurig, und so wird dir dein Bruder schon einen Feenapfel holen.«

Als am Abend der Bruder nach Hause kam, fand er seine Schwester aufs neue betrübt vor. Er fragte nach dem Grund ihrer Traurigkeit. Mit Tränen in den Augen antwortete sie, daß im Hause trotz allem doch noch etwas fehle – ein Feenapfel. So zog der Bruder wieder fort und kehrte tatsächlich bald mit einem Feenapfel zurück. Er legte ihn auf ein Wandbrett nieder, und ihr Zimmer erstrahlte in noch größerer Schönheit als zuvor.

Kaum aber hatten die Schwestern im Palast davon erfahren, riefen sie zum dritten Mal die Alte zu sich, gaben ihr abermals eine Schürze voll mit Goldstücken und baten: »Goldenes Mütterchen, sieh nun aber zu, daß diese Geschwisterkinder endlich sterben!«

Die Alte wandte und drehte sich, sie wollte nicht mehr so recht, doch letztlich konnten die Schwestern sie überreden, so daß sie von neuem loszog. Sie grüßte das Mädchen und sprach darauf: »Na, liebes Töchterchen, siehst du, um wieviel schöner dein Haus noch geworden ist, seit du einen Feenapfel hast? Käme zu all dem Glanz und all der Schönheit auch noch die Rose Jordana als Braut deines Bruders ins Haus, dann gäbe es nun wirklich nichts Prächtigeres auf der ganzen Welt als euch!«

»Wo ist Rose Jordana zu finden und wer könnte sie wohl herführen?« fragte das Mädchen gespannt.

»Wer schon? Dein Bruder natürlich. Er hat schließlich den Feenbesen und auch den Feenapfel gebracht, dann wird er doch erst recht Rose Jordana finden und hierher führen können. Mach es so wie bisher. Fragt er dann nach dem Grund deiner Traurigkeit, mußt du ihm sagen, wie schön es erst wäre, würde er Rose Jordana als seine Braut und deine Schwägerin ins Haus holen.«

Als der Bruder heimkam, sah er seine Schwester so unglücklich dasitzen wie noch niemals zuvor. Sie hatte ihn weder begrüßt, noch wollte sie mit ihm gemeinsam zu Abend essen. Verwundert und besorgt fragte er: »Mein

Schwesterchen, was macht dich so traurig, daß du mich nicht begrüßen und auch nicht mit mir essen willst?«

Da antwortete ihm die Schwester: »Ach, mein liebes Brüderlein, um wieviel schöner ist es doch in unserem Haus durch den Feenbesen und den Feenapfel geworden. Doch eines fehlt noch immer, und darüber finde ich keine Ruh. Käme, mein Bruder, zu aller Schönheit und Vollkommenheit, nun auch noch Rose Jordana als deine Braut zu uns ins Haus, ja, dann gäbe es wirklich nichts Prächtigeres auf Erden als uns!«

»Aber, Schwesterchen, was redest du da, willst du meinen Tod?« fragte erschrocken der Bruder. »Von all denen, die sich bisher auf den Weg zur Rose Jordana gemacht haben, ist keiner zurückgekehrt!«

Davon aber wollte die Schwester nichts hören. Stumm lief sie im Haus umher, wechselte kein einziges Wörtchen mit ihrem Bruder und dachte fortwährend nur an Rose Jordana. Dies bedrückte ihren Bruder so sehr, daß er sich schließlich doch auf sein Pferd schwang und sich auf den langen Weg machte. Er war schon einige Zeit geritten, als ihm plötzlich zwei Berge den Weg versperrten. Diese waren miteinander so heftig in Streit geraten, daß keine Menschenseele zwischen ihnen hindurchkommen konnte. Da geschah es, daß die Berge kurz voneinander abließen, um danach von neuem wuchtig zusammenzuprallen. Im selben Moment rief ihnen der Jüngling ein freundliches ›Guten Morgen!‹ zu, und schon preschte das Pferd zwischen den Bergen hindurch. Nur ein kleines Büschel des Pferdeschwanzes blieb dazwischen hängen. Nach einem weiteren Stück des Weges traf er auf ein altes Mütterchen. Es hockte vor einem Backofen und mühte sich gerade damit ab, diesen mit ihren Haaren auszukehren.

»Guten Morgen, Mütterchen!« grüßte der Jüngling und sprang geschwind vom Pferd. Er zeigte dem Mütterchen, wie der Ofen mit einem Reisigbesen gekehrt und wie anschließend das Brot hineingeschoben wird. Für diese Hilfe segnete ihn die Alte und gab ihm zum Dank auch etwas Brot aus Haferspreu zu essen. Der Jüngling war sehr hungrig geworden, und so setzte er sich nieder und aß sich ordentlich satt. Danach bestieg er wieder sein Pferd, bekreuzigte sich und zog eilig weiter. Nach einiger Zeit kreuzte ein seltsamer Fluß den Weg. Statt Wasser strömte darin nur Eiter und Blut, so daß bislang niemand davon getrunken oder sich darin gebadet hatte. Der Jüngling aber grüßte unbekümmert den Fluß mit einem lauten und heiteren ›Guten Morgen!‹ und scheute auch nicht davor zurück, sich darin zu baden und etwas zu trinken. Sogleich ließ die Strömung nach, und der Jüngling konnte nun leicht mit seinem Pferd hindurchreiten. Er ritt weiter und weiter, immer geraden Weges. Bald kam er an einen Ort, wo weit und breit scharfkantige und spitze Klingen aus dem Boden ragten. ›Guten Morgen!‹ rief der Jüngling, und augenblicklich legten sich die Spitzen zu Boden, so daß er ungehindert darüber hinwegziehen konnte. Nachdem er wieder ein reichliches Stück geritten war, gelangte er schließlich zu einer weiten Ebene, die voll versteinter Männer war. Verwundert sah sich der Jüngling noch um, als sein Pferd zu ihm sagte: »He, mein Herr, suche dir schnell ein gutes Plätzchen aus, denn ein Zurück wird es auch für uns nicht mehr geben. Genauso wie alle hier zu Stein geworden sind, all jene, die zur Rose Jordana wollten, werden auch wir zu Stein werden!«

Schnell ritt der Jüngling zu einem etwas höher gelegenen Fleckchen, stieg dort von seinem Pferd herunter und begann, so laut er nur konnte, zu rufen: »Hallo, Rose Jordana, Rose Jordana!« Da rief eine Stimme, es war die der Rose Jordana, herüber: »Werde zu Stein bis zu den Knien!« Gleich darauf hörte man es wieder: »Werde zu Stein bis zu den Knien!« Und im Nu trat es ein. Der Jüngling wie sein Pferd waren bis zu den Knien versteinert. Trotzdem wiederholte er mit Tränen in den Augen seinen Ruf: »Rose Jordana! Rose Jordana!«

»Werde zu Stein bis zum Gürtel!« klang es zurück. »Werde zu Stein bis zum Gürtel!« Auch dies geschah, kaum daß die Worte zu Ende gesprochen waren. In diesem Moment größter Not erinnerte sich der Jüngling an das Buch, das er einst vom Schäfer geschenkt bekommen hatte. Eilig zog er es aus seinem Gürtel, und während er darin las, verwandelte sich nach und nach das bereits zu Stein Gewordene zurück. Plötzlich stand jene Frau, mit dem Namen Rose Jordana, vor ihm. Sie war so schön, daß einem fast die Augen davon zu schmerzen begannen. Der Jüngling bat Rose Jordana, bevor sie sich gemeinsam auf den Weg machten, all die versteinerten Männer, die über die weite Ebene verstreut waren, von ihrem Schicksal zu erlösen. Sie aber sagte darauf: »Guter Jüngling, sobald ich diese Männer wieder lebendig werden lasse, verfolgen sie uns, und wir hätten unsere Not damit.«

Dies aber fürchtete der Jüngling nicht, besaß er doch ein schnelles Pferd. Beide stiegen auf, und kurz bevor es wie der Wind davonflog, klatschte Rose Jordana in die Hände und verwandelte damit alle Versteinerten wieder in Männer zurück. Doch kaum spürten diese Leben in sich, jagten sie auch schon den beiden hinterher. Inzwischen aber war das Pferd zu den scharfen Klingen gelangt, die den Weg versperrten. Von weither hörte man die heraneilenden Männer rufen, die Klingen mögen die Flüchtenden aufhalten. Diese aber entgegneten: »Wir halten sie nicht auf, denn niemand hatte uns bislang mit einem ›Guten Morgen!‹ gegrüßt – wohl aber dieser Jüngling!«

Sodann senkten sich die Spitzen flach zu Boden, und das Pferd konnte unversehrt darüber hinweggaloppieren. Ebenso schnell wie sich alle scharfen Klingen gesenkt hatten, richteten sie sich auch wieder auf. Als die Männer ankamen, kratzten und schnitten sie ihnen in die Beine. Indes hatte das Pferd mit dem Jüngling und Rose Jordana jenen Fluß erreicht. Sofort hielt die Strömung ein, und das junge Paar überquerte gefahrlos den Fluß. Zu den Verfolgern aber sprach der Fluß: »Euch will ich nicht helfen, denn keiner hat von meinem Wasser getrunken und sich darin gebadet – wohl aber dieser Jüngling!« Und so kam es, daß viele Männer in dem Blut und Eiter ertranken. Nur wenige gelangten auf die andere Seite.

Das Pferd stürmte weiter, und die übrigen Männer riefen

nun dem Mütterchen zu, es solle den Jüngling und die Rose Jordana aufhalten. »Ich halte sie nicht auf«, antwortete ihnen das Mütterchen, »denn niemand zeigte mir, selbst Gott nicht, wie man mit einem Reisigbesen den Backofen auskehrt. Auch wollte noch keiner von meinem Brot essen – wohl aber dieser Jüngling!« Zu guter Letzt näherte sich das junge Paar jenen zwei Bergen, die noch immer miteinander im Streit lagen. Nur hier hätten der Jüngling und Rose Jordana noch aufgehalten werden können, aber auch die Berge entgegneten den flehenden Rufen der Verfolger: »Wir halten sie nicht auf, denn keiner von euch hat uns je einmal mit ›Guten Morgen!‹ begrüßt – wohl aber dieser Jüngling!«

Nunmehr hatten die beiden alle Gefahr überstanden, denn die Berge versperrten jenen Männern für immer den Weg. Geruhsam ritten der Jüngling und Rose Jordana weiter, bis sie den Wald erreichten, in dem das Haus des Schäfers stand. Als die Schwester die beiden kommen sah, war ihre Freude darüber so groß, daß sie kein einziges Wörtchen sagen konnte.

Es dauerte nicht lange, da erfuhren die bösen Schwestern im Zarenpalast, daß der Jüngling auch dieses Mal gesund heimgekehrt war und obendrein noch mit seiner Braut, der wunderschönen Rose Jordana. Gleich liefen sie zu der Alten hin, gaben ihr wieder eine Schürze voller Goldstücke und flehten sie an, den Geschwisterkindern nun doch endlich das Leben zu nehmen. Die Alte versuchte sich herauszuwinden, doch gaben beide Schwestern nicht eher nach, bis sie sich schließlich auf den Weg machte. Ins Haus hinein traute sie sich diesmal nicht, darum rief sie von draußen nach dem Mädchen. Es hatte die Alte rufen hören und stand auf und wollte zu ihr gehen. Da aber hielt es Rose Jordana zurück und sagte: »Bleib nur hier, als künftige Frau des Hauses muß ich hinausgehen.«

So trat anstelle des Mädchens nun Rose Jordana vor das Haus. Die Alte war von deren Schönheit so geblendet und verwirrt, daß sie nur stotternd sagen konnte, sie wolle bloß das Mädchen sprechen. Rose Jordana aber wußte von den bösen Absichten der Alten, zog einen Ring von ihrem Finger und ließ sie, gebeugt wie sie vor ihr stand, zu Stein werden. An diesem Flecken steht die versteinerte Alte noch heute, und viele Menschen haben sich seither auf ihr ausruhen können.

Soweit, so gut. Nachdem einige Zeit verstrichen war, heirateten der Jüngling und Rose Jordana, und sieben Tage lang feierte man ihre Hochzeit. Nach dem Fest hatte der Zar die Jungvermählten in den Palast eingeladen. Jene böswilligen Schwestern, die Dienerinnen des Zaren, richteten die Tafel für sie her und warfen dabei Gift in das Essen des Jünglings und seiner schönen Frau. Ein Hündchen lief im Saal herum, und bevor Rose Jordana zu essen begann, warf sie dem possierlichen Tier einen kleinen Fleischhappen zu. Kaum hatte es der Hund verschluckt, fiel er tot um. Sofort wurden alle Speisen hinausgetragen, und Rose Jordana zauberte mit ihrem Ring schnell neue herbei. Es war ein reiches, köstliches Mahl, und nachdem der Zar und das junge Paar gegessen und getrunken hatten, stimmte nacheinander jeder von ihnen ein Liedchen an. Als die Reihe schließlich an Rose Jordana kam, bat sie den Zaren, zuvor eine Geschichte erzählen zu dürfen, die auch alle Bewohner der Stadt hören sollten. Der Zar war einverstanden und ließ gleich alle herbeirufen, samt den Dienern und Dienerinnen seines Palastes. Bald darauf hatten sich alle versammelt, und auch das Mädchen aus dem Schäferhäuschen war gekommen.

Nun begann Rose Jordana von den drei Schwestern zu erzählen, die der Zar in seinen Palast holen ließ und den Kindern, die einst von der jüngsten Schwester geboren wurden. An den Zaren gewandt, sprach sie dann: »Mein Zar, diejenige, die du lebend und bis zur Hälfte in einen Müllhaufen eingraben ließest, ist die Mutter dieser beiden schönen Kinder hier. Der Junge ist heute mein Mann, das Mädchen meine Schwägerin. Und siehst du diese beiden Dienerinnen dort? Sie waren es, die all das Unheil besorgten und nach dem Leben der Geschwisterkinder trachteten. Doch zum Glück ist es ihnen nicht gelungen.«

Betroffen hatte der Zar zugehört und befahl sogleich, jene Frau vom Müllberg, die Mutter beider Kinder, in den Palast zu holen. Man richtete ihr ein Bad, legte ihr dann die kostbarsten Zarenkleider an und führte sie hinein. Der Zar bat nun die jüngste Schwester um Vergebung und nahm sie zur Frau. Auch seine Kinder sollten fortan bei ihm leben. Als dies gerichtet war, rief er die beiden älteren Schwestern zu sich und sprach: »Sagt, was ist euch lieber, wollt ihr meinen Dienstboten dienen oder für meinen Kerzenschein sorgen?«

Beide glaubten, daß es besser sei, die Kerzen während des Zarenmahls zu halten, und darum antworteten sie flugs: »Dem Kerzenschein, dem Kerzenschein wollen wir zu Diensten sein!«

Auf Befehl des Zaren strich man die beiden so dick mit Teer und Talg ein, daß sie wie Kerzen drei Tage und drei Nächte lang leuchteten. Nach einigen Jahren starb der Zar, und der Jüngling und Rose Jordana wurden Zar und Zarin des Landes.

78.
Des Zaren Schwiegersohn, der sich verwandeln konnte

Ein Junge war in die Welt hinausgezogen, um sich sein Brot zu verdienen. Er lief durch Wiesen und Wälder und gelangte schließlich in ein Tal. Da hörte er plötzlich ein lautes Gezeter. Er ging darauf zu und sah, wie sich eine Ameise, ein Falke und eine Schlange um ihre Beute stritten.

»Warum zankt ihr euch?« fragte er die Tiere. »Weil wir nicht wissen, wie wir das Fleisch aufteilen sollen.«

So half ihnen der Junge dabei und teilte alles gerecht unter ihnen auf. Daraufhin sprach die Schlange: »Hab Dank für deinen Dienst, lieber Junge. Wir wollen es dir lohnen. Ich schenke dir die Gabe, dich in eine Schlange verwandeln zu können, sooft und solange du willst.«

Die Ameise beschenkte ihn damit, daß er, sooft und solange er wollte, zu einer Ameise werden konnte. Und der Falke beschenkte den Jungen ebenso, er durfte Falke sein, sooft und solange ihm danach war. Da sagte der Junge Lebwohl und zog weiter.

Unterwegs kam ihm in den Sinn, es doch einmal auszuprobieren, ob er sich wirklich verwandeln könne. Und so sprach er: »Lieber Gott, laß eine Schlange aus mir werden!« Und es geschah, kaum daß es ausgesprochen war. »Lieber Gott, laß jetzt eine Ameise aus mir werden!« – und schon war er eine Ameise. Schließlich verwandelte er sich noch in einen Falken. Froh zog er weiter. Bald darauf kam ihm eine prächtige Kutsche entgegen, drin saß die Zarentochter. Kaum hatte er sie erkannt, verwandelte er sich schnell in einen Falken und setzte sich furchtlos mitten auf den Weg. Die Zarentochter sah den Falken, ließ die Kutsche anhalten, stieg aus und wollte den Vogel fangen. Gerade als sie ihn greifen wollte, flog der Falke auf und ließ sich ein Stück weiter entfernt wieder nieder. Die Zarentochter folgte ihm, faßte wieder und wieder zu, bis es ihr schließlich gelang, den Falken einzufangen. Sie hielt den Vogel fest in ihrem Schoß und nahm ihn mit in den Palast. Sogleich bat sie ihren Vater um einen Käfig, damit sie den Falken in ihrem Zimmer halten könne.

Gesagt, getan. Ein Käfig wurde gebaut und bei der Zarentochter aufgestellt. Am Abend trugen die Diener das Essen aufs Zimmer. Als sie gesättigt war, legte sie sich zur Ruhe, und die Reste des Mahls blieben auf dem Tisch zurück.

Flugs verwandelte sich der Falke dann in eine Ameise und kroch aus dem Käfig. Kaum war dies geschehen, wurde aus der Ameise ein Junge. Er machte sich über die Reste des Abendbrots her und aß alles auf. Danach verwandelte er sich in eine Ameise zurück, kroch in den Käfig und war schließlich wieder ein Falke.

Als die Zarentochter am nächsten Morgen erwachte, fand sie keinen einzigen Bissen mehr auf dem Tisch. Doch ließ sie am Abend das Essen genauso stehen wie tags zuvor und legte sich schlafen. Da wurde aus dem Falken wieder die Ameise, die geschwind aus dem Käfig kroch, dann der

Junge, der das Abendmahl der Zarentochter aufaß und sich wieder verwandelte – erst in eine Ameise und dann in einen Falken, der in seinem Käfig saß. Die Zarentochter erwachte am Morgen, schaute zum Tisch – kein Bissen war übrig. Sie rief die Diener herbei und schimpfte, sie hätten ihr das Essen gestohlen – und sosehr diese ihre Unschuld auch beteuerten, blieb sie dabei und jagte sie zornig fort.

Am dritten Abend trug man neue Speisen ins Zimmer der Zarentochter. Sie nahm ein wenig davon zu sich und ging sogleich zu Bett, aber dieses Mal stellte sie sich schlafend, lauschte und wartete ab, wer kommen und ihr das Essen stehlen würde. Lange lag sie so, bis ihr schließlich doch einmal die Augen zufielen. Als sie kurz darauf erwachte, was bot sich da ihrem Blick? Ein schöner Jüngling stand an ihrem Tisch und aß die Reste des Abendessens auf. Er war so schön, daß es Freude machte, ihn nur anzuschauen. Leise schlich sich die Zarentochter heran, griff ihn am Arm und fragte: »Was tust du hier, wie bist du in mein Zimmer gekommen?«

Der Jüngling drehte und wand sich, doch blieb ihm keine Wahl, und er sagte: »Ich bin der Falke, den du gefangen hast, und kann mich verwandeln. Eigentlich bin ich, wie du siehst, ein Mensch.«

»Nun gut, wenn es so ist, leg dich zu mir, du bist ja mein!« entgegnete ihm die Zarentochter. Darauf ging sie wieder zu Bett, und der Jüngling legte sich bei ihr nieder.

Die Zarentochter erwachte am nächsten Morgen, ging zu ihrem Vater und sprach: »Mein Vater, ich will heiraten. Rufe die Musikanten herbei!«

»Kind, wie kannst du heiraten wollen, wenn ich noch keinen Mann für dich erwählt habe?« fragte verwundert der Zar.

»Versammle du die Musikanten, den Bräutigam finde ich schon!«

Der Zar gehorchte dem Wunsch seiner Tochter. Es gab ein Hochzeitsfest, so prächtig, daß alle Welt davon sprach.

Nachdem ein Jahr vergangen war, erklärte der Zar einem anderen Zaren den Krieg und zog an der Spitze seines Heeres in den Kampf. Aber den Feind vermochte er nicht zu bezwingen, so daß der Zar am Ende die Hälfte seiner Soldaten verloren hatte und mit Müh und Not davongekommen war. Da sagte der Jüngling, sein Schwiegersohn, zu ihm: »Mein Zar, laß mich nun in den Krieg ziehen und gegen deinen Widersacher kämpfen!«

Der Zar war einverstanden, und so führte der Jüngling das Heer zum Schlachtfeld hin und ließ es an sicherer Stelle zurück. Er wartete noch, bis die Nacht hereingebrochen war, und sprach dann: »Lieber Gott, laß einen Falken aus mir werden!«, und schon flog ein Falke auf und war bald im Feldlager des gegnerischen Heeres. Als alle fest eingeschlafen waren, sprach er sodann: »Lieber Gott, laß mich schnell wieder ein Mann werden!« Im Nu war dies geschehen, und der Jüngling nahm einen Säbel zur Hand und erschlug einen Soldaten nach dem anderen. Von dem Lärm wurden alle übrigen aus dem Schlaf geweckt, sie sprangen auf, und da in der dunklen Nacht niemand so recht zu erkennen war, entfachte sich ein Kampf zwischen ihnen, der am Ende allen das Leben kostete. So hatte der Schwiegersohn des Zaren den Kampf entschieden. Danach verwandelte er sich wieder in einen Falken und flog zu seinen Soldaten zurück. Dem Zaren wurde sogleich die Nachricht überbracht, daß das gegnerische Heer besiegt und dabei kein einziger seiner Soldaten gefallen war.

Am Morgen des nächsten Tages zogen die Soldaten ans Meer, um zu baden. Der Schwiegersohn des Zaren hatte die Finger kaum ins Wasser getaucht, als blitzschnell ein großer Fisch auftauchte und ihn verschluckte. Erschrocken sahen es die Soldaten. »Wie sollen wir nun vor dem Zaren erscheinen?« hörte man sie klagen. Die Soldaten suchten nach einem Ausweg, grübelten und grübelten, bis sie auf die Idee kamen, einen aus ihrer Mitte, der dem Verschwundenen sehr ähnlich sah, als Schwiegersohn vor den Zaren treten zu lassen. Kaum aber stand jener Soldat dann vor dem Thron, sagte der Zar: »Der ist nicht mein Schwiegersohn!«

Man führte ihn zur Zarentochter, und auch sie sprach: »Nein, du bist nicht mein Mann!«

»Ich bin es und ob – du erkennst mich nur deshalb nicht wieder, weil mich der Kampf verändert hat«, erklärte der Soldat.

»Dann verwandle dich auf der Stelle in eine Schlange!« forderte nun die Zarentochter.

»Ziemt es sich, aus einem Mann eine Schlange zu machen?« fragte verwundert der Soldat.

»Na, so laß eben einen Falken aus dir werden!« erwiderte die Zarentochter.

»Was denn, aus einem Mann einen Falken machen, das fändest du besser?« antwortete darauf lachend der Soldat.

»Du bist nicht mein Mann«, rief die Zarentochter nun zornig, »und wenn du mir nicht gleich sagst, was ihr ihm angetan habt, laß ich dich unverzüglich töten!«

Dem Soldaten wurde bange, es gab für ihn kein Entrinnen, und er gestand: »Ich will dich nicht länger belügen. Dein Mann wurde von einem Riesenfisch verschluckt!«

Nun war es aber so, daß die Zarentochter drei goldene Äpfel besaß. Die nahm sie und ließ sich von dem Soldaten dahin führen, wo der Fisch ihren Mann verschluckt hatte. Dort setzte sich die Zarentochter nieder und begann mit ihren drei goldenen Äpfeln zu spielen: Sie warf sie hoch in den Himmel hinauf und fing sie wieder auf. Kaum hatte der Fisch sie bemerkt, schaute er aus dem Wasser hervor und sprach: »Gib mir einen von deinen Äpfeln, junge Frau, du kannst dir ja einen neuen pflücken.«

»Ich gebe dir einen, aber nur, wenn du mir zeigst, was du gestern verschluckt hast!« antwortete die Zarentochter.

»Gut, ich will es tun«, entgegnete der Fisch und zeigte ihr den Kopf des Jungen.

Daraufhin warf die Zarentochter dem Fisch einen Apfel zu. Der Fisch fing ihn auf und tauchte sogleich ins Meer zurück. Nach einer halben Stunde kam er abermals ans Ufer und bat um noch einen Apfel.

»Den kannst du haben, wenn du mir den Jüngling bis zum Gürtel zeigst«, sagte nun die Zarentochter.

Da zeigte der Fisch den Jüngling für einen Augenblick vom Kopf bis zum Gürtel, schnappte sich den zweiten Apfel und verschwand. Es dauerte gar nicht lange, da kam er zum dritten Mal an. Die Zarentochter versprach ihm auch den dritten Apfel, wenn sie den Jüngling nun von Kopf bis Fuß sehen dürfe. Der Fisch zeigte ihn, und kaum sah man des Jünglings Sohlen, flog er als Falke auch schon dem Fisch aus dem Maul. Gleich darauf nahm er Menschengestalt an, schloß seine junge Frau in die Arme und kehrte glücklich mit ihr nach Hause zurück.

So nahm alles noch ein gutes Ende, trotz des Unheils, das dem Jüngling widerfahren war. Aber er konnte sich ja verwandeln, darum wußte er sich zu helfen. Im Bauch des Fisches lebte er mal als Schlange, mal als Ameise, bis er schließlich als Falke entkam.

79.
Der Junge, der von einem Apfel kam

Vor langer Zeit lebten einmal ein Mann und eine Frau. Sie waren sehr reich, aber Kinder hatten sie nicht. Eines Tages saß die Frau am Fenster und schaute hinaus, als ein Apfelhändler vorbeikam. Dessen Äpfel waren gar zu teuer – drei Goldstücke wollte er haben für jeden einzelnen.

Verwundert fragte die Frau: »Was sind das nur für Äpfel, daß du sie so teuer verkaufst?«

»Wer keine Kinder hat und von meinen Äpfeln ißt, wird bald eins bekommen«, entgegnete der Händler. »Doch wird dieses Kind, bis es groß ist, die Eltern zu armen Leuten machen, und sei ihr Reichtum noch so groß.«

Zwar fand die Frau recht seltsam, was der Händler da sagte, trotzdem holte sie drei Goldstücke und suchte sich einen Apfel aus. Als am Abend ihr Mann von der Arbeit kam, erzählte sie, was es mit dem Apfel auf sich hatte, nahm ihn her, schnitt ihn mitten durch, und jeder aß eine Hälfte davon.

Nach einigen Monaten bekamen sie wirklich ein Kind – einen Jungen. Als der nun acht Jahre alt geworden war, schickte der Vater ihn in die Schule. Der Junge fing zu lernen an und machte sich gut heraus, die Habe der Eltern aber schmolz dahin. Schließlich war der Junge achtzehn Jahre alt und hatte nur noch ein Schuljahr vor sich. Der Vater jedoch besaß keinen Groschen mehr. Er konnte weder für sein Haus noch für seinen Jungen sorgen, nicht einmal das Geld für die Schulbücher war mehr aufzutreiben. Der Junge sah, daß sein Vater ein armer Mann geworden war, und so erbat er sich bei seinen Lehrern Geld und Bücher, bei den Freunden bat er um Brot, so kam er recht und schlecht auch übers letzte Jahr. Inzwischen aber waren die Eltern des Jungen in größter Armut gestorben. Da stand er nun, ein armer Waisenjunge ohne Verwandte, weit und breit war keiner, der ihn hätte aufnehmen können. Damit er nicht Hungers starb, mußte sich der Junge eine Arbeit suchen. So stand er eines Morgens in aller Frühe auf und machte sich auf den Weg. Er lief den ganzen Tag hindurch. Spätabends erst erreichte er eine Stadt, kehrte dort in einem Gasthof ein und fragte den Wirt: »Guter Mann, kann ich die Nacht über hierbleiben?«

»Gewiß, das kannst du!« antwortete der Wirt. Und so blieb der Junge im Gasthof. In der Nacht nun hatten der Wirt und seine Frau ein und denselben Traum. Darin sprach es zu ihnen: »Nehmt diesen Jungen, der heute in eurem Haus übernachtet, als Gehilfen auf, denn er wird euch Glück bringen!«

Als sie am nächsten Morgen erwachten und es sich herausstellte, daß sie ein und dasselbe geträumt hatten, riefen sie den Jungen und fragten ihn, woher er denn komme und was er vorhabe. Da erzählte ihnen der Junge, daß er aus einem kleinen Dorf stammte, mutterseelenallein geblieben sei und sich nun eine Arbeit suchen wolle. Eilig fragte der Wirt, welchen Lohn er denn haben wolle, damit er bei ihnen bleibe. »Ich will mit dem zufrieden sein, was ihr mir gebt«, sagte der Junge. Sogleich war die Sache abgemacht, und er blieb im Gasthof als Gehilfe des Wirts.

Eines Tages bat der Junge um Erlaubnis, im Fluß baden zu gehen und seine Sachen dort waschen zu dürfen. Und da der Wirt nichts dagegen hatte, nahm der Junge die Wäsche, dazu eine Angel und lief rasch zum Fluß hinunter. Im Nu war alles ausgewaschen und zum Trocknen ausgebreitet. Nachdem er auch gebadet hatte, wollte er noch ein paar Fische angeln. Doch sosehr er sich auch mühte, konnte er keinen Fisch fangen. Verärgert packte der Junge seine Sachen ein und machte sich auf den Heimweg. Auf halbem Wege aber hielt er ein und sagte sich: ›Ach, ich will die Angel noch ein einziges Mal auswerfen und sehen, ob nicht doch einer anbeißt.‹

Der Junge machte kehrt und warf am Fluß seine Angel erneut aus. Und tatsächlich, als er sie wieder herauszog, zappelte ein Fisch daran. Er steckte ihn ein und lief zum Gasthaus zurück. Unterwegs traf er einen alten Mann, der ihn fragte: »Was willst du für deinen Fisch haben?«

»Ich will mit dem zufrieden sein, was du mir gibst, guter Alter!« antwortete der Junge.

Der alte Mann holte tausend Groschen aus seiner Tasche, gab sie dem Jungen und lief mit dem Fisch davon. Im Gasthaus angelangt, gab der Junge die tausend Groschen dem Wirt und erzählte ihm, wie er dazu gekommen war.

Einige Zeit war seitdem verstrichen, da ging der Junge wieder zum Baden und Angeln an den Fluß. Alles geschah wie beim ersten Mal. Und da er Gefallen daran fand, zog er bald zum dritten Mal los. Fast den ganzen Tag lang warf der Junge die Angel aus und wartete. Aber es wollte einfach kein Fisch anbeißen. Schließlich war es dunkel geworden, und der Junge lief wütend nach Hause zurück. Unterwegs kam es ihm in den Sinn: ›Ach, ich will noch einmal die Angel auswerfen, dann laß ich es für heute wirklich genug sein.‹ Gedacht, getan. Und siehe da, als er die Angel herauszog, hing ein Fisch daran. Zufrieden machte er sich auf den Heimweg. Erneut war jener Alte zur Stelle und wollte ihm den Fisch abkaufen. Diesmal aber dachte der Junge nicht daran, ihn herzugeben. Erst bot der Alte tausend, dann sogar zweitausend Groschen, der Junge ließ sich aber nicht umstimmen: »Guter Alter, auch wenn du mir deinen ganzen Reichtum versprichst, diesen Fisch verkaufe ich dir nicht!«

Da ging der Alte seiner Wege, und der Junge brachte den Fisch nach Hause. Dort erzählte er dem Wirt, wieviel Geld man ihm für seinen Fang geboten habe und daß er trotzdem nicht darauf eingegangen sei. Dabei legte er ihn auf den Schanktisch, und wie es ans Ausnehmen ging, stieß er plötzlich auf ein kleines silbernes Becherchen. Rasch schöpfte er etwas Wasser hinein, und als er es wieder ausgießen wollte, da kam statt des Wassers Gold heraus. Der Junge traute seinen Augen nicht und bestaunte verwirrt das Wunder. Sofort probierte er es noch einmal, und wieder rieselten die Goldstücke aus dem Becherchen, daß er mit dem Staunen nicht fertig wurde. Aufgeregt rief er den Wirt und die Wirtin herbei und führte ihnen das Wunder vor, und auch sie hatten ihre helle Freude daran.

Nun hatten die Wirtsleute aber ein Kind, ein Mädchen von fünfzehn Jahren, und die Zeit war herangekommen, es zu verheiraten. Sehr wohl hatten die beiden gemerkt, welch guter Junge ihr Gehilfe war, und wünschten sich ihn darum zum Schwiegersohn. Es kam der Namenstag ihrer Tochter. Die Wirtsleute hatten viel Speis und Trank herangeschafft, und während des ganzen Tages gingen Gäste ein und aus. Als schließlich alle gegangen waren, setzten sich der Wirt und die Wirtin mit ihrer Tochter zum Abendbrot. Nach dem Essen flüsterte der Wirt seiner Frau ins Ohr: »Komm, wir bitten jetzt den Jungen zu uns und fragen ihn, ob er unser Schwiegersohn werden will.« Die Frau war einverstanden, so blieben sie bei Tische sitzen und schwatzten noch ein Weilchen miteinander. Dann schaute die Wirtin zu ihrem Mann hinüber und sprach: »Sag, Mann, wollen wir nicht den Jungen zum Schwiegersohn nehmen? Wir haben uns doch schon so sehr aneinander gewöhnt und ihn liebgewonnen. Geben wir ihm unsere Tochter. Schließlich mag sie ihn auch.«

»Die Hochzeit wär nach meinem Geschmack«, antwortete der Wirt, »denn den Jungen liebe ich wie mein eigenes Kind. Fragen wir ihn, und wenn er einverstanden ist, wollen wir sie miteinander verheiraten. Danach soll alles ihm gehören, mögen die jungen Leute meinethalben den Gasthof in ihre Hände nehmen.«

Sie riefen den Jungen, ließen ihn am Tisch Platz nehmen und fragten dann, ob er nicht ihr Schwiegersohn werden wolle. Das wollte sich der Junge gut überlegen und bat sich zwei, drei Tage Bedenkzeit aus. Dem Wirt und der Wirtin war es recht. Doch bereits am ersten Tag merkte der Junge, daß er die Wirtstochter nicht haben wollte. Er ging zum Wirt und sagte ihm, er werde für ein paar Tage in sein Dorf fahren, und er versprach, ihm gleich bei seiner Rückkehr Antwort zu geben. Dann nahm er sein wundersames Becherchen und machte sich auf den Weg in sein Dorf, zu den Wirtsleuten aber kehrte er nimmermehr zurück.

Lange Zeit lebte der Junge nun im elterlichen Haus. Eines Tages holte er sein Becherchen hervor und fing an, damit Wasser zu schöpfen und Gold auszuschütten – so lange, bis ein großer Haufen beisammen war. Von dem Gold kaufte er sich prächtige Kleider und ein edles Pferd. Sattel und Zaumzeug ließ er sich vergolden, so daß sie wie die Sonne erstrahlten.

Bald darauf legte der Junge die neuen Gewänder an und machte mit seinem Pferd einen Spazierritt. Sein Weg führte ihn auch durch die Stadt. Die Leute auf der Straße blieben verwundert stehen und fragten sich, wer das sein mochte. Als der Junge die Stadt wieder verlassen hatte, preschte eine Kutsche an ihm vorbei. Darin saßen eine alte Frau und ein wunderschönes Mädchen, die voller Staunen den stolzen Reiter betrachteten. Es dauerte nicht lange, da kam ihm dieselbe Kutsche wieder entgegen, und er beschloß, ihr zu folgen. Wenig später hielt die Kutsche an. Die alte Frau und das Mädchen stiegen aus und liefen zu einem alten Mütterchen, das auf einem großen grünen Stuhl am Wegrand saß. Neugierig fragten die beiden das Mütterchen, ob es denn wüßte, wer dieser Junge sei, der soeben auf einem prächtigen Pferd mit goldenem Sattel und goldenem Zaumzeug vorübergeritten war. Das Mütterchen sprach, sie wisse es nicht, und gewundert habe sie sich auch über diesen Burschen. Da stiegen die alte Frau und das Mädchen wieder in die Kutsche und fuhren fort. Auch der Junge hielt nun bei dem Mütterchen an und fragte: »Großmutter, sag, wer waren die beiden, die eben aus der Kutsche stiegen, und was wollten sie von dir?«

»Das waren die Zarentochter und ihre Tante. Sie haben mich nach dir gefragt«, antwortete das Mütterchen. Er gab der Alten fünf Goldstücke, stieg auf sein Pferd und ritt davon.

In jener Zeit, da sich dies zutrug, suchte man gerade junge Männer für das Heer, und das kam dem Jungen gelegen, so daß er sich bei den Werbern einschrieb und den Soldatenrock überzog. Hauptmann wollte er werden, und zwar schnell, darum schob er seinen Hauptleuten manches Goldstück zu, damit sie ihm das Kriegshandwerk schneller beibrächten. So kam es denn auch – binnen kurzem hatte man den Jungen zum Hauptmann geschlagen.

Nun stand der Namenstag des Zaren bevor. Zu seinen Ehren sollte das ganze Heer in der schmucksten Paradeuniform am Palast vorüberziehen. Der Junge ließ sich einen goldenen Säbel schmieden und Knöpfe aus purem Gold an den Rock nähen. Alles strömte zum festlichen Aufmarsch herbei, und jedermann bestaunte den schönen jungen Hauptmann, selbst der Zar konnte die Augen nicht von ihm abwenden. Nach dem Fest befahl er ihn zu sich. Kaum stand der junge Hauptmann vor ihm, gefiel dieser dem Zaren so sehr, daß er ihn auf der Stelle zu seinem Leibwächter machte. Da war der Junge nun also des Zaren Leibwächter, und eine ganze Weile blieb er es auch. Aber nicht nur der Zar, auch seine Tochter fand Gefallen an ihm. Bald verliebten sich die beiden ineinander. Viele Geschenke, eines kostbarer als das andere, legte der Jüngling der Zarentochter zu Füßen. Einmal schöpfte er vor ihren Augen mit seinem silbernen Becherchen Wasser und ließ danach Gold herausrieseln. Die Zarentochter rief Oh! und Ach! Das Becherchen machte ihr solchen Spaß, daß sie es unbedingt haben wollte. Der Junge gab es ihr gern und erzählte auch, wie er dazu gekommen war. Von dieser Stunde an waren die Zarentochter und der Jüngling unzertrennlich – am Tage und in der Nacht. Wenig später konnte jeder sehen, daß die Zarentochter ein Kind erwartete. Als der Zar davon erfuhr, wollte er sie sogleich töten lassen, nur die Zarin ließ es nicht zu. So wurden die Hofräte zusammengerufen, und der Zar befahl ihnen zu entscheiden, wie seine Tochter bestraft werden sollte. Einige der Berater waren für den Strang, andere dafür, sie ins Verlies zu werfen, und manche wollten sie gar teeren und verbrennen. Betroffen hörte der junge Leibwächter zu. Schließlich sagte er: »Warum erhängen, anzünden, ins Verlies sperren? Das beste wäre, man baut eine große Truhe, in die kein Wasser dringen kann, steckt die Zarentochter hinein und gibt ihr den Schlüssel, damit sie von innen zusperrt, dann setzt man die Truhe im Meer aus. Ist das Glück ihr hold und sie bleibt am Leben, so mögen die Wellen sie irgendwo an Land spülen. Die Zarentochter könnte heraussteigen und tun, was ihr lieb ist. Hat sie aber dieses Glück nicht, so ist die Strafe sicher hart genug, auf dem Wasser zu treiben, bis der Tod sie holt.«

Mit diesem Vorschlag waren alle einverstanden. Eine Truhe wurde gebaut und sorgsam mit Harz abgedichtet. Anschließend legte man die Zarentochter hinein, gab ihr den Schlüssel und brachte die Truhe ans Meer. Dort sprach der Zar zu seiner Tochter: »Dies soll meine Strafe für dich sein. Hast du Glück, und das Meer trägt dich an Land, kannst du aus der Truhe steigen. Dann lebe so gut oder schlecht, wie du es eben vermagst.«

Nach diesen Worten gab der Zar der Truhe einen kräftigen Stoß, und sie trieb auf dem Meer davon.

Allein in der finsteren Truhe, flehte die Tochter zu Gott, er möge ihr beistehen und einen Ausweg aus ihrer Lage weisen. Nach einigen Tagen trugen die Wellen sie wahrhaftig an Land. Kaum hatte sie gemerkt, daß die Truhe auf festem Boden stand, schloß sie von innen auf und kroch heraus. Froh dankte sie Gott, daß er sie erhört hatte, nahm ihr silbernes Becherchen und lief den Meeresstrand entlang. Nach einer Weile traf sie auf eine kleine Küstenstadt. Zuerst setzte sie sich ans Ufer und schöpfte mit ihrem Becherchen einen großen Goldhaufen zusammen. Dann ging sie in die Stadt und kaufte sich von ihrem Gold ein schönes Stück Land an der Meeresküste. Dort bauten ihr viele Handwerksmeister in kurzer Zeit einen großen und prächtigen Palast, umgeben von einem blühenden Garten mit einigen Brunnen darin. Nach wenigen Monaten gebar die Zarentochter in ihrem Palast einen Jungen. Als sie eines Tages mit dem Kind am Fenster stand und sehnsüchtig an jenen schönen Leibwächter dachte – wo mochte er sein, was mochte er tun? – da bemerkte sie ein Boot, das ganz in der Nähe ans Ufer stieß. Ein Mann saß darin, der ihres Vaters Leibwächter sehr ähnlich sah. Schnell befahl sie den Dienern, zum Boot hinunterzugehen und den Mann zu ihr zu führen. Wie er dann vor ihr stand, war sie sich nicht mehr sicher. Darum fragte sie bangen Herzens, woher er komme und wohin er wolle. Nun erzählte ihr der Fremde, daß er einst Leibwächter des Zaren gewesen war und sich in dessen Tochter verliebt hatte – sie schenkte ihm ihre Unschuld und er ihr ein silbernes Becherchen. Und wie der Zar davon erfuhr, verstieß dieser seine Tochter und ließ sie in einer Truhe aufs offene Meer hinaustreiben. Ihn hatten sie fortgejagt, und seitdem war er auf der Suche nach ihr. Wie er es sprach, schlug ihr das Herz bis an den Hals, und sie gab sich zu erkennen: »Schau mich an, die verstoßene Zarentochter bin ich. Mit deinem wundersamen Becherchen habe ich diesen Palast bauen lassen und alles, was du hier siehst. Uns beiden gehört es, auch dieser Junge hier auf meinem Arm.« Und mit diesen Worten reichte sie ihm das Kind.

So hatten sich die beiden wiedergefunden und lebten nun glücklich miteinander. Es sollen die wohlhabendsten Leute der ganzen Gegend gewesen sein.

Allmählich begann die kleine Küstenstadt zu wachsen. Immer mehr Menschen zogen herbei und ließen sich dort nieder, bald war es die reichste und schönste Stadt an der Meeresküste. Eines Tages lud das junge Paar den Zaren zu sich ein. Als man ihm die Einladung überbrachte, sagte er: »Na, das trifft sich gut, kann ich doch endlich mal sehen, was es mit dieser Stadt auf sich hat, von der so viele reden.«

Den Weg hin zum Städtchen, den der Zar und seine Gemahlin nun entlangfuhren, hatte das junge Paar ganz und gar vergolden lassen – und am Ende des Weges standen sie und wollten die hohen Gäste willkommen heißen. Zar und Zarin staunten und fragten sich während der Fahrt: »Wo ist bloß das viele Gold her, und wer hat den Weg damit gepflastert?«

Als sie schließlich an den Toren der Stadt ankamen, wurden sie in den Palast geführt, freundlich empfangen und auf das köstlichste bewirtet. Zar und Zarin fanden großes Gefallen an den jungen Leuten, die ein Herz und eine Seele und wie füreinander geschaffen waren, an dem Palast und dem schönen Garten – alles gefiel ihnen so gut, daß sie noch längere Zeit zu bleiben beschlossen. Eines Abends zog ihre Tochter, die sie immer noch nicht wiedererkannt hatten, Männerkleider über. Nachdem sie damit fertig war, klebte sie sich noch ein Bärtchen an, versteckte ihr Haar und setzte sich so ins Gemach der Zarin. Als diese eintrat und den jungen Mann da sitzen sah, fragte sie ihn geradezu: »Wo kommt nur der große Reichtum in diesem Hause her?«

Lächelnd schaute ihre verkleidete Tochter sie an und holte das silberne Becherchen aus der Tasche, schöpfte ein wenig Wasser und schüttete Gold auf den Tisch. »Hier, aus diesem Becherchen stammt aller Reichtum«, antwortete sie nun.

»Gibst du mir den Becher? Du kannst von mir dafür haben, was du willst«, stammelte die Zarin, dieses Wunder vor Augen.

»Gut, du sollst ihn haben, wenn du eine Nacht bei mir schläfst. Etwas anderes will ich nicht!«

Die Zarin dachte eine Weile über das Verlangen des fremden jungen Mannes nach, ging zum Zaren und erzählte ihm, daß sie nun wisse, woher all der Reichtum in diesem Palast stammte, und der Mann, dem der silberne Becher gehörte, würde ihn sogar hergeben, nur müßte sie dafür eine

Nacht mit ihm verbringen. Der Zar dachte nicht lange nach und sagte: »Na, was ist schon dabei? Tue ihm den Gefallen und verdiene uns den Becher – solch einen kriegen wir nie wieder!«

Die Zarin kehrte in ihr Gemach zurück, in dem der junge Mann noch immer wartete, zog ihre Kleider aus und legte sich auf das Bett. Nun ließ auch ihre verkleidete Tochter die Männersachen fallen, riß sich den Schnurrbart ab, öffnete ihr Haar und sprach zur Zarin: »Ich bin deine Tochter, Mutter! Einst hattet ihr mich im Meer ausgesetzt, doch ich bin am Leben geblieben, wie du siehst. Damals, als ich noch als junges Mädchen in Vaters Palast lebte, habe ich mich in den jungen hübschen Leibwächter verliebt. Er hat mir dieses Becherchen geschenkt, und ich gab ihm meine Unschuld. Heut ist er mein Gemahl – derselbe, der mit Vater im Nebenzimmer sitzt. Ihr seid alte, verständige Leute, und trotzdem laßt ihr euch verführen! Wir aber, jung und unerfahren, wir sollten der Verlockung widerstehen können?«

Nach diesen Worten fiel die Zarin in Ohnmacht. Als sie wieder erwachte, fiel sie vor ihrer Tochter auf die Knie und bat verzweifelt um Vergebung. Da öffnete die Zarentochter die Tür zum Nebenzimmer und rief ihren Mann sowie den Zaren herbei. Auch ihm, wie er seine Tochter an ihren Kleidern wiedererkannte, schwanden kurz die Sinne, und wie er wieder zu sich kam, kniete er neben der Zarin nieder. Flehentlich bat er um Nachsicht und gestand, dereinst eine große Sünde begangen zu haben. Seine Tochter und ihren Mann beschwor er inständig zu verzeihen. Und so geschah es auch.

Schließlich kehrten der Zar und die Zarin gemeinsam mit dem jungen Paar in die Hauptstadt zurück. Bald darauf fanden die Hochzeit und Kindtaufe statt, der Zar dankte ab, überließ den beiden Thron und Reich, und sie regierten gerecht bis zum Ende ihrer Tage.

80.
Das Kürbiskind

Es lebten einmal ein alter Mann und eine alte Frau. Sie hatten keine Kinder, und das machte sie sehr traurig. Häufig erzählten sie davon, um wieviel schöner ihr Leben mit einem Kind sein würde. Eines Tages säte die Frau unter ihrem Fenster einen Kürbiskern aus. Bald war daraus eine hübsche kräftige Pflanze gewachsen, und ein kleiner Kürbis hing daran. Sie freute sich darüber sehr, hegte und pflegte ihn liebevoll und dachte immer bei sich: ›Du wirst mein Kindchen werden! Du wirst mein Kindchen werden!‹ Der Kürbis wuchs und wuchs, hing herab, bis er schließlich reif zur Erde plumpste. Die Alte kam gerade aus dem Haus, um die Ferkel zu füttern, und sah, daß der Kürbis hinter ihr her kullerte. Auch dem Mann, als er die Ochsen zur Tränke führte, rollte der Kürbis hinterdrein. So tauften ihn die beiden Alten ›Kürbiskind‹ und waren glücklich, nicht mehr allein zu sein.

Viele Jahre strichen ins Land. Da sagte der alte Mann zu seiner Frau: »Sag, wollen wir nicht unser Kürbiskind verheiraten?«

»Nun gut, verheiraten wir es, aber nur mit der Zarentochter«, entgegnete die Alte darauf. »Unser Kürbiskind ist schließlich kein gewöhnlicher Freier, die Zarentochter scheint mir die rechte Frau dafür zu sein.«

Der alte Mann machte sich gleich auf den Weg. In die eine Hand nahm er seinen Stock, in die andere ein Beutelchen mit Brot, und so lief er geradenwegs zum Zaren. Im Palast angekommen, sagte er dann: »Mein Zar, ich will dein Mädchen zur Schwiegertochter haben. Gibst du sie mir?«

Der Zar konnte einen Brautwerber nicht so einfach hinauswerfen lassen, nicht mal diesen, und so antwortete er nun: »Ich gebe sie her, wenn dein Sohn nebenan einen Palast errichtet, der noch schöner ist als meiner. Und ein Weg soll die beiden verbinden, der mit Gold gepflastert ist. Und eine goldene Kutsche muß her, daß ich euch dort jederzeit einen Besuch machen kann.«

Der Alte kehrte nach Hause zurück und erzählte seiner Frau von dem Wunsch des Zaren. Ihr Kürbiskind hatte zugehört, kullerte einmal um sie herum und war plötzlich verschwunden. Einen Tag und eine Nacht lang sah man es nicht. Die Alten glaubten, es nie wiederzusehen, und weinten bitterlich. Am nächsten Morgen aber kullerte der Kürbis in ihre Stube, schmiegte sich an sie und tat so, als wäre nichts geschehen.

Zur gleichen Stunde trat der Zar auf seinen Hof hinaus und sah einen neuen Palast gegenüber stehen. Alles funkelte nur so vor Gold, der Palast wie auch der Weg zu ihm hin, auf dem eine goldene Kutsche herüber und hinüber brauste. »Oh!« entfuhr es dem staunenden Zaren, »dieser Junge ist es wert, meine Tochter zu bekommen.« So wartete er nun den ganzen Tag auf einen Brautwerber, dann auch den zweiten Tag, aber niemand kam. Der Zar schickte seine Hofdiener los, damit sie den alten Mann zu ihm brächten. Als dieser vor ihm stand, sagte der Zar: »Alter Mann, dein Junge hat vollbracht, was ich wünschte, und trotzdem läßt er sich nicht sehen. Hat er es sich inzwischen anders überlegt?«

»Nein, nein, das hat er nicht, nur ist er von der Arbeit sehr erschöpft. Schließlich kostet es viel Kraft, den Palast, den Weg und die Kutsche zu bauen. Drum sollte er ein paar Tage ausruhen, doch, so Gott will, kommen wir morgen und holen die Braut«, antwortete der Großvater.

Am nächsten Tag luden die Alten die Hochzeitsgäste ein und führten die Braut zu sich ins Haus. Als die nun einen Kürbis als Freier vor sich sah, brach sie in Tränen aus und wollte gleich wieder fortlaufen. Der Kürbis aber kullerte um sie herum und tröstete sie zärtlich. Inzwischen war es so dunkel geworden, daß die Zarentochter nicht fliehen konnte. Und siehe da, als die Nacht hereingebrochen war, stieg ein Jüngling aus dem Kürbis, schön wie die Sonne, und legte sich zu der Schlafenden. Am nächsten Morgen war die junge Braut froh und heiter, mit keiner Silbe dachte sie mehr daran fortzugehen.

Es dauerte nicht lange, da hörten der Zar und die Zarin,

daß ihre Tochter einen Kürbis geheiratet hatte. Sogleich fuhren sie los, um zu sehen, was mit ihr geworden war. Sie glaubten, die Alten hielten sie zurück, oder es gab ein Geheimnis, hinter das man unbedingt kommen mußte. Überrascht fanden sie ihre Tochter so glücklich und froh vor, wie nur eine jungvermählte Frau sein kann. Der Kürbis kullerte verspielt um sie herum und ruhte dann und wann zärtlich in ihrem Schoße. Dies konnten sich Zar und Zarin nun gar nicht erklären und beschlossen darum, über Nacht zu bleiben.

Heimlich versteckten sich beide im Zimmer ihrer Tochter und warteten. Nach einer Weile kam sie und ging zu Bett, da kam auch schon der Kürbis gekullert. Die Tür schloß sich, und ein Jüngling stieg aus dem Kürbis. Im selben Moment erstrahlte das Zimmer, als schiene die Sonne herein. Der Jüngling legte sich zu seiner Frau, und das Zarenpaar schlich sich wieder hinaus, dabei nahmen sie die Schalen des Kürbis mit sich, trugen sie weg und verbrannten sie sogleich, ohne daß es einer sah.

Als am nächsten Morgen das junge Paar aufstand und die Frau in ihre Kleider schlüpfte, suchte der Jüngling vergeblich nach der Kürbisschale. Er ahnte sofort, was geschehen war, umarmte seine Frau zum Abschied und sagte: »Es schmerzt mich sehr, liebe Frau, doch ich muß dich jetzt verlassen. Wiedersehen können wir uns nur, wenn du nach mir suchst und dabei Schuhe mit eisernen Sohlen durchläufst.«

Nach diesen Worten war der Jüngling verschwunden, so als hätte ihn die Erde verschluckt. Die Zarentochter blieb zurück und weinte vor Kummer drei Tage lang. Bäche voller Tränen waren aus ihren Augen geflossen, bis sie sich schließlich am vierten Tage auf den Weg machte, ihren Mann zu finden. Sie lief über Berg und Tal, stieg durch Flüsse und Meere, fand aber keine Spur von ihm. So beschloß sie, zum Sonnensohn zu gehen, ihm ihr Leid zu klagen und um Hilfe zu flehen.

Tage und Monate vergingen, ehe die Zarentochter die Sonnenpaläste erreichte. Sie trat ein, traf aber nur die Sonnenmutter, während ihr Sohn draußen um die Welt zog. Ihr erzählte sie die ganze traurige Geschichte. Und gerade, als sie ihre Erzählung beendete, kam der Sonnensohn von Osten her heim. Schnell hauchte die Mutter die Zarentochter an und verwandelte sie in eine Nadel, die sie hinter den Rahmen des Fensters heftete, damit die Strahlen ihres Sohnes sie nicht verbrannten.

Nachdem der Sonnensohn zu Abend gegessen und sich ein wenig ausgeruht hatte, erzählte ihm die Mutter vom Schicksal der Zarentochter. Da sagte der Sonnensohn: »Sie muß in Richtung Westen gehen und noch dreißig Tage und Nächte laufen. Am einunddreißigsten Tage dann wird sie auf einen Marmorbrunnen stoßen, aus dem drei Quellen sich in drei Becken ergießen. Immer wenn ich abends untergehe, muß ihr Mann in die erste Quelle hinein. Wenn sie die gut mit Blei verstopft, wird die Frau ihren Mann zurückbekommen.«

Nach diesen Worten ging der Sonnensohn zu Bett, und seine Mutter konnte die Zarentochter wieder erlösen. Sie hatte alles mit angehört, bedankte sich für den Rat und machte sich sogleich auf den Weg. Am einunddreißigsten Tag stand sie endlich vor dem Marmorbrunnen. Eilig verstopfte sie die erste Quelle, wie es ihr geraten war, denn der Sonnenuntergang stand nicht mehr fern. Dabei schaute sie auf ihre Schuhe hinab – sie waren tatsächlich durchgelaufen. Als schließlich der letzte Sonnenstrahl auf die Erde fiel, stürzte ein Drache aus den Wolken direkt auf die verstopfte Quelle zu. Er prallte mit Wucht gegen den Pfropfen von Blei, platzte, und der Jüngling sprang heraus. Er sah seine Frau und schloß sie, vor Freude weinend, in die Arme. Glücklich kehrten sie nun beide in seines Vaters und seiner Mutter Haus zurück.

81.
Die Schildkrötenbraut

Vor langer Zeit lebte einmal ein Junge. Er war sehr arm und hatte keinen auf der Welt, der für ihn sorgte. Ganz allein lebte er in einem Holzhäuschen und besaß nichts als ein Gewehr. Das Gewehr aber schoß genau und ließ ihn niemals im Stich. Einmal, als er auf die Jagd ging, traf er im Wald ein paar Kinder, die hinter einem Hündchen herrannten und es mit Steinen bewarfen.

»Kinder, warum quält ihr diesen kleinen Hund?« fragte der Junge erschrocken.

»Wir brauchen ihn nicht mehr, darum jagen wir ihn in den Wald.«

»Aber er ist doch noch sehr klein und wird vor Hunger sterben«, sagte darauf der Junge.

»Na ebendarum sind wir hergekommen. Wir wollen ihn loswerden, weil wir schon zu viele Hunde im Hause haben.«

»Dann gebt ihn lieber mir«, bat er.

Die Kinder gaben ihm den kleinen Hund und verschwanden. Der Junge trug ihn nach Hause und sorgte von nun an für sein Wohl. Der Hund liebte seinen jungen Herrn bald so sehr, daß er ihn jeden Abend, wenn er von der Jagd heimkehrte, mit freudigem Gebell empfing.

Nach einigen Tagen schleppten dieselben Kinder ein Kätzchen in den Wald und wollten es dort erschlagen. Als der junge Jäger dies sah, bat er die Kinder abermals, ihm das Tier zu geben. Behutsam nahm er es auf seinen Arm und machte sich auf den Heimweg. Am Waldesrand angelangt, bemerkte er eine große Steinplatte auf dem Erdboden. Verwundert fragte er sich, was das wohl für eine Platte sei, kippte sie an und fand eine Schildkröte darunter. Freudig trug er auch die in sein Haus, so daß es dort nunmehr vier Seelen gab – den Jungen, die Schildkröte, den Hund und die Katze. Wenn der Junge am Abend von der Jagd zurückkam, war das Haus schon immer sauber hergerichtet, und Feuer war im Herd. Darum fragte er seinen Hund:

»Sag, Scharo, wer fegt unser Häuschen und feuert den Herd?«

»Wau-wau, das tut ein schönes, junges Mädchen.«

»Ach, weißt du dann auch, woher sie kommt und wohin sie dann geht?« wollte der Jäger nun wissen.

»Wau-wau, leider weiß ich das nicht, denn ehe ich mich verseh, ist sie da, rührt sich und feuert den Herd.«

»Mein liebes Hündchen, morgen wirst du gut achtgeben. Falls du nicht sehen solltest, woher sie kommt, so paß wenigstens auf, wohin sie geht!« bat der Junge seinen Hund.

Am nächsten Morgen stand der Junge in aller Frühe auf und zog in den Wald hinaus. Der Hund aber setzte sich mitten ins Zimmer und ließ kein Auge von der Tür, schließlich wollte er seinen Herrn nicht enttäuschen, denn dafür liebte er ihn zu sehr. Nach einiger Zeit hörte er ein Scharren hinter sich – das Mädchen war wieder da. Er hatte nicht gesehen, wie sie hereingekommen war. Nun wollte der Hund sie aber besonders wachsam im Auge behalten – wohin sie auch ging, sein Blick folgte ihr. Das Mädchen fegte das Haus, ordnete dies und das, machte Feuer im Herd und kochte das Essen. Schließlich war alle Arbeit geschafft, gleich mußte auch der Hausherr heimkehren. Unruhig schwirrte das Mädchen durchs Zimmer, denn sie hatte bemerkt, daß der Hund sie in einem fort beobachtete. Sich zu verstecken war unmöglich. So griff sie ein wenig Pfeffer, streute ihn ihm in die Augen und verschwand ungesehen.

Kurz darauf kehrte der Jäger nach Hause zurück und fragte seinen Hund: »Scharo, woher ist das Mädchen gekommen?«

»Wau-wau, ich habe es wieder nicht gemerkt«, bellte der Hund. »Die ganze Zeit habe ich nur zur Tür geschaut, und plötzlich stand sie schon hinter mir!«

»Und wohin ist sie gegangen?«

»Wau-wau, das kann ich dir leider auch nicht sagen. Sie hat mir Pfeffer in die Augen gestreut und ist verschwunden. Herr, es tut mir leid, deinen Wunsch nicht erfüllt zu haben.«

»Mach dir nichts daraus, Scharo, wir werden schon hinter das Geheimnis kommen«, sagte der Junge und rief das Kätzchen.

»Miau-miau, was ist, guter Herr?« fragte die Katze.

»Morgen wirst du darauf achten, woher das Mädchen kommt, das Tag für Tag das Haus putzt und für uns kocht. Wenn dir's nicht gelingt, dann paß wenigstens gut auf, wohin sie geht, hörst du?«

»Miau-miau, ich werde mir alle Mühe geben«, versprach das Kätzchen.

Als der Morgen anbrach, ging der Junge wieder auf die Jagd. Das Kätzchen hielt Wache und schaute mal zur Tür und mal zum Herd. Doch sosehr es auch aufpaßte, unversehens war das Mädchen im Zimmer – wie aus dem Boden gewachsen stand es da.

»Warte, jetzt sollst du mir nicht mehr aus den Augen gehen«, schwor sich das Kätzchen und beschloß: ›Mit einem Auge will ich schlafen und mit dem anderen wachen!‹ Und so machte es das eine Auge zu, während das andere nicht von dem Mädchen abließ. Es dauerte nicht lange, da war das Haus wieder hergerichtet, das Essen bereitet und die Zeit gekommen, zu der der Junge immer heimkam. Wieder mußte das Mädchen seinem Wächter eine Prise Pfeffer ins offene Auge streuen. Doch schnell öffnete das Kätzchen das andere Auge und sah, wie das schöne Mädchen in den Schildkrötenpanzer schlüpfte und sich just wieder in die Schildkröte verwandelte.

Der Junge kam nach Hause und fragte noch an der Tür: »Nun, mein Kätzchen, hast du herausgekriegt, woher das Mädchen gekommen ist?«

»Miau-miau, hab ich, mein Lieber, hab ich! Aus der Schildkröte ist sie geschlüpft und dort auch wieder hinein«, antwortete das Kätzchen.

Da nahm der Junge die Schildkröte und warf sie ins Herdfeuer. Im selben Moment sprang das Mädchen heraus. Ihr Schildkrötenhäuschen aber verbrannte, und so mußte es die bleiben, die es jetzt war.

»Sag, wie bist du zur Schildkröte geworden?« fragte er.

»Meine Großmutter ist eine Zauberin. Einmal wurde sie von den Menschen so sehr gejagt, daß sie unter der großen Steinplatte Schutz suchte, wo du mich gefunden hast. Mich wollte sie bei sich haben und hat mich darum in eine Schildkröte verwandelt. Schließlich bist du gekommen und hast mich von dort weggeholt. Wenn du möchtest, daß wir beide zusammenbleiben, geh in die Stadt und kaufe uns ein größeres Haus, denn dieses ist zu klein.«

»Das wird nicht gehen. Wie soll ich ein Haus kaufen können, wenn ich kein Geld habe! Ich bin sehr arm und lebe nur von dem, was ich auf der Jagd erlege«, erwiderte der Junge.

»Nimm diese drei Haselnüsse«, sagte das Mädchen. »Knackst du eine davon, wird so viel Gold herausfallen, daß du gar einen Zarenpalast davon kaufen könntest.«

Da ging der Junge in die Stadt und schaute sich dort nach einem hübschen Haus um. Er ging hierhin und dorthin, prüfte und verglich, wog ab und verschmähte, bis er schließlich ein Haus ganz nach seinem Geschmack fand, das stand gleich neben dem Zarenpalast. Er suchte den Besitzer auf, und sie handelten. Der Besitzer wollte so furchtbar viel dafür haben, daß der Junge alle drei Haselnüsse knacken mußte. Wenige Tage später zogen die vier ein – der Junge, das Mädchen, der Hund und die Katze. Sie waren noch beim Einrichten, als der Zar von einem Fenster seines Palastes das Mädchen erblickte. Es gefiel ihm sehr. Eine solche Schönheit hatte er bislang noch nirgendwo gesehen, obwohl er schon durch die ganze Welt gezogen war. Die wollte er zur Frau haben. So ließ der Zar gleich den Jäger zu sich kommen und fragte ihn: »Junger Mann, sprich, wer ist dieses schöne Mädchen in deinem Haus, seid ihr verwandt?«

»Nein, das nicht. Ich habe sie in das Haus geführt, damit sie meine Frau wird. Bald soll Hochzeit sein. Mein Zar, wenn du es wünschst, kannst du unser Trauzeuge werden, wir sind ja Nachbarn.«

»Dein Trauzeuge werden? Nein, das will ich keineswegs«, entgegnete der Zar. »Doch höre, was ich dir zu sagen habe:

Bringe mir einen Teppich für die große Moschee ›Sultan Selim‹! Er muß genau passen, darf nicht zu klein und nicht zu groß sein. Maß nehmen aber sollst du vorher nicht! Schaffst du mir nicht einen solchen Teppich herbei, mußt du mir deine Braut geben!«

Voller Kummer kehrte der Junge heim. Das Verlangen des Zaren lastete so schwer auf seinem Herzen, daß Tränen ihm aus den Augen rannen. Erschrocken fragte das Mädchen, worüber er denn mit dem Zaren gesprochen habe, daß er jetzt so traurig sei.

»Wie sollte ich nicht traurig sein? Der Zar trachtet danach, uns beide zu trennen. Er hat ein Auge auf dich geworfen und verlangt, daß ich ihm einen Teppich bringe, mit dem er die große Moschee ›Sultan Selim‹ ganz auslegen kann. Er muß genau passen, Abschneiden und Anflicken darf ich nicht. Obendrein hat er mir verboten, vorher Maß zu nehmen. Gelingt es mir nicht, so bist du sein!«

»Ach, weine nicht länger«, sagte das Mädchen. »Nichts leichter als das. Lauf in den Wald zu der Steinplatte hin, wo du mich gefunden hast. Rufe dort nach meiner Großmutter, sie wird dir einen solchen Teppich geben.«

Sogleich lief der Junge in den Wald zu der Platte, klopfte daran und rief: »Großmutter, Großmutter, dein Enkelkind möchte einen Teppich für die Moschee ›Sultan Selim‹ haben, doch darf er nicht zu klein und nicht zu groß sein!«

Da hob sich die Steinplatte ein wenig, und die Großmutter warf einen wunderschönen Teppich heraus. Der Junge nahm ihn und brachte ihn sogleich zum Zaren. In der Moschee ausgebreitet, paßte der Teppich so gut, als hätte man hundertmal dafür Maß genommen. Augenblicklich erstrahlte die Moschee so sehr, als schiene die Sonne herein. Dem Zaren aber war es nicht recht, und er sagte zu dem Jäger: »Bringe mir nun ein neugeborenes Kind, noch ungewaschen und ungetauft, aber eine dreihundert Kilo schwere Keule soll es anheben können. Gelingt es dir nicht, nehme ich mir doch deine Braut!«

Wieder kehrte der Jäger mit kummervollem Gesicht heim, setzte sich zu Tisch und begann bitterlich zu weinen.

»Was ist mit dir?« fragte besorgt das Mädchen. »Du hast doch dem Zaren genau den Teppich gebracht, den er haben wollte. Ist er noch nicht zufrieden?«

»Ach, der Teppich war sehr schön und paßte, wie er besser nicht passen konnte. Nur, der Zar hat eben ein Auge auf dich geworfen, dich allein möchte er haben, mag kommen, was will. Jetzt soll ich ihm ein Kind bringen, ungewaschen und ungetauft, aber eine Keule, dreihundert Kilo schwer, soll es heben können. Solch ein Kind ist noch nicht geboren und wird auch nie geboren werden.«

»Sei unbesorgt!« flüsterte das Mädchen ihm zu. »Der Zar wird mich nie bekommen, denn ich liebe nur dich! Was er da von dir verlangt hat, das bringst du ihm. Du brauchst nur zur Großmutter zu gehen und sie bitten, gleich wird sie ein solches Kind auf die Welt bringen und es dir geben.«

Gesagt, getan. Wieder ging der Junge an die Steinplatte, klopfte und rief: »Großmutter, dein Enkelkind wünscht ein Kind, nicht gewaschen und nicht getauft, aber eine Keule von dreihundert Kilo Gewicht soll es heben können.«

Kurz darauf hob sich die Platte, und die Großmutter reichte ihm das Kind. Gleich brachte der Junge es dem Zaren. Man holte eine Keule herbei, dreihundert Kilo schwer. Das Kind packte sie und schleuderte sie so hoch in die Luft, daß sie über einen hohen Baum hinwegflog. Der Zar sah es voller Staunen. Geschlagen aber wollte er sich dennoch nicht geben, und so sagte er nun: »Jüngling, geh zu meinem Vater, laß dir einen Brief an mich geben und dazu auch seinen Ring. Sollte dir auch das gelingen, dann kannst du deine Braut heiraten, und ich werde Trauzeuge sein!«

Nun war der Vater des Zaren aber schon vor vielen Jahren gestorben. Als der Jäger dies erfuhr, verzweifelte er und kehrte ohne jede Hoffnung nach Hause zurück. Er weinte so sehr, wie nur ein Kind weinen kann, und darum fragte das Mädchen gleich: »Aber, Junge, warum weinst du, hat das Kind dem Zaren etwa nicht genügt? Was will er noch?«

»Ach, das Kind hätte auch fünfhundert Kilo heben können. Der Zar hat es sich nun einmal in den Kopf gesetzt, dich zur Frau zu nehmen. Jetzt will er gar, daß ich ihm von seinem toten Vater einen Brief und einen Ring bringe. Keiner, der bisher ins Jenseits hinübergegangen ist, ist zurückgekommen! Mir aber soll das gelingen? Du bist die Braut des Zaren, ich bin verloren!«, und er weinte bitterlich.

»Belade dein Herz nicht mit diesem Kummer«, bat das Mädchen. »Es wird dir auch diesmal spielend gelingen. Geh nur noch einmal zu meiner Großmutter und sage ihr, was du brauchst. Sie wird dir ein Pferd geben, mit dem du zum toten Zaren fliegst.«

So machte sich der Junge wieder auf den Weg. An der Steinplatte angekommen, klopfte er und rief: »Großmutter, Großmutter, dein Enkelkind schickt mich zu dir, damit du mir ein Pferd gibst, mit dem ich zum toten Zaren gelangen kann.«

Die Steinplatte hob sich, und ein kräftiges Pferd sprang hervor. Der Jäger schwang sich in den Sattel und flog mit dem Pferd den Wolken entgegen. Wie sie so hoch droben durch die Lüfte schwebten, sprach das Pferd: »Sobald es donnert und blitzt, mußt du rufen: Haltet ein, laßt ab von ihm, denn ich muß zum Zaren!«

Wenig später begann es tatsächlich ringsumher zu donnern und zu krachen, Blitze zuckten wie Schlangen. Schnell rief der Jäger, so laut er konnte: »Haltet ein, laßt ab von ihm, denn ich muß zum Zaren!«

Sogleich hörten die Donnerschläge auf, und Stille zog ein. Aus einer Wolke trat der alte Zar heraus und begrüßte den Reiter: »Unbekannter Jüngling, wer hat dich zu mir geschickt und mich für Minuten meinen Qualen entrissen?«

»Dein Sohn, Zar, hat mich zu dir geschickt, damit ich ihm einen Brief von dir bringe und auch deinen Ring.«

»Nimm diesen Brief, und hier ist mein Ring mit dem großen Stein. Mein Sohn kennt ihn gut und wird dir glauben, daß er von mir ist.«

Eilig nahm der Jäger Brief und Ring und flog davon. Der alte Zar aber verschwand wieder in einer schwarzen Wolke, und schon fuhren von neuem Blitz und Donner über den Himmel hinweg. Während der Jäger auf seinem Pferd zur

Erde zurückflog, öffnete er den Brief und las: ›Mein Sohn, unter der Schwelle des Portals habe ich einst allen Reichtum vergraben, den ich mir als Zar von den armen Leuten geholt hatte. Dafür werde ich nun Tag und Nacht mit Donner und Blitz geschlagen. Immer wieder werde ich zum Leben erweckt, um nur einen neuen, furchtbareren Tod zu sterben. Qualen ohne Ende! Schmerzen immerzu! Darum bitte ich dich, mein Sohn, grabe den Schatz schnell aus und verteile ihn unter den Ärmsten im Reich. Hoffentlich vergibt mir Gott dann meine Sünden. Regiere klüger als ich, mein Sohn, sei gerecht zu den Menschen!‹

Nachdem der Jäger diesen Brief gelesen hatte, gab er seinem Pferd die Sporen. Im Nu erreichte er die Steinplatte im Wald, lieferte das Pferd ab und ging von hier geradewegs zum Zaren in den Palast. Er überreichte den Ring und den Brief, den der Zar sogleich zu lesen begann. Bald sah man ihn betrübt und nachdenklich umherlaufen. Er rief seine Diener herbei, und der Schatz wurde ausgegraben. Ein riesiger Kessel kam zum Vorschein, voll mit Perlen, kostbaren Steinen und vielen, vielen Goldstücken. Der Zar zweifelte nicht länger daran, daß alles, was ihm sein Vater geschrieben hatte, die Wahrheit war. Angst und bange wurde ihm bei dem Gedanken, daß ihm das gleiche Schicksal beschieden sein könnte. So versammelte er gleich alle Armen um sich und teilte den Schatz seines Vaters unter ihnen aus. Dem seligen Vater aber wurde eine Totenmesse gehalten. Schließlich rief der Zar auch den Jäger in seinen Palast und fragte ihn: »Wann wird eure Hochzeit sein?«

»In einer Woche, so Gott will«, antwortete der Junge schnell.

»Willst du mich noch immer zum Trauzeugen haben?« fragte der Zar.

»Ich hatte dich bereits eingeladen und werde mein Wort nicht zurücknehmen.«

Der Jäger und das Mädchen richteten ein großes Hochzeitsfest aus. Der Zar kam und mit ihm die ganze Stadt. Man feierte froh und ausgelassen, und ein jeder wünschte dem jungen Paar viel Freude und ein langes Leben.

82.
Verstand ist besser als Glück

Einmal trafen sich, wie zwei Wege sich kreuzten, der Verstand und das Glück.

»Guten Tag, mein Bruder!« grüßte der Verstand.

»Gutes möge dich stets begleiten«, erwiderte das Glück den Gruß.

»Es ist schon lange her, daß wir uns das letzte Mal getroffen haben«, sprach der Verstand. »Komm, laß uns hier im Schatten ein wenig verweilen und miteinander plaudern!«

»Ja, gerne!« antwortete das Glück.

Beide setzten sich unter einen Baum und begannen über dieses und jenes zu reden und was ein jeder so treibt in der Welt. Bald waren sie in einem heftigen Streit darüber, wer von ihnen für das Wohl des Menschen wichtiger sei.

»Ohne mich hätte der Mensch gar nichts erreicht«, erklärte der Verstand.

»Nein, ich bin es, der für den Menschen nützlicher und wichtiger ist«, widersprach das Glück.

Ihr Streit zog sich hin, keiner von beiden wollte dem anderen den Vorrang lassen. Darum einigten sie sich darauf, die Menschen zu fragen – sollten sie selber entscheiden, wen sie nötiger hatten. Gemeinsam machten sie sich auf den Weg und trafen bald einen Popen.

»Guter Pope, wer ist nach deiner Meinung dem Menschen ein besserer Freund, der Verstand oder das Glück?« fragten die beiden.

»Na, das versteht sich wohl von selbst, das Glück natürlich!« antwortete der Pope gleich und erklärte weiter: »Der alte Bischof ist doch nicht etwa klüger als ich? Er hat bloß Glück gehabt und ist Bischof geworden, so daß er nun bequemer und begüterter lebt als unsereiner, und hochachten muß ich ihn obendrein.«

»Hast du es gehört?« fragte das Glück und lachte.

»Nein, nein, das ist nicht wahr, was der Pope da gesagt hat«, widersprach ihm der Verstand. »Wir wollen noch andere Leute fragen.«

Nach einem weiteren Stück Weg begegneten sie einem reichen Händler, der gerade vom Jahrmarkt zurückkehrte. Zufrieden saß er auf seinem vollgeladenen Wagen und zählte das Geld, das er den Tag über verdient hatte.

»Wir bitten dich, guter Mann, sage uns, wer nützlicher in der Welt ist, der Verstand oder das Glück? Wen brauchst du nötiger?«

»Das Glück, keine Frage!« erwiderte rasch der Händler und sagte dann: »Es gibt viele Menschen, die klüger sind als ich, und sie laufen dennoch hungrig und barfuß umher. Seht mich an – das Glück ist auf meiner Seite, und es geht mir sehr gut. Im letzten Jahr habe ich von den Bauern Getreide aufgekauft, spottbillig, da es reiche Ernte gab. Doch in diesem Jahr herrscht weit und breit große Trockenheit und viel Hunger, so daß ich nun das Korn für das Doppelte und Dreifache wieder verkaufen kann. Und das ist aber noch nicht alles, von dem Geld habe ich auf dem Markt allerhand gute Ware gekauft und werde jetzt durch die Dörfer fahren und sie dort feilbieten. In den Dörfern sind solche Dinge nicht zu haben, und so verdiene ich am Ende noch mehr. Ja, Glück muß der Mensch haben, so muß das zugehen. Mein Nachbarsmann ist auch Händler, und es heißt, er wäre klüger als ich – bloß was nützt ihm das? Er hatte viele Waren gekauft und wollte sie günstig außer Landes verkaufen. Fuhr mit seinem schwer beladenen Segelschiff übers Meer, Sturm kam auf, und er ist mit seinem Boot in den Fluten versunken. Wißt ihr, das Volk sagt nicht umsonst: ›Wer Glück hat, braucht keinen Verstand!‹«

»Nein, das ist nicht wahr, das ist nicht wahr!« rief der Verstand aus.

Sie ließen den Händler ziehen und gingen weiter. Bald darauf sahen sie einen jungen Schäfer, der seiner Herde voranlief und ein Liedchen auf der Hirtenflöte spielte.

»Siehst du den Schäferjungen dort?« fragte das Glück den Verstand und sagte: »Du, mein Bruder, hast ihn mit deiner Gabe nicht eben gut bedacht. Er schaffte die Schule nicht und wurde Schäfer. Wenn ich ihm beistehe, wird der allerreichste Händler aus ihm, wenn nicht gar ein Zar.«

»Versuch's nur, und du wirst merken, ohne mich nützt ihm aller Reichtum nichts«, entgegnete der Verstand. »Mach ihn zum reichsten Zaren auf der Welt – wenn er um den Verstand kommt, wird er beim Henker enden!«

»Ach, wir wollen nicht länger streiten«, erklärte das Glück mit stolzer Miene. »Laß uns eine Wette abschließen. Am Ende werden wir sehen, was jeder für sich ausrichten kann!«

Die Wette wurde besiegelt. Das Glück lief sogleich zum Schäferjungen, nahm ihn bei der Hand und führte ihn zu einer Grotte im Wald. Die war voll von kostbaren Steinen, und es funkelte darin in den schönsten Farben.

»Alles, was du hier siehst, soll dir gehören, mein Junge«, sagte das Glück. Eilig stopfte der Schäferjunge seine Taschen mit Edelsteinen voll und kehrte schließlich gemeinsam mit dem Glück zu seiner Herde zurück. Da sprach der Verstand zum Glück: »Nun, mein Bruder, jetzt hast du diesen Jungen reich gemacht. Wir werden sehen, was er aus seinem Reichtum macht.«

Nach diesen Worten zog sich der Verstand vollends aus dem Kopf des Schäferjungen zurück und ging seiner Wege. Der Junge blieb nun mit seinem Reichtum allein und hatte nichts als Heu und Stroh im Kopf. Selbst die Schafe hatte er vergessen und im Wald zurückgelassen, den Wölfen zum Fraß. Arglos setzte sich der Schäferjunge unter einen Baum und begann mit den kostbaren Steinen wie mit Murmeln zu spielen. Dies sah das Glück und erschrak. Schnell ließ es einen Kutscher des Weges kommen, der zwar sehr arm, dafür aber klug war. Der lenkte seine Kutsche zum Jungen hin, hielt an und wollte sich auch ein bißchen in den Schatten legen. Und er glaubte seinen Augen nicht zu trauen, als er sah, mit was für Steinen der Junge da murmelte.

»Was tust du da, mein Junge?« fragte verwundert der Kutscher.

»Das siehst du doch! Ich spiele mit den bunten Steinchen!«

»Woher hast du sie denn?«

Der Schäferjunge schwenkte seine Hand zum Wald hinüber. Da packte ihn der Kutscher beim Arm und wollte sich die Stelle zeigen lassen. Der Junge hatte nichts dagegen und stand auf, die Edelsteine ließ er liegen.

»He, Junge, warum steckst du die Steine nicht ein?«

»Ach, ich brauche sie nicht! Wenn du wüßtest, wieviel es davon in der Grotte gibt!«

So führte der junge Schäfer den Kutscher zur Grotte. Dem verschlug es dort vor Freude die Sprache, fast verlor er den Verstand. Er holte den Wagen und füllte alle leeren Säcke mit den Kostbarkeiten, so daß, als alles verladen war, die Pferde nur noch mit Müh und Not vorwärtskamen. Da war die Grotte noch immer von Steinen so voll, als hätte niemand von ihrem Schatz etwas weggenommen. Wie er den Pferden die Peitsche gab, dachte er bei sich: ›Wenn ich den ganzen Schatz für mich behielte, wäre mir sicher nicht wohl dabei, denn dieser Junge ist zwar dumm und einfältig, begreift rein gar nichts, aber gehören tut's ihm doch. Ein strohdummer Kerl, und hat das Glück auf seiner Seite! Vielleicht, wenn ich ihn bei mir behalte, daß auch bei mir endlich der Unglücksfaden reißt!‹ Dies hatte das Glück dem Kutscher eingeflüstert, weil es fürchtete, die Wette zu verlieren.

So nahm der Kutscher den Hirten wie ein Kälbchen an seine Seite und machte sich auf die Reise. Als sie in eine große Hafenstadt gelangten, verkaufte der Kutscher den Goldschmiedemeistern eine Handvoll kostbarer Steine und kaufte dem Jungen und auch sich selber von dem Haufen Geld die schönsten Kleider. Dann kehrten sie in einem Gasthaus ein und tafelten so üppig von den besten Speisen, daß ein jeder sie für große Kaufleute hielt. Anschließend heuerte der Kutscher eine prächtige Kogge, ließ allerlei Waren darauf laden, verbarg zwischen ihnen auch die Säcke mit den kostbaren Steinen, und bald schon stachen sie in See.

Das Glück schenkte ihnen für die Überfahrt gutes Wetter, und so liefen sie nach zwei, drei Monaten in den Hafen einer reichen Zarenstadt ein, wo sie ihre Waren feilzubieten gedachten. Viele Leute kamen auf das Schiff, auch die Diener des Zaren waren darunter, um zu sehen, was für Waren die Kaufleute mitgebracht hatten. Als sie die Säcke mit den kostbaren Steinen entdeckten, bestaunten alle den großen Reichtum und fragten nach dem Besitzer. Der Kutscher wies auf den dummen Schäferjungen, der auf weichen Matratzen lag und sprach: »Diesem jungen Herrn gehört alles!«

Die Zarendiener wagten gar nicht, näher heranzutreten. Sogleich eilten sie zum Zaren und berichteten, daß ein junger Kaufmann mit ungeheuren Schätzen angekommen sei. Bis zum heutigen Tage, so sprachen sie weiter, habe keiner von einem solchen Reichtum läuten hören.

Als der Zar solches von seinen Dienern erfuhr, kam ihm in den Sinn: ›So reich, wie sie sagen, kann nur ein großer Herrscher sein. Vielleicht ist es ein Zarensohn, der sich als Händler verkleidet hat. Ich will gleich zu ihm gehen und ihn in meiner Stadt begrüßen. Er soll mein Gast sein, und findet er Gefallen an meiner Tochter, werde ich sie ihm geben, damit auch ich so reich werde.‹

Schon erhob sich der Zar, legte seine prächtigsten Gewänder an, jene, die er nur an großen Feiertagen trug, und fuhr zum Hafen hinunter. Alle Würdenträger und Hofräte begleiteten ihn dorthin. Wie der Kutscher den Hofstaat anrücken sah, rannte er zum Schäferjungen, hob ihn aus den Matratzen und stellte ihn auf die Beine. Dieser aber, dumm wie er war, begriff nichts von dem bevorstehenden hohen Besuch und stand bockbeinig herum. Da stiegen die Gäste schon aufs Schiff, verbeugten sich ehrerbietig vor dem reichen Jüngling, doch der stand bloß da, als ginge es ihn gar nichts an und guckte wie ein Kalb. Nun fing er auch noch zu gähnen an, rekelte sich, glotzte mal hierhin und mal dorthin, nur den Zaren würdigte er keines Blickes.

›Das tut er aus Größe! So reich, wie er ist, so viel Macht wird er haben!‹ ging es dem Zaren durch den Kopf. Angst beschlich sein Herz, ob dieser Mensch nicht vielleicht gekommen war, ihm sein Zarenreich zu rauben. Darum verbeugte sich der Zar noch tiefer, faßte den Jungen am Arm und führte ihn zu seiner Kutsche. Sie stiegen ein und fuhren zum Palast. Die Zarentochter, ganz in Gold und Silber gekleidet, erwartete sie bereits. Sie war von einer Schönheit, die ihresgleichen nicht hatte. Stolz sagte der Zar zu seinem Gast: »Siehst du, wie schön meine Tochter ist! Sie ist mein einziges Kind und meine ganze Freude. Dir bin ich sehr zugetan, und darum gebe ich sie dir zur Frau. Ich habe ein stattliches Reich, bin aber schon recht alt und werde bald sterben, dann werden meine Tochter und ihr Gemahl das Zepter in die Hand nehmen. Also, wenn sie dir gefällt, genügt ein einziges Wörtchen von dir, und ich mache dich zu meinem Schwiegersohn!«

»Ä-ä, ich will sie!« stotterte der dümmliche Schäferjunge und schaukelte mit den Armen.

Der Zar war überglücklich, weil er noch immer glaubte, es müßten Größe und Edelmut sein, was seinen Schwiegersohn so sprechen ließ. Drum sprach er: »Nun, wenn es so ist, wollen wir noch heute Hochzeit feiern. Eine Zarenhochzeit duldet keinen Aufschub!«

Der Zar hatte es eilig mit der Hochzeit, weil er fürchtete, der reiche Bräutigam könnte es sich anders überlegen. Bischöfe und Popen waren gerufen worden und trauten die Zarentochter mit dem Schafhirten. Es wurde ein rauschendes Hochzeitsfest, von dem man noch lange redete.

Am späten Abend führte man die Jungvermählten in ihr Zimmer. Der Schafhirte, mit dem es wirklich nicht weit her war, schaute sich gelangweilt im Zimmer um und sah, wie seine junge Frau den Schleier ablegte. Im Nu verpaßte er ihr eine Ohrfeige. Und noch ehe sie sich von dem Schrekken erholte, hatte sie schon die zweite Ohrfeige bekommen. Von allen fünf Fingern sah man die Spuren auf ihrer Wange. Entsetzt schrie die Zarentochter auf und rannte hinaus, ging weinend zu ihrem Vater und klagte: »Vater, mit was für einem Mann hast du mich da verheiratet! Er ist roh wie ein dummer Hirte und kann nicht bei Verstand sein. Geschlagen hat er mich schon, richtig angeschaut noch kein einziges Mal. Wie soll ich mit einem solchen

Mann leben können?« Heiße Tränen rollten der Zarentochter über das Gesicht, doch der Zar wollte aus ihren Klagen nicht recht schlau werden. Doch da entdeckte er die Fingerspuren in ihrem schönen Gesicht und war bestürzt. Sogleich rief er seine Wachen herbei und befahl, den Grobian in Ketten zu legen und ins dunkelste Verlies zu sperren.

Am nächsten Morgen ließ der Zar seine Würdenträger nebst den obersten Richtern kommen, damit sie über das Geschehene Gericht hielten. Der Schäferjunge wurde herbeigeholt und gefragt, warum in aller Welt er seine junge Frau geschlagen habe. Der aber lächelte und wippte mit den Beinen, geradeso, als ginge ihn das alles nichts an. Das Urteil war schnell gefällt: der Schwiegersohn des Zaren sollte am Galgen sterben, und die ganze Stadt sollte zusehen, damit alle sehen konnten, wie es einem erging, der sich am Zarenkind vergriff.

Das Glück war dem Hirten überallhin gefolgt und sah nun, wie bös es um ihn stand. Darum machte es sich eilig auf, um nach dem Verstand zu suchen. Schließlich fand ihn das Glück in einer Schule, wo er die Kinder unterrichtete.

»Komm schnell, Bruder, rette meinen Schützling, man will ihn schuldlos hängen!« flehte das Glück.

»Ach, siehst du nun, wohin ihn dein Reichtum gebracht hat! Morgen soll er an den Galgen, und all deine Schätze können ihn nicht davor bewahren.«

»Du hast recht, mein Freund. Ja, ich habe einsehen müssen, ohne dich ist nichts Gutes zu vollbringen. Dir gebührt der Vorrang«, gestand das Glück, »und fortan will ich mich daran halten. Nur bitte ich dich jetzt, finde schnell einen Ausweg, rette den Schäferjungen, damit er nicht durch meine Schuld an den Galgen kommt. Ich möchte nicht, daß sein Tod auf meiner Seele lastet und meine Träume stört.«

»Sei unbesorgt, ich werde ihn retten«, versprach der Verstand. »Bis morgen ist noch reichlich Zeit, bis dahin kann ich mir noch manches Wunder ausdenken.«

Der Verstand brach sogleich auf. Ungesehen schlüpfte er ins Verlies und sodann in den Kopf des Hirten hinein. Der besann sich und wurde darüber alsbald klüger als die klügsten Weisen auf der Welt. Er raufte sich die Haare und sann, wie er doch noch seinen Hals aus der Schlinge ziehen konnte.

Am nächsten Morgen in aller Frühe schickte der Zar die Wächter ins Verlies, damit sie seinen Schwiegersohn in die Stadt zum Galgen führten. Der war bereits aufgestellt, schaulustiges Volk drängte sich zu Tausenden. Die Zarenwächter stiegen also ins Verlies hinunter und spotteten: »Steht auf, Eure Majestät! Das Volk will Euch hängen sehen!« Und schon begannen sie, den Gefangenen zu schieben und zu stoßen.

»Wer seid ihr, daß ihr es wagt, so mit mir zu sprechen und mich derart grob zu behandeln«, schrie ihnen der Schwiegersohn des Zaren entrüstet ins Gesicht.

»Seht euch den an, wie voll er plötzlich seinen Mund nehmen kann!« riefen die Zarenwächter lachend aus. »Du wirst schon noch merken, wer wir sind, wenn wir die Schlinge um deinen Hals gelegt haben!«

»Das werden wir sehen, wer wem die Schlinge um den Hals hängt! Zu Schutt und Asche wird das ganze Zarenreich, bestellt das eurem Zaren, wenn ihr es wagt, mir auch nur ein Härchen zu krümmen. Wohl ahnt ihr noch nicht, wer ich wirklich bin und mit welch einer Kraft im Bunde!«

Nach diesen Worten liefen die Kerkerwächter verschreckt zum Zaren und überbrachten ihm, was sie da eben gehört hatten. Als der Zar nun erfuhr, womit sein Schwiegersohn, der bis gestern nur stumm und dümmlich vor sich hin gelächelt hatte, ihm nun drohte, sprang er auf und hätte sich am liebsten verkrochen. Eilig lief er zu seiner Tochter und erzählte ihr, welch furchtbare Drohung ihr Gemahl ausgestoßen hatte, worauf die Zarentochter ebenso erschrak und händeringend barmte: »Was sollen wir jetzt tun, Vater? Was wird aus uns werden?«

Himmelangst war dem Zaren und seiner Tochter zumute – was der Verstand auch erreichen wollte – und sie hasteten beide ins Verlies hinunter. Der Gefangene empfing sie mit einem so strengen Blick, daß ihnen ein eisiger Schauer über den Rücken lief und die Füße am Boden festfroren.

»Zar, was treibst du für üble Späße mit deinem Schwiegersohn? Hast du wirklich befohlen, mich hängen zu lassen?«

»Ja schon«, entgegnete unsicher der Zar und sagte: »Ich hatte dich auf Zarenart empfangen, dir meine Tochter zur Frau gegeben, während du uns zum Narren gehalten und obendrein deine Frau geschlagen hast.«

»Teurer Zar, du hast mein Schweigen falsch verstanden«, sprach der Schwiegersohn und tat empört: »In unserem Lande gibt es den Brauch, wonach der Bräutigam, wenn er ins Haus seiner Braut zieht, in Verehrung des Hausherrn wenigstens drei Tage schweigen muß. Die Achtung vor dir jedoch, mein Zar, hätte mir für ganze drei Monate den Mund verschlossen statt jener drei Tage, die der Landesbrauch mir gebietet.«

Als der Zar und seine Tochter dies hörten, staunten sie, und ein Stein fiel ihnen vom Herzen. Die Zarentochter trat zu ihrem Mann und sagte: »So mag der Brauch deines Volkes sein, wir kannten ihn nicht, doch sag, was hab ich dir Böses getan, daß du mich schlagen mußtest?«

»Du mußt wissen«, fiel ihr der Zar ins Wort, »wir verstehen nichts von diesen Dingen, darum hätten wir dich beinahe an den Galgen gebracht. Verzeih uns, lieber Schwiegersohn, verzeih uns die Dummheit!«

Der Schafhirte schaute die beiden lächelnd an. Die Zarentochter gefiel ihm wirklich sehr, und er sprach liebevoll: »Ich will es gern verzeihen und euch nicht länger böse sein, weiß ich doch jetzt, daß ihr mit mir nur aus Unwissenheit so umgegangen seid. So möchte ich dir, liebe Frau, nun auch erklären, weswegen ich dich geschlagen habe. Als mein Vater auf dem Sterbebett lag, rief er mich zu sich und sagte: ›Mein Söhnchen, wenn du einmal heiraten wirst, mußt du am Hochzeitsabend deiner Braut zwei Ohrfeigen geben. Die erste, damit sie ein Leben lang an ihre Hochzeitsnacht zurückdenkt und dir treu bleibt bis ans Grab, und die zweite, damit sie ihre Eltern verehrt und für sie sorgt, solange sie leben.‹ Siehst du, aus diesem Grunde habe ich dich geschlagen.«

Wie klug und ehrenhaft dieser Schwiegersohn doch war, dachte der Zar zufrieden, des Vaters Wort galt ihm etwas. Nicht anders seine Tochter, als sie hörte, daß ihr Mann mit den Ohrfeigen nur den letzten Willen seines Vaters eingelöst hatte, war sie gleichfalls beruhigt. Glücklich stiegen sie alle drei aus dem Verlies nach oben in den Palast.

Noch am gleichen Tage rief der Zar seine Hofräte zusammen und verkündete ihnen: »Getreue Würdenträger und Berater! Da ich nun weiß, von welcher Klugheit und welch edlen Geistes mein Schwiegersohn ist, habe ich mich entschlossen, ihm gleich heute Krone und Zepter zu übergeben. Fortan wird er an meiner Stelle das Zarenreich regieren.«

Nach diesen Worten erhob sich der Zar von seinem Thron und ließ seinen Schwiegersohn darauf Platz nehmen. Sodann setzte er ihm die Krone auf und reichte ihm das Zepter.

»Ruhm und ein langes Leben dem jungen Zaren!« riefen alle, die im Saale versammelt waren.

So kam es, daß aus dem einfachen Schafhirten von einst mit Glück und Verstand ein Zar wurde. Der holte bald darauf den großen Schatz aus der Grotte in sein Reich, woraufhin er seinem ganzen Volk die Steuern erließ. Den Ärmsten seiner Untertanen schenkte er Goldstücke, damit sie auch glücklich und zufrieden leben konnten. Jenen Kutscher behielt er bei sich und machte ihn zu seinem ersten Ratgeber, und der Kapitän des Schiffes, das sie damals mit ihren Schätzen herübergebracht hatte, wurde Oberbefehlshaber der Zarenflotte.

Der Mensch wird immer dann Erfolg haben, wenn Geist und Verstand ihn leiten und das Glück ihn dabei nicht ganz verläßt! Doch hätte man die Wahl, dann lieber ein Leben ohne Glück als ohne Verstand. Ein kluger Mensch, mag er auch noch so arm sein, wird doch von allen geschätzt, während ein reicher, aber dummer Mensch meist nur Spott und Hohn erntet. Und darum sagt man: Nicht immer paart sich Reichtum mit Verstand.

83.
Wie ein gescheites Mädchen Schwiegertochter des Zaren wurde

Es war einmal ein Zar. Er hatte zwei Kinder: einen Jungen und ein Mädchen. Die Tochter verheiratete er schlecht und recht an einen Zarensohn, und sie zog in ein anderes Reich und lebte dort. Um seinen Sohn aber machte sich der Zar große Sorgen – war er doch sein einziger Sohn und Erbe, der eine ihm würdige Frau heiraten sollte, welche ihn mit Kindern beschenken würde, damit das Zarengeschlecht fortbestünde. Dieser Zar war sehr reich, herrschte über ein starkes Land und wollte deshalb, daß sein Sohn weder eine Zarentochter noch eine Reiche zur Frau bekommt, sondern ein schönes und kluges Mädchen, das Vernunft und Verstand besitzt, sich wie eine Zarin verhält und mit den Leuten gut umzugehen versteht, das ihren Mann klug beraten kann und ihm beim Regieren des Landes hilft. Der Zar wußte doch, daß die Frauen am besten die Männer zu führen vermögen, denn was die Frau sagt, das tut der Mann und folgt ihrem Willen. Und da er dies wußte, wollte er, daß sein Sohn eine kluge und vernünftige Frau heiratet, und nicht eine verwöhnte und habgierige Reiche, welche ihn ständig in den Krieg für immer mehr Reichtümer treiben würde.

Die Jahre vergingen, eins folgte dem nächsten, der Zar aber hatte immer noch nicht dic von ihm gewünschte Schwiegertochter auswählen können. Zu guter Letzt beschloß er, seinen Sohn in einfache Kleider als einen Handwerker anzuziehen und ihn loszuschicken, damit er durch das Reich zöge und sich selbst die passende Braut auswähle. Und der Zar schwor seinem Sohn, er werde die

Auserwählte, wenn sie schön und klug ist, möge sie auch eine Zigeunerin sein, mit ihm verheiraten.

Der Zarensohn machte sich auf den Weg. Und er lief Tage, Monate, Jahre, und es wurden drei volle Jahre. Schließlich hielt er in einem Dorf. Es dämmerte schon, und er blieb über Nacht in einem armen Haus. Dort wohnte eine Frau allein mit ihrer Tochter. Als er an der Tür klopfte und nach Unterkunft für die Nacht fragte, sagte die Mutter: »Herein, mein Sohn, hier kannst du über Nacht bleiben! Wir sind arm und wohnen allein, haben kein Essen dir anzubieten und kein Bett dir zum Schlafen zurechtzumachen, doch wir werden am Feuer die Nacht verbringen und uns unterhalten, bis es Tag wird. Und du kannst dich hier auf die Strohmatte hinlegen, ich und die Tochter werden spinnen.«

Der Zarensohn legte sich hin und stellte sich schlafend. Er sah, wie schnell die Tochter spann, wie sie geduldig ihre Mutter ausreden ließ, wie sanft sie sprach und ihrer Mutter antwortete. Das Mädchen gefiel ihm sehr. Und er merkte nicht, wie er in den Schlaf fiel. Als er am Morgen aufwachte, sah er, daß das Haus gefegt und das Feuer gemacht war, es stand frisches Wasser bereit, und über dem Feuer sprudelte ein kleiner Kessel mit Maisbrei. Die Mutter bereitete bereits ein Frühstück für den jungen Mann, damit er gleich nach dem Aufstehen essen konnte, bevor sie ihn mit ›Gute Reise‹ verabschiedete.

Da stand der Zarensohn auf und ließ sich den Maisbrei schmecken, dann nahm er seinen Beutel und machte sich auf den Weg. Er kehrte in den Palast zurück und sagte dem Zaren, daß er endlich ein Mädchen ausgewählt habe: es sei arbeitsam, schön und klug und vernünftig. Der Zar aber glaubte seinem Sohn nicht, denn ein Grünschnabel läßt sich ja leicht täuschen, und schickte einen seiner klügsten Höflinge, dem Mädchen Geschenke zu überreichen und gleichzeitig zu prüfen, ob es wirklich so schön und klug war, wie es der Sohn lobte. Man füllte einen Lederschlauch mit Wein, buk ein schönes rundes Weißbrot, band in ein Tuch zwölf Goldstücke und gab dies alles dem

Zarengesandten mit auf den Weg. Der Zar verabschiedete ihn mit den Worten: »Wenn du bei dem Mädchen angekommen bist, sag ihr, ich und mein Sohn lassen sie grüßen. Dann sag ihr auch, daß die Ziegen bei uns vier Hörner haben, daß das Jahr zwölf Monate hat und daß der Mond voll aufgeht.«

Der Bote des Zaren nahm die Geschenke und ging zu dem Mädchen. Mutter und Tochter empfingen ihn wie einen lieben Gast und taten ihr Bestes. Als das Mädchen sah, was für Geschenke ihr der Zar schickte, nahm sie diese an, bedankte sich und sagte dem Zarenboten: »Grüße, lieber Onkel, den Zaren und seinen Sohn. Sag ihnen, daß die Ziegen bei uns drei Hörner haben, daß das Jahr elf Monate hat und daß der Mond angebrochen aufgeht. Sage ihm noch, daß bei uns eine Krähe der anderen kein Auge aushackt.«

Der Höfling kam in den Palast zurück und erzählte alles dem Zaren. Jener begriff, daß das Mädchen sehr klug war und daß der Bote die Geschenke nicht so, wie sie geschickt wurden, übergeben hatte.

»Du, der du mir treu bist«, rief er aus, »warum hast du eins von den Goldstücken unterschlagen, warum hast du von dem Wein getrunken und von dem Brot gegessen?«

»Es ist wahr, hochverehrter Zar«, antwortete der andere, »es ist wahr, unterwegs bekam ich Hunger, und ich aß von dem Brot; ich war durstig und trank von dem Wein, außerdem nahm ich ein Goldstück. Aber sage nur, woher hast du das alles erfahren? Nur ich weiß, was ich hingebracht und übergeben habe.« Und plötzlich fielen ihm die Worte des Zaren ein, welche er dem Mädchen ausrichten sollte, und auch ihre Antwort und Grüße. Es wurde ihm gleichzeitig klar, daß der Zar ihn nicht bestrafen würde, denn das Mädchen hatte auch noch gesagt: ›Eine Krähe hackt der anderen kein Auge aus.‹

Nach einigen Wochen, als alles vorbereitet war, feierte der Zar eine große Hochzeit und lud alle Leute seines Landes ein. Als man das Mädchen in den Palast brachte und in

Zarengewänder kleidete, wurde sie noch schöner. Hochmütig wurde sie aber nicht und vergaß nicht, woher sie stammte. Sie vergaß weder ihre Mutter, noch ihr Dorf und die einfachen Leute. Sie blieb gut und geduldig und sprach mit jedem, der mit ihr sprechen wollte und hörte sich jeden an, der sich bei ihr über etwas beklagen wollte. Die Leute gewannen die junge Zarin lieb, freuten sich an ihr, holten sich bei ihr Rat und Hilfe. Und da sie viel Gutes tat, hielt man sie für eine Heilige. Sie liebte sehr ihren Ehemann, war ihm eine treue und vernünftige Gefährtin, trennte sich nie von ihm und bereitete ihm nie Kummer. So wurde auch der Zar ein gütiger und vernünftiger Zar, und sein Reich einig und stark.

Man erzählt, daß seit der Zeit, als das gescheite Mädchen Schwiegertochter des Zaren wurde, es im Volke heißt: »Der Verstand kann in einem Zaren und in einem Sklaven oder auch in einem Entenhirten stecken.«

84.
Die Hirtin, die Zarin wurde

Einmal erließ der Zar folgende Order: »Wer einen Stein zu schlachten vermag, so daß Blut aus ihm fließt, den mache ich zum Zaren meines Reiches!« Von überallher kamen starke Männer, keiner aber konnte den Stein schlachten, und alle fragten sich verwundert, wer denn dies schaffen könne.

In einem Dorf lebte ein sehr tapferes Mädel, das die Schafe hütete. Als sie von dem Befehl des Zaren hörte, ging sie als Mann verkleidet zu ihm und sagte: »Zar, ich werde den Stein schlachten!«

Es hatte sich sofort herumgesprochen, daß jemand es auf sich nahm, den Stein zu schlachten, und es sammelten sich unzählige Menschen, die sehen wollten, wie dieses Wunder geschehen würde. An dem Tag, an dem der Stein geschlachtet werden sollte, begab sich der Zar gemeinsam mit allen Mächtigen des Landes zu der Stelle außerhalb der

Stadt, die für dieses Schauspiel bestimmt worden war. Die Hirtin holte ein Schlachtmesser heraus und wandte sich an den Zaren mit folgenden Worten: »Du möchtest, Zar, daß ich den Stein schlachte? Dann gib ihm zuerst eine Seele, und wenn ich ihn dann nicht schlachte, kannst du mir den Kopf abschlagen!«

Der Zar war erstaunt über diese Antwort und sagte: »Du bist der Klügste in meinem Reich, und ich werde dich zum ersten Mann des Reiches machen. Wenn du auch das, was ich dir jetzt sage, zu tun vermagst, will ich dich als meinen Sohn annehmen.«

Das Mädel sprach: »Sag, was du begehrst, und wenn es zu machen ist, werde ich es auch versuchen.« Und der Zar sprach: »Geh in dein Dorf zurück und kehre nach drei Tagen wieder um. Wenn du herkommst, sollst du reiten und gleichzeitig nicht reiten, und du sollst mir ein Geschenk mitbringen und gleichzeitig keins mitbringen. Wir werden alle, groß und klein, aus der Stadt kommen, um dich zu empfangen, und du sollst es so anstellen, daß die Leute dich empfangen und gleichzeitig nicht empfangen.«

Die Hirtin kehrte heim in ihr Dorf und trug den Bauern auf, ihr einige Hasen und zwei Tauben lebend zu fangen. Die Bauern fingen die Hasen und Tauben ein. Am dritten Tag, als sie zum Zaren gehen sollte, steckte das Mädel jeden Hasen in einen gesonderten Sack und gab sie den Bauern zum Tragen. »Laßt sie los, wenn ich es euch sage!« ordnete sie an. Sie selbst nahm die zwei Tauben, stieg auf eine Ziege und machte sich auf den Weg zum Zaren, nachdem sie einige Leute vorausgeschickt hatte, um anzukündigen, daß sie nun komme.

Als der Zar von ihrer Ankunft erfuhr, begab er sich mit den Höflingen und einer unzähligen Gefolgschaft vor die Stadt. Als die Hirtin sich dem Ort, wo der Zar und das Volk auf sie warteten, näherte, befahl sie ihren Leuten, die Hasen aus den Säcken freizulassen. Kaum waren die Hasen dicht vor den Menschen herausgesprungen, als sich alle darauf stürzten und sie fangen wollten. Die Hirtin indes bewegte sich abwechselnd zu Fuß, indem sie die Ziege zwischen den Beinen behielt, und reitend, indem sie sich auf die Ziege setzte und die Beine in die Luft hob. Sie hielt vor dem Zaren an und holte aus ihrem Busen die zwei Tauben und reichte sie ihm. Als der Zar die Hand ausstreckte, um sie entgegenzunehmen, ließ sie die Tauben los, und sie flogen fort ...

Dann sagte die Hirtin zum Zaren: »Nun, Zar, die Leute haben mich empfangen und gleichzeitig auch nicht, ich habe dir ein Geschenk mitgebracht und zugleich auch nicht, ich bin geritten und gleichzeitig zu Fuß gelaufen!« Der Zar antwortete: »Von heute an wirst du mein Sohn sein.« Da beugte sich die Hirtin zum Zaren und flüsterte ihm ins Ohr: »Ich bin kein Junge, sondern ein Mädel!« Der Zar freute sich noch mehr, denn er war nicht verheiratet, und nahm sie sofort zur Frau. Und so wurde die Hirtin dank ihrem Verstand und ihrer Pfiffigkeit Zarin.

85.
Das linke Auge des Zaren

Nahe bei dem Zarenpalast wurde ein großer Markt abgehalten. Von allen Enden des Reiches kamen die Leute herbeigeströmt, um ihre Waren zu verkaufen. Ein alter Mann führte einen Ochsen hierher. Der Ochse war sehr schön, und rasch sammelten sich viele Käufer an.

»Schön ist dein Ochse, Großvater. Was verlangst du für ihn?« fragte einer.

»Das linke Auge des Zaren, mein Sohn«, antwortete der Alte.

Alle wunderten sich über diese Antwort. Wie konnte der alte Mann die Stirn haben, so etwas zu sagen? Wenn ihn der Zar hörte, würde er ihm sofort den Kopf abschlagen lassen.

Nach einiger Zeit fragte ein anderer, was der Ochse koste. Wieder antwortete der Alte: »Das linke Auge des Zaren«. Das Gerede darüber verbreitete sich über den ganzen Markt. Auch der Zar erfuhr davon und ließ den Alten zu sich bringen. Als man ihn geholt hatte, fragte er ihn: »Alter Mann, wozu brauchst du mein linkes Auge, daß du einen so schönen Ochsen dafür geben willst?«

»Vergib mir, Herr!« sagte der alte Mann. »Ich weiß es nicht. Ich habe eine Tochter. Worum sie mich auch bittet, ich kann es ihr nicht abschlagen. Sie hat mir aufgetragen, den Ochsen für das linke Auge des Zaren zu verkaufen.«

Der Zar ließ den Alten frei und befahl, das Mädchen herbeizuholen. Und noch an demselben Tag wurde sie in den Palast gebracht.

»Warum hast du deinem Vater aufgetragen, für den Ochsen mein linkes Auge zu verlangen?«

»Weil ich dich sehen wollte«, sagte das Mädchen. »Du hättest mich sonst nicht rufen lassen.«

»Warum mußt du mich sehen?«

»Weil ich dir sagen will, was das Volk von dir hält.«

»Laß hören!«

»Ich sage es dir, wenn du nicht zornig wirst.« Der Zar ging darauf ein.

»Das Volk sagt, der Zar braucht sein linkes Auge nicht.«

»Wieso das?«

»Weil du die Leute, die von dir gerichtet werden oder die in einer anderen Angelegenheit zu dir kommen, stets so Platz nehmen läßt, daß der Reiche zu deiner Rechten und der Arme aber zu deiner Linken sitzt. Und immer läßt du die Reichen Recht haben, weshalb das Volk sagt, daß du mit dem linken Auge nicht siehst.«

Der Zar erboste sich sehr und befahl, das Mädchen einzusperren. Doch nach einigen Tagen überlegte er es sich anders und beschloß, das Mädchen auf die Probe zu stellen, um zu sehen, ob sie wirklich klug sei. Und er befahl sie zu sich: »Sage mir, Mädchen, wenn du so viel weißt: wie groß ist mein Reichtum?« fragte der Zar.

»Ich werde es dir sagen, wenn du mir für einige Tage willfährig bist und tust, was ich dir befehle.«

»Gut, aber antwortest du falsch, lasse ich dir den Kopf abschlagen.«

»Dein Reichtum ist eine Henne wert.«

»Tötet sie sofort! Sie macht sich über mich lustig!«

»In einer Woche wirst du den Befehl geben, mich zu töten, jetzt befehle ich, gesegneter Zar«, sagte das Mädchen und ließ den Zaren einsperren und ihm kein Essen geben. Nach einer Woche ging sie in den Kerker und reichte dem Zaren durch das Fensterchen eine gebratene Henne hin. Er streckte die Hand aus und wollte sie an sich reißen, doch das Mädchen zog die Henne zurück.

»Wieviel gibst du für sie?«

»Alle Goldstücke, die ich besitze.«

»Das ist zuwenig.«

»Meinen ganzen Reichtum.«

»Habe ich dir nicht gesagt, daß er eine Henne wert ist?«

Da befreite das Mädchen den Zaren aus dem Kerker. Er begriff, daß sie klug war, und er behielt sie im Palast und holte sich bei ihr Rat.

86.

Der Reiche und seine drei Söhne

Es war einmal ein reicher Mann, der hatte drei Söhne. Tagaus, tagein wurden bei ihnen Gelage abgehalten. Nach einiger Zeit aber verarmte der Mann, denn er hatte mit seinen Söhnen alles, was er hatte, für Speis und Trank ausgegeben. So sahen sich die Söhne gezwungen, den Vater zu verlassen und durch die weite Welt zu ziehen, um Geld zu verdienen. Die beiden älteren Brüder tranken weder Wein noch Rakija und hielten auf sich, während der Jüngste ein rechter Saufaus war und sich nicht scheute, mit jedem anzubändeln.

Die Brüder machten sich also auf den Weg, und wie sie so liefen und liefen, kamen sie in ein Dorf. Dort machten sie Rast und aßen zu Mittag. Der jüngste Bruder betrank sich, die beiden anderen begaben sich in eine Stadt. Dort wurde der eine Halwaverkäufer und der andere Bosaverkäufer. Doch sie arbeiteten nur dann, wenn sie viel verdienten, und so blieb der eine wie der andere zuweilen ohne Arbeit, und ihr Geld reichte kaum fürs Brot. Als der jüngste Bruder nüchtern geworden war, überlegte er, was er anfangen sollte, wo er Arbeit finden konnte. Er dachte nach, und ihm fiel ein, daß er gehört hatte, in einem Land gäbe es kein Salz. Da beschloß er, Salz zu besorgen und es in dieses Land zu bringen. Er sammelte Helfer, mit denen er in einen Wald ging, wo es Steinsalz gab, lud dies auf den Wagen und fuhr es in das andere Reich. Als er dort ankam, gab er sich als ein berühmter Koch aus, der sehr schmackhafte Speisen zubereiten könnte, und tatsächlich wurde er innerhalb weniger Tage im ganzen Reich bekannt – so gut kochte er. Auch der Zar hörte von ihm. Er ließ ihn zu sich rufen und wollte, daß er ihm Essen zubereitete, denn er wollte sein Essen mit den Speisen seiner Köche vergleichen und prüfen, ob er wirklich ein guter Koch war. So bereitete jeder Koch seine Gerichte zu. Eins nach dem anderen wurde dem Zaren vorgesetzt. Der Zar probierte sie alle und fand die Gerichte des neuen Kochs vortrefflich. Er rief ihn zu sich und fragte ihn: »Was tust du in deine Speisen, daß sie so gut schmecken?«

»Salz, verehrter Zar, Salz, das es hier nicht gibt. Ihr kocht ohne Salz. Auch wenn euere Köche geschickt und erfahren sind, können sie keine schmackhaften Speisen zubereiten, denn sie geben kein Salz dazu. Das Salz macht das Essen wohlschmeckend.«

»Hast du noch von dem, was du Salz nennst«, fragte der Zar.

»Ja, ich habe Salz«, antwortete der Koch.

»Ist das Salz teuer?« fragte der Zar.

»Es ist teuer, verehrter Zar, ich gebe eine Ladung Salz gegen eine Ladung Geld. Doch möchte ich euch raten, daß man das Essen beim Kochen probieren möge, damit es nicht zu salzig wird. Denn dann kann man es gar nicht genießen. Es ist besser, nur ein bißchen Salz zu verwenden, es schmeckt besser.«

»Wenn dem so ist, gebe ich dir eine Ladung Geld für deine Ladung Salz«, sagte der Zar.

Der Koch ließ das Salz von seinem Boot, das in einem Hafen stand, abladen, lud das Geld auf und fuhr weg. Als er das Meer überquert und das andere Ufer erreicht hatte, ließ er das Geld in Säcke schütten und auf Pferde laden. Dann bezahlte er die Leute, die für ihn gearbeitet hatten, und machte sich auf den Nachhauseweg. Einen ganzen Tag war er unterwegs. Als es dunkel wurde, machte er in einem Gasthaus Rast. Die Wirtin war eine sehr schöne junge Frau, die zwei Schwestern hatte. Sie glichen einander aufs Haar, so daß keiner unterscheiden konnte, wer von ihnen die älteste, die mittlere oder die jüngste war. Als der Mann zu Abend essen wollte, bediente ihn die Wirtin und brachte ihm zu essen und zu trinken. Sie fragte ihn aus: »Was für eine Ware hast du in den Säcken, Händler?«

»Geld«, antwortete er.

»Kannst du trinken?« fragte die junge Frau.

»Ja«, antwortete er.

»Dann laß uns eine Wette abschließen«, sagte sie. »Wir werden beide trinken, und wenn ich mich als erste betrinke, nimmst du mich zur Frau und bekommst das Gasthaus samt meinem ganzen Besitz dazu. Wenn du dich zuerst betrinkst, dann nehme ich dir das Geld ab mitsamt den Pferden.«

Sie schlossen die Wette ab und fingen an zu trinken und zu essen. Sowohl die Wirtin als auch der Mann behielten lange einen klaren Kopf. Erst am dritten Tag wurde der Mann vom Wein betäubt und verlor so das ganze Geld.

Nachdem der Mann seinen Rausch ausgeschlafen hatte, suchte er sich Arbeiter zusammen, mit denen er wieder in den Wald ging und einen Wagen mit Steinsalz belud. Dann mietete er ein Segelboot und fuhr über das Meer in das andere Reich. Er suchte die Höflinge und die Reichen auf und bot seine Ware feil. Innerhalb weniger Tage verkaufte er alles, füllte sein Boot mit Geld und setzte über das Meer. Am anderen Ufer angekommen, lud er die Ware auf Pferde um und machte sich wieder auf den Weg nach Hause. Am Abend kehrte er in demselben Gasthaus ein, wo man ihm das Geld abgenommen hatte, um dort zu übernachten. Als er zu Abend essen wollte, kam die Wirtin selbst zu ihm und brachte ihm zu essen und zu trinken. Wieder schlug sie ihm vor, mit ihr um die Wette zu trinken. Wer als erster einen Rausch habe, solle dem anderen alles abtreten. Der junge Mann dachte, daß es ihm diesmal gelingen würde, die Wette zu gewinnen und somit sein Geld und ihren Besitz zu vereinen, deshalb sagte er: »Laß uns noch einmal trinken, dann werden wir sehen, wer sich als erster betrinkt.«

Und sie fingen an zu trinken. Sie tranken und tranken, und wenn der Wein zu Ende war, ging die Wirtin in den Keller hinunter, um in einem Kupferkessel neuen Wein zu holen. Im Keller aber wechselte sie sich mit der zweiten Schwester ab und schickte diese mit dem Wein nach oben, damit sie mit dem jungen Mann weiter tränke. Als nun der Wein wieder ausgetrunken war, stieg die zweite Schwester in den Keller hinunter und wechselte sich mit der dritten ab, die nüchtern war und den Kupferkessel mit dem Wein hinaufbrachte. So gelang es ihnen, den Mann wieder trunken zu machen und ihm das Geld und die Pferde abzunehmen.

Als ihn die anderen Leute in dieser mißlichen Lage sahen, riefen sie ihn beiseite und sagten ihm, warum er immer verlor, und daß er die Wette nicht gewinnen konnte, weil die Wirtin zwei Schwestern hatte. Die drei Schwestern waren sich von Angesicht sehr ähnlich, sie trugen außerdem die gleichen Kleider und sprachen auf die gleiche Art und Weise. Man riet ihm, bei einer neuen Wette den Wein mit der Wirtin zusammen aus dem Keller zu holen, damit sie sich nicht mit ihrer Schwester abwechseln könnte.

Als der Mann erfuhr, wie er betrogen worden war, holte er sich wieder Leute zur Arbeit, mit denen er in den Wald ging und so viel Steinsalz ausgrub, daß er damit ein Segelboot beladen konnte. Dann fuhr er übers Meer in jenes Reich, verkaufte das Salz innerhalb weniger Tage und fuhr mit dem Geld, das er dafür bekommen hatte, in seine Heimat zurück. Dort ließ er das Geld in Säcke füllen und auf Pferde laden. Und wieder machte er sich auf den Weg und kam gegen Abend in das gleiche Wirtshaus. Ein weiteres Mal ging er auf die Wette mit der Wirtin ein. Der Gewinner sollte die ganze Habe des anderen bekommen. Doch eine Bedingung wollte er verändern: sie sollten zusammen essen und trinken, aber auch zusammen den Wein aus dem Keller holen, damit jeder Betrug ausgeschlossen war. Die Wirtin wollte zuerst nicht darauf eingehen, überlegte dann aber, ob sie ihn nicht doch überlisten und sich wenigstens einmal mit der Schwester abwechseln könnte. Deswegen war sie schließlich einverstanden.

So aßen sie zusammen und fingen an zu trinken. Als neuer Wein geholt werden mußte, versuchte die Wirtin mit List zu erreichen, daß sie allein in den Keller ging, damit ihre Schwester sie ablösen konnte, doch er ließ es nicht zu und begleitete sie immer beim Weinholen. Jedes Mal zogen sie zusammen den Wein ab. Dann gingen sie gemeinsam in die Gaststube zurück und tranken. Als der Wein einmal mehr zu Ende war, sagte die Wirtin: »Laß mich einmal allein den Wein abziehen, vertraust du mir nicht?«

»Nein, ich gehe mit dir«, sagte der Mann.

Sie stiegen hinunter, zogen Wein ab, kehrten zurück, setzten sich wieder hin und tranken. Als auch dieser Wein ausgetrunken war, versuchte sie noch einmal allein zu gehen und hoffte, daß er inzwischen betrunken war, doch er begleitete sie auch diesmal.

Als der Mann am nächsten Morgen aufstand, sah er sich im Haus um und fand die anderen Schwestern. So überzeugte er sich selbst, daß er betrogen worden war. Und da er sich am Tage zuvor nicht betrunken hatte, verkaufte er das Gasthaus und alles, was der Wirtin gehörte. Auch die beiden ersten Ladungen Geld bekam er wieder. Er mietete einige Wagen, lud seinen ganzen Reichtum darauf, ließ auch die drei Schwestern auf einen Wagen steigen und fuhr zu seinem Vater.

Unterwegs kam er in eine Stadt, wo er dem Bruder, der Halwa verkaufte, begegnete. Er fragte ihn: »Hast du Geld verdient, Bruder?«

»Nein«, antwortete der Bruder. »Du weißt doch, daß ich

nur dann arbeite, wenn ich gut bezahlt werde. Für wenig Geld arbeite ich nicht.«

Der jüngere Bruder, der nämlich, welcher viel trank, sagte:

»Gib dein Handwerk auf, Bruder! Ich habe so viel verdient, daß es für uns drei reichen wird, und obendrein habe ich für jeden eine Braut mitgebracht. Komm mit uns, wir fahren zu unserem Vater.«

Sein Bruder gab das Handwerk auf und fuhr mit. Unterwegs kamen sie in eine andere Stadt, wo sie auch den anderen Bruder, den Bosaverkäufer, fanden. Auch ihn fragte er: »Hast du Geld verdient, Bruder?«

Der andere antwortete, er habe noch nichts verdient. Da sagte ihm der jüngste Bruder: »Du wirst doch nicht zu Geld kommen, deswegen gib dein Handwerk auf und komm mit uns zu unserem Vater. Ich habe für drei verdient, und außerdem habe ich für jeden von euch eine Braut. Laß uns nun so schnell wie möglich abfahren.«

Als der andere dies gehört hatte, ließ er alles stehen und fuhr mit. Sie fuhren und fuhren und kamen zu einem Wald, durch den führte der Weg. Als sie sich mitten im Wald befanden, unterhielten sich die beiden älteren Brüder und beredeten folgendes: »Wie können wir vor unserem Vater erscheinen, ohne etwas verdient zu haben? Das ganze Geld hat doch unser Saufaus rangeschafft. Wenn uns der Vater fragt, was wir gearbeitet und wieviel wir verdient haben, was werden wir ihm sagen? So steht es nicht gut für uns, es wird wohl besser sein, wir fangen ihn und bringen ihn um. Dann wollen wir ihn im Wald versteckt zurücklassen und den Frauen sagen, sie sollen schweigen und dem Vater nichts verraten. Wir aber werden ihm mitteilen, daß unser Bruder der Trunksucht verfallen ist und daß wir nicht wissen, ob er lebt oder nicht.«

Ihr Bruder war inzwischen abgestiegen, um sich ein wenig die Beine zu vertreten. Auch die beiden Brüder stiegen ab. Sie warteten, bis die weiterfahrenden Wagen kaum noch zu sehen waren, dann packten sie ihren Bruder und hängten ihn mit dem Kopf nach unten an einem Baum auf. Sie ließen ihn dort so hängen und liefen den Wagen nach.

Der jüngste Bruder heulte und schrie, so laut er nur konnte, in der Hoffnung, daß ihn jemand hörte und ihm zu Hilfe eilte. Doch es kam niemand. Schließlich erschien ein Schäfer, dessen Schafe und Ziegen in der Nähe weideten und der das Heulen und Schreien gehört hatte. Doch vor lauter Angst wagte er es nicht, sich dem Mann zu nähern und ihn loszubinden. Er hielt ihn für einen Räuber. Als der junge Mann ihn erblickte, bat er ihn inbrünstig, ihn vor diesem langsamen und schmerzvollen Tod zu retten. Er weinte und beteuerte, daß er kein böser Mensch sei, er versprach, ihm sein Leben lang Freund und Sklave zu sein. Der Schäfer hatte zum Schluß Mitleid mit ihm und löste die Stricke. Der junge Mann dankte dem Schäfer, der ihm das Leben gerettet hatte, und blieb bei ihm wohnen. Er gab ihm seine Kleider und zog die des Schäfers an und weidete ihm als Gegendienst die Schafe.

Die beiden anderen Brüder kamen zu Hause an und erzählten ihrem Vater, sie hätten das Geld und die Jungfrauen, die sie heiraten wollten, selbst verdient. Was sich mit ihrem Bruder zugetragen habe, wußten sie nicht, sie hätten ihn unterwegs allein zurückgelassen, da er sich betrunken hätte, und es sei ungewiß, ob er noch lebte oder nicht. Der Vater glaubte ihnen. Er verlobte seinen ältesten Sohn mit der ältesten Jungfrau und den zweiten Sohn mit der zweiten Schwester, die jüngste Schwester blieb ohne Mann. Sie bot sich an, den alten Vater zu pflegen.

Der Vater freute sich sehr, daß seine Söhne einen so großen Reichtum erworben hatten. Er wollte eine einmalige Hochzeit feiern und lud deshalb viele Gäste ein – Reiche und Arme von fern und nah. Nach der Trauung wurde in allen Dörfern und Städten bekanntgegeben, daß die Hochzeit zwei Wochen lang dauern würde, so daß jeder, der nicht dabei gewesen sei, noch kommen könne. Außerdem sollte jeder Gast ein Märchen, das er kannte, der Hochzeitsgesellschaft erzählen. Davon hörte auch der jüngste Bruder, der jetzt Schäfer war. Er bat seinen Herrn, das große, üppige Hochzeitsmahl besuchen zu dürfen, um dort einen ganzen Tag lang zu essen und zu trinken. Er würde danach wieder kommen und weiter die Herde weiden. Der Schäfer ließ ihn gehen. So kam der jüngste Bruder, in Schäferkleidern, auf die Hochzeit. Er setzte sich ans Ende der Tafel, neben die anderen Gäste. Man aß und trank, und jeder erzählte ein Märchen, das er kannte. Auch der Schäfer, der einen Hirtenstab in der Hand hielt, kam an die Reihe. Der Vater, der ihn nicht erkannte, forderte auch ihn auf, etwas zu erzählen, denn so war es hier Brauch – jeder, der gekommen war, sollte etwas erzählen.

Da man ihn mehrmals gebeten hatte, faßte der Schäfer schließlich Mut und fing an zu erzählen: »Es war einmal ein reicher Mann, der hatte drei Söhne. Da er arm wurde, verließen ihn die Söhne und zogen durch die Welt, um Geld zu verdienen. Als sie unterwegs anhielten, betrank sich der eine. Die beiden anderen ließen ihn allein zurück. Der eine von ihnen wurde Bosaverkäufer, der andere Halwaverkäufer ...« So erzählte er alles, was danach passierte: wie er das Geld und die Jungfrauen gewann, wie er seine Brüder fand und sie nach Hause fuhren, wie diese ihn aufhängten, wie ein Schäfer ihm das Leben rettete, bei dem er jetzt diente, und wie er nun hier an der Tafel säße und das Märchen seines Lebens erzählte.

Der Vater erkannte seinen jüngsten Sohn an der Stimme. Als er erfuhr, daß das Geld und die Jungfrauen, die die beiden anderen Brüder mitgebracht hatten, dem jüngsten Bruder gehörten, jagte er die älteren Brüder samt ihren Frauen fort. Seinen jüngsten Sohn verheiratete er mit der jüngsten von den Schwestern, die bei dem Vater geblieben war. Dann wurde eine zweite, noch größere Hochzeit gefeiert, auf der alle geladenen Gäste aßen, tranken und sich vergnügten. So gab der jüngste Sohn seinem Vater das frühere Ansehen zurück und machte ihn wieder reich.

Auch ich war auf der Hochzeit, habe getrunken und gefeiert und euch dieses Märchen mitgebracht.

87.
Das Teuerste ist das Salz

Ein Zar hatte drei wunderschöne Töchter. Der Zar liebte sie und verwöhnte sie sehr. Wie jeder Vater wollte er seine Kinder gut hegen, so daß sie arbeitsam und klug würden und er sie an Zarensöhne verheiraten könne, denn er wollte sich mit anderen Zaren verschwägern. Als er einmal mit seinen Töchtern zusammensaß und mit ihnen sprach, sagte er: »Kinder, laßt uns ein Spiel machen!« Die Kinder waren sofort einverstanden. Sie spielten verschiedene Spiele, bis sie schließlich müde wurden. Da fragte der Zar seine älteste Tochter: »Sag mir, meine Tochter, wie sehr liebst du mich?«

»Ich liebe dich wie das Gold, Vater!« antwortete das Mädchen.

»Wenn du mich so sehr liebst, werde ich dich mit dem reichsten Zarensohn verheiraten, damit du immer in Gold und Seide gekleidet bist. Und du, Tochter«, fragte er die zweite, »wie sehr liebst du mich?«

»Ich liebe dich wie den Honig, wie die kostbarsten Edelsteine«, sagte die zweite Tochter.

»Wenn du mich so sehr liebst, werde ich dich in ein reiches Land verheiraten, wo es viel zu essen gibt und auch viel Schmuck. Und du, meine kleine Tochter, wie sehr liebst du mich?« fragte er die Jüngste.

»Ich, Vater, liebe dich wie das Salz!« sagte das Mädchen.

»Wie das Salz?« schrie der Zar, so laut er nur konnte. »Liebst du mich denn gar nicht? Vergeblich ist all unsere Fürsorge gewesen und die Liebe, mit der wir dich bisher großgezogen haben. Du bist nicht länger meine Tochter. Aus meinen Augen, fort, du sollst nichts mehr von mir hören, wie auch ich dich nicht mehr sehen will. Geh, ich brauche dich nicht!«

Als dies die Zarin hörte, erschrak sie, kam herbeigelaufen, fragte, was geschehen war, und versuchte die Sache wiedergutzumachen, aber der Zar wollte nichts hören und vertrieb das kleine Mädchen.

Jahre vergingen. Der Zar verheiratete die zwei Töchter in reiche Länder. Es geschah, wie er es gewollt hatte – er verschwägerte sich mit berühmten Zaren. An die kleine Tochter dachte er nicht mehr, und auch ihren Namen erwähnte er nicht. Für ihn war sie längst gestorben und vergessen.

Das Mädchen aber war heil und gesund. Als der Vater es hinausgejagt hatte, lief es aus der Stadt, sah sich hier und dort um und erblickte einen armen verkrüppelten Mann in zerschlissenen Kleidern, der einen Esel führte. Das Mädchen war sehr barmherzig und wollte ihm helfen. Der alte Mann fragte, woher sie komme und wessen Kind sie sei. Sie antwortete, sie habe weder Mutter noch Vater, sie sei allein auf dieser Welt und habe keinen Ort, wohin sie gehen könne. Der Alte freute sich, daß er nun jemanden hatte, der ihm im Haushalt helfen konnte und nahm das Mädchen mit. Das Haus des Alten lag im Wald, an der Grenze von zwei Reichen. Auch aus dem anderen Reich kam man hierher jagen. Um am häufigsten kam der Zarensohn, der ein guter und friedfertiger Jüngling war. Jedesmal, wenn er hierher jagen kam, verweilte er bei dem alten Mann, um sich auszuruhen und ein Wörtlein mit ihm zu wechseln. So war er des öfteren dort, und schließlich gefiel ihm das Mädchen, und er sagte seinem Vater, daß er sie heiraten wollte. Aber wie konnte ein Zar die Tochter irgendeines verkrüppelten Alten zur Schwiegertochter nehmen? Er ließ kein Wort darüber fallen. Der Sohn aber drohte, ins Kloster zu gehen, falls er dieses Mädchen nicht heiraten dürfte. Da beschloß der Vater, das Mädchen aus dem Wald zu verjagen. Doch vorher wollte er es sich ansehen, um zu erfahren, was seinem Sohn an diesem Dorfmädel denn so gefiel.

Eines Tages stieg der alte Zar aufs Pferd und begab sich in den Wald zur Jagd. Er ritt durch den Wald, bis es Mittag wurde, und kam an das Häuschen des Alten. Vor der Tür erblickte er ein schönes Mädchen, das trotz der abgetragenen und gestopften Kleider schlank und anmutig aussah.

Der Zar erkannte, daß dies das Mädchen war, was seinem Sohn gefiel, trat an sie heran und fragte sie, wo ihr Vater sei. Sie antwortete: »Großvater ist nicht zu Hause, er ist Kohlen holen gegangen. Ich bin allein.«

»Wo ist dein Vater?«

»Ich habe keinen Vater mehr, er hat mich aus dem Palast vertrieben.«

»Aus was für einem Palast?« sagte der Zar verwundert.

Das Mädchen erzählte alles, wie es war. Dieser Zar war klug und verstand, daß das Mädchen ihren Vater am meisten liebte, daß es dieser aber nicht begriffen und sie verjagt hatte, weil er dumm war und nach Reichtum strebte. Er freute sich, daß die Auserwählte seines Sohnes aus einem Zarengeschlecht stammte und auch, daß der Sohn aus Liebe heiraten würde. Eilig kehrte er in seinen Palast zurück und schickte sofort seinen Sohn mit Brautwerbern, um das Mädchen zu holen.

Die Hochzeit wurde groß gefeiert. Alle benachbarten Zaren wurden eingeladen, auch der Vater der Braut. Die Geladenen kamen alle, denn sie wollten die Braut sehen – die Tochter eines lahmen Alten, die einen Zarensohn heiratete! Reiche Tafeln, vollbeladen mit Speisen und Getränken wurden aufgestellt, jeder konnte essen, soviel er wollte – war es doch ein Zarenfest, für das sich ein ganzes Volk geschunden hatte! Der Zar, dessen Sohn heiratete, ordnete an, daß man dem Vater des Mädchens ein Essen ohne Salz vorsetzte. Als man zu essen anfing, runzelte jener die Stirn – das Essen war ungesalzen. Er besah sich den gedeckten Tisch – die Gefäße und das Besteck waren aus Gold und mit kostbaren Edelsteinen verziert, von den Gerichten sah eins schöner als das andere aus, man hatte aber Honig darüber gegossen, und es war ungenießbar. Wie kann man denn gebratenes Huhn mit Honig essen? Er sah sich nach allen Seiten um, er wunderte sich, aber da er sehr hungrig war, hielt er es nicht länger aus und sagte zu dem Schwager: »Nun, Nachbar, was hat das zu bedeuten, warum läßt du uns hungern?« – »Wieso hungern, Nachbar?« fragte der Schwager. »Sieh doch die Tafel, voll gedeckt mit herrlichen Gerichten, eines schöner als das andere, sie sind auf den kostbarsten Gefäßen angerichtet, die kostbarsten Löffel und Gabeln sind auf den Tisch gebracht worden. Wenn du Hunger hast, dann iß, Nachbar. Dazu steht es ja auf dem Tisch!«

»Warum stellst du dich dumm«, sagte der Zar, welcher der Vater der Braut war. »Hat man denn je so etwas gehört – soll ich Gold und Silber und kostbare Edelsteine essen, das gebratene Huhn ist mit Honig übergossen, so daß man es verdorben hat. Ohne Salz schmeckt nichts. Gib Salz her, Nachbar, gib das Salz her, damit wir die Sache wieder in Ordnung bringen!«

»Wenn du ohne Salz nicht auskommst, warum hast du dann deine Tochter vertrieben, so daß sie verlassen durch den Wald streifen mußte?« rief der Schwiegervater. »Du hast die Töchter bei dir behalten, die dich wie Gold und Silber und wie andere Dinge lieben, ohne die man auf dieser Welt durchaus leben kann.«

»Woher weißt du das, Nachbar?« fragte der Zar, der nicht nachgeben wollte.

»Ich weiß es von meiner Schwiegertochter, von der Braut, sie ist deine Jüngste. Sie hat dich am meisten geliebt, aber du, der du nach Reichtum gierst, hast sie vertrieben. Nun sollen dir deine beiden anderen Töchter, die so reich sind, Essen geben, das schmeckt.«

Der Zar begriff, daß man ohne Salz nicht leben kann auf dieser Welt. Wenn es kein Salz gibt, gibt es auch kein Leben. Das ganze Volk lebt ärmlich, ohne Gold, Silber und Edelsteine, manch einer hat nie im Leben Honig gekostet und ist dabei heil und gesund. Da ging dem Zaren ein Licht auf, daß seine älteren Töchter nicht ihn, sondern den Reichtum geliebt hatten. Er sagte sich von ihnen los und hinterließ das Reich seiner jüngsten Tochter, denn er hatte keinen Jungen, der den Thron hätte erben können.

88.
Die kluge Braut

Zwei junge Männer hielten um die Hand einer Jungfrau an – der eine war arm, der andere reich. Der arme Jüngling sah hübscher aus, der Sohn von Tschorbadshija war der häßlichere. Da der Jungfrau der arme Jüngling gefiel, meinte sie: »Ich werde den armen Mann heiraten, und wenn wir Glück haben, so werden wir auch Geld verdienen und reich werden.« Und sie heiratete den Armen.

Nach der Hochzeit ging das Brautpaar auf die Weiden hinaus und sammelte von den Sträuchern und Dornen die Schafwolle, die von den vorbeigegangenen Schafen dort hängengeblieben war. So sammelten sie und sammelten, bis sie genügend Wolle zusammen hatten, um sich einen kleinen Teppich zu weben. Der Mann nahm ihn und brachte ihn auf den Markt zum Verkauf. Der Herrensohn aber lief die ganze Zeit über hinter ihm her, um zu sehen, wie er es wohl anstellen würde. Als dieser den Teppich auf dem Markt ausbreitete, kam ein Mann, sah ihn sich an und sagte: »Nimm diese Kuh und gib mir den Teppich.«

Der Mann gab ihm den Teppich, nahm die Kuh und kehrte nach Hause zurück. Unterwegs begegnete er einem Menschen, der zwei Hacken trug, die er auf dem Markt verkaufen wollte.

»Nimm die beiden Hacken, gib mir das Kühlein«, sagte der Mann. Jener nahm die Hacken, gab die Kuh hin und machte sich wieder auf den Weg. Kurz darauf begegnete er einem Mann, der Sicheln zum Markt trug.

»Hör zu, Junge, laß uns tauschen«, sagte dieser. »Hier, nimm zwei Sicheln und gib mir dafür die beiden Hacken.«

Sie machten den Tausch, und jeder ging seines Wegs. Nach einiger Zeit begegnete der Mann einem, der Strohhüte feilbot und gleichfalls zu ihm sagte: »Hei, Junge, laß uns tauschen – gib mir die Sicheln, ich werde dir zwei Strohhüte dafür geben.«

Und sie tauschten. Der junge Mann nahm den einen Hut in die Hand, den anderen setzte er auf den Kopf. Da kam ein starker Wind auf und wehte beide Hüte fort. Der Mann hielt an und überlegte, was er jetzt tun sollte. Der Sohn des Reichen, der ihm ständig nachschlich, holte ihn ein und sagte: »Deine Braut wird dich fortschicken, wenn du mit leeren Händen nach Hause kommst.«

»Sie wird es nicht tun«, sagte der Arme, »sie ist nicht auf den Kopf gefallen.«

»Doch, doch, sie wird dich rauswerfen«, sagte der Reiche. »Genau das wird sie tun – dich rausschmeißen, ich weiß es. Wenn du mir nicht glaubst, dann will ich mit dir wetten: schickt sie dich fort, so nehme ich sie dir weg, wenn nicht, dann gebe ich dir einen Beutel voll Goldmünzen, den hier, der auf dem Sattel liegt.«

Sie schlossen die Wette ab. Der Reiche verbarg den Armen in einer Kiste, lud ihn auf das Pferd und ging zu dem Haus des anderen. Er rief die Braut heraus und sprach folgende Worte: »Ist dein Mann schon zurück?«

»Er ist noch nicht da«, antwortete sie.

»Er hat den schönen Teppich für eine Kuh verkauft.«

»Schön, daß er eine Kuh gekauft hat. Ich möchte sehr, daß auch wir eine Kuh haben«, erwiderte die Braut.

»Er hat aber die Kuh gegen zwei Hacken getauscht.«

»O wie schlau mein Mann ist! Er weiß, daß wir Hacken dringend brauchen für unsere Arbeit. Es ist gut, daß er die genommen hat.«

»Er hat aber für die Hacken Sicheln eingetauscht.«

»Gut, daß er die Hacken für Sicheln gegeben hat. Eigentlich brauchen wir Sicheln jetzt dringender, denn zur Erntezeit können wir woanders arbeiten gehen.«

»Aber dein Mann hat die Sicheln gegen zwei Strohhüte getauscht.«

»Gut, daß er das getan hat. Jetzt ist es Sommer, die Sonne prallt herab, die Hüte werden uns ein wenig schützen, der eine Hut ist für mich, der andere für ihn, und wir werden uns wohl fühlen in der Hitze.«

»Ein starker Wind kam auf und hat sie fortgeblasen, und deswegen bringt er gar nichts mit.«

»Ich will ja nichts, wenn nur mein Mann wohlauf nach

Hause kommt«, sagte die Braut. »Ist er bei mir, brauche ich nichts weiter.«

Als ihr Mann diese Worte vernahm, rief er, man solle ihn vom Pferd runter holen und aus der Kiste befreien; er freute sich sehr über die Klugheit seiner Frau. Dem Reichen blieb nichts anderes übrig, als ihm den Beutel mit den Goldmünzen zu geben und zu gehen. Und der arme Bursche und sein kluges Weib lebten fortan in Wohlstand und waren glücklich.

89.
Warum man die alten Leute nicht tötet

Einst hatte ein Zar befohlen, alle alten Leute zu töten, denn da sie alt waren und nicht mehr arbeiten konnten, brachten sie dem Staat keinen Nutzen. Der Vater des Zaren, der alte Zar, riet ihm von dieser bösen Tat ab; er verlegte sich auf Bitten, aber auch auf Drohungen, er werde ihm das Reich wegnehmen und ihn fortjagen, doch der junge Zar hörte nicht auf ihn. Er war ja Zar, und ihm war alles erlaubt. Sein Vater grämte sich einige Monate lang, doch dann entschloß er sich, abzuwarten und zu sehen, was sein Sohn unternehmen würde. Aber kann man einen jungen Tschorbadshija zurückhalten, wenn er ein schönes Pferd bestiegen hat? Genauso war es mit dem jungen Zaren. Er hatte befohlen, die Alten zu töten, und nichts konnte ihn davon abbringen. Sein Befehl lautete: »Wenn jemand seinen Vater oder seine Mutter am Leben läßt, soll ihm der Kopf abgeschlagen werden, seine Kinder sollen vertrieben und sein Haus in Brand gesteckt werden.« Das Volk war starr vor Entsetzen, doch da der Zar es so wollte, erlitten alle alten Leute den Tod. Nur ein Mann, der zu den Mächtigen des Reiches gehörte und seinen Vater sehr liebte, brachte es nicht fertig, ihn zu töten. Er grub unter dem Keller ein Versteck für ihn aus und verbarg ihn dort. Jeden Tag ging der Mann zu seinem Vater hinunter und erzählte ihm die Neuigkeiten aus dem Reich. Der Vater beriet ihn, und jener hörte auf die Ratschläge seines Vaters und wurde der Erste unter den angesehenen Männern des Reiches und stand dem Zaren am nächsten.

Nachdem der Zar alle Alten hatte töten lassen, beschloß er, ein großes Heer zu sammeln, durch das Reich zu ziehen und in jedem Haus nachzuprüfen, ob sich nicht doch ein alter Mensch versteckt hielt. Als der Vater des Zaren von diesem Vorhaben hörte, riet er seinem Sohn, vorher zu prüfen, ob er mit den jungen Leuten regieren könnte. Erst danach sollte er das Heer losschicken.

Der Zar dachte lange nach, bis ihm einfiel, wie er seine Leute prüfen konnte. Er ließ die Mächtigen des Reiches rufen und sprach zu ihnen: »Wenn morgen früh die Sonne aufgeht, werdet ihr alle zu mir kommen und mir sagen, wie man aus Sand einen Strick flechten kann.«

Als die Ersten Männer des Landes dies hörten, versanken sie ins Grübeln; sie waren sehr besorgt und gingen gesenkten Hauptes nach Hause. Jeder von ihnen überlegte, wo er Rat finden könne, um eine so schwere Aufgabe zu lösen. Der Mann, der seinen Vater versteckt hatte, ging gleich zu ihm in das Versteck und sprach: »Ach, Vater, unser Zar wird auch uns umbringen!«

»Warum sollte er euch umbringen?« fragte der Vater. »Ihr seid doch jung und könnt sowohl arbeiten als auch im Krieg kämpfen, ihr könnt doch alles.«

»Auch uns wird er umbringen«, sagte der Sohn. »Er hat uns heute alle zu sich rufen lassen und uns beauftragt, morgen früh bei ihm im Palast zu erscheinen und ihm zu sagen, wie man einen Strick aus Sand flechten kann. Wir sind aber alle jung, und keiner von uns ist weise, so wird er uns alle umbringen.«

»Fürchte dich nicht, mein Sohn«, sagte der Vater. »Das ist nicht schwer. Morgen früh wirst du aufstehen und in den Palast gehen. Dann sage dem Zaren, er soll einen Wagen Sand holen lassen und dir den Sand so lange halten, bis du den Strick geflochten hast.«

Am Morgen darauf versammelten sich alle Höflinge im Palast, und sofort fragte der Zar, wie man aus Sand einen

Strick flicht. Alle senkten die Köpfe und schwiegen, nur der Sohn des am Leben gebliebenen Alten sagte: »Glückseliger Zar, laß einen Wagen voll Sand herbeischaffen, und dann werde ich dir zeigen, wie man es macht.«

Der Zar ordnete es sofort an, und ehe man sich's versah, hatten die Diener den Sand gebracht.

»Und nun, glückseliger Zar«, sagte der Mann, »reiche mir den Sand her, damit ich flechten kann.«

Der Zar begriff, daß dies eine kluge Antwort war, und ließ alle gehen. Aber wie ein altes Sprichwort sagt, muß man den Verstand des Menschen dreimal prüfen, deshalb ließ der Zar nach einigen Tagen abermals die Ersten des Reiches zusammenrufen und sagte zu ihnen folgendes: »Ich möchte, daß ihr morgen schon vor Sonnenaufgang hier seid und mir sagt, wo die Sonne zuerst aufgeht.«

Wieder ließen die Höflinge die Köpfe hängen und gingen besorgt und nachdenklich nach Hause. Sofort stieg der Sohn in den Keller hinunter und sagte zu seinem Vater: »Ach, Vater, jetzt ist uns etwas Schlimmeres zugestoßen. Was noch kommen wird, weiß nur Gott.« Dann berichtete er von der Aufgabe des Zaren.

»Hab keine Angst, mein Sohn, es ist eine leichte Aufgabe«, sagte der Alte. »Wenn ihr morgen in den Palast kommt, sagst du dem Zaren, er solle zu den Felsen schauen, wo die Sonne untergeht. Dort werdet ihr die Sonne zuerst erblicken.«

Am nächsten Morgen gingen die Höflinge in den Palast, auch der Zar erschien und stellte gleich seine Frage. Alle schlugen den Blick zu Boden und schwiegen. Und als der Zar zu schimpfen und zu schreien begann, sagten sie: »Die Sonne geht zuerst im Osten auf!«

»Die Sonne geht zuerst im Westen auf«, rief der Mann, dessen Vater noch lebte. »Schau, glückseliger Zar, zu den Felsen im Westen, dorthin, wo die Sonne untergeht.«

Alle blickten zu den Felsen im Westen. Die Sonne war noch nicht am Himmel erschienen, doch diese Felsen waren bereits von ihr erleuchtet. Da wurde es dem Zaren klar, daß dies sein klügster Mann war. Und er ging zu seinem

Vater und sagte zu ihm: »Siehst du, Vater, daß es auch unter den Jungen kluge Menschen gibt, die mir helfen werden, das Land zu regieren. Man kann auf dieser Welt auch ohne die Alten auskommen, sie bringen keinen Nutzen, sondern nur Schaden.«

Als der Vater dies hörte, starb er vor Kummer, und so blieb der junge Zar alleiniger Herrscher.

Es vergingen viele Jahre. Das Volk lebte, wie es ihm gerade paßte. Den jungen Leuten gefiel das leichtere Leben besser, und sie pflügten den Boden nicht mehr und hielten kein Vieh. Dazu kam eine Dürre – was man angebaut hatte, wuchs nicht, und was wuchs, wurde vom Hagel vernichtet. Es kamen schlechte Zeiten. Der Hungertod drohte dem Volk. Jeder, der Weizen besessen hatte, hatte ihn gekocht und aufgegessen, so daß kein Samen übriggeblieben war. Der Zar bekam es mit der Angst zu tun – was sollte er mit einem hungernden Volk anfangen! Er versammelte die hohen Herren seines Reiches und sprach zu ihnen: »Ich gebe euch eine Woche Zeit, bis zu dieser Frist habt Ihr, woher auch immer, Korn für die Saat herbeizuschaffen.«

Die Ersten des Landes gingen besorgt auseinander und fragten überall herum, wo man Saatgetreide hernehmen könne: doch keiner konnte es ihnen sagen. Der Mann, der seinen Vater verborgen hielt, war zutiefst betrübt. Sein Kummer wuchs von Tag zu Tag, er hörte auf zu essen und zu schlafen, magerte ab und lief wie ein Verrückter hin und her. Währenddessen verflossen die gezählten Tage schnell. Als sich die Woche dem Ende zuneigte, ging er am letzten Tag zu seinem Vater, um Abschied zu nehmen und ihn um Vergebung zu bitten, da er ihn wohl zum letzten Mal sah. – Er glaubte, der Zar würde ihn und die anderen wie Hühner schlachten lassen.

Als der alte Mann seinen Sohn so abgemagert und betrübt fand, erschrak er sehr, weil er meinte, er sei schwerkrank. Deswegen fragte er: »Bist du krank, mein Sohn, und wo schmerzt es dich?«

»Ich bin nicht krank«, antwortete der Sohn, »doch heute wird uns der Zar wie Hühner schlachten lassen.«

»Warum soll er euch umbringen lassen, mein Sohn, hast du etwas verbrochen?«

»Ich habe nichts verbrochen, Vater. Das Korn ist im ganzen Land ausgegangen, nirgends können wir Samen auftreiben, aber wo es kein Brot gibt, gibt es auch kein Volk! Der Zar hat uns zu sich rufen lassen und uns beauftragt, überall nach Korn für die Saat zu suchen. Wenn wir nichts finden, sind wir verloren. Heute ist der letzte Tag, und keinem von uns ist etwas eingefallen.«

Der Alte sah seinen Sohn an, lachte und sagte: »Hast du davor Angst, mein Sohn? Das läßt sich doch am leichtesten erledigen. Sage dem Zaren, er soll allen im Reich befehlen, die Ameisenhaufen aufzustöbern. Dort werden sie Korn finden für die neue Saat.«

Darüber freute sich der Sohn sehr, er ging sofort in den Palast und fand dort alle anderen vor, in Gedanken versunken und noch trauriger, als er je gewesen war. Sie sagten dem Zaren, sie hätten kein Korn für die Saat finden können, worauf er seinen Soldaten befahl, sie zu köpfen ...

»Halt, glückseliger Zar, töte nicht deine besten Leute«, sprach der Sohn des Alten, der sich im Hintergrund hielt. »Ich weiß, wo man Korn finden kann!«

»Wo?« fragte der Zar erfreut. »Wo hast du Korn gefunden, wer hat es dir gesagt?«

»In den Ameisenhaufen, glückseliger Zar, in den Ameisenhaufen werden wir Korn finden.«

»Sage mir, woher du das weißt«, sagte der Zar. »Wer hat dir diesen Rat gegeben. Du bist klug und vernünftig, schon früher hast du allein die richtige Antwort gegeben, als ich euch die Rätsel vom Sandstrick und von der Sonne aufgab. Und auch jetzt weißt nur du die richtige Antwort. Bist du selbst darauf gekommen, oder hat es dich jemand gelehrt?«

»Ich wage es nicht, glückseliger Zar, dir die Wahrheit zu sagen. Wenn ich sie dir sage, wirst du mich umbringen und mein Haus in Brand stecken.«

Der Zar schwor, ihm nichts Böses zu tun, er sollte nur die Wahrheit sagen.

»Als mein Vater alt wurde, glückseliger Zar«, erzählte

der Mann, »tat es mir leid, ihn umzubringen. Ich habe ihn versteckt und bis zum heutigen Tag versorgt. Von ihm weiß ich, wie man aus Sand einen Strick flicht und wo die Sonne zuerst aufgeht. Er hat mir auch gesagt, wo wir nach Korn suchen sollen. So schwer wir uns immer taten, zu ergründen, was wie gemacht wird, ich brauchte ihn nur danach zu fragen, da lachte er und sagte: ›Das ist sehr einfach.‹«

»Von nun an«, sprach der Zar, »sollen die alten Leute nicht mehr getötet werden, sondern sie sollen von den Jüngeren verehrt werden. Denn wir haben gesehen, daß auch sie gebraucht werden und daß sie dem Reich Nutzen gebracht haben!«

Von da an hörte man auf, die alten Leute zu töten und ließ sie eines natürlichen Todes sterben, wenn ihre Zeit gekommen war.

Der Zar befahl, die Ameisenhaufen im ganzen Land aufzuwühlen. Dort fand man viel Korn für die Saat, und man fing an zu pflügen und zu säen, und so ist es geblieben bis zum heutigen Tag. Wenn es kein Brot gibt, gibt es auch kein Volk.

90.
Wenn man arbeitet, hat man auch Glück

Es waren einmal zwei Brüder. Sie teilten die Habe ihres Vaters unter sich auf, und so konnte jeder sein Leben einrichten, wie es ihm gut dünkte. Der jüngere Bruder war arbeitsam und fleißig, und da er sich sehr viel Mühe gab, wurde er bald reich. Auch seine Frau stammte aus einer reichen Familie und brachte eine große Mitgift mit. So wurden sie die Reichsten im Dorf. Sie hatten Land und Haus, Geld, Kinder – alles lief bei ihnen wie am Schnürchen. Der älteste Bruder wurde immer ärmer und besaß zuletzt nichts mehr vom Erbteil seines Vaters. Dazu kam, daß er eine unbeholfene Frau hatte, die ihm keinen einzigen guten Rat geben konnte. So verdingte sich der Ältere als Knecht bei seinem Bruder. Zur Erntezeit stellte der Reiche

Schnitter an, mit denen er den ganzen Tag auf einem großen Feld mähte. Am Abend bestieg er sein Pferd und ritt voran. Die Schnitter folgten ihm. Auch der ältere Bruder warf sein Bündel über die Schulter und lief hinterher. Nachdem sie ein Stück des Weges zurückgelegt hatten, hielt der Reiche sein Pferd an, drehte sich um und rief seinem Bruder zu: »Bruder, wir haben einen Bindepflock auf dem Feld liegen lassen. Geh zurück und hole ihn, denn morgen arbeiten wir auf einem anderen Feld.«

Da der Arme Knecht war, mußte er gehorchen, und so lief er zurück und suchte den Binder. Auf einmal hörte er ein Rascheln. Er hob den Kopf, um zu erspähen, wer sich auf dem Stoppelfeld herumtrieb. Da sah er einen Mann, der Ähren vom Boden aufsammelte und diese auf die Hokken legte. Der Knecht hob den Binder, warf ihn nach dem Mann, der die Ähren aufsammelte, und traf seinen Rükken.

»Was hast du hier zu suchen?« rief er aus. »Es reicht wohl nicht, daß ich arm bin. Neidest meinem Bruder obendrein das viele Getreide, das er hat, und willst ihm das Feld verzaubern. Willst du ihn um seinen Weizen bringen?«

Der Mann hob den Binder auf und sagte ruhig: »Warum schimpfst du, guter Mann? Ich bin nicht hier, um deinem Bruder Böses zu tun, sondern um die Ähren zu lesen, die die Schnitter heute zertreten haben. Du weißt doch, wie man für einen Fremden arbeitet. Hab keine Angst vor mir, ich bin das Kismet deines Bruders.«

Der Arme fragte: »Was? Du bist das Kismet meines Brudes? Sage mir dann, warum mein Bruder reich ist, ich aber nichts besitze.«

»Du siehst doch, daß ich die vergessenen Ähren auflese. Heute nacht arbeite ich hier, morgen werde ich auf das andere Feld gehen und das aufsammeln, was die Fremden vergeudet haben. Ich helfe deinem Bruder, deshalb ist er reich. Überläßt man alles den Knechten und Tagelöhnern, so ist man verloren.«

»Aber warum hilft mir mein Kismet nicht, daß auch ich reich werde?« fragte der andere.

»Suche dein Kismet und zwinge es, dir zu helfen!«

»Da du ein Kismet bist, weißt du vielleicht, wo meins zu finden ist. Womit mag es beschäftigt sein, daß es mir nicht hilft?«

»Ich weiß, wo dein Kismet ist, wie sollte ich es nicht wissen. Es liegt auf der faulen Haut, hat bereits Speck angesetzt und sieht wie ein gemästetes Schwein aus. Es rekelt sich und aalt sich. Daß du arm bist, kümmert es gar nicht. Du solltest in den Wald gehen, dort liegt es ausgestreckt. Nimm einen Sack mit und öffne ihn. Wenn dein Kismet dich erblickt, wird es Hals über Kopf davonrennen wollen, und vor lauter Verwirrung wird es direkt in den Sack laufen. Binde dann den Sack zu und schlage es mit einem Stock von der Kornelkirsche so lange, wie du kannst. Erst dann wird es sich erbarmen und dir drei Walnüsse geben.«

Dies sagte das Kismet und bückte sich, um weiter Ähren zu lesen. Der Arme nahm den Binder und ging nach Hause. Am Tag darauf stand er früh auf, nahm einen Sack, ein Seil und einen Stock von der Kornelkirsche und ging in den Wald. Dort versteckte er sich hinter einem Baum und öffnete den Sack. Da ihn sein Kismet gewittert hatte, geriet es in große Verwirrung, es rannte im Wald hin und her und sprang auf einmal in den Sack. Der Mann band den Sack zu und schlug mit dem Stock so lange darauf, bis ihm die Hände weh taten.

Die ganze Zeit über beschwor ihn das Kismet mit Bitten und Versprechungen.

»Laß mich frei, mein Herr, ich flehe dich an bei deinem Leben! Von nun an will ich dir immer helfen, du wirst viel Geld haben und zu den Reichsten gehören.«

Doch der Mann schien diese Worte nicht zu hören, er schlug weiter mit voller Kraft zu. Schließlich sagte er: »Ich werde dich freilassen, wenn du mir drei Walnüsse gibst, mehr brauche ich nicht!«

»Laß mich aus dem Sack, Bruderherz, bitte laß mich raus«, bat das Kismet. »Ich werde dir folgen und dir immer helfen, wozu brauchst du drei Walnüsse? Wenn ich bei dir bin, wirst du reich und vermögend!« – »Jetzt sitzt du in der Falle, ich werde dich schlagen, bis ich nicht mehr kann. Ich habe gar nicht gewußt, daß ich ein Kismet habe. Du hast doch die ganze Zeit auf der faulen Haut gelegen! Ehe du mir nicht drei Walnüsse gibst, höre ich nicht auf, dich zu schlagen. Nur drei Walnüsse verlange ich von dir, du Faulpelz. Gib dir doch ein wenig Mühe, damit ich reich werde.«

Da das Kismet sah, daß es sich anders nicht retten konnte, holte es drei Walnüsse hervor und gab sie dem Mann mit den Worten: »Hier sind drei Walnüsse, nimm sie und gehe den Weg zurück: Du wirst drei Kinder sehen, die sich um einen Topf zanken. Gib jedem von ihnen eine Nuß und nimm den Topf.«

Der Mann nahm die Nüsse, legte den Sack zusammen und klemmte ihn unter den Arm. Dann ergriff er seinen Stock und machte sich auf den Weg nach Hause. Er kam nur langsam vorwärts, da er sehr erschöpft war. Wie er so in Gedanken versunken den Weg entlang trottete, erblickte er drei Kinder, die sich auf einer kleinen Anhöhe prügelten. Das eine Kind sagte: »Ich habe den Topf gefunden, ich nehme ihn. Er gehört mir!« Das andere rief: »Den Topf habe ich gefunden. Ich habe ihn als erster gefunden, und ich trete ihn dir nicht ab, auch wenn du dich in pures Gold verwandelst.«

Um sie herum sprang das dritte Kind. Es fuchtelte mit den Armen, schlug mit einem Stöckchen mal auf das eine, mal auf das andere Kind ein und schrie aus vollem Hals: »Ich habe den Topf als erster angefaßt! Ich habe den Topf als erster angefaßt! Ich gebe ihn nicht ab. Ich gebe ihn nicht ab! Es ist mein Topf!«

Die Kinder stritten sich verbissen und dachten gar nicht daran, den Deckel abzuheben und in den Topf hineinzuschauen. Der Mann näherte sich ihnen und sagte sanft: »Warum streitet ihr euch, Kinder?«

Und sie antworteten: »Sieh nur, Onkel, wir spielen hier schon seit heute früh: Unter den Wurzeln der Weide haben wir uns ein Loch ausgegraben, um uns dort zu verstekken. Beim Graben haben wir den Topf entdeckt, und seitdem streiten wir uns. Alle drei waren wir da und haben gegraben, und nun wissen wir nicht, wer den Topf bekommen soll.«

Der Mann sprach zu ihnen: »Aber Kinder, warum streitet ihr euch um diesen alten Topf, der zu nichts taugt? Wozu braucht ihr ihn! Seht, wie zerkratzt er ist. Wenn man ein bißchen stärker dagegen stößt, wird er zerbrechen. Lohnt es denn wegen dieses Topfes zu streiten und sich das Spiel zu verderben? Jetzt begreift ihr es vielleicht noch nicht, aber wenn ihr einst erwachsen seid, werdet ihr euch schämen, daß ihr euch deswegen gestritten und geschlagen habt. Für jeden von euch habe ich eine Walnuß, hier nehmt sie und geht spielen. Ihr könnt im Fluß baden, einen Teich bauen, Fische fangen, euch erfrischen. Ihr seid ja fast Männer, seht doch, ihr seid fast so groß wie ich. Der alte, abgeblätterte Topf paßt besser zu mir. Gebt ihn mir mit auf den Weg. Ein alter Mann und ein alter Topf sind nichts wert. Aus mir kann ja nichts mehr werden, doch der Tod läßt sich nicht drängeln. Den Topf will ich dort unten in den Fluß werfen, nur die Frösche werden dann rein und raus hüpfen.«

Als hätten sie nur darauf gewartet, nahmen die Kinder die Walnüsse und eilten Hals über Kopf zu dem Fluß, wo sie badeten und Fische fingen. Währenddessen steckte der Mann den Topf in den Sack, ohne hineinzuschauen, und brachte ihn in sein Haus. Dort hob er den Deckel ab, und was sah er – der Topf war voller Goldmünzen. Da rief der Mann seine Frau, und beide freuten sich über den leicht erworbenen Reichtum. Sie überlegten, was sie mit dem Geld anfangen sollten. Die Frau schlug vor, Land und Vieh zu kaufen und fleißig zu arbeiten, um noch reicher als der jüngere Bruder zu werden. Doch der Mann wollte überhaupt nicht darauf eingehen: »Bis jetzt habe ich nur gearbeitet und geschuftet, Krampfadern habe ich vom Arbeiten bekommen. Ich möchte endlich einmal auf großem Fuße leben, später werden wir überlegen, wie es weiter gehen soll.«

Sogleich begaben sich die beiden in die Stadt und kauften ein. Sie kauften sich schöne Kleider und ein gut gepflegtes und kräftiges Roß mit schönem Zaumzeug, Sattel und Steigbügeln. Dann kauften sie noch allerhand Hausrat und kehrten heim. Nach einiger Zeit gelang es der Frau, ihren Mann zu überzeugen, daß sie ein großes Haus brauchten, das so eingerichtet sein sollte, wie es ihrem Reichtum entsprach. So bauten sie das Haus, richteten es ein und luden oft Leute zu Gast. Tag und Nacht wurde dort gefeiert, und jeder konnte so viel essen und trinken, wie er nur wollte. Ab und zu gingen sie in die Stadt und kauften ein, an Arbeit aber dachten sie nie. Und obwohl es die Frau aus der Zeit, da sie arm waren, hätte besser wissen müssen, ließ sie sich von dem leichten Leben verführen. Sie hatte vom Weichen des Brotes gekostet, das Harte, die Rinde hatte sie vergessen. Dafür aber redete der Jüngere seinem Bruder immer wieder ins Gewissen: »Du hast Glück gehabt, Bruder, und bist reich geworden. Nun fang langsam an zu arbeiten. Kauf dir Land und Vieh, baue Weinberge und lege Gärten an, säe Weizen. Schneide dir bei den anderen eine Scheibe ab und arbeite auch du. Verlaß dich nicht nur auf das Geld, das du gefunden hast. Was man nicht selbst erarbeitet hat, gibt man leicht aus. Sehr bald wirst du den Boden des Topfes sehen.«

»Von dir brauche ich keinen Rat«, antwortete jedesmal stolz der Ältere. »Ich werde weiterhin müßig dasitzen und alles, wonach mich verlangt, auf den Tisch stellen lassen, ich möchte das Leben genießen. Mein Kismet wird für mich arbeiten, denn es kennt den Stock von der Kornelkirsche! Ich will nicht der Sklave von Acker und Vieh sein! Es reicht mir, daß ich in meiner Jugend für das tägliche Stück Brot geschuftet habe!«

Der jüngere Bruder sah, daß alle Mühe vergeblich war, seinen Bruder umzustimmen. Deswegen ließ er ihn allein und ging seiner Arbeit nach. Der Ältere spottete darüber, daß gerade sein jüngerer Bruder ihn belehren wollte.

Es vergingen einige Jahre. Das Geld im Topf ging zur Neige. Als der Mann eines Tages Geld aus dem Topf nehmen wollte, war dieser leer. Doch er erschrak nicht, denn er wußte, wo sich sein Kismet befand und wie er es dazu bringen konnte, für ihn zu arbeiten. Wieder schob er einen leeren Sack unter die Achsel, nahm den Stock und ging in den Wald. Er kam an die gleiche Stelle, wo er vor Jahren sein Kismet gefunden hatte. Dort sah er sich um, er schaute nach allen Seiten, doch sein Kismet war nirgends zu sehen. Da lief er durch den Wald und suchte weiter. Er durchstreifte den ganzen Wald und suchte den ganzen Tag, doch weit und breit konnte er es nicht finden. Schließlich setzte er sich an einen Baumstamm, um auszuruhen, und gerade dort erschien sein Kismet. Es war alt, bucklig, schwach und erschöpft wie ein Heiliger. Als der Mann es sah, freute er sich und fragte: »Nun, wirst du mir nochmals drei Nüsse geben?«

»Ich bin schon sehr alt«, sagte das Kismet. »Ich habe dir geholfen, so gut ich konnte, doch du hast das, was du von mir bekommen hast, nicht bewahren können. Du hast nicht gearbeitet, und das Geld ist zu Ende gegangen. Das größte Glück sind Arbeit und Verstand. Nur sie machen den Menschen reich und stark.«

»Das brauchst du mir nicht zu erzählen«, sagte der Mann. »Ich weiß, was ich will, und brauche keine Ratschläge. Gib mir nur die drei Walnüsse!« Das Kismet zögerte, drehte und wandte sich, doch schließlich gab es ihm drei Walnüsse.

Der Mann machte sich auf den Weg nach Hause. Unterwegs begegnete er niemandem. Er kam in sein Dorf, machte kehrt und ging zu dem Fluß, wo er vor Jahren den Topf mit dem Geld gefunden hatte. Dort grub er so lange, bis es später Abend wurde und er vor Müdigkeit umfiel, wie eine reife Birne vom Baum fällt. Er schlug den Weg zu seinem Dorf ein. Unterwegs stieß er auf einen Bettler.

»Sei gegrüßt, Wanderer, wohin führt dein Weg?« fragte er.

»Gott grüße dich, Bruderherz. Ich bin auf der Suche nach meinem Verstand«, antwortete der Bettler. »Einst hatte ich Land, Vieh und Haus, doch hatte ich auch die

Gewohnheit, Wein zu trinken. Heute ein bißchen Wein, morgen ein bißchen Wein – so habe ich Land und Haus und Vieh verloren. Solange ich vermögend und reich war, wurde ich von jedermann geachtet und geschätzt. Nun bin ich arm und einsam. Niemand im Dorf schert sich um mich. Da ich kein Kismet habe, bin ich auf der Suche danach, doch ich finde es nicht.«

»Ich habe auch kein Glück. Da mein Kismet nun alt geworden ist, werden schwere Tage auf mich zukommen«, sagte der Mann.

In diesem Augenblick holte sie der jüngere Bruder ein. Er kam auf einem Pferdewagen gefahren und rief seinem Bruder zu, er solle auf den Wagen steigen. Er fragte ihn: »Hilfst du mir, Bruder, den Wagen mit Sand zu beladen? Ich muß das Haus neu verputzen, denn bald kommt der Winter!«

»Ich helfe dir, wenn du mir Brot gibst, damit wir zu Abend essen können. Wir haben zu Hause weder Brot noch Geld«, antwortete ihm der ältere Bruder.

»Ist denn das Geld im Topf ausgegangen?« fragte der jüngere verwundert.

»Ja, Bruder, es ist alle! Ich hatte geglaubt, der Topf hätte keinen Boden, doch habe ich sehen müssen, daß dem nicht so war.«

»Alles ist irgendwann zu Ende, Bruder!« sagte der jüngere. »Wenn man aber arbeitet und immer wieder etwas dazulegt, dann liegt der Boden des Topfes tiefer. Geld zu haben bedeutet noch nichts, man muß auch klug genug sein, zu arbeiten und es in Maßen auszugeben. Wenn du arbeitest, hast du wenigstens etwas, selbst wenn es nicht viel ist. Am schlimmsten ist der dran, der gar nichts hat.«

Der ältere Bruder wurde wieder Knecht bei dem jüngeren und mußte im Alter für sein Brot arbeiten. Den jungen Leuten gab er auf den Weg: »Rührt euch und regt euch! Wer arbeitet, hat auch Glück!«

91.
Handwerk hat goldenen Boden

Es waren einmal ein alter Mann und eine alte Frau. Sie hatten ein einziges Kind, das war sehr schön, weit und breit konnte man kein ebenso schönes Mädchen finden. Es war, wie man zu sagen pflegt, eine Schönheit ohne Preis. So schön sie auch war, sie war doppelt so arbeitsam und dreimal so gutherzig. Überall, wo sie hinkam, wo sie auch arbeitete, wo immer sie jemandem begegnete und mit ihm ins Gespräch kam, überall bewunderte man ihre Schönheit, ihren Fleiß und ihre Güte. »So ein gutes Kind, ein Goldkind«, sagten die Leute, »könnte man doch immer so ein Kind um sich haben; alles, was es sagt und tut, gelingt, wie ist es nur möglich, daß man ein solches Kind bekommt und großzieht!«

Man sprach von ihr hier, man sprach von ihr dort, und so flog ihr Ruhm durch neun Länder in das zehnte. Von allen Seiten strömten Brautwerber herbei. Manche von ihnen waren drei Tage lang unterwegs - nur um die Schönheit zu sehen und um ihre Hand zu bitten. Doch keinem gab sie der Vater, es fiel ihm schwer, sich von der einzigen Tochter zu trennen, die ihm Freude und Hilfe war. Als die Brautwerber zum ersten Mal erschienen, sagte er: »Ihr seid gekommen, doch mein Mädchen ist noch klein. Es muß noch wachsen und von der Mutter lernen, wie man die Hausarbeit verrichtet, wie man sich Schwiegervater und Schwiegermutter gegenüber benimmt, wie man die neue Verwandtschaft achtet. Auch wollen wir die Mitgift erst zusammentragen. Es ist unser einziges Kind, und wir möchten sie verheiraten, wie es sich gehört, und auch die neue Verwandtschaft beschenken.«

Als ein paar Jahre vergangen waren, kamen sie, aber auch diesmal hatte der Vater Einwände und suchte den einen und anderen Vorwand. »Mein Kind gebe ich nicht so weit weg«, sprach er, »seht, ich und die Mutter sind schon alt, wir werden sie nicht besuchen können, und wenn sie erst heiratet, dann wird sie Kinder bekommen und sich um das Haus, die Kinder und um den Mann kümmern müssen. Die Frau ist wie ein Weidenzweig – wo man ihn hineinsteckt, dort faßt er auch Wurzeln. Selbst wenn sie Heimweh nach uns hätte, würde sie uns nicht oft besuchen können. Und auch in ein reiches Haus sollte sie nicht gehen. In einem reichen Haus gibt es viel zu tun, unter den vielen Schwägerinnen und Schwägern wird es auch viel Zwist geben; in einem großen Haus begegnet einem wenig Gutes.«

So vergingen Tage und Jahre, längst war es an der Zeit, die Jungfrau zu verheiraten. Sie wurde immer schöner, und die Brautwerber wetteiferten um sie. Auch im Zarenpalast hörte man von der Schönheit der Jungfrau. Einer der Zarensöhne sammelte seine Gefolgschaft, kaufte viele Geschenke und machte sich zu ihr auf den Weg, um sie zur Frau zu nehmen. Er glaubte, daß er sie bekäme, wenn er dem Vater Gold und Silber zeigte. Der Großvater aber war ein kluger Mann, er hatte kein Verlangen nach Gold und Silber.

»Mein Kind gebe ich nicht in ein reiches Haus«, sagte er.

»Von einem reichen Haus kann nicht die Rede sein, Großvater, wir werden sie zur Zarin machen«, sagte der Zarensohn.

»Wir sind arm und stehen dem Zaren sehr fern, wie sollte denn unsere Tochter Zarin werden!« sagte der Vater verwundert.

»Sie wird es, Großvater, sie wird es! Auch du wirst mit der alten Mutter in die Zarenstadt kommen, damit ihr in unserer Nähe wohnt. Wir werden euch neben dem Palast ein Häuschen bauen, damit die Zarin euch sieht, wenn sie vorübergeht.«

Als der Vater diese Worte hörte, krampfte sich sein Herz zusammen. Er sollte also von seiner Tochter getrennt wohnen und sie nur von weitem sehen, wenn sie spazierenging! Das konnte nicht sein. Und er fing an zu überlegen, wie er den Zarensohn wegschicken könnte.

»Hör zu, Prinz«, sagte er, »ich habe mir geschworen,

meine Tochter nicht einem Menschen zu geben, der kein Handwerk beherrscht.«

»Wie kannst denn du von einem Handwerk reden«, rief der Zarensohn, »siehst du nicht, daß ich ein Prinz bin, ich regiere ein Reich, habe ein großes Volk, viele Reichtümer und ein Heer.«

»Was du hast, gehört dir«, sagte der Alte, »und ich möchte, daß meine Tochter einen Handwerker zum Mann bekommt, und der kann zweimal Zar sein.«

Der Prinz wurde zornig und brach mit seiner Gefolgschaft auf, doch drohte er, Leute zu schicken, welche die Jungfrau, wenn nicht im Guten, dann mit Gewalt wegführen würden, denn was der Zar sagt, muß sich erfüllen. Der Weg des Zarensohnes führte mitten durch einen Wald. In diesem Wald wimmelte es von Räubern, die die Leute überfielen. Sie raubten den Zarensohn aus, ermordeten alle aus seiner Gefolgschaft und ließen nur ihn am Leben, weil er sich mit viel Gold und Silber freikaufte. Der Zarensohn war nun arm und allein und überlegte, wie er unbeschadet in ein Dorf gelangen könnte, wo man ihm zu essen geben und ihm helfen würde, in seines Vaters Palast zurückzukehren. Weil vom Überlegen allein nichts anders wird, ging er schließlich los, komme, was da wolle. Er lief lange durch den Wald, so lange, bis er am Ende aus dem Wald hinausfand und sich einem Schafpferch näherte. Die Hunde schlugen an. Die Hirten sprangen auf und kamen heraus, um zu sehen, weshalb die Hunde bellten. Sie sahen einen Mann und fragten ihn: »Was suchst du an diesem Ort, Freund?«

»Ich bin ein Zarensohn und war hier, um ein Mädchen zu freien. Auf dem Rückweg haben mich Räuber überfallen und meine Kameraden getötet. Mich ließen sie am Leben, aber sie nahmen mir alles, was ich besaß.«

»Wie willst du uns beweisen, daß du wirklich ein Zarensohn bist?« fragten die Hirten.

»Die Räuber haben mir alles weggenommen, und nun besitze ich nichts. Wenn ihr mir aber zu essen gebt und jemand von euch mich zum Palast meines Vaters führt, werde ich euch reichlich belohnen.«

Doch die Hirten glaubten ihm nicht. Sie gaben ihm ein wenig Brot und Schafskäse, damit er seinen Hunger stillen konnte, und zeigten ihm, welchen Weg er gehen sollte.

Und wieder machte er sich auf den Weg. Er lief und lief, und jedem, dem er begegnete, erzählte er, daß er ein Zarensohn sei, aber keiner glaubte ihm, vielmehr hielten ihn alle für einen Halunken, für einen Räuber. Der Zarensohn mußte viel erdulden, Leid und Hunger erfahren. Niemand glaubte, daß er ein Prinz war. Schließlich kam er zu einem Zigeunerlager. Die Zigeuner saßen vor ihren Wagen – einige flochten Körbe, andere fertigten Holzlöffel oder Spindeln und Spinnrocken an, während die Kinder spielten und musizierten, sangen und sich nach Herzenslust vergnügten – so wie es bei den Zigeunern Sitte ist. Der Zarensohn trat zu ihnen, scheute sich aber zu bekennen, wer er war, und bat sie, ihm das Handwerk des Körbeflechtens beizubringen, damit auch er die unterschiedlichsten Körbe flechten konnte.

Die Zigeuner, die mehr Schlechtes als Gutes von den Leuten zu erfahren pflegten, hatten Mitleid mit diesem Landstreicher, sie gaben ihm von dem zu essen, was sie beim Betteln in den Dörfern gesammelt hatten, und gingen daran, ihn das Handwerk zu lehren. Allmählich lernte der Prinz, Körbe zu flechten.

Als er an die zehn Körbe fertig hatte, banden die Zigeuner sie mit einem Strick zusammen, drückten dem Prinzen einen Beutel und einen Stock in die Hand und schickten ihn los, zu verkaufen, was er erarbeitet hatte. Der Zarensohn zog von Haus zu Haus, und ehe er sich's versah, hatten die Frauen seine Körbe gekauft. Jede gab ihm, was sie gerade hatte: Mehl, Brot, Käse, Eier, manche gaben auch Geld. Der Prinz nahm alles entgegen, dann setzte er sich hin und aß sich satt, und es schmeckte ihm, wie es ihm nie zuvor an der Zarentafel gemundet hatte. Alles, was er aß, kräftigte sein Blut. Zum ersten Mal aß er Brot, das er im Schweiße seines Angesichts erarbeitet hatte, und deswegen schmeckte es ihm unbeschreiblich gut. Erst jetzt begriff er, warum der Vater der Schönen seine Tochter nicht dem Zarensohn, sondern einem, der ein Handwerk beherrschte, geben wollte. Handwerk hat goldenen Boden – man kann etwas anfertigen, es verkaufen, Geld und Gold verdienen – dann ist einem sein Brot sicher. Und wie der Prinz so arbeitete und darüber nachdachte, beschloß er, nochmals hinzugehen und um die Hand des schönen Mädchens anzuhalten. Er flocht Körbe, wanderte von Dorf zu Dorf, verkaufte sie, verdiente Geld und kam schließlich in das Dorf, wo die Schöne wohnte. Von dem Geld mietete er sich ein Häuschen am Dorfende, er ließ sich dort nieder, sammelte Weidenruten und ging daran, große und kleine Körbe zu flechten. Was er fertig hatte, verkaufte er gleich. So machte er jeden Tag seinen Rundgang durch das Dorf und sah das schöne Mädchen, das ihm immer mehr gefiel und nach dem er sich sehnte. Auch er gefiel ihr. Schließlich ging er zu ihrem Vater. Er hatte kaum das erste Wort gesprochen, da war der Alte einverstanden, ihn zu seinem Schwiegersohn zu machen. Sie besprachen alles, was die Hochzeit betraf, aßen und tranken, wie es sich gehört, und dann berichtete der Zarensohn, was ihm zugestoßen war.

»Gut, mein Sohn«, sprach der alte Mann, »so einem Zarensohn wie dir will ich meine Tochter geben, denn wenn du ein Handwerk kannst, werdet ihr immer zu essen haben und Kinder großziehen können. Jetzt können wir unsere Tochter in den Palast schicken.«

»In den Palast werden wir schon gehen, aber ohne dich und die Mutter wollen wir nicht aufbrechen«, sagte der Zarensohn. »Wohin wir auch gehen, immer sollt ihr bei uns sein.«

»Not lehrt Klugheit«, sagte lächelnd der Brautvater. »Du wolltest doch, daß wir in einem Häuschen neben dem Palast wohnen? Nun hast du erkannt, daß das Brot eine Rinde hat, aber auch ein Inneres, das weich ist.«

»Jawohl, Großvater, ich habe es erkannt.« Auch der Zarensohn lachte. »Gott schenke Gesundheit und langes Leben den Zigeunern, die mir beigebracht haben, wie man sein Brot verdient. Du hattest Recht, wer kein Handwerk beherrscht, ist wie ein Mensch ohne Hände und Augen. Wenn mein Vater mich nicht zum Erben und Nachfolger bestimmt, werde ich mit euch leben, und es wird uns gut gehen, denn wir werden nie hungrig sein.«

Und so heiratete der Zarensohn das schöne Mädchen. Gemeinsam mit ihren Eltern begab er sich in den Palast. Sein Vater war hocherfreut, als er seinen einzigen Sohn erblickte, sobald er aber erfuhr, daß dieser ein einfaches Mädchen geheiratet und seine Schwiegereltern mit in den Palast gebracht hatte, geriet er in Zorn, rief Schimpf und Schande auf ihn herab und jagte ihn davon. Der Sohn erschrak jedoch nicht vor dem Zorn des Vaters. Er mietete ein Haus in der Stadt, ging seinem Handwerk nach und wurde bald der reichste Mann im Lande.

92.
Ungerecht Teilen bringt Unheil

Es war einmal ein alter Mann. Der hatte zwei Söhne. Der eine war sanft, gutmütig und arbeitsam – er galt als der dümmere von den beiden –, der andere Sohn war hochmütig und berechnend und ging oft krumme Wege. Dem Vater fiel es schwer, seinen Besitz unter den Söhnen aufzuteilen, und obwohl sich die Schwiegertöchter nicht vertrugen, forderte er sie auf und bat sie, in Frieden zu leben und erst nach seinem Tode das Erbe zu teilen und getrennt zu leben, so wie es jeder für gut hielt.

Etwa zehn Jahre lebten sie recht und schlecht zusammen, die Schwiegertöchter zankten und stritten, doch wagten sie nicht, die Familien zu trennen, da der Schwiegervater noch lebte. An einem Tag Gottes schloß der Alte die Augen für immer. Er bekam ein würdiges Begräbnis, die Schwiegertöchter richteten den Toten her, wie es Brauch war, doch kaum waren sie vom Friedhof heimgekehrt, wollten sie alles teilen. Länger mochten sie einander nicht sehen. Die Brüder überlegten, wie sie teilen sollten, damit kein Streit entstünde. Schließlich sagte der Schlauere, der schon immer gern krumme Dinge drehte, folgendes: »Laß uns, Bruder, einen neuen Stall neben dem alten bauen. Er wird dir gehören, denn du bist der Ältere, und du verdienst es mehr, ihn zu besitzen. Und dann werden wir das Vieh frei laufen lassen. In wessen Stall ein jedes Tier hineingeht, dem soll es gehören.«

Der ältere Bruder, der dümmer und schwerfälliger war, ging sofort darauf ein, er freute sich, daß ihn sein Bruder ehrte und ihm den neuen Stall abtreten wollte, deshalb krempelte er die Ärmel hoch, um den Stall möglichst schnell zu bauen. Es wurden auch Maurer geholt, und nach einem Monat war der Stall fertig. Als eines Abends das Vieh von der Weide zurückkam, sagte der Jüngere: »Heute abend werden wir das Vieh teilen, Bruder. Wir lassen die Rinder sich selbst ihren Stall aussuchen. In wessen Stall ein jedes geht, dem soll es gehören.« – »So teilen wir am gerechtesten«, sagte der Ältere. »Gott möge dir Gesundheit schenken, weil du den Einfall hattest, wie wir das Vieh teilen können. Sonst hätten wir uns wer weiß wie gezankt, so daß die ganze Welt davon erfahren hätte.«

Zurückgekehrt von der Weide, liefen die Rinder wie gewohnt in den alten Stall, nur eine alte Kuh und ein hinkender Ochse betraten den neuen Stall. Es waren die ältesten und schwächsten Tiere, die von den anderen stets geschubst und gestoßen wurden. Weshalb sie in dem neuen Stall Ruhe vor den anderen finden wollten. Der jüngere Bruder sagte: »So ist es nun, Bruder, diese Teilung ist gottgefällig, und mir ist sie eine Herzensfreude. Dein Kismet ist in deinen Stall hineingegangen.«

Obwohl der ältere Bruder sehr traurig war, antwortete er: »Ja, Bruder, so wird es wohl sein! Es ist dein Kismet, und ich kann nichts daran ändern. Wie auch immer, ich werde mich auch mit diesem Vieh durchschlagen. Wenn es Herbst wird, will ich es einspannen und pflügen, so gut ich kann. Und da mir Gott gute Kinder geschenkt hat, werden wir im Sommer gemeinsam mähen und die Ernte bergen. Und davon werden wir uns ernähren. Mögen wir nur gesund und wohlauf bleiben.«

Nach einigen Wochen brach im Stall des Jüngeren Feuer aus und brannte alles nieder. An diesem Tag waren alle auf einer Hochzeit, so daß keiner das Feuer bemerken und sich um die Rinder kümmern konnte, die angebunden im Stall standen. Als sie am Abend von der Hochzeit zurückkamen, war an der Stelle nur ein Haufen Asche zu sehen. Der jüngere Bruder fing an, über das große Unglück zu klagen. Der andere aber sagte zu ihm: »So ist es, Bruder, das ist dein Kismet.«

Darauf sprach der Jüngere: »Ob wir nicht doch einen Fehler gemacht haben, Bruder, da mich ein so großes Unglück trifft? Was soll ich ohne Vieh, wie werde ich meine Kinder ernähren?«

»Das ist dein Kismet. Wir haben uns ja nur vom Schicksal leiten lassen, als wir geteilt haben«, sagte der Ältere. »Man kann seinem Kismet nicht entfliehen.«

Es wurde Frühling. Die alte Kuh kalbte. Der Bauer freute sich über das junge Kalb, streichelte es und dachte bei sich: »Du, Kerlchen, du bist mein Kismet. Du sollst aufwachsen und mir helfen, meine Kinder zu ernähren.«

Kurze Zeit darauf kam der jüngere Bruder zu ihm und weinte und wehklagte: »Ich habe nicht richtig geteilt, Bruder. Ich wollte alles für mich behalten, und wie ist es nun gekommen! Mein Vieh ist tot, deine Kuh aber hat gekalbt. Du wirst nun Vieh züchten, ein Haus bauen und die Kinder großziehen, die dir bei der Arbeit helfen werden. Und ich, was soll ich mit den nackten Händen und den vielen Kindern?«

Der ältere Bruder sprach zu ihm: »Das ist dein Kismet, Bruder. Ich könnte mich zwar auf deinen Stuhl setzen, doch dein Kismet gilt nur dir. Dem Schicksal kann man nicht entlaufen!«

Derweilen gesellte sich zu den Brüdern die Frau des Älteren, die eine böse Zunge besaß, und sagte: »Du wolltest der Schlauere sein und uns das ganze Vieh wegnehmen, denn mein Mann ist nicht so schlau und nicht darauf gekommen, daß das Vieh in den alten Stall zu gehen pflegt, den neuen dagegen meidet, weil es ihn nicht kennt. Doch wir hatten Glück, und auch Gott hat uns geholfen, und nun sieh – recht und schlecht werden wir uns durchschlagen, du aber wirst nie auf einen grünen Zweig kommen.«

Dem Jüngeren ging es tatsächlich so schlecht, daß er nicht einmal Brot zu essen hatte. Der Ältere aber hatte Mitleid und sagte deshalb zu seiner Frau: »Laß das Gerede. Männerangelegenheiten sind nichts für Weibermund. Wir werden es unter uns brüderlich regeln, fremdes Blut hat sich da nicht einzumischen. Geh nun ins Haus und bereite uns ein schönes Mittagsmahl, mein Bruder bleibt bei uns zu Mittag. Was uns der Verstand lehrt, das werden wir auch tun.«

Obwohl die Frau eine böse Zunge hatte, war sie eine gute Hausfrau. Sie hörte auf ihren Mann und ging ins Haus, wo sie sich daran machte, das Essen zuzubereiten. Bald darauf kamen auch die beiden Brüder und setzten sich an den Tisch. Die Frau setzte ihnen frischgebackenes Weißbrot, warme Speisen, Wein und Rakija vor. Der jüngere Bruder konnte seine Tränen nicht unterdrücken, so weh tat es ihm, daß bei seinem Bruder alles vorhanden war, während es bei ihm zu Hause an allem mangelte. Er dachte nach und begriff, daß seine Habgier ihm das Unglück gebracht hatte. Er wollte mehr als sein Bruder haben, doch kam es so, daß er vom Brot seines Bruders essen mußte. Nachdem die Brüder an Gottes Gaben ihren Hunger und Durst gestillt hatten, ging der Jüngere nach Hause und sagte zu seiner Frau: »Ich habe einen großen Fehler bei der Teilung begangen, und deswegen ist uns ein so großes Unglück widerfahren.«

Seine Frau meinte dagegen: »Höre auf damit, gehe lieber zu deinem Bruder und verlange, daß der Acker unten am Dorf neu geteilt wird. Dort hast du den Kürzeren gezogen, weil du die Hälfte mit dem schwächeren Boden genommen hast, auf der in diesem Jahr nichts gewachsen ist. Dein Bruder aber hat viel ernten können!«

Der Mann schämte sich, eine neue Teilung des Ackers zu verlangen, doch seine Frau ließ nicht locker, und so ging er von neuem zum Bruder und sagte zu ihm:

»Ich möchte, daß wir den Acker unten am Dorf neu teilen, denn du hast die kräftigere Erde bekommen. Du bist jetzt der Reichere, du hast genug Weizen, um deine Kinder zu ernähren, ich dagegen muß betteln. Wir werden von neuem das Los werfen, wer welchen Teil bekommen soll.«

Der Ältere sprach kein Wort. Beide standen auf und gingen auf den Acker. Als er seine Hälfte sah, wurde ihm schwer ums Herz, doch er sagte zu seinem Bruder: »Als wir das Vieh teilten, wolltest du mehr bekommen, ich werde dir aber trotzdem den ganzen Acker geben, damit du genug hast.«

Voller Freude darüber, daß ihm der ganze Acker gehören sollte, machte sich der jüngere Bruder auf den Nachhauseweg, um es seiner Frau zu erzählen. Er hatte kaum zehn Schritte getan, als eines seiner Kinder ihm entgegenkam und rief: »Beeil dich, Vater, Ljuba brennt im Feuer!«

Als der Vater dies hörte, stürzte er zu Boden und sagte weinend: »Ich habe viel gesündigt, Gott, weil ich immer mehr haben wollte als mein Bruder. Warum habe ich nur auf meine Frau gehört! Verflucht soll sie sein, da sie mir zugeredet hat!« Er drohte, die Frau mit der Axt zu erschlagen, weinte laut und raufte sich die Haare und fand nur mit größter Mühe nach Hause.

Da die Menschen gern Maulaffen feilhalten, hatten sich viele Leute auf dem Hof versammelt, sowie man die Schreie vernommen hatte. Alle wollten sehen, was der Familie zugestoßen war, die in kürzester Zeit so viel Pech hatte. Ein Großmütterchen, die Älteste im Dorf, sagte: »Wer ungerecht teilt, holt sich selbst das Unglück ins Haus. Seht nur, binnen einem Monat hat er sein Vieh und sein Kind verloren! ...« Der Mann blickte auf die Menschen, hörte die Worte des Großmütterchens, und begriff, daß sie recht hatte. Er gestand sich ein, daß er nie genug haben konnte, daß nichts seine Gier befriedigte. Da nahm er ein Seil, lief zum Fluß hinunter und erhängte sich an einer Weide. Als sich seine Frau mit so vielen Kindern allein und ohne einen Bissen Brot sah, hängte sie sich einen Beutel über die Schulter und ging betteln. So blieben nur die Kinder übrig. Es waren liebe, brave und sehr fleißige Kinder. Und niemand war da, der sie ins Haus rief, ihnen zu Essen gab und sie ins Bett brachte. Als ihr Onkel sah, daß sie ohne elterliche Fürsorge waren, ließ er sie von seiner Frau ins Haus holen. Die Frau gehorchte und rief die Kinder ihrer Schwägerin zu sich. Dann brachte sie sie in das Haus, wo ihre eigenen Kinder waren, und so wurden sie eine große Familie.

Die Kinder halfen ihrem Onkel und ihrer Tante und liebten sie wie Vater und Mutter. Als sie herangewachsen waren, gab der Onkel die Jungen in die Handwerkslehre, die Mädchen aber verheiratete er. Alle hatten Glück und konnten ihr Leben gut einrichten, so daß sie auf die Habschaft ihres Vaters verzichteten und sie dem älteren Bruder überließen. Als dieser im Sterben lag, vermachte er seinen Kindern folgendes: das Erbe gerecht und brüderlich aufzuteilen, denn ungerecht Teilen bringt Unheil.

93.
Die menschlichen Augen sind unersättlich

Es war einmal ein Mann, ein Bauer, er war sehr gierig – nicht einfach gierig auf Speis und Trank, sondern auf Reichtum und Besitz. Er hatte nur das eine im Kopf; sich ein Stück Land aneignen oder dies und jenes beiseite schaffen, und immer war es ihm zuwenig. Wenn er pflügte, mußte er stets ein paar Furchen vom Nachbaracker dazunehmen oder vom Rain, da er sonst nicht ruhig atmen konnte. Es fiel ihm schwer, auf dem Nachhauseweg keinen fremden Baum abzuschlagen und von einem Apfel-, einem Pflaumen- oder Birnbaum keine Früchte zu stehlen. Es war wie eine Krankheit bei ihm. Wenn er sich nicht etwas Fremdes aneignen konnte, schien ihm die Welt finster. Allen tat er Böses, und schließlich hatte das ganze Dorf die Nase voll von ihm. Denn er wollte weder auf ein wohlmeinendes Wort noch auf eine Belehrung hören und lebte, wie er es für gut hielt.

Und so werkelte er und streifte umher, zankte sich mit den anderen, stahl fremdes Gut und rastete weder am Tag noch des Nachts – pausenlos rührte er die Hände, nur reich wurde er nicht. So ging es fort, bis er alt wurde. Die Dorfleute wollten nichts mehr von ihm wissen, denn sie hatten es satt, ihn zu Gerichtsverhandlungen zu schleppen und mit ihm zu streiten.

Auf dieser Erde leben nur die Adler dreihundert Jahre, die Menschen dagegen scheiden früher, damit sie auch ein wenig im Jenseits leben können und wenigstens dort ohne Qualen. So kam die Zeit, wo auch dieser Mensch sterben mußte. Als er nun starb, wollten sich seine Augen nicht schließen, sie sahen mit gläsernem Blick in die Welt. Es kamen ein paar alte Frauen, ein paar alte Männer, und alle versuchten vergeblich, ihm die Augen zu schließen. Da kam zu dem Toten die älteste Frau im Dorf und sagte: »Ach, ihr Weiber, ihr habt den Toten allein gelassen, eine Katze ist über ihn hinweggesprungen, und er ist drauf und dran, sich in einen Vampir zu verwandeln. Weil sich dies aber zur Zeit des ersten Hahnenschreis zugetragen hat, ist er noch nicht völlig zum Vampir geworden. Jetzt werden wir ihn abkaufen müssen.«

Die Frauen brachten Geld und legten es auf seine Augen, doch sie standen noch immer offen. Sie brachten Wachs und Weihrauch, trugen Kleider und Speisen herbei – nach wie vor starrten die Augen, daß es zum Fürchten war. Da holte das Großmütterchen eine Handvoll Erde und streute sie über den Toten. Gleich darauf schlossen sich die Augen.

»So ist es, die verdammten menschlichen Augen sind unersättlich, stets ist ihnen das Land, das sie besitzen, zu wenig«, sagte das Großmütterchen. »Auch du, Menschenkind, brauchst wie alle andern nur zwei Fußbreit Erde und hast dich dein Lebtag lang geschunden und hast gehamstert für nichts und wieder nichts.«

94.
Wie einer unverhofft reich wurde

Es waren einmal zwei Brüder. Ihre Mutter war sehr alt. Der eine Bruder war klug, schlau und berechnend, der andere war strohdumm. Die Familie lebte ärmlich. Die Mutter hatte ein Haus mit zwei Zimmern, einen Ochsen und einen Esel. Der dumme Bruder ging jeden Tag Holz aus dem Wald holen, während der Kluge zu Hause blieb und für die Mutter sorgte. Eines Tages sagte der Dumme: »Du, Bruder! Ich hole immer das Holz, und du bist zu Hause. Geh du das nächstemal Holz holen, ich möchte zu Hause bleiben.«

»Gut«, sagte der kluge Bruder, »du mußt aber einen Kessel Wasser erwärmen und Mutter waschen. Danach gib ihr etwas zu essen.«

»Jawohl«, antwortete der Dumme.

Am nächsten Morgen ging also der kluge Bruder mit dem Esel in den Wald, um Holz zu holen. Der Dumme blieb zu Hause. Er erwärmte einen Kessel Wasser und ging daran, die Mutter zu waschen, ohne das Wasser vorher zu prüfen. Er goß das Wasser über sie, und da es kochend heiß war, starb sie auf der Stelle. Er zog die Mutter aus dem Trog und setzte sie in eine Ecke des Zimmers, dann stützte er sie mit Kissen und Kleidungsstücken, so daß sie sitzenblieb, und gab ihr zu essen. Aber wie kann ein toter Mensch essen? Doch er schob ihr ein Stückchen Brot und ein bißchen Quark in den Mund und sagte: »Streichle mich, Mutter, streichle mich, dein Sohn hat dich gewaschen!«

Als der kluge Bruder zurückkam, fragte er: »Was hast du heute gemacht, Bruder? Hast du Mutter gewaschen?«

»Ich habe sie gewaschen«, antwortete der Dumme, »sie will aber weder stehen noch sitzen, auch essen will sie nicht. Sie streichelt mich nur und lächelt mich an.«

Der Bruder begriff sofort, was der andere angestellt hatte: »Der Schlag soll dich treffen, zum Teufel mit dir! Du hast unsere Mutter mit dem kochenden Wasser verbrüht!« Er stürzte in das Zimmer und sah, daß seine Mutter tot war. Sie begruben die Mutter und kehrten danach ins Haus zurück. Nach vierzig Tagen sagte der dumme Bruder: »Da unsere Mutter gestorben ist, müssen wir, Bruder, nun teilen.«

»Was müssen wir teilen?« fragte der Klügere verwundert. »Na was wohl? Du nimmst den Esel, und ich nehme den Ochsen; das eine Zimmer wird dir gehören, das andere mir«, sagte der Dumme. So teilten sie die Habe auch auf. Der Kluge nahm das eine Zimmer des Hauses und den Esel, der Dumme das andere Zimmer und den Ochsen. Von diesem Tag an ging der Kluge jeden Tag in den Wald, holte Holz, verkaufte es und verdiente sich so seinen Unterhalt. Der Dumme dagegen saß den lieben langen Tag zu Hause.

Eines Abends gab der dumme Bruder dem Ochsen Stroh und setzte sich dann selbst zum Abendessen. Der Ochse käute wieder und blickte zu seinem Herrn hinüber. Dem Mann kam es vor, als machte sich der Ochse darüber lustig, daß sein Herr trockenes Brot aß. Deshalb sagte er: »Du, Ochse, warum lachst du über mich? Warte nur, ich werde dir noch zeigen, was es heißt, mich auszulachen!«

Der Ochse aber käute wieder und nahm keine Notiz von den Drohungen seines Herrn. Der Mann geriet in Wut, und voller Zorn schlug er mit einem dicken Knüppel kräftig auf den Ochsen ein. Als sein Bruder dies vernahm, fragte er: »Was tust du, Bruder? Was hat dir der Ochse getan, daß du ihn schlägst? Er käut doch nur wieder. Er tut doch nichts anderes als wiederkäuen.«

»Ach was! Siehst du nicht, wie er seinen Mund verzieht und nachmacht, wie ich esse! Er wird was erleben, wenn ich ihn morgen verkaufe!«

Am Morgen darauf nahm er den Ochsen am Halfter und führte ihn zum Markt. Unterwegs sah er am Wegrand eine Esche stehen, auf der viele Krähen saßen und krächzten. Dem Dummen kam es so vor, als sprächen die Krähen zu ihm, und deshalb sagte er: »Was wollt ihr von mir? Daß ich euch den Ochsen verkaufe? Hier ist er, ich verkaufe ihn euch für hundert Groschen. Das Geld möchte ich am Sonntagmorgen haben.«

Die Krähen krächzten: »Kra-Kra.«

»Ich verstehe euer Kra-Kra nicht«, sagte der Mann. »Ich lasse euch den Ochsen hier und komme am Sonntagmorgen wieder, um mein Geld zu holen.« Dann ließ er den Ochsen am Wegrand stehen und kehrte heim. Am Abend fragte der kluge Bruder: »Wo ist der Ochse, Bruder?«

»Ich habe ihn verkauft«, antwortete der Dumme. »Ich kann nicht dulden, daß er sich lustig über mich macht. So einen Ochsen möchte ich nicht haben – ich füttere ihn, und er lacht mich aus. Ich habe ihn an die Krähen verkauft. Am Sonntag hole ich das Geld.«

»Wie kannst du einen Ochsen an die Krähen verkaufen?«, fragte sein Bruder verwundert. »Sie verstehen doch nichts vom Geld, und woher sollen sie welches haben?«

»Ich werde das Geld schon bekommen. Sonntagmorgens bin ich dort«, sagte der Dumme darauf und ging in sein Zimmer. Als es Sonntag war, ging er in aller Frühe zu der Esche am Wegrand. Dort waren viele Krähen, zu denen sagte er: »Gebt mir nun das Geld für den Ochsen.«

Die Krähen krächzten vor sich hin: »Kra-Kra.«

»Laßt das Kra-Kra«, erzürnte sich der Mann, »gebt mir das Geld für den Ochsen! Ich habe euch gesagt, daß ich es am Sonntagmorgen holen werde, das wißt ihr doch!«

Völlig unbeteiligt krächzten die Krähen, manche flogen weg, andere kamen und krächzten nach Herzenslust. Da nahm der dumme Bruder die Axt, um die Esche zu fällen und so die Krähen zu verjagen oder auf die Erde fallen zu lassen. Er schlug kräftig in die Wurzeln des Baumes, die sich als morsch erwiesen. Der Baum fiel um, die Krähen flogen weg. Als der Baum auf der Erde lag, sah der Dumme mitten im Baumstumpf einen Kessel voll Goldmünzen!

»Ha!« sagte der Dumme. »Ihr wolltet mich reinlegen und den Ochsen nicht bezahlen, aber ich habe eure Schätze gefunden!«

Sofort rannte er nach Hause, wo er zu seinem Bruder

sagte: »Die Vögel wollten mir den Ochsen nicht bezahlen. Als ich aber wütend wurde und den Baum fällte, entdeckte ich ihre Schatzkammer voller Goldmünzen. Nimm schnell den Esel und zwei Säcke dazu. Wir holen uns das Gold, bevor ein anderer dort vorbeikommt und schneller ist als wir.« Der Kluge glaubte ihm kein Wort, machte sich jedoch auf den Weg, um der Sache auf den Grund zu gehen. Als sie bei der gefällten Esche ankamen, sah er das Gold und begriff, daß sein Bruder unverhofft einen vergrabenen Schatz entdeckt hatte. So kehrte er heim und holte den Esel und zwei Säcke. Dann füllten sie die Säcke mit den Goldmünzen, luden sie auf den Esel und brachten sie ins Haus. So wurde der kluge Bruder ein reicher Herr. Der Dumme blieb dumm, aber da er bei seinem Bruder wohnte, brauchte er nicht für Essen und Trinken zu sorgen.

95.
Was man sät, das erntet man

Es waren einmal drei Brüder und eine Schwester. Eines Tages heiratete die Schwester. Sie nahm einen Mann, dessen Eltern noch lebten, doch waren seine Mutter und sein Vater grundschlecht. Sie machten der Braut das Leben schwer und gaben ihr kein Brot zu essen. Sie waren aber zudem heuchlerisch und zeigten nach außen ein anderes Gesicht. Es war nicht viel Zeit nach der Hochzeit vergangen, als sich der älteste Bruder entschloß, seine Schwester zu besuchen, um zu sehen, in was für ein Haus sie geraten war und wie sie mit Schwiegervater und Schwiegermutter auskam. Denn die Schwester hatte in ein weit entferntes Dorf geheiratet, und die Brüder hatten lange keine Nachricht von ihr erhalten. Und so ging er zu der Schwester. Der Schwiegervater und die Schwiegermutter empfingen ihn sehr herzlich, sie ließen die Schwiegertochter kommen und trugen ihr in Anwesenheit des Bruders folgendes auf: »Nun, Schwiegertochter, laß uns sehen, was du kannst. Dein Bruder ist zu Besuch gekommen, und wir wollen ihn wie einen

Bruder empfangen, denn er ist ja zum ersten Mal bei uns. Knete ein schönes großes Brot aus Weizenmehl, backe auch eine Baniza, schlachte ein Huhn und koche es so, wie es am besten schmeckt.«

»Jawohl«, antwortete die junge Frau erfreut und ging aus dem Haus, um ihrer Arbeit nachzugehen und das Essen zu kochen. Als der Bruder diesen Auftrag hörte, freute er sich sehr und dachte: ›Glück hat meine Schwester, daß sie an so gute Leute geraten ist. Wenn sie nur klug genug ist, sich ihnen gegenüber gut zu verhalten, dann wird sie glücklich leben!‹

Gerade war die Schwiegertochter auf den Hof hinausgegangen, als die Schwiegermutter sie einholte und zu ihr sagte: »Schwiegertochter, höre nicht auf die Reden des Alten, er versteht nichts vom Haushalten. Wir sind ja nur zu viert, und deshalb brauchst du kein großes Brot zu backen. Dein Bruder ist kein Fremder, vor ihm brauchen wir uns nicht zu genieren, daß wir nicht viel auf dem Tisch haben. Mache nur ein kleines Brot und eine kleine Baniza – dies wird uns zum Abendbrot reichen.«

Die Schwiegertochter bereitete das Abendessen so, wie es ihr die Schwiegermutter gesagt hatte. Am Abend deckte die junge Frau den Tisch: sie stellte ein kleines Roggenbrot hin und eine kleine Baniza, die aus Roggenmehl und Sauerampfer zubereitet war. Als der Schwiegervater dieses Essen sah, tat er erzürnt und schrie: »Was ist denn das, Schwiegertochter? Was haben wir dir aufgetragen, und was hast du gekocht? Willst du so deinen Bruder bewirten, müssen wir so unseren Gast empfangen? Er ist zum ersten Mal bei uns zu Besuch, kommt das erste Mal in unser Haus, und wir bieten ihm dieses Abendbrot an! Du bist doch zu nichts nutze …!«

Die junge Frau schwieg, sagte nichts. Der Schwiegervater aber wandte sich zu ihrem Bruder und sagte: »Siehst du, Schwäher. So haben wir dauernd Ärger mit deiner Schwester. In ihren Kopf will von dem, was wir ihr sagen, nichts reingehen. Ich will ihr was beibringen, aber sie hört nicht. Du predigst tauben Ohren!«

Der Bruder wunderte sich sehr darüber und war verärgert. Wie dem auch sei, alle setzten sich an den Tisch. Gerade hatte sich auch die Schwester hingesetzt, da sprach der Schwiegervater: »Schwiegertochter, geh noch schnell dem Vieh das Futter vorlegen. Wenn du das erledigt hast, kannst du dich zu uns setzen und in aller Ruhe essen.«

Die Schwiegertochter stand auf und ging wortlos das Vieh füttern. Während sie in den Stall ging, dem Vieh das Futter gab und noch aufräumte, aßen die anderen das Abendbrot auf. Als sie zurückkam, gab es nichts mehr zu essen. Wieder nahm sie es schweigend hin und machte die Betten für die Schwiegereltern und für den Bruder. Alle legten sich nieder und schliefen, nur die junge Frau konnte vor Hunger nicht einschlafen. Deswegen stand sie auf und aß den Sauerteig.

Am nächsten Morgen fuhr der Bruder in aller Frühe ab, verärgert über seine Schwester. Zu Hause erzählte er den Brüdern, daß die Schwester sehr gute Schwiegereltern hätte, sie dagegen sei unfähig und unvernünftig und hörte nicht auf sie. Und er erzählte ihnen, wie man ihn empfangen hatte, was man seiner Schwester aufgetragen und was sie gekocht und ihm vorgesetzt hatte. Aber er sagte ihnen nicht, daß diese guten Leute die Schwester ohne Abendbrot ließen und daß sie vor Hunger den Sauerteig aufessen mußte. Darauf sagte der zweite Bruder zu den anderen: »Jetzt werde ich unsere Schwester besuchen und sehen, wie die Sache steht. Unsere Schwester war doch nie so«, sagte er verwundert.

Und er machte sich auf den Weg, die Schwester zu besuchen. Auch er wurde wie der älteste Bruder nur zum Schein froh empfangen. Auch er wurde hinters Licht geführt: man trug der Schwester auf, ein großes Weizenbrot und eine Baniza mit Butter und Käse zu backen, ein Huhn zu schlachten und zu kochen, unter vier Augen aber befahl ihr die Schwiegermutter etwas anderes: ein kleines Roggenbrot, eine kleine Baniza mit Sauerampfer: und ein Huhn sollte gar nicht geschlachtet werden. Am Abend beschimpfte man wieder die junge Frau, daß sie den Auftrag des Schwiegervaters nicht erfüllt habe, grobe und böse Worte wurden ihr in Anwesenheit des Bruders gesagt, und wieder ließ man sie hungrig zu Bett gehen, so daß sie erneut den Sauerteig essen mußte. Auch dieser Bruder kam erzürnt in sein Dorf zurück und erzählte den beiden anderen, was aus ihrer Schwester geworden sei und wie schlecht sie ihn behandelt hätte, als er dort zu Besuch war.

Der jüngste Bruder hörte sich das alles an und wollte seinen Ohren nicht trauen! Wie konnte ihre vernünftige und gehorsame Schwester so ein Tunichtgut geworden sein? Und obwohl man ihn für ein wenig beschränkt hielt, kam er darauf, daß etwas dahinterstecken mußte, was seine Brüder nicht erfahren hatten. Deswegen sagte er: »Nun bin ich an der Reihe, unsere Schwester zu besuchen. Ich möchte mich mit meinen eigenen Augen überzeugen, ob es stimmt, was ihr da erzählt, daß sie bei guten Leuten lebt, aber unvernünftig geworden ist und es nicht versteht, mit ihnen zusammen zu leben.«

Aber die Brüder lachten ihn aus und sagten scherzhaft: »Wirst du, Dummchen, denn mehr sehen als wir? Als hätten wir nichts begriffen und als würdest du es besser machen! Was soll daran nicht zu begreifen sein? Ist doch klar, die Schuld liegt bei unserer Schwester, ihre Schwiegereltern sind gute Leute.«

»Ihr könnt euch noch so sehr lustig machen über mich, ich werde auf euch nicht hören«, sprach der jüngste Bruder. »Ich möchte es mit eigenen Augen sehen und dahinterkommen, wer die Schuld hat. Ich glaube nicht, daß es an unserer Schwester liegt.«

Seine Brüder widersprachen ihm und wollten ihn nicht ziehen lassen, er aber ließ sich nicht davon abbringen und machte sich auf, die Schwester zu besuchen. Als er dort ankam, wurde er von den Schwiegereltern seiner Schwester zum Schein hocherfreut empfangen, genauso wie seine Brüder zuvor. Als man der jungen Frau auftrug, ein großes Brot aus Weizenmehl, dazu eine Baniza mit Butter und Käse zu backen und einen Hahn zu schlachten und zu kochen, sprang der Bruder auf und sagte: »Ich lasse meine

Schwester nicht allein arbeiten! Ich werde ihr helfen und mich dabei mit ihr unterhalten, denn wir haben uns lange nicht gesehen.«

Und er ging mit seiner Schwester in den Keller, wo der Trog war. Sie bereitete alles zum Kneten vor. Der Bruder brachte eine Kanne Wasser, die Schwester siebte das Mehl und machte daraus den Teig. Er goß das Wasser zu, sie knetete, und so verkneteten sie das gesamte Mehl, das im Trog war. Dann rollte sie den Blätterteig für die Baniza aus, der Bruder schöpfte mit der Kelle fast die ganze Butter aus dem Topf und zerbröckelte allen Schafskäse, der da war, und sie machte daraus die Baniza. Danach fing der Bruder den größten Hahn und schlug ihm den Kopf ab. Er half seiner Schwester ihn zu rupfen und zu kochen.

Am Abend deckte die junge Frau den Tisch: da war das warme Weißbrot aufgetragen, die Baniza, der gekochte Hahn. Die Schwiegereltern platzten fast vor Wut, konnten aber nichts mehr ändern, und so lächelten sie dem Gast zu und baten ihn zu Tisch. Kaum hatte sich auch die Schwiegertochter gesetzt, als sie der Schwiegervater hinaus schickte, das Vieh zu füttern.

»Nein, sie soll lieber sitzenbleiben«, sagte der Bruder. »Heute bin ich ihr Gast, und ich habe ihr bei der Arbeit geholfen, damit wir jetzt zusammensitzen können und uns wie Bruder und Schwester unterhalten. Ich habe sie lieb und habe sie vermißt und möchte gerne, daß sie hier bleibt. Sie füttert doch sonst immer das Vieh. Besser wär's, wenn ihr den Kühen heute das Futter brächtet, dann können wir miteinander sprechen.«

Dem Schwiegervater und der Schwiegermutter blieb nichts anderes übrig, ob sie wollten oder nicht, sie mußten in den Stall gehen und das Vieh füttern. Ehe sie zurückkamen, hatten Schwester und Bruder alles aufgegessen, die Reste hatte der Gast zusammengeklaubt und in seinen Beutel gesteckt, um etwas für unterwegs zu haben, wenn er am nächsten Tag zurückkehrte. Als die alten Hausherrn kamen, fanden sie nichts mehr vor, nicht mal ein Häppchen war vom Abendbrot übriggeblieben. Sie blickten verlegen nach allen Seiten, lächelten und wollten dann ins Bett gehen. Die junge Frau machte für alle die Betten. Der Bruder legte sich hin, schlief aber nicht ein, sondern stellte sich nur schlafend.

Die Alten gingen zu Bett, aber kann ein Hungriger ein Auge zutun? Ihnen knurrte der Bauch, und sie standen auf, um sich den Sauerteig vorzunehmen. Sie formten sich eine Brezel, legten sie aufs Feuer und warteten, während sie sich am Herd wärmten. Der Gast wartete ein wenig, dann stand er auf, weil es ihm kalt war und er sich am Feuer wärmen wollte. Als er mit der Feuerzange das Feuer schürte, damit es auf seiner Seite besser brannte, erwischte er die Brezel und wälzte sie in der Asche, so daß man sie nicht mehr essen konnte. Nachdem er sich aufgewärmt hatte, ging er wieder ins Bett. Die Alten hatten noch immer Hunger, deshalb holten sie Maismehl, um sich einen Maisbrei zu kochen. Als sie das Wasser aufs Feuer gestellt und das Mehl schon dazugegeben hatten, stand der Gast auf, reckte und streckte sich und fragte, als er das Kesselchen, das auf dem Feuer kochte, erblickte, die Alte: »Warum wärmst du dieses Wasser, Schwäherin? Willst du denn waschen?«

»Ich will waschen«, antwortete überstürzt die Alte. Darauf bückte er sich, nahm eine Handvoll Asche aus dem Herd und warf sie in den Kessel mit den Worten: »Mit Aschenwasser läßt sich weißer waschen, Schwäherin. Unsere Frauen tun immer Asche in das kochende Wasser, damit es weicher wird.«

Und wieder legte er sich hin. Was sollten die Alten tun? Sie konnten doch nicht Asche essen? Aber ohne gegessen zu haben, hielten sie es auch nicht aus, denn es knurrte ihnen der Magen. Inzwischen schlief der Gast ein, und man hörte sein Schnarchen. Die beiden sahen sich an: im Keller hatten sie ein Faß voll Sauerkraut. Schnell schlichen sie aus dem Zimmer, liefen in den Keller, stürzten sich auf das Faß und fielen wie Ziegen über das Kraut her: »Knirsch, knirsch, knirsch.«

Als der Bruder der Schwiegertochter das Knirschen hörte, meinte er, das Kraut sei von Ziegen überfallen worden. Er sprang auf, griff nach einem Stock und rief seiner Schwester, die in einem anderen Zimmer schlief, zu: »Steh auf, Schwester, schnell, denn die Ziegen haben das Kraut überfallen!«

Als die Schwester aus dem Bett gesprungen war, konnte sie im ersten Augenblick nicht begreifen, von welchen Ziegen und von welchem Kraut die Rede war, doch der Bruder gab ihr mit einem Augenzwinkern zu verstehen, was vorging, und so nahm sie ebenfalls einen Stock und ging mit dem Bruder in den Keller, wo beide im Dunkeln kräftig auf den Schwiegervater und auf die Schwiegermutter einschlugen. Und sie schlugen, wie es sich gerade traf: auf den Rücken, auf die Beine und die Hände, sie schlugen und schrien: »Husch, husch, ihr verdammten Ziegen, das ganze Sauerkraut habt ihr aufgefressen!«

Und sie schlugen mit aller Kraft, so daß sie den beiden eine schöne Tracht Prügel verabreichten. Nur mit Mühe gelang es den Alten, im Dunkeln aus dem Keller zu fliehen. Hals über Kopf stürzten sie ins Haus und verkrochen sich in ihre Betten, damit der Gast nicht mitkriegte, daß nicht die Ziegen, sondern sie vom Kraut gegessen hatten.

So war der jüngste Bruder, den man für dumm hielt, als einziger dahintergekommen, was die Schwester bei den heuchlerischen, doppelzüngigen Schwiegereltern zu leiden hatte. Er gab es ihnen gründlich und zahlte ihnen alle Leiden seiner Schwester heim. Nachdem er zu Hause den Brüdern alles erzählt hatte, sagte er: »Was habt ihr Schlauköpfe bei der Schwester gesehen und erfahren? Nichts, nur unsere gute Schwester habt ihr beschuldigt. Ihr haltet mich für dumm, aber ihr könnt jetzt hingehen und nachprüfen, was ich erfahren und was ich getan habe!«

Seitdem fürchteten die Schwiegereltern ihre Schwiegertochter – sie taten ihr nichts mehr an und ließen sie auch nicht hungern, da sie Angst hatten, sie könnte sich bei ihrem jüngsten Bruder beschweren und er könnte kommen und sie auf den rechten Weg bringen!

96.
Der Pope und die drei Brüder

Es waren einmal drei Brüder. Einst sagte der älteste von ihnen zu den anderen: »Brüder, wie wollen wir ohne Land und ohne Geld leben? Bleibt beide hier und bearbeitet das Land unseres Vaters, ich will mein Glück versuchen und in die Welt ziehen.«

»Wohin willst du gehen?« fragten die beiden anderen.

»Ich weiß noch nicht wohin, aber ich werde gehen«, antwortete der Älteste. Und er ging fort, um Arbeit zu suchen und sich etwas zu verdienen.

Er wanderte und wanderte und gelangte in ein Dorf, wo er einem Popen begegnete: »Wo willst du hin, junger Mann?« fragte der Pope.

»Ich suche Arbeit«, antwortete er. »Mein Glück suche ich.«

»Willst du dich bei mir als Knecht verdingen?«

»Gern!«

»Wie hoch soll dein Lohn sein?« fragte der Pope.

»Was du mir gibst, das nehme ich«, antwortete jener.

»Ich werde dir bezahlen, was deine Arbeit wert ist«, sagte der Pope, »nur möchte ich, daß du alles tust, was ich von dir verlange, und dich nicht darüber ärgerst. Wer sich nämlich als erster von uns ärgert, der wird dem anderen ein Stückchen Haut von der Brust abziehen.«

»Gut«, sagte der Knecht, »ich gehe darauf ein.«

»Ich werde dir zweihundert Groschen geben«, fuhr der Pope fort, »und von nun an wirst du auch so lange das Essen von mir bekommen, bis der Kuckuck ›Ku-Ku‹ ruft.«

»Gut«, wiederholte der Knecht.

Der Pope nahm den Knecht mit in sein Haus. Dort lud er ihm eine Krina Weizenkorn auf die Schulter, ein rundes Weißbrot auf den Kopf und gab ihm eine Kohlbaniza und einen Topf mit Wein. Außerdem teilte er ihm einen Pflug, Ochsen und einen Hund zu, der den Knecht führen sollte, und trug ihm folgendes auf:

»Gehe jetzt und mach dort halt, wo der Hund stehenbleibt. Dort sollst du pflügen und säen, und am Abend bringe alles wieder zurück, das Korn, das Brot, die Kohlbaniza und den Wein!«

Der Pflüger machte sich auf den Weg zu dem Acker, das Korn und das Essen nahm er mit. Doch der verfluchte Hund lief und lief und blieb nirgendwo stehen. Schließlich wurde es dunkel, und der Knecht kehrte hungrig und todmüde zurück. Der Pope fragte ihn: »Was hast du heute gemacht, mein Sohn? Hast du gepflügt und gesät?«

»Wo sollte ich denn pflügen und säen?« antwortete der Knecht. »Der Hund ist nirgendwo stehengeblieben, und so mußte ich den ganzen Tag hungrig und erschöpft herumlaufen und schaffte es gerade noch bis zum Hause.«

»Ärgerst du dich etwa über das, was heute geschehen ist?«

»Wie sollte ich mich nicht ärgern? Es ist ärgerlich, sich den ganzen Tag hungrig herumzutreiben, ohne etwas zu tun!« antwortete erbittert der Knecht.

»Nun, wenn du verärgert bist, dann halte still, damit ich dir ein Stückchen von der Haut abziehe!«

Der Pope zog einen Streifen Haut von der Brust des jungen Mannes ab und jagte ihn fort.

Der Knecht kehrte mit Tränen in den Augen und dem Streifen Haut auf der Schulter nach Hause zurück. Seine Brüder fragten ihn: »Wie siehst du aus? Was ist geschehen?«

»Ach, wenn ihr wüßtet, was mir ein Pope angetan hat«, sagte der älteste Bruder und erzählte ihnen alles. Da sprach der mittlere Bruder: »Nun bin ich an der Reihe, mein Glück zu versuchen.«

Der älteste Bruder wollte ihn nicht gehen lassen und riet ihm davon ab: »Gehe nicht fort, Bruder. Auch dich wird dieser Pope finden, und dann wirst du so leiden müssen, wie ich jetzt leide!«

Doch jener hörte nicht auf ihn und ging fort. Aber auch er kam mit einem Streifen Haut auf der Schulter und mit Tränen in den Augen erschöpft und hungrig zurück. Schließlich sagte der jüngste Bruder: »Nun werde ich mein

Glück versuchen. Ich will mich beim Popen als Knecht verdingen. Wir wollen sehen, was er mir antut!«

Seine Brüder wollten ihn zurückhalten und ihn überreden dazubleiben, doch da er es sich in den Kopf gesetzt hatte, sagte er zu ihnen: »Laßt mich nur hingehen. Ich werde es dem Popen schon zeigen.«

So verließ auch er sein Vaterhaus und suchte das Glück. Er kam in das gleiche Dorf und traf den Popen, welcher ihn fragte: »Wohin willst du, mein Sohn?«

»Ich will mich irgendwo als Knecht verdingen«, antwortete der Bursche.

»Willst du bei mir arbeiten? Wie hoch soll dein Lohn sein?«

»Was du mir gibst, das nehme ich«, antwortete der Bursche. Es waren die gleichen Bedingungen wie bei den anderen Brüdern. Er sollte Knecht sein, bis der Kuckuck, Ku-Ku rief, und dafür zweihundert Groschen bekommen und beköstigt werden. Doch sollte sich einer von ihnen über etwas ärgern, würde der andere ihm einen Streifen Haut von der Brust abziehen.

Dann gingen sie in das Haus des Popen. Was immer der Pope sagte, der Knecht antwortete ›Jawohl‹. Am nächsten Morgen schickte ihn der Pope pflügen und gab ihm, wie auch den Brüdern, ein Paar Ochsen, einen Pflug, eine Krina Weizenkorn, Weißbrot, Kohlbaniza und Wein mit auf den Weg. Auch den Hund ließ er vorauslaufen, damit er ihm den Acker zeigte. Er trug ihm auf, den Acker zu pflügen, den Weizen zu säen, tagsüber zu essen und am Abend alles, wie er es bekommen hatte, zurückzubringen.

»Jawohl«, sagte darauf der Knecht und ging los.

Er lief eine Weile, dann nahm er einen Stein, zielte auf den Hund und erschlug ihn. Danach setzte er sich hin und aß sich satt, doch er aß vom Brot nur das Innere und die untere Rinde, die obere Rinde legte er so in die Backform, daß es aussah, als wäre das Brot noch ganz. Auch von der Kohlbaniza aß er nur das Mittelstück und das untere Blatt, während er das obere Blatt über einen Kuhfladen deckte und diesen auf das runde Kuchenblech legte. Er trank den

Wein aus und füllte den Topf mit Wasser. Dann verkaufte er die Ochsen für wenig Geld, das steckte er in seine Tasche und kehrte zu dem Popen zurück.

Als der Pope ihn zurückkommen sah, fragte er: »Was hast du heute gemacht, mein Sohn? Hast du gepflügt? Hast du gesät?«

»Ich konnte nichts tun«, antwortete der Knecht. »Der Hund und die Ochsen sind in den Sumpf geraten, ich habe sie nicht herausholen können, und sie sind ertrunken.«

»Warum hast du denn nicht aufgepaßt?« rief der Pope aus.

»Wie konnte ich da aufpassen? Ehe ich mich's versah, waren sie schon ertrunken«, sagte der Knecht. »Was ist, Väterchen Pope, bist du etwa verärgert?«

»Ach, warum sollte ich mich ärgern?« sagte der Pope und trat ins Haus. Er hieß seine Frau das Abendessen hineintragen und auf den Tisch stellen, dann sagte er:

»Weißt du, Frau, dieser Knecht scheint mir kein guter Knecht zu sein!«

Die Popenfrau stellte die Backform mit dem Brot auf den Tisch. Als sie das Brot anschnitt, merkte sie, daß es innen hohl war und nur noch die äußere Rinde da war. Der Pope sagte zu dem Knecht: »Warum fehlt das halbe Brot, mein Sohn?«

»Weil ich hungrig war, habe ich gegessen«, antwortete er. Da sahen sie, daß auch die Baniza aufgegessen und der Wein ausgetrunken war. Der Topf war mit Wasser gefüllt. Der Pope sagte: »Warum hast du das getan, mein Sohn? Was habe ich dir aufgetragen? Du solltest doch alles unangetastet zurückbringen, so wie ich es dir am Morgen gegeben habe.«

»Ich habe gegessen und getrunken, weil ich hungrig und durstig war. Ich kann doch nicht den ganzen Tag hungern«, sagte der Knecht. »Bist du etwa verärgert, Väterchen Pope?«

»Worüber sollte ich mich ärgern«, antwortete der Pope und unterdrückte seinen Zorn.

Er gab ihm am nächsten Morgen ein Pferd und schickte

ihn Holz holen. Der Knecht bestieg das Pferd und ritt davon. Doch anstatt Holz zu hacken und es nach Hause zu schaffen, fand er einen Käufer für das Pferd, verkaufte es, steckte das Geld in die Tasche und kehrte in das Haus des Popen zurück.

»Wo ist das Pferd? Wo ist das Holz?« fragte der Pope.

»Ich bin in den Wald gegangen, um Holz zu holen«, berichtete der Knecht. Ich schlug dort eine Buche, während das Pferd daneben graste. Als ich die Buche fällte, stürzte sie auf das Pferd und erschlug es. Beinahe hätte sie auch mich erschlagen. Da nahm ich das Beil und kam hierher.«

»Warum hast du nicht aufgepaßt?« sagte der Pope.

»Warum sollte ich aufpassen, Väterchen Pope? Ärgerst du dich etwa?«

»Warum sollte ich mich ärgern? Wo hast du das Beil hingetan?«

»Dort ist es, hinter der Tür«, sagte der Knecht.

Am Tag darauf nahmen der Pope und sein Knecht je eine Hacke auf die Schulter und gingen zum Weinberg, um die Erde umzugraben. Sie hatten aber die falschen Hacken mitgenommen, deshalb schickte der Pope seinen Knecht zurück, die anderen Hacken zu holen. Der Weinberg des Popen lag ganz in der Nähe des Hauses, so daß man alles, was darin geschah, sehen und hören konnte. Als der Knecht im Haus war, ging er mit der Popenfrau und ihrer Tochter ins Bett, und erst dann brachte er die Hakken auf den Weinberg. Am Abend erzählte die Popin ihrem Mann, was der Knecht getan hatte. Der Pope platzte im stillen fast vor Wut, ließ sich aber nichts anmerken, da der Knecht ihm sonst einen Streifen Haut abgezogen hätte, wie es vereinbart war. Zu seiner Frau sagte er: »Was sollen wir nur tun? Wie werden wir diesen verfluchten Menschen ertragen, bis der Kuckuck schreit? Was müssen wir anstellen, damit er sich den Hals bricht?«

Während der Pope und seine Frau miteinander sprachen und überlegten, wie sie den Knecht loswerden könnten, setzte der den Schuppen in Brand. Da der Pope keinen anderen Ausweg sah, ließ er seine Tochter auf einen Birnbaum klettern, und sie schrie von dort dreimal wie ein echter Kuckuck: »Ku-ku, Ku-ku, Ku-ku!« Der Knecht hatte nicht gesehen, daß die Tochter des Popen auf den Baum gestiegen war, deshalb wunderte er sich: »Was ist das für ein Kuckuck mitten im Winter?« Er warf einen Stein, der sie am Kopf traf, so daß sie tot herunterfiel.

»Was hast du bloß angestellt, bist du blind!« rief der Pope aus.

»Was soll ich angestellt haben?« fragte verwundert der Knecht.

»Du fragst noch! Meine Tochter hast du umgebracht.«

»Väterchen Pope, ich habe sie für einen Kuckuck gehalten«, sagte der andere, »wer weiß, welches Unheil ein Kukkuck im tiefen Winter verkündet! Aber was ist mit dir? Bist du etwa verärgert?«

»Nun aber, warum sollte ich mich ärgern?« sagte der Pope und ging zu seiner Frau. Beide überlegten, wie sie den Knecht loswerden konnten. Sie dachten lange nach, schließlich sagte die Frau: »Laß uns den Wagen reisefertig machen und so tun, als wollten wir in mein Dorf fahren und dort jemanden besuchen. Unterwegs werden wir ihn in den Fluß stoßen, damit er ertrinkt.«

Am nächsten Tag bereiteten sie alles für die Reise vor und fuhren abends los. Gegen Mitternacht kamen sie an den Fluß, einen großen, reißenden Strom.

»Wir werden ihn ertränken, jawohl«, sprach der Pope nachdenklich. Doch der Knecht hatte das Gespräch der beiden belauscht und sagte bei sich: ›Wir werden ja sehen, wer wen ertränkt!‹ Dann legten sie sich gleich dort schlafen, um am nächsten Morgen in der Frühe ins andere Dorf zu fahren. Sie schliefen alle drei auf der Brücke – neben dem Popen lag die Frau, am äußeren Rande der Knecht. Als der Pope und seine Frau eingeschlafen waren, stand der Knecht auf und beugte sich über den Kopf der Frau. Er flüsterte ihr ins Ohr: »Schiebe den Knecht weiter an den Rand, noch weiter.«

Im Schlaf schob sie sich an den Rand des Wagens. Dann beugte er sich über den Popen und sprach zu ihm: »Rücke dichter zu mir heran, Pope, daß wir den Knecht zur Seite schieben.«

Der Pope rückte weiter zum Rand, schob die Frau von der Stelle, und sie fiel in den Fluß. Als sie hineinplumpste, rief der Pope freudig aus: »Endlich haben wir ihn ertränkt!«

»Deine Frau haben wir ertränkt, Väterchen Pope«, sagte der Knecht.

»Wieso meine Frau, du Bösewicht?« schrie der Pope.

»Sie war es«, sagte lächelnd der Knecht. »Bist du etwa verärgert?«

»Wie sollte ich nicht verärgert sein? Du hast den Hund und die Ochsen ertränkt, das Pferd und meine Tochter erschlagen, meinen Schuppen in Brand gesetzt, und nun hast du auch noch meine Frau ertränkt. Wie sollte man da nicht zornig werden«, klagte der Pope.

»Bist du mir wirklich böse?« fragte der Knecht und stand auf. »Ärgerst du dich über das, was ich dir angetan habe?«

»Bist du von Sinnen?« sagte der Pope wütend. »Alles, was ich hatte, hast du mir genommen, die Frau, die Tochter, das Pferd, die Ochsen. Erwartest du vielleicht, daß ich vor Freude singe? Hast du den Verstand verloren?«

»Nun, Väterchen Pope, was kann ich dafür, wenn du dich so ärgerst?« sagte der Knecht und lachte. »Hast du unsere Vereinbarung vergessen? Wer sich vom Zorn hinreißen läßt, dem soll der andere einen Streifen Haut von der Brust abziehen. Laß mich nun soviel abziehen, daß es für ein Paar Opanken reicht.«

Der Pope war unschlüssig, dann versuchte er zu entfliehen, doch der Knecht war stark und kräftig: Er drückte ihn zu Boden und zog ihm einen Streifen Haut von der Brust ab. Dabei sprach er zu ihm: »Rühre dich nicht, Pope, halte still! Als du meinen Brüdern die Haut abgezogen hast, glaubst du, denen hat es nicht weh getan? Haben sie nicht vor Schmerz geschrien? Jetzt sollst du das gleiche erdulden, damit du die Armen nicht noch einmal umsonst für dich arbeiten läßt und ihnen Haut von der Brust abziehst. Damit du es dir gut überlegst, wen du als Knecht nimmst und wie du ihn bezahlst.«

Dann ging er davon. So hatte der jüngste Bruder dem Popen die Leiden seiner Brüder heimgezahlt. Seitdem gibt es das Sprichwort: ›Wie du mir, so ich dir‹.

97.
Der Pope und der Hirte

Es war einmal ein Pope, bei dem hielt es kein Knecht lange aus. Einst kam ein armer Mann zu ihm und wollte sich als Knecht verdingen. Der Pope nannte seine Bedingungen und fügte dazu: »In unserem Dorf gibt es Bräuche, die man kennen muß, du wirst sie aber so einhalten, wie es sich für ein Popenhaus gehört.«

Der Knecht verstand nicht ganz, was ihm der Pope damit sagen wollte. Da er aber ein Schlaufuchs war, nahm er an, daß er bald dahinterkommen würde. Im Dorf gab es einen alten Brauch: der Pope lud alle Bauern zum Schweinekebap ein, wenn er zu Weihnachten das Schwein schlachtete. Die Bauern brachten ihm dafür je eine große Speckseite von ihren Schweinen. Bisweilen hatten die Bauern guten Appetit und verschlangen das ganze Schwein und tranken den ganzen Wein des Popen, wogegen die Speckseiten, die sie mitbrachten, dem Popen viel zu klein schienen.

Zu der Zeit, als der Pope den neuen Knecht verdingte, überlegte er gerade, wie er den Bauern den Speck abnehmen konnte, ohne das Schwein und den Wein herzugeben. Er dachte lange nach, aber sein Bart war länger als sein Verstand; und es fiel ihm nichts ein. Schließlich weihte er seinen Knecht ein.

Der überlegte ein wenig, kratzte sich hinterm Ohr und sagte: »Väterchen Pope, wenn du auf mich hörst, wird alles gut gehen. Das Schwein soll am Sonnabend geschlachtet werden. Wir werden es danach unter das Schutzdach hängen, so daß jeder, der vorbeigeht, es sehen kann. Bis spät in den Abend wird es dort hängen, bis die Leute heimgekehrt sind und nicht mehr auf die Straße gehen. Dann werden wir das Schwein runternehmen und verstecken. Am nächsten Tag wirst du laut beklagen, daß dir jemand das Schwein gestohlen hätte. Dann werden die Leute aus Mitleid von alleine zu dir kommen und Fleisch mitbringen, keiner wird mit leeren Händen erscheinen.«

Da der Pope ein großer Geizkragen war – seinem Knecht hatte er nicht einmal eine Kleinigkeit zu Weihnachten geschenkt – ging er sofort auf diesen Vorschlag ein.

Er schlachtete das Schwein und hängte es unter das Schutzdach. Die Bauern kamen vorüber, sahen das Schwein und freuten sich auf das bevorstehende Fest.

Als die Abenddämmerung hereinbrach, ging die Popenfrau zu den Nachbarinnen, um zu erkunden, wie andere den Kebap zubereiten und zu einem Festessen rüsten, während der Pope in die Kneipe ging, um herumzuhorchen, was man von seinem Schwein erzählte. So blieb der Knecht allein zu Hause. Er holte das Schwein herunter und versteckte es irgendwo.

Als Väterchen Pope spät am Abend aus der Kneipe zurückkam, wo er zum Spaß ein bißchen getrunken hatte, war seine Frau bereits eingeschlafen, und der Knecht ließ sich nicht sehen. Väterchen Pope legte sich beruhigt und zufrieden hin und dachte an die morgige Überraschung, die er für die Bauern bereithielt, und an das viele Fleisch, das man ihm ins Haus bringen würde.

Am nächsten Morgen stand die Popenfrau früh auf, und als sie hinausging, sah sie, daß das Schwein fehlte. Sie rannte ins Haus und weckte den Popen: »Steh auf, jemand hat das Schwein gestohlen!«

Der Pope sprang aus dem Bett, zog in aller Eile den Popenrock über und rannte aus dem Haus. Unterm Schutzdach war kein Schwein zu sehen. Der Knecht kehrte vor dem Schafpferch.

»Weißt du, mein Sohn, jemand hat das Schwein gestohlen!« sagte der Pope.

»Genauso, Väterchen Pope, genauso sollst du es allen erzählen.«

»Aber hör zu, ich sag dir, das Schwein ist wirklich gestohlen worden! Was werden wir nun tun! Herrgott, sag mir, wo mein Schwein jetzt ist«, bat flehend der Pope.

»So, so, Väterchen Pope, du kannst dich aber gut verstellen«, rief der Knecht aus. »Du machst es so gut, als hättest du es dein Leben lang geübt ...«

Der Pope betete, die Popenfrau auch, beide zündeten Kerzen an, doch es half nichts, das Schwein blieb unauffindbar. Die Kunde lief durch das ganze Dorf, doch niemand kam den Popen besuchen, wie ihm auch kein einziger Bauer ein Stückchen vom eigenen Schwein bringen ließ.

Der Pope ärgerte sich über die Maßen und schimpfte auf seinen Knecht, da er ihm diesen Rat gegeben hatte, aber er konnte es nicht ändern. Das Weihnachtsfest beging er wie ein Einsiedler die österlichen Fasten. Der Knecht indessen ging seiner Arbeit nach und tat so, als wüßte er von nichts.

Nach den Feiertagen sagte Väterchen Pope zu seinem Knecht: »Das Schwein ist nun weg, mein Sohn, und wir haben nicht herausbekommen, wer es gestohlen hat, so senge wenigstens die Beine ab und koche Sülze. Ich mag die Sülze vom Spitzbein, die Popin aber ist im Dorf, man hat sie zu einem Spendenmahl für eine Wöchnerin geholt.«

Der Knecht nahm die Spitzbeine, säuberte sie und sengte sie ab und ließ sie in einem Topf kochen, unterdessen ging der Pope im Haus hin und her und überlegte, wie er den Knecht loswerden konnte, wenn die Sülze fertig war. Er schickte ihn etwas erledigen, und als er allein blieb, nahm er den Topfdeckel ab, holte ein Bein heraus und versteckte es.

Nach einiger Zeit kam der Knecht zurück und nahm den Deckel ab, um die Sülze umzurühren. Da sah er – es waren nur drei Beine! ›Na, hol's der Teufel, wie ist denn das möglich?‹ dachte der Knecht, wo war das eine Bein, wer könnte es herausgenommen haben? Was sollte er denn dem Popen erzählen? Die Sache mit dem Schwein hatte er geglaubt, nun würde er nicht mehr glauben! So zerbrach sich der Knecht den Kopf und rührte die Sülze um. Auf einmal fiel ihm ein, daß der Pope noch ein Schwein im Stall hatte. Dieses Schwein hatte ein krankes Bein und hinkte. Der Knecht rannte hin, schnitt dem Schwein das lahme Bein ab, säuberte es schnell und steckte es in den Topf, ohne daß es der Pope bemerkt hatte. Nun waren wieder vier Beine im Topf. Zur gleichen Zeit nagten Zweifel am Herzen des Popen. ›Der Knecht wird merken‹, dachte er, ›daß ich das Bein versteckt habe. Er wird sehr ärgerlich sein und sich noch an mir rächen und mir Schaden zufügen. Deshalb holte er ganz leise das Bein aus dem Küchenschrank und steckte es wieder in den Topf. Nun waren fünf Beine darin.

Als die Sülze fertig war, fiel dem Popen nichts mehr ein, weshalb er den Knecht hätte wegschicken können, und so setzten sie sich beide an den Tisch. Der Knecht teilte die Sülze aus. Zuerst holte er mit dem Löffel die Beine heraus – es waren fünf. Der Knecht wie auch der Pope waren sehr erstaunt, denn was sollte das heißen? Jedes Schwein hat vier Beine, und hier waren es fünf! War das Teufelsspuk! Väterchen Pope sagte: »Was ist hier los, mein Sohn? Du hast doch vier Beine gesäubert, wie sind es nun fünf geworden?«

Der Knecht ahnte, wie es dazu gekommen war, und antwortete sofort. »Du bist ein seltsamer Mensch, Väterchen Pope! Denkst du vielleicht, weil du gebetet hast, hat dich Gott mit einem fünfbeinigen Schwein beschert? Du kannst doch ein wenig rechnen, wenn es um das Deine geht!«

»Wenn es darum geht, kann ich sogar gut rechnen, doch diese Rechnung geht nicht auf. Das Schwein hatte doch vier Beine. Auf welchem Weg sind es fünf geworden, das verstehe ich nicht.«

Der Knecht sagte: »Sag, Väterchen Pope, wieviel Beine haben zwei Schweine.« – »Das eine hat vier und das andere vier, rechnet man sie zusammen, so sind es acht.«

»Du kannst aber wirklich rechnen«, sagte der Knecht. »Wenn zwei Schweine acht Beine haben, dann stimmt die Rechnung. Hier haben wir fünf Beine, und das Schwein im Stall hat drei, insgesamt sind es acht Beine. Auf jedes Schwein kommen vier, so ist alles in Ordnung.«

Als der Pope dies hörte, lachte er. Wie konnte er dem Knecht auch böse sein, da er doch selbst Schuld hatte. Beide setzten sich und ließen sich die Sülze schmecken. Sie blieben gute Freunde, doch immer paßte der eine auf den anderen auf. Keiner traute dem anderen, und so zählten sie auf dem Hof zuerst, wieviel Beine das Vieh hatte. Väterchen Pope glaubte nämlich, daß in der sündigen Welt manchmal auch Wunder geschehen.

98.
Wie einer sein Dorf überlistete

In einem Dorf lebten ein Mann und eine Frau. Sie hatten keine Kinder, nur ein Paar Ochsen. Einst sagte die Frau zu dem Mann: »Mann, ich kann nicht jeden Tag Brot zubereiten! Fahre doch den Weizen zur Mühle, laß alles zu Mehl mahlen, und ich werde daraus Brot machen, schlachte die Ochsen, und wir werden Gäste kommen lassen – das ganze Dorf laden wir ein. Wenn wir sie empfangen und gut bewirten, werden die Bauern alle auch uns einladen, und wir werden jeden Tag jemanden besuchen. Dann brauchen wir nicht zu arbeiten, und ich brauche nicht mehr zu backen und zu kochen. So werden wir dieses Jahr hinter uns bringen, und nächstes werden wir uns, wenn uns Gesundheit beschert ist, etwas anderes einfallen lassen.«

Der Mann ging darauf ein. Er mahlte sämtliches Korn, die Frau gab sich Mühe und verarbeitete es binnen einem Tag bis zum letzten Stäubchen zu Brot. Zusammen schlachteten sie die Ochsen, und die Frau kochte viele Gerichte. Danach riefen sie die Bauern zum Fest zusammen. Es kamen auch die Zigeuner mit Pfeifen und Trommeln, und es wurde ein Festmahl ohnegleichen, daß nichts daran auszusetzen war. Bis zum Abend wurde gefeiert. Alle hatten sich übersatt gegessen. Am nächsten Tag machte sich die Frau an die Arbeit – sie wusch das Geschirr ab und machte das Haus sauber, zu Mittag aßen sie die Reste von dem Brot und dem Essen. Recht oder schlecht wurde auch dieser Tag überstanden, doch als sie am dritten Tag nachgesehen hatten, stellten sie fest, daß sie keinen Bissen Brot mehr hatten. Nun überlegten sie, was sie tun sollten, denn sie hatten Hunger. Die Frau ging hinaus und rief ihrer Nachbarin zu: »Warum ladet ihr uns nicht ein, Nachbarin?«

»Nun, wir haben darüber gar nicht gesprochen«, antwortete die Nachbarin, »mein Mann ist nicht zu Hause, und außerdem käme uns ein Besuch jetzt sehr ungelegen.«

Die Frau ging zu einer anderen Nachbarin und fragte auch sie, doch diese antwortete: »Mein Mann ist auf dem Acker pflügen, und über Besuch haben wir gar nicht geredet. Es ist jetzt auch Zeit zum Arbeiten, jeder geht seiner Arbeit nach.«

Die Frau dachte nach und sagte: »Wir haben euch eingeladen, und ihr habt die Ochsen und das Brot aufgegessen, jetzt fällt es keinem ein, uns einzuladen!«

Sie ging nach Hause und sagte zu ihrem Mann: »Keiner will uns einladen, Mann. Geh und treibe Brot auf!«

Es dämmerte schon. Der Mann machte sich auf den Weg, in den benachbarten Häusern nach Brot zu fragen. Hier und da klopfte er an, doch keiner machte ihm auf, denn die Leute arbeiteten noch auf dem Feld. Als er so in Gedanken versunken weiterging, sah er plötzlich an einer Stelle ein Feuer brennen. Er ging darauf zu. Es war eine Hirtenkate. Der Hirte hatte bereits die Herde in den Stall getrieben und die Schafe gemolken, nun saß er und bereitete sich einen Maisbrei zum Abendmahl. Als der Bauer zu ihm kam, lud ihn der Wirt ein, gemeinsam mit ihm zu essen – er hatte es ja nicht leicht, den ganzen Tag war er allein und konnte mit keinem ein Wort wechseln. Der Bauer setzte sich und ließ sich den Maisbrei und den Joghurt schmecken. Sie kamen ins Gespräch, und da erzählte er, wie er sich von seiner Frau hatte irreleiten lassen, die Ochsen geschlachtet und das Mehl aufgebraucht hatte, und daß sie jetzt hungern mußten. Der Hirte fragte ihn: »Und die Felle der Ochsen, hast du sie noch?«

»Die habe ich«, antwortete er, »ich habe sie zum Trocknen ausgespannt.«

»Nimm die Felle und bringe sie auf den Markt in die Stadt. Verkaufe sie dort, und dann wirst du dir Weizen für Brot kaufen können.«

Der vom Abendbrot gesättigte Bauer ging sofort nach Hause, nahm die Felle und brach in der Dunkelheit auf. Doch er verfehlte den Weg und lief quer durch unbekannte Täler. Eben dort aber, in einer Senke, teilten die Heiducken das Geld auf, das sie tagsüber geraubt hatten. Einer der Diebe hielt Wache, damit sie keiner überraschen konnte. Da der Bauer die getrockneten Felle am Boden schleifen ließ und sie gegen Erdklumpen und Steine stießen, war ein Rascheln zu hören. Der Wächter sagte zu den Heiducken: »Beeilt euch, Freunde, denn der Mann mit den Stiefeln, den wir so furchtbar gequält haben, kommt gerade auf uns zu!«

Die Räuber erschraken und rannten Hals über Kopf davon, dabei ließen sie das ganze Geld liegen. Als der Bauer das Geld erblickte, ließ er die Felle fallen, nahm die ledernen Geldgürtel und kehrte heim.

Die Nachbarn sahen, daß er viel Geld mitgebracht hatte und fragten ihn, woher er das Geld habe und ob es ihm jemand gegeben hätte. Der Bauer antwortete: »Ich habe sie auf den Markt gebracht, nachdem ich Opanken daraus gemacht hatte. Das Paar habe ich für fünfhundert Groschen verkauft. Man hat mir alle abgekauft, und es waren immer noch zuwenig, denn auf dem Markt sind Opanken aus Ochsenfell sehr gefragt!«

Da schlachteten die Bauern, ohne viel zu überlegen, ihre Ochsen und Kälber, fertigten aus dem Leder Opanken, holten aus dem Nachbardorf einen Fuhrmannswagen und brachten damit die Opanken auf den Markt. Die Händler fragten sie, was das Paar koste, und bekamen zur Antwort:

Fünfhundert Groschen. Die Händler aber wollten ihnen nur sechzig für jedes Paar geben. Den Bauern blieb nichts anderes übrig, als die Opanken so billig zu verkaufen, sie waren aber sehr zornig und sprachen sich ab, den Lügner zu verprügeln.

Der Bauer begriff, daß man ihn schlimm zurichten würde, und deshalb versteckte er sich eiligst auf dem Dach. Die anderen Bauern umzingelten das Haus und riefen, der Mann solle herauskommen. Die beiden waren mucksmäuschenstill. Nach einiger Zeit sagte der Mann zu seiner Frau: »Sieh nach, ob die da unten noch warten oder ob sie weggegangen sind!« Die Frau beugte sich hinüber, und als sie sah, daß alle ums Haus standen, erschrak sie so sehr, daß sie hinunterfiel und sich totschlug. Als die Bauern dieses Unglück sahen, fingen sie an zu wehklagen und gingen auseinander. Auch der Mann stieg hinab, holte aus dem Nachbardorf einen Esel, lud die Tote darauf und fuhr sie zum Friedhof. Er setzte aber die Tote so, daß sie wie lebendig daraufsaß, und band sie an dem Sattel fest. So zog er los und verließ das Dorf. Der Friedhof lag weit außerhalb. Eine Weile trieb er den Esel, dann ließ er ihn am Wegrand stehen, da er ein Bedürfnis hatte, und ging hinter einem Strauch in die Hocke. Der Esel fing an zu weiden und kam zu einem Gemüsegarten, wo er gierig Kohl fraß. Der Besitzer des Gartens, der sich in der Nähe befand, begann zu schreien und auf dic Frau zu schimpfen, die unbeweglich dasaß und es zuließ, daß der Esel ihm den Schaden zufügte. Der Mann wurde sehr zornig, griff nach einem Stein und schleuderte ihn mit aller Kraft auf den Esel. Der Stein traf die Frau, die mitsamt dem Sattel runterfiel.

Zur gleichen Zeit aber kam der andere und schrie auf den Gärtner ein: »Warum hast du mir die Frau getötet? Der Esel hat den Schaden angerichtet, mit Geld werde ich ihn wiedergutmachen. Aber wie soll ich ohne Frau leben? Ich gehe zu der Dorfverwaltung den Mord melden!« Und er machte sich auf den Weg dorthin. Damals aber urteilte das Gericht so: hast du jemanden umgebracht, so wirst du selbst getötet. Deshalb bat ihn der Gärtner: »Warte doch,

Bruder, ich habe deine Frau getötet, ohne es zu wollen, doch töte du mich nicht willentlich. Ich bitte dich, zeige mich nicht an!«

»Ich will meine Frau wiederhaben«, sagte der Bauer. »Gesund und munter, wie sie war.«

Der Gärtner kam näher und fing an, dem anderen zuzureden: »Warte doch, Bruder, ich habe drei Schwestern. Ich werde dir die eine geben und auch Geld, soviel dein Esel tragen kann!«

Der Bauer ging darauf ein. Beide gingen in das Haus des Gärtners, wo auch seine Schwestern waren. Jener wählte die schönste von den Schwestern aus, sein Esel wurde mit Geld und mit der Mitgift vollgeladen, und dann verabschiedete man sie auf dem Weg in das andere Dorf. Der Gärtner jedoch begleitete seine Schwester bis in ihr neues Heim, denn er wollte sehen, in was für ein Haus er sie gab.

Als sie ankamen, ließ der Bauer die Braut und ihren Bruder auf dem Hof stehen und ging eine Waage holen, um sein Geld abzuwiegen. Die Leute fragten ihn aus: »Woher hast du das viele Geld, Nachbar?«

Und er gab zur Antwort: »In dem Dorf da drüben gibt man für einen Toten einen Lebenden und dazu eine Ladung Gold!« Als die Bauern hörten, wie sich die Sache verhielt, schlachteten sie ihre Frauen und fuhren sie in das genannte Dorf. Dort riefen sie laut: »Verkaufe Tote für Lebende, Tote für Lebende!« Im Dorf wunderte man sich, was dies alles zu bedeuten hatte. Da sah man, daß auf dem Wagen tatsächlich tote Frauen lagen! Die Leute meldeten es der Dorfverwaltung. Daraufhin ließ man die Bauern kommen, nahm sie in Gewahrsam und gab ihnen eine tüchtige Tracht Prügel. Darauf erzählten die Bauern, wie sie von einem Mann aus ihrem Dorf betrogen worden waren. Das Gericht erklärte sie für unschuldig, da sie zum Mord verführt worden waren und ließ sie nach einigen Monaten frei: Diesmal waren die Bauern fest entschlossen, den Schlaufuchs zu bestrafen und ihn tüchtig zu verprügeln – sollte er lebend davonkommen, so wäre es sein Glück, sollte er sterben, würden sie ihn endlich los sein.

Als sie heimkehrten, überraschten sie den Bauern in seinem Haus und faßten ihn, steckten ihn in einen Bottich und trugen den Bottich zu einem großen Fluß, wo sie ihn hineinwarfen. Das Wasser trug den Bottich sehr lange und trieb ihn schließlich an das Ufer. Ein Schäfer, der in der Nähe seine Schafe weidete, entdeckte den Bottich und ging hin, um nachzusehen, was darin war. Als er den Bottich öffnete, sah er einen Menschen darin sitzen. Er holte ihn heraus und fragte ihn: »Warum steckst du drin?«

»Man will mich zwingen, die Zarentochter zu heiraten«, antwortete der Bauer. »Ich aber will nicht Schwiegersohn des Zaren werden, so hat man mich in diesen Bottich gesteckt und ihn zugenagelt, um mich so vor den Zaren zu bringen.«

»Warum willst du denn nicht«, wunderte sich der Schäfer. »Laß mich Schwiegersohn des Zaren werden«, sprach er und stieg in den Bottich hinein. Der Bauer stieß den Bottich in den Fluß, und der Schäfer ertrank. Dann trieb der Schlaukopf die Herde zu seinem Dorf und in seinen Pferch. Die anderen Bauern wunderten sich, woher er so viele Schafe hatte. Neugierig fragten sie ihn: »Wo hast du sie her, Bruder?«

»Dort, wo der Fluß in das Meer mündet, habe ich sie gefangen«, sagte der Bauer. »Dort gibt es viel Vieh: Schafe, Ochsen, Kühe, Pferde – alles, was das Herz begehrt. Ich habe mir nur wenig genommen, denn ich könnte mehr davon gar nicht halten.«

Die Bauern suchten nach Fässern und Bottichen, in die sie hineinstiegen, dann rollten sie in den Fluß, der sie in das Meer trieb, wo sie ertranken. Väterchen Pope, der sich verspätet hatte, kam mit seiner Frau. Da sie keine Zeit hatten, nach einem Bottich zu suchen, sprang der Pope mit seinem Rock in den Strom und ertrank sofort, nur sein Hut schwamm noch auf dem Wasser. Die Popenfrau dachte, daß es ein schwarzes Schaf sei, und deshalb rief sie ihrem Mann zu, er solle nur weiße fangen …

So überlistete der schlaue Bauer das ganze Dorf!

99.
Die größte Sünde

Es ist schon immer so gewesen – wenn nur ein Kind vorhanden ist, taugt es nicht viel. Entweder ist es krank oder gebrechlich, oder wenn es ein Junge ist, wird es ein Taugenichts, der seiner Mutter und seinem Vater das Leben vergällt.

So lebte in einem Dorf eine Witwe, die hatte nur einen Sohn – einen gesunden und hübschen jungen Mann, an dem man sich nicht sattsehen konnte. Die Mutter sorgte für ihn und verhätschelte ihn beständig; sie verrichtete die männlichen wie auch die weiblichen Arbeiten, damit es der Sohn nur gut hatte. Er geriet in schlechte Gesellschaft, trieb sich herum, stahl und tötete sogar. So vergingen die Tage und die Jahre, der Sohn tat nie etwas Gutes für seine Mutter. Und vor Kummer erkrankte sie und wollte ihn auf dem Sterbebett noch einmal sehen, weil sie sonst, wie sie sagte, mit offenen Augen sterben müßte.

Die Nachbarn versammelten sich, grübelten und überlegten, bis sie sich entschlossen, ihn zu suchen. Vielleicht konnten sie ihn finden und ihn dazu veranlassen, von der Mutter Abschied zu nehmen. Eines Abends aber kam der Sohn ganz unerwartet von allein, ohne daß ihn jemand gerufen hatte. Als er seine Mutter im Sterben sah, kniete er vor ihr nieder, brach in Weinen aus und bat um Vergebung. Wie jede Mutter konnte auch sie nichts anderes tun, als ihrem Kind verzeihen, und deswegen sprach sie zu ihm: »Mein Sohn, ich bin schon auf dem Weg ins Jenseits, wer weiß, ob ich den morgigen Tag noch erlebe. Es tut mir leid um dich, weil du allein bleibst, Gott aber hat beschlossen, das ihm Gehörende aus dieser Welt zu nehmen. Solange ich gelebt habe, hast du mir keine Freude gebracht, deshalb schwöre mir, daß du wenigstens jetzt in unser Haus zurückkehren und hier bleiben wirst, daß du den Menschen Gutes tun wirst. Möge dir Gott dann deine Sünden vergeben, da du jung und unerfahren warst und dich nicht zu wehren wußtest. Gott ist zu allen gut, auch zu dir kann er gut sein und dir vergeben.«

»Ich werde bleiben und hier wohnen, Mutter«, sagte der Sohn. »Ich werde den Menschen Gutes tun, soviel ich kann. Aber wie werde ich erfahren, ob Gott mir vergeben hat?«

»Wenn du, mein Sohn, dich mit Schuld beladen und deine Hände mit Blut befleckt hast, wenn du Menschen getötet hast, dann nimm abgebrannte Baumstümpfe, für jede Seele einen, und pflanze sie in den Garten. Neben diesem Garten aus verkohltem Holz lege einen mit verschiedenen Obstbäumen an: Apfel-, Pflaumen-, Birn- und Nußbäume. Pflanze auch Wasser- und Zuckermelonen an und alles, was man essen kann. Rühr dich dann nicht vom Fleck und hüte deinen Garten, rufe jeden, der vorbeigeht, und laß ihn Früchte pflücken und für dich beten. Die Baumstümpfe gieße jeden Tag. Wenn Gott dir vergeben hat, werden daraus Schößlinge sprießen, sie werden Blätter bekommen, und du wirst wie die anderen Menschen werden.«

Die Mutter sagte dies und starb. Der Sohn schloß ihr die Augen, es kamen die Nachbarn, machten sie zurecht und bestatteten sie wie jedes Kind Gottes. Der Sohn kam vom Friedhof zurück und schaute sich im Haus um, in seinen Ohren aber klangen unentwegt die Worte seiner Mutter: »Werde wie alle Menschen, lebe ehrlich und anständig, und Gott wird dir vergeben.«

Sie hatten einen Acker an einem Weg, auf dem die Leute von den Nachbardörfern vorüberkamen. Der junge Mann bepflanzte die Hälfte des Ackers mit Obstbäumen und die andere Hälfte mit neunundneunzig Stümpfen, so viele Menschen hatte dieses Muttersöhnchen umgebracht. Als er den Garten bepflanzt hatte, war es Gottes Wille, daß die Bäume viele Früchte trugen. Die Äste neigten sich zur Erde von der Last der Früchte, und jeder, der vorüberging, hielt im Garten an und pflückte Obst, soviel er wollte. Der junge Mann goß jeden Tag die Baumstümpfe, doch was konnte der Arme bewirken, wie konnte ein verkohlter Baumstumpf Wurzeln schlagen und Blätter treiben!

Eines Tages, als er gerade die Baumstümpfe goß, sah er einen Mann den Weg entlangeilen. Weit hinter ihm waren die Pfeifen und die Trommeln einer Hochzeitsgesellschaft zu hören. Als sich der Mann dem Garten näherte, fragte er: »Du, Freund, ist es weit bis zu deinem Dorf?«

»Gar nicht weit, genau hinter dem Berg. Komm und pflücke dir Äpfel und bete vor Gott für mich, denn ich habe viel gesündigt.«

»Ach, Freund, ich kann jetzt nicht, habe etwas Wichtiges zu erledigen und bin in Eile, sonst werden mich die Brautwerber einholen.«

»Warte doch, pflücke dir wenigstens einen Apfel«, bat der Sündige. »Hier, ich werde dir einen pflücken.«

»Laß, Bruder, ich habe keine Zeit, eine wichtige Arbeit wartet auf mich«, sprach jener und rannte weiter den Weg entlang.

Der Sünder dachte: ›Wo neunundneunzig sind, dort können auch hundert stehen!‹ Und er griff nach einem Pfahl, holte den Mann ein und schlug ihm so über den Rücken, daß jener den Geist aufgab. Als der Sünder zurückblickte, sah er, daß die Stümpfe Schößlinge bekommen hatten und daß manche sogar blühten. Da wunderte sich der Arme, was für ein Mensch der andere gewesen sein mußte, daß Gott ihm gerade jetzt neunundneunzig Menschenleben vergab. Während er darüber nachdachte, kamen die Hochzeiter. Alle stiegen aus dem Wagen aus, gingen in den Garten und pflückten Früchte. Jeder nahm, wonach es ihn verlangte. Der Sünder trat an einen von ihnen heran und fragte: »Was war das für ein Mensch, der vor euch hier entlang gelaufen kam?«

»Ah, mach dir die Finger nicht schmutzig an diesem Störenfried! Er lief uns voraus, um den Bräutigam vor der Braut schlecht zu machen und die Hochzeit zu vereiteln. Das macht er nicht das erste Mal.«

»Sieh an«, sagte der sündige Mann, »die größte Sünde auf dieser Welt ist also, eine Hochzeit zu verhindern.«

»Es ist nicht nur die Hochzeit selbst und das Feiern, sondern es werden zwei Menschenleben zerstört – das des Bräutigams und das der Braut. Bis zum Lebensende werden sie den Makel tragen, eine Hochzeit begonnen und nicht zu Ende geführt zu haben.«

100.
Der Zigeunerzar und die Zigeunerzarin

Einst versammelten sich die Leute, um sich einen Zaren zu wählen. Sie schlugen den einen, dann den anderen vor, keiner war der richtige. Schließlich wählten sie einen Zigeuner. Gleich liefen sie zu ihm, um es ihm zu sagen und sich von ihm beschenken zu lassen, da er doch Zar sein würde. Nach ihnen kamen auch die hohen Herren, die ihm zur Ernennung zum Zaren gratulierten.

Besorgt sagte der Zigeuner zu ihnen: »Gut, ihr habt mich zum Zaren gewählt, aber wer wird mir Brot geben?«

Man entgegnete ihm: »Wieso Brot? Da du der Zar bist, werden alle für dich arbeiten und für dich sorgen. Du wirst soviel Brot haben, wie du möchtest, und alles, was du dir vorzustellen vermagst: Geld, Reichtum, Speisen und Getränke ohne Maß. Warum machst du dir Sorgen wegen des Brotes!«

Der Zigeuner aber wiederholte: »Na gut, ich werde Zar sein, Geld und Reichtum werde ich haben und alles Erdenkliche ... Aber Brot?«

So redete er eine Zeitlang und versuchte die anderen zu überzeugen, wie wichtig es war, doch keiner verstand ihn. Schließlich ging er darauf ein, Zar zu werden. Man führte ihn in den Zarenpalast, zog ihm die Zarengewänder an, setzte ihn auf den Zarenthron, damit er regierte.

Nach einiger Zeit beschloß der Zar, durch sein Reich zu ziehen, um zu sehen, wie das Volk lebte. Die hohen Herren begleiteten ihn auf seinem Streifzug durch das Land. Ihr Weg führte zu einem Wald, wo eine große, starke Eiche stand.

Der Zar streichelte die Eiche und sagte: »Aus dieser Eiche kann gute Holzkohle für die Schmiede gewonnen werden!«

Seine Begleiter senkten die Köpfe und schwiegen. Nachdem sie wieder eine Weile gegangen waren, sahen sie ein Kalb. Der Zar sagte: »Ach, das Fell dieses Kalbes würde für so viele Trommeln reichen!«

Die hohen Herren senkten abermals die Köpfe und schwiegen. Während der Zar und seine Begleiter das Reich durchstreiften, fand auch die Zarin keine Ruhe. Sie nahm einen Beutel und einen Stock in die Hand und ging durch den Palast, indem sie bei den Dienern bettelte. Ein Diener sollte ihr ein Stück Brot geben, ein anderer sollte wie ein Hund bellen. Da es ein Befehl der Zarin war, konnten die Diener nicht anders, als ihn erfüllen. So holte der eine aus einem Gebirgsdorf Weißbrot und Schafskäse, der andere lief auf allen Vieren und bellte sie wie ein Hund an. Die Zarin wehrte sich mit dem Stock und biß in das Brot. Es schmeckte ihr so, daß alle, die es sahen, vor Rührung weinten.

Nachdem die Zarin ihren Beutel mit Brot gefüllt hatte, setzte sie sich auf die Türschwelle und aß es mit großem Genuß.

»Zum Kuckuck mit dem Zarenbrot«, sagte sie. »Es schmeckt nicht, weil man es auf dem Präsentierteller bekommt. Wenn man nicht durch die Dörfer geht und bettelt, wenn man nicht vor bellenden Hunden weglaufen muß, dann hat man sein Brot nicht mit Arbeit und Mühe verdient. Man sitzt nur auf dem Thron und wartet, daß man alles auf dem Präsentierteller erhält.«

Seitdem kann sich keiner erinnern, daß je ein Zigeuner und eine Zigeunerin zu Zar und Zarin gewählt wurden. Andere finden eher Gefallen daran und schicken sich schnell darein, daß ihnen die gebratenen Tauben ins Maul fliegen.

101.
Der Schneider, der das Stehlen liebte

Es war einmal ein Schneider. Der Ärmste nahm beim Zuschneiden eines neuen Stoffes sehr gern auch etwas für sich. So stahl er Tag für Tag, bis er in die Jahre kam und des öfteren über das Alter nachdachte. Wie werden die Leute sich seiner erinnern? Er dachte so oft an seine Angewohnheit zu stehlen, daß er sogar davon zu träumen begann. Eines Nachts hatte er einen wundersamen Traum: Der heilige Michail, der Seelenholer, hielt auf seiner Reise über die Erde beim Schneider an und sprach zu ihm: »Ich habe dir, Mensch, diese Fahne mitgebracht. Siehst du, aus wie vielen unterschiedlichen Stoffen sie besteht? Alle diese Stoffstücke hast du deiner Kundschaft gestohlen. Wenn der Tag kommt, an dem Gott über dich urteilen wird, wird er zu deiner Schande die Fahne allen Leuten zeigen.«

Der Mann wachte voller Angst auf und schwor, nie mehr fremdes Gut anzurühren. Um sicher zu gehen, trug er seinen Gesellen folgendes auf: »Wenn ihr mich beim Zuschneiden stehlen seht, sprecht nur ›Meister, die Fahne‹, dann werde ich mich an meinen Traum erinnern und mir das Stehlen abgewöhnen.«

Die Gesellen erfüllten den Auftrag ihres Meisters. Wenn ein Stoff zugeschnitten werden mußte, hielt sich einer von ihnen immer in der Nähe des Meisters auf und rief: »Die Fahne, Meister, die Fahne!«, wenn jener nicht richtig zuschnitt.

Es verstrich einige Zeit, doch konnte der Meister von seiner Angewohnheit nicht ablassen. Eines Tages kam sein Gevatter zu ihm und wollte sich etwas nähen lassen. Dem Schneider aber gefiel der mitgebrachte Stoff, und er schnitt ihn so zu, daß man daraus gerade noch ein Kleidungsstück anfertigen konnte. Die Gesellen riefen dem Meister die Worte zu, doch er war nicht zu bremsen. Sooft sie auch riefen, er hörte nicht. Nachdem der Meister den Stoff zugeschnitten hatte, begleitete er seinen Gevatter hinaus. Als er zurückkam, wurde er von den Gesellen gefragt: »Warum hast du nicht auf uns gehört, Meister, als wir dich an die Fahne erinnerten?«

»Ich habe euch gehört«, antwortete der Schneider. »Aber mir fiel ein, daß vor Gottes Gericht in meiner Fahne nur ein Stück vom Gevatter fehlen würde. Und deswegen habe ich es abgeschnitten. Von nun an werde ich mich davor hüten, andere zu bestehlen. Schaffe ich es nicht, werde ich zwei Fahnen vor Gott haben. Wenn ich schon vor Gericht muß, dann schon mit zwei Fahnen!«

102.
Wer sind die Diebe

Ein alter Mann ging in eine Schlucht, Holz zu holen. Wie er so Holz sammelte, fand er in einem Loch einen Beutel voll Goldmünzen. Er nahm das Geld mit nach Hause und überlegte: ›Dieses Geld gehört mir nicht. Ich werde fragen, wem es gehört, und werde es zurückgeben.‹

Wen er auch fragte, immer antwortete man ihm: »Das Geld wird irgendwelchen Dieben gehören.«

Dann fragte er, wer diese Diebe seien. Er fragte hier und da, überall bekam er zu hören: ›Die Diebe wohnen im Wald, suche sie dort!‹

Der Mann ging in den Wald und traf dort Heiducken, die fragte er: »Seid ihr die Diebe?«

Sie antworteten: »Oh, nein!«

»Wer seid ihr denn?« – »Wir sind Heiducken, Freischärler. Wir stehlen nicht, sondern wir töten diejenigen, die stehlen und Böses tun. Wir nehmen ihnen das Geld weg und geben es den Armen.«

»Und wer sind diese Diebe?« – »Es sind die Minister und die anderen Großen.«

Der Alte nahm den Beutel mit dem Geld und ging zu den Ministern. »Guten Tag!« – »Guten Tag! Was gibt's?« fragten sie ihn.

Der Mann erzählte, was geschehen war: »Ich habe dieses Geld im Wald gefunden. Es gehört mir nicht, deswegen möchte ich es dem geben, dem es zusteht. Jeder sagt, daß es den Dieben gehört. Ich habe gefragt, wer die Diebe seien, und man sagte mir, das wäret ihr. Und ich habe es Euch hergebracht.«

»Ach nein, wir sind die ehrlichsten Menschen. Wir sind keine Diebe! Aber da du das Geld hergebracht hast, gib es uns zur Aufbewahrung. Wir werden damit Handel treiben und den Gewinn mit dir teilen. Inzwischen suche die Diebe, und wenn du sie gefunden hast, hole dir das Geld und gib es ihnen. Doch du hast nur ein Jahr Zeit. Achte darauf, die Frist einzuhalten!«

Der Alte ging fort. Er fragte diesen und jenen – alle waren ehrlich. Er fand keine Diebe. Nach einem Jahr ging er zu den Ministern, das Geld holen.

»Guten Tag.« – »Guten Tag!«

»Nun«, sagte der alte Mann, »es gibt keine Diebe. Gebt mir das Geld!«

»Was für Geld willst du, Väterchen! Du hast die Frist nicht eingehalten! Geh nun fort! Wir haben dir doch gesagt, du sollst nicht überziehen!«

Der alte Mann ging hinaus und sagte: »Aha! Die Diebe sind wirklich die Minister!«

103.
Wie ein Junge seiner Mutter die Zunge abbiß

Ein Junge trieb sich in den Scheunen der Nachbarn herum und fand ein Hühnernest. Es lag ein Ei darin. Und er nahm es, rannte zu seiner Mutter und prahlte damit: »Mutter, sieh mal!«

»Schön, mein Sohn, schön. Kannst du nicht auch die Henne holen?«

Der Sohn lief aus dem Haus, und wie es auch geschah, er brachte die Henne.

»Schau her, Mutter!« – »Sehr schön, mein Sohn, sehr schön. Kannst du nicht auch den Hahn holen, denn was soll die Henne ohne den Hahn?«

Der Junge ging nochmals los. Keiner außer ihm weiß, wie er es geschafft hat, aber er kehrte heim mit dem Hahn im Arm.

»Schau her, Mutter!« – »Gut, mein Sohn, gut. Nun haben wir schon das erste Vieh. Wenn wir noch ein Ferkelchen hätten! ...«

Der Sohn verschwand. Eine Zeitlang ließ er sich nicht sehen, bis er eines Tages doch ein Ferkel in seinem Hängebeutel brachte.

»Mutter, sieh mal hier hinein«, sagte er und öffnete den Beutel vor seiner Mutter. »Gut, mein Sohn, gut. Kannst du nicht auch die Mutter des Ferkels holen, damit sie es säugen kann, denn wir haben kein Futter.«

Der Junge sprang auf und ging hinaus. Nach einiger Zeit brachte er die Sau.

»Schau her, Mutter!« – »Gut, mein Sohn, gut. Nun haben wir Vieh. Wenn wir noch ein Kalb hätten, wäre es noch besser!«

Der Junge verschwand wieder. Wo er war, was er tat und wie er es schaffte – das weiß nur er. Bis er eines Tages ein Kalb in einem Sack brachte.

»Mutter, schau mal her.« Und er machte den Sack auf. »Gut, mein Sohn, gut. Kannst du denn nicht auch seine Mutter herführen? Das Kalb kann ohne seine Mutter nicht leben.«

Der Junge wartete nur darauf, dies zu hören. Er verschwand wieder für einige Zeit. Wohin er ging und wo er überall war, weiß keiner. Irgendwann kam er zurück und brachte die Kuh. »Mutter, sieh her!« – »Gut, mein Sohn, gut. Wenn du jetzt auch ihren Bruder fändest, so hätte sie einen Gefährten.«

Der Junge ging, den Bruder der Kuh zu holen. Und er fand ihn und stahl ihn. Soweit so gut, aber die Bauern, denen die Kuh gehörte, waren inzwischen in großer Aufregung wegen der verschwundenen Kuh und liefen in allen Richtungen über das Feld, um sie zu suchen. Und wie sie so auf der Suche nach der Kuh waren, begegneten sie dem Jungen mit dem Ochsen.

»Wohin führst du denn diesen Ochsen?« fragten ihn die Kuhbesitzer.

»Er war in unseren Weizen gekommen, und ich wollte ihn einsperren.«

»Das kann nicht sein!« schrien die Bauern. »Unser Ochse war noch eben im Stall angebunden, doch es fehlte die Kuh. Welcher ist dein Weizen, Junge?«

»Der dort.« Er zeigte aufs Geratewohl auf einen Acker.

»Wessen Kind bist du eigentlich? Woher kommst du? Wir kennen dich doch nicht. Aus unserem Dorf bist du nicht! ...«

Darauf konnte der Junge nichts erwidern.

»Er wird auch die Kuh gestohlen haben«, fiel den Leuten ein. Sie umkreisten ihn und zwangen ihn, ihnen zu zeigen, wessen Kind er war und woher er kam. Sie liefen und liefen und kamen in sein Dorf. Dort fanden die Bauern die Kuh mit dem Kalb, die Sau mit dem Ferkel, den Hahn und die Henne, sogar das Ei fanden sie. Als sie den Jungen in ein Gewahrsam führen wollten, um ihn dort einzusperren, bat er sie: »Wartet ein wenig, Leute, laßt mich Abschied nehmen von meiner Mutter. Mutter, komm raus, um mir Lebewohl zu sagen. So bald komme ich vielleicht nicht wieder, Mutter!«

Die Mutter ging hinaus, umarmte ihn und küßte ihn. Auch der Junge umarmte seine Mutter und biß ihr dabei die Zunge ab. »Das ist die Zunge, die mir dieses saubere Handwerk beigebracht hat!« sprach er.

104.
Der Schlaue Peter und der Müller

Einst lebte ein Müller, der mahlte den Weizen der Leute nicht gegen ein Entgelt, sondern nur gegen eine Wette, gegen ein Wettlügen. Sollte der Müller der bessere sein, würde er die Hälfte des Weizens bekommen, sollte ihn aber der Mahlkunde übertreffen, so würde dieser die Mühle erhalten. Doch der Müller war ein sehr schlauer Mann. Er konnte schwindeln und lügen, daß ihn keiner übertreffen konnte. Und so gehörte ihm die Mühle immer noch. Er raubte die Bauern, die ihm das Korn brachten, aus, wurde schnell reich und erwarb ein großes Vermögen. Überall im Lande erzählte man von ihm, jung und alt hörte dabei zu und staunte über seinen scharfen Verstand.

Von diesem Müller vernahm auch ein Bursche, welcher der Schlaue Peter genannt wurde. Auch er war recht beschlagen und spielte den Leuten geschickt die wunderlichsten Streiche. Nachdem er erfahren hatte, wo die Mühle des listigen Müllers stand, beschloß der Bursche, sein Glück zu versuchen. Er war sehr jung – eben zeigte sich erst der Schnurrbart unter der Nase –, und die Arbeit ging ihm leicht von der Hand. Da er so viele Geschichten über den Müller hörte, sagte er sich einmal folgendes: »Ich werde versuchen, meine Kräfte mit diesem Lügner zu messen. Gelingt es mir, ihn im Lügen zu übertreffen, werde ich ihm die Mühle wegnehmen, so daß er die Leute nicht mehr wird berauben können. Verliere ich aber, so wird er die Hälfte von meinem Weizen bekommen, und ich werde niemals wieder einen Streich aushecken.«

So dachte der Schlaue Peter, belud seinen Wagen mit fünf Säcken Weizen und fünf Säcken Sand, spannte die Ochsen ein und fuhr zur Mühle hin. Der Müller erblickte ihn von weitem und rieb sich zufrieden die Hände: »Auch heute lacht mir das Glück! Wie jung doch dieser Bursche ist, und was für eine Fuhre Weizen er bringt. Im Handumdrehen werde ich ihn auf's Kreuz legen.«

Der Schlaue Peter hielt an der Mühle an, krempelte die Ärmel hoch und machte sich daran, die Säcke abzuladen.

Der Müller trat an ihn heran und sagte: »Nicht so eilig, Bürschlein! Ich habe die Mühlsteine zum Weiden geschickt, und das Mühlrad hat die Gänse zur Tränke gebracht und hütet sie am Fluß. Wie du siehst, haben wir Zeit, ein wenig zu plauschen und eine Wette abzuschließen, solange wir warten, daß sie sich satt gefressen haben und zurückkehren. Du hast sicher gehört, daß ich den Weizen nur gegen eine Wette mahle: lüge ich besser als der Mahlkunde, nehme ich ihm die Hälfte des Weizens, übertrifft er mich im Lügen, gebe ich ihm die Mühle. Bisher hat sich noch kein besserer Lügner gefunden, und die Mühle gehört immer noch mir. Jetzt wollen wir es miteinander versuchen. Besiege ich dich, sind fünf Säcke deines Weizens mein; besiegst du mich, so ist die Mühle dein, und ich werde dein Knecht sein.«

»Gut«, sagte der Schlaue Peter. »Es soll sein, wie du sagst. Aber ich will erst die Ochsen weiden lassen, damit, wenn dein Vieh zurückkehrt, auch das meinige satt ist.

Und während die Ochsen weiden, können wir ein Weilchen schwatzen.« Und er spannte die Ochsen aus, ließ sie neben der Mühle weiden und setzte sich zum Müller.

Dieser begann so: »Warum soll ich dich belügen, mein Junge. Du scheinst mir jung und unerfahren, und deshalb mag ich mit dir nicht um die Wette lügen wie mit den anderen Mahlkunden. Ich werde dir von meinem Leben und meiner Mühsal von meiner Geburt an erzählen. Wir waren Drillingsbrüder. Unsere Mutter gebar uns, als sie auf der Hochzeit meines Vaters war. Meine Brüder waren älter als ich. Ich war der Jüngste. Ich erinnere mich, als man meinem Vater sagte, daß ihm Drillingssöhne geboren worden waren und dies noch während der Hochzeit, da freute er sich so sehr, daß er seine Pelzkappe vom Kopf nahm und auf die Erde schleuderte, daß das verflixte Ding so knallte, daß ich vor Schreck auf das Fenster, vom Fenster auf den Birnbaum und vom Birnbaum auf die Pappel sprang. Und dort im Wipfel der Pappel war ein Adlernest! Mutter Adler brütete, und der Adler war dabei und gab auf sie acht. Als er mich sah, warf sich der Adler sofort auf mich und packte mich mit dem Schnabel am Rücken. Mir wurde angst und bange, und ich schrie, so laut ich konnte. Vater und Mutter hörten mich und eilten mir nach. Sie riefen und schrien und schimpften auf den Adler, er aber hielt mich fest und ließ sich gar nicht von meinen Eltern beeindrucken. Er trug mich so hoch, daß ich weder Vater noch Mutter sehen konnte. Der Adler schwang sich noch höher hinauf, bis über die Wolken. Er ließ mich über einer Wolke los, und ich versank in ihr wie in Watte … und schlief wie in einem Daunenbett ein. Wie lange ich schlief, weiß ich nicht, als ich aber erwachte, stellte ich fest, daß ich ein gutes Stück gewachsen war. Als ich mich umsah, um herauszubekommen, wo ich mich befand, verwandelte sich die Wolke in Hagel und ging zur Erde nieder. Die Hagelkörner schlugen so auf mich ein, daß ich vor Schmerz und Angst anfing, mit den Zähnen zu klappern. Mit der Wolke bewegte auch ich mich auf die Erde zu, und ich fiel zusammen mit den Hagelkörnern in ein Tal, in dem ein tosender Gebirgsbach floß. Ich sagte mir: ›Das ist mein Ende, wenn ich nur etwas Glück hätte.‹ Da sah ich, daß auf dem Wasser ein dicker Baumstamm schwamm. Und ich sprang auf ihn und hielt mich ganz fest und sagte mir: ›Wohin es den Baum treibt, dahin treibt es auch mich.‹ So kam es dann auch. Der Fluß riß mich zusammen mit dem Baum fort und trug mich eine lange, lange Zeit, bis ich an eine Brücke kam. Auf der Brücke standen viele Leute und zwei Greise. Die Greise beugten sich von der Brücke herab, packten mich und zogen mich aus dem Wasser. So retteten sie mir das Leben. Danach erkundigten sie sich, wer ich sei und woher ich käme, und ich berichtete es ihnen. Denke dir, diese beiden Alten waren meine Drillingsbrüder! Sie waren sehr glücklich, umarmten mich und weinten vor Freude. Ich fragte sie, warum sie so alt und weißhaarig geworden seien, da antworteten sie mir: ›Hat es das je gegeben, daß einer hundert Jahre lebt, ohne älter zu werden und ohne weiße Haare an Kopf und Gesicht zu bekommen?‹ Erst jetzt kriegte ich mit, daß ich hundert Jahre auf der Wolke verschlafen haben mußte. Verwundert sagte ich: ›Es ist nicht wahr, daß ihr meine Drillingsbrüder seid. Seht mich an, wie jung und stark ich bin, ihr aber seid alte Leute.‹ Nun wunderten sich auch die Brüder sehr. Die anderen Leute glaubten jedoch nicht, daß wir Brüder sind. Darauf aber antworteten die Greise: ›Schön, wenn ihr es nicht glaubt, so laßt uns alle nach Hause gehen, um zu sehen, was Mutter und Vater dazu sagen werden!‹ Wir gingen nach Hause. Mutter und Vater erkannten mich sofort, umarmten mich und weinten vor Freude. Sie waren bereits einhundertfünfzig Jahre alt geworden. Nachdem sie sich einige Tage meiner erfreut hatten, überlegten sie, mit welcher Arbeit ich meinen Lebensunterhalt verdienen könnte. Ich war zu nichts fähig, weil mein Leben im Schlaf vergangen war. Da schenkten sie mir diese Mühle. Kurz danach starben Vater und Mutter. Nach ihnen starben auch meine Brüder, sie waren sehr alt, ich aber blieb zurück, um den Weizen der Leute zu mahlen und warte darauf, einhundertfünfzig Jahre alt zu werden, wie sie es waren. Ach, mein Junge, die

Mühsal hat kein Ende«, sagte der Müller und seufzte. »Geh du und sieh mal nach deinen Ochsen, ich werde die Mühlsteine und das Mühlrad nach Hause holen, um dir dann die Hälfte des Weizens zu mahlen, die Deinigen sind es schon überdrüssig, auf dich zu warten.«

»Halt, nicht so eilig, Onkel, warte!« sagte der Schlaue Peter. »Ich habe dich angehört, jetzt höre auch du meine Mühsal und Leiden an, weil niemand in seinem Leben so viel gelitten hat wie ich.«

Der Müller lächelte ein wenig, zwirbelte kurz seinen Schnurrbart und sagte: »Was werde ich dich anhören! Ich habe so viele Leute überlistet, wie willst du Milchbart mich schlagen!« Es blieb ihm aber nichts anderes übrig, als sich hinzusetzen und zuzuhören.

»Wir waren drei Gefährten von je einhundert Jahren«, begann der Schlaue Peter. »Überall und immer waren wir zusammen. Sehr gern haben wir gespielt. Eines Tages spielten wir um Nüsse. Wir spielten und spielten und setzten uns dann ermüdet nieder, um auszuruhen. Während wir über dieses und jenes redeten, tauchte plötzlich ein bunter Hahn vor uns auf und pickte eine Nuß auf. Wir beobachteten, was er mit der Nuß anfangen würde. Und der Hahn wollte die Nuß auf einmal verschlucken, konnte sie aber weder verschlucken, noch wieder ausspucken. Sie blieb ihm im Halse stecken. Der Hahn blieb so stehen, und auf einmal trieb die Nuß nach unten zur Erde hin Wurzeln und Zweige nach oben zum Himmel. Innerhalb einer Stunde wuchs ein hoher und gewaltiger Nußbaum mit dicken Ästen, und er setzte Nüsse an, ich sage dir, Riesennüsse, groß wie eine Faust. Wir sammelten Steine auf und bewarfen den Baum, um uns Nüsse herunterzuholen. Die Steine blieben in den Zweigen hängen, und in kurzer Zeit entstand ein großer Steinhaufen, der bis in die Wolken reichte. Wir warfen dann Erdklumpen, und sie fielen auf die Steine, und auf einmal entstand eine breite Wiese, auf ihr wuchs hohes und dichtes Gras, so hoch und dicht, daß selbst eine Schlange nicht hindurch kriechen konnte. Wir fragten uns, was wir mit diesem schönen Gras machen sollten. Einer der Gefährten sagte, wir sollten Ochsen holen, die das Gras abweiden. Der andere Gefährte sagte, daß wir auf die Wiese steigen, das Gras mähen, das Heu trocknen und als Futter für die Ochsen zusammentragen sollten. Den ganzen Winter hätten wir dann genug Heu für sie zu fressen, und wir könnten den Rest davon verkaufen. Ich dachte lange nach und sagte dann: ›Gefährten, laßt uns Bienen anschaffen, daß sie den Blütenstaub auf der Wiese sammeln, danach werden wir das Gras mähen und Heu für den Winter machen.‹ Meine Gefährten hörten auf mich, und sofort holten wir Bienen. Jeden Abend zählten wir sie, damit keine abhanden käme. Eines Abends kam die größte Biene nicht zurück. Wir brachen auf, um sie auf der Wiese zu suchen. Wir zogen durch Felder und Täler, doch die Biene war einfach nicht zu finden! Als wir auf den Hügel gestiegen waren, was sahen wir da! Die Biene hatte so viel Honig gesammelt, daß das Tal gefüllt war und der Honig wie ein Fluß darin floß. Wir holten Pferde, um den Honig aufzuladen und ihn nach Hause zu bringen. Denn wie kann man so viel Süßes einfach liegen lassen? Wir beluden die Pferde mit Honig und fuhren los. Als wir so gingen, bekam ich Durst. Und so ging ich zu einem Brunnen hin, mich satt zu trinken. War doch der einsame Brunnen zugefroren, und das Eis war zwei Handbreit dick. Ich nahm einen Holzklotz und begann, auf das Eis zu schlagen, damit es bräche. Ich schlug und schlug, doch ich konnte das Eis nicht durchbrechen. Ich nahm einen Stein und begann, mit ihm zu schlagen. Ich schlug und schlug, ich konnte das Eis nicht zerschlagen. Wütend riß ich mir den Kopf vom Halse, und als ich mit ihm schlug, barst das Eis, und ich beugte mich zum Trinken herab. Ich trank eine Ewigkeit, bis ich den ganzen Brunnen austrank und ging dann los, meine Gefährten einzuholen. Als ich mich ihnen näherte, fingen sie gleich an zu schreien: ›Wo ist dein Kopf, wo ist denn dein Kopf! Warum kehrst du ohne Kopf zurück!‹ Ich betastete mich und – was mußte ich feststellen – ich war wirklich ohne Kopf. Schnellen Schrittes lief ich zum Brunnen zurück, um meinen Kopf zu holen. Als ich aber dort ankam, schauderte mich! Ein Fuchs fraß gerade meinen Kopf. Vor Angst erstarrte ich und überlegte, was ich nur tun sollte! Dann aber nahm ich Anlauf und rannte, so schnell ich konnte, fing den Fuchs hinten am Schwanz und rief ihm zu: ›Gib mir den Kopf zurück, Fuchs, oder ich werde deinen nehmen!‹ Der Fuchs erschrak und spuckte meinen Kopf aus, und von einem hundertjährigen Greis wurde ich zu einem jungen Burschen, so wie du mich jetzt siehst. Wieder eilte ich zu meinen Gefährten, aber diese fragten mich, wer ich sei und woher ich käme. ›Ich bin doch euer Gefährte‹, sagte ich, ›haben wir nicht zusammen Honig gesammelt! Ich bin doch zurückgeblieben, um Wasser zu trinken, vergaß dann meinen Kopf und kehrte um, ihn zu suchen!‹ Sie aber sagten: ›Du bist unser Gefährte nicht, er ist hundert Jahre alt und unser Altersgefährte, dir aber sprießt gerade erst der Bart! Geh deiner Wege und laß uns in Frieden!‹ Ich hielt inne, um zu erklären und zu beweisen, daß ich es sei. ›Haltet ein, Gefährten‹, rief ich, ›erkennt ihr mich nicht? Haben wir drei nicht die Bienen zum Weiden hoch auf die Wiese getragen; haben wir nicht gemeinsam gewartet, bis sie abends zurückgekehrt waren, hat sich nicht die größte Biene verirrt, sind wir nicht sie suchen gegangen und haben wir nicht vom Hügel gesehen, wieviel Honig diese gesammelt hat, so daß wir die Pferde holen mußten, um den Honig aufzuladen? Und jetzt kehren wir zurück und sind auf dem Heimweg, um uns dieses süße Gut zu teilen.‹ Aber sie glaubten mir wieder nicht. ›He, Bursche‹, sagten sie, ›genug gelogen! Unser Gefährte ist zurückgegangen, um seinen Kopf vom Brunnen zu holen, wahrscheinlich ist er dir begegnet und hat dir unser Geschick, so wie es ist, erzählt. Du aber bist jung. Gewiß hast du ihn überholt und belügst uns jetzt und denkst nun, daß wir dir glauben werden. Geh deiner Wege‹, riefen sie, ›kläff nicht daher wie ein wütender Hund, sonst könnte es dir schlecht ergehen!‹ Ich wußte nicht, was ich noch sagen oder wie ich sie überzeugen sollte, so daß ich zu weinen anfing. Tränenübergossen kam ich ins Dorf, und auch dort erkannte mich niemand. Ich ging heim zu meinen Söhnen und sagte ihnen, daß ich ihr Vater sei. Aber diese Burschen sprangen auf die Beine, griffen nach einem Pfahl und fielen über mich her! Gott weiß, was mit mir hätte geschehen können! Doch schließlich riß ich mich irgendwie los und ging wieder ins Dorf hinunter. Als ich im Dorf war, hielt ich inne, da ich nicht wußte, wohin ich mich wenden sollte und bei wem ich mich beklagen könnte. Da kam eine Großmutter daher, Gott möge sie behüten! Mir ihrem schweren Wagen machte sie sich auf den Weg zur Mühle. Gleich als sie mich sah, fragte sie mich: ›He, junger Bursche, wenn du so auf den leeren Landstraßen entlanggehst, kannst du mir da nicht den Weizen zum Mahlen in die Mühle fahren? Ich werde dir zwei Groschen zum Lohn und für einen ganzen Tag zu essen geben.‹ Ich war einverstanden. So kam ich zu dir, Meister, um diesen Weizen zu mahlen. Wohlan jetzt, hol die Mühlsteine und bring das Mühlrad herbei, um mir den Weizen zu mahlen, denn die Großmutter ist eine alte hungrige Frau.«

Der Müller brachte kein einziges Wort hervor. Er nahm seine Mütze und ging fort und kehrte nie wieder zurück. Der Schlaue Peter aber blieb in der Mühle und mahlte den Leuten das Korn. Dafür nahm er nur so viel Mahlgeld, wie ihm zustand. Wenn er aber Zeit hatte, so erzählte er von seinem Schicksal: was geschehen war und auch, was niemals gewesen war, so daß sein Ruhm bis heute geblieben ist. Und wisset, es gibt eine Redensart, die da lautet: Lügen haben kurze Beine. Allein, was ich euch jetzt erzählt habe, kann keine Lüge gewesen sein, weil es seit Menschengedenken bekannt ist und nicht vergessen worden ist.

105.
Der Schlaue Peter erzählt von seiner Hochzeit

Einmal ging der Schlaue Peter zur Mühle und traf dort viele Bauern an, die ihr Korn mahlen lassen wollten. Es herrschte in diesem Herbst große Dürre, so daß der Fluß fast ausgetrocknet war und die Mühle gerade noch klapperte. Die Leute aber hatten es eilig, ihren Weizen zu mahlen und Wintervorräte anzulegen, bevor die herbstlichen Regentage begannen. Manchmal warteten sie eine ganze Woche an der Mühle, bis sie drankamen, weil es die einzige Mühle in der ganzen Umgebung war und die Bauern aus nahen und weit abliegenden Dörfern hierher kamen. Und während sie warteten, bis sie an die Reihe kamen, erzählten sie sich Lügengeschichten, Scherze und Rätsel, damit die Zeit schneller vergehe. Als nun der Schlaue Peter auf dem Weg zur Mühle war und die vielen Bauern sah, wurde ihm schwindlig: rings war es schwarz vor Wagen und Vieh. Er überlegte hin und her, als er jedoch sah, daß er so schnell nicht dran sein werde, machte er seinen Lügenbeutel auf. Die Bauern versammelten sich rings um ihn, denn sein Ruhm war groß und in alle Dörfer gedrungen.

»Damals, als ich noch jung war«, so begann der Schlaue Peter seine Geschichte, »war ich sehr wild und stürmisch, so daß ich der Tollköpfige Peter genannt wurde. Nun gut, ich wuchs jedoch heran und kam ins heiratsfähige Alter. Doch niemand wollte mir seine Tochter geben. Zum einen, weil ich sehr arm war, und zum anderen, weil ich über alle Maßen tollköpfig war. Ein Handwerk verstand ich nicht, ich trieb mich nur herum und machte dumme Streiche, so daß die Hunde im Dorf mir nachbellten. Zu jener Zeit hatte Großväterchen Pope eine hübsche Tochter. Na gut, sie war ein bißchen dick und ein bißchen faul, eben eine Popentochter. Doch ich verstand mich gut mit Großväterchen Pope und hatte oft mit ihm zu tun. Als ich mein Glück hier und dort versucht hatte und keine Jungfer mich mochte, wollte ich es bei Großväterchen Pope's Tochter versuchen. Ich beschloß, die Popentochter zu heiraten. Nachdem ich es beschlossen hatte, sagte ich es meiner Mutter. Sie sah mich zuerst verständnislos an, dann aber sprach sie: ›Dann werde ich als Brautwerber für dich zu Großväterchen Pope gehen!‹

Und so ging Mutter zum Popen. Bald schon kam sie froh und heiter zurück. Sowohl Großväterchen Pope als auch Großmütterchen Popin und deren Tochter wären sofort einverstanden gewesen und hätten gesagt: ›Laßt uns möglichst schnell die Hochzeit halten. Die Leute sind so schlecht und neidisch. Sie werden dies und jenes erzählen, und ehe du dich versiehst, haben sie die Brautleute auseinandergebracht.‹ Sie hätten also zur Eile gedrängt. Als ich dies vernahm, beeilte ich mich noch mehr. Die Popentochter wollte ich mir nicht entwischen lassen. Wir bereiteten alles, was zu einer Hochzeit gehört, vor: Brautkleid, Speisen und Getränke für die Hochzeitsgäste. Es mußte nur noch die richtige Zuspeise gefunden werden. Da sprach Mutter zu mir: ›Peter, lauf schnell in den Garten und pflücke etwas als Zuspeise zum Trinken! Ich werde mit den Hochzeitsgästen schon zum Popen gehen, du aber komm geradewegs vom Garten dorthin!‹ Da fiel mir ein, daß ich im Frühjahr, als Mutter den Garten anlegte, einen Gurkenkern in die Erde gelegt hatte. Mutter sagte mir, daß er aufgegangen und aus ihm eine große Gurke gewachsen wäre. Ich ging hin, sie zu pflücken. Was aber erblicke ich dort im Garten – die Gurke war so groß und lang geworden, daß man darüber nur staunen konnte. Ihr entsproß ein Trieb, so hoch, daß, soviel man auch schaute, kein Ende zu sehen war. Ich sah sie mir an und bestaunte sie und beschloß daraufhin, die Ranke hinaufzuklettern und nachzuschauen, wie weit sie reichte. Gesagt, getan. Ich legte meine Kleider ab und stieg die Gurkenranke hinauf. Ich stieg von Blatt zu Blatt und gelangte so in den Himmel. An der Spitze angekommen, hielt ich inne und sah mich um: wie weit tat sich der Himmel vor mir auf! Wohin die Augen auch blickten, überall Täler, Wiesen und Bäume aller Art, alle erdenklichen Tiere und Vögel, vor Schönheit möchten einem die Augen übergehen. Ich schaute nach unten, dort versank alles im Nebel. Es war nichts zu hören oder zu sehen. Ich sagte mir: wenn ich nun einmal hier bin, dann werde ich wenigstens im Himmel spazierengehen, will sehen, wie es sich dort lebt. So lief ich über eine Wiese und sah unter einem reifen Sauerkirschbaum den lieben Gott sitzen und Brotsuppe essen. Als er mich sah, hob er seinen Stock und zeigte mir den Weg hinab, damit ich dorthin zurückkehre, woher ich gekommen war. Ich merkte, daß der liebe Gott es nicht gerne hatte, wenn plötzlich Leute auftauchten, die in seinem Garten ernteten. Es blieb mir nichts weiter übrig, ich ging zu der Ranke zurück und kletterte hinunter. Ich stieg immer tiefer, und irgendwo in der Mitte begann es, dunkel zu werden. Ich konnte nicht sehen, wohin ich treten mußte. Ich befürchtete, daß ich fehltreten könnte, von oben herabfallen und mich so zu Tode stürzen würde. Dann hätten die Hochzeitsgäste und die Braut mich beweinen müssen. Als ich so darüber nachgedacht hatte, rollte ich mich auf dem Blatt zusammen, auf das ich getreten war und schlief ein. Plötzlich erwachte ich durch eine furchtbare Kälte. Ich hatte nur ein Hemd an. Was nun! Ich wikkelte meinen Gürtel ab, um mich damit zuzudecken. Es war ein schöner, breiter Gürtel aus roter Wolle, mein Hochzeitsgürtel. Als ich den Gürtel zu Ende aufgewickelt hatte, berührte ich plötzlich meine Hirtenflöte, denn damals war ich ein berühmter Flötenspieler, und da fiel mir ein, daß ich ein Feuer anzünden könnte. Ich ergriff die Nadel, mit der ich sonst den Gürtel verschloß, bohrte sie in die Hirtenflöte und begann, einen Span nach dem anderen abzulösen. Ich nahm den Feuerstein, schlug einige Male darauf, zündete zuerst den Zunder und dann die Späne an. Das mag unglaublich klingen, aber ich habe es erlebt. Als jenes große Feuer aufloderte – der Zunder war ja trocken, so daß er leicht anbrannte – wurde es hell und warm, so daß ich unmerklich wieder einschlief. Wie lange ich geschlafen habe, weiß ich nicht. Aber auf einmal kam starker Wind auf, und als er losblies, oh, da brachte er die Ranke, auf der ich war, zum Schaukeln. Ich konnte es kaum glauben: Als sie sich nach oben aufschwang, berührte sie den Himmel; als sie sich neigte, schlug sie auf die Erde. Und so wurde ich hin und her geschaukelt. Wie lange das währte, weiß ich nicht zu sagen. Dann aber legte sich der Wind. Allmählich klarte es auf. Die Sonne kam hervor, und ich stieg weiter an der Ranke hinab. Als ich ein Stück geklettert war, sah ich, daß sich die Gurke von der Ranke abgelöst hatte und herabgefallen war. Anstelle der Ranke aber hing eine Gartenmelde herab. Ich streckte mich und wollte auf die Gartenmelde hinüberspringen, aber sie, das verflixte Ding, zerbrach, und ich fiel immer weiter nach unten und versank bis zu meinem Gürtel in der Erde. Wie ich mich auch drehte und wendete, ich vermochte nicht herauszukommen. Auf einmal sah ich in der Nähe Männer mit Hacken und Spaten vorübergehen. Ich rief sie heran, damit sie mich herauszögen. Die Leute kamen, und weil es gute Menschen waren, versuchten sie lange, mich auszugraben. Doch die Erde war hart wie Stein. Sie arbeiteten einen ganzen Tag und gruben mich gerade bis zu den Knien aus. Als es dunkel wurde, beschlossen sie, sich auszuruhen und ließen sich zum Abendmahl nieder. Auch mir gaben sie vom Essen ab, holten dann bald ihre Umhänge und schliefen todmüde ein. Am Morgen standen sie früh auf und begannen sofort mit der Arbeit. Sie gruben den ganzen Tag und zogen mich endlich gegen Abend heraus. Ich sprang auf die Beine, dankte ihnen für ihre Güte und rannte zum Garten, die Gurke zu pflücken und zu meiner Hochzeit zu eilen. Bis ich zum Garten kam, wurde es völlig dunkel. Ich lief jedoch immer weiter und hielt nicht ein. Ich rannte und rannte, und als ich über einen Stein stolperte und kopfüber hinstürzte, was passierte da? Nach einer Seite flog mein Kopf davon und nach der anderen die Beine. Ja, was nun? Es war dunkel, nichts war zu sehen. Wie sollte ich da meinen Kopf und die Beine einsammeln! Ich überlegte einige Zeit und entschied dann: Diese Nacht werde ich hier übernachten müssen, doch morgen früh gehe ich zeitig zur Hochzeit. Nachdem ich so entschieden hatte, schlief ich sofort ein. Schön, aber meine Augen waren ja in meinem Kopf geblieben, so daß ich nicht sehen konnte, ob es Tag geworden war oder nicht. Irgendwann rief ich den Kopf und fragte ihn: ›Wird es Tag?‹ Nach einiger Zeit rief dieser selbst mir zu: ›Tollköpfiger Peter, steh auf, die Sonne ist aufgegangen!‹ Ich sprang auf, konnte aber meinen Kopf nicht finden. Solch eine Teufelei habt ihr noch nicht gesehen: die Beine können gehen, sehen aber ohne die Augen nicht, wohin; die Augen liegen wiederum im Kopf und sehen, haben jedoch keine Beine, also können sie nicht laufen. Bald begann ich, den Kopf zu beschimpfen. ›Sag‹, sprach ich, ›wohin ich gehen soll, dich zu finden!‹ Und der Kopf ordnete an: ›Geh hierher, jetzt dorthin, nun spring auf, weil da ein Stein liegt, jetzt knie nieder, weil da ein Baum mit tief herabhängenden Ästen steht, und schlüpf unter den Zweigen hindurch.‹ Und so hielt er mich bis zur Mittagszeit in Bewegung. Als ich endlich zu meinem Kopf gelangte, ergriff ich ihn und stellte ihn auf seinen Platz, gab ihm zwei ordentliche Schellen, daß ihm die Ohren schallten und sprach: ›Das ist für dich, damit du dich nie wieder von den Beinen löst.‹

Wie dem auch sei, ich ging zum Garten. Alles war, wie ich es verlassen hatte. Da lag die Axt, auf ihr die Kleider und meine Pelzkappe, daneben die Gurke. Ich hatte keine Zeit, mich zu setzen und von meiner Erschöpfung zu erholen, sondern ergriff die Axt und krach – einmal und krach – noch einmal und beim dritten Mal hatte ich die Ranke durchgeschlagen, damit sie nie wieder einen armen Schlucker wie mich verleitet, in den Himmel zu klettern, der dort das gleiche wie ich ertragen und erleiden mußte. Als ich aber mehrere Male zugeschlagen hatte, hielt ich nur noch den Stiel in den Händen, die Axt war in der Gurke verschwunden. Jetzt aber los! Ich mußte zu meiner Hochzeit, die Zuspeise zum Trinken bringen, hatte aber nichts, womit ich die Gurke zerschneiden konnte, denn dieses verflixte Ding war einfach riesengroß geworden. Ich suchte die Axt. Ich trat in die Gurke hinein und ging los. Ich ging immer weiter und suchte, fand weder die Axt noch den Teufel, noch sonst etwas. Ich setzte mich nieder, ruhte ein wenig aus und stand wieder auf, um weiter zu suchen, aber von der Axt fehlte jede Spur. So verlor ich beim Suchen drei Tage, und am vierten Tag traf ich einen Alten, der losgezogen war, nach neun schwerbeladenen Kamelen zu suchen. Als ich ihm von meinem Leid berichtete, das ich durch diese verflixte Gurke ertrug, sprach der Alte: ›Bursche, du läufst dir umsonst die Hacken ab! Deine Axt in dieser Gurke zu finden hieße, die Sonne oder den größten Stern, den Abendstern, mit deinen eigenen Händen zu fangen. Nimm lieber meinen eisernen Stab und bemühe dich, mit ihm einige Stücke aus der Gurke herauszubrechen und eile, daß die Hochzeitsgesellschaft nicht ohne dich auseinander geht.‹ Ich hörte auf den Alten. Wir kletterten auf die Gurke und begannen, den Stab in sie zu rammen, und so brachen wir die Zuspeise zum Schnaps ab. Ich nahm, soviel ich tragen konnte und stürzte zur Hochzeit. Ich kam im Handumdrehen am Hause von Großväterchen Pope an. Und was meint ihr, sah ich dort? Die Hochzeitsgäste aßen, tranken, sangen, spielten und vergnügten sich. Nur meine Mutter und mein Vater dachten nach, weil ich neun Tage verschwunden war, ob sie die Popentochter nicht mit meinem Bruder Pawel verheiraten sollten. Als sie mich sahen, freuten sie sich. Meine Mutter beruhigte sich, Großväterchen Pope schlug ein altes Buch auf, las daraus vor und traute mich mit seiner Tochter. Danach schnitt ich die Gurke auf, stellte sie auf die Festtafel vor die Hochzeitsgäste, und diese aßen und tranken noch neun Tage lang ...«

Der Schlaue Peter erhob sich, musterte kurz die Bauern vor der Mühle, die ihm zuhörten, ohne sich zu rühren, klopfte kurz seine Pelzkappe aus, machte den Lügenbeutel zu und fuhr fort: »Ihr seid jung und wißt nichts von meiner Hochzeit, aber eure Väter und Mütter, Großmütter und Großväter waren dort und haben sich so satt gegessen und vollgetrunken, daß sie sich gut an meine Hochzeit erinnern und von ihr erzählen werden, solange die Welt sich dreht. Aber jetzt, Freunde, bitte ich euch, mich durchzulassen, damit ich meinen Weizen mahlen kann, weil ich die Hochzeit meines Sohnes ausrichten möchte. Und er, das sollt ihr wissen, ist mir sehr ähnlich. Wenn auch er sich anschickt, zwei Wochen Hochzeit zu feiern, wo soll ich da das Essen und Trinken für die Hochzeitsgäste auftreiben? Ich werde auch euren Weizen nehmen müssen.«

Die Leute hatten sich die Geschichte des Schlauen Peter angehört und waren mitgerissen von den Leiden, die er ertragen mußte. So rückten sie schweigend ein wenig zurück und machten diesem klugen und leidgeprüften Menschen Platz, halfen ihm, die Säcke vom Wagen abzuladen und brachten sie heran, schütteten einen nach dem anderen in den Korb der Mühle aus, die sich freudig zu drehen und zu singen anfing. Der Schlaue Peter mahlte als erster seinen Weizen, lud das Mehl auf, nahm von den Bauern Abschied und fuhr heim in sein Dorf. Die Bauern aber waren wie verzaubert von der Erzählung über seine Hochzeit, und keiner kam darauf oder dachte auch nur mit einer Silbe daran, daß Peter als letzter an der Mühle angekommen war, sich vorgedrängt hatte, obwohl viele ein Dutzend Tage vor ihm gekommen waren, und daß Peter als erster abfuhr, als hätten alle an der Mühle nur auf ihn gewartet.

Auch ich war dort, auch ich hörte seiner Geschichte zu. Drei Tage lang vergaß ich, mich von der Stelle zu rühren, so daß auch ich von ihm überholt wurde. Aber was soll's. Solange es solche klugen und schlauen Leute wie unseren Schlauen Peter gibt, solange wird das Leben leicht und angenehm sein, wie in einem wirklichen Märchen.

106.
Der Schlaue Peter als Teilhaber des Popen

Ein Pope einigte sich mit dem Schlauen Peter, gemeinsam mit ihm durch die Welt zu ziehen, gemeinsam zu stehlen und zu lügen. Sie vereinbarten noch, daß der Pope das verstecken sollte, was der Schlaue Peter stehlen würde. Also machten sie sich auf den Weg.

Sie kamen in ein Dorf. Der Schlaue Peter stahl zwei Ochsen, führte sie davon und band sie in einem dichten Gesträuch fest. Ihr Besitzer mühte sich sehr, sie ausfindig zu machen.

»Was grämst du dich so?« fragte der Schlaue Peter den Bauern.

»Man hat mir die Ochsen gestohlen«, antwortete der andere.

»Mein Pope kann die Zukunft lesen«, sagte der Schlaue Peter. »Geh und laß dir wahrsagen, wo sie sind.«

Der Bauer freute sich und ging zum Popen, versprach ihm fünf Goldstücke, wenn er herausfinden könnte, wo seine Ochsen sind.

Der Pope, dem der Schlaue Peter mitgeteilt hatte, wo sich die Ochsen befanden, nahm ein altes Buch, schlug es auf, und nachdem er die Seiten ein Weilchen hin und her geblättert hatte, sagte er dem Bauern schließlich: »Begib dich zu jenem Gesträuch, dort wirst du alle beide Ochsen an einen Baum gebunden vorfinden.«

Der Bauer ging hin, entdeckte die Ochsen, kehrte froh zurück, zog fünf Goldstücke hervor und reichte sie dem Popen. Der Pope und der Schlaue Peter teilten sie sich brüderlich. Überall sprach sich herum, daß der Pope in einem Buch lesen könne und so Verlorenes wiederentdecke. Und so stahl der Schlaue Peter weiter, der Pope sagte wahr, und beide erhielten viele Goldstücke.

Zu jener Zeit geschah es, daß ein kostbarer Ring von der Hand des Zaren gestohlen wurde. Der Zar hörte vom Popen und sandte sofort nach ihm, ließ ihn herbeibringen, damit er errate, wer den Ring gestohlen habe. Als der Pope erfuhr, daß der Zar ihn rufen ließ, bekam er es mit der Angst zu tun. »Jetzt ist es aus mit unserer Wahrsagerei«, sprach er zum Schlauen Peter.

»Solange ich bei dir bin, brauchst du keine Angst zu haben«, antwortete ihm dieser. Der Pope machte sich mit den Leuten des Zaren auf den Weg. Der Schlaue Peter ging als Diener mit.

»Hört her!« sagte der Schlaue Peter zu den Boten des Zaren, »gebt mir einen der Euren als Gefährten, weil ich vorausgehen und das Zimmer vorbereiten muß, das gebraucht wird. Unser Pope ist ein heiliger Mann, der die Sauberkeit liebt, und nur ich weiß, was für ihn gut ist.«

Die Leute des Zaren hörten ihn an und gaben ihm einen Mann zur Seite, der ihn geradewegs in den Zarenhof führen sollte. Als sie ankamen, besah sich der Schlaue Peter ein Zimmer, besah ein zweites, ein drittes, aber nicht ein einziges gefiel ihm. Letztendlich kam er zu jenem Zimmer, in dem alle Diener des Zaren waren. Er ging hinein.

»Ich bin gekommen, ein gutes Zimmer für meinen heiligen Popen auszuwählen«, sagte er zu den Bediensteten. »Er kommt, um herauszufinden, wo der gestohlene Ring des Zaren verborgen ist.« Er bemerkte, daß das Gesicht eines Dieners plötzlich seine Farbe veränderte, als er dies vernahm. »Er ist ein sehr guter Seher, mein Pope«, sprach der Schlaue Peter weiter. »Auch wenn das Gestohlene oder Verlorene tief in der Erde verborgen ist, wird er es finden.« Jener Diener wurde noch bleicher und näherte sich dem Schlauen Peter.

»Sag deinen Kameraden«, flüsterte ihm der Schlaue Peter ins Ohr, »wenn ihnen ihr Leben lieb ist, sollten sie mir verraten, wo der Ring ist. Ich schwöre, daß ich die Sache so drehen werde, daß der Dieb nicht erkannt wird. Anderenfalls wird der Pope ihn aufspüren, aber was habe ich davon, daß jener, bei dem der Ring gefunden wird, aufgehängt werden wird.«

Der Diener zog den Schlauen Peter beiseite, schob ihm den Ring in die Hand und bat ihn, die Sache so zu drehen, daß die Wahrheit nicht ans Licht komme.

Danach ging der Schlaue Peter in den Hof, fing zwei weiße Enten und stopfte den Ring in den Hals der einen. Zu jener Zeit kam auch der Pope an. Der Schlaue Peter begrüßte ihn mit Ehrenbezeugungen und Verbeugungen, führte ihn in das vorbereitete Zimmer und sagte ihm heimlich: »Fürchte dich nicht, Bruderherz, es wird alles gut.«

Dann erzählte er ihm, wie er den Ring gefunden und was er mit ihm getan hatte. Der Pope freute sich sehr und begab sich stolz auf einen Spaziergang im Zarenhof. Der Zar rief ihn zu sich. Der Pope nahm sein altes Buch, begab sich zum Zaren, blätterte lange Zeit in dem Buch hin und her und sprach endlich: »Mein Zar, dein Ring ist nicht gestohlen worden, sondern verlorengegangen. Eines Tages, als du im Hof spazierengegangen bist, ist dein Ring von deiner Hand gefallen, und eine weiße Ente hat ihn verschluckt. Welche es aber gewesen ist, weiß ich nicht. Du mußt einige schlachten und wirst ihn dann finden.«

Sofort befahl der Zar, alle weißen Enten zu schlachten. Im Halse der einen steckte der Ring. Der Zar freute sich sehr und befahl, in seinem Hof ein Haus für den Popen zu errichten, in dem er mit seinem Diener wohnen könne, und belohnte ihn reichlich, wie es sich für einen Zaren gehört. Und auch in dieser Stadt nahm der Schlaue Peter sein Handwerk auf: er stahl und versteckte, der Pope aber sagte wahr, und so wurden sie sehr wohlhabend. Eines Tages gelang es dem Schlauen Peter, den wertvollen Schatz eines Zarenbeamten zu stehlen und zu verstecken. Doch über diesen Diebstahl ließ es sich nur schlecht wahrsagen.

»Weißt du«, sprach der Schlaue Peter zum Popen, »was wir jetzt machen müssen? Wir zünden heute nacht unser Haus an. Morgen verkünden wir dann, daß auch das alte Buch verbrannt sei, und so entziehen wir uns dieser Wahrsagerei, derer wir ohnehin eines Tages überdrüssig sein werden.«

Also zündeten sie das Haus an. Der Pope weinte und schrie ein wenig, der Schlaue Peter aber schrie, brüllte und weinte so lange und so laut, bis er heiser wurde.

»Aber wozu dieser Kummer?« fragte der Zar. »Sag dem Popen, daß ich ihm ein noch schöneres Haus bauen werde.«

»Was nützt uns ein Haus, da auch das alte Buch verbrannt ist, und womit soll mein Pope nun wahrsagen?« antwortete der Schlaue Peter und weinte bitterlich.

Der Zar erbarmte sich, gab ihnen viel Geld und verabschiedete sie. Als der Pope nach Hause kam, teilte er die ganze Habe mit dem Schlauen Peter. Aber der Schlaue Peter verschwendete in kurzer Zeit seinen Teil und behielt keinen roten Heller zurück. ›Mein Pope hat viel Geld‹, sagte er sich, ›viel hat er durch mich verdient. Solange er wohlhabend ist, brauche ich nicht zu leiden. Ich werde zu ihm gehen und ihn um ein wenig Geld bitten.‹

Als er den Schlauen Peter kommen sah, spürte der Pope, daß der andere Geld holen wollte. So stand er auf und sagte zu seiner Frau: »Hör zu, Frau, ich weiß, daß der Schlaue Peter kommt, um Geld zu erbitten. Deshalb will ich mich in der Kirche verstecken. Sobald er an der Haustür auftaucht, begrüße ihn mit Tränen im Gesicht und sage ihm, daß dein lieber Pope gestorben sei und daß sie mich in die Kirche getragen hätten. So werde ich ihn ein für alle Mal loswerden.«

Alsbald ging der Pope in die Kirche und tat, als wäre er gestorben. Der Schlaue Peter trat ein, und die Popenfrau begrüßte ihn – weinend, mit herzzerreißenden Klagen.

»Was fehlt dir, Tantchen?« fragte er sie.

»Mein lieber Mann ist gestorben«, antwortete die Popenfrau. »Gerade haben sie ihn in die Kirche gebracht. Oh, mein Mann ist gestorben, wozu soll ich noch leben!«

»Was, mein Pope ist gestorben, ich brauche dann auch nicht mehr zu leben. Ich will zu ihm gehen wie zu einem treuen Gefährten und werde mit ihm sterben«, rief der Schlaue Peter aus, eilte zur Kirche und legte sich dort neben den Popen auf die Erde.

In der Nacht betrat eine Räuberschar die Kirche, raubte sie aus und setzte sich an der Kirchentür nieder. Sie begannen, nicht nur die Beute aus dieser Kirche, sondern ihre ganze zuvor schon gestohlene Habe zu teilen. Auf jeden kam ein Beutel Geld. Der Schlaue Peter hatte sich bereits vorher, bevor ihn die Räuber bemerkt hatten, aus dem Staube gemacht und hielt sich im oberen Stock der Kirche versteckt, während der Pope weiterhin in der Kirche ausgebreitet lag und so tat, als wäre er gestorben. Als die Räuber die Kirche verlassen wollten, erblickte plötzlich einer von ihnen den verstorbenen Popen und sprach zu seiner Schar: »Gestern habe ich mir ein neues Messer gekauft. Wartet, ich werde es an diesem toten Popen ausprobieren.« Und er holte mit dem Messer aus, den Popen abzustechen.

Da sprang der Pope auf einmal auf und rief: »Wo seid ihr, ihr Toten!«

»Hier sind wir, Bruderherz«, antwortete der Schlaue Peter von oben und trampelte mit den Beinen, um zu zeigen, daß er nicht allein sei, sondern mit vielen anderen.

Die Räuber bekamen es mit der Angst zu tun, ließen die Beutel mit dem Geld und alles, was sie noch hatten, fallen und suchten ihr Heil in der Flucht.

Dann setzten sich der Pope und der Schlaue Peter nieder, um das Geld der Räuber Münze für Münze zu teilen.

»Hier eine Münze für dich, hier eine andere für mich«, zählten und teilten sie beide.

Einer der Räuber schämte sich, daß sie so feig Reißaus genommen hatten. »He«, sprach er, »von den Lebenden haben wir uns nie erschrecken lassen, aber vor den Toten sind wir weggelaufen. Es ist eine Schande! Ich gehe zurück, meinen Beutel zu holen.«

Der beherzte Räuber kehrte zurück und streckte seinen Kopf durch das Fenster. Der Schlaue Peter erblickte ihn gerade in diesem Moment, als der Pope rief: »Gib mir nun eine Münze.« Der Schlaue Peter sprang auf, riß die Pelzkappe vom Kopf des Räubers und rief aus: »Hier hast du eine Pelzkappe statt einer Münze.«

Der Räuber erschrak sehr und lief barhäuptig zu seiner Schar und berichtete: »Jeder von uns hätte einen Beutel voll Groschen bekommen, sie aber sind so viele, daß auf jeden gerade noch ein Goldstück kommt. Sie haben das Geld aufgeteilt. Für den letzten ist kein Goldstück mehr übriggeblieben, da haben sie mir die Pelzkappe weggenommen. Für ein Goldstück ist nun meine Pelzkappe draufgegangen.«

107.
Schreib es mir an

Einst diente der Schlaue Peter bei einem Herrn, der ein großer Geizhals war. Dieser gierte nach jeder Münze und jedem Brotkrumen. Der Schlaue Peter konnte sich nie richtig satt essen, wenn ihm sein Herr gegenüber saß. Und so begann er darüber nachzudenken, wie er ihm für das bittere Brot, das er aß, heimzahlen könne.

Zu allem Unglück geschah es, daß der Herr etwas von seinem Besitz einbüßte und aus Wut sich aufhängen wollte. Er hängte sich eine Schlinge um den Hals und schlang das Seil um einen Balken im Stall. Gerade um diese Zeit hatte der Schlaue Peter mit dem Vieh zu tun. Als er aufblickte, sah er den Herrn am Balken hängen. Er erschrak, lief schnell zu ihm, durchschnitt das Seil und befreite den Hals aus der Schlinge. »Warum hast du das Seil zerschnitten, du Dummkopf!« kreischte der Herr. Ein so schönes und festes Seil, und du hast es durchschnitten. Du sollst es mir dreifach bezahlen!«

Als der Lohntag kam, sagte der Herr: »Peter, du hast keinen einzigen Groschen zu bekommen, denn ich ziehe dir das Seil ab. Willst du etwas verdienen, mußt du noch ein Jahr arbeiten.«

Es gab keinen anderen Ausweg. Der Schlaue Peter erklärte sich einverstanden und blieb. Nun geschah es aber, daß das Pferd ein Hufeisen verlor.

»Dreifach sollst du es bezahlen, Peter«, sprach der Herr. »Von Edirne habe ich mir dieses Hufeisen mitgebracht und es auch teuer bezahlt.«

»Ich will es bezahlen«, sprach der Schlaue Peter. »Schreib es mir an!«

Es kam der Lohntag, und der Herr zahlte wiederum keinen einzigen Groschen: »Deine Arbeit war genausoviel wert wie das verlorene Hufeisen, Peter. Noch ein Jahr wirst du arbeiten müssen, wenn du Geld verdienen willst.«

»Ich will arbeiten«, antwortete der Schlaue Peter. »Nicht wahr, du hast mir alles angeschrieben?«

»So ist es, Peter«, antwortete der Herr. »Ehrlich und rechtschaffen habe ich alles aufgeschrieben.«

Es verging einige Zeit, und einmal sagte der Schlaue Peter zu der Tochter des Herrn: »Dein Vater hat mir aufgetragen, heute morgen zusammen mit dir zum Gemüsegarten zu gehen, damit du mir sagst, was ich für den Markt pflücken soll.«

Sie machten sich auf den Weg. Sie gingen und gingen, und der Schlaue Peter bog vom Weg ab und lief durch den Wald. Das Mädchen folgte ihm. Sie gingen durch den Wald, ruhten ein Weilchen im Schatten aus und zogen aufs neue weiter. Sie erreichten den Gemüsegarten, und der Schlaue Peter pflückte, was ihn die Tochter des Herrn hieß. Danach machten sie sich auf den Rückweg. Der Schlaue Peter jedoch hatte zwei Schafhirten, die ihre Herde in der Nähe des Waldes hüteten, veranlaßt, im Dorf zu verbreiten, daß sie gesehen hätten, wie der Schlaue Peter das Mädchen im Walde geliebt habe. Und jene taten das mit größtem Vergnügen. Bevor es noch dunkel wurde, sprach das ganze Dorf nur davon, daß der Schlaue Peter die Tochter des Herrn im Walde verführt hätte. Auf dem Rückweg begegneten ihnen viele Leute, welche es tatsächlich zu glauben begannen. Der Herr geriet in Zorn, schimpfte und zankte sie aus, der Schlaue Peter aber schmunzelte nur und sprach: »Die Leute können alles Mögliche erzählen. Hier ist deine Tochter, mag sie sprechen, nicht einmal in die Augen habe ich ihr gesehen.«

»Ich glaube weder der Tochter noch dir ein einziges Wort. Fort mit dir, geh mir aus den Augen!«

»Wenn du mich nicht sehen kannst, so schreib es an. Ich gehe fort«, antwortete der Schlaue Peter und zog von dannen.

Als er durch das Dorf ging, fragten ihn die Bauern: »He, Peter, was hast du getan? Wohin des Weges?«

»Was ich wollte, habe ich getan«, antwortete er, »aber jetzt gehe ich fort. Das Leben ist kurz, deshalb habe ich das getan, was mir gefällt.«

Im Dorfe erzählte man, daß der Herr den Schlauen Peter gebeten habe, seine in Schande geratene Tochter zur Frau zu nehmen, jener aber hätte nichts davon hören wollen. Das Gerücht verbreitete sich, und alle glaubten es. Der Herr war darüber sehr erzürnt und sprach zu seiner Frau: »Wie dumm doch das Volk ist. Wie kann ich meine Tochter einem Habenichts wie dem Schlauen Peter geben, und er soll sie dazu nicht wollen? Ich brauche es nur anzudeuten, dann würde er aufspringen und dreimal seine Pelzkappe auf die Erde werfen.«

»So sag es ihm doch«, sprach die Herrin. »Wir wollen sehen, was der Schlaue Peter tun wird.«

Der Herr bestieg das Pferd, holte den Schlauen Peter auf dem Weg ein und sprach zu ihm: »Peter, komm nach Hause zurück, daß wir miteinander abrechnen können!«

»Ich habe mit dir nichts abzurechnen, Herr. Hast du nicht alles angeschrieben? Ich habe dir treu und ehrlich gedient, habe dich vor dem Tode bewahrt, deine Felder und dein Vieh bewacht, du aber glaubst dem Geschwätz der Leute und ›Fort mit dir, ich brauche dich nicht!‹ hast du mich weggejagt. Wenn du mich nicht brauchst, laß mich gehen. Du willst mich nicht, anderenorts werde ich willkommen sein.« Und er zog weiter.

»Halt ein, Peter«, rief der Herr. »Du hast meine Tochter zum Gespött der Leute gemacht, kehr zurück, damit wir es wieder in Ordnung bringen.«

»Herr, ich habe ihr nicht einmal in die Augen gesehen«, sprach der Schlaue Peter. »Nichts habe ich deiner Tochter angetan, und so werde ich auch nicht zurückkehren.«

Der Herr wurde zornig: »Bleib stehen«, sprach er, »komm zurück, ich will dich mit meiner Tochter verheiraten!«

»Ich mag nicht«, sprach der Schlaue Peter. »Ich möchte keine Frau, über die man solche Geschichten erzählt.«

»Ich werde dir dieses Pferd als Mitgift geben, Peter?« sagte der Herr nun nicht mehr im Scherz. »Du hast dieses Pferd gern, ich gönne es dir. Nimm die Tochter und das Pferd, damit wir die Münder der Leute zum Schweigen bringen.«

»Ich kann nicht, Herr«, antwortete der Schlaue Peter. »Das Pferd gibst du mir, um die Münder der Leute zu verstopfen, was dir aber nicht gelingen wird. Behalte deine Tochter und das Pferd und suche einen anderen Schwiegersohn.«

Der Herr sprach erneut: »Ich werde dir auch eine große Wiese als Mitgift geben, nur, nimm meine Tochter. Ich will nicht, daß sich die Leute über sie die Mäuler zerreißen.«

Der Schlaue Peter ließ sich am Wegesrand nieder. »Nun gut, Herr, wollen wir uns einigen. Ich habe drei Jahre für dich gearbeitet, nicht einen Groschen hast du mir gezahlt, dafür aber drei Schuldscheine ausgeschrieben. Ich habe ein weites Herz: ich kann auch ohne Geld und mit drei Schuldscheinen leben. Aber jetzt laß uns deine Rechnung genauer ansehen: Du gibst mir deine Tochter mit Schuld, gibst mir ein schönes Pferd und eine große Wiese. Gut, aber weder das Pferd noch die Wiese können die Schuld deiner Tochter auslöschen, und weder du noch deine Tochter könnte so weiterleben. Ja, wer ist nun der Reichere von uns beiden?«

Der Herr konnte nur noch bitten und betteln. Der Schlaue Peter feilschte lange, und schließlich wurden sie sich einig, daß er die Tochter zur Frau nimmt, der Herr aber ihm seinen ganzen Besitz samt dem Vieh überläßt. Weil dem Herrn nun mal die Ehre der Tochter teuer war, ging er darauf ein.

Der Schlaue Peter kehrte zurück, ging aber nicht den kürzeren Weg über das Feld und so direkt in das Haus des Herrn, sondern durch das Dorf. So sahen sie alle: vorn lief der Schlaue Peter mit seinem Stock in der Hand, hinterdrein auf dem Pferd der Herr. Es wurde Hochzeit gefeiert, und die Jungvermählten richteten sich ein. Der Schlaue Peter verwaltete den Besitz und gestattete dem Herrn nicht, auch nur ein Wort mitzureden. Hatte er etwas einzuwenden, so sagte ihm der Schlaue Peter zur Erinnerung: »Vergiß nicht den schlechten Ruf deiner Tochter, Großväterchen. Ich habe versucht, alles wiedergutzumachen, so gut ich nur konnte, aber der Schandfleck bleibt ein ganzes Leben an mir hängen.«

Der Alte schluckte es hinunter, was blieb ihm übrig. Hatte nicht das ganze Dorf gesehen, wie er mit dem Pferd den Schlauen Peter vom Weg zurückgeholt und mit seiner Tochter verheiratet hatte. Von da an sagte man: Hast du, so zahle, hast du nichts – nimm auf Kredit, doch laß den Makel des schlechten Rufes nicht an dir haften. Geld gerät in Vergessenheit, aber den Makel kann man nicht auslöschen, er bleibt ein ganzes Leben an dir hängen!

108.
Der Schlaue Peter rettet einen Bauern vor den Türken

Eines Abends ging ein Bauer zum Schlauen Peter und bat ihn unter Tränen: »Bai Peter, bei deinem Vater und deiner Mutter, rette mich vor den Türken!«

Der Schlaue Peter musterte ihn und war sehr verwundert. Es war ein friedfertiger und arbeitsamer Mensch, der sich weder mit unlauteren Dingen abgab, noch in fremde Angelegenheiten einmischte, doch jetzt plötzlich wollte er vor den Türken gerettet werden!

»Halte ein, guter Mann«, sprach er, »sage zunächst, was du für eine Dummheit gemacht hast, damit ich sehe, ob ich mich deiner annehmen und dich retten kann.«

Und der Bauer erzählte folgendes: »Wir hatten uns im Dorf vor dem Kaffeehaus versammelt und zogen über die Bauersfrauen her. Ansonsten schweige ich meistens, aber diesmal, wer weiß warum, konnte ich meine Zunge nicht bändigen, und so sprach ich: ›Himmel, mögen unsere Bulgarinnen schön oder auch schlecht sein, sie sind allenfalls besser als die Türkenfrauen. Du kannst sie sehen, wenn sie gehen und wenn sie mit dir sprechen, auch wenn sie im Reigen tanzen. Du kannst sie anschauen, betrachten und ein Urteil fällen. Die Türkinnen aber verhüllen sich mit Schleiern und sehen nur mit dem einen Auge; sie ziehen Pluderhosen an, und man kann nicht sehen, ob ihre Beine gerade oder krumm sind, ob sie dünn wie eine Haspel oder dick wie ein Eichenstamm sind, nichts kann man sehen und nichts kann man beurteilen. Mir scheint‹, sprach ich, ›daß sie alle irgendwelche Mängel haben und sich deshalb verbergen und verschleiern, daß eben drum die Agas auf unsere ranken und schlanken Mädchen fliegen, denn sie können sie sehen und Gefallen an ihnen haben, und dann wollen sie sie auch besitzen.‹ Dies habe ich gesagt, war es gut oder schlecht – entscheide selbst! Allein, es fand sich einer, der in den Konak ging und mich dem Aga meldete, so daß sie mich dorthin bestellten. Wenn du es vermagst, finde einen Weg, mich zu retten, denn ich werde entweder meinen Kopf verlieren oder auf meinem Rücken zwei bis dreihundert Stockschläge zu spüren bekommen.«

»Du bist ja sonst ein sehr friedfertiger Mensch«, sprach der Schlaue Peter, »man hätte ja gar nicht annehmen können, daß du der Wahrheit so nahekommen kannst. Selbstverständlich sind unsere Bulgarinnen schöner, flinker und arbeitsamer als die Türkenfrauen. Geh in den Konak, ich werfe mir flink den Pelzmantel über und komme nach.«

So ging der Bauer in den Konak und wollte gerade dem Aga berichten, was er gesagt hatte und daß er die Türkenfrauen nicht habe beleidigen wollen, doch in diesem Augenblick erschien der Schlaue Peter in der Tür.

»Aga Efendi«, sprach er, »verzeih, daß ich zu einer Zeit, da du beschäftigt bist, dir einen Besuch abstatte, aber da du Jäger bist, wollte ich dich etwas fragen.«

Der Aga wandte sich ihm zu: »Was willst du mich fragen, Schlauer Peter? Was verstehst du denn von der Jagd? Wenn ich will, so erlege ich einen Vogel, von einem Hasen ganz zu schweigen.«

»Ich weiß, Aga, ich weiß schon, daß du ein berühmter Jäger bist. Mein Nachbar jedoch, ebenjener, der sich gerade vor dir die Seele aus dem Leibe redet, ist geschwätzig wie kein zweiter. Ein schwatzhafter Mensch ist wie ein Jäger – er lädt das Gewehr, legt es an, zielt, drückt ab und verfehlt ganz knapp das Vögelchen. Genauso ergeht es einem Schwätzer. Er denkt, sinnt nach, wie er etwas Kluges von sich geben kann und läßt dann trotzdem etwas fallen, was besser nicht gesagt werden sollte. Und frage ihn dann einmal, warum er damals dieses Wort gesagt hat. Aber was soll man tun, ein ausgesprochenes Wort ist wie ein entflogener Vogel – eine Spur bleibt nicht zurück.«

»Solche Geschichten kannst du anderen erzählen«, rief der Aga. »Ich bin ein Jäger, der alles trifft. Hebe ich das Gewehr, so fällt jeder Vogel.«

»Ich weiß, Aga, daß du die Wahrheit sprichst, aber fange jetzt ebenjenes Vögelchen, und ich will ihm einen goldenen Käfig bauen«, sprach der Schlaue Peter und ließ absichtlich einige Male einen Wind. »Ha, jetzt laß sehen, was für ein Jäger du bist!«

»Was für ein Vögelchen, Bai Peter?« fragte der verdutzte Türke.

»Ebenjenes, was jetzt neben dir sein Lied gesungen und nun beginnt, nach Teufelsweihrauch zu duften. Das, sage ich dir, sollst du fangen, und ich will ihm einen goldenen Käfig bauen, seine Füße und Flügelchen aber werde ich gelbrot anstreichen, daß sie wie die Sonne leuchten.«

Der Türke verstand, worum es sich handelte, lachte von Herzen, darauf machte er eine tiefe Verbeugung vor dem Schlaukopf und entließ den Bauern, daß dieser gesund und aufrecht seines Weges gehen möge. Nachdem der Türke nach Herzenslust gelacht hatte, wandte er sich an den Schlauen Peter mit den Worten: »Bai Peter, das mit dem Vögelchen hast du gut gesagt! Weißt du, was für schlechte Menschen es gibt: da sagt einer was oder auch nicht – und ab geht's in den Konak! Kann man denn das Wort einfangen, es anschauen und befühlen, um dann zu erkennen, wem es gehört? Das geht aber eben nicht, nicht wahr? So ist aber mein verfluchtes Amt: unentwegt muß ich auf die Bulgaren aufpassen und herumhorchen. Hier eben liegt das Unglück und nicht beim kleinen Vögelchen!«

109.
Der Schlaue Peter sucht seine Verwandten

»Woher kommst du, Peter?« fragten die Leute den durch die Dörfer und Städte streifenden Schlauen Peter.

»Von der Frau aus dem Dorf«, antwortete er.

»Und deine Frau, woher stammt sie?« drängten die neugierigen Leute weiter.

»Sie stammt von ihrem Vater vom Dorf ab, er wieder von einer Mutter vom Dorf. Ich will es euch offen heraus sagen: weder weiß ich, woher ich komme, noch in welcher Sippe und Familie ich das Licht der Welt erblickt habe.«

»Und wohin bist du des Wegs?« fragten die Leute.

»Habe ich euch nicht gesagt, daß ich nicht weiß, aus welcher Sippe und Familie ich stamme«, geriet der Schlaue Peter in Zorn. »Ich bin in die weite Welt gezogen, meine Sippe und Familie zu suchen. Kann denn ein Mensch ohne Sippe und Verwandte leben?«

110.
Es gab da mal so was ...

»Bai Peter, wir beide kennen uns doch, aber ich kann mich nicht erinnern, wo und wann wir uns begegnet sind«, sprach ein Wanderer. »Woher warst du gleich? Ich kann mich nicht erinnern, warst du verheiratet, hattest du Kinder ... alles ist mir entfallen!«

»Ob ich dich irgendwo gesehen habe, Gevatter, weiß ich nicht«, antwortete der Schlaukopf. »Ich bin viel auf Reisen, treffe viel Volks, oft unterhalte ich mich. Sie kennen mich und erinnern sich, weil ich einer bin, ich aber, warum sollte ich mich ihrer erinnern? So viele Dinge sind durch meinen Kopf gegangen, daß ich mich gar selbst vergesse. Du fragst mich, ob ich verheiratet bin – ich glaube, es gab da mal so was, aber ob ich geheiratet habe, ob ich heiraten wollte oder vielleicht nur davon geträumt habe – weiß ich nicht. Was ich auch antworte, es wäre eine Lüge! Du fragst mich, ob ich Kinder habe! Ich weiß nicht, habe ich welche oder habe ich keine! Wie jeder redliche Mann habe auch ich mir Mühe gegeben und geschuftet, aber was dabei herausgekommen ist, wo was auf die Welt gekommen ist, das weiß ich nicht. Wollte ich mich anschicken, mir alles zu merken, weißt du, daß ich dann meinen Kopf nicht hätte heben können? Wenn ich nur sage, daß ich Vater bin, werden sich dreihundert Söhne melden, von der weiblichen Nachkommenschaft ganz zu schweigen. Nach solchen Dingen solltest du Bai Peter nicht befragen, denn wie es so war ... die Haare werden sie mir vom Kopfe fressen, wenn ich es zugebe.«

III.

Geld verführt

Der Schlaue Peter erzählte seinen Freunden: »Willst du das wahre Gesicht eines Menschen ergründen, willst du wissen, wieviel er wert ist, halte ihm Geld hin und sage: dieses Geld ist dein, verfüge darüber, wie es dir beliebt!«

»Niemanden kannst du mit Geld einfangen«, antworteten seine Freunde.

»Haltet ein, Leute, sprecht nicht so etwas!« wehrte der Schlaue Peter ab. »Ich weiß da etwas, das könnt ihr euch nicht vorstellen, das habt ihr weder gesehen, noch gehört!«

»Erzähle uns dann, was du gesehen und gehört hast«, sagten lächelnd seine Freunde.

»Wisset, es gab eine Zeit, da ich sehr reich war und neun Töpfe mit Goldstücken zusammengebracht hatte, wobei der zehnte schon halbvoll war«, begann der Schlaue Peter zu erzählen. »Was sollte ich mit dem Geld tun? Ich überlegte eine Weile und sann nach, doch dann begann ich, Brunnen und Brücken zu bauen und Geld zu verleihen. Das Geld verborgte ich nicht, sondern verlieh es zum Zins – und die Dinge liefen gut.

Wie ihr wißt, habe ich Nachbarn, einen Mann und eine Frau. Ihr kennt sie, es waren gute Menschen – bescheiden waren sie, ruhig und arbeitsam. Sie hatten ihre Kinder verehelicht, so daß sie allein waren und ein frohes Leben auf Gottes Erde führten. Es kam mir aber in den Sinn zu prüfen, was für Leute meine Nachbarn waren. Ich rief sie zu mir und schenkte ihnen einen Topf, halbvoll mit Goldstükken. ›Ihr habt nichts‹, sprach ich, ›nehmt das Geld hier, mag es bei euch im Haus klingen.‹

Sie nahmen den Topf mit den Goldstücken und fragten mich immer wieder, ob ich die Goldstücke zurückverlangen würde. Ich sagte ihnen, daß sie ihnen gehören und sie sie nach Gutdünken verwenden können. Sie gingen nach Hause. Am Abend brannte dort bis zu später Stunde Licht. Ich ging hin, um durch die Fenster zu spähen und zu schauen, was sich bei den Nachbarn tat. Ich versteckte mich im Dunkeln und hörte die Nachbarin sagen: ›Wie geht das nur an, Mann? Wieso soll Peter neun Töpfe haben und wir nur einen halben? Sind wir denn etwas Geringeres als er? Für wen hält er sich denn? Wir wollen den Topf füllen und ebenso reich sein wie er! Vorher können wir nicht unsere Ruhe haben.‹ Fortan beobachtete ich die Nachbarn. Sie arbeiteten Tag und Nacht. Sie stahlen, schleppten fort, horteten und füllten endlich den Topf. Danach begannen sie einen neuen Topf zu füllen, und so ging ihr Leben hin, in der Gier, Goldstücke anzuhäufen.

Deshalb sage ich: ›Willst du das wahre Gesicht des Menschen ergründen, so zeige ihm Geld und warte ab, wie er sich verhält. Es verdirbt ihn und stürzt ihn ins Unglück.‹«

Da stimmten die Freunde dem Schlauen Peter bei, daß das Geld verführt.

112.

Wer anderen eine Grube gräbt ...

Der Schlaue Peter hatte einen Hammel, den er sehr gern hatte. Manche seiner Freunde, die nur Essen und Trinken im Sinne hatten, lagen ihm oft in den Ohren, den Hammel zu schlachten und sie zu bewirten, eben ein rechtes Gelage zu veranstalten. Der Schlaue Peter wies sie ab, wobei er ihnen erklärte, daß er ihn für sein Begräbnis aufheben wolle. Wenn er stürbe, sollten sie ihn schlachten und für die Vergebung seiner Sünden verzehren.

Seine gierigen Freunde sannen daraufhin mit Großväterchen Pope, der ebenfalls vom Hammel kosten wollte, nach einer List. Sie wollten die Sache so drehen, daß sich der Schlaue Peter gezwungen sähe, seinen geliebten Hammel zu schlachten.

»Ach, Peter, weißt du nicht«, sagte Großväterchen Pope und lächelte verstellt, »daß bald, vielleicht schon morgen, das Ende der Welt sein wird. Komm, wir wollen uns noch zu Lebzeiten etwas vergnügen: du hast einen Hammel, schlachte ihn, wir werden Brot und Wein besorgen.«

»Wenn es so ist«, antwortete der Schlaue Peter, »will ich mich eurem Wunsche nicht verschließen. Damit es aber schöner wird, laßt uns ein schönes Plätzchen vor dem Dorfe suchen. Lassen wir uns im Grünen nieder, daß es uns recht gefällt. Da diese Feier aber die letzte sein wird, meine ich, sollten wir alle unsere Ostertracht anziehen. Wenn es ein Gelage sein wird, sollten wir auch unsere Festkleider tragen.«

»Diesen klugen Einfall heiße ich auch gut«, sprach Großväterchen Pope, und erneut eilte er davon, sich vor seinen Freunden zu brüsten, daß er den Schlauen Peter überlistet hätte.

Großväterchen Pope zog seine neuesten Sachen an, die Freunde schmückten sich mit ihrer Ostertracht, der Schlaue Peter führte seinen Hammel, und sie verließen das Dorf, um ein schönes Fleckchen im Grünen zu suchen.

Sie ließen sich in der Nähe eines Flusses nieder, wo die gewieften Gefährten gedachten, zunächst ein wenig zu baden und es sich danach noch besser schmecken zu lassen.

»Ich werde meinen Hammel selbst schlachten und zubereiten, ihr aber geht, euch ein wenig abzukühlen!« sprach der Schlaue Peter zu der Schar.

Darauf hatten sie nur gewartet. Sie legten ihre Festkleider ab und warfen sich ins kühle Wasser, um sich ein wenig zu erfrischen. Der Schlaue Peter schlachtete den Hammel. Er zündete ein Feuer an, doch bevor er mit dem Braten begann, warf er die Sachen seiner Schar ins Feuer und verbrannte sie. Als dann die Schnorrer frisch gebadet aus dem Fluß kamen, liefen sie voller Freude und mit einem großen Appetit auf Hammelbraten zu dem Feuer. Nachdem der Schlaue Peter ihnen erzählte, was er getan hatte, riefen sie entsetzt: »Bist du verrückt? Hast du deinen Verstand verloren?«

»Weder bin ich verrückt, noch habe ich den Verstand verloren«, antwortete er. »Hat nicht Großväterchen Pope gesagt, daß morgen die Welt untergehen werde? Wozu braucht ihr da die Sachen noch? Nackt sind wir auf diese Welt gekommen, und nackt müssen wir sie verlassen.«

113.
Der Schlaue Peter und der Barbier

Der Schlaue Peter ging zu einem Barbier, sich rasieren zu lassen. Um den Bauern einen Spaß zu bereiten, setzte der Barbier den Schlauen Peter gegen die Sonne, benetzte ihn mehr schlecht als recht mit kaltem Wasser und schabte ihn ohne Seife, so daß dem armen Schlauen Peter die Tränen hervorquollen, noch bevor ihm die eine Seite abrasiert wurde.

»Genug, Bruder«, rief zuletzt der Schlaue Peter aus, der in die Hände eines jungen und unerfahrenen Barbiers geraten zu sein meinte. »Nichts für ungut, du Rauhbein, nur laß mich zu einem anderen Barbier gehen, auf daß ein besserer Meister mich zu Ende rasiere. Zu Recht sagen die Leute: hast du eine Oka Mehl, so gib sie dem Meister.«

Darauf hatte der Barbier nur gewartet. Halbrasiert entließ er den Schlauen Peter. Wer ihm begegnete, wollte sich vor Lachen ausschütten, und der Barbier selbst lief hinterher und lachte sich halbtot. Der Schlaue Peter verstand endlich, was für ein Streich ihm gespielt wurde und hatte nur einen Gedanken im Kopf: ›Warte nur, dich werde ich lehren, in der prallen Sonne und ohne Seife zu rasieren. Ich werde dir schon zeigen, mit wem du deinen Spott getrieben hast.‹

Ein Jahr darauf, als jener üble Scherz längst vergessen war, brauchte der Barbier zur Zeit des Weinrutenschneidens jemanden, der ihm den Wein verschneide. Nun fügte es sich so, daß der Schlaue Peter gerade ohne Arbeit war. Er kam mit dem Barbier überein, daß er den Wein verschneide. Der Schlaue Peter machte sich ans Werk und schnitt die Weinruten bis hin zur Wurzel ab, warf die Ruten auf den Weg und ging am Abend nach Hause.

Der Barbier erkundigte sich: »Wie steht's, hast du den Wein gut verschnitten?«

»Sehr gut«, antwortete der Schlaue Peter. »Noch einmal braucht ihr euch nicht um ihn zu kümmern.«

»Und hast du ihn auch gesäubert?«

»He, hee! Weder eine Rute noch eine Rebe habe ich stehenlassen«, antwortete der Schlaue Peter.

»Und weint er schon?« fragte der Barbier.

»Und wie er weint! Auch du würdest weinen, wenn du ihn nur sähest«, sagte der Schlaue Peter und ging heim.

114.
Die Teufeleien des Schlauen Peter

Einmal begab sich der Schlaue Peter in ein Kaffeehaus, und die Leute fragten ihn: »He du, Peter, kannst du uns, ohne lange nachzudenken, eine Lüge erzählen?«

Der Schlaue Peter steckte seine Pfeife an und sagte finster: »Seltsame Leute seid ihr! Ihr treibt euren Spaß und fragt nicht danach, was mir fehlt! Mein Vater ist gestorben, und ich habe kein Geld, ihn zu beerdigen. Ihr aber wollt, daß ich euch einfach so eine Lügengeschichte erzähle!«

Die Leute verstummten. Als sie von dem großen Unglück erfuhren, das dem Schlauen Peter widerfahren war, überlegten sie nicht lange und schickten sich an, ihm zu helfen. Sie gaben ihm Geld – einen Beschlik, einen Groschen, ein jeder, soviel er bei sich hatte. Sie sammelten so lange, bis sie fünfhundert Groschen zusammengebracht hatten. Der Schlaue Peter nahm das Geld und ging, seinen Vater zu beerdigen.

Nur wenig Zeit war ins Land gegangen, als eines Tages der Vater des Schlauen Peter das Kaffeehaus betrat.

»Sieh da, der Alte ist gar nicht tot, und der Schlaue Peter hat uns erzählt, daß er gestorben wäre. Überlistet hat er uns und das Geld abgeknöpft.«

»Machen wir uns auf zu seinem Haus und verlangen das Geld zurück«, sprach einer.

Der Schlaue Peter war im Oberstock seines Hauses und sah sie aus der Ferne kommen. Er ahnte, worum es sich handeln könnte, zog sich schnell Frauenkleider an und fing an, Hausarbeit zu verrichten. Als die Leute an der Pforte angelangt waren und gegen die Tür hämmerten, sagte er: »He, Leute, was wollt ihr? Warum klopft ihr?«

»Ist der Schlaue Peter hier? Wir wollen das Geld wiederhaben, das er uns mit List abgenommen hat.«

»Er ist nicht hier«, antwortete der Schlaue Peter mit verstellter Stimme. »Er ist auf das Feld Disteln säen gegangen. Wenn die Disteln herangewachsen sind und die ausgerissenen Schafe dort entlanglaufen, wird ihre Wolle daran hängenbleiben. Dann wird er diese einsammeln und verkaufen, um euch das Geld zurückzuzahlen.«

Die überlisteten Bauern schlugen sich gegen den Kopf: »Recht geschehen ist uns! Haben wir selbst ihn nicht veranlaßt, uns zu überlisten und auszunehmen! Völlig recht hat er! Wir wollten eine Lüge hören, darauf hat er uns zum Narren gehalten!«

115.
Wißt ihr was

Die Bauern wollten oft, daß ihnen der Schlaue Peter eine Geschichte oder eben irgendeinen Spaß erzählt. Und er tat es auch. Jedoch erzählte er nur dann, wenn ihn die anderen dazu drängten. Einmal kam ihm etwas anderes in den Sinn. Er beauftragte den Dorffeldhüter, alle Bauern zu versammeln. Wenn er sie rufe, sollte er aber sagen: »Auf, Bauern, lauft schnell auf den Dorfplatz, der Schlaue Peter hat euch etwas zu sagen!«

Kaum hatten die Leute den Namen des Schlauen Peter vernommen, liefen sie eilig zum Dorfplatz, der sehr schnell voller Menschen war.

Der Schlaue Peter stellte sich vor sie hin und sprach: »Nun, Freunde, wißt ihr, was ich euch jetzt sagen werde?«

»Woher sollen wir das wissen? Keiner weiß es«, antworteten alle aus einem Mund.

»Wißt ihr es nicht, so sollt ihr es auch nicht wissen«, sagte der Schlaue Peter und ging in das Kaffeehaus.

Die Bauern gingen auseinander. Sie waren sehr verärgert. Am folgenden Tag jedoch rief sie der Schlaue Peter erneut und fragte nochmals: »Nun, wißt ihr heute, weshalb ich euch versammelt habe?«

»Wir wissen es!« sprachen die Leute erzürnt, um ihm so für den gestrigen Scherz heimzuzahlen.

»Nun, da ihr es wißt, warum soll ich es euch dann noch sagen!« sprach der Schlaue Peter und ging wieder in das Kaffeehaus.

Am dritten Tag versammelte der Schlaue Peter die Leute noch einmal und wiederholte die gleiche Frage, ob sie wüßten, was er ihnen sagen wolle. Allein, die Bauern waren sehr neugierig zu erfahren, was sie denn Neues vom Schlauen Peter hören würden. Da sie sich jedoch erinnerten, daß er sie zweimal übers Ohr gehauen hatte, teilten sie sich dieses Mal in zwei Gruppen. Die einen riefen: »Wir wissen es«, die anderen: »Wir wissen es nicht.«

Als der Schlaue Peter die Stimmen hörte, sprach er zufrieden: »Da es die einen wissen und die anderen nicht, sollen es jene, die es wissen, jenen, die es nicht wissen, sagen. Ich aber will meinen Kaffee austrinken, bevor er noch kalt wird.«

116.

Der trinkfreudige Sultan und der Schlaue Peter

Ein türkischer Sultan war frühzeitig zu einem Trinker geworden. Anfangs trank er wenig, danach mehr, bis er anfing, sich nächtelang wie ein leeres Faß vollaufen zu lassen, ohne zu schlafen oder zu ruhen. Er bekam dann ein starkes Kopfweh, und niemand konnte eine Medizin für ihn finden. Er sandte Boten in sein ganzes Reich, die eine Medizin gegen sein Leiden auftreiben sollten. Ganze Beutel mit Goldstücken versprach er, aber so viel Heilkünstler und Kräuterweiblein auch gekommen waren, keinem war es gelungen, ihn zu heilen.

Eines Tages kam der Schlaue Peter in den Sultanspalast. Er führte einen schlafenden Mann mit sich, den er auf seinen Esel geladen hatte und aus dessen offenem Mund Speichel ausfloß. Der Mann hatte Lumpen an, sein Hut war ausgebeult, das eine Bein war barfüßig, das andere in irgendeinen zerfetzten Pelz gebunden. Seine Lippen waren angeschwollen und blau unterlaufen und glichen einem Schweinerüssel, das Gesicht aufgedunsen und von tiefen Falten zerfurcht. Er hing wie ein Toter auf dem Esel, und nur sein Schnarchen verriet, daß dieser Mensch noch eine Seele im Leibe hatte.

»Wer bist du?« fragte der Zar den Schlauen Peter. »Wen schleppst du da auf dem Esel? Ist das ein Mensch oder irgendein Tier?«

»Ein Mensch, Zar, ein Bruder von uns. Ich vernahm, daß du einen Menschen suchst, der dich von deinem Kopfweh heilen kann. So beschloß ich herzukommen und dir eine Medizin zu sagen.«

»Sage deine Medizin, laß sehen«, sprach der Zar. »Keiner hat mir bislang geholfen.«

»Du mußt trinken«, bemerkte kurz der Schlaue Peter.

»Daß mir der Kopf wieder schmerzt, wenn ich getrunken habe!«

»Ebendeshalb. Ein Nagel treibt den anderen aus. Trink nur, soviel du kannst, und sei ohne Sorge, dein Kopfweh wird vergehen.«

»Je mehr ich aber trinke, desto mehr tut mir der Kopf weh«, antwortete der Zar. »Irgend etwas beginnt hinten in meinem Kopf zu pochen, als würde es mir die Stirn durchbohren. Wenn ich nun weiter trinke, wird der Schmerz da nicht noch schlimmer werden?«

»Mehr wird es weh tun«, antwortete der Schlaue Peter. »Je mehr du trinkst, desto bohrender wird der Schmerz sein, darauf wirst du wieder trinken, und wieder wird es dir weh tun und so weiter …«

»Was aber soll am Ende aus mir werden, wenn ich fortwährend trinke und es mir weh tut?«

»Was schon?« sagte der Schlaue Peter lächelnd. »Du wirst jenem ähnlich sehen, den ich auf dem Esel mitführe.

Ich habe ihn hierher gebracht, daß du siehst, was aus dir nach einigen Monaten wird.«

Von diesem Augenblick an entsagte der Sultan dem Trinken und solange er lebte, berührte kein Tropfen mehr seine Lippen.

117.
Der Sultan und der Schlaue Peter

Es gab eine Zeit, da lebte der Schlaue Peter im Serail des Sultans. Da trug es sich zu, daß die Pest wütete und vielen Menschen das Leben nahm und viel Vieh sterben ließ. Auch der alte Sultan starb. Den Thron bestieg sein Sohn – ein boshafter und schlechter Sultan.

Nur wenig Zeit ging ins Land, da wurde es kalt, es begann erst zu regnen und dann zu schneien. Der Winter klopfte an die Tür. Die Pest erschrak vor der Kälte und verschwand irgendwohin. Da schnürte der Schlaue Peter seinen Beutel, um in sein Dorf heimzukehren.

»Wohin zieht es dich, Peter?« fragte der Sultan, als er das Gepäck des Schlaukopfes bemerkte.

»Ich gehe in mein Dorf. Dein Vater war ein guter Mensch, wir haben uns gut verstanden, und ich habe im Serail gewohnt. Jetzt aber ist die Zeit gekommen aufzubrechen.«

»Aber warum denn, gefalle ich dir nicht?« fragte der Sultan. »Sieh nur, selbst die Pest ist vor mir geflohen, hat sich irgendwo verkrochen und das Volk in Ruhe gelassen.«

»Satt und furchtsam scheint mir Euer Gott zu sein, Sultan«, sprach der Schlaue Peter. »Er ist davor zurückgeschreckt, gemeinsam mit der Pest auch dich dem Volk zu geben.«

Und dann begab sich der Schlaue Peter in sein Heimatdorf.

118.
Der Schlaue Peter und der Wucherer

Der Schlaue Peter steckte bis zum Hals in Schulden. Er hatte eine große Familie, die er nicht ernähren konnte, weil er nie genug Geld hatte. So war er genötigt, Geld auf Zins zu leihen. Er nahm das Geld, legte Wintervorräte an, kaufte Kleider für die Kinder, wußte aber überhaupt nicht, wie er das Geld zurückgeben sollte. Die vereinbarte Frist lief ab, da kam der Wucherer ins Dorf und ging stracks in Peters Haus.

»Peter, wie lange soll ich auf dich warten? Wann willst du deine Schulden begleichen?«

»Warte noch ein Jahr, Herr«, bat der Schlaue Peter innigst. »Wir haben dieses Jahr tüchtig gearbeitet, wenn es eine gute Ernte gibt, werde ich dieses oder jenes verkaufen und dann in die Stadt kommen und dir das Geld bringen.«

Der Wucherer war ein einsichtiger Mann. Er glaubte Peters Worten und ging fort. Es folgte aber ein trockenes Jahr, und die Familie des Schlauen Peter hatte nichts zu essen. Der Wucherer aber kam wieder: »Peter, auch dieses Jahr ist verstrichen, ohne daß du mir das Geld zurückgegeben hast.«

Der Schlaue Peter wischte seine feuchte Stirn ab und jammerte los: »Warte, Herr, bis der Herrgott sich meiner Felder erbarmt und einen Ertrag für uns beide beschert. Was dann gedeiht, wollen wir uns brüderlich teilen. Anders kann ich meine Schulden bei dir nicht begleichen. Ich habe es auf jede Art versucht: dreihundert Handwerken bin ich nachgegangen, habe in der Fremde Arbeit gesucht, doch Geld habe ich nirgends verdient. Meine Frau und ich schuften von früh bis spät auf fremden Äckern, doch es reicht kaum für das Brot der Kinder. Nächtelang kann ich vor Sorgen nicht schlafen. Auch die Frau findet keinen Schlaf. Ständig überlegen und sinnen wir, wie wir zu Geld kommen könnten, um dir die Schuld zu begleichen. Aber es will uns nichts einfallen. Eins will ich dir sagen: Bisher habe *ich* nicht geschlafen und überlegt, woher ich das Geld nehmen soll, um es dir zurückzugeben. Jetzt beginne *du*, nachts nicht zu schlafen, und laß dir einfallen, wie du es eintreibst. Haben wir uns verstanden? Nun mach dich fort und denke darüber nach! Wenn ich etwas Geld zusammenbringe, werde ich mich melden«, und erleichtert schlug er dem um sein Geld besorgten Wucherer die Tür vor der Nase zu.

119.
Von einer Zunft

Der Schlaue Peter war auf einer Handelsreise, und unterwegs hielt er sich einige Tage in einem Wirtshaus auf. Er aß, trank, schlief, bezahlte aber nicht. Der Wirt schrieb an, jedoch schrieb er immer mehr an, als es tatsächlich war. Und als der Schlaue Peter sich endlich auf den Weg machen wollte, legte er ihm eine hohe Zeche vor.

Der Schlaue Peter sah sich die Rechnung an und sprach darauf: »Ist das meine Zeche?«

»Deine«, antwortete der Wirt.

»Dann mußt du mich nicht kennen«, sprach der Schlaue Peter.

Der Wirt blickte ihn kurz an, kratzte sich das Genick und sprach darauf: »Woher soll ich dich kennen! Hier kommt allerlei Volk vorbei, bleibt ein, zwei oder ein Dutzend Tage. Sie fahren ab, andere kommen, ich kann sie nicht alle kennen. Dich habe ich ein anderes Mal in dieser Gegend nicht gesehen. Wer bist du, und woher kommst du?«

»Spät fragst du mich, Bruder«, antwortete der Schlaue Peter. »Ganze zehn Tage hast du nicht erkennen können, daß ich von deiner Zunft bin.«

Wieder blickte ihn der Wirt an, maß ihn mit den Augen und sprach darauf: »Ja, wenn wir von einer Zunft sind, sollst du nur die halbe Zeche bezahlen.«

Der Schlaue Peter zog seinen Geldbeutel hervor, zählte die Groschen, tat sie zurück, schüttete sie auf die Handfläche, zählte sie, zählte auch das Kleingeld, rechnete mit den Fingern und zahlte letztendlich die Hälfte der halben Zeche, die ihm der Wirt aufgemacht hatte. Der steckte das Geld ein und ging dann los, ihn ein Stück zu begleiten. Als sie sich verabschiedeten, erkundigte sich der Wirt: »Allein, mein Freund, wo ist dein Wirtshaus? Vielleicht bringt mich ein Unglück dazu, dich zu besuchen.«

»Ich bin kein Wirt«, antwortete der Schlaue Peter.

»Wie soll ich das verstehen?« fragte erstaunt der Wirt. »Sagtest du nicht, als ich deine Zeche machte, du seiest von meiner Zunft?«

»Ich bin ja auch von deiner Zunft, aber von der der Spitzbuben und nicht von der der Gastwirte. Hast du nicht gemerkt, daß ich genauso ein Gauner bin wie du, daß du mir fünfmal zu viel angekreidet hast?«

120.

Ich habe es nicht eilig

Der Schlaue Peter hatte sich mit einem Türken gestritten und ihn verprügelt. Der Türke ging zu Nasreddin Hodscha, der Kadi war, um sich zu beschweren. Der Kadi war sehr erzürnt, daß ein Bulgare die Hand gegen einen Rechtgläubigen erhoben hatte, aber auch er selbst wollte sich an dem bulgarischen Schlaukopf rächen, so daß er ihn sofort herbeirief, um ihn zu richten.

Der Schlaue Peter erzählte den Vorfall: was der Türke getan und warum er ihn verprügelt hatte.

»Auch wenn der Rechtgläubige schuld war«, sprach Nasreddin Hodscha, »hättest du es erdulden müssen, denn er ist der Herr, du aber bist der Sklave.«

»Was die Geduld betrifft, so bin ich geduldig«, sagte der Schlaue Peter, »allein, es juckt mir in den Händen sehr, wenn die rechtgläubigen Herren Ungerechtigkeiten verüben.«

»Der Rechtgläubige ist ein braver Mensch, und alles, was er tut, ist rechtens«, sprach erzürnt der Kadi. »Ich bestrafe dich mit dem Tode. Allerdings waren wir beide einst Freunde, und deshalb will ich dich fragen, was du in der letzten Stunde deines Lebens begehrst, damit man deinen letzten Willen erfülle.«

»Ich möchte eine gelbe Quitte essen und ausgegorenen Wein trinken.«

»Aber dazu muß es erst Winter werden, jetzt hat gerade das Frühjahr begonnen«, riß Nasreddin Hodscha weit die Augen auf.

»Sei es auch so, mein Freund, dann müssen wir warten, ist dies doch mein letzter Wunsch. Übrigens habe ich es nicht eilig, mich von dir zu trennen.«

»Aber was willst du so lange im Gefängnis tun?« fragte der Kadi.

»Wenn du mein Freund bist, Nasreddin, tu etwas, daß man auch dich zu mir in den Kerker wirft, daß ich dich ein wenig im Schwindeln und Lügen unterweise. Dann werden wir kaum bemerken, wie die Zeit vergeht«, sprach der Schlaue Peter. »So wird man auch nicht erfahren, daß ich dich in diesem feinen Gewerbe unterrichtet und im Lügen übertroffen habe.«

»Verschwinde, geh mir aus den Augen!« schrie der Kadi. »Eben fällt mir ein, was für eine Lüge ich im Konak auftischen werde, wenn man mich fragt, welches Urteil ich über dich gesprochen habe.«

Der Schlaue Peter verließ stolz das Gericht und jedem, der ihm begegnete, erzählte er: »Der Kadi hat mich freigelassen. Er hieß mich, ihm eine faustdicke Lüge zu erzählen. Ich habe sie ihm erzählt, und er denkt jetzt darüber nach. Er ist nicht sicher, ob ich ihm eine Lüge oder die Wahrheit erzählt habe!«

121.

Gut abgerechnet

Der Schlaue Peter hatte als Mitgift eine ziemlich große Wiese erhalten. Er brauchte ein Dutzend Schnitter, um sie an einem Tag zu mähen. So rief er gut zehn Leute herbei, gab ihnen zu essen und führte sie auf die Wiese. Abends, bevor es dunkel wurde, überprüfte er, wie weit die Mahd gediehen sei. Die Schnitter hatten sich niedergelassen und ruhten aus, einen aber hatten sie nach Wasser zur Quelle geschickt.

Der Besitzer lief die Wiese ab und begann zu schimpfen: »Hier ist nicht gut gemäht, he, seht doch, wieviel Gras stehengeblieben ist.« Die Schnitter antworteten: »Das mag sein, dort hat Iwantscho gemäht, jener, der nach Wasser gegangen ist. Er nimmt es nicht so genau.« Der Schlaue Peter schritt die ganze Wiese ab, und viele Male rief er laut, daß nicht gut gemäht wäre, daß viel Gras stehengeblieben sei, allein die Schnitter antworteten immer wieder: »Dort hat Iwantscho gemäht. Er nimmt es nicht so genau.« Nach einer Weile kam Iwantscho von der Quelle zurück und brachte frisches Wasser. Die Schnitter erhoben einer nach dem anderen ihre Wasserkrüge, um sich satt zu trinken, der Schlaue Peter aber sagte: »Iwantscho, die ganze Wiese habe ich durchschritten und habe gesehen, daß recht schlecht gemäht wurde. Als ich jedoch erfuhr, daß alles du gemäht hast, sagte ich mir, daß man nicht so gut sein kann, wenn man so schnell arbeitet. Komm, laß dir jetzt den Tagelohn für zehn Schnitter auszahlen, weil, wie deine Gefährten sagten, du allein gearbeitet hast.« Und er zog seinen Geldbeutel hervor und zahlte ihm die ganze Summe, die er am Morgen mit den Schnittern ausgehandelt hatte.

»Bai Peter, aber auch wir haben den ganzen Tag gearbeitet«, meldeten sich die Schnitter. »Wie geht es an, daß du unsere Arbeit nicht bezahlst?«

»Ich bin, Jungs, hierhergekommen, mit euch abzurechnen«, gab der Schlaue Peter zurück, »und als ich sah, was für eine Arbeit ihr geleistet habt, erkundigte ich mich, wer wo gemäht hat. Ihr alle habt gesagt: ›Dort hat Iwantscho gemäht, er nimmt es nicht so genau.‹ So habe ich die ganze Wiese durchschritten, und immer wieder habt ihr Iwantscho genannt. Jetzt habe ich redlich mit ihm abgerechnet, euch aber Gesundheit auf den Weg! Wenn man euch ein anderes Mal arbeiten holt, dann arbeitet auch so, daß ihr euer Geld bekommt. Ha, laßt es euch gut gehen!« Und er brach ins Dorf auf.

122.
Am treuesten ist der Hund

Ein Mann hatte in der Stadt ein Weißbrot eingekauft. Er hatte noch etwas zu erledigen, und so gab er das Brot dem Schlauen Peter und sagte zu ihm: »Wenn du bei uns vorbeigehst, gib es zu Hause ab!«

»Wem soll ich es geben?« fragte der Schlaue Peter.

»Jenem, der mich am meisten liebt«, sagte der Bauer und lachte, weil er an seine Frau dachte. Er war erst seit kurzem verheiratet und freute sich noch an seiner jungen Frau.

Der Schlaue Peter nahm das Brot, ging in das Dorf, und als er am Hause des Bauern vorbeikam, lockte er den Hund herbei.

»Hier, Scharo, friß auf das Wohl deines jungen Herrn«, sagte er und ging von dannen.

Am Abend kehrte der Bauer nach Hause zurück und fragte seine Frau, ob der Schlaue Peter ein frisches Weißbrot gebracht hätte.

»Nein! Niemand ist heute gekommen«, antwortete die junge Frau.

Der Mann ging zum Schlauen Peter, und schon von weitem fragte er barsch: »Bai Peter, hast du das Brot zu Hause abgegeben?«

»Ja, Nachbar, ich habe es Scharo, deinem Hund gegeben.«

»Wie kannst du aber ein weißes und warmes Brot dem Hund geben? Habe ich dir nicht gesagt, es jenem zu geben, der mich am meisten liebt, also meiner Frau.«

»Oh nein, Nachbar! Da du es mir so gesagt hast, habe ich an den Hund gedacht. Laß dir sagen, daß er dich viel mehr liebt als deine junge Frau. Wenn du mir nicht glaubst, streite dich mit ihr um etwas, schimpfe sie aus, schlage sie und rufe sie zu dir. Da wirst du aber lange warten müssen, weil sie dir böse sein wird. Die Frauen sind nachtragend. Verprügle danach deinen Hund und rufe ihn zu dir. Ehe du dich versiehst, wird er da sein und dir um die Beine streichen und deine Hand lecken.«

Der jungvermählte Mann folgte bald danach dem Rat des Schlauen Peter und überzeugte sich, daß der Hund der treueste und nächste Freund und Gefährte des Menschen ist.

123.
Der Schlaue Peter als Dorfschulze

Einmal war der Schlaue Peter zum Dorfschulzen gewählt worden. Und er war ein guter und gerechter Schulze. Er gab kluge Ratschläge, verwaltete das Dorf gut, und die Leute liebten und achteten ihn. Allein, wie jedes Oberhaupt, so konnte es auch der Schlaue Peter nicht allen recht tun. Es gab auch solche, die auf ihn neidisch waren und allenthalben danach trachteten, ihm Schaden zuzufügen. Ständig waren sie unzufrieden, ständig brachten sie etwas gegen ihn vor.

Und eines Tages begann einer seiner Nachbarn, ihn vor einem anderen Bauern zu beschimpfen und Beleidigungen auszusprechen. Wie dem auch sei, dieser Bauer beschloß, sich beim Schulzen anzubiedern, und klopfte spätabends an seine Pforte. Der Schlaue Peter war gerade im ersten Schlaf, als er das Klopfen hörte. Er sprang auf und fragte noch schläfrig von der Veranda aus: »Wer klopft da?«

»Ich bin es, Bai Peter, mach auf, ich muß dir etwas Wichtiges sagen!«

Der Schlaue Peter öffnete die Pforte, bat den Bauern in sein Zimmer und fragte ihn: »Laß hören, was dich bedrückt, daß du mitten in der Nacht zu mir kommst?«

»Bai Peter, dein Nachbar hat dich heute vor mir beschimpft, dich mit allen möglichen gemeinen Worten benannt und dir gedroht. Ich wollte es dir sagen, damit du weißt, was für ein Mensch neben dir wohnt!« Und er gab viele böse Worte von sich.

»Aber ist es wirklich so gewesen?« wunderte sich der Schlaue Peter, und nachdem er ein Weilchen nachgedacht hatte, sprach er: »Wenn ich irgendeine Schuld gegenüber meinem Nachbarn habe, so wird er früher oder später kommen, um sich auszusprechen und mir zu sagen, was ihn bedrückt. Er hielte es gar nicht aus, nur hinter meinem Rücken zu reden. Wir sind schon viele Jahre Nachbarn, und bisher hat er mich noch nie beschimpft oder sogar ein gemeines Wort über mich gesagt. Du bist der erste, der mich beschimpft und über mich flucht. Dies, jetzt verstehe ich es, hat nicht jener, der mein Nachbar ist, gesagt, sondern du. Du beschimpfst mich, du sprichst die gemeinen Worte vor mir. Du bist ein Schuft und kein ehrbarer Mann. Das, was du über mich denkst, willst du mir im Namen meines Nachbarn sagen. Verschwinde aus meinem Haus, solange ich dich noch nicht gefesselt habe, um dich durch das Dorf zu führen, daß jedermann sieht und erfährt, was für ein Mensch du bist. Fort mit dir, du Hund!«

Und der Zuträger schlich wie ohnmächtig durch die Pforte davon.

124.
Der Geldverleiher

Als der Schlaue Peter reich wurde, ließ er sich als Geldverleiher in der Stadt nieder. Da kam einmal ein junger Bauer aus seinem Heimatdorf zu ihm und bat, ihm eintausend Groschen zum Zins zu geben, weil er einen großen Handel begonnen hätte und sein Geld nicht langte.

Der Schlaue Peter gab es ihm. Der Bauer nahm das Geld und ging hinaus. Der andere folgte ihm, um zu sehen, was er tun werde.

Der Bauer kehrte in ein Gasthaus ein, um zu Mittag zu

essen. Er bestellte sich ein reiches Mahl und eine Oka Wein mit Zuspeise und setzte sich zum Essen und Trinken nieder. Zu dem Bauern gesellten sich noch einige Bekannte. Er bestellte auch für sie. Das Mittagessen verwandelte sich in ein Gelage.

Da kam der Schlaue Peter herein. Der Bauer lud auch ihn zu Tisch. Nachdem sie gespeist und getrunken hatten, sprach der Schlaue Peter zu dem Bauern: »Junger Freund, nachdem du hinausgegangen bist, habe ich mein Geld noch einmal gezählt, und nach meiner Rechnung muß ich dir fünfzig Groschen zuwenig gegeben haben. Zeige das Geld her, damit wir es noch einmal nachzählen.«

Der Bauer zog den Geldbeutel hervor und gab ihn hin. Der Schlaue Peter zählte eintausend Groschen ab und tat sie in die Tasche seiner Pelzjacke.

»Was tust du da, Onkel Peter«, fragte der Bauer beunruhigt.

Der Schlaue Peter antwortete ihm: »Mein Freundchen, ich habe dir das Geld gegeben, damit du damit arbeitest, Handel treibst und Gewinne machst, du aber hast dich zum Essen und Trinken niedergelassen. Dies beweist, daß du nicht daran denkst, es zurückzugeben. Deshalb beschloß ich, es zurückzuholen, solange du es nicht verfressen und vertrunken hast.«

125.
Der Schlaue Peter vor Gericht

Eines Tages trug der Schlaue Peter auf seinem Rücken Holz durch die Stadt, um es zu verkaufen. Da es aber recht lang war, rief er mit lauter Stimme: »Vorsehen, vorsehen!« damit ihm die Leute aus dem Weg gingen.

Einem hochmütigen Manne jedoch, der den Weg nicht freigeben wollte, blieb der Rock am Holz hängen und zerriß. Dieser ärgerte sich sehr und forderte ein Entgelt. Er brachte den Schlauen Peter vor Gericht, klagte beim Richter und wartete dann auf den Urteilsspruch. Der Richter wandte sich an den Schlauen Peter und fragte, wie sich der Vorfall zugetragen hatte. Dieser schwieg. Der Richter fragte ihn ein zweites und ein drittes Mal, allein der Schlaue Peter tat, als ob er stumm wäre.

»Warum hast du mir diesen Stummen hergebracht?« fragte erbost der Richter. »Ich kann deine Klage nicht verstehen!«

»Was für ein Teufel! Wie kann er stumm sein«, rief der hochmütige Mann aus, »hat er doch, als er mit dem Holz den Weg entlang kam, aus vollem Halse ›Vorsehen, vorsehen!‹ gerufen.«

»Nun, wenn es so ist«, sprach der Richter, »wer hat dann Schuld, wenn du dir den Rock zerrissen hast, warum hast du dich nicht in acht genommen. Wenn der Mann ›Vorsehen‹ gerufen hat und du dich aber nicht vorgesehen hast, dann hast du kein Recht, irgend etwas von ihm zu fordern.«

Der Schlaue Peter verließ stolzen Hauptes das Gericht und ging hin, sein Holz zu verkaufen.

126.
Wetter und Geld

In seinem langen Leben versuchte sich der Schlaue Peter in vielen Gewerben. Er war Pflüger, Feldarbeiter, Zahnarzt, Barbier, Händler, Landstreicher, Arzt und was nicht noch alles. Einmal wurde er auch Maurermeister und ging in ein Dorf. Der erste Mann dieses Dorfes wollte sich ein Haus bauen. Der Schlaue Peter verdingte sich zum Bau des Hauses und nahm sich der Arbeit an. Alles, was gebraucht wurde, stand bereit: Lehmziegel, Bretter, Balken, Steine, Schlamm, lediglich die Maurerarbeiten mußten noch verrichtet werden.

Der Schlaue Peter arbeitete und schuftete den ganzen Sommer. Als der Herbst kam, war das Haus fertig, er rechnete mit dem Besitzer ab und kehrte in sein Heimatdorf zurück.

Es war ein rauher und verregneter Herbst. Der Regen wollte kein Ende nehmen, der Himmel schien sich leerzuregnen. Als der Reiche, der in sein neues Haus gezogen war, am ersten Morgen erwachte, war er wie vom Donner gerührt. Das Dach des Hauses war an vielen Stellen undicht, und es bildeten sich in den Zimmern Wasserpfützen. Was nun! Obwohl es immer noch regnete, bestieg er sein Pferd und begab sich auf die Suche nach Meister Peter.

Er erreichte dessen Dorf, erkundigte sich, wo er wohne und fand ihn bald.

»He, Meister, was hast du mit meinem Haus gemacht?« rief der reiche Mann. »Seit es zu regnen anfing, regnet es durch, und drinnen sammelt sich das ganze Wasser.«

»Schon möglich, daß es reinregnet, Herr«, antwortete ruhig der Schlaue Peter. »Du weißt doch, es war sehr trocken, als ich des Sommers arbeitete, und ich konnte nicht feststellen, ob es hereinregnen wird oder nicht. Hab keine Angst. Laß uns den Regen abwarten, danach auch den Schnee, um zu sehen, wie das Dach dem Schnee standhält, und im Frühjahr komme ich, es gegen Regen und Schnee dicht zu machen.«

Der Reiche geriet noch mehr in Zorn: »He, Meister, bist du von Sinnen, was! Soll das Meisterarbeit sein? Und wo soll ich mit Frau und Kindern den Winter verbringen? Umsonst habe ich dich mit Gold überschüttet, umsonst habe ich so viel Geld ausgegeben! Es wird mir schwindlig, wenn ich daran denke!«

»Herr, ich weiß weder, wieviel Geld du ausgegeben, noch wieviel Gold du gegeben hast. Dies ist aus deinem Beutel, und ich habe nach dem Wetter eingenommen und ausgegeben. Wenn es jetzt tropft, werde ich es ausbessern, du aber wirst mir wie für ein neues bezahlen, dann werde ich es so machen, daß es Regen und Schnee standhält.«

127.
Haben sich die Augen satt gesehen ...

Einmal kehrten der Schlaue Peter und seine Frau vom Jahrmarkt zurück. Peters Frau, die Petrowitza, ging ärgerlich und mißmutig voraus, ihr folgte schmunzelnd und froh der Schlaue Peter auf seinem Esel. Ein Mann aus ihrem Dorfe kam ihnen entgegen: »Grüß Gott, Petrowitza, viel Glück!«

»Ob Glück oder Unglück, jeder hat seinen Teil zu tragen.«

Der Bauer blickte auf, wunderte sich über die Antwort und wandte sich dann an den Schlauen Peter: »Grüß Gott, Bai Peter, viel Glück!«

»Viel Glück und einen Wagen voll Besitz«, erwiderte der Spaßvogel.

»Was gibt es Neues, was Altes auf dem Jahrmarkt?«

»Was soll ich dir sagen, Bruderherz, es gab sowohl Altes als auch Neues. Meine Frau verlangt schon seit Jahren, daß ich ihr neue Lederpantoffeln kaufe. Das ist eine alte Sache. Ich beschloß, sie heute zu kaufen, und wir liefen von Stand zu Stand. Die ich wollte, gab es nicht; die sie wollte, dazu reichte mein Geld nicht. Das eben ist das Neue – du hast kein Geld, kannst aber dafür deine Augen an den Waren weiden, und das ist auch gut. Haben sich die Augen satt gesehen, ist auch die Seele zufrieden.«

128.
Liegen ist besser als sitzen

Eines schönen Frühlingstages gingen der Schlaue Peter und seine Frau hinaus, um im Garten zu arbeiten. Der Schlaukopf blinzelte kurz in die Sonne, lauschte ein wenig dem Gesang der Vögel und setzte sich plötzlich hin.

»Warum hast du dich hingesetzt, Peter, und nimmst nicht die Hacke in die Hand?«

»Ich habe einen Hexenschuß, deshalb habe ich mich ein

wenig gesetzt.« Die Frau arbeitete allein weiter, grub um und sah nach einer Weile nach ihrem Mann. Der hatte sich auf der Wiese ausgestreckt und schnarchte friedlich.

»He, Peter, bist du von allen guten Geistern verlassen, warum hast du dich hingelegt?«

»Weißt du, Frau, es ist besser zu liegen als zu sitzen, so daß ich mich ausgestreckt habe.«

»Ja, und wann willst du aufstehen und arbeiten?«

»Ach, Frau, nichts hast du in deinem ganzen Leben gelernt. Wenn die Arbeit schön wäre, wäre auch der Sultan auf dem Acker!«

129.
Reichte Gott allein nicht aus?

Den ganzen Winter über beabsichtigte der Schlaue Peter, in den Dörfern Handel zu treiben, doch jeden Tag verschob er es aufs neue. Schon brach der Frühling an, als seine Frau ihn gewaltsam auf den Weg schickte. Am Tage der Heiligen vierzig Märtyrer, und jener ist in der ersten Woche des März, machte der Schlaue Peter sein Pferd bereit, sattelte und zäumte es auf. Als er sich vor der Pforte aufschwingen wollte, wandte er sich zum Himmel, bekreuzigte sich und sprach: »Herr und ihr heiligen vierzig Märtyrer, helft mir, beschützt meinen Weg und bereichert mein Geschäft!«

Er trat mit dem Fuß in den Steigbügel und machte sich daran, das Pferd zu besteigen. Soweit, so gut, als er jedoch aufsitzen wollte, hatte er so viel Schwung, daß er sich anstatt in den Sattel, auf die andere Seite warf und dabei so überrascht war, daß er wie ein Frosch auf die Erde plumpste.

»Hast du gesehen, Frau, daß ich um ein Haar ums Leben gekommen wäre?« sprach der Schlaue Peter. »Das ist, weil heute ein heiliger Tag ist, an dem man dem Geschäft nicht nachgehen darf.«

Seine Frau jedoch, die vor der Pforte stehengeblieben

war, um ihn zu verabschieden, hob fluchend die Hand und sprach: »Daß der Blitz dich erschlage, was bist du nur für ein Händler! Es geschieht dir recht, daß du ausgebreitet wie ein Frosch daliegst. Nicht genug, daß du den Herrgott um Hilfe anflehst, nein, du rufst auch die vierzig Märtyrer an. Die sind aber auf die ganze Welt böse, weil man sie gemartert hat, deshalb haben sie sich um das Pferd versammelt und dich rübergeworfen. Reichte dir der Herrgott denn nicht aus!«

Der Schlaue Peter richtete sich mühselig auf, klopfte sich die Kleider ab und sprach: »Nun ja, Frau, hätte ich mich nur so auf den Weg gemacht, hätte der Herrgott genügt, ich jedoch wollte Handel treiben. Da man bei dieser Arbeit mit jeglichem Volk zu tun hat, beschloß ich, mehr Helfer anzurufen.«

Und er führte das Pferd in den Stall, sattelte es ab und verzichtete auf das Geschäft.

130.
Was ist das Paradies und was die Hölle?

Peters Frau, die Petrowitza, fragte einmal ihren Mann: »Peter, du bist so viel in der Welt herumgekommen, und alle sagen, daß du ein schlauer und tiefgründiger Mann bist, kannst du mir da erklären, was das Paradies und was die Hölle ist?«

Der Schlaue Peter zwirbelte seinen Schnurrbart: »Da du fragst, Frau, werde ich dir die Wahrheit sagen. Es ist ein wahres Paradies, wenn du nicht zu Hause bist, die Hölle, wenn du da bist. Wenn du mich gar zur Arbeit treibst, ist es, als wäre ich im Fegefeuer in einem Teerkessel! Begreifst du jetzt, was ich dir sage?«

Frau Petrowitza verfluchte ihn: »Daß dich doch der Herr erschlage! Die Pest soll dich holen! Alt und grau bist du geworden, aber kein bißchen Verstand ist dir in den Kopf gekommen.«

»In meinen Kopf ist er wohl gelangt, Frau, gekommen

ist er und hat den Kopf reichlich gefüllt, damit ich weise und klug wie ein Gott werde. Doch sage mir bitte, was ich tun soll, wenn er sich vor dir fürchtet?«

Die Frau geriet noch mehr in Zorn und erhob ein Geschrei bis zum Himmel: »Du sollst wissen, Mann, daß meine Tage schwarz sind, wenn du zu Hause sitzt, bist du aber nicht da, lacht mir die Sonne entgegen.«

»Ha, nun ist sie darauf reingefallen!« sagte der Schlaue Peter und lachte. »Wohlan, Frau, bring mir was zu essen, ich will mich wieder auf einen langen Weg machen, auf daß wir beide ein wenig im Paradies leben. Wenn wir des Guten überdrüssig sind, dann treffen wir uns hier zu Hause wieder.«

Und er verließ sein Heim für lange Zeit.

131.
Ohne Schnurrbart

Als er in der Welt umherschweifte, kam der Schlaue Peter lange Zeit nicht nach Hause. Seine Frau wußte nicht, ob er noch lebte oder schon gestorben war. Und – wie jede junge Witwe – schlug sie die Röcke hoch. Nun aber begab es sich, daß ein Mann aus dem Dorf dem Schlauen Peter auf dem Jahrmarkt in der Stadt begegnete, und als sie sich ›guten Tag und guten Weg‹ sagten und sich erkundigten, was es Neues im Dorf gäbe, sagte der Bauer: »Bai Peter, warum kehrst du nicht ins Dorf zurück? Ich habe gehört, daß deine Frau nachts die Pforte offenstehen läßt. Eine so junge und schöne Frau sollte nicht so alleine sein!«

»Wenn ich meine Arbeit zu Ende gebracht habe, werde ich heimkehren«, antwortete der Schlaue Peter und ging von dannen. Es wurmte ihn jedoch, daß ihn seine Frau betrog, und noch in der gleichen Nacht kehrte er heim ins Dorf.

Er trug sonst einen langen Schnurrbart, der wie bei einem Heiducken bis zu seinen Ohren gezwirbelt war, und man konnte ihn von weitem daran erkennen. Doch bevor er ins Dorf zurückkehrte, ging er zum Barbier und ließ sich den Schnurrbart rasieren. Er kam des Nachts zu Hause an, fand die Pforte offenstehen und schlich leise hinein. Die Frau schlief tief und fest, so daß sie ihn nicht bemerkte. Im Dunkeln zog er leise Schuhe und Kleider aus, legte sich zu der Frau und begann, sie leidenschaftlich zu lieben. Es war eine Liebe wie zwischen Neuvermählten in der Hochzeitsnacht. Seine Frau konnte ihn nicht erkennen, da es ihr aber mit ihm gefiel, fragte sie nicht, wer er sei und woher er käme.

Anderentags, noch vor Sonnenaufgang, schlich er sich zeitig aus dem Zimmer, ging kurz durch Hof und Stall und versteckte sich dann kurzentschlossen im Heu. Die Frau stand frohgestimmt auf, kleidete sich an und arbeitete dann flink auf dem Hof, sang und sprang fast vor Freude. Die Seele einer Frau ist wie eine Blume, gießt du sie, blüht und blüht sie immerfort; läßt du sie im Trocknen, geht sie ein und verwelkt. Ohne von der Frau bemerkt zu werden, schlich sich der Schlaue Peter aus dem Hof und begab sich zum Kaffeehaus des Dorfes. Einer seiner Kameraden begegnete ihm und fragte: »Oh, Peter, wann bist du heimgekehrt? Herzlich willkommen, wie geht's, wie steht's? Warum hast du deinen Schnurrbart abrasiert, daß ich dich erst nicht habe erkennen können?«

»Mir geht's gut, mir geht's gut, mein Freund«, schmunzelte der Schlaue Peter. »Heute nacht kam ich heim, den Schnurrbart aber ließ ich in der Stadt abnehmen, als ich hörte, daß mein Haus zu wackeln begänne.«

»Ja, willst du es denn mit dem Schnurrbart reparieren, wenn das Haus wackelt, Peter? Da mußt du arbeiten, mein Freund ...«

»Wenn das Haus nicht von den Grundmauern, sondern vom Dach her zu wackeln beginnt, da braucht es ein junges und glattes Gesicht. Hast du solch ein Gesicht, so steht das Haus fest wie ein Fels«, antwortete der Schlaue Peter und ging seines Weges.

132.
Warum der Schlaue Peter seine Schuhe verkehrt herum anzog

Einmal sah man den Schlauen Peter mit verkehrt angezogenen Schuhen im Dorf herumlaufen. Das rechte Bein war im linken Schuh, das linke Bein im rechten Schuh.

»He, Peter, hast du es heute zu eilig gehabt oder hast du die Schuhe im Finstern angezogen, daß sie vertauscht sind«, fragte ihn einer seiner Freunde.

»Nein. Ich habe es weder eilig gehabt, noch habe ich die Schuhe im Finstern angezogen«, schmunzelte der Schlaue Peter. »Ich habe sie absichtlich so angezogen, auf daß meine beiden Beine gerade werden, weil ich es schon überdrüssig bin, ja, zum Halse hängt es mir heraus, daß meine Frau mich jeden Tag ruft: ›Krummbeiniger Teufel, krummbeiniger Blutsauger‹. Deshalb habe ich sie vertauscht, damit meine Schuhe gerade sind und die Frau mich nicht schilt.«

133.
Hund und Hase

Einmal wurde der Schlaue Peter gefragt: »Bai Peter, du bist viel herumgekommen, hast viel von der Welt gesehen und weißt viel. Kannst du uns sagen, warum der Hase dem Hund immer entwischt? So schnell auch der Hund ist, kann der Hase stets entkommen.«

»Nun, die Sache ist nicht schwer zu begreifen!« antwortete der Schlaue Peter. »Der Hase läuft um sein Leben, er rettet seine Haut; der Hund aber läuft für seinen Herren, wegen eines anderen Kopfes läuft er. Jeder, der eines anderen Arbeit verrichtet, gibt auf seine Beine acht.«

134.
Der Schlaue Peter erschlägt einen Hund

Einstmals war der Schlaue Peter Maurermeister. Eines Abends, als er von der Arbeit heimkam, sprang ein Hund auf den Weg und warf sich auf ihn. Der Schlaue Peter hob, ohne lange zu überlegen, die Axt und erschlug den Hund. Der Herr des Hundes, der etwas abseits stand und sah, was sich zutrug, ging sofort zum Gericht, um sich zu beklagen und forderte eine hohe Summe für seinen Hund.

Der Richter schätzte den Schlaukopf sehr, doch er konnte nicht umhin, ihn zu sich zu beordern. Der Schlaue Peter erschien sofort und berichtete, wie es sich zugetragen hatte: daß der Hund sich unverhofft auf ihn gestürzt habe und daß er aus Angst mit der Axt ausgeholt und den Hund an den Kopf getroffen habe, der dann sofort gestorben sei.

»Ach, Peter, du hättest ihn mit dem Stiel und nicht mit der Axt schlagen sollen«, sagte der Richter, mit dem Kopf wiegend.

»Das hätte ich tun sollen«, antwortete der Schlaue Peter, »aber auch der Hund hat schuld: er hätte mich mit seinem Schwanz beißen sollen und nicht mit den Zähnen!«

Dann entließ der Richter den Schlauen Peter ohne jegliche Strafe.

135.
Der Mut des Schlauen Peter

Die Frau des Schlauen Peter beklagte sich bei ihrer Nachbarin: »Ach, Schwester, weißt du, wie ich mich heute nacht erschreckt habe! Fast hätte ich meinen Geist aufgegeben. Möge Gott selbst meinem ärgsten Feind solches ersparen!«

»Mein Gott, es wird doch kein Dieb in dein Haus eingedrungen sein, Petrowitza?«

»Ich hörte im Schlaf etwas poltern und wachte auf. Das Lichtlein vor dem Ikonostas brannte! Ich schaute unter das

Bett – dort ragten die Füße eines Mannes hervor. O Gott, was sollte ich tun! Ich wollte aufschreien, allein ich vermochte es nicht. Vor Angst verschlug es mir die Sprache!«

»Aber war denn Peter nicht zu Hause? Er ist doch ein Mann, warum hast du ihn nicht geweckt, damit er aufsteht!«

»Ach, die verflixten Beine waren seine, liebe Frau! Er hatte das Poltern auf dem Dachboden noch vor mir vernommen und war schnell unter das Bett gekrochen.«

136.
Ein großer Verlust

Des Schlauen Peters Frau war verstorben. Er weinte und trauerte lange Zeit um sie und – wie es jedem Menschen geht – vergaß sie schließlich.

Einen Monat darauf starb auch seine Kuh. Sein Gram war grenzenlos. Von Tag zu Tag wurde er mißmutiger, schweigsamer und einsamer. Sein Freund, der Kluge Radoj, beschloß, ihn ein wenig zu trösten, und sprach zu ihm: »Aber mein Freund, deine Frau ist gestorben, du hast sie beklagt und betrauert und sie dann vergessen. Deine Kuh ist gestorben, und du kannst sie nicht vergessen. Was soll ich davon halten?«

Der Schlaue Peter antwortete ihm traurig: »Wie soll ich nicht trauern, Bruderherz, wie soll ich mich trösten können! Als ich Witwer wurde, wollten sich zwanzig Frauen mit mir verheiraten, als jedoch meine Kuh starb, kam niemand, um mir eine andere Kuh anzubieten.«

ANHANG

KOMMENTAR

Vorbemerkung

Es ist außerordentlich bedauerlich, daß die bulgarischen Märchen in den grundlegenden Märchen-Typen-Katalog von A. Aarne und S. Thompson (zuletzt erschienen: The Types of the Folktales – FFC No 184 – Helsinki[2] 1964) nicht mit eingesetzt worden sind, obwohl Vorarbeiten durchaus vorhanden waren, es herrscht auch Uneinigkeit und Verwirrung in der Klassifizierung der Märchentypen. So sind in die vorliegende Sammlung Legendenmärchen aufgenommen, die im allgemeinen als Schöpfungslegenden einen besonderen Platz einnehmen, stark und einseitig religiös geprägt, bibelabhängig, wenn auch oft sehr originell, gestaltet sind. Im Typenregister fehlen dazu Vergleiche. Auch bei den bulgarischen Tiererzählungen kann man nur in Einzelfällen von eigentlichen Märchen sprechen, oft handelt es sich um Tierfabeln oder auch ätiologische (erklärende) Texte. Wie die Legenden werden sie oft als Natursagen bezeichnet.

Besonders gut erzählt und originell in den Inhalten und Einzelmotiven sind die eigentlichen Zaubermärchen, aber auch die sogenannten Alltagsgeschichten, die ihre Vergleiche in den Typenkatalogen finden. Bezeichnend ist jedoch die starke Betonung der sozialen Haltung und der moralisierenden Sentenzen. Es ist sehr zu bedauern, daß gerade diese Gruppe von bulgarischen Märchen in der vergleichenden Märchenforschung so gut wie gar nicht herangezogen werden und damit Hinweise auf bulgarische Besonderheiten sehr erschwert sind.

Ein eigenes Kapitel wiederum bilden die Schwänke, die in ihrer Mehrzahl auch in den Typen-Katalogen aufgenommen wurden, allerdings wie schon gesagt, unter Auslassung der bulgarischen Beispiele. Jedoch ist auch hier eine gewisse Gruppe auszuklammern, die eher als personifizierte Narrenstreiche (Eulenspiegel, Nasreddin und andere) gesondert behandelt wurden und jeweils einen deutlichen Lokalcharakter, wie in Bulgarien etwa der Schlaue Peter (Chităr Petăr) ausdrücken, aber auch beinahe sprichwortartige Belehrungen und Weisheitslehren beinhalten. Insoweit die handlungsgerechte Erzählart des Märchens hier oft stark vernachlässigt ist, wird auch diese Gruppe in dem Märchen-Typen-Katalog nur ausnahmsweise geführt.

Von größter Bedeutung für den märcheninteressierten Leser aber ist es, die Märchen eines Volkes und eines Territoriums mit denjenigen der Nachbarvölker zu vergleichen. Es ist eine wohlbekannte Tatsache, auch die vielen Märchen-Typen-Kataloge unterstreichen dies, daß sich Märcheninhalte in unterschiedlichen Zeiten und an den verschiedensten Orten wiederholen oder zumindest vergleichbar sind, besonders auch dort, wo nachbarschaftliche Beziehungen oder historische Überlagerungen dies nahelegen. Wenn auch Differenzen bei der Deutung solcher Zusammenhänge (jeweilige Eigenschöpfung, eigenwillige Interpretationen von menschlichen und tierischen Eigenschaften und Naturgewalten oder auch direkte Übernahme oder wenigstens Beeinflussung) im Bereich der sehr komplizierten und häufig strittigen Märchenforschung vorliegen, so darf man derartige Fragestellungen nicht ignorieren. Natürlich ist die spezifische Art der Märchenerzählung jeweils hervorzuheben, denn sie ist ein fester Bestandteil des nationalen, inhaltlichen und sprachlichen Kulturgutes. Man muß auch den volksnahen Charakter der Märchen und die innerhalb der breiten Masse der Bevölkerung beliebten und verankerten Inhalte sozial ausgleichender Gerechtigkeit unterstreichen. Aber es wäre bedauerlich, gerade die sozialen Probleme auf das eine oder andere bestimmte Volkstum zu beschränken. Gerade die Volkserzählungen, Märchen, Lieder, Sprichwörter und Lebensweisheiten sind ein hervorragendes Zeugnis für die Einheit des Menschengeschlechtes und für die Formulierung elementarer Bedürfnisse und Wünsche nach sozialer

Gerechtigkeit. Die universale Verbreitung dieser Volksdichtung ist hierfür der deutlichste Beweis. So darf auch in den folgenden Anmerkungen nicht auf Vergleiche und Zusammenhänge verzichtet werden.

Heinz Mode

1. *Wie die Welt erschaffen wurde.* S. 5

Aus Vakarel bei Sofija; aufgezeichnet von Jordan Kovačev; veröffentlicht in SbNU, Band 30, S. 49. Es gibt viele Varianten aus dem Südwesten Bulgariens.

Dies ist eine typische Weltentstehungslegende, zu der im grundlegenden Werk von Oskar Dähnhardt: Natursagen, 1907ff. (Bd. 1, S. 1ff.) zahlreiche Parallelen zu finden sind. Bemerkenswert für Bulgarien ist die ursprüngliche Zusammenarbeit von Gott und Teufel. Eingebaut sind Einzelschöpfungen, auch Umwandlungen von Teufelsgeschöpfen in Gottes Kreaturen, z. B. wie Gott aus dem Wolf einen Hund machte. Dähnhardt weist ausdrücklich auf bulgarische Parallelen hin, während diese Art Legenden im Typenkatalog von Aarne/Thompson gar nicht aufgenommen sind. Meist verübt der Teufel seine Untaten, während Gott schläft.

2. *Die Erschaffung des Teufels.* S. 7

Aus Svoge, Bezirk Sofija; aufgezeichnet von Michail Arnaudov; veröffentlicht in ›Bălgarska narodna poezija‹, Sofija 1921, S. 360.

Auch hier ist auf den Vergleich bei Dähnhardt hinzuweisen (Bd. I, S. 44). Die Entstehung des Teufels aus dem Schatten Gottes, den Gott zunächst als Menschen ansah, scheint in Bulgarien wiederholt erzählt worden zu sein. Dähnhardt (I, S. 38) weist ausdrücklich auch auf Zusammenhänge dieser charakteristischen Schöpfungssagen mit Sagen (oder Legenden) aus den byzantinischen Ostprovinzen: Armenien, Mesopotamien und Nordsyrien unter Vermittlung der Paulieraner und Euchiten, etwa im 8.–10. Jahrhundert hin, die in Thrakien von den dort ansässigen Bulgaren aufgenommen und auch umgebildet wurden. Solche Umformungen vollzogen sich innerhalb der großen Sekte der Bogomilen.

3. *Die Erschaffung und die Rettung der Welt.* S. 10
Aus Panagjurište; aufgezeichnet von dem Studenten Nešo Bončev; zuerst veröffentlicht in der Zeitschrift ›Obšt trud‹, Moskva 1868. Mehrmals in verschiedenen Sammelbänden nachgedruckt, auch in ›Bălgarska narodna poezija‹, Sofija 1921, S. 361.

Die vorliegende Legende, die in der Eingangsphase stark an Nr. 1 erinnert und ebenfalls mit Dähnhardt (I, S. 2f.) vergleichbar ist, wird besonders durch die heftige Auseinandersetzung zwischen Gott und Teufel charakterisiert. Sehr deutlich werden hier die biblischen Bezüge, und zu den alttestamentarischen Bestandteilen wird auch neutestamentarisches Erzählgut hinzugefügt. So gelingt es Gott, den ursprünglichen Vertrag mit dem Teufel, der sich zu seinem Nachteil auswirkt, dadurch zu brechen, daß er seinen Sohn Jesus Christus an seine Stelle treten läßt und dadurch die Welt vor dem Untergang bewahrt.

4. *Gottes Abmachung mit dem Teufel.* S. 15
Erzählt von Neofit Spasov, geb. 1904, aus Stanjovci, Bezirk Pernik; aufgezeichnet von Elena Ognjanova im Jahre 1979. Wird hier zum ersten Mal veröffentlicht. Eine ähnliche Variante, erzählt von Nasto Ulacalijata aus Veles (heute SFRJ) hat T. Ecov im Jahre 1894 aufgezeichnet; veröffentlicht in SbNU, Band 12, S. 164.

In dieser Legende wetteifern Gott und der Teufel bei der Schöpfung von Menschen. Dem Teufel gelingt es, nur einen Wolf zu erschaffen. Der Wolf beißt den Teufel, so daß jener fortan hinkt. Derartige ätiologische Erklärungen sind typisch für den ganzen hier behandelten Legendenkreis. Dähnhardt (I, S. 147ff.) gibt für dieses Thema mehrere Parallelen (polnisch, russisch usw.) Neutestamentliche Einschübe bilden durch das Auftreten von Christus den Abschluß der Erzählung.

5. *Die Erschaffung der Erde, der Berge und der Täler.* S.17 Aus dem Dorf Chalevo, Bezirk Vidin; aufgezeichnet von Jordan Kovačev; veröffentlicht in SbNU, Band 30, S.49. Es gibt Varianten aus Etropole und aus den Bezirken Botevgrad, Loveč und Pleven. In einigen dieser Varianten erzählt der Teufel dem Igel, was Gott tun solle, damit die Erde kleiner werde. Die Biene, die von Gott geschickt worden ist, belauscht sie und erfährt, daß Gott mit einer Rute auf die Erde schlagen solle, und so werden Täler und Gebirge entstehen, und so werde die Erde kleiner. So macht es auch Gott, und der Himmel bedeckt die nun kleinere Erde. In anderen Varianten dagegen läßt sich Gott von den Heiligen und den Engeln beraten. Der Heilige Ilija schlägt vor, die Erde zusammenzudrücken. Die weichen Stellen wölben sich nach oben und bilden die Gebirge, und aus den härteren Stellen entstehen die Täler.

In unserer Variante gelingt es dem Teufel nicht, genauso wie Gott eine Erdkugel zu formen, und er wird so wütend, daß er Gott von jener Kugel in den Abgrund stürzen will. Da kratzt der Teufel die Erde unter dem Sitz Gottes zu einem riesenhaften Berg zusammen. Der Igel erweist sich als klug und rät dazu, den Berg in die Fläche zu verteilen. So entstehen die Erde, Berge und Täler. Eine ähnliche rumänische Sage erzählt Dähnhardt, Bd.I, S.42/43. Vgl. auch die Sage bei Dähnhardt, I, S. 127, bulgarischer Herkunft, bei der Biene und Igel zusammenwirken. Hier ist allerdings die Biene das Gott gefällige Tier, während der Igel zuvor mit dem Teufel verhandelt. Es gibt eine ätiologische Parallele lettischer Herkunft (Dähnhardt I, S.128), hier hilft der Igel und bekommt dafür seine Stacheln.

6. *Die Erschaffung der Sonne und der Sterne.* S.18 Erzählt von Neofit Spasov aus Stanjovci, Bezirk Pernik; aufgezeichnet von Elena Ognjanova im Jahre 1979. Das Märchen wird hier zum ersten Mal veröffentlicht. Der Erzähler habe das Märchen von seinem Vater gehört und es noch 1926 aufgezeichnet, als er noch Lehrerstudent gewesen sei. Das Märchen habe ihn sehr beeindruckt, und des-

halb habe er es auswendig gelernt und es seinen Schülern und anderen Zuhörern erzählt. Eine sehr ähnliche Variante hat Marko Cepenkov in Prilep (heute SFRJ) aufgezeichnet und in SbNU, Band 8, S. 181 veröffentlicht.

Dies ist eine sehr schöne, etwas ausführliche Legende mit betonten biblischen Zusammenhängen. Das Kind Gottes, Jesus Christus, spielt mit Schneebällen und wirft sie in den Himmel. Gestirne und Sterne entstehen. Eine ähnliche bulgarische Fassung bei Dähnhardt, Bd. II, S. 78. Jesus spielt Ball. Parallel dazu gibt Dähnhardt auch eine rumänische Variante.

7. *Die Erschaffung der Menschen.* S. 20

Erzählt von Neofit Spasov aus Stanjovci, Bezirk Pernik; aufgezeichnet von Elena Ognjanova im Jahre 1979; Erstveröffentlichung.

Diese bulgarische Variante, bei der sowohl der Teufel als auch Adam fehlen, enthält interessante Einzelheiten. Der Mensch wird aus Lehm geformt, also ganz unterschiedlich von den biblischen Fassungen. Bemerkenswert ist der Zeitmangel, denn Gott mußte den Menschen an einem Tage schaffen. Die Eile der Schöpfung führt zur Bildung von Mißgestalten. Interessant ist auch das Motiv von der Zweiteilung des Kopfes, damit es möglich sei, die Schädeldecke abzunehmen. Ein Schwein frißt die abgelegte Schädelhälfte, und Gott entschließt sich, dem Menschen einen zusammenhängenden Kopf zu geben, damit dieser nicht sein Hirn verliere. Parallelen sind hier nicht bekannt.

8. *Die Erschaffung der Frau.* S. 23

Erzählt von Mara Vučeva aus Knjaževo (heute Stadtteil von Sofija), geb. 1885; aufgezeichnet von Elena Ognjanova im Jahre 1950 und von ihr veröffentlicht in ›Ot izvora‹, Sofija 1980, S. 28. Weitere Varianten sind in SbNU, Band 9 veröffentlicht, bekannt sind auch Varianten aus Prilep (heute SFRJ), die jedoch wesentliche Unterschiede aufweisen.

Die Anfangsepisode dieser Legende ist eine eigentümliche Variante der alttestamentarischen Schöpfungsgeschichte der Frau (Eva). Gott beauftragt den Engel, eine Rippe Adams herbeizuschaffen. Der Engel will diese dem Teufel stehlen, erwischt aber nur den Schwanz des Teufels. So entsteht die Frau aus einem Körperteil des Teufels. Eine sehr ähnliche bulgarische Variante findet sich bei Dähnhardt, I, S. 114 ff. Auch der zweite Teil, die Geschichte von der Tochter Noahs und der Erschaffung zweier Frauen aus einer Katze und einem Esel ist wenig schmeichelhaft für das Bild der Frau. Die Episode ist sehr originell erzählt, jedoch völlig unvereinbar mit der biblischen Ursprungsgeschichte der Frau. Bemerkenswert ist die Herabsetzung der Frau gegenüber dem Mann, ein Zug, der in der Bibel bereits sein Vorbild hat.

9. *Wie Adam den Tieren ihre Namen gab.* S. 27

Erzählt von Ivanka Dobrenova Ognjanova, geb. 1901, aus Raduj, Bezirk Pernik; aufgezeichnet von Elena Ognjanova im Jahre 1979, Erstveröffentlichung. Ivanka Ognjanova hat vier Klassen der Schule besucht, zeichnet sich allerdings durch ein bemerkenswert gutes Gedächtnis aus. Ihr sehr großes Repertoire umfaßt Lieder, Legenden, Märchen und andere Volksdichtungen. Die Herausgeberin hat Artikel über diese Erzählerin im Sammelband ›Folklor i literatura‹, Sofija 1968 und in dem von ihr herausgegebenen Buch ›Ot izvora‹, Sofija 1980 publiziert.

Diese lustige bulgarische Erzählung ist in dem Band ›Balkanmärchen. Aus Albanien, Bulgarien, Serbien und Kroatien‹, herausgegeben von August Leskien, Eugen Diederichs, Jena 1915 enthalten. (Nr. 16, S. 67 als bulgarisches Märchen.) Es wird dort (S. 324) mit den bei Dähnhardt Band I behandelten Texten verglichen. Eine genaue Parallele wird jedoch nicht genannt. Doch ist der betont ätiologische Charakter unserer bulgarischen Variante unverkennbar.

10. *Adam, Eva und die Schlange.* S. 31

Aus Etropole; veröffentlicht in SbNU, Band 4, S. 128. Es existieren Varianten aus der Umgebung von Sofija und aus

West- und Nordbulgarien. Nach einer anderen Überlieferung aus der Umgebung von Tărnovo, veröffentlicht 1890 in SbNU, Band 2, S. 162 sind die Körper der ersten Menschen Adam und Eva mit Schuppen bedeckt gewesen. Nachdem der Teufel in der Gestalt der Schlange sie dazu verführt hat, von dem Paradiesapfel zu essen, häuten sich Adam und Eva. Nur an den Spitzen der Finger und der Füße bleiben kleine Stückchen von Schuppen, die Nägel. Seit Eva von der Schlange betrogen und aus dem Paradies vertrieben worden ist, gibt es auf der Erde verschiedenartige Schlangen, die Feinde der Menschen geworden sind. Beißt eine Schlange einen Menschen zwischen den Augen, so kann ihm keine Arznei helfen. Hätte Eva nicht gesündigt, hätten die Menschen ihr Brot nicht in mühevoller Arbeit verdienen müssen, sondern wie die Tiere ohne Arbeit zu ihrer Nahrung kommen können.

Unsere bulgarische Variante basiert deutlich auf der alttestamentarischen Vorlage, wobei zugleich eine ätiologische Erklärung für das Kriechen der Schlange gegeben wird. Die Bestrafung der Schlange ist auch in einem äthiopischen Text zu finden (vgl. Dähnhardt Bd. I, S. 218). Zu vergleichen ist auch der Text bei Ilg, Maltesische Märchen, Bd. I, Nr. 70 und Dähnhardt Bd. I, S. 216. Dem gleichen Thema widmet Dähnhardt ein ganzes Kapitel: Bd. I, Kap. 6, S. 216 ff.

11. *Der Mann, der Ochse, der Hund und der Affe.* S. 32
Aufgezeichnet von Kuzman Šapkarev und in SbNU, Band 2, S. 168 veröffentlicht; erzählt von Bulgaren aus der Umgebung von Voden (heute SFRJ). Im Jahre 1888 hat auch K. Semerdžiev ein ähnliches Märchen im ›Kalendar‹, Solun (heute Griechenland) veröffentlicht, das in verschiedenen bulgarischen Sammelbänden nachgedruckt worden ist.

In diesem originellen Legendenmärchen handelt es sich um die Verteilung der Lebensjahre, wobei sich der Mensch bei Gott wegen eines zu kurzen Lebens beklagt, die Tiere jedoch, weil der Mensch sie plagt, bereit sind, Lebensjahre abzugeben. So gewinnt der Mensch an Jahren, wobei er allerdings in den verschiedenen Lebensstufen die Lebensart der die Jahre spendenden Tiere durchlaufen muß. Bei Dähnhardt findet sich für diese Vorgänge keine eigentliche Parallele, allenfalls in einzelnen Episoden (vgl. Dähnhardt, Bd. I, Register S. 371: Lebensweise).

12. *Adam und Eva auf der Erde.* S. 35

Erzählt von Ivanka Ognjanova aus Raduj, Bezirk Pernik. Aufgezeichnet von Elena Ognjanova; Erstveröffentlichung. Zwei Varianten aus Prilep (heute SFRJ), aufgezeichnet von Marko Cepenkov, sind in SbNU, Band 4, S. 113 und Band 7, S. 167 veröffentlicht.

Dies ist ein in alttestamentarischem Zusammenhang erzähltes Legendenmärchen. Adam und Eva überwinden die Schwierigkeiten nach der Vertreibung aus dem Paradies durch einen Pakt mit dem Teufel. Sie gestatten es dem Teufel, alle ihre Kinder in die Hölle zu nehmen. Endlich erbarmt sich Gott des Urpaares und bewirkt, daß nur noch die Sünder in die Hölle kommen. Eine Parallele hierzu vermag Dähnhardt nicht nachzuweisen.

13. *Jeder Mensch ist seines Glückes Schmied.* S. 37

Erzählt von Ivanka Ognjanova; aufgezeichnet von Elena Ognjanova im Jahre 1950. Wird hier zum ersten Mal veröffentlicht.

Dieses stark moralisierende Legendenmärchen knüpft an das vorangehende bulgarische Märchen insofern an, als auch hier die Kinder Adams und Evas eine Hauptrolle spielen. Sie werden so zahlreich, daß ihre Eltern sie nicht mehr ernähren können. Hier wird die Unterscheidung Gottes zwischen den Guten und den Sündern näher begründet. Alle Kinder sind gleich, wenn sie zur Welt kommen, aber später entscheidet ihr Verstand über ihr Glück oder Unglück. Der Kampf zwischen Glück und Verstand ist ein beliebtes Thema bulgarischer Erzählungen, wobei der Sieger sowohl das Glück als auch der Verstand sein kann. (Vgl. zum Beispiel Nr. 82).

14. *Warum man den Teufel nicht mehr sieht.* S. 41

Erzählt von Ivanka Ognjanova aus Raduj, Bezirk Pernik; aufgezeichnet von Elena Ognjanova im Jahre 1980; Erstveröffentlichung. Im Band 11 der Reihe ›Bălgarsko narodno tvorčestvo‹ auf S. 368 ist eine andere Variante derselben Erzählerin aus dem Jahre 1947 veröffentlicht.

Ein Mann bestätigt die Behauptung Gottes, die Menschen seien klug genug, um auch ihren eigenen Schöpfer beraten zu können, so daß der Teufel seine bösartigen Absichten aufgeben muß. Er beginnt, sich vor den Menschen zu fürchten und verbirgt sich vor ihnen wie die wilden Tiere. Auch hier ist eine engere Parallele weder in Dähnhardts Natursagen noch in den Märchen-Typen-Verzeichnissen nachzuweisen.

15. *Wie der Winter entstand.* S. 44

Aus der Sofioter Umgebung. Aufgezeichnet von Dimităr Stojkov und veröffentlicht in SbNU, Band 7, S. 133.

Es handelt sich hier um einen Teil der Weltschöpfung in der Form einer ätiologischen Erzählung. Ein eitler Frosch spielt in dieser Erzählung die Hauptrolle, doch wird man hier weder von einem Märchen noch von einer Legende sprechen können. Gott tritt allerdings in Erscheinung, insofern er die Heirat zwischen dem Frosch und einem Mädchen dadurch verhindert, daß er das Tor zu den Mächten des Winters öffnet. Keine nachweisbare Parallele.

16. *Warum die Sonne nicht heiratete.* S. 46

Erzählt von Mito Stanoev aus dem Dorf Mlekomnica, Bezirk Kjustendil; aufgezeichnet von Jordan Zachariev; veröffentlicht in SbNU, Band 32, S. 579.

In der vorliegenden bulgarischen Fassung ist es der Igel, der die Sonne daran hindert zu heiraten, damit die Hitze in der Welt nicht zu groß werde. Die Sonne erweist sich dem Igel gegenüber dankbar und gibt ihm seine Stacheln. Ähnlich und ebenfalls bulgarischer Herkunft ist die Variante bei Dähnhardt, Band I, S. 130 ff. Gott fragt hier den Teufel um Rat. Der Teufel verläßt sich auf den Esel, aber Gott schickt die Biene, um zu lauschen. Hier rettet also die Biene Gott vor einer Fehlentscheidung. In einer südmazedonischen Erzählung ist es hingegen der Igel, der eine Hochzeit der Sonne anregt (Dähnhardt, Bd. I, S. 130–131.). Er schämt sich jedoch, als sein Vorschlag mißlingt. Weitere Varianten und Parallelen, auch bulgarische bei Dähnhardt, Bd. I, S. 131–132. Dähnhardt verweist ausdrücklich auf die Bedeutung des Igels, bereits im altiranischen Awesta.

17. *Durch Blicke allein entsteht nichts.* S. 48

Aufgezeichnet in der Umgebung von Sofija, veröffentlicht von D. Stojkov in SbNU, Band 1, S. 150. Das von Vasilij Čolakov herausgegebene Buch ›Bălgarskij sbornik‹, Belgrad 1872 enthält eine Variante dieses Märchens aus der Umgebung von Panagjurište, in der auch Christus eine handelnde Person ist.

Dies ist eine sehr lokale bulgarische Legende, in deren Mittelpunkt der heilige Iwan steht. Er beweist den anderen Heiligen, daß die Kinder nicht allein durch Blicke entstehen. So kommt es dazu, daß die Menschen heiraten und sich lieben müssen, um Nachkommen zu haben. Iwan löst diese Überzeugungsaufgabe durch eine köstlich erdachte Szene, in der er für die Heiligen ein Essen ohne Salz bereitet, also durch ein Täuschungsmanöver. Keine nachweisbare Parallele.

18. *Der Arme bei Gott.* S. 49

Aufgezeichnet in der Umgebung von Sofija und veröffentlicht in SbNU, Band 8, S. 174 unter dem Titel ›Wo das Glück geteilt wird‹.

Ein armer Mann sucht das Glück und begibt sich auf den Weg zu Gott. Hier liegt ein echtes Märchen vor, das sowohl gesamtinhaltlich als auch in einigen Einzelepisoden in die Typen-Verzeichnisse Aufnahme gefunden hat. Es handelt sich um den Aarne/Thompson Typ 461 (›Drei Haare aus dem Bart des Teufels‹), Grimms Märchen Nr. 29 mit vielen Parallelen aus aller Welt. Bei dem indischen Sondertyp 461 A bei Aarne/Thompson sind Gottheiten das

Ziel der Pilgerschaft. Meist ist es aber ein Teufel oder ein Dämon. Charakteristisch sind auch die unterwegs an den Pilger gestellten Fragen (in unserem bulgarischen Märchen sind es nur zwei, meist jedoch drei Fragen).

19. *Auch Gott sündigt wie die Menschen.* S.56
Erzählt von Ivanka Ognjanova; aufgezeichnet von Elena Ognjanova im Jahre 1947. Zum ersten Mal veröffentlicht in ›Bălgarsko narodno tvorčestvo‹, Band II, S. 338 unter der Überschrift ›Auch Gott hat Sünden wie alle anderen‹.

Hier handelt es sich um ein sehr kritisches, völlig unbiblisches Märchen, in dem die Gerechtigkeit des Todesengels gegenüber der ungerechten Haltung von Gott und Petrus gebilligt wird. Man vermißt die sonst in den bulgarischen Legendenmärchen positive religiöse Einstellung des Erzählers. Das Leid auf Erden wird angeprangert und der heilige Petrus geradezu als lügnerischer Betrüger hingestellt. In dem Typenverzeichnis von Aarne/Thompson findet sich keine Parallele.

20. *Der Bauersmann und der Erzengel Michail.* S.64
Aufgezeichnet von Michail Arnaudov, veröffentlicht in ›Bălgarska narodna poezija‹, Sofija 1921, S. 361. Das ist ein sehr verbreitetes Märchen mit zahlreichen Varianten aus ganz Bulgarien, die meisten stammen aus der Umgebung von Sofija. Der Erzengel Michail, vom Volk Erzengel ‚der Seelenholende' genannt, wird als der gerechteste verehrt, da er den Tod an keinem vorbeigehen läßt.

Gegenüber Nr. 19 wird hier nicht ein Taufpate, sondern ein Trauzeuge gesucht. Wieder spielt der heilige Erzengel Michail (der Todesengel) die positive Rolle und bemüht sich, dem armen Bauern zu helfen. Diesmal erweist sich jedoch der Bauer als unwürdig und ist bereit, für die Erhaltung des eigenen Lebens sein Kind zu opfern. Bei den Wohltaten des Erzengels mit dem Heilwasser fühlt sich der Leser an Episoden des Aarne/Thompson Typs 1641 (›Doktor Allwissend‹), der weit verbreitet ist, erinnert.

21. *Der heilige Petrus und der arme Mann.* S. 68

Aus der Umgebung von Sofija; aufgezeichnet von Michail Arnaudov; veröffentlicht in ›Bălgarska narodna poezija‹, 1921, S. 364 und in SbNU, Band 7, S. 172.

In diesem bulgarischen Legendenmärchen bemüht sich der heilige Petrus, einem armen Bauern zu helfen und erfüllt dessen Bitte um ewigen Sommer. Nun wird es aber so warm, daß die Tiere, vor allem Frösche und Schlangen, sich so stark vermehren, daß sie großen Schaden anrichten. Der Zarenfrosch (Froschkönig) von riesenhafter Größe wagt es sogar, um die Ehe mit der Tochter des heiligen Petrus zu ersuchen. Petrus muß sich an den Herrgott wenden, um das von ihm veranlaßte Unheil des ewigen Sommers wieder rückgängig zu machen. Keine nachweisbare Parallele im Aarne/Thompson'schen Typenverzeichnis.

22. *Der heilige Ilija und die Menschen.* S. 73

Erzählt von Ivanka Ognjanova; aufgezeichnet von Elena Ognjanova im Jahre 1947; veröffentlicht in ›Bălgarsko narodno tvorčestvo‹, Band 11, S. 314. Band 2 von 1890, S. 194 enthält eine Variante aus Prilep (heute SFRJ), aufgezeichnet von Marko Cepenkov.

Ähnlich wie in dem vorangehenden Legendenmärchen bittet diesmal der heilige Ilija (Elias) Gott, den Menschen alle zahlreichen Wünsche zu erfüllen. Die Menschen übertreiben jedoch ihre Wünsche, Brot und Wein schmecken bitter, und auch der heilige Ilija kann den Menschen nicht helfen. So bitten sie alle schließlich Gott, die alten Zustände wiederherzustellen, und es gibt gute und schlechte Jahre.

23. *Jeder lebt sein Leben.* S. 77

Aus der Umgebung von Sofija; aufgezeichnet von Dimităr Stojkov; veröffentlicht in SbNU, Band 7, S. 166. Varianten aus Etropole und Vraca sind in SbNU, Band 4, S. 129 und S. 130 abgedruckt, aus der Umgebung von Elena im Band 11, S. 322. In SbNU, Band 2, S. 195 hat Marko Cepenkov eine Variante aus Prilep (heute SFRJ) veröffentlicht.

Hier haben wir es mit einer religiösen Legende zu tun.

Gott schickt den Todesengel, um die Seele einer kranken Witwe zu holen. Gerührt durch den Anblick von Zwillingskindern der Witwe, vermag der Todesengel seinen Auftrag nicht auszuführen. Erst beim dritten Versuch überzeugt Gott den Todesengel, daß er für die alleingelassenen Zwillinge sorgen wird.

24. *Was immer du tust, fällt auf dich selbst zurück.* S. 79
Aus der Umgebung von Sofija; aufgezeichnet von Dimităr Stojkov; veröffentlicht in SbNU, Band 3, S. 176. Band 4 (S. 131) enthält eine interessante Variante aus Loveč, Band 2 (S. 193) eine Aufzeichnung von Marko Cepenkov aus Prilep (heute SFRJ). Andere Varianten: in SbNU, Band 49, S. 385, erzählt von dem fünfzigjährigen Cvetko Stankov aus Krivonos bei Breznik und aufgezeichnet von Aleksandăr Martinov, und aus Marievo, Bezirk Blagoevgrad, veröffentlicht in SbNU, Band 16/17, S. 286.

In vielen Märchen wird von einer Wanderung der Götter auf Erden berichtet. Gott und Petrus, aber auch Christus und Petrus suchen die Menschen auf, belohnen oder bestrafen sie, je nach ihrem Verhalten; Aarne/Thompson Typen 759 A ff. (›Der sündige Priester‹). Dieses bulgarische Märchen erzählt ausführlich von der belohnten Gastfreundschaft eines Mannes. Der Mann bittet wiederholt um die Verlängerung seiner Lebensjahre. Endlich muß auch er sterben und steht vor dem Tor des Paradieses. Aber er hat zwölf Teufel als Partner zum Kartenspiel mitgebracht und erinnert Petrus, der ihn nicht einlassen will, daß auch er als ein armer Mann Gott nicht allein, sondern in Begleitung von zwölf Heiligen bewirtet hatte. Petrus muß ihm den Eintritt ins Paradies gewähren. Sehr originell erzählte bulgarische Variante! Für die Rückgängigmachung von Prophezeiungen vergleiche auch die Aarne/Thompson Typen 934 ff. (›Der Prinz und der Sturm‹).

25. *Der redliche Mann und der Spiegel der Armen.* S. 86
Erzählt von Ognjan Kostov aus dem Dorf Rasnik bei Breznik. Aufgezeichnet von Aleksandăr Martinov und veröffentlicht in SbNU, Band 49, S. 389.

Eine sehr plausible und gut erzählte Legende, die erklärt, warum Gott sich nicht mit den Sorgen der Menschen befassen und stets Gerechtigkeit walten lassen kann. Ursprünglich sieht Gott in einem Raum – im Paradies – alle Menschenschicksale in einem Spiegel. Er verbot jedermann den Zutritt zu diesem Raum. Dies ist das bekannte Märchenmotiv vom ›verbotenen Zimmer‹, das in den verschiedensten Zusammenhängen erzählt wird (Aarne/Thompson Typ 311 ›Rettung durch die Schwester‹ und andere). Ein Mann verletzt dieses Gebot, zerstört aus redlicher Entrüstung den Spiegel, der alles Unrecht und alle Sünden preisgibt. Seither kann Gott nicht mehr das Unglück auf Erden erkennen.

26. *Der Arme, der sich einen Esel wünschte.* S. 89
Erzählt von Neofit Spasov, geb. 1906; aufgezeichnet von Elena Ognjanova im Jahre 1979 im Dorf Stanjovci; Erstveröffentlichung. Im Band 2, S. 198 von SbNU hat Marko Cepenkov eine Variante aus Prilep (heute SFRJ) veröffentlicht, die geringfügige Unterschiede aufweist. Bekannt sind auch einige Varianten aus dem Archiv von Naiden Gerov, Autor eines fünfbändigen Wörterbuchs der bulgarischen Sprache.

Diese Legende gehört zu der Gruppe der Götter und Heiligen, die auf Erden wandeln, Wünsche erfüllen und Missetaten bestrafen, z. B. Aarne/Thompson Typ 750 A (Die Wünsche), 750 D (Jedem von drei Brüdern wird ein Wunsch garantiert durch einen himmlischen Besucher), unter anderem Grimm Nr. 87. Hier wird ein unzufriedener Mann, der seinen Nachbar beneidet, von dem heiligen Ilija bestraft. Vgl. auch unsere bulgarische Legende Nr. 24.

27. *Der Jäger und die Tiere.* S. 90

Aufgezeichnet von Aleksandăr Martinov im Dorf Rakita bei Breznik, veröffentlicht in SbNU, Band 49, S. 410. Band 11, S. 120 enthält eine Variante, erzählt von den Brüdern Tolevi, aufgezeichnet von Marko Cepenkov in Prilep (heute SFRJ), die wesentliche Unterschiede aufweist. Andere Varianten sind im Band 4, S. 159 – aus dem Dorf Rila, Bezirk Kjustendil, und auf S. 174 aus der Umgebung von Elena; im Band 16/17, S. 314 aus dem Dorf Vojnjagovci aus der Umgebung von Sofija u. a.

Dieses Märchen ist bereits ins Deutsche übersetzt in dem Band ›Bulgarische Volksmärchen‹, herausgegeben von Václav Frolec, Eugen Diederichs Verlag, Düsseldorf/Köln 1971, Nr. 4, S. 12–19. Die Kommentare (ebenda, S. 284) weisen darauf hin, daß noch keine eigene Nummer im internationalen Typenverzeichnis für diesen Erzählinhalt besteht, daß jedoch die Motive in Bulgarien sehr beliebt seien. Man kann eine entfernte Verwandtschaft zu dem Aarne/Thompson Typ 545 B (›Der gestiefelte Kater‹) sowie zu Teilbereichen der Aarne/Thompson Typen 302 B (›Das Leben des Helden liegt in seinem Schwert‹) und 516 B (›Die entführte Prinzessin‹) feststellen. Auch das türkische Volksmärchen, vgl. Eberhard/Boratav Typ 36, weist eine enge Verwandtschaft auf. So wird als Herkunft ein orientalisches Vorbild angenommen, das über türkische Vermittlung nach Bulgarien und auf den Balkan gelangt ist.

28. *Tschekardak Pascha.* S. 99

Erzählt von Georgi Bogdanov aus Vojnjagovci bei Sofija; veröffentlicht in SbNU, Band 16/17, S. 314.

Bereits der Titel weist auf türkische Zusammenhänge hin, und so finden wir auch eine Parallele bei Eberhard/Boratav, Typ Nr. 34. Hingegen weist der internationale Typenkatalog von Aarne/Thompson keine genauere thematische Übereinstimmung zum Kernmotiv unseres bulgarischen Märchens auf. Ein Fuchs bittet für einen armen Müller um die Hand der Zarentochter. Der Müller vermag als Gegengabe nur auf die List des Fuchses zu vertrauen, erweist sich aber als undankbar gegenüber seinem Helfer.

29. *Der Fuchs und Turan.* S.104

Sammler: G. Lăzev; veröffentlicht in SbNU, Band 4, S.169. Varianten gibt es aus den Umgebungen von Panagjurište und Elena.

Bei Václav Frolec Nr. 5, S. 19–24 findet sich unser Märchen, das auch dem vorangehenden bulgarischen Märchen Nr. 28 unserer Sammlung gleicht. Für die einzelnen Episoden und Motive finden sich die engsten Parallelen bei Eberhard/Boratav im bereits zuvor erwähnten Typ 34. Der undankbare Mensch bittet den Fuchs um Verzeihung.

30. *Der Fuchs und der Schäfer.* S.110

Aus dem Dorf Rila, Bezirk Kjustendil; aufgezeichnet von Dimităr Vălčev; veröffentlicht in SbNU, Band 4, S. 174. Band 5 der gleichen Reihe (S.191) enthält eine andere Variante aus Prilep (heute SFRJ) des Sammlers Marko Cepenkov, die sich in vielem von unserer Variante unterscheidet. Im Band 13 (S. 209) ist eine Variante aus dem Panagjurišter Gebiet enthalten, erzählt von Geto Savov und aufgezeichnet von Angel Radev. Nach dieser Variante stiehlt die Füchsin jede Nacht Weintrauben, bis sie in die Falle eines Wächters gerät. Sie verheiratet ihn dann mit der Zarentochter und führt anschließend die Hochzeitsgesellschaft in den Palast eines Drachen, den sie vorher in einen Backofen verlockt und verbrannt hat. Die Zarentochter verliebt sich in ihren Mann und verehrt die Füchsin. Als diese sich tot stellt und von dem Bräutigam auf den Müll geworfen wird, weint die Zarentochter. Zum Schluß wird der Bräutigam entlarvt. Das Märchen hat viele Varianten, hauptsächlich aus dem Sofioter Gebiet und den Dörfern des Gebirges Sredna Gora.

Auch dieses bulgarische Märchen steht im engen Zusammenhang mit den beiden vorangehenden Märchen. So ist auch hier auf die entsprechenden türkischen und bulgarischen Vergleiche hinzuweisen. Die Übereinstimmungen beziehen sich sowohl auf den Inhalt als auch auf den einzelmotivischen Aufbau der Märchen. Immer erweist sich der Fuchs gegenüber dem Menschen als gutgesinnter Helfer. Der allgemeine Aarne/Thompson Typ ist 545 B (›Der gestiefelte Kater‹) Grimm Nr. 214, auch Bolte/Polivka Bd. III, S. 487 kann unter Austausch der Tiere (Katze statt Fuchs) zum Vergleich herangezogen werden.

31. *Der Fuchs als Richter.* S. 115

Aus der Umgebung von Sofija; aufgezeichnet von D. Stojkov; veröffentlicht in SbNU, Band 3, S. 200.

Das vorliegende bulgarische Märchen ist auch bei Václav Frolec Nr. 6, S. 24–26 erschienen. Vgl. die dortigen Anmerkungen auf S. 284. Dort wird auch auf den Aarne/Thompson Typ 15 (›Der Diebstahl des Buttes durch Vortäuschung, der Pate zu sein‹) hingewiesen, einem international sehr verbreiteten Typ, der schon im altindischen Pañcatantra auftaucht, wobei die Tiere vielfach wechseln. Hier befreit ein Mensch eine Schlange, doch will das undankbare Tier den Menschen töten. Der Fuchs spielt den Schiedsrichter und bringt die Schlange in die Gefangenschaft zurück. Im türkischen Märchengut gibt es zahlreiche Parallelen, Eberhard/Boratav Typ 48 (›Die undankbare Schlange wird wieder eingefangen‹). Auch die Vielzahl der indischen Varianten von Aarne/Thompsons Typ 155 spricht für die orientalische Herkunft dieses Märchens. Auch ›Der Geist in der Flasche‹ aus ›1001 Nacht‹ kann in diesem Zusammenhang genannt werden.

32. *Der Kranke trägt den Gesunden.* S. 120

Aus der Umgebung von Kjustendil, veröffentlicht in SbNU, Band 10, S. 187. Das Märchen besitzt viele Varianten aus ganz Bulgarien.

Dieses bulgarische Märchen gehört eigentlich zu den Tierschwänken. Eine bulgarische Parallele ist ›Der dumme Wolf‹, bei Václav Frolec Nr. 1, S. 5–7. Im internationalen Typenkatalog ist es als Aarne/Thompson Typ 47 B (›Das Pferd tritt dem Wolf in die Zähne‹) und Aarne/Thompson

Typ 122 A (›Der Wolf verliert seine Beute‹) verzeichnet. Siehe auch Grimm Nr. 86, Bolte/Polivka Bd. II, 207 und Bd. III, 77. Der Grundtyp ist vergleichbar mit dem Aarne/Thompson Typ 130 (›Die Tiere auf der Wanderschaft‹), und auch im türkischen Volksmärchen findet man stark verwandte Motive (Eberhard/Boratav Typ 11).

33. *Der Fischer, der Wolf und der Fuchs.* S. 125

Erzählt von Ivanka Ognjanova aus Raduj, Bezirk Pernik; aufgezeichnet von Elena Ognjanova im Jahre 1950. Das Märchen besitzt viele bulgarische Varianten, diese hier wird zum ersten Mal veröffentlicht.

Sehr häufig stehen sich der schlaue Fuchs und der dumme Wolf gegenüber, und manches erinnert an die Märchen aus dem Reineke-Fuchs-Zyklus. Das Einfrieren des Wolfsschwanzes, den der Fuchs als Fischangel empfiehlt, hat einige Forscher veranlaßt, den Ursprung dieser Episode in nördlichen, kalten Gefilden zu suchen (vgl. Eberhard/Boratav Typ 5, Anmerkung, S. 3). Doch scheinen nur alle diese Märchen vom schlauen Fuchs oder Schakal eher auf alte indische, schon sehr früh aufgezeichnete Märchen aus dem Pañcatantra (Hitopadeśa) hinzuweisen. Vgl. auch die ersten Tiermärchentypen bei Aarne/Thompson 1–65 mit ihren zahlreichen, aber gleichermaßen geistreichen Einzelmotiven.

34. *Der Bär und der Kuhhirt.* S. 129

Aufgezeichnet von Dimităr Marinov; veröffentlicht in ›Basnenik ili sbornik ot narodni basni‹, Sofija 1894, S. 43.

Ein beinahe identisches bulgarisches Märchen findet sich bei Václav Frolec Nr. 11, S. 35–37. Eine genaue Parallele ist im internationalen Typenkatalog von Aarne/Thompson nicht zu erkennen, doch vgl. dazu den Aarne/Thompson Typ 101 (›Wolf und Hund‹). Auch bei Eberhard/Boratav ist ein verwandtes Motiv, jedoch mit einem anderen Inhaltsstoff nachzuweisen, Typ Nr. 35 (›Der Bär und der Bauer‹). Die Tendenz geht auf das Sprichwort hinaus: ›Hüte dich vor einem Bärendienst.‹ Derartige sprichwörtliche Sentenzen sind sehr bezeichnend für viele bulgarische Märchen.

35. *Der Mann und der Bär.* S. 132

Aus dem Dorf Banja, Bezirk Pazardžik, aufgezeichnet von Kuzman Šapkarev; veröffentlicht in SbNU, Band 3, S. 200. Band 8 (S. 216) enthält eine weitere Variante des gleichen Sammlers aus dem Dorf Levočevo bei Smoljan, in der ein Löwe und ein Mann agieren. Der Löwe nimmt den Mann, der vom Gericht verfolgt wird, in der Höhle auf und pflegt ihn, da er krank ist. Später erkrankt der Löwe, und diesmal kümmert sich der Mann um den Löwen, doch er fordert von ihm, den Kopf zur Seite zu halten, denn das Maul des Tieres rieche schlecht. Der Löwe vertreibt daraufhin den Mann. Als sie sich einige Zeit danach im Gebirge wiederbegegnen, sagt der Löwe dem Mann, daß die Wunde verheilt ist, das böse Wort aber habe er nicht vergessen können und zerreißt ihn in Stücke.

Der erste Teil unseres Märchens erzählt das bekannte Motiv der Ernteteilung, das in mehreren Typen des internationalen Verzeichnisses von Aarne/Thompson Aufnahme gefunden hat. Der Frosch überlistet den Bären in dem Aarne/Thompson Typ 9 B (›Die Verteilung der Ernte‹), ein Mann besiegt einen Dämon auf listige Art in dem Aarne/Thompson Typ 153 (›Die Beschneidung des Bären und die Suche nach der Heilsalbe‹), der international sehr weit verbreitet ist. In dem zweiten Teil des Märchens hilft der Fuchs dem Mann, den Bären zu überlisten und zu töten. Hier wird erneut das Tiermärchenmotiv vom schlauen und dem Menschen behilflichen Fuchs aufgegriffen. Der Mensch erweist sich auch hier als undankbar und bringt zwei Hunde herbei, die den Fuchs töten.

36. *Der schlaue Ziegenbock.* S. 134

Aus der Elenaer Umgebung. Aufgezeichnet von Michail Arnaudov und von ihm veröffentlicht in SbNU, Band 27, S. 329. Das ist ein sehr beliebtes Motiv in den bulgarischen Märchen, das zahlreiche Varianten besitzt.

Dieses bulgarische Märchen ist sehr eigenartig. Es handelt sich um eine mehrteilige Geschichte, die zunächst von den Tieren handelt, die in den Wald flüchten und sich gegenseitig betrügen. Ein schlauer Ziegenbock überlistet den Menschen und auch die anderen Tiere. Vergleichbar ist ein Teil des Aarne/Thompson Typs 20 A (›Die Tiere in der Grube‹).

37. *Die Tiere als Landwirte.* S. 141

Aus der Umgebung von Elena. Aufgezeichnet von Michail Arnaudov und von ihm in SbNU, Band 27, S. 131 veröffentlicht. Das Motiv kommt sehr oft in den bulgarischen Märchen vor.

Kombination von Einzelepisoden in der Art des ›Reineke Fuchs‹. Zu vergleichen sind auch andere Tiermärchen, z. B. das bulgarische Märchen bei Václav Frolec, Nr. 2, S. 7–9, in dem erneut der Fuchs die anderen Tiere besiegt.

38. *Der schreckliche Zar, der Kater.* S. 144

Aus der Umgebung von Breznik. Aufgezeichnet von Aleksandăr Martinov; veröffentlicht in SbNU, Band 49, S. 409.

Ein Bär, ein Schwein und ein Hase belästigen und nekken eine Füchsin. Sie will sich rächen und mit dem Kater-Zaren vermählen. Dem Kater gelingt es, die bösartigen Tiere in Furcht zu versetzen, und die Füchsin ist glücklich über den Erfolg ihres Planes. Eine Parallele ist wohl nicht bekannt.

39. *Der alte Wolf.* S. 145

Aus der Umgebung von Chaskovo. Aufgezeichnet von dem Geistlichen Stančo Kožucharov; veröffentlicht in ›Bălgarsko narodno tvorčestvo‹, Band 9, S. 157.

Für den Inhalt dieser Tiererzählung müssen lokale Gegebenheiten ausschlaggebend gewesen sein, und es ist kaum möglich, eine Parallele im internationalen Typenverzeichnis ausfindig zu machen.

40. *Der Wolf und der Schäfer.* S. 148

Aufgezeichnet von Dimităr Marinov; veröffentlicht in ›Basnenik ili sbornik ot narodni basni‹, Sofija 1894, S. 80.

Hier liegt ein sehr bekannter Märchentyp zugrunde, der unter dem Namen ›Der Wolf im Schafspelz‹ bekannt ist (vgl. Aarne/Thompson Typ 123 B). In der inhaltlichen Tendenz zeigt sich auch eine Übereinstimmung zum Aarne/Thompson Typ 214 B (›Der Esel in der Löwenhaut‹), beides vermutlich sehr alte Märchenstoffe, in unserem bulgarischen Beispiel mit sprichwörtlichem Hinweis ›Der Wolf ändert sein Haar, aber er bleibt, wie er war‹.

41. *Der Wolf und die Richter.* S.150

Aus der Umgebung von Kjustendil. Aufgezeichnet von Pejčo Dragolevski, veröffentlicht von M. G. Makedonski in ›Zimni večeri. Sbornik ot narodni prikazki i pesni ot Kjustendilsko‹, 1900, S. 45.

Eine genaue Parallele zu diesem bulgarischen Tiermärchen ist schwer zu finden, aber es ließe sich eventuell ein allgemeiner Zusammenhang mit den Aarne/Thompson Typen von den klugen Tieren, 170 A und 879 (›Kluge Antwort‹) herstellen. Auch das bulgarische Märchen ›Der Wolf und die Zigeuner‹ Nr. 10 bei Václav Frolec, S. 33/34, läßt sich als Parallele heranziehen.

42. *Der Wolf und die Zigeuner.* S.151

Aus der Umgebung von Chaskovo. Aufgezeichnet von Stančo Kožucharov; veröffentlicht in ›Bălgarsko narodno tvorčestvo‹, Band 9, S. 172.

Unser bulgarisches Märchen Nr. 41 erscheint in enger Parallele, wie schon im vorigen Kommentar betont bei den bulgarischen Volksmärchen, herausgegeben von Václav Frolec, Nr. 10, S. 33/34. Die spitzfindige Argumentation des Wolfes ist für Zigeunerschwänke charakteristisch.

43. *Das hinkende Hähnchen.* S.152

Aus Bansko. Aufgezeichnet von den Brüdern Molerovi; veröffentlicht in SbNU, Band 48, S. 310. Es existieren viele Varianten aus den Gebieten um Pernik und Samokov.

Es handelt sich hier um ein Kettenmärchen. Diese Typenfolge ist bei Aarne/Thompson als eine eigens charakteristische Gruppe aufgenommen worden und scheint in Bulgarien, wo sie uns noch mehrfach begegnen wird, sehr beliebt zu sein. (Bei Aarne/Thompson Nr. 2000 ff.) In dem türkischen Märchen ›Der Pascha und der Hahn‹ finden wir auch eine inhaltliche Parallele zu unserem Hauptmotiv: vgl. Eberhard/Boratav Typ 33, S. 48. In der türkischen Variante ersetzen Pascha und Bey den Zaren in unserem Märchen.

44. *Das Hähnchen und das Huhn.* S. 155

Erzählt von Neofit Spasov, geb. 1904, aus dem Dorf Stanjovci, Bezirk Pernik; aufgezeichnet von Elena Ognjanova im Jahre 1979; Erstveröffentlichung.

Auch hier liegt der klassische Fall eines Kettenmärchens vor. Leider findet sich im internationalen Typenkatalog keine genaue Parallele, doch könnte man z. B. den Aarne/Thompson Typ 2042 (›Verschiedene Ereignisse mit Tieren‹) zum Vergleich heranziehen. Als agierendes Tier ist der Hahn auch in den türkischen Märchen sehr häufig zu finden (vgl. Eberhard/Boratav, Register, S. 452).

45. *Der Wolf, der Igel und das Reh.* S. 157

Erzählt von Ivanka Ognjanova aus Raduj, Bezirk Pernik; aufgezeichnet von Elena Ognjanova im Jahre 1971; Erstveröffentlichung.

Dieses sehr eigenartige und schwer klassifizierbare bulgarische Volksmärchen stellt den Igel als Hauptfigur und Sieger durch List über den Wolf vor. Der Igel spielt auch in den bulgarischen Legendenmärchen eine herausragende Rolle. Eine genaue Parallele ist nicht bekannt, doch ist im Gegensatz zu den Bemerkungen über den Hahn im Kommentar unter Nr. 44 der Igel in den türkischen Volksmärchen nur selten zu finden (vgl. Eberhard/Boratav, Register).

46. *Der schlaue Fuchs und der dumme Wolf.* S. 159

Erzählt von Ivanka Ognjanova aus Raduj, Bezirk Pernik; aufgezeichnet von Elena Ognjanova im Jahre 1970; Erstveröffentlichung.

Dieses bulgarische Tiermärchen gehört zu den bereits

wiederholt kommentierten Märchen vom listigen Fuchs, die im internationalen Typenkatalog von Aarne/Thompson die ersten Typennummern besetzen. (1–96)

47. *Der Alte und der Bär.* S.160

Aus dem Archiv von Ljuben Karavelov (1834–1879), bedeutender bulgarischer Schriftsteller.

Eine schwankartige Tiererzählung, die aus sehr einfachen Motiven besteht, den Bären jedoch als dummes und schreckhaftes Tier kennzeichnet, das selbst vor einem alten kraftlosen Mann Angst hat.

48. *Der Mann und die Schlange.* S.161

Aus der Umgebung von Veliko Tărnovo; aufgezeichnet von Stojan Sirakov und von ihm veröffentlicht in ›Prikaznik săs stichotvorenija i prikazki‹ 1902, S.15.

Dieses Märchen ist einzuordnen in das internationale Typenverzeichnis unter dem Aarne/Thompson Typ 285 D (›Schlange verweigert Versöhnung ...‹), in etwas abweichender Form auch bei Typ 1538 (›Der Jüngling wird beim Ochsenkauf betrogen‹). Immer erweist sich ein vom Menschen verletztes Tier als nachtragend und rächt sich endlich an seinem Peiniger. Ein ähnliches Märchen verzeichnet Eberhard/Boratav als Typ 49 (S. 59). Eberhard unterstreicht in seinem Kommentar den sprichwortartigen Charakter: ›Ein Rachgefühl ist nicht zu besänftigen‹.

49. *Die Maus und der Maulwurf.* S.162

Erzählt von Angel Mižorov; aufgezeichnet von G.Rusenski in Bracigovo, Bezirk Pazardžik und von ihm in SbNU, Band 4, S.116 veröffentlicht.

Wieder haben wir es mit einem bulgarischen Kettenmärchen zu tun, vergleichbar ist der internationale Aarne/Thompson Typ 2024 (›Die Maus erhält ihren Schwanz zurück‹). Auch die Suche nach einem Ehemann gehört in die gleiche Motivgruppe. Es ist der Aarne/Thompson Typ 2031 C (›Die Suche nach dem größten Wesen als Ehemann für die Tochter‹), ein Typ, der nach dem Verzeichnis nur in Indien belegt ist, also wohl mit Gewißheit als echt orientalisch bezeichnet werden darf.

50. *Der Hirsch und das Rehlein.* S. 164

Aus der Umgebung von Tărnovo; aufgezeichnet von Dimităr Marinov und von ihm in ›Basnenik ili sbornik ot narodni basni‹ Sofija 1894, S. 95 veröffentlicht.

Dies ist eine moralisierende bulgarische Tiergeschichte, in der gezeigt wird, wie ein alter Hirsch, der eine Herde Rehe führt, sich weigert, den guten Rat eines jungen Tieres anzunehmen. Der Hirsch und ein Teil der Herde geraten in die neu angelegte Falle. Die letzten Worte des alten Hirsches aber mahnen die jungen Rehe, nicht allein auf das Alter zu hören, sondern der Erfahrung und dem Wissen den Vorzug zu geben. Eine Parallele ist nicht bekannt.

51. *Die beiden Esel.* S. 166

Aus der Umgebung von Breznik; veröffentlicht von Elena Ognjanova in ›Djado, baba, vnuče‹, Sofija 1971, S. 122.

Der Esel im Dienst des Reichen beneidet den Esel, der bei einem Steinmetz arbeitet und schwere Arbeit leisten muß, weil er sich im Staub wälzen und Disteln fressen kann. Vgl. Aarne/Thompson 112 (›Feldmaus und Stadtmaus‹).

52. *Der Traum des Spatzen.* S. 167

Aufgezeichnet von Kuzman Šapkarev im Dorf Sarăci aus der Umgebung von Bitolja (heute SFRJ) und von ihm veröffentlicht in ›Sbornik ot narodni starini. Bălgarski narodni prikazki i verovanija‹, Plovdiv 1885, unter der Nr. 158; außerdem in SbNU, Band 11, S. 215 erschienen. Bekannt sind Varianten dieses Märchens aus dem ganzen Südwesten Bulgariens, insbesondere aus den Umgebungen von Samokov und Sofija.

Dies ist eine in Form eines Traumes wiedergegebene moralische Erzählung. Ein Spatz wünscht sich ein schönes Gefieder, wird aber dann im Traum von einem Jäger gejagt. Er wacht rechtzeitig auf und ist glücklich, daß er als einfacher Spatz ungestört umherhüpfen kann.

53. *Die arbeitsame Amsel.* S. 168

Erzählt von Dimităr Kocev aus Bracigovo, Bezirk Pazardžik, aufgezeichnet von Georgi Rusenski; veröffentlicht in SbNU, Band 4, S. 162.

In dieser sehr kurzen Erzählepisode wird die Faulheit der Amsel beschrieben, die jeder Aufforderung, etwas zu tun und mitzuarbeiten, sich widersetzt. Der Titel ist natürlich ironisch gemeint.

54. *Der flinke Igel.* S. 169

Erzählt von Luka Stojčeva aus Teteven, Bezirk Loveč; aufgezeichnet von Krăstjo Stojčev; veröffentlicht in SbNU, Band 31, S. 120. Derselbe Band enthält eine kürzere Variante der Erzählerin Nenka Tilkova aus Teteven.

Hier wird, ausführlicher und begründeter als in der vorangehenden Erzählung (Nr. 53), die Faulheit eines Tieres (des Igels) beschrieben. Auch diese kurze Erzählung ist kein eigentliches Märchen, sondern eine Morallehre, in der betont wird, daß die Faulen nicht arbeiten wollen, sondern mit faulen Ausreden ihre eigene Dummheit und Unlust zu begründen suchen.

55. *Der Spatz und die Lerche.* S. 169

Aufgezeichnet von Dimităr Stojkov in der Umgebung von Sofija; veröffentlicht in SbNU, Band 5, S. 187.

Wie in den beiden vorangehenden Tiererzählungen, wird auch in diesem kurzen moralisierenden Erzählmotiv die Angst und Dummheit eines Tieres (des Spatzen) beschrieben, der sich zu einer Lerche rettet, weil er angeblich von einem großen Tier bedroht wurde. Zum Schluß verspottet er die Lerche, die nicht begreifen kann, wie groß die doch nur vermeintliche Bedrohung gewesen war.

56. *Der Frosch und der Ochse.* S. 170

Veröffentlicht von I. Vazov und K. Veličkov in ›Christomatija ili sbornik ot izbrani obrazci po vsički rodove săčinenija‹, Plovdiv 1884, S. 56.

Diese Fabel hat bei Aarne/Thompson die Typennummer 277 A (›Der Frosch versucht vergeblich, so groß wie ein Ochse zu werden‹) und ist weit verbreitet.

57. *Der Ertrinkende und die Schlange.* S. 171

Veröffentlicht von Dimităr Marinov in ›Basnenik ili sbornik ot narodni basni‹, Sofija 1894, S. 149.

Ein Mann, der in einen Fluß gefallen ist, will sich retten und hält sich an einer Schlange fest. Er ertrinkt zwar nicht, wird aber von der Schlange gebissen und geht unter. Allerdings stirbt die Schlange mit ihm, da er sich an ihr festgeklammert hat. Ganz deutlich handelt es sich hier um eine Fabel von der Wahl der Todesart.

58. *Die beiden Fischchen.* S. 171

Veröffentlicht von Dimităr Marinov in ›Basnenik ili sbornik ot narodni basni‹, Sofija 1894, S. 47.

Wie in den vorangehenden Tiererzählungen handelt es sich auch hier um eine Tierfabel, in der beschrieben wird, wie zwei Fischchen, die nicht auf den Rat eines alten Fisches hören, im Netz des Fischers gefangen und auf dem Markt verkauft werden. Moral: Wer nicht hören will, muß fühlen.

59. *Die Mäuse und die Katze.* S. 172

Aus der Sofioter Umgebung; aufgezeichnet von Dimităr Stojkov; veröffentlicht in SbNU, Band 5, S. 187. Dieses Motiv ist im ganzen Land bekannt.

Mäuse beschließen, der Katze eine Glocke um den Hals zu binden, um sie rechtzeitig als herannahenden Feind zu erkennen. Sie sind jedoch zu feige, die Tat auszuführen, und daher frißt die Katze die Mäuse wie eh und je. Auch dies ist eine Fabel, die unter der Nummer 110 ins Typenverzeichnis von Aarne/Thompson (›Eine Glocke für die Katze‹) aufgenommen wurde und sich auch bei Dähnhardt, Natursagen Bd. IV, S. 145 ff. findet.

60. *Der gierige Hund.* S. 173

Erzählt von Spasija Džurenova aus Pazardžik; veröffentlicht in ›Baba razkazva‹, Sofija 1961, S. 67.

Dies ist ein sehr bekanntes Märchenmotiv von der Spiegelung im Wasser, Aarne/Thompson Typ 34. Im Typ 34 A ist es der Hund, der ins Wasser springt (›Der Wolf taucht nach seinem Spiegelbild im Wasser‹). Wolf oder Hund glauben, eine noch größere Beute erhaschen zu können, schnappen nach dem Spiegelbild und verlieren dabei ihre sichere Beute (einen Käse, einen Knochen usw.).

61. *Die Krähe und der Krebs.* S. 173

Veröffentlicht von Dimităr Mančov in ›Baštin ezik‹, Plovdiv 1889, S. 91.

Die Beliebtheit der äsopischen Fabeln in Bulgarien zeigt auch die vorliegende Tiererzählung. Allerdings sind derartige Themen auch in der altindischen Literatur aufgezeichnet worden. In der vorliegenden Fassung verliert eine Krähe einen bereits gefangenen Krebs, der sie zum Sprechen bringt und so dem Schnabel des Vogels entkommt.

Die gleiche Geschichte ist auch bei Václav Frolec, Nr. 9, S. 33, erschienen.

62. *Der Schlaue Hahn.* S. 174

Erzählt von Nevena Kolarova aus Batak bei Peštera. Aufgezeichnet von Elena Ognjanova im Jahre 1951; Erstveröffentlichung. Bekannt sind auch Varianten aus anderen Gegenden mit kürzeren Dialogen.

Es handelt sich um eine Variante der gleichen äsopischen (oder besser altindischen) Tierfabel wie in unserer Nr. 61, nur gelingt es hier dem von einem Fuchs zum Singen überlisteten Hahn im zweiten Teil, den Fuchs zu überlisten und die Beute zurückzugewinnen. Vgl. den ersten Teil mit Aarne/Thompson Typ 57 (›Der Rabe mit dem Käse im Schnabel‹). Die Gegentat des Hahnes scheint eine bulgarische Erweiterung des ursprünglichen Fabelstoffes zu sein.

63. *Der Bär, der Ameisen fraß.* S. 175

Aus der Umgebung von Michailovgrad; veröffentlicht in SbNU, Band 3, S. 199.

Eine einfache bulgarische Tiergeschichte, die man auch als Tierfabel bezeichnen könnte, in der Ameisen einen Bären überwinden, indem sie ihn in eine Grube locken. Keine Parallele im internationalen Typenverzeichnis von Aarne/Thompson.

64. *Der Wolf und die Elster.* S. 176

Erzählt von Spasija Džurenova aus Pazardžik; veröffentlicht in ›Baba razkazva‹, Sofija 1961, S. 149.

Eine Moralerzählung, in der eine Elster einen Wolf belehrt, allerdings mit wenig Erfolg und ohne tiefere Bedeutung. Der Sinn besteht wohl darin, daß niemand sich durch Ortswechsel in einen anderen verwandeln kann, wenn er nicht gleichzeitig auch seine schlechten Gewohnheiten ablegt.

65. *Der Kameltreiber und seine Kamele.* S. 176

Aus Chaskovo; aufgezeichnet von dem Geistlichen Stančo Kožucharov; veröffentlicht in ›Bălgarsko narodno tvorčestvo‹, Band 9, S. 169.

Diese Geschichte ist gesellschaftskritisch angelegt. Ein Kameltreiber will sich vor seinem Tode bei seinen Kamelen bedanken. Diese weisen aber seinen Dank zurück und erinnern ihn, daß er den Kamelen stets einen Esel als Leittier gegeben und sie so beleidigt habe. Das soll eine Anspielung auf die Mißachtung des Volkes durch die Regierenden sein.

66. *Das goldene Vögelchen.* S. 177

Aus Panagjurište; erzählt von Prokopi Popivanov; aufgezeichnet von G. Rusenski; veröffentlicht in SbNU, Band 14, S. 131.

Das gleiche Zaubermärchen ist bei Václav Frolec enthalten, S. 37–49, Nr. 22. Auch hier handelt es sich um einen sehr bekannten Zaubermärchentyp, Aarne/Thompson 550,

(›Die Suche nach dem goldenen Vogel‹), der sogar in die Grimmsche Märchensammlung aufgenommen wurde (Grimm Nr. 57, Bolte/Polivka Band I, S. 503). Natürlich ist dieses vermutlich ebenfalls orientalische Märchen auch in den türkischen Volksmärchen bei Eberhard/Boratav Typ 76, Typ 206, Typ 257 III enthalten. Die bulgarische Fassung zeichnet sich jedoch durch ihre hervorragende Erzählqualität aus.

67. *Das fliegende Pferd.* S. 189

Aus Stara Zagora; aufgezeichnet von G. Rusenski; veröffentlicht in SbNU, Band 6, S. 158. Andere Varianten sind in SbNU, Band 19, S. 119 aus Cărsko, aus der Umgebung von Bitolja (heute SFRJ) veröffentlicht. In diesen Varianten fertigt der eine Meister einen Wasserbrunnen mit vierzig Wasserspeiern an, der andere dagegen ein Pferd aus Buchenholz mit vierzig Schrauben. Der zweite bekommt seine Frau zurück.

Dieses berühmte Zaubermärchen ist bestens aus den Erzählungen der ›1001 Nacht‹ bekannt. Unsere bulgarische Fassung ist sehr schön erzählt und motivisch reizvoll erweitert. Der Grundtyp im internationalen Typenkatalog von Aarne/Thompson (›Die Flügel des Prinzen‹) ist 575, doch sind es meist nur künstlich geschaffene Flügel, die den Menschen fliegen lassen. Der Typ ist in Indien sehr verbreitet. Im türkischen Volksmärchenverzeichnis bei Eberhard/Boratav ist er unter Typ 136 III angeführt. Auch die Wahl des Padischah durch einen Vogel weist, wie auch weiterer türkischer Parallelvergleich Eberhard/Boratav Typ 175 IV und Typ 231 IV auf eine orientalische Herkunft des Märchens.

68. *Der Mann, der den Sonnensohn vertrat.* S. 201

Erzählt von Laljo Marinov-Lamar (1898–1974) aus Kalejnica bei Trojan, Schriftsteller, begabter Märchenerzähler und Volksliedinterpret.

Ein sehr schönes Zaubermärchen, in dem einem jungen Mann die schöne junge Frau in den Himmel entführt wird.

Nach langer Wanderschaft findet er sie wieder als Gemahlin der Sonne. Der Sonnensohn bittet ihn, einen Tag der Wanderschaft an seiner Stelle zu übernehmen. Doch der junge Mann verletzt am Schluß der Reise ein ihm auferlegtes Gebot. Als der Sonnensohn am nächsten Tag seine Reise antritt und den Schaden der Verbrennung bemerkt, den sein Stellvertreter angerichtet hat, wird er sehr zornig. Aber der junge Mann erzählt ihm seine traurige Geschichte, und der Sonnensohn bereut, daß er ihm die Frau entführt hat. Gerührt gibt er den beiden Geschenke und entläßt sie zurück auf die Erde. Bei Aarne/Thompson keine Parallele. Eine generelle Beziehung besteht zu dem Typ 400 (›Der Mann auf der Suche nach seiner verlorenen Ehefrau‹).

69. *Der arme Junge und die Zarentochter.* S. 211
Erzählt von Ivanka Ognjanova aus Raduj, Bezirk Pernik. Aufgezeichnet von Elena Ognjanova im Jahre 1971; Erstveröffentlichung. Eine ähnliche Variante aus Bosilegrad (heute SFRJ), aufgezeichnet von Jordan Zachariev, ist in SbNU, Band 32, S. 566 abgedruckt. Eine abweichende Variante wurde von den Brüdern Molerovi in Bansko aufgezeichnet, SbNU, Band 48, S. 351: Ein armer Jüngling fällt einen Baum, aus dem eine Schlange herauskriecht, die ihm Goldmünzen gibt. Der Junge heiratet eine schöne Jungfrau. Jeden Morgen geht er in den Wald und holt sich bei der Schlange neue Goldmünzen, doch eines Tages verspätet er sich und findet nur die tote Schlange vor. Er begräbt sie, und aus den Schlangenknochen wächst ein wundersamer Baum, der ihm Silbermünzen gibt. Seine Frau verrät Pramatarin, was das für ein Baum ist. Diesem gelingt es, dem Jungen die Frau und den Besitz wegzunehmen. Der Junge fertigt sich eiserne Schuhe an und geht zur Sonne und bittet sie um Hilfe. Nachdem er Gerechtigkeit erbettelt hat, zieht er wieder die eisernen Schuhe an, nimmt einen eisernen Stab in die Hand und macht sich auf den Nachhauseweg. Ein anderes Märchen aus Gabrovo (veröffentlicht in SbNU, Band 11, S. 134) ähnelt der Variante aus

Bansko. Gegner des Jünglings ist hier der Zar. Auch der Teufel mischt sich ein, indem er die Ehefrau ihres Verstandes beraubt, infolgedessen sie das Geheimnis des Baumes enthüllt.

Unser Märchen ist ein gut erzähltes Zaubermärchen mit vielen Einzelmotiven und einem eigenwilligen neuartigen Gesamtinhalt. Tiere, Ochsen, denen der Junge geholfen hatte, helfen ihm, die Tochter des Zaren zu gewinnen. Wie in unserer Nr. 68 muß auch hier der Jüngling die Sonne aufsuchen und wie im Aarne/Thompson Typ 461 (›Drei Haare vom Bart des Teufels‹) gibt die Sonne Antwort auf Fragen, die dem Helden auf seinem Weg gestellt werden. Er kehrt glücklich heim und erhält vom Zaren dessen jüngere Tochter zur Frau. In der Tendenz gleicht dieses Märchen unserer Nr. 68. Eberhard/Boratav Typ 126/27 leitet ein entsprechendes türkisches Märchen aus Indien ab.

70. *Die dankbare Kuh.* S. 220

Erzählt von Jordan Kostadinov aus dem Dorf Šumaci bei Elena. Aufgezeichnet von Michail Arnaudov; veröffentlicht in SbNU, Band 27, S. 313. Dieses Motiv ist sehr beliebt und ist deshalb in einer Reihe von Märchen aus ganz Bulgarien verarbeitet worden.

Es scheint für bulgarische Märchen bezeichnend zu sein, daß gerade Kühe (Kälber) oder Ochsen sich dem Menschen als hilfreich erweisen. Das hier vorliegende Beispiel gleicht insofern dem vorangehenden (unsere Nr. 69), daß die Ochsen für den Jüngling zauberkräftig pflügen und auch in der Lage sind, die Sonne zum Stillstand zu bringen. So kommt der Jüngling zu großem Reichtum und wird schließlich der Zar des Landes. Dieses Märchen kann man mit dem Aarne/Thompson Typ 460 B (›Die Reise auf der Suche nach dem Glück‹) vergleichen, der ja seinerseits mit den schon genannten Aarne/Thompson Typen 460 A und 461, 461 A in Verbindung steht. Auf die zahlreichen indischen Varianten ist hier besonders hinzuweisen.

71. *Das Geschenk der Schlange.* S. 223

Erzählt von Georgi Iliev aus Svoge, Bezirk Sofija; aufgezeichnet von Michail Arnaudov; veröffentlicht in SbNU, Band 38, S. 30. Über diesen Erzähler gibt M. Arnaudov folgende Auskunft: ›Diese Märchen habe ich im Sommer 1927 in Svoge aufgeschrieben. Erzählt hat sie der 77jährige Georgi Iliev, der in dem nahegelegenen Dorf Cepecel geboren wurde, wo er zuerst als Bauer und dann zwanzig Jahre lang als Gastwirt gelebt hat. Später war er dreizehn Jahre Gastwirt in Cibaovo, bevor er in seinen Geburtsort zurückkehrte und Bürgermeister wurde ... Er ist als erfahrener Erzähler gut bekannt in der ganzen Umgebung. Die Märchen, die er mir erzählte, habe er an verschiedenen Orten gehört. Ich bin in Sofija, Vraca, Berkovica, Pirot und Niš (die letzten zwei Städte heute SFRJ – Anm. d. Hrsg.) gewesen, habe viele Leute erzählen hören. Sie haben sie erzählt, und ich habe sie mir gemerkt.‹

Ein eng vergleichbares Zaubermärchen läßt sich in Nr. 6, S. 16–20 in den von August Leskien herausgegebenen Balkanmärchen nachweisen. Eine Schlange schenkt ihrem Retter einen Schlangenstein, der alles Gewünschte erfüllt. Vgl. auch den Aarne/Thompson Typ 561 (›Aladin‹) und den Eberhard/Boratav Typ 180. Andere Tiere helfen dem Helden, den gestohlenen oder verlorengegangenen Stein zurückzugewinnen (Hund und Katze).

72. *Der wundersame Vogel.* S. 226

Erzählt von Koljo Burmov aus Bjala Čerkva, Bezirk Veliko Tărnovo. Aufgezeichnet von Aleksandăr Burmov und von ihm veröffentlicht in SbNU, Band 38, S. 150. Bekannt ist auch die Variante von Jona Todorova aus Bukjovec (heute: Mizija), aufgezeichnet von Jordan Vasiljov, veröffentlicht von Kuzman Šapkarev in ›Sbornik ot narodni umotvorenija‹, Sofija 1892–94, unter der Nr. 259.

Dieser Märchentyp von dem glücklich gefundenen und später verlorengegangenen Zaubergegenstand wird allgemein mit dem Grundtyp aus ›1001 Nacht‹ (›Aladin und die Wunderlampe‹), dem Aarne/Thompson Typ 561, in Verbindung gebracht. Siehe auch unser bulgarisches Märchen Nr. 71. Diesmal ist es ein Wundervogel, dessen Leber man verzehren muß, um zu Reichtum zu gelangen, speziell Typ 567 bei Aarne/Thompson. Vgl. auch Nr. 60 bei Grimm und Bolte/Polivka Bd. I, S. 528 sowie die türkischen Volksmärchen, Eberhard/Boratav Typ 174 und Typ 175.

73. *Der Junge und das Bärenjunge.* S. 230

Erzählt von Spasija Džurenova aus Pazardžik, aufgezeichnet von ihrem Sohn Ivan Džurenov und von ihm veröffentlicht in ›Baba razkazva‹, Sofija 1961, S. 229.

Das ist ein sehr schönes bulgarisches Zaubermärchen mit zahlreichen phantasievollen Einzelmotiven. Das Hauptthema ist im internationalen Typenverzeichnis als Aarne/Thompson Typ 425 C (›Die Schönheit und das Ungeheuer‹) vermerkt. Dieses Leitmotiv ist über die ganze Welt verbreitet. Ähnlichkeiten bestehen auch mit den Aarne/Thompson Typen 402 (›die Maus‹) und 409 A (›das Mädchen als Ziege‹). Auch der Aarne/Thompson Typ 301 (›Die drei gestohlenen Prinzessinnen‹) könnte zum Vergleich herangezogen werden.

74. *Gutes zahlt sich aus.* S. 239

Erzählt von Koljo Burmov aus Bjala Čerkva, Bezirk Veliko Tărnovo; aufgezeichnet von Aleksandăr Burmov; veröffentlicht in SbNU, Band 38, S. 148.

Ein gut erzähltes Zaubermärchen, in dem ein guter Mensch für seine Wohltaten an seiner Umgebung belohnt wird. Für das Entweichen der Schlange aus dem menschlichen Körper vergleiche auch den Tiermärchentyp 285 B bei Aarne/Thompson (›Zufällige Rettung vor der Schlange‹). Hier wird der Helfer als Gottes Sohn bezeichnet. Bei Eberhard/Boratavs Typ 62 wird ein bulgarisches Märchen als Parallele angeführt.

75. *Die Zarentochter mit den eisernen Kleidern.* S. 245

Veröffentlicht im Jahre 1889 in ›Christomatija po izučavane slovestnostta‹, Band II, hersg. von Stefan Kostov und Dimităr Mišev. Charakteristisch für dieses Märchen ist, daß der Pferdekopf das Glück bringt. Man glaubt, daß ein Pferdeschädel Menschen und Vieh vor Unglück bewahren kann, und deshalb wird er an Häusern und Ställen angebracht. Varianten dieses Märchens gibt es in ganz Bulgarien.

Dies ist wieder ein echtes und sehr eigenwilliges Zaubermärchen mit vielen auch im internationalen Märchengut bekannten Einzelmotiven. Ein Jüngling bemüht sich durch Vermittlung seiner Großmutter um die Hand der Zarentochter und erfüllt ihre Wünsche. Aber die Diener des Palastes verbrennen den übergestülpten Pferdekopf, der dem Jüngling als Zaubermittel dient. Die Frau sucht nun ihren Mann und legt dafür eiserne Kleider an. Auf ihrem langen Weg findet sie Helferinnen, findet und rettet schließlich ihren Gemahl in einer ›magischen Flucht‹. In den Aarne/Thompson Typen 313 (›Das Mädchen hilft dem Helden bei der Flucht‹) und 314 (›Der Jüngling, der in ein Pferd verwandelt wird‹) ist dieses Hauptmotiv, und auch die Rettung des Geliebten oder Ehemannes wird in diesen Typen behandelt. Interessant ist auch die Gewinnung der Gunst der Hexe durch freundliche Behandlung.

76. *Die Söhne mit den goldenen Haaren.* S. 253

Erzählt von Marija Burmova aus Bjala Čerkva, Bezirk Veliko Tărnovo; aufgezeichnet von Aleksandăr Burmov; veröffentlicht in SbNU, Band 38, S. 160. Viele Varianten aus ganz Bulgarien sind bekannt. In SbNU sind außerdem Varianten aus Cărsko bei Bitolja, aus Kičevo und aus Ochrid (alle drei Orte heute innerhalb der SFRJ) veröffentlicht.

Dieses bulgarische Zaubermärchen ist eng verwandt mit unserer Nr. 77, ›Drei Schwestern‹ und ebenfalls zu vergleichen mit der Nr. 31 bei Václav Frolec S. 150–159. Der allgemeine Aarne/Thompson Typ 707 (›Die drei goldenen Söhne‹) ist ganz offensichtlich orientalischer Herkunft. Aarne/Thompson zählen allein 44 indische Parallelen auf. Vergleiche auch die ausführlichen Kommentare bei Eberhard/Boratav Typ 239.

77. *Drei Schwestern.* S. 257

Veröffentlicht in ›Knižici za pročit. S beletristično, techničesko, naučno i zabavitelno sădăržanie‹, Solun 1889. Das Märchen hat viele Varianten aus ganz Bulgarien. In manchen Märchen begnadigt die Jüngste ihre Schwestern – sie bleiben am Leben, doch werden sie aus dem Hof verjagt und müssen sich durch Betteln ernähren. Dazu siehe SbNU, Band 36, S. 106 und Band 1, S. 133 – aus Vărbica, Bezirk Sofija; Band 16–17, S. 289 – aus Kazanlăk; Band 10, S. 162 – aus der Umgebung von Dupnica; Band 41, S. 438 aus Kostičovci, nahe Belogradčik; Band 32, S. 580 – aus Gabreševci, Bezirk Kjustendil; Band 48, S. 312 – aus Bansko u. a.

Vgl. den Kommentar zu dem sehr ähnlichen Märchen unserer Sammlung Nr. 76. Zusätzlich sei noch auf das bulgarische Märchen bei August Leskien Nr. 7, S. 70–73 hingewiesen. In einem Kommentar bei Eberhard/Boratav wird von dem Herausgeber auf einen direkten Zusammenhang der beteiligten Schwestern auf Indien (vgl. Typ 239, III, 2) hingewiesen, was jedenfalls die Verbindung türkischer und indischer Beispiele noch unterstreicht.

78. *Des Zaren Schwiegersohn, der sich verwandeln konnte.* S. 268

Erzählt von Zare Tutulein; aufgezeichnet von Jordan Zachariev in der Umgebung von Kjustendil; veröffentlicht in SbNU, Band 32, S. 582.

Ein echtes bulgarisches Zaubermärchen, in dem dankbare Tiere die Hauptrolle spielen: Falke, Schlange, Ameise. Die Tiere verleihen dem jungen Helden die Fähigkeit, sich nach Belieben jeweils in einen ihrer Artgenossen verwandeln zu können. Im internationalen Typenverzeichnis ist dies der Aarne/Thompson Typ 554, (›Die dankbaren Tiere‹), ein sehr weit verbreiteter und besonders in Indien häufig vorkommender Typ. In Eberhard/Boratavs Typ 61 rücken die Ameisen in den Mittelpunkt, die auch sonst im türkischen Volksmärchen eine wichtige Rolle spielen.

79. *Der Junge, der von einem Apfel kam.* S. 273

Erzählt von Pavel Vacov aus Mircovo bei Pirdop; aufgezeichnet von Kuzman Šapkarev und von ihm veröffentlicht in ›Sbornik ot bălgarski narodni umotvorenija‹, Sofija, 1892–94 unter der Nr. 268. Bekannt ist auch eine Variante aus Stara Zagora, aufgezeichnet von dem Lehrer D. Puchlev, veröffentlicht in der Zeitschrift ›Izvor‹, Ruse 1893, Heft 1, S. 13. Ein Mann gibt einem kinderlosen Zarenpaar einen Apfel, den die Zarin essen soll, um ein Kind zu bekommen. Die Schalen aber soll sie einer unfruchtbaren Stute geben. Die Zarin gebiert einen Jungen, die Stute wirft ein männliches Pferd, das später den Prinzen in unbekannte Länder führt, wo ihnen die schöne Tochter von Tjurtem Bej begegnet. Er befreit sie und kehrt in die Residenz seines Vaters, die er zerstört vorfindet, zurück. Seine Eltern sind tot, und er bittet um Vergebung, weil er auf sie nicht gehört hat.

In unserem Fall handelt es sich um ein langes bulgarisches Zaubermärchen von einem Jungen, der durch den Genuß eines Apfels geboren wurde. Eine ähnliche wunderbare Geburt im türkischen Volksmärchen ist im Eberhard/Boratav Typ 155 anzutreffen. Im bulgarischen Märchen erlangt der Jüngling beim Angeln einen silbernen Zauberbecher. Mit dessen Hilfe gewinnt er die Zarentochter, die von ihrem Vater wegen eines unehelichen Kindes bestraft und in eine Truhe gesperrt ins Meer ausgesetzt wird. Zum Schluß wird der Zar von dem jungen Paar gedemütigt.

80. *Das Kürbiskind.* S. 283

Erzählt von Vidlu Stankov aus Stanjovci bei Breznik. Aufgezeichnet von Aleksandăr Martinov; veröffentlicht in SbNU, Band 49, S. 489.

Auch dieses Zaubermärchen beginnt mit einer Zaubergeburt. Ein altes Ehepaar erhält das lang erwünschte Kind aus einem reif gewordenen Kürbis. Ihr Sohn bittet um die Hand der Zarentochter. Der Zar stellt große Forderungen, die ihm erfüllt werden. Nach der Hochzeit vernichten die Zareneltern die Kürbisschale, aus der ein schöner Jüngling herausgekommen war. Der Jüngling muß nun verschwinden, und die Frau begibt sich auf die Suche nach ihm. Hier ist es grundsätzlich der gleiche Typ, der auch in unserer Nr. 65 und Nr. 75 im Text und in den Kommentaren behandelt wird, Aarne/Thompson Typ 425 (›Die Suche nach dem verlorenen Ehemann‹), die Suche endet immer glücklich. Im vorliegenden Märchen ist der Ehemann ein Drache, der durch die Frau mit Hilfe der Sonne erlöst wird.

81. *Die Schildkrötenbraut.* S. 287

Erzählt von Dimităr Dinekov aus Babica bei Breznik; aufgezeichnet von Aleksandăr Martinov; veröffentlicht in SbNU, Band 49, S. 479. Im Band 13, S. 219 ist eine etwas kürzere Variante aus Ochrid (heute SFRJ) veröffentlicht, die Efrem Sprostranov aufgezeichnet hat.

Das gleiche bulgarische Zaubermärchen ist bei Václav Frolec als Nr. 29, S. 139–145 veröffentlicht. Hier sucht im Gegensatz zu den vorher erzählten Märchen der Mann seine entschwundene Frau, wie im Aarne/Thompson Typ 465. Vgl. auch die türkische Parallele, Eberhard/Boratav Typ 86 III und Typ 87. Im vorliegenden Märchen werden dem suchenden Jüngling ebenfalls Aufgaben gestellt, die er mit Hilfe dankbarer Tiere löst. Vgl. auch H. Mode, Zigeunermärchen, Insel-Verlag, Bd. 4, Stichwörter unter ›Ordal‹.

82. *Verstand ist besser als Glück.* S. 295

Erzählt von Ivanka Ognjanova aus Raduj bei Breznik; aufgezeichnet von Elena Ognjanova im Jahre 1978; Erstveröffentlichung.

Im vergleichbaren Aarne/Thompson Typ 945 ›Glück und Verstand‹ siegt das Glück über den Verstand, während in dem vorliegenden bulgarischen Märchen der Verstand siegreich bleibt. Das Märchen ist zwar inhaltlich reich und wie ein Zaubermärchen aufgebaut, ist jedoch als moralisierend zu kennzeichnen. Bei diesem Wettstreit sei auch auf die vielen indischen Parallelen hingewiesen. In der Tendenz läßt sich auch das türkische Volksmärchen Eberhard/Boratav Typ 127 (›Der Dumme und das Schicksal‹) heranziehen. Eberhard weist auf einen engen Zusammenhang mit einer indischen Variante hin.

83. *Wie ein gescheites Mädchen Schwiegertochter des Zaren wurde.* S. 305

Erzählt von Ivanka Ognjanova; aufgezeichnet von Elena Ognjanova im Jahre 1951 und von ihr veröffentlicht in ›Bălgarsko narodno tvorčestvo‹, Band 10, S. 435 unter dem Titel ›Das kluge Mädchen, das Schwiegertochter des Zaren wurde‹. Eine Variante aus dem Dorf Zlokučene, Bezirk Šumen, aufgezeichnet von Popivanov, ist in SbNU, Band 44, S. 62 veröffentlicht. – Die Brautwerber halten die Braut für dumm, da sie ihre gleichnishaften Reden nicht verstehen, aber der Vater des Bräutigams begreift, daß sie sehr klug und weise ist, und nimmt sie zur Schwiegertochter. Im Band 48, S. 286 haben die Brüder Molerovi eine von ihnen gemachte Aufzeichnung dieses Märchens veröffentlicht, erzählt im Jahre 1900 von ihrer Großmutter Paraškeva Sirleščova aus Bansko. Kuzman Šapkarev hat in ›Sbornik ot bălgarski narodni umotvorenija‹, Sofija 1892–94 unter Nr. 150 die von ihm in Ochrid (heute SFRJ) aufgezeichnete und von seinem Onkel mütterlicherseits Nikola Roguzarov erzählte Variante des Märchens veröffentlicht.

Es handelt sich hier um den international bekannten Märchentyp bei Aarne/Thompson 875 (›Die kluge Bauerntochter‹), der auch unter 875 A–875 E in veränderten Varianten im Typenverzeichnis zu finden ist. Eberhard/Boratav bringt den Märchentyp in seinem türkischen Typenverzeichnis als Typ Nr. 235 (›Der Padischah und das Bauernmädchen‹). Es handelt sich jeweils um schwierige Fragen, die das Mädchen zu beantworten weiß, meist indem sie Gegenfragen stellt oder Unsinn durch noch größeren Unsinn als absurd entlarvt.

84. *Die Hirtin, die Zarin wurde.* S. 308

Aufgezeichnet von Kuzman Šapkarev und von ihm veröffentlicht in ›Bălgarski narodni prikazki i verovanija‹, Plovdiv 1885, S. 212.

Auch in diesem Märchen liegt wie in unserer Nr. 83 der Aarne/Thompson Typ 875 (›Die kluge Bauerntochter‹) und dessen Varianten zugrunde; doch sind hier die zu beantwortenden Fragen anderer Art. Der Zar belohnt die Klugheit des Mädchens, indem er es zu seiner Frau macht (Vgl. auch den Kommentar zu unserer Nr. 83).

85. *Das linke Auge des Zaren.* S. 310

Erzählt von Gerasim Ljubenov aus dem Dorf Krasava bei Breznik, aufgezeichnet von Aleksandăr Martinov, veröffentlicht in SbNU, Band 49, S. 606.

Dieses Märchen finden wir bei Václav Frolec als Nr. 85, S. 246–248. Hier erzürnt das Mädchen den Zaren durch seine Antwort, in der sie beweist, daß sein Reichtum nur eine Henne wert ist. Immerhin bewundert er ihre Klugheit, bestraft sie nicht, sondern macht sie zu seiner Beraterin. Auch diesem Märchen liegt in etwas abgewandelter Fassung der Aarne/Thompson Typ 875 zugrunde, und so sind auch die in den vorangehenden Kommentaren angeführten Vergleiche heranzuziehen.

86. *Der Reiche und seine drei Söhne.* S. 312

Erzählt von Petko Rusenski aus Stara Zagora; aufgezeichnet von seinem Sohn Georgi Rusenski; veröffentlicht in SbNU, Band 6, S. 146.

Dieses bulgarische Märchen ähnelt einer Hauptepisode des Aarne/Thompson Typs 550 IV (›Die verräterischen Brüder‹), denen der jüngste Bruder Wohltaten erweist, die sie ihm jedoch durch Verrat entgelten. Der geschädigte Jüngling kommt nach langer Zeit zurück und verschafft sich sein Geld, wobei er auch seinem Vater wieder zu dessen ehemaligem Ansehen verhilft. Eine gewisse Parallele der Handlung findet sich auch in den türkischen Volksmärchen, Eberhard/Boratav Typ 72, in dem aber die verräterischen Brüder nicht enthalten sind.

87. *Das Teuerste ist das Salz.* S. 320

Erzählt von Ivanka Ognjanova aus Raduj bei Breznik; aufgezeichnet von Elena Ognjanova, veröffentlicht in ›Bălgarsko narodno tvorčestvo‹, Band 10, S. 44.

Diesem bulgarischen Märchen liegt der international bekannte Aarne/Thompson Typ 923 (›Die Liebe wie Salz‹) zugrunde. Die Geschichte von der verstoßenen Tochter kann auch ganz allgemein zu den Aschenputtel-Typen, bei Aarne/Thompson 510, in Verbindung gesetzt werden. Die Beleidigung, die der seine Töchter befragende Vater in dem Vergleich ihrer Liebe durch den Hinweis auf das Salz erblickte, tritt auch in den türkischen Volksmärchen, Eberhard/Boratav Typ 256, auf. Hier ist der Vater ein Padischah. Es gibt auch zahlreiche Parallelen zu Typ 923 unter den indischen Volksmärchen.

88. *Die Kluge Braut.* S. 324

Erzählt von Paraškeva Sirleščova aus Bansko; aufgezeichnet von den Brüdern Molerovi im Jahre 1900; veröffentlicht in SbNU, Band 48, S. 261.

Das vorliegende Märchen ist auch bei Václav Frolec als Nr. 41, S. 199–201 zu finden. Eine gewisse thematische Verwandtschaft zeigt auch der im internationalen Typenkatalog enthaltene Aarne/Thompson Typ 176 A (›Das kluge Tier und die glücklichen Umtäusche‹). Die Tauschmanöver sind auch gut bekannt aus dem Grimmschen Märchen Nr. 83 (›Hans im Glück‹), gleich dem Aarne/Thompson Typ 1415.

89. *Warum man die alten Leute nicht tötet.* S. 326

Erzählt von Elisaveta Dobrenova aus Raduj bei Breznik, geb. 1870; aufgezeichnet von Elena Ognjanova im Jahre 1950; veröffentlicht in ›Bălgarsko narodno tvorčestvo‹, Band 10, S. 382. Dieses Märchen ist in Bulgarien sehr beliebt und wird überall im Land fast ohne Abweichungen von dieser Variante erzählt. In einer Variante aus Ochrid (heute SFRJ) – SbNU, Band 8, S. 77 – werden die Alten nicht auf Erlaß des Zaren, sondern auf ihren eigenen

Wunsch hin getötet. In einer anderen Variante aus Prilep (heute SFRJ) – SbNU, Band 15, S. 110 – verlangt der Zar ein Seil aus Sand.

Dies moralisierende bulgarische Märchen ist ebenfalls in Václav Frolecs Sammelband enthalten, Nr. 52, S. 230–235. Zu vergleichen ist auch der Aarne/Thompson Typ 981 (›Die Weisheit des verborgenen Alten rettet das Königreich‹) sowie der Eberhard/Boratav Typ 195. Eberhard weist auf die entsprechende Sitte in China hin, erwähnt aber auch ein bulgarisches Märchen, vgl. ebendort S. 233.

90. *Wenn man arbeitet, hat man auch Glück.* S. 331

Erzählt von Ivanka Ognjanova aus Raduj, Bezirk Pernik; aufgezeichnet von Elena Ognjanova im Jahre 1951 und von ihr veröffentlicht in ›Bălgarski narodni prikazki, poslovici i gatanki‹, Sofija 1962, S. 85 unter dem Titel ›Kismet‹. Nachgedruckt in ›Bălgarsko narodno tvorčestvo‹, Band 10, S. 394.

Eine moralisierende Erzählung mit gesellschaftskritischem Charakter, die jedoch einige märchenhafte Motive enthält. Man vergleicht in diesem Zusammenhang auch die zahlreichen Schicksalsgeschichten im internationalen Märchenkatalog von Aarne/Thompson 930 ff., die sich interessanter Motive erfreuen, aber nirgendwo eine genauere Parallele erkennen lassen.

91. *Handwerk hat goldenen Boden.* S. 339

Erzählt von Ivanka Ognjanova aus Raduj, Bezirk Pernik; aufgezeichnet von Elena Ognjanova im Jahre 1951; veröffentlicht in ›Bălgarsko narodno tvorčestvo‹, Band 19, S. 190. In SbNU, Band 12, S. 190 ist eine Variante aus Prilep (heute SFRJ) abgedruckt. Eine sehr interessante Variante hat E. Ognjanova 1950 in Knjaževo (heute Stadtteil von Sofija) aufgezeichnet. – Der Hirte gibt seine Tochter dem Zarensohn auch dann nicht, nachdem er das Körbeflechten gelernt hat, da er seine Körbe nur schlecht anfertigt. Er muß noch drei Monate lernen, bis die Käuferinnen, denen er selbst die Körbe verkauft, sie für gut befinden. Diese Variante ist in ›Nie šopeto‹, Sofija 1985, S. 85 veröffentlicht.

Für die nächsten bulgarischen Erzählungen, Nr. 91–93, gelten die gleichen Kriterien wie im Kommentar zu unserer Nr. 90. Im vorliegenden Fall wird das Handwerk über das Zarentum gestellt. Immer sind derartige Moralerzählungen märchenhaft erzählt und bilden in dieser Häufigkeit ein deutliches Charakteristikum bulgarischer Erzähltradition, die ja auch im Vorwort entsprechend betont wird. Genauere internationale Parallelen sind daher nicht oder nur schwer aufzufinden.

92. *Ungerecht Teilen bringt Unheil.* S. 344
Erzählt von Ivanka Ognjanova aus Raduj, Bezirk Pernik; aufgezeichnet von Elena Ognjanova im Jahre 1951; veröffentlicht in ›Bălgarsko narodno tvorčestvo‹, Band 10, S. 390.

Vgl. hierzu die Kommentare der beiden vorangehenden Märchen. Immer wird der moralisierende Aspekt besonders betont. Eine gewisse Ähnlichkeit besteht zu Aarne/Thompson Typ 785 (›Wer aß das Herz des Lammes‹). Auch die Märchen über das Tauschen von Gegenständen und Tieren könnten herangezogen werden, Grimm Nr. 83 (›Hans im Glück‹), Aarne/Thompson Typ 1415 könnte ebenfalls als allgemeiner Vergleich genannt werden.

93. *Die menschlichen Augen sind unersättlich.* S. 349
Erzählt von Ivanka Ognjanova aus Raduj, Bezirk Pernik; aufgezeichnet von Elena Ognjanova; veröffentlicht in ›Bălgarsko narodno tvorčestvo‹, Band 10, S. 452. Eine Variante aus dem Dorf Konsko bei Breznik, aufgezeichnet von Aleksandăr Martinov, ist in SbNU, Band 49, S. 606 veröffentlicht. Kuzman Šapkarev hat in ›Sbornik ot bălgarski narodni prikazki i verovanija‹, Plovdiv 1894, auf S. 112 eine Variante aus Ochrid (heute SFRJ) publiziert.

Hier ist die moralische Absicht des Erzählers so ausgeprägt, daß der märchenhafte Charakter stark zurücktritt. Vgl. die allgemeinen Bemerkungen zu unserer Nr. 91. Keine Parallele im Märchenkatalog.

94. *Wie einer unverhofft reich wurde.* S. 351

Erzählt von Cvetko Nikolajčev, geb. 1916; aus Novi Chan, Bezirk Sofija; aufgezeichnet von Elena Ognjanova im Jahre 1979; Erstveröffentlichung.

Für dieses bulgarische moralisierende Märchen lassen sich Vergleiche aus dem internationalen Typenkatalog heranziehen, etwa der Aarne/Thompson Typ 1013 (›Die gebadete oder erhitzte Großmutter‹) oder der Aarne/Thompson Typ 1681 B (›Der Narr als Wächter von Haus und Tieren‹). Auch eine türkische Typenparallele von noch gewisser Ähnlichkeit ist zu nennen: Eberhard/Boratav Typ 323.

95. *Was man säet, das erntet man.* S. 354

Aus dem Dorf Dolni Bogrov, Bezirk Sofija; aufgezeichnet von Georgi Popivanov; veröffentlicht in SbNU, Band 44, S. 504. Bekannt sind Varianten aus der Umgebung von Sofija, aus dem Gebiet Sredna Gora und aus der Umgebung von Šumen. Kuzman Šapkarev hat Varianten dieses Märchens aus den Umgebungen von Voden, Resen und aus Ochrid (alle Orte heute SFRJ) aufgezeichnet.

Diese sprichwortartige Überschrift bezeugt bereits die Ausrichtung auf einen moralisierenden Inhalt, den diese bulgarische Erzählung in einer schönen und mit märchenartigen Zügen ausgestatteten Form erzählt. Es ist der Gegensatz zwischen den bösen Schwiegereltern und der guten, geduldigen und fleißigen Schwiegertochter, der hier im Mittelpunkt steht. Die älteren Brüder lassen sich von den listigen Alten täuschen, der jüngste Bruder jedoch deckt das Unrecht auf. Parallelen weder bei Aarne/Thompson noch bei Eberhard/Boratav.

96. *Der Pope und die drei Brüder.* S. 361

Erzählt von Cvetko Nikolajčev aus Novi Chan, Bezirk Sofija; aufgezeichnet von Elena Ognjanova im Jahre 1979; Erstveröffentlichung.

Drei Brüder suchen Arbeit bei einem Popen, der rücksichtslos ihre Notlage ausnutzt, um sie zu betrügen. Erst dem Jüngsten gelingt es, es dem Popen heimzuzahlen.

Auch hier wird ein Sprichwort, ›Wie du mir, so ich dir‹, zur moralischen Zentralfunktion des märchenartigen Geschehens gemacht. Zu vergleichen ist der nur an indischen Varianten belegbare Aarne/Thompson Typ 889 (›Der treue Diener‹).

97. *Der Pope und der Hirte.* S. 368

Erzählt von Naiden Zimbilev, geb. 1901; aus dem Dorf Vraždebna bei Sofija (heute Stadtteil von Sofija); aufgezeichnet von Elena Ognjanova im Jahre 1981; Erstveröffentlichung.

Wie häufig, ist auch in diesem bulgarischen Märchen ein Pope der Missetäter, der den armen Bauern ihren Speck und den Wein wegnehmen möchte. Hier gelingt es seinem Knecht, den Popen zu überlisten und von seiner sündhaften Absicht abzubringen. Einige Parallelen bietet Aarne/Thompson Typ 1000, auch lassen sich türkische Vergleiche bei Eberhard/Boratav in den Typen 351 und 357 aufzeigen.

98. *Wie einer sein Dorf überlistete.* S. 372

Erzählt von Georgi Stoimenov, geb. 1874; aus Dolno Selo, Bezirk Kjustendil; aufgezeichnet von Jordan Zachariev im Jahre 1930; veröffentlicht in SbNU, Band 40, S. 436.

Das Märchen ist bei Václav Frolec, Nr. 49, S. 224–227, unter dem Titel ›Er überlistete das Dorf‹ zu finden. Hier wird zum Vergleich der Aarne/Thompson Typ 1535 (›Der Reiche und der arme Bauer‹ – Unibos), ein sehr weit verbreitetes und viel kommentiertes Märchen angegeben, mit etwa 49 Varianten in Indien und nach Eberhard/Boratav 40 Varianten im türkischen Volksmärchen. Aber auch die europäischen Vergleiche sind nicht nur zahlreich, sondern zum Teil auch sehr alt.

99. *Die größte Sünde.* S. 378

Erzählt von Elisaveta Dobranova, geb. 1870, aus Raduj, Bezirk Pernik; aufgezeichnet von Elena Ognjanova im Jahre 1950; veröffentlicht in SbNU, Band 10, S. 379. Varianten: aus Doganica, Bezirk Kjustendil – in SbNU, Band 32,

S. 598; aus Divdjadovo, Bezirk Šumen – in SbNU, Band 34, S. 455; aus Široka Lăka, Bezirk Smoljan – in der Zeitschrift ›Rodopski napredăk‹, Čepelare 1911, Heft 1, S. 27.

Bereits der Titel zeigt, daß es sich hier um eine stark moralisierende Erzählung handelt. Der Inhalt, für den eine genauere Parallele fehlt, handelt von einem unfolgsamen Sohn, der den letzten guten Rat seiner sterbenden Mutter nicht befolgt.

100. *Der Zigeunerzar und die Zigeunerzarin.* S. 381

Erzählt von Ivanka Ognjanova aus Raduj, Bezirk Pernik; aufgezeichnet von Elena Ognjanova im Jahre 1979; Erstveröffentlichung.

In diesem bulgarischen Märchen stehen Zigeuner als handelnde Personen im Mittelpunkt, und es wird erklärt, warum Zigeuner niemals Zaren werden können. Ihre Faulheit könnte allerdings auch als moralisches Prinzip verstanden werden, das sie veranlaßt, nicht ohne ihr gewohntes hartes Leben Wohltaten auf dem Präsentierteller entgegenzunehmen. Im letzten Falle ließe es sich sogar annehmen, daß dieses Märchen ein Zigeunermärchen ist und von ihnen selbst erzählt wurde.

101. *Der Schneider, der das Stehlen liebte.* S. 382

Erzählt von Ivanka Ognjanova aus Raduj, Bezirk Pernik; aufgezeichnet von Elena Ognjanova im Jahre 1952; Erstveröffentlichung.

In diesem kurzen bulgarischen Schwank will sich ein Schneider nicht vom Stehlen und von dem Betrug an seinen Kunden abbringen lassen. Auch ein ihn ängstigender Traum wird durch den Schlaukopf zu seinen Gunsten interpretiert, und er findet auch bei erneuter Missetat eine Ausrede. Hier ist eine Parallele kaum nachzuweisen.

102. *Wer sind die Diebe.* S. 384

Aus der Umgebung von Kjustendil; aufgezeichnet von Jordan Zachariev; veröffentlicht in SbNU, Band 32, S. 571.

Hier ist in schwankhafter Form die Behauptung, daß alle

Reichen Diebe seien, also eine sehr volkstümliche Betrachtungsweise, erzählt.

103. *Wie ein Junge seiner Mutter die Zunge abbiß.* S. 385

Erzählt von Gerasim Ljubenov aus Krasava bei Breznik; aufgezeichnet von Aleksandăr Martinov; veröffentlicht in SbNU, Band 49, S. 605.

Auch für diese moralisierende Erzählung wird sich keine Märchenparallele auffinden lassen.

104. *Der Schlaue Peter und der Müller.* S. 387

Erzählt von Dimităr Zografski, geb. 1880; aus Kočerinovo, Bezirk Kjustendil; aufgezeichnet von Elena Ognjanova im Jahre 1950; Erstveröffentlichung.

In den nun folgenden bulgarischen Schwänken handelt es sich um die populäre Hauptfigur des Schlauen Peters, eines Schalksnarren ähnlich wie etwa Till Eulenspiegel und der türkische Nasreddin Chodscha. Gelegentlich treten sogar der Schlaue Peter und Nasreddin in dem gleichen Schwank gemeinsam auf, wobei in den bulgarischen Varianten Peter als der Klügere gilt, in den türkischen Erzählungen jedoch meist Nasreddin die Oberhand behält. Vergleiche zum Beispiel Václav Frolec, Nr. 69, S. 256/257 und Eberhard/Boratav Typ 133, Typ 361. Zum vorliegenden Schwank des Lügens um die Wette vgl. Eberhard/Boratav Typ 358, Aarne/Thompson Typ 1920 (›Wettlügen‹) u. a.

105. *Der Schlaue Peter erzählt von seiner Hochzeit.* S. 394

Erzählt von Dimităr Zografski aus Kočerinovo, Bezirk Kjustendil; aufgezeichnet von Elena Ognjanova im Jahre 1950; Erstveröffentlichung.

106. *Der Schlaue Peter als Teilhaber des Popen.* S. 401

Veröffentlicht von Ilija Blăskov in ›Chităr Petăr ili otbor zabavitelni prikazki za razsmivane, razgovarjane‹, Ruse, 1884, S. 34. Varianten dieses Märchens sind in SbNU, Band 8, S. 203 und Band 49, S. 535 veröffentlicht.

Hier wird der Schlaue Peter in eine Motivkette eingebaut, die auch als Einzeltypen unter den echten Schwänken auftauchen. Zu nennen ist hier außerdem der Aarne/Thompson Typ 1641 (›Doktor Allwissend‹), auch der Typ 1654 (›Die Räuber in der Totenkammer‹). Vergleichbares findet sich auch im türkischen Volksmärchen, s. z. B. Eberhard/Boratav Typ 311 III. Der Pope, der Geistliche, als Gegensprecher des Schalksnarren, ist sowohl im bulgarischen als auch im türkischen Erzählgut ein sehr beliebtes Motiv der Volkserzählungen.

107. *Schreib es mir an.* S. 406

Erzählt von Jordan Žekov, 1888, aus Tenevo, Bezirk Jambol; aufgezeichnet von Elena Ognjanova im Jahre 1951; Erstveröffentlichung.

108. *Der Schlaue Peter rettet einen Bauern vor den Türken.* S. 411

Erzählt von Dimitär Zografski aus Kočerinovo, Bezirk Sofija, aufgezeichnet von Elena Ognjanova im Jahre 1950; Erstveröffentlichung.

109. *Der Schlaue Peter sucht seine Verwandten.* S. 413

Erzählt von Todor Vančev, geb. 1872, aus Batak, Bezirk Pazardžik; aufgezeichnet von Elena Ognjanova im Jahre 1951; Erstveröffentlichung.

110. *Es gab da mal so was.* S. 414

Erzählt von Todor Vančev aus Batak, Bezirk Pazardžik; aufgezeichnet von Elena Ognjanova im Jahre 1951; Erstveröffentlichung.

111. *Geld verführt.* S. 415

Erzählt von Dimitär Zografski aus Kočerinovo, Bezirk Kjustendil; aufgezeichnet von Elena Ognjanova im Jahre 1950; Erstveröffentlichung.

112. *Wer anderen eine Grube gräbt ...* S. 416

Veröffentlicht von Ilija Blăskov in ›Chităr Petăr ili otbor zabavitelni prikazki za razsmivane, razgovarjane‹, Ruse 1894, S. 62. Eine andere Variante ist in der Zeitschrift ›Dimitrovska ruža‹, Jahrgang I, S. 29 veröffentlicht – der Held ist dort Nasreddin Hodsha, auch der Schluß ist anders.

113. *Der Schlaue Peter und der Barbier.* S. 418

Veröffentlicht von Ilija Blăskov in ›Chităr Petăr ili otbor zabavitelni prikazki za razsmivane, razgovarjane‹, Ruse 1894, S. 19. Unter dem Titel ›Aus Dankbarkeit‹ ist eine andere Variante von M. Vlaikov in ›Chităr Petăr, Razumni Radoj i Stanjo Poznavača‹, Sofija 1929, S. 64 veröffentlicht.

114. *Die Teufeleien des Schlauen Peter.* S. 419

Veröffentlicht von Ilija Blăskov in ›Chităr Petăr‹, Šumen 1895, S. 21.

115. *Wißt ihr was?* S. 420

Erzählt von Dimităr Zografski, geb. 1882, aus Kočerinovo, Bezirk Kjustendil; aufgezeichnet von Elena Ognjanova im Jahre 1952; Erstveröffentlichung.

116. *Der trinkfreudige Sultan und der Schlaue Peter.* S. 421

Erzählt von Dimităr Zografski, geb. 1882, aus Kočerinovo, Bezirk Kjustendil; aufgezeichnet von Elena Ognjanova im Jahre 1952; Erstveröffentlichung.

Hier handelt es sich um einen Schwank, in dem der Schlaue Peter einen trinkfreudigen Sultan durch einen witzigen Trick dazu bringt, das Trinken völlig aufzugeben. Wettbewerbe ähnlicher Art gibt es auch im internationalen Typenkatalog, Aarne/Thompson Typ 1088, (›Der Wettstreit im Essen‹).

117. *Der Sultan und der Schlaue Peter.* S. 423

Erzählt von Dimităr Zografski, geb. 1882, aus Kočerinovo, Bezirk Kjustendil; aufgezeichnet von Elena Ognjanova im Jahre 1952; Erstveröffentlichung.

118. *Der Schlaue Peter und der Wucherer.* S. 424
Erzählt von Dimitär Zografski aus Kočerinovo, Bezirk Kjustendil; aufgezeichnet von Elena Ognjanova im Jahre 1950; Erstveröffentlichung.

119. *Von einer Zunft.* S. 425
Erzählt von Dimitär Zografski aus Kočerinovo, Bezirk Kjustendil; aufgezeichnet von Elena Ognjanova im Jahre 1952; Erstveröffentlichung.

120. *Ich habe es nicht eilig.* S. 426
Erzählt von Dimitär Zografski aus Kočerinovo, Bezirk Kjustendil; aufgezeichnet von Elena Ognjanova im Jahre 1950; Erstveröffentlichung.

121. *Gut abgerechnet.* S. 427
Erzählt von Jordan Žekov, geb. 1888 aus Tenevo, Bezirk Jambol; aufgezeichnet von Elena Ognjanova im Jahre 1951; Erstveröffentlichung.

122. *Am treuesten ist der Hund.* S. 429
Veröffentlicht von M. Vlajkov in ›Chitär Petär, Razumni Radoj i Stanjo Poznavača‹, Sofija 1929, S. 12.

123. *Der Schlaue Peter als Dorfschulze.* S. 430
Erzählt von Jordan Žekov aus Tenevo, Bezirk Jambol; aufgezeichnet von Elena Ognjanova im Jahre 1951. Erstveröffentlichung.

124. *Der Geldverleiher.* S. 431
Veröffentlicht von M. Vlajkov in ›Chitär Petär, Razumni Radoj i Stanjo Poznavača‹, Sofija 1929, S. 20.

125. *Der Schlaue Peter vor Gericht.* S. 432
Veröffentlicht von Ilija Bläskov in ›Chitär Petär ili otbor zabavitelni prikazki za razsmivane, razgovarjane‹, Ruse 1884, S. 13.

126. *Wetter und Geld.* S. 433
Erzählt von Jordan Žekov aus Tenevo, Bezirk Jambol; aufgezeichnet von Elena Ognjanova im Jahre 1951; Erstveröffentlichung.

127. *Haben sich die Augen satt gesehen.* S. 435
Erzählt von Dimităr Zografski aus Kočerinovo, Bezirk Kjustendil; aufgezeichnet von Elena Ognjanova im Jahre 1952; Erstveröffentlichung. Eine ähnliche Variante ist in der Zeitung ›Chităr Petăr‹, Sofija 1925, Nr. 5, S. 2 abgedruckt.

128. *Liegen ist besser als sitzen.* S. 435
Erzählt von Dimităr Zografski aus Kočerinovo, Bezirk Kjustendil; aufgezeichnet von Elena Ognjanova im Jahre 1951; Erstveröffentlichung.

129. *Reichte Gott allein nicht aus?* S. 436
Erzählt von Dimităr Zografski aus Kočerinovo, Bezirk Kjustendil; aufgezeichnet von Elena Ognjanova im Jahre 1951; Erstveröffentlichung. Unter dem Titel ›Viele Helfer‹ ist eine Variante dieses Märchens in ›Chităr Petăr, Razumni Radoj i Stanjo Poznavača‹, Sofija 1929, S. 62 abgedruckt.

130. *Was ist das Paradies und was die Hölle?* S. 437
Erzählt von Todor Vančev aus Batak, Bezirk Pazardžik; aufgezeichnet von Elena Ognjanova im Jahre 1951; Erstveröffentlichung.

131. *Ohne Schnurrbart.* S. 438
Erzählt von Jordan Žekov, geb. 1888; aus Tenevo, Bezirk Jambol; aufgezeichnet von Elena Ognjanova im Jahre 1951; Erstveröffentlichung.

Eine lustige Geschichte mit einer leicht erotisch anstößigen Moral. Die dumme Frau erscheint häufig auch im Märchen, vergleiche die Aarne/Thompson Typen 1380 (›Die dumme Frau und ihr Ehemann‹) ff.

132. *Warum der Schlaue Peter seine Schuhe verkehrt herum anzog.* S. 440

Erzählt von Jordan Žekov aus Tenevo, Bezirk Jambol; aufgezeichnet von Elena Ognjanova im Jahre 1951; Erstveröffentlichung.

133. *Hund und Hase.* S. 440

Erzählt von Jordan Žekov aus Tenevo, Bezirk Jambol; aufgezeichnet von Elena Ognjanova im Jahre 1951; Erstveröffentlichung.

134. *Der Schlaue Peter erschlägt einen Hund.* S. 441

Erzählt von Jordan Žekov aus Tenevo, Bezirk Jambol; aufgezeichnet von Elena Ognjanova im Jahre 1951; Erstveröffentlichung.

Auch hier wird ein Gerichtsfall durch eine kluge Antwort des Schlauen Peter entschieden. Er beantwortet ein ›Wenn‹ des Richters mit einem ebensolchen, natürlich genauso unsinnigen ›Wenn‹. Klugheiten dieser Art finden sich auch in den Märchentypen Aarne/Thompson Typen 1525ff. (›Der Meisterdieb‹).

135. *Der Mut des Schlauen Peter.* S. 441

Erzählt von Todor Vančev aus Batak, Bezirk Pazardžik; aufgezeichnet von Elena Ognjanova im Jahre 1951; Erstveröffentlichung.

Diese witzartige Geschichte gleicht als Typus den Märchen von törichten Frauen, Aarne/Thompson Typen 1380ff.

136. *Ein großer Verlust.* S. 442

Erzählt von Dimităr Gundov, geb. 1904, aus Katunište, Bezirk Sliven; aufgezeichnet von Elena Ognjanova im Jahre 1964; Erstveröffentlichung.

WORTERKLÄRUNGEN

Aga: türkischer Titel für Angehörige des niederen Adels

Baniza: Blätterteigkuchen mit verschiedenartiger Füllung, meist aus Schafskäse

Bei: ehemaliger türkischer Titel, Herr

Beschlik: türkisches Geldstück

Bosa: leicht gegorenes Hirsegetränk

Efendi: türkischer Ehrentitel und Anredeform für höhere Staatsbeamte

Florin: Goldmünze

Halwa: sehr süße Speise aus gemahlenen Sonnenblumenkernen und Sesam

Kadi: islamischer Richter

Konak: Amtssitz eines türkischen Verwalters

Krina: altes Getreidemaß, entspricht etwa 15–20 kg; zwei Schinik

Kismet: das dem Menschen vermeintlich zugeteilte Schicksal

Oka: alte Gewichtseinheit, entspricht 1283 Gramm

Rakija: Trinkbranntwein aus Obst

Serai: Palast

Schinik: altes Hohlmaß für Getreide u.ä., entspricht etwa 8–10 kg

Tschorbadshija: reicher Landbesitzer während der türkischen Herrschaft in Bulgarien

BIBLIOGRAPHIE

Quellen

Angelov, B. und Arnaudov, M.: Istorija na bălgarskata literatura (Geschichte der bulgarischen Literatur), Band I Bălgarska narodna poezija (Bulgarische Volksdichtung), Sofija 1921.

Arnaudov, Michail: Velikoto narodno nastedstvo (Das große Volkserbe) Band III, Sofija 1978.

Bălgarsko narodno tvorčestvo (Bulgarisches Volksschaffen), Band IX, X und XI, Sofija 1963.

Džurenov, Ivan: Baba razkazva (Großmutter erzählt), Sofija 1961.

Karavelov, Ljuben: Archiv

Knižici za procit. S beletristično, techničesko, naučno i zabavitelno sădăržanie (Lesebüchlein. Mit belletristischem, technischem, wissenschaftlichem und unterhaltendem Inhalt), Solun 1889.

Kostov, St. und Mišev, D.: Christomatija po izučavane slovesnostta (Chrestomatie für Sprachlehre), Band II, Plovdiv 1889.

Makedonski, M. G.: Zimni večeri. Sbornik ot narodni prikazki i pesni ot Kjustendilsko (Winterabende. Sammlung von Volksmärchen und -liedern aus der Umgebung von Kjustendil), 1900.

Marinov, Dimităr: Basnenik ili sbornik ot narodni basni (Fabelbuch oder Sammlung von Volksfabeln), Sofija 1894.

Ognjanova, Elena: Bălgarski narodni prikazki, poslovici i gatanki (Bulgarische Volksmärchen, -sprichwörter und Rätsel), Sofija 1962, 1967.

–: Djado, baba, vnuče. Narodni prikazki za životni i ptici (Großvater, Großmutter, Enkelkind. Volksmärchen über Tiere und Vögel), Sofija 1973.

–: Manuskripte aus dem Privatarchiv.

–: Ot izvora (Aus der Quelle), Sofija 1980.

Popivanov, Georgi: Pesni i prikazki ot Šumensko (Lieder und Märchen aus der Umgebung von Šumen), Šumen 1931.

SbNU: Sbornik za narodni umotvorenija, nauka i knižnina (Sammlung für Volksschöpfungen, Wissenschaft und Schrifttum), Sofija 1889–1958

Sbornik na Bălgarskata Akademija na naukite (Sammlung der Bulgarischen Akademie der Wissenschaften) Band XXXIV, Sofija 1940.

Sirakov, Stojan: Prikaznik săs stichotvorenija i prikazki (Märchenbuch mit Gedichten und Märchen), Tărnovo 1902.

Šapkarev, Kuzman: Sbornik ot narodni starini. Bălgarski narodni prikazki i verovanija (Sammlung von Volksaltertümern. Bulgarische Volksmärchen und Überlieferungen), Plovdiv 1885.

–: Sbornik ot bălgarski narodni umotvorenija (Sammlung bulgarischer Volksschöpfungen), VII–IX, Sofija 1892–94.

Čolakov, Vasilij: Bălgarskij naroden sbornik (Bulgarische Volkssammlung), Belgrad 1872.

Vazov, Ivan und Veličkov, Konstantin: Christomatija ili sbornik ot izbrani obrazci po vsički rodove săčinenija (Chrestomatie oder Sammlung von ausgewählten Beispielen aller Literaturgattungen), Plovdiv 1884.

Vlajkov, M.: Chităr Petăr, Razumni Radoj i Stanjo Poznavača (Der Schlaue Peter, der Vernünftige Radoj und Stanjo, der Wissende), Sofija 1929.

Mančov, Dimităr: Baštin ezik (Muttersprache), Plovdiv 1889

Blăskov, Ilija: Chităr Petăr ili otbor zabavitelni prikazki za razsmivane, razgovarjane (Der Schlaue Peter oder Eine Auswahl lustiger und unterhaltsamer Märchen), Ruse 1884.

Ergänzende Literatur

Aarne, Antti und *Smith Thompson:* The Types of the Folktale (FFC 184), Helsinki ²1964

Bolte, Johannes und *Georg Polivka:* Anmerkungen zu den Kinder- und Hausmärchen der Brüder Grimm. Band I–V, Leipzig 1913–1932

Dähnhardt, Oskar: Natursagen. Eine Sammlung natur-

deutender Sagen, Märchen, Fabeln und Legenden, Leipzig und Berlin 1907
Eberhard, Wolfram und *Pertev Naili Boratav:* Typen türkischer Volksmärchen, Wiesbaden 1953
Elin Pelin: Schimmel, Tischtuch und Widderhorn u. a. Märchen, Berlin 1972
Frolec, Václav: Bulgarische Märchen, Düsseldorf/Köln 1971
Karalijčev, Angel: Der kluge Ziegenbock, Berlin 1986
–: Nimmersatt, Berlin 1978
Leskien, August: Balkanmärchen. Märchen aus dem Balkan (Aus Albanien, Bulgarien, Serbien und Kroatien), Jena 1915
Milutinović, Sima: Sbrijanka, Leipzig 1826

INHALT

ANHANG